Carrie MacAlistair

Die Sehnsucht des Highlanders

Die Heimkehr des Highlanders

Weltbild Taschenbuch

Die Autorin

Carrie MacAlistair, Jahrgang 1955, fiel schon in jungen Jahren durch ihre fantasievollen Geschichten auf. Zunächst arbeitete sie als Arzthelferin und veröffentlichte erste Kurzromane in verschiedenen Wochenzeitschriften sowie diverse Romanserien.
Seit 2002 ist Carrie MacAlistair hauptberuflich als Autorin tätig und lebt mit ihren beiden Kindern in Braunschweig.

Carrie MacAlistair

Die Sehnsucht des Highlanders

Die Heimkehr des Highlanders

2 Romane in 1 Band

Weltbild

Besuchen Sie uns im Internet:
www.weltbild.de

Genehmigte Lizenzausgabe für Verlagsgruppe Weltbild GmbH,
Steinerne Furt, 86167 Augsburg
Die Sehnsucht des Highlanders

Die Heimkehr des Highlanders

Umschlaggestaltung: Atelier Seidel, Teising
Umschlagmotiv: Agentur Thomas Schlück, Garbsen (© John Ennis)
Gesamtherstellung: CPI Moravia Books s.r.o., Pohorelice
Printed in the EU
ISBN 978-3-86800-782-4

2014 2013 2012 2011
Die letzte Jahreszahl gibt die aktuelle Lizenzausgabe an.

Die Sehnsucht des Highlanders

Für meinen geliebten Vater,
der am 12. September 2006
für immer eingeschlafen ist.

1. Kapitel

In der Nacht hatte es erneut geschneit, sodass eine dichte weiße Schicht die verräterischen Spuren verwischte, die zu dem kleinen baufälligen Steinhäuschen am Waldrand führten. Die Hütte, deren Dach unter den gewaltigen Schneemassen einzubrechen drohte, wäre in der hügeligen Landschaft der schottischen Highlands kaum auszumachen gewesen, wenn nicht zuweilen dünne Rauchschwaden aus dem bröckelnden Schornstein hinauf in den blassen Winterhimmel gestiegen wären.

Im Inneren der Kate hockte Joan vor der primitiven Herdstelle, die aus nichts als ein paar grob aufeinandergestapelten Steinen bestand, und stocherte verzweifelt mit einem Holzstück in der verglimmenden Glut herum.

Es war erbärmlich kalt in der Pächterkate, in der Ewan MacLaughlin of Glenbharr seine Geliebte, die Engländerin Joan Harris, versteckte. Ewan war der Sohn des Clanoberhauptes Laird Dòmhnall. Er durfte von Ewans Liebe nichts wissen.

Zitternd zog Joan den Umhang aus schwerer Wolle enger um die Schultern.

Die leeren Fensterhöhlen waren, damit kein Licht nach außen fallen konnte, mit Schaffellen verhängt.

Die Männer vom Clan Laughlin hätten sie, wenn sie jagten in dem abgelegenen Waldstück, entdecken können. Sie war auf geheimnisvolle Weise aus dem Kerker von Glenbharr Castle verschwunden und man suchte sie.

Dramatisch konnte es werden, wenn die Outlaws sie fanden. Bei dem Gedanken an die zerlumpten, übel riechenden Gestalten überkam Joan das Grauen. Aus diesem Grunde hatte Ewan seinen *Sgian Dubh*[1] dagelassen, doch Joan betete, ihn niemals benutzen zu müssen.

Es war eine grausame Zeit, in der ein Menschenleben nicht viel zählte, auch daran musste sich Joan Harris, die Frau aus dem einundzwanzigsten Jahrhundert, erst allmählich gewöhnen. Das Geheimnis ihrer Herkunft kannten nur Ewan und seine Schwester Màiri, der Joan ihr Leben verdankte.

Seufzend erhob sich Joan aus der Hocke, ging hinüber zur Nische, in der sich eine einfache Bettstelle befand, verkroch sich zähneklappernd tief in die Felle und ließ ihre Gedanken schweifen.

Angefangen hatte es mit einer Stimme, die Joan hartnäckig im Traum verfolgte. Es war eine weibliche Stimme gewesen, die in gälisch zu ihr sprach, wie Joan herausfand. In diesem Frühjahr des Jahres 2005 hatte die erfolgreiche Werbeassistentin allmählich an ihrem Verstand gezweifelt; ein hinzugezogener Psychologe vermutete Überarbeitung und verordnete Joan Ruhe.

Die Stimme im Traum dachte jedoch überhaupt nicht daran zu verstummen, sondern wurde von Mal zu Mal flehender und eindringlicher, bis Joan neugierig wurde. Was wollte ihr die Stimme sagen? Gefährlich klang sie nicht, sondern eindeutig flehend.

Dem Tagebuch ihrer verstorbenen Großmutter Fiona hatte Joan dann entnehmen können, dass auch sie diese Stimme gehört und eine Reise nach Schottland geplant hatte. Tragi-

---

1 Kleiner Dolch

scherweise verstarb Fiona, bevor sie ihren Plan in die Tat umsetzen konnte.

Joan hatte kurzerhand ihren Jahresurlaub benutzt, um in den Highlands Nachforschungen anzustellen. Dabei war sie in ein Zeitloch geraten, war ins 18. Jahhrhundert gefallen und in die Hände der Outlaws. Von Ewans Vater wurde sie verdächtigt, eine Hexe zu sein – er glaubte, Ceana vor sich zu haben, die am Tod seines ältesten Sohnes schuld war. Màiri, Ewans Schwester, hatte ihr geholfen, wieder in ihr Jahrhundert zurückzufliehen, aber sie hatte sich in Ewan verliebt und war wieder zurückgekommen.

Und nun saß sie hier und wartete täglich darauf, dass der Geliebte heimlich zu ihr kam. Sie jammerte nicht, denn sie war freiwillig ins Jahr 1731 zurückgekehrt, aus Liebe zu einem Mann, wie es ihn im 21. Jahrhundert schon längst nicht mehr gab. Noch nicht eine Sekunde hatte sie den Schritt bereut, der nicht rückgängig zu machen war, denn das Zeitloch in den Wäldern von Glenbharr war inzwischen nichts weiter als eine alte verrottete Grube.

Joan, die sie bei ihrem gälischen Namen Seonag nannten, wusste nicht, wie viel Zeit vergangen war, als sie vor der Tür gedämpfte Geräusche hörte. Ruckartig setzte sie sich auf und verharrte mit angehaltenem Atem sekundenlang in dieser Stellung. Ihr brennender Blick hing an der groben Holztür.

Erst als sich die Tür vorsichtig öffnete und die Umrisse von Ewans hoher Gestalt sichtbar wurden, löste sich Joan aus der Erstarrung und sank mit einem erleichterten Seufzer zurück auf das Felllager.

Ewan blinzelte in die Dunkelheit der Hütte, und als er Joan auf dem Bett entdeckte, eilte er mit großen Schritten zu ihr. Während Joan ihm die Arme entgegenstreckte, sah sie aus den Augenwinkeln, dass Màiri die Hütte betrat.

»*Mo ghràidh*[1]!« Ewan hockte sich vor die primitive Bettstelle und umarmte Joan. »Wieso ist das Feuer aus?«

Zunächst antwortete sie nicht, sondern kroch förmlich unter seinen Umhang, um die männliche Wärme zu spüren, die er verströmte. Er roch nach Schnee und Wald, und wie immer haftete ihm ein leichter Hauch von Moschus an.

Erst nachdem Ewan seine Lippen auf ihren kalten Mund gelegt und ihr somit etwas Leben eingehaucht hatte, war sie fähig zu sprechen.

»Ich habe vergessen, das Feuer in Gang zu halten, wie du es mir gezeigt hast«, gab Joan zu, bevor sie endlich Ewans Schwester begrüßte. »Màiri, wie schön, dich wieder zu sehen.«

Anfangs war die sanfte dunkelhaarige Tochter von Laird Dòmhnall täglich in die knapp zwei Meilen von Glenbharr Castle entfernt gelegenen Kate gekommen; in der Burg lebte nicht nur Ewan, sondern auch Màiri mit ihrer Familie.

Mit einem unsicheren Lächeln trat sie an die Bettstelle heran und öffnete ihren Umhang. »Ich wäre gerne öfters hier, aber seit Tèarlach aus den Bergen zurück ist, fällt es mir immer schwerer, eine Ausrede zu erfinden.« Sie seufzte, ihr hübsches ebenmäßiges Gesicht war dabei traurig verzogen. »Mìcheal kann ich nun auch nicht mehr treffen, das wäre zu gefährlich. Ich bete jeden Tag darum, dass er mich nicht vergisst.«

In der Zwischenzeit hatte sich Ewan an der erkalteten Feuerstelle zu schaffen gemacht und kramte in seinem *Sporra*[2], um gleich darauf einige Gegenstände zutage zu fördern. Eilig sprang Joan aus dem Bett, umarmte Màiri kurz und hockte sich neben Ewan vor den Kamin.

---

1 Mein Liebling

2 Leder- oder Felltasche, die an einem Gürtel an der Vorderseite des Kilts getragen wird

»Zeig mir, wie du das machst«, bat sie. »Ich möchte nicht immer auf euch angewiesen sein.«

Ewan nahm ihr Gesicht in seine großen Hände, küsste sie und suchte ihren Blick. Seine auffallend blauen Augen waren das erste gewesen, was Joan an ihm angezogen hatte, als er ihr zum ersten Mal begegnet war.

»Du musst fort von hier, Seonag.« Seine Stimme klang sanft und eindringlich zugleich. »Ich kann es nicht länger mit meinem Gewissen vereinbaren, dass du in diesem ärmlichen Loch sitzt wie eine Bettlerin. Du brauchst ein warmes Bett, gutes Essen und neue Kleider, und ich bin verantwortlich dafür, dass du bekommst, was dir zusteht. Seit zwei Wochen muss ich dich nun schon versteckt halten, jetzt wird es Zeit, dass mein Vater von dir erfährt.« Als er den Schrecken in ihrem Gesicht sah, küsste er sie erneut und murmelte an ihrem Ohr: »Er wird dir nichts tun, und wenn ich dich mit meinem Leben beschützen muss. Aber du sollst endlich dort leben, wo du hingehörst … und das ist Glenbharr Castle.«

Trotz seiner beruhigenden Worte schüttelte Joan wild den Kopf. Sie löste sich widerstrebend von Ewan, rückte ein Stück von ihm ab und sagte mit zittriger Stimme: »Ich hätte in meinem Jahrhundert bleiben sollen, hier bringe ich dir nur Unglück, und Màiri habe ich ebenfalls oft genug in Gefahr gebracht. Ich habe euren Vater erst einmal gesehen, und dieses eine Mal hat mir gezeigt, was er von mir hält. Wenn du ihm nun sagst, dass du mich, die vermeintliche Hexe, versteckt hältst, wird etwas Schreckliches geschehen.«

»Was redest du da?« Ewan zog sie sanft hoch, führte sie zu dem einzigen klapprigen Stuhl in der Mitte der Kate und drückte sie nieder. Dann kniete er sich davor, nahm Joans kalte Hände und küsste sie immer wieder abwechselnd. »Mein Leben ist ohne dich nichts wert, das habe ich gemerkt, als du fort warst und ich dachte, dich niemals wiederzusehen.«

»Aye«, bestätigte ihn Màiri, die sich ebenfalls niedergekniet hatte. »Ewan war völlig verzweifelt, und auch ich habe dich bitter vermisst, *mo ban-charaid*[1]. Ich liebe dich wie eine Schwester, das musst du mir glauben.«

Gerührt schossen Joan Tränen in die Augen. Fast ein Vierteljahr hatte sie es im London des einundzwanzigsten Jahrhunderts nach ihrer Rückkehr dorthin ausgehalten, bevor sie ihr Hab und Gut verkauft, ihre gut bezahlte Stelle gekündigt und sich von ihrer Mutter Marion endgültig verabschiedet hatte, um wiederzukommen. »Hab keine Angst«, ergriff nun Ewan wieder das Wort. »Vater kann zwar ziemlich grimmig sein, das gebe ich zu, aber wenn Màiri und ich ihm erklären, dass du Ceana Matheson nur ähnlich siehst und nichts mit ihr zu tun hast, wird er einlenken – auch wenn es vielleicht eine Weile dauert. Du bist die Frau, die ich heiraten werde und das muss er akzeptieren.«

»Nun, ich bin zwar nicht Ceana Matheson, die angeblich schuld daran war, dass euer älterer Bruder tot geboren wurde, aber ich bin ihre Nachfahrin … und außerdem Engländerin«, fügte sie resigniert hinzu.

»Niemand wird jemals erfahren, dass du mit Ceana blutsverwandt bist. Und auch nicht, dass du aus der Zukunft kommst.« Außer ihm und seiner Schwester sollte nie jemand dieses Geheimnis erfahren, dieses Versprechen hatten sie sich gegeben.

»Und wenn dein Vater trotz allem gegen unsere Verbindung ist?« Sie strich behutsam über Ewans dichtes langes Haar, das er wie meistens offen trug. »Es könnte euch entzweien. Es wäre besser, ich wäre in London geblieben.«

Màiri erhob sich langsam, raffte ihre Röcke und begann, den Korb auszupacken, den sie unter ihrem Umhang ver-

---

1 Meine Freundin

steckt mitgebracht hatte. »So darfst du nicht reden, Seonag. Es wird alles gut gehen, das weiß ich. Und nun sollte Ewan dir zeigen, wie man Feuer macht, damit ich dir eine ordentliche Mahlzeit machen kann.«

Auf Ewans Gesicht breitete sich ein Lächeln aus.

»Meine Schwester hat recht, du musst schrecklichen Hunger haben.«

Gehorsam ließ sie sich von Ewan erklären, wie man Feuer entfachte. »Du brauchst dafür drei Dinge«, sagte er geduldig und hob nacheinander Feuerstein, ein kleines Stück Eisen und etwas Rinde in die Höhe.

»Und eine Menge Geduld«, ergänzte Màiri lachend aus dem Hintergrund, während sie Eier, Brot, Speck und Haferplätzchen aus dem Korb nahm und auf den Tisch legte. Zum Schluss kam eine verkorkte Flasche mit einer dunklen Flüssigkeit zum Vorschein, die sie sogleich öffnete, einen Blechbecher füllte und Joan reichte.

Mit langen Schlucken trank Joan das eiskalte dunkle, würzige Bier, bevor sie sich wieder Ewan zuwandte und vorsichtig ein Stück Rinde aufnahm. Sie legte es jedoch sofort wieder zurück, als ihr ein stechender Geruch entgegenströmte.

Ewan lachte und sagte beiläufig: »Der Gestank kommt vom Urin.« Und als er Joans entsetzte Miene bemerkte, erläuterte er, dass Birkenrinde, die man wochenlang in Urin einlegte, hervorragenden Zunder gab.

»Ich muss wohl noch viel lernen.« Joan gelang ein Lächeln, und sie konnte es sich nicht verkneifen, von den wundervollen Erfindungen des Streichholzes und des Feuerzeugs zu erzählen. Dennoch beobachtete sie jeden Handgriff Ewans.

Er legte eine Hand voller Birkenrinde auf die verrußten Steine, nachdem er mit einem Stöckchen die verkohlten Holzreste entfernt hatte. Dann hielt er das hufeisenförmige Metallstück, das er als Feuereisen benutzte, dicht über die

Rinde und schlug mit dem Feuerstein darauf, bis das Eisen nach einer Ewigkeit Funken sprühte. Sie fielen direkt auf die Rinde, die daraufhin zu glimmen begann. Ewan blies erst vorsichtig, dann kräftiger, bis er sicher sein konnte, dass die Glut nicht wieder erlosch, dann nahm er ein Holzscheit von dem Stapel, der sich neben dem Kamin befand, und legte es darauf.

Nur wenige Minuten später knisterte es bereits behaglich.

Màiri hatte in der Zwischenzeit einige Eier in die Pfanne gerührt, die sie aus der Burgküche mitgebracht hatte, und machte sich damit am Kamin zu schaffen. Joan entging dabei nicht, dass sie seit einiger Zeit nicht mehr so fröhlich war. Sicher, weil sie ihren heimlichen Geliebten nicht mehr sehen konnte.

Ihre Liebesgeschichte mit Mícheal MacGannor hatte sie Joan anvertraut. Ihre Ehe mit Tèarlach war keine Liebesheirat gewesen. Sie war mit dem um zwanzig Jahre älteren Mann, dessen kleiner Clan sich einst mit den MacLaughlins zusammengeschlossen hatte, verheiratet worden. Es war eine Vernunftehe, unter der Màiri nichts auszustehen hatte, denn Tèarlach war ein guter Ehemann und ein fürsorglicher Vater der beiden gemeinsamen Söhne. Aber es fehlte in ihrer Beziehung die Liebe.

Und doch litt Màiri darunter, dass es ihren Mann immer öfter in die Berge der Highlands zog. Dort war er auf der Suche nach Siedlern, die keinem Clan angehörten, um sie zu überreden, sich dem Clan Laughlin anzuschließen. Die königlichen englischen Truppen kontrollierten das Hochland und sahen den Clansmännern skeptisch auf die Finger. Nach der ersten jakobitischen Erhebung, die 1715 mit der Schlacht bei Sheriffmuir endete, waren die Kontrollen der Engländer verstärkt worden. Aus diesem Grund war es für jeden Clan wichtig, möglichst viele Krieger zu haben, die den Treueeid auf ihren Laird schwören mussten und bei Bedarf an dessen Seite für die Freiheit Schottlands kämpften.

Tèarlach war so vom Frühjahr bis zum späten Herbst von der Familie entfernt. Nun war er vor Kurzem zurückgekehrt, um den strengen Winter auf Glenbharr Castle zu verbringen.

Im Jahr zuvor hatte Màiri sich in Mìcheal verliebt, der sie aus den Fängen eines Wegelagerers gerettet hatte. Sooft es Màiri möglich war, traf sie sich heimlich mit dem Mann vom Nachbarclan bei der Ruine eines alten Keltenturms in der Nähe der Burg. Ewan war eingeweiht, er überbrachte Màiri Botschaften und Briefe ihres Liebsten – doch wie es nun aussah, würde sie ihn lange Zeit nicht sehen können.

»Du leidest wohl sehr darunter, Mìcheal lange Zeit nicht zu sehen«, wandte sich Joan vorsichtig an Màiri. »Wenn ich dir doch helfen könnte.«

»Es ist etwas anders.« Nervös zupfte Màiri an ihrer Haube. »Tèarlach benimmt sich eigenartig, er weicht mir aus und redet kaum mit mir. Nächtelang sitzt er mit Vater zusammen und trinkt und … nun ja … sein eheliches Recht hat er bisher auch noch nicht eingefordert.« Sie schickte einen hilfesuchenden Blick zu ihrem Bruder. »Ich fürchte, er hat etwas gemerkt.«

»Wie sollte er?« Ewan schüttelte langsam den Kopf, rieb sich über das glatt rasierte Kinn und fügte hinzu: »Ihr wart immer sehr vorsichtig, und zum *Broch*[1] verirrt sich niemand. Woher soll Tèarlach also wissen, dass du dich mit einem anderen Mann triffst?«

Er stand auf und trat an den Tisch, an dem Joan noch immer saß und gerade die leere Pfanne mit einem Stück Brot auswischte. Nun fühlte sie sich wieder wohler. Den Gedan-

---

1 Rundturm

ken, dass Ewan bald wieder aufbrechen musste, schob sie weit von sich. Als er sich dicht hinter sie stellte, lehnte sie ihren Kopf an seinen muskulösen Oberkörper. Sie spürte, wie seine Arme sie umfingen, und plötzlich hatte sie keine Angst mehr … keine Angst vor Wegelagerern, vor englischen Patrouillen und keine Angst mehr vor Laird Dòmhnall.

»Es wird alles gut. *Tha gaol agam ort*[1]«, flüsterte er. Wie unbeabsichtigt berührten seine Hände Joans Brüste, und diese leichte Berührung ließ ihren ganzen Körper wohlig erzittern.

Ewan war ein wundervoller Liebhaber, das hatte er Joan schon oft bewiesen; meistens schliefen sie miteinander, wenn er kam, und wäre Màiri an diesem Tag nicht mitgekommen, wären sie sich sicher wieder in den Armen gelegen, um sich zu lieben.

»Es wird bald dunkel«, mahnte Ewans Schwester plötzlich sanft. »Wir müssen uns beeilen, Tèarlach wird Fragen stellen, wenn ich nicht bald zu Hause bin.«

Ein letztes Mal küsste Ewan die Geliebte, ermahnte sie, das Feuer nicht ausgehen zu lassen und den *Sgian Dubh* an ihrem Körper zu tragen, anstatt ihn auf dem Tisch liegen zu lassen, wo er wenig Nutzen bringen würde, wenn sich jemand unerlaubten Einlass in die Hütte verschaffte.

Màiri umarmte sie herzlich, und dann war Joan wieder alleine.

Eine Weile ritten Ewan und Màiri schweigend nebeneinander her, dann sagte Ewan nachdenklich: »Wir müssen mit Vater sprechen, es gibt keinen anderen Ausweg.«

»Aye, hast du vorhin gesehen, wie Seonag gefroren hat?« Vorsichtig lugte Màiri unter ihrer Kapuze hervor. Als er

1 Ich liebe dich

stumm nickte, schlug sie vor: »Vielleicht könnte man sie vorübergehend bei einer Pächterfamilie unterbringen, da wäre sie nicht so alleine und …«

»Nein!«, schnitt ihr Ewan scharf das Wort ab. »Ich stehe zu Seonag, dieses Versteckspiel muss endlich aufhören.«

»Wie willst du es Vater beibringen?«, fragte Màiri. »Willst du vor ihn treten und sagen, dass du eine Frau liebst, die er für eine Hexe hält? Er ist immer noch davon überzeugt, dass es sich um Ceana Matheson handelt, die aus dem Kerker geflohen ist.«

»Nein, das wirst du klären – zumindest wirst du Vater beibringen, dass kein Zauber Joan aus dem Verlies befreit hat, sondern dass du es warst.« Ewan stockte. »Es tut mir leid, du hast genug Sorgen, aber ohne deine Fürsprache werde ich bei unserem Vater nichts erreichen können.«

Einige Minuten schwieg Màiri, dann erwiderte sie zögernd: »Ich fürchte Vaters Zorn. Ich fürchte, es wird eine herbe Auseinandersetzung geben.«

Ewan hielt sein Pferd an und griff gleichzeitig in Màiris Zügel, sodass deren Pferd ebenfalls stehen blieb. Trotz der Kälte schob Ewan die Kapuze vom Kopf. Seine Stirn war besorgt gefurcht, seine markanten Gesichtszüge wie versteinert.

»Du musst mir helfen, *piuthar*[1]. Mir alleine wird Vater niemals glauben, dass Seonag eine ungefährliche Engländerin ist. Solange er davon überzeugt ist, dass sie eine Hexe ist, kann ich sie nicht zur Burg bringen, das wäre lebensgefährlich für sie.«

»Oh aye.« Màiri nickte. »Es wird ihn nicht weniger milde stimmen, wenn Vater erfährt, dass sie eine Engländerin und damit eine Feindin ist.«

---

1 Schwester

»Seonag kann nichts für ihre Landsleute«, kam es wütend von Ewan zurück. »Das muss Vater einsehen.«

Darauf entgegnete Màiri nichts, doch sie wusste, dass ihr Vater alles andere als einsichtig war. Auch Màiris Mutter Ealasaid würde daran nicht viel ändern können. Zwar gelang es ihr immer wieder, den oft aufbrausenden Laird zu besänftigen, aber in diesem Fall würde sie sich womöglich sogar noch auf seine Seite schlagen.

Die Türme von Glenbharr Castle wurden sichtbar; sie hoben sich trotzig gegen den dunkler werdenden Abendhimmel ab, wie seit vielen hundert Jahren.

»Meinst du, ich kann Seonag wirklich glücklich machen? Ich habe Angst, dass sie zurückwill«, sagte Ewan plötzlich, als sie nebeneinander den schmalen Pfad zur Burg hinunterritten.

»Aber das kann sie nicht. Du selbst hast Ceana Mathesons Gebeine oben bei St. Cait beerdigt, ihr grausiges Grab in den Wäldern hat keine magischen Kräfte mehr.« Màiris Stimme klang eindringlich. »Seonag liebt dich, nur deshalb ist sie für immer zurückgekommen.«

Ewans Miene wurde verschlossen, geschickt lenkte er sein Pferd an einer vereisten Stelle vorbei. »Wer weiß, vielleicht bereut sie eines Tages diesen Schritt … vielleicht hat sie ihn längst bereut.«

»Das hat sie nicht«, widersprach Màiri sanft. »Und sie wird ihn auch niemals bereuen. Sie hat sich alles genau überlegt, sie wusste um die Schwierigkeiten. Und dennoch ist sie da, nur dir zuliebe.«

Wieder hielt er sein Pferd an. »Und wenn ich sie nicht beschützen kann vor den Gefahren? Seonag besitzt nicht den Instinkt wie wir, rechtzeitig Todesgefahren zu erkennen.«

»Mach dir darüber keine Sorgen, Bruderherz.« Màiri lächelte.

Ewan schnalzte kurz mit der Zunge, sodass sich sein Pferd wieder in Bewegung setzte; dicht gefolgt von Màiris kleiner Schimmelstute. Die Hufschläge waren kaum mehr als ein Knirschen im festgetretenen Schnee, und als sie schließlich die Burgbrücke passierten, war die Umgebung bereits in Dunkelheit gehüllt.

Wie zu jeder Tages- und Nachtzeit wurde das Burgtor von einem der Clansmänner bewacht.

Der Wächter hob grüßend die Hand, als er die Kinder des Lairds erkannte, und wollte wissen, ob sich wieder englische Patrouillen in den Wäldern von Glenbharr herumtrieben.

»*A Sheumaìs*[1]!«, grüßte Ewan zurück und fügte spöttisch grinsend hinzu: »Nein, den Rotjacken ist es viel zu kalt, die sitzen doch alle in Fort George und wärmen sich lieber den Hintern.«

Die Männer rissen Witze über die verhassten Engländer, während Màiri ihr Pferd in den Innenhof lenkte und sich von einem Stallburschen beim Absteigen helfen ließ. Dabei vermied sie, den Korb unter ihrem Umhang sichtbar werden zu lassen, offiziell hatte sie Ewan begleitet, um, wie so oft, nach einigen armen Pächterfamilien zu sehen.

Durch einen Seiteneingang schlüpfte sie in den Verwaltungstrakt und ließ den Korb schnell in einer der Vorratskammern verschwinden, bevor Ogur, der dicke Koch, aufmerksam werden und unbequeme Fragen stellen konnte. Erst in der Halle wagte Màiri, ihren Umhang zu öffnen.

»Da bist du ja endlich!« Auf der Treppe kam ihr Darla mit vorwurfsvoller Miene entgegen. Die jüngste Tochter des

---

1 Anrede für Seumas

Lairds sah mit ihrem langen dunklen Haar und der knabenhaften Figur wie ein Mädchen aus, doch sie war schon vierundzwanzig. Auf dem Arm trug sie ihr einjähriges Töchterchen, das nach seiner Großmutter Ealasaid getauft worden war. »Wo wart ihr denn so lange? Deine Söhne werden unruhig und Tèarlach hat auch schon einige Male nach dir gefragt.«

Bevor Màiri antwortete, liebkoste sie Klein-Ealasaid, die sich wild auf dem Arm ihrer Mutter gebärdete, weil sie zu ihrer Tante wollte.

»Nun bin ich ja wieder hier«, sagte sie schließlich ruhig. »Einige der Pächterkinder sind krank und der Weg durch den Schnee war mühevoll.«

Darla verdrehte die Augen. Sie begriff nicht, wie man seine Zeit damit vergeuden konnte, sich um die armen Pächter zu kümmern und ihnen sowie deren Kindern Lesen und Schreiben beizubringen. Màiri schlug damit nach ihrer Mutter. In jungen Jahren war Ealasaid durch das Gebiet von Glenbharr gezogen und hatte sich der Belange der Pächter angenommen, die sich dem Clan angeschlossen hatten. Seit Jahren jedoch kränkelte die Gattin des Lairds, sodass Màiri stillschweigend und mit Freude deren Tätigkeiten übernommen hatte.

»Verträgst du dich mit Peader wieder, Darla?« Màiri strich, während sie fragte, ihrer kleinen Nichte, die sie selig anlächelte, noch einmal über das lockige Haar.

»Aye, aber es ist nur eine Frage der Zeit, bis wir uns wieder zanken. Peader kann solch ein Dickkopf sein.« Darlas Nasenflügel blähten sich vor Wut. »Er gibt mir immer noch die Schuld, dass ich nicht wieder schwanger werde.«

»Soll ich mit ihm reden?«, bot Màiri an. »Ich verstehe mich gut mit deinem Mann.«

Doch ihre Schwester winkte ab, ihrer Meinung nach konnte kein Mensch vernünftig mit diesem Hammel reden.

Noch bevor Màiri sie besänftigen konnte, erklangen schwere Schritte. Ewan näherte sich mit ernstem Gesichtsausruck, und erst als er den Fuß auf die erste Stufe setzte, gewahrte er seine Schwestern auf der Treppe.

»*Feasgar math*[1]!«, grüßte Darla ihn übertrieben freundlich. »Ich soll dir einen schönen Gruß von Anna ausrichten.« Anna war die Tochter eines Clansmanns, der mit seiner Familie ebenfalls auf Glenbharr Castle lebte. »Sie macht sich Sorgen um dich, weil sie dich kaum noch sieht.«

Ewan hob gleichgültig die Schultern und schlängelte sich an seinen Schwestern vorbei. »Richte ihr aus, dass es mir gut geht.«

Die bildhübsche Anna hatte schon lange ein Auge auf ihn geworfen und nach einem Fest hatten sie sich auch einmal wild geküsst. Anna glaubte, Ewan bald vor den Traualtar bringen zu können. Vielleicht wäre ihr Plan ja sogar aufgegangen, wenn nicht Seonag in sein Leben getreten wäre.

»Was hat er denn?«, wunderte sich Darla, als ihr Bruder gegangen war. »Ist er etwa in eine andere Frau verliebt?«

Alarmiert fuhr Màiri herum. »Nein, wie kommst du denn darauf?«

»Nun, früher war Ewan kein Kostverächter, und hinter Anna sind alle Männer her. Er kann sie haben, wenn er will, und wenn er sie nicht will, muss das einen Grund haben, aye? Außerdem verkriecht er sich seit Wochen in seiner Kammer oder ist unterwegs. Ich möchte wissen, wer sein Liebchen ist.«

»Das geht dich gar nichts an, kümmere dich lieber um deine Familie«, fuhr Màiri ihre Schwester ungewohnt scharf an, die darauf so verdattert war, dass sie wortlos zusah, wie Màiri nun ebenfalls nach oben stürmte.

---

1 Guten Abend

Joan hockte vor dem Feuer und starrte in die Flammen.

Sie erinnerte sich an die kurze Begegnung mit Laird Dòmhnall.

Er war eine imposante, furchteinflößende Erscheinung, ein breitschultriger Riese mit langem grauen Haar und wildem Bart. Bei Joans Anblick hatte er zu schreien und zu zetern begonnen, und bevor sie es sich versah, fand sie sich im Kerker der Burg wieder. Erst später erfuhr sie dann von Màiri, warum Dòmhnall so getobt hatte: Ihre frappierende Ähnlichkeit mit der Heilerin Ceana Matheson, die der Laird im Jahre 1703 beschuldigt hatte, seinen Sohn im Mutterleib verhext zu haben, sodass er tot und verkrüppelt zur Welt gekommen war. Die Strafe war grausam – Ceana war bei lebendigem Leib in eine tiefe Grube geworfen worden, wo sie qualvoll verhungerte.

Anfangs hatte sie Ewan, seinen Sohn, gehasst. Sie hatte ihn dafür verantwortlich gemacht, dass sie im Kerker gelandet war, den sicheren Tod vor Augen. Später, nachdem Màiri sie befreit und versteckt hatte, erfuhr Ewan schließlich, dass Joan sich nicht in Luft aufgelöst hatte, wie alle annahmen, sondern von seiner Schwester gerettet worden war.

Bei der Erinnerung an den geliebten Mann glitt wie immer ein zärtliches Lächeln über Joans Lippen. Ja, allen Gefahren zum Trotz, sie bereute nichts. Würde sich der Vater versöhnen lassen?

Joans Gesicht verzog sich vor Schmerz, als sie sich vorstellte, abermals von Ewan getrennt zu werden. Ihre Hände pressten sich gegen ihre Brust, dabei spürte sie den kleinen harten Gegenstand in ihrem Mieder. Zaghaft zog sie das silberne Amulett hervor, das sie in der Grube bei Ceanas Gebeinen gefunden und mitgenommen hatte. Sie betrachtete das Schmuckstück, das an einem Lederband hing, eindringlich und fragte sich, welche Geheimnisse es noch in sich bergen mochte.

2. Kapitel

Skeptisch betrachtete Laird Dòmhnall MacLaughlin of Glenbharr seine beiden älteren Kinder, die ihn um eine Unterredung nach dem Abendmahl gebeten hatten. Seine buschigen Augenbrauen überdeckten fast völlig die wasserhellen Augen und sein massiger Körper war angespannt.

»Euren Mienen nach zu urteilen, haben die Rotjacken unseren gesamten Viehbestand eingezogen«, brummte er, hob seinen Zinnbecher und nahm einen großen Schluck Whisky. »Also, was ist?«

Ealasaid legte die Hand auf seine Schulter. »Warum nimmst du immer das Schlimmste an, Liebster? Vielleicht haben unsere Kinder eine frohe Botschaft für uns.«

Er schüttelte schnaubend den Kopf und stellte den Becher so hart auf den Tisch, dass seine zart besaitete Frau unwillkürlich zusammenfuhr. »Siehst du nicht ihre Gesichter? Früher sahen sie immer so aus, wenn sie etwas angestellt hatten. Aber lass uns hören, was sie zu sagen haben.«

Ewan und Màiri wechselten einen Blick, dann setzten sie sich an den langen Tisch, an dem sich nur noch ihre Eltern befanden. Alle anderen waren nach dem Essen aufgefordert worden, den Saal zu verlassen.

Nervös zupfte Màiri an ihrer Haube, dann räusperte sie sich und sagte zaghaft: »*Athair*[1], du erinnerst dich an diese Frau, die vor einiger Zeit spurlos aus dem Verlies verschwunden ist?«

Von einer Sekunde zur nächsten verdunkelten sich die Augen des Lairds.

---

1 Vater

Er sprang unvermittelt auf und polterte: »Sprichst du von dieser Hexe, die sich einfach aus dem Kerker gezaubert hat, um ihrer gerechten Strafe zu entgehen, *mo nighean*[1]?«

»Aye.« Mutig reckte Màiri das Kinn empor, und mit gefestigter Stimme sagte sie: »Du hast dich geirrt, sie ist keine Hexe.«

»Woher willst du das wissen? Ich finde, du bist sehr vorlaut, Tèarlach sollte dir öfters den Hintern versohlen!«

Ealasaid zupfte ihren Mann an seinem *breacan feile*[2] und bat ihn sanft, sich wieder zu setzen. »Lass das Kind bitte weiterreden, mein Gemahl.«

Nur widerstrebend nahm der Laird wieder Platz, dabei ließ er Màiri nicht aus den Augen. »Du hast gehört, was deine Mutter gesagt hat. Rede also.«

Màiri nickte. »Ich habe damals, nachdem mein Bruder tot geboren worden war, Ceana Matheson gesehen. Die Gefangene hat wirklich eine starke Ähnlichkeit mit Ceana. Aber es ist nur das feuerrote Haar, das diese Ähnlichkeit ausmacht. Mit eigenen Augen habe ich gesehen, wie Ceana in die Grube geworfen und die Grube mit Holzbohlen abgedeckt wurde. Ich bin den Männern heimlich gefolgt. Ceana Matheson ist vor achtundzwanzig Jahren in jenem Erdloch verhungert.«

»Soso, was du nicht sagst.« Ungeduldig trommelte Dòmhnall mit den Fingerspitzen auf der Tischplatte. »Und wer ist deiner Meinung nach diese Frau, die ich in den Kerker werfen ließ?«

Màiri holte tief Luft, und nach einem Blick zu ihrem Bruder sagte sie: »Die Fremde heißt Joan Harris und hat nie in ihrem Leben etwas verbrochen.«

---

1 meine Tochter, mein Mädchen
2 Plaid

»Das hat sie dir eingeredet, dummes Ding, und du hast es natürlich geglaubt.« Er wandte sich mit verzweifelter Miene an seine Frau. »Ealasaid? Hast du jemals etwas so Törichtes gehört?«

Die Lairdess hob ratlos die Hände, schwieg jedoch.

»Es ist die reine Wahrheit!«, ergriff Màiri wieder das Wort. »Joan ist Engländerin und …«

»Eine *Sasannach*[1]?« Die Schlagader an Dòmhnalls Stirn schwoll augenblicklich bedrohlich an. »Das ist ja fast noch schlimmer als eine Hexe! Woher willst du wissen, dass sie eine von denen ist?«

Màiri wurde immer kleiner auf ihrem Stuhl, doch sie nahm noch einmal all ihren Mut zusammen. »Seonag … Joan hat es mir im Kerker gesagt, ihr Englisch ist so rein wie das der Rotjacken.«

»Aha, und was hatte sie in unseren Wäldern verloren? Dein Bruder sagte, sie sei dort herumgelungert. Oder ist das etwa gelogen?« Sein finsterer Blick traf Ewan, der vage den Kopf schüttelte, es aber vorzog, Màiri das Wort zu lassen.

»Sie wurde mit ihren Begleitern im Wald von Plünderern überfallen«, fuhr sie fort, ihre Stimme klang nun nicht mehr ganz so verzagt. »Die Räuber töteten die Begleiter und nahmen Joan gefangen. Sie konnte fliehen und lief direkt Ewan in die Arme.«

Dòmhnall musterte seine Tochter aus zusammengekniffenen Augen, trank einen weiteren Schluck Whisky und fuhr sich mit dem Ärmel seines Leinenhemdes über den Mund. »Kann mir meine oberschlaue Tochter auch erklären, wie diese *Sasannach* es fertiggebracht hat zu fliehen? Sicher, einige Minuten war sie ohne Aufsicht, weil Colum, der Tölpel, vergessen hatte, die Kerkertür zu schließen. Aber …« Er nahm

---

1 Abfällig für EngländerIn

eine bedrohliche Haltung ein, »… wie gelang ihr die Flucht aus dem Kellergewölbe? Alle Ausgänge werden streng bewacht, sie muss sich unsichtbar gemacht haben, um zu entkommen.«

Màiri nestelte nervös an den Schnüren ihres Mieders, hielt aber dem Blick ihres gestrengen Vaters stand. »Ich habe ihr geholfen. Sie tat mir leid, und ich wusste, dass sie nicht Ceana Matheson sein konnte.«

Dem Lord schienen seine Augen fast aus den Höhlen zu quellen, sein Mund stand offen, und zu allem Überfluss stieß Ealasaid auch noch einen spitzen Schrei aus.

Langsam erhob sich Dòmhnall und stemmte die Fäuste auf die Tischplatte.

»Sag das noch einmal«, kam es unvermittelt und gefährlich leise. »Mein eigen Fleisch und Blut hilft einer Feindin zur Flucht, ich muss mich verhört haben.«

»Aber Joan hat nichts verbrochen«, flehte Màiri. »Nur weil sie eine *Sasannach* ist, wäre sie unschuldig in unserem Kerker gestorben.«

»Wenn das tatsächlich so ist«, brummte Dòmhnall, »warum hast du nicht mit mir darüber gesprochen?«

»Hättest du mir zugehört?«

Ihr Vater schnaubte. »Ich hätte dir sehr wohl zugehört, aber es hätte natürlich nichts genutzt. Als englische Zivilperson hatte sie in den Wäldern von Glenbharr nichts zu suchen. Wohin will sie denn überhaupt unterwegs gewesen sein?«

Fieberhaft suchte Màiri nach den richtigen Worten. »Sie hatte einen Cousin in Fort George besuchen wollen … Aber sie traf ihn nicht an und deshalb …«

»Kindisches Geschwätz!«, brüllte der Laird, sodass alle im Raum zusammenzuckten. »Das Fort liegt bei Inverness, also in der entgegengesetzten Richtung!«

Flink befeuchtete Màiri die trocknen Lippen. »Sie und ihre

Begleiter haben sich in der Richtung geirrt, und als sie es merkten, war es schon zu spät.«

Ealasaid hüstelte unterdrückt. Seit einer Erkältung im Sommer, die nicht ausheilen wollte, fühlte sie sich noch elender als sonst, jeder Hustenanfall machte ihr zu schaffen. Dennoch mischte sie sich nun in die hitzige Diskussion ein.

»Kind, wie konntest du nur? Du hast dich den Gesetzen deines Vaters widersetzt, ist dir das Leben einer *Sasannach* wichtiger als sein Wille?«

»Ich konnte nicht anders.« Màiri senkte betreten das Haupt. Ealasaids sanfte vorwurfsvolle Worte machten sie verlegener als das Gepolter des Vaters. »Wenn du Joan nur gesehen hättest, *màthair*[1]. Sie war verzweifelt und ich konnte nicht anders, ich musste ihr helfen. Vater hätte sie hinrichten lassen oder sie wäre im Kerker gestorben. Ich wäre keine Sekunde im Leben mehr glücklich gewesen.«

Nur ein genauer Beobachter konnte an Ewans Haltung erkennen, wie sehr ihn dieses Verhör mitnahm.

Auf Ealasaids bleichen Lippen erschien ein kleines Lächeln. »Du hast das gute Herz von mir geerbt. Verrätst du uns, wie du dieser Frau zur Flucht geholfen hast?«, fragte sie Ewan.

Màiri schickte einen hilflosen Blick zu ihrem Bruder, und nachdem dieser fast unmerklich genickt hatte, erzählte sie ihren fassungslosen Eltern von dem Geheimgang im Kellergewölbe, den sie und Ewan als Kinder entdeckt hatten und von dem sonst niemand wusste.

Schweigend lauschten der Laird und seine Gattin, bis Máiri gestand, Joan über Wochen in ihrer Webkammer versteckt zu haben.

---

1 Mutter

»Du hast dieses Frauenzimmer in deinen Gemächern versteckt? Das wird ja immer lustiger, am Ende sitzt sie noch immer dort!« Der Lord machte Anstalten, sich selbst davon zu überzeugen, ob die Feindin sich noch in seiner Burg aufhielt.

»Sie ist längst fort!«, rief Màiri aufgebracht, was ihren Vater veranlasste, sich wieder schwer auf seinen Stuhl fallen zu lassen.

»Und wo ist sie jetzt?« Er fuhr sich resigniert über das Gesicht. »In deinem Interesse hoffe ich, dass sie sich nicht mehr auf unserem Gebiet aufhält. Es ist schon schlimm genug, dass sich hier die Rotjacken herumtreiben und so tun, als gehöre ihnen das Land.«

Ewan legte seine Hand auf Màiris Arm und übernahm die Antwort. »Sie lebt seitdem in einem Versteck. Doch wo das ist, werden wir nicht verraten, *athair*.«

»Was hat das zu bedeuten?« Dòmhnall wandte sich an Ewan. »Weißt du etwa auch über dieses Weibsbild Bescheid?«

»Aye.« Ewan sah seinem Vater fest in die Augen. »Anfangs war ich ahnungslos, aber dann entdeckte ich sie in Màiris Kammer. Ich wollte Màiri schützen, nicht die Engländerin. Nur deshalb schwieg ich, und dann war sie plötzlich verschwunden.«

»Zauberei,« wütete der Laird.

»Nein«, gestand Máiri. »Ich habe sie auf einem Fuhrwerk unter einigen Ballen Stoff versteckt und im Morgengrauen fortgebracht.«

Kurz blitzten die Augen des Lairds, anerkennend ob Màiris Raffinesse, auf. »Und wohin hast du sie gebracht?«

»Ich wollte sie zum Fort bringen und ihren Landsleuten übergeben, damit sie ihr die Heimreise nach London ermöglichen. Doch sie wollte in Ewans Nähe bleiben.«

Ihre Eltern sollten, wie vereinbart, niemals erfahren, dass

Joan eine Zeitreisende war, in ihr Jahrhundert zurückgekehrt und wiedergekommen war, weil sie festgestellt hatte, dass eine unstillbare Liebe sie zu Ewan hinzog.

»Was soll das nun wieder heißen? Was hat Ewan damit zu tun?«, polterte Dòmhnall. »Ewan, du hast doch nicht etwa eine Liebelei mit dieser Person angefangen?«

Ewan richtete sich kerzengerade auf, das markante Kinn stolz emporgehoben. »Ich liebe Seonag und ich werde sie heiraten.«

Man hätte eine Stecknadel fallen hören können.

»Willst du mich zum Narren halten, Sohn?«, stieß der Laird plötzlich hervor. »Wage es nicht, sonst vergesse ich mich. Habt ihr denn alle den Verstand verloren?«

Nach einem tiefen Atemzug antwortete Ewan mit fester Stimme: »Ich bin untröstlich, dass ich dich enttäusche, *athair*, aber gegen meine Gefühle werde ich nicht handeln.«

»*Fan sàmhach*[1]!« Dòmhnall machte eine unwirsche Handbewegung.

»Ich verlange von dir, dass du mir das Versteck der *Sasannach* verrätst. Ich werde sie töten lassen!«

»Nein. Auch dein Zorn kann nichts daran ändern, dass ich diese Frau zu meiner Gemahlin nehmen werde.«

»Du willst dich dem Willen deines Vaters also widersetzen.« Schwer atmend stemmte der Laird seinen Körper in die Höhe. »Der Sohn des Oberhauptes des Clan Laughlin will eine Feindin zur Frau nehmen? Du weißt doch gar nicht, was diese Hexe vorhat.«

»Nichts hat sie vor. Ihr einziges Verbrechen ist, dass sie meine Gefühle erwidert.«

»Es reicht.« Dòmhnall winkte ab. »Geht mir aus den Augen, alle beide.«

---

1 Halt die Klappe

Ewan und Màiri erhoben sich. Der Laird und seine Frau blickten ihren Kindern nach.

Als sie den Saal verlassen hatten, sagte die Lairdess leise, mehr zu sich selbst: »Eines muss man ihnen lassen: Sie haben Mut.«

»Fällst du mir jetzt etwa auch in den Rücken?«, knurrte Dòmhnall.

»Ewan ist unser einziger Sohn, er wird eines Tages deinen Platz einnehmen«, fuhr Ealasaid ruhig fort. »Willst du wirklich, dass ihr euch für den Rest eures Lebens überwerft?«

Unvermittelt hieb er mit der Faust auf den Tisch, sodass der Zinnbecher ins Rollen geriet und auf den steinernen Fußboden fiel. »Was soll ich also deiner Meinung nach tun?«, fragte er.

»Nichts. Vielleicht handelt es sich ja nur um ein Strohfeuer.«

Argwöhnisch musterte Dòmhnall seine Frau. »Du meinst wirklich, es handelt sich nur um eine Tändelei? Davon bin ich nicht überzeugt, Ewan klang ziemlich entschlossen.« Er stockte, hinter seiner Stirn arbeiteten die Gedanken. »Man könnte vielleicht ein wenig nachhelfen, damit er wieder zu Verstand kommt.«

Sie sah ihn fragend an.

»Ich werde ein *cèilidh*[1] veranstalten und dazu alle unverheirateten Mädchen unseres Clans und der Nachbarclans einladen.«

An seiner Miene erkannte Joan, dass Ewan ernste Probleme hatte. Als er am nächsten Tag die Kate betrat, konnte Joan im flackernden Licht des Feuers den bitteren Zug um seinen Mund sofort erkennen.

---

1 Fest

»Du hast es tatsächlich wahr gemacht und deinem Vater von uns erzählt«, sagte sie bange. »Liebster, ich wage nicht, nach seiner Antwort zu fragen.«

Ewan zog sie eng an sich. Er war ohne seine Schwester gekommen. Er küsste Joan lange und ausgiebig. Ihre Zungen spielten ein erregendes Spiel dabei, sein harter Körper presste sich wie von selbst gegen ihren.

Schwer atmend zog Ewan sie zur Bettstelle, öffnete geschickt ihr Mieder und begann, ihre Brüste zu liebkosen. Wie immer, wenn er das tat, setzte Joans Verstand aus. Mit geschlossenen Augen warf sie den Kopf in den Nacken, seufzte wohlig und zerwühlte sein dichtes langes Haar. Sie hatte früher etliche Liebhaber gehabt, aber kein Mann hatte es verstanden, ihren Körper derartig in Flammen zu versetzen wie Ewan MacLaughlin.

Er zwang sie sanft, sich hinzulegen und flüsterte ihr zärtliche gälische Liebesworte ins Ohr, während seine rechte Hand unter ihre Röcke glitt, bis sie das weiche Vlies ihrer Scham erreichte. Joan konnte es kaum erwarten, bis Ewan sich endlich seiner Kleider entledigt hatte, sich über sie beugte, sie mit Küssen am ganzen Körper bedeckte. Erogene Zonen, die sie als solche noch gar nicht kannte, entdeckte er dabei, bis er sich sanft zwischen ihre Beine schob und sein pralles Glied bei ihr einführte. Gelöst und mühelos glich sie sich dem von ihm vorgegebenen Rhythmus an und ließ sich von einem in den anderen Orgasmus führen, bis er sich mit den Worten ›ich liebe dich – ich liebe dich so sehr‹ in ihr ergoss. Dabei presste er sie, die Hände an ihrem Gesäß, an sich, um so tief wie möglich in sie einzudringen.

Erst nachdem sie sich wieder völlig entspannt hatte, zog er sein Glied aus ihr zurück, das, während er sie vom Hals bis zu den Innenseiten der Schenkel wieder und wieder küsste, seine sehnsüchtige Erektion beibehielt. Sie hielt es umfasst, während sie einige Minuten entspannt nebeneinander lagen. Dabei ruhte ihr Kopf auf seinem Oberkörper. Sie lauschte Ewans allmählich wieder gleichmäßiger schlagendem Herz und hauchte kleine Küsse auf seine behaarte Brust. Dann gab sie sein Glied frei, hob den Kopf und suchte Ewans Blick.

»Ist dein Vater sehr zornig auf uns?« Sie zuckte unmerklich zusammen, als sich seine eben noch glücklich verklärten Gesichtszüge verhärteten.

Ewan nahm eine von Joans roten Locken und wickelte sie sich spielerisch um den Zeigefinger. »Bisher habe ich mich nach dem Willen meines Vaters gerichtet, um was es sich auch handelte. Aber mein Glück lasse ich mir von ihm nicht zerstören.« Er hatte so entschlossen gesprochen, dass Joan Tränen in die Augen schossen.

»Ich will nicht, dass du und deine Schwester bei ihm in Ungnade fallen. Lieber gehe ich von hier fort und schließe mich einem anderen Clan an oder gehe zurück.« Nun war ausgesprochen, worüber sie lange nachgedacht hatte.

»Ich werde nicht nachgeben, bis ich dich als meine Frau auf den Stammsitz meiner Familie führen kann, aye? Nur für kurze Zeit müssen wir uns wohl noch gedulden, auch wenn ich immerhin meinen Vater davon überzeugen konnte, dass du weder Ceana Matheson noch eine andere Hexe bist, sondern nur eine Engländerin. Meine größte Sorge ist, dass mein Vater jeden meiner Schritte überwachen lässt und ich seine Häscher direkt zu dir führe. Ich habe aufgepasst, mir ist niemand gefolgt, als ich in den Wald ritt. Ich habe einen längeren Umweg durch das Gehölz gemacht, um eventuelle Verfolger in die Irre zu führen und mein Pferd im Wald angebunden.«

›Nur eine Engländerin‹ dachte Joan. Sie konnte den Hass der Highlander verstehen, doch was hatte eine harmlose Engländerin wie sie mit den Machenschaften der königlichen Truppen zu tun? »Ich gäbe etwas darum, wenn ich Schottin wäre«, sagte sie.

Ein amüsiertes Lächeln legte sich auf seinen Mund. »Zumindest fließt ein wenig schottisches Blut in deinen Adern, Seonag. Darf ich dich daran erinnern, dass Ceana deine Urahne ist?«

»Es ist besser, wenn wir dieses Wissen für uns behalten«, gab sie zurück. Der Laird durfte das schon gar nicht erfahren. Es würde ihren sicheren Tod bedeuten.

3. Kapitel

Während der folgenden Tage herrschte eisiges Schweigen zwischen Ewan und seinem Vater. Ewan dachte gar nicht daran, sich von seinem Vater fernzuhalten, um seinem Zorn auszuweichen. Der Laird widmete sich bei Tisch mehr und mehr seinem Schwiegersohn Tèarlach. Màiri verweigerte die gemeinsamen Mahlzeiten. Sie aß mit ihren Kindern in ihren Räumen.

Tèarlach, ein mittelgroßer Mann ohne besondere Merkmale, war nie ein Ausbund an Fröhlichkeit gewesen, aber seit seiner letzten Rückkehr aus den Bergen schien er noch verschlossener zu sein als sonst. Zwar hörte er auch heute dem Laird aufmerksam zu, der wieder einmal über die Rotjacken schimpfte und die neuesten politischen Ereignisse kommentierte, aber er nickte dazu nur zustimmend oder prostete dem Laird zu.

Màiri schien mit ihrer Vermutung richtig zu liegen. Ihr Mann musste etwas von ihrem Verhältnis zu Mìcheal Mac-

Gannor erfahren haben. Ewan machte das wütend. Warum durften er und seine Schwester nicht die Menschen lieben, die sie glücklich machten?

Noch während Ewan über diese Ungerechtigkeit nachdachte, fühlte er sich leicht am Ärmel gezupft. Darla, die neben ihm saß, neigte sich leicht vor und flüsterte: »Hast du schon gehört? Vater will ein *cèilidh* veranstalten am nächsten Wochenende.«

Nur mäßig beeindruckt schüttelte Ewan den Kopf. »Nein, davon weiß ich nichts. Müsste ich etwas wissen?«

»Ich möchte den Grund wissen.« Darla warf ihrem Vater einen Blick aus zusammengekniffenen Augen zu. »Es ist so gar nicht seine Art, ein Fest ohne lange Planung zu veranstalten.«

Ewan zuckte mit den Schultern und trank einen weiteren Schluck Whisky. »Irgendeinen Grund wird er schon haben. Frag ihn doch einfach.«

»Das habe ich bereits getan.« Darla zog ihr kleines Näschen kraus. »Er meint, Neugierde sei eine Untugend. Und Mutter schweigt ebenfalls, aber ich konnte hören, dass sie den Sekretär beauftragt hat, Einladungen zu schreiben.«

Ihr Bruder hörte nur mit halbem Ohr auf ihr Geplapper, in Gedanken war er, wie jede Minute des Tages, bei Seonag.

Später klopfte er bei Màiri und Tèarlach an der Tür. Seine Schwester öffnete ihm mit verheulten Augen, Andra und Klein-Ewan stürmten unter Freudengeschrei auf ihren Onkel zu.

»Wie geht es dir?«, fragte Ewan vorsichtig, nachdem Màiri ihre Söhne energisch zu Bett geschickt hatte.

In Màiris Augen glänzten Tränen, als sie erwiderte: »Aye, ich bin einfach entsetzlich traurig. Nicht, weil Vater uns zürnt, sondern weil er dir und Seonag seinen Segen nicht gibt.« Sie schluckte. »Und Tèarlach weicht mir noch immer aus. Ich wollte ihn nie verletzen. Aber ich kann auch nicht auf Mìcheal verzichten. Du willst und kannst auch nicht auf Seonag verzichten, deshalb kann ich dich so gut verstehen.«

Sanft nahm Ewan seine Schwester in den Arm und strich ihr über den Rücken. »Weine nicht um Seonag und mich, ich werde eine Lösung für uns finden.«

»Aber wenn Vater sie findet! Du hast gehört, dass er sie töten lassen will.«

In Ewans Gesicht regte sich kaum ein Muskel, er hatte lange über diese Drohung nachgedacht. »Ich denke, er wollte mir nur Angst einjagen. Stell dir vor, die Rotjacken erfahren, dass er eine Landsmännin grundlos hinrichten ließ … wir hätten keine Ruhe mehr vor den Soldaten des Königs. Auch wenn in den Clans eigene Gesetze herrschen, darf Vater sich nicht über die Gesetze der Krone hinwegsetzen. Er ist klug genug, das zu wissen.«

»Du glaubst also, dass er letztendlich einlenken wird?« Màiris Stimme war nicht mehr als ein Flüstern, und als ihr Bruder nickte, fügte sie etwas lauter hinzu: »Das wird ein Freudentag. Wenn ich doch für mich und Mìcheal auch diese Hoffnung hätte, aber ich bin auf ewig an Tèarlach gefesselt.«

Ewan erinnerte sich an die beim Abendessen verschlossene Miene seines Schwagers und erwiderte nachdenklich: »Er benimmt sich von Tag zu Tag eigenartiger. Aber wie soll er etwas von deinem Geliebten erfahren haben?«

»Das weiß ich auch nicht, irgendjemand muss uns zusammen beim *Broch* gesehen haben.«

»Er wird den ganzen Winter hier sein. Früher oder später wird er mit dir reden.« Ewans Stimme klang wenig überzeugt.

Er räusperte sich und sagte: »Darla erwähnte vorhin, dass Vater in nächster Zeit ein *cèilidh* plant. Ob das etwas mit Seonag zu tun hat?«

Màiri nickte heftig. »Oh ja, Mutter erzählte mir davon, als ich ihr vorhin Gesellschaft leistete. Vater hat sich in den Kopf gesetzt, alle jungen Mädchen im heiratsfähigen Alter einzuladen. Du kannst dir sicher denken, weshalb.«

Ewan hob vage die Schultern.

»Du bist doch sonst nicht so begriffsstutzig.« Seine Schwester schmunzelte. »Vater hofft wohl, dass du dich in eines dieser Mädchen verliebst und Seonag ihrem Schicksal überlässt.«

Plötzliches Begreifen glitt über Ewans Züge. Mit einem kalten Lächeln erwiderte er: »Das hat er sich ja nett ausgedacht.«

»Was hast du vor?« Màiri schielte nervös zur Tür, ihr Mann konnte jeden Moment kommen. Er würde sich wohl sehr wundern, wenn er Bruder und Schwester beim gemeinsamen Plausch in den ehelichen Gemächern vorfinden würde.

»Ich werde nicht an dieser Farce teilnehmen«, verkündete Ewan und warf sich stolz in die Brust. Wie er so dastand, im Hintergrund das prasselnde Kaminfeuer, glich er einem jungen Gott. Das lange dunkle, fast schwarze Haar lag leicht auf den breiten Schultern, zu seinem dunkelgrünen Leinenhemd trug er den *breacan feile*, der gefältelt um die Hüften geschlungen war und mit einem Gürtel gehalten wurde. Der Tartan der Familie MacLaughlin bestand aus leuchtenden Farben, rot und grün.

Màiri war stolz auf ihren schönen Bruder, und als sie ihn so beobachtete, wurde ihr Herz noch schwerer. Er litt unsäglich darunter, dass er die Frau seines Herzens nicht lieben durfte – und das nur, weil sie keine Schottin war.

Sein neuerliches Räuspern ließ sie zusammenfahren. »Soll ich Mìcheal eine Nachricht von dir überbringen? Morgen werde ich ganz offiziell zu den MacGannors reiten, da könnte ich einen Brief mitnehmen.«

Erschrocken legte sie einen Finger auf den Mund, immerhin befanden sich ihre Söhne nebenan. Sie schlich zur angelehnten Tür, lauschte, bis sie sicher war, dass Andra und Klein-Ewan schliefen.

»Aye, ich will Mìcheal noch heute Nacht ein paar Zeilen schreiben. Bitte sag ihm, dass ich ihn liebe und ihn niemals vergessen werde.«

»Nicht traurig sein, *piuthar.*« Ewan strich ihr tröstend über die Wange. »Auch wenn du nicht frei für Mìcheal bist, so kannst du seiner Liebe doch gewiss sein und ihr könnt euch treffen, solange niemand außer uns etwas davon weiß.«

Mit bekümmerter Miene schüttelte Màiri den Kopf. »Schon, aber was ist mit meinem Gewissen? Ich bin eine verheiratete Frau und das, was ich tue, ist nicht richtig.«

Ruhig sagte er: »Niemand würde dein Tun billigen, hättest du Tèarlach freiwillig aus Liebe geheiratet.«

»Er ist ein guter Mann!«, erwiderte Màiri ungewollt heftig. »Die Kinder und ich haben nichts bei ihm auszustehen.«

»Er ist die meiste Zeit des Jahres unterwegs, für meine Neffen kann er kaum ein guter Vater sein. Vater hätte dich nie zu dieser Heirat zwingen dürfen.«

Entsetzt hob sie die Hände. »Er hat mich nicht gezwungen, *ich* habe Tèarlach geheiratet.«

»Aye, das hast du, weil du eine gehorsame Tochter bist, und es keinen anderen Mann in deinem Leben gab. Sei ehrlich, hättest du Tèarlach genommen, wenn du Mìcheal gekannt hättest?«

»Nein!«, widerfuhr es ihr so hastig, dass sie sich danach erschrocken auf die Lippen biss.

»Siehst du. Dein Mann war schon immer ein Eigenbrötler, war auch in seinem Clan dafür bekannt, abgeschieden von den anderen zu leben. Vater hätte keinen größeren Irrtum begehen können, als dich mit ihm zu vermählen.«

»So darfst du nicht reden, *bráthair*[1]. Tèarlach ist ein sanftmütiger Mann, der seine Familie liebt.«

Ewans Gesicht verfinsterte sich. »Deshalb hat er sich auch um den Posten gerissen, als es darum ging, freie Männer in den Bergen aufzufordern, unserem Clan beizutreten, aye? Sieh ihn dir doch nur an, er fühlt sich hier wie ein Tiger im Käfig und zählt vermutlich schon die Tage bis zum Frühjahr.«

Màiri konnte darauf nichts entgegnen. Mit leiser Stimme sagte sie: »Seonag riet mir, zu meiner Liebe zu stehen, aber sie sieht es, aus ihrer Zeit kommend, nicht so sehr als eine große Schandtat, wenn man die Ehe bricht.«

Unvermittelt nahm Ewan sie bei den Schultern und sagte mit eindringlicher Stimme: »Seonags Zeit ist hier. Hier bei uns im Jahre des Herrn 1731.«

»Oh aye.« Rasch nickte sie. »Aber du kannst nicht verleugnen, dass sie aus einer anderen Zeit stammt, und vergessen wirst du es auch nie.«

»Nein.« Kraftlos ließ er die Arme sinken. »Vergessen werde ich nie, woher sie kommt. Ich habe ihre Welt mit eigenen Augen gesehen, es ist eine kalte Welt, soweit ich das beurteilen kann.«

Nachdem Joan durch das Zeitloch ins Jahr 2005 zurückgekehrt war, war Ewan ihr gefolgt. Auch ihm war erst richtig bewusst geworden, wie viel ihm diese kecke, vorlaute *Sasannach* bedeutete, nachdem sie aus Màiris Kammer verschwunden war. Von Sehnsucht getrieben war er tagelang durch die Wälder gestreift, hatte mit Erstaunen die Ruine von Glen-

1 Bruder

bharr Castle gesehen und fantastische Dinge wie Flugzeuge und Autos. Als er Joan nicht fand, war er enttäuscht in seine Zeit zurückgekehrt.

»Darf ich einen Blick in deine Webkammer werfen?«, fragte er plötzlich und spähte zu der unscheinbaren Tür neben dem Kamin.

»Wozu? Willst du Seonag wieder hier verstecken?«

Er lachte. »Nein, wenn sie das nächste Mal die Burg betritt, wird sie durch das Tor schreiten, an meiner Seite.«

Bereitwillig öffnete seine Schwester die Tür, dahinter lag ihre persönliche Kammer, in die sie sich zurückzog, um zu lesen oder zu weben. Auf dem Tisch lag ein Webrahmen, die Hälfte eines neues Plaids war bereits fertig.

Ewan nahm mit einem dankbaren Nicken die Kerze, die Màiri ihm reichte, und betrat die Kammer. Außer dem Tisch gab es nur noch einen Stuhl, einige Wäschetruhen, ein Bücherregal, und in einer Nische befand sich ein schmales Bett. Hier hatte Màiri Joan wochenlang versteckt, nachdem sie ihr bei der Flucht aus dem Kerker geholfen hatte.

»Es kommt mir fast wie eine Ewigkeit vor«, murmelte Ewan, als er seinen Blick schweifen ließ. »Erinnerst du dich an unser erstes Zusammentreffen? Ich dachte, mich trifft der Schlag, als ich Seonag seelenruhig hier sitzen sah.«

»Wir wären beide vor Schreck fast gestorben. Ich darüber, dass du sie entdeckt hast.«

Er lächelte. »Himmel, wie hat mich diese Frau mit ihrem kecken Mundwerk gereizt. Sie hatte keinerlei Respekt vor mir.«

»Trotzdem habt ihr euch ineinander verliebt, auch wenn ihr selbst es noch gar nicht gemerkt hattet«, gab Màiri zurück. »Ich habe von Anbeginn gewusst, dass ihr zusammengehört.«

»Das hast du. Und nun ist diese Frau für immer in meiner Nähe und ich kann mich nur wie ein Dieb zu ihr schleichen.«

Schweigend verließen sie die Kammer, und Ewan verabschiedete sich kurz darauf.

Wie jeden Tag war er sehnsüchtig von Joan erwartet worden.

Zuvor hatte er sein Versprechen wahr gemacht und einen Abstecher zum Clan Gannor gemacht, um Màiris Botschaft zu überbringen.

Mìcheal war ein Neffe des Clanoberhauptes Crìsdean MacGannor und lebte unter seinem Dach. Im Gegensatz zu Màiri war er nicht verheiratet, litt wie sie unter den Umständen. Obwohl auch er um die Hoffnungslosigkeit seiner Liebe zu Màiri wusste, konnte und wollte er nicht von ihr lassen. In Ewan hatte er einen Freund gefunden, der für seinen Kummer Verständnis hatte. Von dessen eigenem Kummer ahnte er nichts.

Joan musterte Ewan kritisch. Sie hatten zusammen geschlafen und saßen nun, die nackten Leiber in Lammfelle gehüllt, vor dem lodernden Kamin.

»Dein Vater zürnt dir noch immer«, sagte sie leise. »Er wird mich immer hassen und niemals zulassen, dass ich deine Frau werde.«

Ewan winkte ab. »Er wird sich beruhigen. Vater ist auf Nachkommen von mir angewiesen. Ich bin der letzte männliche Spross der MacLaughlins, wenn ich keine Söhne zeuge, stirbt die Familie aus.« Er lächelte und erzählte ihr vom Plan seines Vaters, ihn auf einem Fest mit den schönsten Frauen des Clans zusammenzubringen.

Dem Laird war es also ernst, er kämpfte mit allen Mitteln gegen sie. Joan richtete nachdenklich den Blick auf das wärmende Feuer, während Ewan sie zu sich heranzog. Er legte seine und ihre Felle zur Seite, sodass sich ihre Körper berührten. »Mein Leben ist nichts wert, wenn ich dich nicht habe, *mo ghràidh*. Niemals findet eine andere Frau Platz in meinem Herzen, niemals!«

Er drängte sich dichter an sie, und sie konnte erneut seine harte Männlichkeit spüren. Bereitwillig lehnte sie sich zurück und öffnete sich, um ihn zu sich zu lassen. Gegen den sie alles vergessen lassenden Höhepunkt seiner Leidenschaft waren seine Liebesbeteuerungen nur Worte.

»Schenkst du mir bei dem *cèilidh* einen Tanz?« Anna lächelte kokett, als Ewan ihr über den Weg lief.

Der Laird hatte die Boten mit der Einladung zum Fest ausgeschickt. Er war wie besessen, Ewan so schnell wie möglich zu verheiraten.

Das junge Mädchen war eine Augenweide. Unter einem Schleier von goldblondem Haar sah man in ihr ebenmäßiges Gesicht mit großen veilchenblauen Augen und einem sinnlichen Mund. Ihre Figur war zierlich, jedoch mit einladenden Rundungen an den richtigen Stellen.

»Nein.« Mit großen Schritten ging er weiter, aber so schnell ließ Anna sich nicht abwimmeln. Sie raffte ihre Röcke und eilte ihm nach, und als sie ihn eingeholt hatte, baute sie sich vor ihm auf.

»Du warst schon einmal freundlicher zu mir«, sagte sie und machte einen Schmollmund, der jedes Männerherz erweichen lassen musste.

Nicht Ewans Herz.

»Es gab eine Zeit, da hast du meine Küsse sehr genossen«, fügte sie mit Nachdruck hinzu.

Einige Sekunden betrachtete er das schöne Mädchen eingehend. Sie war eine große Versuchung. »Das ist wahr, aber die Zeiten ändern sich, Anna.«

Annas engelsgleiche Miene veränderte sich: »So ist das also, du hast nur mit mir gespielt. Du hast meine Gefühle verletzt, du …«

»*O mo chreach*[1]!« Gegen seinen Willen musste Ewan lachen. »Du tust, als hätte ich dir die Unschuld geraubt, aber so weit ist es bei uns beiden doch nie gekommen. Ich bin ja auch nicht der einzige Mann, den es gibt. Such dir doch bitte einen anderen, dann sind wir beide zufrieden.«

Anna blickte ihm mit vor Zorn zusammengekniffenen Augen nach, als er nach diesen Worten zu den Pferdeställen schlenderte. »*Dearg amadain*[2]!«, zischte sie und drehte sich auf dem Absatz um.

»Was ist denn mit dir passiert?«, erkundigte sich Darla, als Anna wenig später griesgrämig in die Färbekammer gestürzt kam. »Wolltest du mir nicht helfen?«

»Dein Bruder ist der größte Flegel, den ich in meinem ganzen Leben gesehen habe«, schimpfte Anna und griff nach einem der großen Holzlöffel, mit denen die Wollstränge, die in einem Bottich roter Farbe schwammen, bewegt werden mussten.

Die Wolle hatte Darla während der letzten Monate gesponnen. Màiri hatte im Sommer bestimmte Farne und Blumen gesammelt und sie dann einige Zeit in verschiedenen Bottichen mit Wasser und ein paar Geheimzutaten eingeweicht, bis ein Sud entstanden war, der der Rohwolle die auffallend leuchtenden Farben des MacLaughlin Tartans verlieh.

Mit einer raschen Handbewegung strich sich Darla eine Haarsträhne, die sich unter ihrer Haube gelöst hatte, zurück. »Aye, Ewan benimmt sich seit einiger Zeit in der Tat merkwürdig, das ist mir auch schon aufgefallen. Mein Vater redet

---

1 Um Gottes Willen
2 Vollidiot

mit ihm seit Tagen kein Wort, irgendetwas muss geschehen sein, und Màiri scheint auch betroffen zu sein. Sie rennt dauernd mit verheultem Gesicht herum, dabei sollte sie doch froh sein, dass endlich wieder jemand ihr Bett teilt.«

Die beiden jungen Frauen kicherten, dann arbeiteten sie eine Weile schweigend, die eine rührte in dem Bottich mit roter Farbe, die andere in dem mit grüner Farbe. An den Wänden hingen bereits einige gefärbte Wollstränge an eisernen Haken zum Trocknen, in wenigen Wochen würde Màiri daraus wieder etliche neue Plaids weben können.

»Glaubst du, dass dein Bruder eine andere hat?«, fragte Anna unvermittelt, während sie unter großer Mühe mit dem Holzlöffel einen weiteren Strang aus dem Sud fischte. »Bis vor Kurzem hat er mich fast mit den Augen verschlungen, wenn er mich sah, und jetzt bin ich Luft für ihn.«

Hilflos hob Darla die Schultern. »Den Gedanken hatte ich auch, ich hab sogar meine Schwester darauf angesprochen; du weißt ja, die beiden stecken ständig die Köpfe zusammen. Aber sie sagt nein.«

»Vielleicht lügt sie.«

»Wir werden ja sehen, mit wem Ewan bei dem Fest am häufigsten tanzt, aye?«

Die Einladung des Lairds war mit großer Begeisterung aufgenommen worden, und trotz der widrigen Wetterumstände – es hatte erneut geschneit und war bitterkalt – kamen die Gäste in Scharen. Natürlich waren die Eltern der jungen Mädchen ebenfalls eingeladen worden, sodass sich der Festsaal schnell füllte.

Bereits vor Einbruch der Dunkelheit hatte sich Ewan davongestohlen. Nur Màiri wusste, dass er zu Seonag geritten war, um mit ihr die Nacht zu verbringen. Sein Vater hatte noch keine Ahnung, dass die Hauptperson des Abends mit provozierender Absicht durch Abwesenheit glänzen würde.

Lustlos flocht Màiri ein paar bunte Bänder in ihr langes Haar, das sie an diesem Abend offen tragen wollte. Im Spiegel konnte sie Tèarlach beobachten; er polierte mit abwesender Miene sein Breitschwert, das Teil der Festbekleidung war.

Noch immer redete Tèarlach nur das Nötigste mit seiner Frau, und wenn sie ihn zaghaft auf sein Schweigen ansprach, erhielt sie kaum eine Antwort.

Und dann erkannte Màiri im Spiegel plötzlich etwas neues in seinen Augen, einen zärtlichen, glücklichen Ausdruck, den sie nie zuvor bei ihm gesehen hatte.

Sie wirbelte herum, und als Tèarlach überrascht sein Haupt hob, trat wieder jene ausdruckslose Miene in sein Gesicht, die Màiri nur allzu gut kannte.

»Was ist, meine Liebe?«, fragte er mit gerunzelter Stirn. »Bist du bereit für das Fest?« Er stand auf und knüpfte das Schwert an seinen Gürtel. Sein einst blondes Haar war in den vergangenen Jahren zunehmend grau geworden und die Furchen in seinem wettergegerbten Gesicht tiefer.

Màiri räusperte sich, erhob sich langsam und trat auf ihren Mann zu, der sie um Haupteslänge überragte. Sie holte tief Luft, dann sagte sie: »Bevor wir uns unter die Feiernden mischen, möchte ich endlich wissen, was dich so verändert hat. Versuche nicht, mir einzureden, dass alles in Ordnung ist, ich spüre genau, dass etwas nicht mit dir stimmt.«

Mit einem müden Lächeln strich Tèarlach ihr über ihre Wange. »Ich habe lange darüber nachgedacht, ob ich mit dir darüber sprechen soll. Nun, heute ist der Tag, an dem ich reden werde. Aber gib mir ein wenig Zeit, bis ich mir Mut angetrunken habe, aye?«

Verblüfft sah sie ihm nach, als er, ohne auf sie zu warten, das Gemach verließ. Wofür wollte er sich Mut antrinken?

Gab es etwa in seinem Leben auch ein Geheimnis, das er an diesem Abend lüften wollte?

Es war das erste Mal, dass Ewan eine ganze Nacht bei Joan verbrachte. Sie hatten Zeit, und Joan musste nach allen Überlegungen eine Entscheidung treffen.

»Er wird toben, wenn er merkt, dass du nicht bei der Feier bist«, begann Joan, vor dem Kamin mit ihm sitzend, das Gespräch. Sie starrte ins Feuer. »Er hat das Fest eigens für dich ausgerichtet. Sein Zorn gegen mich wird sich steigern. Du wirst ihn, wie du glaubst, auch mit der größten Hartnäckigkeit nicht dazu bewegen, einem Zusammenleben mit mir zuzustimmen, geschweige denn unserer Heirat. Er wird mich suchen lassen und sie werden mich finden. Er hat mich schon einmal in den Kerker werfen lassen.« Es tat ihr weh fortzufahren, aber die Ausweglosigkeit der Situation konnte sie nicht länger negieren. »Wir müssen das beenden. Ich werde, wie auch immer, nach London zurückkehren.«

»Es wäre nicht mehr das London, das du gewohnt bist – und ohne mich gehst du nirgendwohin, aye? Nicht, solange ich lebe.« Er sprach wie zu einem kleinen uneinsichtigen Kind mit ihr, und das machte Joan wütend.

»Du kannst deinen Clan nicht verlassen, aber ich bin vogelfrei.«

Er widersprach. »Wir werden in die Lowlands gehen, dort können wir uns ein gemeinsames Leben aufbauen.«

Sie lachte. »Das darfst du nicht, du hast deinem Vater den Treueeid geschworen.«

»Aye, das habe ich, aber es macht mir nichts, ihn zu brechen. Er ist selbst schuld, dass ich es tun muss.«

»Das ist Erpressung«, stieß Joan hervor. »Er wird denken, dass ich dich dazu angestiftet habe und mich umso mehr hassen.«

»Ich werde noch einmal an seine Vernunft appellieren.«

Joan war nicht überzeugt, dass das einen Sinn haben würde.

Sie hatte gesagt, was sie sagen musste. Leidenschaftlicher denn je gab sie sich Ewan nach diesem Gespräch hin.

Suchend sah sich Anna um. Ihre Blicke glitten geringschätzig über die anderen Frauen auf dem Fest, von denen es so manch eine mit Annas Schönheit aufnehmen konnte. Doch Ewan hatte sie noch immer nicht entdeckt, obwohl sie schon seit geraumer Zeit nach ihm Ausschau hielt.

Sie hatte sich nur für ihn so hübsch gemacht! Ihr Haar hatte sie gebürstet, bis es wie Gold glänzte und sie hatte ihr schönstes Kleid angezogen, das ihre Figur auf das Schmeichelhafteste betonte.

Als Màiri des Weges kam, hielt Anna sie an und erkundigte sich nach Ewan. Dabei musste sie gegen die Musik anschreien, denn nach dem Festmahl begannen nun die Dudelsackspieler und Trommler damit, zum geselligen Teil des Abends überzugehen.

»Nein, ich habe ihn nicht gesehen«, schrie Màiri zurück und sagte nur noch, auch sie sei auf der Suche, auf der Suche nach ihrem Mann. Noch bevor Anna eine weitere Frage stellen konnte, war sie bereits in der Menge aus fröhlichen tanzenden Paaren verschwunden.

Missmutig kehrte Anna dem Festsaal den Rücken zu, vielleicht hatte irgendetwas Ewan aufgehalten und er erschien später.

Màiri hingegen hatte mehr Glück bei ihrer Suche. Sie fand ihren Mann abseits in einer Nische sitzend, einen Becher Whisky in der Hand, in Gedanken versunken. Erst als seine Frau dicht neben ihm stand, bemerkte er sie und reckte seine hagere Gestalt.

Er hielt ihr den Becher hin. »Möchtest du einen Schluck?«

»Nein, ich möchte, dass du mit mir redest.« Sie quetschte sich neben ihn in die enge Mauernische, der eine unangenehme Kälte entströmte. »Du sagtest, du hättest mir etwas zu sagen und jetzt gehe ich nicht eher, bis ich erfahren habe, was du auf dem Herzen hast.« Es fiel ihr schwer, sich unbefangen zu geben. Sie glaubte, ihr eigenes schlechtes Gewissen stünde ihr auf die Stirn geschrieben.

»Nicht hier.« Tèarlach stand auf, dabei schwankte er etwas. »Für das, was ich dir zu sagen habe, brauche ich keine Zuhörer.« Er wies sie an, ihr in die Bibliothek zu folgen.

Die Bibliothek wurde vom Laird weniger zum Lesen als zum Erledigen seiner Korrespondenz benutzt, wie ein riesiger Schreibtisch neben einem der Fenster zeigte. Nur Ealasaid zog sich hin und wieder in die Bibliothek zum Lesen und Entspannen zurück, wenn ihre Gesundheit es zuließ. Deshalb wurde täglich der Kamin entzündet.

Das Feuer im Kamin verbreitete ein gespenstisches Licht im Raum, bis Tèarlach einige Kerzen ansteckte. Máiri konnte ihre Ungeduld kaum bezähmen. Warum machte er es so feierlich und sagte ihr nicht auf den Kopf zu, dass er alles von Mìcheal MacGannor wusste?

»So setz dich doch, meine Liebe.« Tèarlach wies auf einen der hochlehnigen Stühle, die an den Wänden standen.

Normalerweise nahmen dort Pächter Platz, die ihrem Herrn ein Problem schilderten oder eine Bitte vorbrachten.

Gehorsam setzte sich Màiri, aber zu ihrem Erstaunen blieb ihr Mann stehen und begann, langsam auf- und abzuwandern. Bei jedem Schritt rasselte das Schwert an seiner Seite.

»Nun, was ich dir jetzt zu sagen habe, fällt mir schwer«,

begann er. »Sehr schwer. Denn du bist mir immer ein treues Weib gewesen und unsere Söhne könnten sich keine bessere Mutter wünschen.«

Màiri entspannte sich. Was redete er da? Das schien keine Anschuldigung zu werden.

»Vielleicht ist dieses Fest, an dem alle fröhlich sein sollten, nicht der richtige Ort für das, was ich dir sagen will … aber einen richtigen Ort oder auch Zeitpunkt kann es dafür eigentlich nicht geben. Als ich im letzten Jahr durch die Berge streifte, begegnete ich einer Frau namens Thelma. Sie irrte mit ihrer kleiner Tochter dort herum, und ich nahm mich ihrer an und baute ihr eine winterfeste Hütte, weitab jeder Zivilisation. Ihr Mann ist von den Rotjacken hingerichtet worden, weil er sich dagegen gewehrt hatte, sein letztes Vieh von der Armee konfiszièren zu lassen. Aus Angst, dass man auch sie und das Kind tötete, hatte Thelma sich in den Bergen versteckt.«

»Das ist eine tragische Geschichte«, unterbrach ihn Máiri. »Erzählst du mir, wie sie weitergeht?«

»Nun aye, mit der Zeit merkte ich, dass mir diese Frau immer besser gefiel, und wir verliebten uns ineinander. Als ich im Frühjahr dieses Jahres zu ihr zurückkam, sah ich, dass sie in der Hoffnung war. Mittlerweile hat sie einen Jungen auf die Welt gebracht. Er ist mein Sohn.«

Entgeistert starrte Màiri ihren Mann an, der sich gesetzt hatte und das Gesicht in den Händen verbarg. Mit allem hatte Màiri gerechnet, damit nicht.

»Ich habe dein Vertrauen missbraucht. Es tut mir wirklich leid, weil du das nicht verdient hast, aber ich kann nicht von Thelma lassen.« Zögernd suchte er Màiris Blick. »Ich möchte Thelma heiraten.«

Màiri hob die Brauen. »Aber du bist verheiratet, und zwar mit mir!«

»Natürlich. Ich weiß das doch.«

»Dann willst du dich von mir und den Kindern trennen?« Ihre Augen weiteten sich vor Überraschung. Wie einfach, dachte sie, sie wäre frei für Mìcheal.

Aber so einfach war das nicht, das muss auch Tèarlach klar sein. Sie wäre dem Gespött ausgesetzt. Die Tochter von Laird Dòmhnall, von ihrem Gemahl wegen einer anderen Frau sitzen gelassen. Er wagte gar nicht, sich auszumalen, was sie zu erdulden hätte. Aber er konnte nicht länger schweigen und ein Eheleben weiterführen, das keines mehr ist.

Er sagte das alles Màiri und nahm ihre Hand dabei. »Du bist eine schöne Frau und nicht wert, dass man dich verlässt, doch die Liebe ist stärker. Das kannst du vielleicht nicht verstehen.«

»Oh doch.« Màiri lächelte fein. »Ich verstehe dich sehr gut. Wir hätten niemals heiraten dürfen, das habe auch ich längst erkannt.« Und dann erzählte sie von Mìcheal, wie sie ihn kennengelernt hatte und wie sehr sie darunter litt, ihn nur heimlich treffen zu dürfen.

»Dann hast auch du die wirkliche Liebe gefunden?«, fragte er mit ungläubiger Miene. »Und du wünschst dir, mit Mìcheal zusammen zu sein?«

Sie nickte. »Aber wie sagen wir Vater, dass wir uns trennen wollen? Auch die Kirche wird niemals ihr Einverständnis geben.«

»Schon seit Tagen versuche ich, an deinen Vater heranzukommen, aber du kennst ihn ja. Sein Lieblingsthema sind zurzeit nur noch die Jakobitentreffen und ein neuerlicher Aufstand gegen die Rotjacken.«

Màiri nickte seufzend. Als Frau hatte sie sich eigentlich für Politik nicht zu interessieren, aber durch den Umgang mit Seonag, für die das normal war, hatte sich Màiri viele Gedanken über ihr Volk und die Unterdrückung durch die *Sa-*

sannach gemacht, und sie hatte gelernt, auch ihre Meinung zu sagen.

»Wir werden gemeinsam mit ihm sprechen«, schlug sie vor. »Lass uns jetzt wieder zu den anderen gehen, ich mache mir ein wenig Sorgen um Mutter. Trotz ihres Hustens wollte sie partout an der *cèilidh* teilnehmen.«

Gelöst verließen sie die Bibliothek, beide hingen ihren Zukunftsträumen nach. Das Fest war in vollem Gang. Nicht nur im Saal, in allen Räumen der unteren Etage verlustierten sich zuprostende Männer, kichernde Mädchen und küssende Paare. Nur die Hauptperson war nicht da.

Der Laird saß noch immer am Kopf der Tafel, an der das Festmahl stattgefunden hatte. Bedienstete hatten die Reste beiseite geschafft und stattdessen Whiskyfässer herangerollt, aus denen man sich eifrig bediente. Dòmhnall war stolz auf seinen Whisky, den er in einer versteckten Destille tief in den Wäldern herstellen ließ. Wie so vieles, war es von der britischen Krone verboten, Whisky selbst herzustellen und zu verkaufen, doch kaum ein Clan scherte sich um das Verbot. Die Highlander sahen darin nur eine der vielen lästigen Schikanen, denen sie ausgesetzt waren und denen sie sich widersetzten, so gut es ging.

Einige ältere Clanmänner saßen noch diskutierend bei ihrem Oberhaupt. Der Jakobitenaufstand beherrschte wie üblich das Gespräch. Der Laird hatte als Colonel mit seinen Männern an der Schlacht von Sheriffmuir teilgenommen, eine wulstige Narbe quer über dem Unterarm, die von einem englischen Säbel stammte, würde ihn bis ans Ende seiner Tage an diese bemerkenswerte Schlacht erinnern.

Ealasaid war die einzige Frau an der Tafel, und obwohl sie müde war und gerne zu Bett gegangen wäre, verharrte sie geduldig und mit sanftem Lächeln an der Seite ihres Gemahls.

»Dein Sohn hat tatsächlich die Frechheit besessen, nicht

zum Fest zu erscheinen«, raunte der Laird seiner Frau zu. »Er kann sich auf etwas gefasst machen.«

Sie hustete in ihr Taschentuch. »Ewan hält sich eben an deine Anweisungen: Er soll dir so wenig wie möglich unter die Augen treten, um deinen Zorn nicht zu steigern.«

»Wortklauberei«, brummte der Laird. »Er weiß genau, dass die Familie bei einer *cèilidh* vollständig versammelt zu sein hat.«

Ealasaid entgegnete nichts darauf.

4. Kapitel

Im Morgengrauen kehrte Ewan in die Burg zurück. In der Halle waren die Bediensteten noch mit den Aufräumarbeiten beschäftigt.

Màiri hatte nicht geschlafen. Sie hockte wartend vor der Tür zu Ewans Gemächern. Als sie ihren Bruder erkannte, sprang sie auf und eilte ihm entgegen.

Erschrocken lief er auf sie zu, packte sie bei den Schultern und fragte leise: »Warum sitzt du hier? Gab es Ärger mit Vater?«

Seine Schwester lachte unterdrückt, dann zog sie ihn zur Tür. »Lass uns hineingehen. Gestern hat sich etwas sehr Bemerkenswertes ereignet, und ich konnte nicht schlafen gehen, bevor ich nicht darüber mit dir gesprochen habe.«

»Sprich schon, Schwester. Du siehst aus, als hättest du mir eher Erfreuliches zu sagen. Hat Vater eingesehen, dass sein Plan nicht aufgeht?«

Für den Bruchteil einer Sekunde verdunkelte sich Màiris Blick. »Nein, das hat er nicht. Er polterte beim Zubettgehen, dass er dich in Stücke reißen will, wenn du ihm wieder unter die Augen trittst.«

Sie waren in Ewans Räumen, Màiri ließ sich ungeniert auf Ewans Wäschetruhe nieder und wiederholte bis ins kleinste Detail, was sich am Abend zuvor abgespielt hatte.

In Ewans Gesicht trat ein ungläubiger Ausdruck. »Tèarlach hat in den Bergen eine Geliebte? Das hätte ich dem alten Haudegen nie und nimmer zugetraut. Und was sagt Vater dazu?«

»Noch nichts«, gab sie kleinlaut zurück. »Wir wollen es ihm gemeinsam sagen.«

Ewan überlegte. »Könnt ihr nicht noch ein paar Tage mit eurer Beichte warten? Zuerst muss ich mit Vater reden. Er muss sich entscheiden, ob er Seonag als Schwiegertochter anerkennen will; wenn er das nicht tut, geht sie und ich mit ihr.«

Erschrocken sprang Màiri auf. »Du willst den Clan verlassen? Und was ist mit unserer kranken Mutter?«

»Ich denke, Mutter wird mich verstehen.«

»Aye, Ewan, denk daran, dass du Vaters Nachfolger bist.«

Sorglos hob Ewan die Schultern. »Mir ist klar, dass ich damit Schande über den Clan bringen würde.«

Màiri ließ die Schultern hängen. Ihr wurde das Herz schwer, wenn sie daran dachte, dass sie vielleicht ihren geliebten Bruder verlieren würde.

»Wann willst du mit ihm sprechen?«, fragte sie leise und wischte sich verstohlen eine Träne aus dem Augenwinkel. Und als er sagte, sowie der Laird aufgestanden sei, drehte sie sich auf dem Absatz um und stürzte zur Tür hinaus. Ewan sollte sie nicht weinen sehen. Was war ihre Liebe zu Mìcheal, wenn sie ihren eigenen Bruder nie wiedersehen würde?

In der Bibliothek führte Laird Dòmhnall seine Gemahlin zu einem bequemen Polsterstuhl, nahm hinter seinem wuchtigen Schreibtisch Platz und forderte Ewan mit einer flüchtigen Geste auf, sich ebenfalls zu setzen.

»Nun, Sohn, was hast du mir zu sagen?«

Ewan wich dem stechenden Blick seines Vater keineswegs aus, als er mit erzwungener Ruhe zurückgab: »Wenn du eine Entschuldigung für meine gestrige Abwesenheit erwartest, muss ich dich enttäuschen, *athair.*«

Der Laird schnaufte verächtlich. »Du warst bei dieser *Sasannach*, gib es zu! Anstatt dich um deine Gäste zu kümmern, hast du dein Liebchen besprungen wie ein Hirsch in der Brunft!«

»Dòmhnall!«, rief Ealasaid entrüstet. Sie war derbe Reden ihres Gatten gewohnt, aber noch nie hatte er so mit Ewan gesprochen.

»Lass nur, Mutter.« Ewan lehnte sich zurück, er ballte die Fäuste, um ruhig zu bleiben. Sein Vater sprach von Seonag wie von einer Hure.

»Es waren *deine* Gäste. Nicht ich habe diese Frauen und ihre Familien eingeladen, sondern du.«

»Na und?«, bellte der Laird. »Darf ich dich daran erinnern, dass ich dieses *cèilidh* zu deinen Ehren veranstaltet habe?«

Noch immer blieb Ewan ruhig, in seinem schönen Gesicht zuckte kein Muskel. »Ich habe dich nicht darum gebeten. Ich erwarte, dass du Seonag als meine Frau anerkennst und sie in die Familie aufnimmst.«

»Niemals!« Der Laird klatschte mit der flachen Hand auf die Tischplatte. »Dieses Weibsbild wird mir nie wieder unter die Augen treten. Du hast mir nicht richtig zugehört, Sohn!«

Ewan verschränkte die Arme unter der Brust und erwiderte

mit fester Stimme: »Wie du willst. Also werde ich mit Seonag den Clan verlassen.«

Verblüffung machte sich in Laird Dòmhnalls Gesicht, aber auch in dem von Ealasaid breit. Es war kalt in der Bibliothek. Die Kälte glich der des eisigen Schweigens und der der feindseligen Blicke, die Vater und Sohn wechselten.

Der Laird fand schließlich seine Sprache wieder, seiner tiefen Stimme haftete noch immer Ungläubigkeit an. »Du willst wegen einer *Sasannach* also die Familie verlassen, ohne an die Folgen zu denken?«

»Die Folgen habe ich bereits bedacht, Vater.«

»So, hast du.« Dòmhnall holte tief Luft.

»Mir sind meine Pflichten bekannt.« Ewan stand auf.

»Ich bin noch nicht fertig.« Der Laird wies auf den Suhl, auf dem Ewan gesessen hatte.

»Aber ich bin es, Vater. Ich gebe dir bis morgen früh Zeit. Ich bleibe und erfülle meine Pflichten, wenn ich Seonag heiraten kann.«

Ewan drehte sich wortlos um und ließ seine Eltern alleine.

Es dauerte Minuten, bis Laird Dòmhnall sich wieder so weit in der Gewalt hatte, dass er sprechen konnte. Nur langsam gelang es Ealasaid, seinen Zorn zu dämpfen. Eine Welt schien für ihn zusammenzubrechen. Sie litt mit ihm, aber sie litt auch mit ihrem Sohn. Das gab ihr die Kraft zu kämpfen, und da der Laird seine Frau verehrte und liebte, gelang es ihr, ihn zu überzeugen. ›Du hast es gehört, Ealasaid. Wir haben keinen Sohn mehr‹, sagte er – ›es liegt bei dir‹, hatte sie erwidert, bis er schließlich einlenkte: »Ich werde es mir durch den Kopf gehen lassen.«

»Um nichts anderes bitte ich dich, mein Gemahl«, gab sie erleichtert zurück.

Unruhig durchschritt Joan die kleine Kate.

Als es zaghaft an die Tür klopfte, fuhr sie zusammen und tastete nach dem *Sgian Dubh*, den sie nach Ewans Ermahnung nun immer bei sich trug. Mit angehaltenem Atem starrte Joan zur vorsichtig sich öffnenden Tür, und erst als sie Màiris zierliche Gestalt erkannte, entspannte sie sich.

»Du bist es«, sagte sie erfreut. »Hast du Ewan mitgebracht?«

»Er kommt später.« Die beiden Frauen umarmten sich, und an Màiris Miene erkannte Joan, dass etwas geschehen war.

Ewans Schwester berichtete von dem Ultimatum, das Ewan seinem Vater gestellt hatte, und dass er zu seinem Wort stehen würde. »Ein MacLaughlin steht immer zu seinem Wort.«

»Dann wird es also daraus hinauslaufen, dass er mir zuliebe seine Familie verlassen muss. Das kann er doch nicht wirklich tun.«

»Er wird es tun, doch ich hoffe immer noch, dass Vater einlenkt und dich als Schwiegertochter anerkennt.«

»Das wird niemals geschehen!« Wild schüttelte Joan den Kopf.

Màiri nahm sie sanft beim Arm. »Du warst die längste Zeit in deinem Versteck. Wenn Vater sich gegen dich entscheidet, wird Ewan schon morgen mit dir das Gebiet von Glenbharr verlassen.« Obwohl ihre Stimme zuversichtlich klingen sollte, hörte sie sich traurig an.

»Eigentlich müsstest du mich hassen, weil ich dir deinen geliebten Bruder nehme.«

»Das darfst du nicht sagen!«, rief Màiri aufgebracht, ihre Augen weiteten sich vor Schrecken. »Mein größter Wunsch ist es, dass ihr beide glücklich werdet.« Sie stockte, erst jetzt schien ihr einzufallen, dass sich auch in ihrem Leben etwas Entscheidendes zugetragen hatte.

Erstaunt lauschte Joan, als Màiri zwischen Lachen und Weinen von Tèarlachs Beichte erzählte.

»Ich freue mich für dich. Weiß Mìcheal schon davon?«

»Nein, ich hatte noch keine Gelegenheit, ihn zu sehen, und Ewan mag ich jetzt nicht darum bitten, ihm eine Botschaft zu bringen. Aber da gibt es noch ein Problem … mein Vater, immer wieder Vater. Niemand weiß, wie er es aufnimmt.«

»Ich verstehe.«

»Das Schlimme ist«, Màiri nestelte an ihrem Umhang, den sie trotz der Wärme in der Hütte nicht abgelegt hatte, »unsere Familie ist streng katholisch. Wir brechen das Eheversprechen. Wie würde ein Vater in deiner Zeit reagieren?«, fragte Màiri gehemmt.

Joan kaute eine Weile auf der Unterlippe, dann sagte sie: »Hm, nehmen wir einmal an, dein Vater wäre auch dort ein wohlhabender Großgrundbesitzer. Vermutlich würde er dich enterben. Aber niemand würde mit Fingern auf dich zeigen, weil du einen anderen Mann liebst. Und eine Scheidung stellt dort auch kein großes Problem dar. Hast du deinen Söhnen schon erzählt, dass sie ihren Vater verlieren?«

»Tèarlach und ich sind übereingekommen, dass er auch nach unserer Trennung regelmäßig die Jungen besucht. Für sie wird es keinen Unterschied machen, denn sie sind es gewohnt, ihren Vater nicht sehr oft zu sehen.«

»Aber wie willst du ihnen den neuen Mann an deiner Seite erklären?«

Traurig senkte Màiri den Kopf.

In diesem Augenblick sah sie so niedergeschlagen aus, dass Joan sie trotz ihres eigenen Kummers tröstend in die Arme nahm.

Unauffällig betrachtete Ealasaid ihren Mann, der schon seit Stunden mit grimmiger Miene im Schlafgemach umherwanderte, auch im Bett hatte er sich ruhelos von einer Seite zur anderen gewälzt. Sie selbst tat, als wäre sie soeben erwacht, streckte sich und seufzte wohlig. Jeder Tag, der ohne einen quälenden Hustenanfall begann, war ein guter Tag.

»*Madainn mhath*[1]«, sagte sie leise, richtete sich halb in den Kissen auf und hüstelte. »Konntest du nicht länger schlafen, Liebster?«

Dòmhnall schüttelte schwerfällig den Kopf und öffnete die Samtvorhänge der hohen Fenster, durch die fahles Morgenlicht drang. »Ich habe die ganze Nacht nachgedacht.«

Es war unnötig zu fragen, worüber er nachgedacht hatte. Stattdessen sagte Ealasaid zögernd: »Ich wünschte mir, du wärst zu einer Entscheidung gekommen. In Kürze wird Ewan vor dich treten und wissen wollen, wozu du dich entschlossen hast.«

»Aye, das wird er.«

Als er keine Anstalten machte weiterzureden, sondern mit düsterer Miene weiterhin den Raum durchschritt, fragte Ealasaid: »Und?«

Der Laird reckte die Schultern, sodass er noch größer wirkte, als er ohnehin schon war, atmete einige Male tief durch und erwiderte dann mit widerstrebend sachlicher Stimme: »Er soll in Gottes Namen diese *Sasannach* heiraten.«

Seiner Frau entfuhr ein Freudenschrei, sie warf die Bettdecke zur Seite, stand auf und eilte mit nackten Füßen zu Dòmhnall, um ihm um den Hals zu fallen. »Ich habe darum gebetet, dass dein gutes Herz siegen würde.«

Besorgt schob er sie zurück zum Bett. »Du wirst dir noch den Tod holen, wenn du barfuß im Hemd herumläufst.« Es war ihm sichtlich unangenehm, dass sie seine Gutmütigkeit lobte, wo er doch als strenger Vater und ebensolches Clan-

1 Guten Morgen

oberhaupt betrachtet werden wollte. »Du solltest heute im Bett bleiben, meine Liebe, denn du siehst blass aus.«

Ealasaid protestierte, legte sich jedoch gehorsam wieder hin. Sie wollte alles vermeiden, ihn neuerlich zu erzürnen.

»Du täuschst dich, wenn du meinst, ich gäbe mein Einverständnis zu dieser absurden Hochzeit, um Ewan seinen Willen zu lassen.« Er fuchtelte wild mit den Armen. Ealasaid kannte die Gebärde, sie bedeutete, dass er sich für etwas rechtfertigen wollte. »Ich bin davon überzeugt, dass er diese Frau nur heiraten will, weil ich sie hasse.«

»Das ist doch Unsinn«, widersprach sie. »Hast du nicht den Glanz in Ewans Augen gesehen, wenn er von Seonag sprach?«

Ungeduldig winkte er ab. »*Bòilich*[1], der Junge ist noch nicht trocken hinter den Ohren, er weiß nichts von Liebe!«

»Er ist siebenundzwanzig«, warf Ealasaid ein.

»Und wenn schon? Du hättest sie sehen sollen«, fuhr er vor Entrüstung schnaufend fort, »wie sie da vor mir stand mit diesem zerzausten roten Haar und den Lumpen am Körper, die reinste Hexe!«

»Sie war in der Gewalt von Wegelagerern«, sagte Ealasaid mit weicher Stimme. »Kein Wunder, dass sie ungepflegt war. Du solltest deine Vorurteile endlich vergessen, mein Lieber.«

Abwehrend hob er die Hände, dabei stieß er hervor: »Ich werde immer misstrauisch bleiben, bis zu meinem letzten Atemzug! Womöglich ist sie eine Spionin, die nur herausfinden will, ob wir Jakobiten sind.«

Sie warf ihm einen tadelnden Blick zu. »Ich kann mir kaum vorstellen, dass sich die Rotjacken solche Mühe machen.«

---

1 Unsinn

»King George und seinem Gesindel traue ich alles zu«, begehrte er auf und setzte dann etwas beherrschter hinzu: »Nur, damit du es weißt: Ich gebe unserem Sohn nur nach, weil er mein rechtmäßiger Nachfolger ist, und ich dem Clan gegenüber für meine Nachfolge die Verantwortung trage.«

Mit einem Lächeln glitt Ealasaid in die Kissen: »Aber ja, Liebster«, hauchte sie, »deshalb gibst du nach, nur deshalb.«

»Vater will dich in der Bibliothek sprechen«, begrüßte Màiri ihren Bruder in der Halle. »Seiner Miene ist allerdings nicht anzusehen, welchen Entschluss er gefasst hat. Aber Mutter sieht recht gelöst aus, sie hat es sich nicht nehmen lassen, Vater in die Bibliothek zu begleiten.«

Ewan straffte sich, so selbstsicher, wie er tat, war er bei Weitem nicht. Doch vor seiner Schwester musste er nicht so tun, als könne ihn nichts auf der Welt erschüttern.

»Gut«, sagte er und stieß dabei die zuvor tief eingeatmete Luft geräuschvoll aus. »Dann werde ich mich also in die Höhle des Löwen begeben.«

Màiri legte ihm kurz die Hand auf den Arm: »Ich wünsche dir alles Gute, *bràthair.*« Sie verschwand flink im Gang zur Küche, als kleine Schritte auf der Treppe zu hören waren.

Ewan fand keine Gelegenheit, sich zu verstecken, denn Anna hatte ihn schon entdeckt.

»*Madainn mhath.*« Ihre glockenhelle Stimme hallte an den hohen Wänden wider. Sie trug eine Schüssel, die mit einem hellen Leinentuch bedeckt war. »*Ciamar a tha thu*[1]? Ich habe nur für dich Plätzchen gebacken und wollte sie dir bringen.« Sie betrachtete Ewan eingehend. »Wie es scheint, hast du die Nacht woanders verbracht.«

---

1 Wie geht es dir?

Ewan hatte die Nacht bei Joan verbracht und ihr berichtet, dass heute die Entscheidung fallen würde.

»Und wenn?« Er blickte Anna herausfordernd an. »Gibt es hier irgendjemanden, den das etwas angeht?«

»Oh nein! Ich habe dich vorgestern bei der *cèilidh* vermisst.«

Wortlos schob er sich an ihr vorbei und überhörte geflissentlich ihre vorwurfsvolle Frage, ob er denn nicht einmal von den mit Liebe gebackenen Plätzchen probieren wollte.

Vor der Tür aus dunkler Eiche blieb Ewan stehen und atmete einige Male durch, bis er meinte, sein Herzschlag hätte sich normalisiert. Er klopfte dreimal.

Der Laird saß an seinem Schreibtisch, zu seiner Rechten hatte sich Ealasaid niedergelassen. Ewan durchquerte mit ausholenden Schritten den Raum, bis er dicht vor dem Schreibtisch stand.

Er verneigte sich vor seinem Vater, murmelte einen Morgengruß und trat dann in abwartender Haltung einen Schritt zurück.

»Ich nehme an, du hast die Nacht bei dieser Frau verbracht«, begann der Laird ohne Einleitung. »Wo hast du sie versteckt?«

Ewans letzte Hoffnung auf gütliches Einlenken des Vaters erlosch.

»Ich werde dir Seonags Versteck nicht verraten, *athair*. Du kennst meine Forderung. Ich bitte dich lediglich, mir deine Entscheidung mitzuteilen.«

»Forderung!«, schnaubte Dòmhnall. »Seit wann haben Söhne ihren Vätern gegenüber Forderungen zu stellen? Deine Mutter und ich stellen dir die Frage: Bist du willens, wegen der *Sasannach* alles aufzugeben, was dir bisher wichtig war?«

»Das will ich, aye.«

Der Laird richtete einen Blick zu seiner Frau. Sie nickte.

»Also, in Gottes Namen, hole sie her, und noch heute soll mit den Hochzeitsvorbereitungen begonnen werden.«

Fassungslos starrte Ewan seinen Vater an.

»Du hast richtig gehört, Sohn«, mischte sich nun Ealasaid in das Gespräch. »Hol deine Braut nach Hause. Hierher, nach Glenbharr Castle.«

»Ich tue dies nur dem Clan und den Männern zuliebe«, fuhr der Laird fort, »sie vertrauen darauf, einen würdigen Nachfolger für mich zu bekommen, wenn mir etwas passiert. Ich kann diese Vermählung nicht gut finden, aber ich halte dich für meinen rechtmäßigen Erben, und ich denke an die Rotjacken, die unser Volk von Jahr zu Jahr mehr schikanieren. Es wird einen neuen Aufstand geben, das ist nur eine Frage der Zeit. Und diesmal werden wir Jakobiten siegen und Schottland die Freiheit zurückbringen, die es verdient.« Er kniff die Augen noch mehr zusammen. »Und Gnade dir Gott, diese *Sasannach* entpuppt sich als Anhängerin von King George und verrät uns an ihre Landsmänner. Sie darf nie erfahren, dass wir Jakobiten sind, hörst du? Niemals! Mach dieser Frau klar, dass auch für sie ab sofort unsere Gesetze gelten und nicht die der britischen Krone.«

Obwohl Ewans Herz innerlich jubelte, gab er sich gelassen und nickte zustimmend. »Sie wird mir gehorchen und sich den Gesetzen des Clans beugen, darauf hast du mein Wort. Ich danke dir.«

Ewan erhob sich, und sein Vater tat es ihm gleich. Die beiden großen stolzen Männer standen sich minutenlang schweigend gegenüber, der eine ergraut und mit zerfurchtem Gesicht, das die Sorgen und Nöte seiner Verantwortung für mehrere hundert Menschen widerspiegelte, der andere jung und schön, mit einem glatten, wie gemeißelten Gesicht.

Plötzlich kam Bewegung in Ewan, er trat um den Tisch

herum, verneigte sich erst in stummer Ehrfurcht vor seinem Vater, dann umarmte er ihn.

»Nun geh schon«, brummte der Laird, der sich nicht anmerken lassen wollte, wie sehr ihn diese Geste rührte. »Geh und hol sie her.«

Ewan nickte, dann ging er hinüber zu seiner Mutter und küsste dankbar ihre Hände.

»Bring Seonag zu mir«, bat Ealasaid sanft und strich ihrem Sohn über das lange Haar; so, wie sie es früher getan hatte, als er noch ein kleiner Junge war. »Ich möchte sie kennenlernen. Und sag Màiri Bescheid, sie soll die Burgbewohner aufklären, wen du als deine Braut heimholst. Als sie damals spurlos aus dem Kerker verschwand, rankten sich die abenteuerlichsten Geschichten um sie. Beinahe jedermann glaubt seitdem wegen ihrer roten Haare, sie sei Ceana und eine Hexe.«

Er nahm seine zarte Mutter in den Arm. »Aye, ich suche Màiri, bevor ich Seonag hole.«

»Da geht er nun dahin. Die große Hoffnung der MacLaughlins und mein einziger Sohn«, wandte sich der Laird an seine Frau, nachdem Ewan gegangen war. Er schüttelte den Kopf, und als seine Frau neben ihn trat, hob er den Blick. »Du bist natürlich auf seiner Seite, aye?«

»Allerdings, und ich erwarte, dass du Ewans Braut mit Respekt behandelst. Niemand erwartet von dir, dass du sie in dein Herz schließt, aber bemühe dich zumindest, um meinetwillen und deinem Sohn zuliebe.«

Vor Aufregung schlug Màiris Herz so schnell, dass sie es fast hören konnte. Schon vor einer Ewigkeit war Ewan in der Bibliothek verschwunden, und man konnte nicht sagen, ob dies ein gutes oder ein schlechtes Zeichen war.

Immer wieder sah sie zur Treppe hinüber, auf der ihr Bruder früher oder später erscheinen musste, und achtete nicht weiter auf die zänkische Anna, die unentwegt über Ewans Ungezogenheit zeterte.

Als er erschien, eilte sie ihm mit gerafften Röcken entgegen. An seinem Gesichtsausdruck erkannte sie, dass er seinen Willen durchgesetzt haben musste.

»Ich werde Seonag noch heute nach Hause holen«, sagte er mit befreitem Lachen und zog seine Schwester übermütig an sich. »Vater ist einverstanden, dass wir heiraten, stell dir vor.«

Freudig schlang Màiri die Arme um Ewans Hals. Auch wenn ihre eigene Liebesgeschichte noch nicht geklärt war, so war sie doch glücklich, dass sie ihren Bruder und Joan, die ihr eine gute Freundin geworden war, nicht verlor.

Ewan stürzte zum Portal, blieb jedoch noch einmal stehen und beauftragte Màiri, in der Burg bekannt zu geben, dass seine zukünftige Gemahlin dieselbe Frau sei, die einige Monate zuvor irrtümlich im Kerker von Glenbharr Castle gelandet war.

Sorgfältig wusch sich Joan am ganzen Körper, auch wenn sie dabei erbärmlich fror. Sie hatte sich zu diesem Zweck den Wasserkessel, der an einem Haken im Deckenbalken über der Feuerstelle hing, mit frischem Schnee gefüllt. Noch während sie sich mit dem letzten Rest Seife wusch, die Màiri ihr gebracht hatte, fragte sie sich, woher sie wohl Wasser bekommen hätte, wenn es nicht schneien würde. Für sie gehörte Hygiene zu den täglichen Pflichten – auch wenn sie wusste, dass Waschen und Baden im achtzehnten Jahrhundert für die meisten Fremdwörter waren.

Das Leinenhandtuch, mit dem sich Joan abtrocknete, stammte ebenfalls von Màiri, und sie war ihr dankbar für diese überaus nützlichen Dinge.

Meistens warf sich Joan tagsüber nur einen der langen Röcke über und verzichtete auf das unbequeme Mieder. Doch an diesem Morgen kleidete sie sich sorgfältig. Sie wollte reisefertig sein.

Wohin würde Ewan sie bringen? Weit in die Lowlands, um mit ihr dort ein neues Leben aufzubauen? Sie legte alle Gegenstände, die später für einen Neuanfang nützlich sein könnten, auf ein großes Tuch, das sie auf der Bettstelle ausgebreitet hatte.

Noch während Joan damit beschäftigt war, wurde die Tür heftig aufgestoßen.

Joan erschrak, doch dann erkannte sie Ewan, der mit wenigen Schritten bei ihr war und sie an sich riss. Zwischen zwei Küssen erfuhr sie, dass der Laird bereit war, sie in seine Familie aufzunehmen.

Ihre Gedanken überschlugen sich. »Und wir werden heiraten?«

»Aye, und wie jedes Ehepaar zusammenleben.« Er sah sich suchend um, und als er die wenigen Habseligkeiten auf dem Bett ausgebreitet liegen sah, fügte er hinzu: »Das alles brauchst du nicht mehr, *mo ghràidh*. Von nun an wirst du nie wieder frieren und hungern, bei meiner Ehre.«

Ein letztes Mal sah Joan sich um. Hier war sie Ewans Geliebte geworden, hatte Stunden damit verbracht, an ihn zu denken, wenn er fort war, und gegrübelt, ob er ohne sie nicht besser dran gewesen wäre.

Als Ewan sie sanft am Arm nahm, folgte sie ihm hinaus aus der Hütte, doch der Abschied fiel ihr nicht schwer. Widerstandslos ließ sie sich auf das Pferd setzen, das er für sie mitgebracht hatte. Die Sonne war gerade aufgegangen und ließ die unberührte Schneelandschaft glitzern wie ein Feld mit Diamanten.

»Bist du bereit?«, fragte Ewan, nachdem auch er aufgesessen war, und als sie stumm nickte, setzte er sein Pferd in Gang, Joans Stute folgte ohne Aufforderung.

Vom Sonnenlicht geblendet blickte sich Joan um. Dies war nun ihre neue Heimat, das Land, in dem Ewan geboren und aufgewachsen war. Sie würde es lieben.

In Joans Freude darüber mischten sich jedoch nach kurzer Zeit Zweifel. Wie würde man ihr in der Burg begegnen, würde ihr bei der Ankunft Feindseligkeit entgegenschlagen, oder würde man sie freundlich aufnehmen? Laird Dòmhnall hatte nicht freiwillig seine Zustimmung zur Hochzeit gegeben, und vielleicht würde er Joan Zeit seines Lebens mit unverblümtem Hass gegenübertreten.

Von Ealasaids Seite schien keine Gefahr zu drohen. Ewan hatte angedeutet, dass vermutlich sie diejenige war, die Dòmhnall überredet hatte, der Hochzeit zuzustimmen.

»Halt«, sagte Ewan plötzlich. Vor ihnen tauchten zwei berittene Männer auf und beim Näherkommen erkannte Joan, dass es sich um englische Soldaten handelte. »Eine Patrouille. Am besten, du lässt mich reden.«

Die Soldaten trugen Pelzmäntel über ihren Uniformen, und als sie dicht vor dem Paar standen, hielten sie ihre Pferde an.

Einer der Dragoner tippte mit dem Finger leicht gegen seinen Dreispitz. »MacLaughlin, wohin des Weges?«

»Nach Hause, wie Ihr wohl ahnen könnt«, gab Ewan mit unbeweglicher Miene zurück, dann wies er mit dem Kinn hinüber zu Joan. »Ich habe meine Braut geholt.«

»So, so, Eure Braut.« Der Soldat grinste und musterte dabei Joan ungeniert von Kopf bis Fuß, auch der andere Dragoner lächelte ironisch. »Nun, dann wird es auf Glenbharr Castle wohl bald eine Hochzeit geben. Ich hoffe, ich bekomme eine Einladung.« Und als Ewan verbissen schwieg, hob er einen behandschuhten Finger und fragte: »Euer Vater hält nicht zufällig für solche Gelegenheiten ein paar Fässer mit illegal gebranntem Whisky bereit?«

Ewan deutete eine Verbeugung an und erwiderte spöttisch: »Selbstverständlich nicht. Mein Vater weiß sehr wohl, dass es verboten ist.«

Das Grinsen aus dem Gesicht des Dragoners verschwand. »Haltet mich nicht zum Narren, MacLaughlin. Wenn Ihr eine Destille habt, werden wir sie finden.« Wieder tippte er sich an den Hut, dann gab er seinem Pferd die Sporen, dicht gefolgt von dem anderen Soldaten, der kein einziges Wort gesprochen hatte.

Entgeistert blickte Joan den beiden Männern nach, dann wandte sie sich an Ewan. »Warum hast du dir diese unverschämte Behandlung gefallen lassen?«

»Warum?« Auch er ritt langsam weiter. »Du musst noch viel lernen, Seonag. Die Rotjacken unterdrücken Schottland seit Langem, und wir müssen uns fügen, wenn wir keine Schwierigkeiten haben wollen. Ständig werden vom König neue Gesetze erlassen, die nichts anderes bewirken sollen, als uns noch mehr einzuschüchtern. Jeder Clan hat seine eigenen Destillen, weil die Steuern für gekauften Whisky zu hoch sind. Ich möchte wetten, die beiden Hampelmänner sind auf der Suche nach unserer Destille – aber die werden sie niemals finden.«

Nachdenklich ritt Joan neben Ewan her. Bisher hatte sie von den Niederträchtigkeiten ihrer Landsleute nur gehört, zum ersten Mal war sie zwei von ihnen nun begegnet.

»Vielleicht kannst du den Hass, den wir Schotten den *Sasannach* entgegenbringen, jetzt ein wenig besser verstehen.«

Stumm nickte sie. Oh ja, sie verstand sehr gut. Was hätten die Soldaten wohl gesagt, wenn sie erfahren hätten, dass Ewans Braut ebenfalls Engländerin war?

5. Kapitel

Sämtliche Burgbewohner schienen sich auf dem Hof versammelt zu haben, als Joan und Ewan wenig später durch den Torbogen ritten. Dicht bei dicht standen Mägde und Clansmänner beisammen, neben Stallburschen und alten Frauen und jungen Mädchen.

»Hab keine Angst«, flüsterte Ewan ihr zu. »Màiri hat ganze Arbeit geleistet, alle wollen meine Braut sehen.«

Beklemmt nickte Joan. Die Erinnerungen wurden in ihr wach. Hier war sie vor Monaten schon einmal begafft worden von den Burgbewohnern, damals als Ewans Gefangene. Hier hatte sie erfahren, dass sie sich in einem anderen Jahrhundert befand. Sie hatte nur eins gewollt: zurück in ihre Zeit.

Ewan sprang von seinem Wallach und übergab ihn einem Knecht, dann nahm er Joans Pferd, sagte laut etwas auf Gälisch, worauf die Menge teils applaudierte, teils aufgeregt murmelte.

Joan saß kerzengrade im Sattel und wagte kaum, sich umzuschauen. Als eine Windböe die Kapuze ihres Umhangs erfasste und ihr rotes Haar freigab, ging ein Raunen durch die Menge.

Wieder rief Ewan den Menschen etwas zu. Joan dachte flüchtig daran, wie sich einige Burgbewohner damals bekreuzigt hatten, als Ewan sie in den Hof gezerrt hatte. Màiri hatte vor Schreck das Geschirr fallen lassen.

Allmählich beruhigte sich die Menge, und als Ewan lachend eine Bemerkung machte, jubelten sie plötzlich. Dann wandte er sich zu Joan, hob sie vom Pferd und erklärte ihr, wie er die Menge beruhigt hat: »Sie wissen nun, dass du meine zukünftige Frau bist und ich Beweise habe, dass du nichts mit Ceana zu tun hast. Außerdem habe ich ihnen gesagt, dass ich dich unberechtigt gefangen genommen habe und du von meiner Schwester befreit worden bist. Sie glaubten noch immer, dass du dich durch einen Zauber aus dem Kerker befreit hast.« Ungeniert küsste er sie. »Und dann habe ich unsere Hochzeit bekannt gegeben und sie eingeladen.«

Joan wagte ein zaghaftes Lächeln. »Es ging leichter, als wir dachten«, sagte sie.

»Sie freuen sich jetzt sogar.« Ewan hob den Kopf und fing einen bitterbösen Blick von Anna auf, die neben einer Gruppe anderer junger Mädchen stand, und verbesserte sich: »Nun, die meisten zumindest freuen sich. Komm, lass uns hineingehen, meine Eltern erwarten uns sicher schon.«

Sie spürte kaum, dass Ewan ihre Hand nahm und sie zu einer weit geöffneten Tür führte. Flüchtig erschien vor ihrem Auge noch das Bild der Ruinen von Glenbharr Castle aus dem 21. Jahrhundert, die sie besichtigen wollte: durch das Steinpflaster auf dem Hof hatte büschelweise Unkraut gewuchert. Und nun diese mächtige Burg.

Joans Gesicht entspannte sich, als sie in der Halle Màiri erkannte. Sie stand neben dem hageren, ernst blickenden Tèarlach.

Sie eilte auf Joan zu und hieß sie herzlich willkommen. »Darla und ich haben dir die schönste Kammer wohnlich gemacht, du wirst sie bis zur Hochzeit bewohnen.«

»Die Kammer könnt ihr Joan später zeigen.« Ewan zog seine Braut zu sich. »Wir wollen Vater nicht länger warten lassen, aye?«

Joan nickte. Dicht an Ewan gepresst stieg sie die Stufen der Steintreppe hinauf – und auch jetzt drangen wieder die Erinnerungen auf sie ein. Doch heute wirkten die Schwerter, Äxte und Schilde an den Wänden nicht so bedrohlich auf Joan. Bei ihrer ersten Ankunft war sie eine rechtlose Gefangene gewesen, nun wurde sie als künftige Schwiegertochter des Burgherrn empfangen.

Ewan führte sie ans Ende des Ganges und klopfte an der letzten Tür.

»Bist du bereit?«, fragte er. Im ersten Impuls wollte sie verneinen, doch dann nickte sie vage.

Unter Tausenden von Stimmen hätte Joan Dòmhnalls Stimme wieder erkannt, der sie mit tiefer Stimme laut aufforderte einzutreten.

Es war ein kleines Zimmer, wie Joan feststellte, nicht dieser große düstere Saal, in den Ewan sie damals nach ihrer Festnahme geschleppt hatte. Die Wände waren weiß getüncht, durch die Fenster fiel helles Sonnenlicht, und in einem Kamin aus Naturstein prasselte ein wärmendes Feuer. Möbliert war der Raum mit einem Sofa, mit Polsterstühlen, alles in gleichem Stoff bezogen, sowie mit einem Tischchen in der Mitte. Zu beiden Seiten des Kamins standen Regale mit in Leder gebundenen Büchern.

Laird Dòmhnall saß auf einem Stuhl am Fenster, seine Frau auf dem Sofa. Beide sahen Joan neugierig entgegen, dann erhob Ealasaid sich und trat Joan mit ausgestreckten Armen entgegen. »Willkommen auf Glenbharr Castle, Seonag.« Sie lächelte, und als Joan zögernd die angebotene Hand nahm, wies Ealasaid auf ihren Gatten, der noch immer mit finsterem Blick auf seinem Stuhl thronte. »Nimm es Dòmhnall nicht übel, dass er nicht bester Laune ist. Er muss sich erst daran gewöhnen, dass sein Sohn eine Engländerin zur Frau nehmen will.«

Langsam erhob sich der Laird und trat näher. Dicht vor Joan blieb er stehen und musterte sie kurz. »Auch ich heiße dich willkommen«, begrüßte er sie nach einer langen Pause. »Auch ich werde dich Seonag nennen, wenn ich auch nicht verhehlen kann, dass mir die Wahl meines Sohnes missfällt. In Friedenszeiten wäre es etwas anderes. So aber kann ich mich nicht gegen Ewans Wunsch stellen. Er hätte den Clan verlassen, wenn ich es getan hätte, und das können wir uns nicht leisten.«

Joan sah dem Hünen mit dem langen grauen Haar und dem ebenfalls grauen Vollbart in die hellen blauen Augen. Er war größer als Ewan. Seine Begrüßung klang schroff, aber doch glaubte Joan zu erkennen, dass ihr von Laird Dòmhnall keine Gefahr mehr drohte.

Darla und Anna standen aufgeregt schwatzend in der Halle.

»Pffff«, machte Anna verächtlich. »Ausgerechnet eine *Sasannach*! Was hat die, was ich nicht habe? Hast du ihre helle Haut und diese grässlichen roten Haare gesehen? Ich hätte Ewan einen besseren Geschmack zugetraut.«

»So übel finde ich sie nicht«, gab Darla zurück. Als sie ein vernichtender Blick aus Annas Augen traf, fügte sie schmeichelnd hinzu: »Du bist natürlich viel hübscher.«

Anna wandte sich an Màiri, die mit dem Rücken zu ihr stand und Tèarlach erklärte, wie Ewan die Engländerin kennengelernt hatte. »Du hast es die ganze Zeit gewusst, aye?«

»Allerdings.« Màiri drehte sich langsam um. »Es ist eine Familienangelegenheit, die niemanden sonst etwas angeht.«

»Aber mir hättest du es sagen können!«, brauste Darla auf. »Ich bin deine Schwester.«

»Aye, aber eine Schwester, die keine Geheimnisse für sich behalten kann.« Màiri bedachte Anna mit einem bedeutungsvollen Blick, bevor sie sich wieder Darla widmete. »Ewan wollte nicht, dass es jemand außer mir erfährt.«

»Man erzählt sich, dass sie von Plünderern überfallen wurde und Ewan dann in die Arme lief. Und du sollst diese Frau aus dem Kerker befreit haben.«

Unbekümmert zuckte Màiri mit den Schultern. »Weil ich wusste, dass sie unschuldig war.«

»Wie kann Ewan sich in solch eine Frau verlieben?«, warf Anna ungefragt ein. »Engländerinnen sollen kalt wie ein Fisch im Bett sein.«

»Na, du musst es ja wissen«, gab Màiri unbeeindruckt zurück und verdrehte unauffällig die Augen. »Woher stammt denn deine Weisheit?«

»Logan Innes hatte mal was mit einer Garnisonsköchin. Der sagt es.« Annas veilchenblauen Augen blitzten angriffslustig. »Möglicherweise ist sie doch eine Hexe, wie die Gerüchte sagen.«

Sie fuhr erschrocken zurück, als Màiri sich dicht vor ihr aufbaute und ihr zuzischte: »An deiner Stelle würde ich mein vorlautes Mundwerk halten, sonst werde ich mit dem Laird über dich reden. Dein Vater hat einen guten Posten bei ihm, aye? Sicherlich ist dir daran gelegen, dass deine Familie auch in Zukunft in den schützenden Mauern von Glenbharr Castle leben kann.«

Die Drohung war haltlos, denn der Laird würde in einer solchen Sache seiner Tochter kaum Gehör schenken, aber die Worte verfehlten ihre Wirkung nicht. Anna wurde bleich bis zum Haaransatz und warf Darla einen hilflosen Blick zu. Doch Darla hob nur ratlos die Schultern und wandte sich ab. Niemals würde sie sich mit ihrer älteren Schwester anlegen.

Erst als Anna die Halle verlassen hatte, fragte Darla: »Warum bist du so streng mit ihr? Sie liebt Ewan.«

»Sie liebt ihn?« Spöttisch hob Màiri die Augenbrauen. »Anna weiß gar nicht, was Liebe ist. Sie ist mannstoll, und warum sie hinter Ewan her ist, das solltest auch du durchschauen können.«

Máiri hatte sich ereifert. Sie schätzte Anna richtig ein. Sie würde nicht lockerlassen und eine ernste Rivalin für Joan bleiben.

Durch die Umstände bedingt wurde das Frühstück an diesem Morgen erst spät eingenommen. Noch nie war der Speisesaal so voll gewesen. Nach alter Tradition nahm das Clanoberhaupt nicht nur mit seiner Familie die Mahlzeiten ein, sondern mit allen Burgbewohnern. Nur die unteren Bediensteten und deren Familien aßen in einem Raum neben der Küche.

Joan glaubte noch immer zu träumen, als sie neben Ewan den Saal betrat. Aller Augen waren auf sie gerichtet, sogar die Kinder saßen still da und starrten mit offenen Mündern die schöne Fremde mit der auffälligen Haarpracht an.

Ewan wies ihr einen Platz gegenüber Màiri, ihrem Mann und ihren Kindern zu, die freundlich über den Tisch nickten. Sie machte sich derweil Gedanken über Ealasaid und Darla. Ealasaid strahlte Sanftmut, Klugheit und Hilfsbereitschaft aus, sie musste es an Màiri weitergegeben haben. Auch vom Äußeren her ähnelten sie sich sehr mit dem dunklen Haar, den haselnussbraunen Augen und der weichen Stimme. Dass ihre Gesundheit angegriffen war, war leicht zu erkennen. Ihr Körper war zart und die Haut so dünn, dass sie fast durchscheinend wirkte.

Darla hatte nur das dunkle Haar von ihrer Mutter geerbt, sie ähnelte eher ihrem Bruder. Wie er hatte sie auffallend blaue Augen.

Das Frühstück wurde aufgetragen: weiches helles Brot, das noch warm war, dazu Honig, Butter und Käse sowie Schüsseln mit Haferplätzchen und Krüge mit Milch und einem kaffeeähnlichen Gebräu.

Das allgemeine Gemurmel verstummte, als der Laird sich erhob, sich räusperte und dann verkündete: »Hiermit gebe ich bekannt, dass am 13. Dezember im Jahre des Herrn 1731 mein Sohn Ewan Dòmhnall MacLaughlin of Glenbharr die Engländerin Joan Harris zu seiner Gemahlin nehmen wird. Ich habe mit ihr ein langes Gespräch geführt, sie distanziert sich von den Gräueltaten ihrer Landsleute und wird nach der Vermählung ein gleichwertiges Mitglied der Familie MacLaughlin sein.«

Wieder starrten alle zu Joan hinüber und verlegen senkte sie das Haupt. Sie war froh, dass der Laird und alle Anwesenden englisch verstanden und sprachen, das würde ihr die Eingewöhnung leichter machen. Als sie den Kopf wieder hob, sah sie Màiris strahlendes Gesicht, während ihr Mann Tèarlach keine Miene verzog. Ganz bewusst hatte Ealasaid den Vorschlag gemacht, die Hochzeit auf den Geburtstag ihrer ältesten Tochter zu verlegen.

Der Laird setzte sich wieder und gab mit einer Handbewegung zu verstehen, dass man mit dem Frühstück beginnen könne.

»Es ist wirklich nicht so schlimm, wie wir dachten«, sagte Ewan dicht an Joans Ohr, während er ihr eine Scheibe des hellen Brotes mit dicker, gelber Butter auf den Teller legte. »Und nachher zeigt Màiri dir deine Kammer.«

Joan lächelte ihm zu, doch es gefror ihr auf den Lippen, als sie den kalten Blick einer jungen bildschönen Frau am Ende der Tafel auffing.

»Hoffentlich gefällt es dir«, sagte Màiri, als sie später mit Joan den Gang betrat, in dem die Räume des Lairds und seiner Familie lagen. »Darla und ich haben uns große Mühe gegeben, die Kammer etwas wohnlich herzurichten. Nach der Hochzeit ziehst du dann in Ewans Gemächer.« Sie blieb stehen und öffnete eine Tür.

Der Raum war nicht sehr groß, aber hübsch und gemütlich mit Möbeln aus dunklem Holz eingerichtet. Den Mittelpunkt bildete ein breites Bett mit Baldachin und feinem weißem Bettzeug; außerdem gab es eine Kommode, ein Bücherregal und eine Wäschetruhe sowie ein rundes Tischchen, auf dem eine Vase mit verschiedenen Farnen stand.

»Blumen gibt es um diese Jahreszeit leider nicht.« Entschuldigend wies Màiri auf die Vase. Dann umarmte sie Joan. »Ich bin so glücklich, dass ihr an meinem Geburtstag heiratet.«

»Und was ist mit dir und Tèarlach?«

Màiri seufzte. »Wir werden eure Hochzeit abwarten, dann reden wir mit Vater.« Sie ging zur Truhe und öffnete sie. »Ich habe ein paar von meinen Kleidern hineingelegt, du kannst sie tragen, bis du eigene Kleidung hast.« Dann wandte sie sich zur Tür und ihr Gesichtsausdruck wurde ärgerlich. »Darla, wie oft muss ich dir noch sagen, dass du anklopfen sollst, bevor du einen Raum betrittst?«

»Die Tür war offen«, behauptete ihre Schwester mit Unschuldsmiene und zupfte ihre Haube zurecht. »Worüber wollen du und dein Mann denn mit Vater reden?«

»Das wirst du noch früh genug erfahren. Und jetzt geh, Seonag möchte sich sicher ausruhen.«

»Nein«, widersprach Joan eilig. »Ich möchte Darla gerne ein wenig kennenlernen.«

Mit triumphierendem Blick ließ sich Màiris Schwester auf einem der Sessel neben dem Fenster nieder. »Siehst du, Seonag ist nicht so streng wie du. Ich möchte alles wissen – wo hast du Ewan zum ersten Mal getroffen und wann habt ihr euch ineinander verliebt?«

Màiri schickte einen Blick zur Zimmerdecke. »Das habe ich dir doch schon alles erzählt …« Sie wechselte einen vielsagenden Blick mit Joan, auch Darla durfte nicht erfahren, dass Joan eine Zeitreisende war.

In knappen Sätzen schilderte Joan die Geschichte von Wegelagerern, die sie gefangen genommen und tagelang auf einer Lichtung an einen Baum gefesselt hatten, wo die Gesetzlosen ein primitives Lager aufgeschlagen hatten. Darlas Blick hing wie gebannt an Joans Lippen.

»Ewan gabelte mich im Wald auf, nachdem ich mich befreit und verlaufen hatte«, berichtete Joan mit ausdrucksloser Stimme weiter. Noch im Nachhinein spürte sie fast körperlich die widersprüchlichen Empfindungen, die sie beim Anblick der Soldaten in altmodischen Uniformen hatte.

Darla nickte heftig, dabei steckte sie ein paar aus der Haube gerutschter Haare wieder fest. »Oh, aye, Vater berichtete, dass Ewan eine Hexe gefangen habe und sie im Kerker sterben solle.«

Die weitere Geschichte des Liebespaares schien Darla nicht besonders zu interessieren. »Sag, stimmt es, dass die Frauen in London sich neuerdings so kleiden wie die feinen Damen am Pariser Hof?«

Joan starrte sie entgeistert an. Gütiger Himmel! Sie wusste nichts über die Mode des achtzehnten Jahrhunderts.

Schließlich straffte sie die Schultern, dann sagte sie mit überzeugender Stimme: »Ich habe auch davon gehört, Darla, aber wir hatten keinen Kontakt zu den Damen höherer Kreise.«

Damit gab sich das junge Mädchen zufrieden, und als ihre Schwester sie aufscheuchte und an ihre Pflichten erinnerte, verließ Darla ohne Murren Joans Kammer.

»Ich glaube, ich muss noch eine Menge hier lernen.« Joan trat an den Kamin und ging davor in die Knie. Vorsichtig breitete sie ihre noch immer kalten Hände aus und sagte: »Allmählich hatte ich die Hoffnung aufgegeben, dass Ewan und ich uns jemals in einer menschenwürdigen Unterkunft sehen könnten.« Das Feuer knisterte behaglich. »Und jetzt heiraten wir sogar. Zwischen der Trostlosigkeit von gestern und den Hoffnungen von heute liegen nur wenige Stunden – aber sie haben mein Leben verändert.«

Màiri kniete sich neben die Freundin und erwiderte leise: »Ich habe für euch und eure Liebe gebetet, Seonag. Meine Gebete wurden erhört. Vielleicht …« Sie blickte tiefsinnig in die Flammen.

»Du denkst an Mìcheal?«

»Aye. Gestern Abend haben Tèarlach und ich noch einmal gründlich über unsere Eheauflösung gesprochen. Wenn Vater seine Zustimmung verweigert, geht Tèarlach für immer von hier fort, ohne sich später um Andra und Klein-Ewan zu kümmern.«

»Zu dieser anderen Frau?«

Màiri nickte. »Er würde sich in diesem Fall nicht mehr an den Clan gebunden fühlen, sagt er.«

»Und was wird dann aus dir und den Kindern?«

»Ich werde ebenfalls gehen, Seonag. Zu Mìcheal, wenn er mich noch haben will.« Als sie Joans erschrockenes Gesicht sah, lachte sie kurz auf. »Wir werden uns trotzdem sehen, *mo ban-charaid.* Der Clan Gannor liegt nur ungefähr einen einstündigen Ritt von Glenbharr entfernt.«

Joan nahm mit schlechtem Gewissen die Hände der Freundin. »Weiß Mìcheal, dass du bald frei für ihn bist?«

»Nein, ich werde es ihm an deiner Hochzeit sagen. Er und seine Familie gehören zu unseren Freunden und werden selbstverständlich eingeladen. Erst nach dem Fest wollen Tèarlach und ich vor Vater treten.«

Màiri erhob sich. »Ruh dich noch ein wenig aus, nachher werde ich dir alle Räume der Burg zeigen.«

»Wo ist eigentlich Ewan?« Plötzlich vermisste Joan ihn. Nach dem Frühstück hatte er ihr einen Kuss auf die Lippen gehaucht und gesagt, sie würden sich am Abend wiedersehen.

Màiri schien ihrem Blick auszuweichen, als sie leichthin sagte: »Er muss sich seinen täglichen Pflichten widmen und ich musste ihm versprechen, mich um dich zu kümmern. Die Männer sind meistens den ganzen Tag und oft auswärts beschäftigt.«

Joan hob die Brauen. »Bitte sag mir, wo Ewan ist. Du verheimlichst mir etwas.«

Màiri wand sich. »Ich habe ihm versprochen, dir nichts zu sagen.« Es klang ängstlich.

»Ich flehe dich an.« Joan ging ebenfalls aus der Hocke und suchte Màiris Blick. »Du musst mir die Wahrheit sagen, Màiri!«

Màiri eilte zur Tür, um sich zu vergewissern, dass Darla nicht wieder lauschte. Dann sagte sie mit gesenkter Stimme: »Er und ein paar Männer haben sich zusammen bei einem Schmied in Baile a'Coille Schwerter bestellt. Der Mann kennt eine Quelle, die unserem Clan Musketen beschaffen kann.«

Ahnungslos hob Joan die Schultern. »Na und? Was ist daran geheimnisvolles?«

»Weißt du denn nicht, dass unsere Männer keine Waffen besitzen dürfen? King George hat es verboten. Die Engländer befürchten einen neuen Aufstand. Jeder Clan hat trotzdem ein Versteck, in dem so viel Waffen wie möglich gesammelt werden.«

Erschüttert lauschte Joan. Ihre Gedanken glitten in das Jahr 1746. Zur Schlacht bei Culloden Moor war es noch zu weit, und es war auch nicht gesagt, dass die MacLaughlins daran teilnehmen würden, sprach sie sich Mut zu.

»Der König hat Schutztruppen, die Black Watch, ins Leben gerufen«, fuhr Màiri fort. »Sie bestehen aus Schotten, die bei den Clans nach Waffenverstecken fahnden. Bei uns waren sie bisher erst einmal, das war im vorigen Frühjahr.« Sie lachte kurz auf. »Stell dir vor, sie verlangten von Vater sogar, die alten Kriegswaffen in der Halle zu entfernen, dabei weiß doch jedes Kind hier, dass man mit den verrosteten Schwertern und Äxten, mit denen meine Urahnen in die Schlacht gezogen sind, nicht mehr kämpfen kann. Vater hat sie zum Teufel geschickt.«

Auch Joan musste lachen, sie konnte sich die Szene bildlich vorstellen. Wenn Laird Dòmhnall anfing zu brüllen, konnten leicht aus wackeren Soldaten kleine Jungs werden, die nach ihrer Mutter riefen.

Wieder ernst fragte sie: »Wie wollen die Männer die Waffen denn unentdeckt transportieren?«

»Man hat einen Leiterwagen mit Rohwolle beladen, die man auf dem Markt von Baile a'Coille tauscht. »Auf dem Rückweg werden dann unter einigen Plaids die Schwerter versteckt.«

»Aber das ist doch gefährlich.« Joan schluckte trocken, sie dachte an die beiden Soldaten, die ihnen am Morgen begegnet waren. »Was wollen die Männer machen, wenn sie einer Patrouille begegnen?«

Die beiden Frauen standen sich noch immer gegenüber.

»Bisher ist es immer gut gegangen«, sagte Màiri, aber in ihrer Stimme schwang Angst mit.

Joans Augen weiteten sich. »Bisher? Soll das heißen, Ewan begibt sich öfter auf solche Abenteuerreisen?«

»Aye, das gehört zu seinen Pflichten, Seonag. Meine Familie ist es dem Clan schuldig, dafür zu sorgen, dass in Kriegszeiten alle erwachsenen Männer mit Waffen ausgerüstet werden können. Ich hörte Vater neulich sagen, dass die Clansleute sich nicht mehr lange die Schikanen der Rotjacken gefallen lassen werden und auch die Clanoberhäupter der Meinung sind, dass man bald etwas unternehmen muss.«

Trotz der Wärme im Zimmer kroch Joan eine Gänsehaut

über den Rücken. Wieder einmal wurde ihr auf brutale Weise bewusst, in welch gefährliches Jahrhundert sie geraten war, und als sie daran dachte, dass Ewan womöglich nicht zurückkam, weil die Engländer ihn nach Fort George verschleppt hatten, verkrampfte sich ihr Herz.

Nach einer Weile erinnerte sich Joan des Ortsnamens, den Màiri genannt hatte: Baile a'Coille. Dort hatte sie 2005 in der Pension übernachtet, bevor sie zur Ruine aufgebrochen war.

»Aye, es sind heute nicht mehr als ein paar Häuser, Geschäfte und Wirtshäuser, aber einmal im Monat findet dort ein großer Markt statt. Wenn es wärmer ist, können wir gemeinsam hinfahren, man trifft nicht nur Händler aus den Lowlands an, sondern sieht auch Tartans aller erdenklicher Clans. Es ist sehr aufregend dort, dir wird es sicherlich auch gefallen«, erwiderte Màiri eifrig, nachdem Joan sich noch einmal vergewissert hatte, dass wirklich Baile a'Coille der Ort war, an dem die Männer sich trafen.

Màiri schlug vor, jetzt den Gang durch die Burg zu machen.

Joan war beeindruckt von den vielen Zimmern, Sälen und Kammern, von denen im Jahre 2005 nur noch Teile bestanden hatten. Die meisten Burgbewohner waren mit Laird Dòmhnall und seiner Familie verwandt, aber auch einige Männer, die eng mit dem Clanoberhaupt zusammen arbeiteten, bewohnten Räume auf Glenbharr Castle.

Jedem Familienmitglied waren bestimmte Aufgaben zugeteilt; die Frauen beschäftigten sich zumeist mit der Herstellung und Instandsetzung von Kleidung, während sich die männlichen Mitglieder größtenteils um das Vieh, die Bewachung der Burg und Reparaturarbeiten kümmerten. Schnell begriff Joan, dass es sich dabei um ein ausgeklügeltes System handelte: Jeder war für jeden da.

»Früher hat sich Mutter um vieles gekümmert«, erzählte Màiri während des Rundganges. »Aber du hast es ja gesehen, sie ist krank, der Husten will einfach nicht verschwinden.«

Zu Joans Erstaunen gab es sogar eine Art Toilette im Westturm. Alles ergoss sich direkt in den Burggraben, erfuhr Joan, und sie war den engsten Familienmitgliedern vorbehalten. Meistens zog man es jedoch vor, nachts die Töpfe zu benutzen, die diskret unter jedem Bett standen. Der Weg von den Schlafkammern bis zum Westturm war weit und im Winter kalt.

»Gibt es denn keine Medizin für eure Mutter?«, fragte Joan.

»Doch, ich habe ihr schon oft vom Markt heilende Säfte besorgt, aber sie lindern den hartnäckigen Husten nur vorübergehend.« Màiri trat an eines der hohen Fenster im Gang, durch das man direkt auf den Burghof blicken konnte. »Wenn doch nur schon der lange Winter vorüber wäre, er setzt ihr am meisten zu.«

Joan musste an die Antibiotika denken, die so einfach hätten helfen können.

»Ich mag deine Mutter. Sie ist mir wohlgesonnen, während dein Vater mir mit großem Misstrauen begegnet ist.«

»Du musst ihn verstehen, Seọnag. Er ist zwar inzwischen davon überzeugt, dass du keine Hexe bist, aber sein Argwohn dir gegenüber als Engländerin wird sich erst mit der Zeit legen. Er wollte mir übrigens unbedingt einbläuen, dir nichts von dem Schwerterkauf zu sagen, weil er befürchtet, du würdest zu der nächsten Patrouille rennen und verraten, dass sich unser Clan heimlich rüstet.«

Doch Joan war nicht zum Lachen zumute. »Warum sollte ich das tun und uns gefährden? Wann werden die Männer zurückerwartet?«

»Gegen Abend, aber die Wege sind verschneit und mit einem Fuhrwerk schwierig zu passieren.« Sie legte Joan eine Hand auf den Arm. »Ewan wird nichts geschehen, das weiß ich. Er ist schon oft gefährlichen Situationen ausgesetzt gewesen.«

»Welchen?«

»Nun, weiter oben in den Bergen gibt es einen Clan, der mit den MacLaughlins seit Jahrhunderten verfeindet ist. Immer wieder stahlen die Männer der MacArthurs Vieh von unseren Weiden, aber inzwischen ist es zu einer Art Waffenstillstand gekommen. Vater meint, in Zeiten, in denen die *Sasannach* unsere Feinde sind, sollten sich wenigstens die Highlander untereinander nicht bekriegen.«

Eine milchige kalte Wintersonne schob sich durch die Wolken, doch ihre Kraft reichte nicht aus, um den Gang zu erhellen. Nach den klaren Morgenstunden hatte es mittags wieder geschneit. Der Winter war ungewöhnlich kalt und hart.

»Hatte Ewan auch schon Streit mit den Soldaten?«

»Oh, aye.« Màiri nickte heftig. »Wie fast alle Männer, die Soldaten provozieren sie. Ich habe gehört, dass man einen Mann von den Camerons in Fort George auspeitschen ließ, weil er einen Soldaten angriff, der sich über seinen *breacan feile* lustig gemacht hat. ›Weiberrock‹ soll er gesagt haben und noch einige andere scheußliche Dinge.«

Nachdenklich verschränkte Joan die Arme. »Ich habe heute Morgen auf dem Weg zur Burg bereits die Bekanntschaft zweier solcher Gentlemen gemacht und mich gewundert, dass Ewan so ruhig geblieben ist.«

»Sie wollen uns provozieren, damit sie einen Grund haben, uns zu bekämpfen. Für die *Sasannach* sind wir unzivilisierte Wilde, die man zähmen und unterordnen muss.« Hatte Joan nicht anfangs genauso gedacht?

Den Nachmittag verbrachte Joan bei Ealasaid in der Bibliothek.

»Du darfst dem Laird nicht zürnen, Seonag«, sagte sie und zog das dicke Wollplaid noch höher über die Knie, obwohl es warm im Raum war. »Er hat eine ganze Nacht mit sich gerungen, bis er Ewan gestattet hat, dich herzuholen. Für ihn brach eine Welt zusammen, als er erfuhr, dass sein einziger Sohn eine Engländerin heiraten will.«

Auf Joans Stirn erschien eine steile Falte. »Ich habe auf dem Weg hierher die Bekanntschaft einer englischen Patrouille gemacht und verstehe ihn jetzt besser. Ich versichere Euch, dass ich nichts Böses im Sinn habe. Ich liebe Ewan und möchte nichts anderes, als seine Frau sein.«

Um Ealasaids bleiche Lippen spielte ein weiches Lächeln.

»Wo lebt deine Familie eigentlich?«, wurde Joan aus ihren Gedanken gerissen. »Du hast nichts von deinen Eltern erzählt. Leben sie in London?«

Einen Moment zögerte Joan. »Meine Eltern leben nicht mehr, und Geschwister habe ich auch nicht.« Sie hatte kein schlechtes Gewissen bei ihrer halben Lüge. Ihre Mutter lebte – aber in einer Zeit, in der Joan schon längst gestorben sein würde.

»Wie traurig.« Ealasaid nahm Joans Hände. »Mögen wir dir ein gute Familie sein.«

Der schönen blonden Frau mit den beeindruckenden veilchenblauen Augen begegnete Joan, als sie die Bibliothek verlassen hatte, noch zweimal. Sie musterte Joan jedes Mal mit kaltem Blick und erwiderte ihren Gruß nicht, doch Joan war inzwischen fast krank vor Sorge um Ewan, sodass sie sich über das schlecht erzogene Mädchen keine Gedanken machte.

Man saß bereits an der langen Tafel, um das Abendessen

einzunehmen, als ein kleiner Junge in den Saal gestürmt kam und rief: »Sie sind wieder da!«

Unauffällig faltete Màiri die Hände unter dem Tisch und murmelte: »Gott im Himmel, hab Dank.« Dann richtete sie ihren Blick zu Joan. »Ich habe dir doch gesagt, dass ihm nichts geschieht, aye?«

Joan war zu erleichtert, um zu sprechen. Aus den Augenwinkeln erkannte sie, dass selbst der Laird sich entspannte.

Nur wenige Minuten später betraten Ewan und die anderen Männer unter großem Hallo den Saal. Die Kinder umringten ihn johlend und zupften an seinem Umhang, Männer klopften ihm auf die Schultern und einige Frauen kicherten albern. Doch Ewan achtete kaum darauf, sein Blick wanderte suchend durch den Raum, bis er Joan gefunden hatte.

In seine hellen Augen trat ein warmer Glanz, und erst jetzt war Joan fähig, sich zu erheben und zu ihm zu eilen. Sie warf sich in seine Arme und vergrub das Gesicht in seinem Umhang, der nach Schnee roch und eine eisige Kälte verströmte.

»Warum weinst du, *mo ghràidh*?«, flüsterte er mit rauer Stimme an ihr Ohr. »Dachtest du, ich kehre nicht zurück?«

»Ich bin vor Sorge fast gestorben, Liebster.«

Mit einem entwaffnenden Lächeln sagte er: »Du siehst, mir ist nichts geschehen. Wieder einmal ist es uns gelungen, die Rotjacken zu narren.«

Während des Essens musste Ewan erzählen, wie er und die anderen Männer den englischen Patrouillen entgangen waren. »Der Hinweg verlief ohne Zwischenfälle, aber kurz vor Baile a'Coille begegneten uns ein paar Rotjacken. Sie wollten wissen, was wir geladen hatten und stocherten mit ihren Bajonetten in der Wolle herum, in der Hoffnung, ein paar Whiskyfässer oder einen entlaufenen Sträfling zu finden. Natürlich gaben wir uns als arme Schafbauern aus. Widerstrebend ließen sie uns ziehen, sie waren leicht angetrunken, was die Sache vereinfachte.«

»Sie haben während des Dienstes getrunken?« Der Laird runzelte in ehrlicher Verblüffung die Stirn. »Würde einer meiner Männer während der Wache trinken, ich würde ihn aus dem Clan verstoßen!«

»Wenn einer die Soldaten betrunken erwischt, geschieht ihnen vermutlich dasselbe, *athair.*« Ewan hob seinen Becher und prostete dem Vater zu. »Wahrscheinlich haben sie den Whisky gestohlen oder als Bestechung bekommen, aber wir taten, als seien wir zu einfältig und würden nichts bemerken.«

Während der ganzen Unterhaltung hielt Ewan Joans Hand, als wollte er sie nie wieder loslassen. Wie alle anderen im Saal lauschte sie mit angehaltenem Atem Ewans Worten.

»Der Schmied hatte uns schon erwartet, unsere Bestellung lag bereit: dreißig Breitschwerter, ebenso viele Schilde und zwanzig Musketen!«

Ein anerkennendes Raunen ging durch den Saal und Laird Dòmhnall lachte laut. »Gut gemacht, Sohn. Unsere geheimen Waffenkammern füllen sich allmählich wieder, nachdem die *Sasannach* nach Sheriffmuir alle Schwerter beschlagnahmt haben.«

Alle Anwesenden klatschten und johlten, außer Joan. Sie saß stocksteif auf ihrem Stuhl. Das war die andere Seite des an sich beschaulichen Burglebens – Kampfeslust und der Drang zu töten. Die Augen mancher Männer glänzten, vom Kriegsfieber ergriffen, sie stießen mit ihren Zinnbechern an und riefen mit ihren rauen Stimmen gälische Kriegsparolen.

Auch Ewan gehörte zu diesen Männern, was Joan befremdete. Doch sie hatte vorher gewusst, dass er ein Krieger war und sie Zeit ihres Lebens Angst um ihn haben musste.

»Der Schmied kann uns noch mehr Musketen besorgen«,

sagte Ewan, nachdem sich die Männer wieder beruhigt hatten. »Auf dem Rückweg stießen wir auf dieselbe Patrouille, nun noch mehr betrunken. Die Rotjacken hockten am Wegrand und einer kotzte in die Büsche.«

»Weshalb habt ihr keinen Seitenpfad genommen?«, warf der Laird ein. »Es war gefährlich, ihnen noch einmal zu begegnen.«

»Das war Taktik, Vater. Auch auf abgelegenen Pfaden lungern die Rotjacken herum; welche Ausrede hätten wir benutzen sollen, warum wir nicht den Hauptweg nahmen? Zudem sind die schmalen Pfade bei diesem Wetter kaum passierbar.«

Der Laird nickte widerstrebend. »Haben sie euch angehalten?«

Ewan lachte und zeigte dabei seine schönen weißen und ebenmäßigen Zähne. »Gewiss haben sie das, sie waren sogar noch in der Lage, uns wiederzuerkennen. Als sie uns schwankend entgegenkamen und nach unserer Ladung fragten, sagte ich mit ernstem Gesicht, dass wir Breitschwerter gekauft hätten.«

»Hast du den Verstand verloren?«, dröhnte der Laird. »Das hätte schiefgehen können!«

»Hätte ich etwas anderes behauptet, Vater, wären sie misstrauisch geworden und hätten die Ladung untersucht. So lachten sie nur, riefen uns ein paar Schimpfworte zu und ließen uns ziehen.«

Am liebsten hätte Joan den Kopf an Ewans Schulter gelegt, doch sie wagte es nicht, solange aller Blicke auf ihn gerichtet waren. Unter dem Tisch spürte sie plötzlich, wie sich Ewans Oberschenkel an den ihren presste, und augenblicklich wurde Joan von einer heißen Welle der Vorfreude erfasst.

Nur noch kurze Zeit, und sie würde in seinen Armen liegen – in einem richtigen Bett.

Die schöne Blonde hing unverwandt an Ewans Lippen. Sie beobachtete jede seiner Bewegungen. Es war offensichtlich, dass sie in ihn verliebt war. Wer war sie?

Joan spürte einen leisen Stich in der Herzgegend. Ja, sie war eifersüchtig auf die schöne junge Frau, für die alle anderen Männer am Tisch Luft waren.

Erst spät wurde die Tafel aufgelöst.

Während sich die meisten Frauen mit ihren Kindern beizeiten zurückzogen, saßen die Männer noch stundenlang beisammen. Es wurde getrunken, gejohlt und auf den erhofften Sieg über die königlichen Truppen angestoßen.

Joan blieb dicht neben Ewan sitzen, und sie spürte, dass er es ebenso wie sie kaum erwarten konnte, gehen zu dürfen. Auch Ealasaid war längst zu Bett gegangen, und die unbekannte Schöne wurde von einem älteren Mann – Joan vermutete, dass es sich um deren Vater handelte – aus dem Saal geschickt.

Endlich hob der Laird die Tafel auf.

Joan hatte nicht viel verstanden, denn die Männer waren im Laufe des Abends in die gälische Sprache verfallen, von der Joan kein einziges Wort verstand.

Auf dem Weg zu ihrer Kammer blieben sie und Ewan immer wieder stehen und küssten sich. Es hätte nicht viel gefehlt, und er hätte Joan bereits auf der Treppe genommen.

»Werden deine Eltern nicht böse sein, wenn du heute Nacht bei mir schläfst?«, fragte Joan leise zwischen zwei Küssen und blickte sich in dem leeren Gang um, der zu ihrer Kammer führte. »Immerhin habe ich ein eigenes Zimmer bekommen.«

Ewan lachte. »Weil es unschicklich wäre, dich bei mir unterzubringen, bevor wir verheiratet sind.« Er stockte, dann atmete er einmal tief durch. »Verheiratet! Ich kann es noch kaum glauben, *mo ghràidh*. Nichts und niemand kann uns noch trennen.«

Joan dachte an das furchterregende Kriegsgeschrei der Männer, verschwieg jedoch ihre Ängste, sondern nahm sich vor, jede Sekunde mit dem geliebten Mann zu genießen, als wäre es die letzte.

Die Kammer war dank des von unsichtbaren Händen in Gang gehaltenen Feuers warm, der unruhige Schein der Flammen zauberte bizarre Schatten an die makellos weißen Wände.

»Endlich sind wir allein«, hauchte Ewan an Joans Hals, dann bedeckte er ihn mit kleinen Küssen. Sie ließ es zu, dass er sie auf den Händen zum Bett trug und dort sanft in die Kissen gleiten ließ.

Ein zarter Hauch von Lavendel schlug Joan aus dem sauberen Leinen entgegen. Zum ersten Mal würde sie in einem richtigen Bett schlafen, seit sie sich im achtzehnten Jahrhundert befand. Flüchtig dachte sie an die schmale Nische in Màiris Kammer und die streng riechende Bettstelle in der Kate, die noch bis vor wenigen Stunden ihr Zuhause gewesen war. Den Gedanken an das faulige Strohlager im Kerker verdrängte sie bewusst.

Ewans Atem wurde heftiger und seine Hände unternehmungslustiger. Geschickt öffnete er Joans Mieder und befreite sie davon; Bluse, Rock, Unterröcke und Strümpfe folgten, bis Joan nackt vor ihm lag.

»*Tha thu a'coimhead brèagha*[1]«, murmelte er. Während er seinen Gürtel löste, ließ er keinen Blick von Joan, die unter halb geschlossenen Lidern zusah, wie der *breacan feile* fiel, schließlich Ewans Hemd. Nackt wie Joan stand er vor ihr,

1 Du bist schön

seine männliche Erregung zum Greifen nahe. Sie zog Ewan zu sich hinunter und presste ihren Schoß gegen seine harte Männlichkeit.

Ewan umspielte mit der Zunge abwechselnd die steil aufgerichteten rosa Brustwarzen, während seine Hand über Joans flachen Bauch strich und sich hinunter bis zu dem seidigen rötlichen Dreieck schob. Sie spreizte die Schenkel, vergrub ihre Zähne in Wollust an seiner muskulösen Schulter. Ihre Hand fand schnell, wonach sie gesucht hatte, und Ewan stöhnte laut auf, als sich Joans Finger um sein pulsierendes Glied legten und es sanft massierten.

Als Ewan schließlich in sie eindrang, stieß sie einen kleinen spitzen Schrei aus und umklammerte seine Hüften wie ein Schraubstock, als wollte sie ihn nie wieder aus ihrem Schoß lassen.

Sie kamen gleichzeitig zum Höhepunkt, und nie war es für Joan schöner gewesen als in dieser Nacht. Ohne Angst vor Entdeckung hatte sie sich ihm hingeben können, und diesmal musste sie nicht befürchten, dass es das letzte Mal gewesen sein könnte.

Bevor Ewan einschlief, schwor er Joan ewige Liebe, und Joan dachte nicht an die Gefahren, die vor ihnen lagen; sie war nur eine Frau, in den Armen des Mannes, für den sie ein neues Leben begonnen hatte.

Im Schlaf ruhte Joans Kopf auf seiner Brust, seinen Arm hatte er schützend um sie gelegt. Sie lauschte seinen regelmäßigen Atemzügen, sog seinen angenehmen männlichen Geruch ein und küsste ein ums andere Mal seine leicht behaarte Brust.

In Gedanken durchlebte Joan den ereignisreichen Tag noch einmal fast minutiös. Noch vor vierundzwanzig Stunden, an Màiris dreiunddreißigstem Geburtstag, dem 13. Dezember 1731, würde sie Ewans Frau werden.

Joan zog die Knie an und strich sich leicht über den Bauch. Unvermittelt hielt sie inne, sie spürte instinktiv, dass sie in dieser Nacht schwanger geworden war. Sie hielt den Atem an und rechnete nach; die letzte Dreimonatsspritze hatte sie sich im Juni geben lassen, kurz vor ihrer ersten Reise in die Vergangenheit.

6. Kapitel

»Glaubst du wirklich, dass man ihr trauen kann?« Mit zusammengekniffenen Augen sah Dòmhnall zu, wie sich Joan mit Màiris Kindern beschäftigte. »Ewan meint zwar, dass sie eine von uns ist, aber er ist ein verliebter Gockel, der blind und taub ist, wenn es um Kritik an seiner Zukünftigen geht.«

Milde lächelte Ealasaid, sie fühlte sich trotz der anstrengenden Vorbereitungen zur Hochzeit an diesem Tag weniger elend. »Sei nicht so streng mit den beiden. Sieh nur, wie liebevoll Seonag sich um Andra und Klein-Ewan kümmert, sie wird unserem Sohn viele Kinder schenken und ihnen eine gute Mutter sein.« Sie holte tief Luft, dann zog sie ihr Plaid enger um die Schultern. Das Rostbraun ihres schweren Wollkleides unterstrich ihre kränkliche Blässe.

»Ich mache mir größere Sorgen um Màiri«, fuhr sie bekümmert fort. »Sie und Tèarlach scheinen ein Problem zu haben, wie mir scheint.«

Dòmhnall winkte ab. »Vermutlich müssen sie sich erst wieder aneinander gewöhnen, sie sind einfach zu oft getrennt, das ist nicht gut für eine Ehe.«

»Dann gib Tèarlach einen Posten in der Burg«, schlug Ealasaid augenblicklich vor, dabei warf sie ihrem Mann einen flehenden Blick zu. »Alle beide sind bedrückt, das habe ich nun schon oft beobachtet.«

Er strich sich nachdenklich über den wilden Bart. »Tèarlach sollte ihr noch ein Kind machen, dann wäre Màiri mehr abgelenkt.«

»Unsinn, dann würden drei Kinder fast ohne Vater aufwachsen.« Ealasaid lächelte Joan zu, die herüberwinkte. Man befand sich in einem der kleineren Säle, in denen die Familie sich oft zurückzog. Hier verströmte der riesige Kamin eine angenehme Wärme, während es im Speisesaal zog und ungemütlich war.

Wegen der winterlichen Kälte waren auch Màiris Söhne gezwungen, sich im Inneren der Burg aufzuhalten. Obwohl sie dicke Westen aus Lammwolle besaßen, war die beißende Kälte nicht nur unangenehm, sondern konnte auch gefährlich werden.

»Wenn ich groß bin«, erklärte der sechsjährige Andra mit wichtiger Miene, »will ich so werden wie Onkel Ewan. Er ist ein starker Krieger und kann zehn *Sasannach* auf einen Streich töten!«

Joan legte die Bilderkarten, eine Art Memoryspiel, zur Seite, dabei ließ sie sich nicht anmerken, wie sehr es sie erschütterte, dass ein kleiner Junge über den Tod sprach wie über das Wetter.

Natürlich musste auch Klein-Ewan seinen Senf dazugeben, indem er verächtlich die Nase rümpfte und sich in voller Größe vor dem Bruder aufbaute. »Pah, du hast doch viel zu viel Angst vor den Rotjacken. Wenn du nur einen von ihnen siehst, fängst du an zu heulen und rennst davon!«

Der Kleine wurde rot vor Zorn, und bevor er seinem Bruder an die Gurgel springen konnte, beruhigte Joan ihn, indem sie sagte: »Ich glaube, ihr werdet beide große Krieger, und euer Onkel wird sehr stolz auf euch sein.«

Zufrieden nickte Andra. »Das sagt Großvater auch immer, und er muss es schließlich wissen, aye?«

Lächelnd fuhr Joan dem Kleinen über das lange dunkle Haar, er ähnelte Ewan mehr als sein älterer Bruder. »Du hast recht, euer Großvater ist ein erfahrener Mann.« Sie warf einen flüchtigen Blick zu Dòmhnall, der sich mit seiner Frau angeregt unterhielt. Worum es bei dem Gespräch ging, konnte Joan nicht verstehen, dafür war sie zu weit von ihnen entfernt; aber vermutlich würden sie ohnehin gälisch sprechen.

Den Jungen machte das Kartenspiel keinen Spaß mehr, sie begannen sich zu langweilen. Das brachte Joan auf die Idee, ihnen einen Vorschlag zu machen: »Ihr wisst ja, dass Onkel Ewan und ich bald heiraten werden.«

Beide Kinder nickten gleichzeitig.

»Nun, leider verstehe ich eure Muttersprache nicht. Mögt ihr mir vielleicht ein paar Begriffe beibringen?«

Begeistert, eine erwachsene Person etwas lehren zu dürfen, begannen Andra und Klein-Ewan sofort mit dem Unterricht, und als sich der Nachmittag neigte, wusste sie, dass *seòmar* Zimmer hieß, *uisge* Wasser und *beinn* Berg. Das Wort *Sasannach* allerdings brauchte ihr niemand zu erklären.

Màiri und Darla waren den ganzen Nachmittag damit beschäftigt gewesen, gefärbte Wollstränge zu Knäuel zu wickeln. Von Joans Mitarbeit wollten sie nichts wissen, obwohl sie darum gebeten hatte. Màiri war der Ansicht, dass Joan sich zuerst mit der Familie vertraut machen sollte, bevor sie sich den Pflichten der Frauen anschloss. Ewan, Tèarlach und Peader waren unterwegs, um nach der Destille zu sehen, die sich in einer Höhle tief in den Wäldern befinden sollte.

Die Jungen warfen gälische Begriffe und Sätze pfeilschnell durch den Raum, sodass Joan bald der Kopf schwirrte, und sie mit erhobenen Händen um Gnade bat.

Für Andra und Klein-Ewan war sie die Frau, die ihr Onkel bald heiraten würde und keine Feindin, auch wenn ihr Englisch anders klang als das eigene. *Sasannach* waren für die Jungen jene Soldaten, die das Land in Angst und Schrecken versetzten.

Eine schmale Gestalt schob sich durch den Türspalt, und Joan erkannte die junge Frau, die offensichtlich ein Auge auf Ewan geworfen hatte. Sie beachtete Joan gar nicht, sondern trat zu Dòmhnall, sagte etwas auf Gälisch und warf den Kopf lachend in den Nacken, als er ihr grinsend antwortete.

»Wer ist dieses Mädchen?«, wandte sich Joan mit gedämpfter Stimme an die Kinder. »Ich habe sie schon oft gesehen, aber sie scheint nicht zur Familie zu gehören.«

»Och, das ist Anna«, gab Klein-Ewan gleichmütig zurück. »Ihr Vater ist ein Verwalter oder so was.«

Anna schien zu spüren, dass man über sie redete, sie drehte sich blitzschnell um, bedachte Joan mit einem giftigen Blick und stolzierte dann hoch erhobenen Hauptes zur Tür hinaus.

Seit einer Woche lebte Joan nun auf Glenbharr Castle, und die Hochzeitsvorbereitungen waren in vollem Gange. Während dieser Zeit war Joan Anna öfter begegnet, doch das junge Mädchen unternahm nicht einmal den Versuch, höflich zu sein. Offene Feindseligkeit schlug Joan entgegen, wann immer sie auf Anna traf.

Mehrmals war Joan nahe daran gewesen, Màiri oder Ewan nach ihr zu fragen, doch sie wollte nicht kleinlich und eifersüchtig erscheinen. Es war zwar offensichtlich, dass Anna in Ewan verliebt war, aber bisher war er ihr mehr als gleichgültig begegnet.

Dòmhnall musterte besorgt seine Gemahlin, deren Gesicht so weiß war wie das Kissen, auf dem sie ruhte. »Du bleibst heute im Bett«, befahl er, und noch bevor Ealasaid fähig war zu protestieren, wurde sie von einem neuerlichen Hustenanfall geschüttelt.

Dòmhnall ballte die Hände zu Fäusten. Warum war denn kein Arzt oder Heiler fähig, seine Frau gesund zu machen? Er hatte sogar einen anerkannten Doktor aus Edinburgh kommen lassen, doch der hatte nur schulterzuckend etwas von angegriffenen Lungen gefaselt und eine Mixtur dagelassen, die den Husten noch verschlimmert hatte.

»Nun gut.« Ealasaids Stimme klang wie ein Hauch, nachdem der Hustenanfall vorüber war. »Heute stehe ich nicht auf, aber nur ausnahmsweise. Es gibt bis zur Hochzeit noch zu viel zu erledigen …«

Mit einer barschen Handbewegung schnitt er ihr das Wort ab. »Darum können sich unsere Töchter kümmern, und Seonag bietet auch ständig ihre Hilfe an.«

In Ealasaids Augen traten Tränen. Sie fühlte sich so hilflos durch ihre Krankheit. Als sie noch gesund war hatte sie von morgens bis abends gearbeitet, doch nun war sie an manchen Tagen so schwach, dass sie kaum imstande war aufzustehen. Sie hatte schon keine Hoffnung mehr, jemals wieder gesund zu werden, doch diese Zweifel behielt sie für sich.

»Bitte Seonag später zu mir. Ich möchte mich gerne mit ihr unterhalten.« Und als ihr Mann dumpf nickte, fügte sie hinzu: »So fühle ich mich wenigstens nicht völlig ausgeschlossen.«

Joan eilte gleich nach dem Frühstück an das Krankenbett ihrer zukünftigen Schwiegermutter, die ihr freundlich die Hände entgegenstreckte. »Wie schön, dass du da bist. Setz dich doch.« Als sie versuchte, sich aufzurichten, wurde sie von Joan sanft zurück ins Kissen gedrückt.

»Ich bin froh, dass Ihr mich sehen wollt«, sagte sie und wandte ihr Gesicht ab. Ealasaid sollte nicht merken, wie sehr Joan über die Blässe der anderen erschrocken war. »Alle im Haus sind beschäftigt, und wenn ich helfen möchte, heißt es nur, dass ich die Braut sei und mich um nichts kümmern muss.«

Ealasaid lachte leise. »Aye, das ist in unserer Familie Tradition. Sag, wie gefällt dir das Leben auf Glenbharr Castle? Es ist sicher etwas anders als das Leben in London.«

»Oh ja, es sind zwei verschiedene Welten«, gab Joan zurück, und diesmal musste sie noch nicht einmal schwindeln. »Aber ich versichere Euch, dass ich das Leben in Schottland gegen kein anderes eintauschen möchte.«

Erleichtert schloss Ealasaid die Augen. »Das höre ich gern. Du liebst meinen Sohn sehr, aye?«

»Über alles.«

»Und du wirst ihm treu zur Seite stehen – egal, was geschieht?« Ealasaids Stimme klang bei diesen Worten etwas fester.

»Ja, das werde ich. Mir ist klar, dass Ihr und Euer Gemahl noch immer nicht alle Skepsis abgelegt habt. Ich versichere Euch, ich verabscheue die englischen Soldaten, die Schottland unter der Knute halten.«

Ealasaid betrachtete Joan eindringlich. Was sie hörte, schien ihr zu gefallen. »Davon bin ich überzeugt, *mo nighean.* Sieh mich bitte einmal genau an.«

Joan tat, wie ihr geheißen, und plötzlich trat ein warmes Lächeln auf Ealasaids Gesicht. »Du bist in der Hoffnung. Weißt du das eigentlich?«

Im ersten Augenblick war Joan zu perplex, um zu antworten. Doch dann nickte sie zögernd und erwiderte: »Ich habe es vermutet. Wie kommt Ihr darauf?«

»Ich sehe es an deinen Augen. Die Augen einer Frau, die

ein Kind erwartet, leuchten auf geheimnisvolle Art. Hast du es Ewan schon gesagt?«

»Nein, ich bin mir ja noch gar nicht sicher.«

Ealasaid richtete sich erneut auf, und Joan sprang rasch auf, um ihr ein Kissen hinter den Rücken zu stopfen. »Aber ich bin mir sicher«, sagte sie überzeugt. »Es wird ein schönes Kind sein, das ihr bekommen werdet. Ich wünschte mir …« Sie hielt inne und ihr Blick verdunkelte sich. Nein, sie würde die Befürchtung, dass sie die Geburt ihres vierten Enkelkindes vielleicht nicht mehr erleben könnte, nicht zu erkennen geben.

Später hatte Joan Gelegenheit, mit Dòmhnall zu sprechen. Ein willkommener Anlass war Ealasaids gesundheitlicher Zustand. Joan wollte sooft es ging mit dem Laird reden. Sie musste einfach sein Vertrauen gewinnen. Er gab sich zugeknöpft, doch als er spürte, dass Joans Sorge um Ealasaid echt war, taute er allmählich auf. Er ließ sich sogar dazu verleiten, von den Anfängen seiner Ehe zu sprechen und davon, welch bezauberndes Mädchen seine Frau einmal gewesen war.

»Alle Männer waren hinter ihr her«, erzählte er schmunzelnd, »aber mich hat sie gewollt. Ich hoffe, sie hat es nie bereut.«

»Das hat sie nicht, ich weiß es. Sie liebt Euch und ihre Kinder über alles – so wie ich Ewan liebe.« Ein stechender Blick aus Dòmhnalls Augen ließ sie stocken. Doch sie nahm ihren ganzen Mut zusammen, befeuchtete die trocknen Lippen mit der Zunge und sagte schließlich mit fester Stimme: »Mir ist klar, dass ich nicht die Schwiegertochter bin, die Ihr Euch wünscht, und ich habe Verständnis für Euren Argwohn. Aber seid gewiss, ich werde ein vollwertiges Mitglied der MacLaughlins werden, ich werde niemals Schande über den Clan bringen, sondern Ewan eine gute Frau sein, denn ich liebe ihn.«

Schweigend lauschte Dòmhnall ihren Worten, sein undefinierbarer Blick war fest auf sie gerichtet. »Zugegeben, der Gedanke, dass mein einziger Sohn eine Engländerin heiratet, schmeckt mir noch immer nicht – zumal du mich auf unangenehme Weise an diese Hexe Ceana Matheson erinnerst. Aber ich will eurem Glück nicht im Wege stehen, *nighean.*«

Joan wagte kaum zu atmen, der Laird hatte sie zum ersten Mal Tochter genannt.

Schon früh am Morgen war Ewan, begleitet von seinem Schwager Tèarlach, aufgebrochen.

Die beiden Männer ritten schweigend über die noch immer verschneiten Hügel. Ihr Ziel war eine der abgelegenen Ansiedlungen im Glen Dillon, einem Tal auf dem Gebiet der MacLaughlins, dessen Bewohner sich dem Clan schon seit Langem angeschlossen hatten.

Die Pächter lebten weitgehend von der Schafzucht, einige waren so mutig, Gerste anzubauen, die für die Herstellung von Whisky dringend benötigt wurde und etwas zusätzliches Geld einbrachte. Doch reich geworden war bisher keiner der Bauern damit, in dieser Höhe wuchs höchstens Hafer, und auch der nur recht kärglich.

Es gehörte zu Ewans Aufgaben, sich um die Pächter zu kümmern, und gerade im Winter wurden die Familien oft von Hungersnöten geplagt. Sie standen unter dem Schutz des Clans und konnten sicher sein, dass der Laird dafür sorgte, dass niemand verhungerte.

»Wie viel Männer gibt es hier?«, fragte Tèarlach, als sie auf einem Hügel die Pferde anhielten, der den Blick auf die kleinen Steinhäuser im Tal frei gab. »Ich meine, wie viele Männer im kampffähigen Alter.«

Vage hob Ewan die Schultern. »Etwa dreißig, nehme ich an. Und sie haben viele Söhne, die unsere Sache ebenfalls unterstützen werden.«

»Du glaubst, dass es noch Jahre bis zu einem neuen Aufstand dauern wird?«

»Aye, unsere Männer sind noch nicht so weit. Auch wenn der Hass gegen die Rotjacken immer stärker wird, müssen wir die Männer ruhig halten. Der Tag wird kommen, an dem der Hannoveraner vom Thron gejagt und wieder ein schottischer König regieren wird.«

Auch Tèarlach war ein leidenschaftlicher Anhänger James Stuarts und nahm an allen Jakobitentreffen teil, die während der Wintermonate stattfanden. Von diesen Zusammenkünften durften die Engländer nichts erfahren, sie wurden nach kurzfristiger Absprache in unregelmäßigen Abständen jeweils bei einem der Clanoberhäupter abgehalten.

»Wie soll es denn jetzt mit meiner Schwester und dir weitergehen?«, erkundigte sich Ewan und gab seinem Pferd die Sporen. Tèarlach wusste bereits, dass Ewan über Màiris Liebesgeschichte informiert war.

Tèarlach machte eine bedrückte Miene und lenkte sein Pferd dicht neben das seines Schwagers. »Ich bewundere deinen Mut, mit dem du Dòmhnall gegenübergetreten bist, und ich bin mir nicht sicher, ob ich genauso couragiert bin, ihm ins Gesicht zu sagen, dass ich eine andere liebe. Deine Schwester ist eine herzensgute Frau, und ich hatte nie einen Grund, mich über sie zu beklagen, aber Thelma ist die Frau, die ich liebe.«

»Ich verstehe dich, und Màiri ist dir auch nicht gram. Möglicherweise sähe die Sache anders aus, wenn es keinen Mìcheal MacGannor gäbe.«

Offensichtlich war das Herannahen der beiden Reiter beobachtet worden, denn aus einem der Häuser trat eine finster blickende Gestalt, in der Hand einen armdicken Knüppel. Erst beim Näherkommen erkannte der Mann Ewan und seinen Begleiter, und seine Gesichtszüge glätteten sich.

»Ewan! A Thèarlach!«, begrüßte er sie grinsend und hob die Hand. »Was treibt euch bei diesem Wetter in unser Tal?«

»Sei gegrüßt, Malcolm.« Ewan schwang sich vom Pferd und klopfte dem Pächter vertrauensselig auf die Schulter. »Du weißt doch, dass wir uns von Zeit zu Zeit sehen lassen. Wie geht es deiner Familie?«

»Du kannst dir denken, wie es ist, jedes Jahr ein Maul mehr zu stopfen. Sinan hat vor drei Wochen wieder ein Kind gekriegt, es geht ihr gar nicht gut.«

»Das wievielte ist es denn?« Ewan hob erstaunt die Augenbrauen. »Es müssen an die sechs sein.«

»Sieben, um genau zu sein. Aber kommt doch ins Haus, bevor ihr euch noch den Tod holt.« Malcolm machte eine einladende Handbewegung und ließ den beiden Besuchern den Vortritt, bevor auch er ins Innere der düsteren Kate trat.

Drinnen roch es nach Rauch, Haferbrei und schmutzigen Windeln, und nach einer Geste des Vaters trollten sich die Kinder, die sich vor Ewan und Tèarlach wie die Orgelpfeifen aufgebaut hatten, in den kleinen Anbau, den Malcolm für seine Sprösslinge errichtet hatte.

Sinan Grant, eine ausgemergelte Frau, der man die häufigen Geburten ansah, machte einen tiefen Knicks vor Ewan und verschwand dann ebenfalls im Nebenraum, nachdem sie einen Krug dunkles Bier auf den Tisch gestellt hatte.

»Ich werde meine Schwester zu euch schicken, sobald der Schnee getaut ist«, sagte Ewan nach einem besorgten Blick zu Sinan, bevor diese die Holztür hinter sich zuzog. »Deiner Frau fehlt nahrhaftes Essen, damit sie wieder auf die Beine kommt.«

Malcolm nickte mit sorgenvoller Miene. »Aye, noch ein Kind überlebt sie nicht. Aber soll ich deshalb auf die Freuden des Ehelebens verzichten?«

Tèarlach und Ewan wechselten einen sehr amüsierten Blick.

»Ich hörte, du willst auch in den Stand der Ehe treten.« Malcolm schmunzelte, dabei waren seine braunen Zahnstummel gut zu erkennen. »Sie soll eine *Sasannach* sein, aber eine sehr hübsche.«

»Sie ist in England geboren, aye«, gab Ewan leichthin zurück. »Aber sie hält natürlich zu uns. Gab es irgendwelche Übergriffe in den letzten Wochen?«

»Nein, aber es tauchen immer öfter Patrouillen auf. Die Rotjacken kann man vom Tal aus gut erkennen, wenn sie mit ihren Pferden da oben stehen und stundenlang unsere Häuser anstarren, in der Hoffnung, einen von uns bewaffnet zu sehen.« Malcolm schenkte den beiden Bier ein, dann neigte er sich leicht vor und fuhr mit gesenkter Stimme fort: »Mein Breitschwert ist so gut versteckt, das würden noch nicht einmal hundert Rotjacken finden, wenn sie ein ganzes Jahr suchen würden.«

Zufrieden nickte Ewan. »Wie sieht es mit den anderen Pächtern hier aus?«

»Genauso. Wir sind bis an die Zähne bewaffnet und können es kaum erwarten, den *Sasannach* das Fürchten zu lehren.«

Malcolm Grant, dessen Familie sich schon vor Generationen dem Clan Laughlin angeschlossen hatte, war als Hitzkopf bekannt, aber auch als guter Kämpfer. Er hatte blutjung in Dòmhnalls Regiment in Sheriffsmuir gekämpft; inzwischen war er gealtert, doch der Hass gegen die Engländer war so frisch wie am ersten Tag.

»Passt auf die Black Watch auf«, warf Tèarlach ein. »Wie

man hört, streichen die ebenfalls das ganze Jahr durch das Gebirge.«

Verächtlich spuckte Malcolm auf den mit Stroh bedeckten Fußboden. »*Fear-brathaidh*[1]! Die sollten sich schämen, gegen ihre Landsleute zu kämpfen. Eine Schande sind die für unser Volk!«

»Die Armee bezahlt sie gut dafür, anscheinend ist ihnen das mehr wert als ihr Nationalstolz.«

Malcolm grummelte etwas, dann stürzte er das Bier in seinem Holzbecher in einem Zug hinunter und fuhr sich anschließend mit dem Ärmel seines Hemdes über den Mund.

Ewan erhob sich. »Haltet auch in Zukunft Augen und Ohren offen, das gilt für alle im Glen Dillon. Ich werde in den nächsten Tagen ein paar Leute mit Nahrungsmitteln schicken, schreib auf, was ihr braucht.«

Malcolm blickte ihn verständnislos an, dann hob er hilflos die Schultern: »Ihr wisst doch, ich kann nicht schreiben und Sinan kann es auch nicht.«

Unauffällig seufzte Ewan, öffnete seinen *sporran* und entnahm ihm ein Stück grobes Papier sowie ein Stück Holzkohle, um sich Malcolms Wünsche zu notieren. Bevor sie aufbrachen, schlug er vor: »Meine Schwester könnte dir und deiner Frau Lesen und Schreiben beibringen, und deinen Kindern kann ein wenig Unterricht auch nicht schaden.«

Malcolm machte eine verlegene Miene, wagte jedoch keinen Einwand. Allerdings fragte er sich im Stillen, wozu er schreiben lernen sollte, wo er doch bestens mit dem Schwert umgehen konnte.

»Bildung hat noch niemandem geschadet«, ergänzte Tèarlach lächelnd, nachdem er sich wieder in seinen Umhang ge-

---

1 Verräter

hüllt hatte. »Und außerdem kannst du dann selbst die Zeitung lesen.«

Wozu, dachte Malcolm, ohne zu erwidern. Eine Zeitung kam äußerst selten – meist Monate alt – in seine Finger.

»Wir müssen uns viel mehr für die Bildung unserer Leute einsetzen«, sagte Ewan gedankenverloren, als sie den Rückweg über die Hügel antraten. »Die *Sasannach* behaupten, dass wir Highlander ein unzivilisiertes Volk sind. Bei Männern wie Malcolm Grant muss ich ihnen sogar recht geben.«

Die beiden Männer wurden bereits auf Glenbharr Castle erwartet, wie sich zeigte, denn im Burghof kam ihnen Peader entgegen und fuchtelte aufgeregt mit den Händen in der Luft herum.

»Was gibt es, *bràthair-cèile*[1]?« Alarmiert sprang Ewan vom Pferd, seine Gedanken überschlugen sich. »Ist etwas mit Seonag geschehen?«

»Nein, ihr geht es gut, sie ist mit den anderen Frauen zusammen«, gab Peader atemlos zurück. »Aber Cousine Glenda … sie sagt, dass sie von einem *Sasannach* vergewaltigt wurde!«

Bestürzt sahen sich Ewan und Tèarlach an.

»Dòmhnall versucht in der Bibliothek gerade, mit ihr zu reden, das arme Ding ist völlig verstört.«

Ohne ein weiteres Wort stürmte Ewan in die Eingangshalle, gefolgt von den anderen beiden Männern. Glenda MacLaughlin befand sich in der Bibliothek, in der sich außer ihr nur noch der Laird befand. Die nicht besonders hübsche Tochter von Dòmhnalls verstorbenem Bruder weinte stumm vor sich hin; ihr Mieder war zerrissen, ebenso wie die Bluse darunter.

---

1 Schwager

»Was ist geschehen?«, fragte Ewan ohne Einleitung und ließ sich vor dem jungen Mädchen nieder. »Glenda, bitte erzähl mir genau, wie es passiert ist.«

Glenda fuhr sich über das runde Gesicht und stammelte: »Ich schäme mich so, Onkel. Ich kann nicht darüber reden.«

»Aber du musst«, beschwor er sie. »Der Schuldige wird dafür bezahlen.«

Nach einem unsicheren Blick zu Dòmhnall gab das Mädchen leise zurück: »Nun, aye, ich war heute Nachmittag auf dem Weg zu Alex. Du weißt, dass wir beide uns lieb haben.« Ungeduldig nickte Dòmhnall, Glenda machte keinen Hehl daraus, dass sie den Sohn eines Pächters liebte. »Bevor es dunkel wurde, machte ich mich auf den Heimweg … plötzlich tauchten vor mir diese beiden Rotjacken auf. Sie machten zotige Bemerkungen und lachten gemein, und als ich wortlos weiterreiten wollte, hielten sie mein Pferd an und zerrten mich hinunter.«

»Warum warst du nur so leichtsinnig, alleine zu reiten?« In Ewans Stimme schwang der Vorwurf mit. »Keine Frau soll ohne Begleitung die Burg verlassen.«

Glendas Unterlippe bebte. »Bisher ist doch nie etwas passiert und ich wollte unbedingt zu Alex.«

»Würdest du die Männer wiedererkennen?«

»Aye, ich habe sie genau erkannt, es waren dieselben beiden Rotjacken, die regelmäßig in unseren Wäldern herumlungern.«

Ewans Augen verengten sich, es musste sich um jene Soldaten handeln, denen er und Joan kürzlich begegnet sind. Er legte Glenda beruhigend die Hand auf die Schulter und fragte behutsam: »Aber es war nur einer von ihnen, der dir etwas angetan hat?«

»Ja, er hatte ein Muttermal auf der Wange. Ich schrie

laut, als sich der andere auf mich stürzen wollte, und da ließ er plötzlich von mir ab. Peader fand mich, er hatte meine Schreie gehört.« Sie schluckte.

Tèarlach trat einen Schritt vor. »Ich bringe dich zu Màiri und Seonag, sie werden sich um dich kümmern.«

Dankbar lächelte das Mädchen, dann sah sie fragend zu ihrem Onkel. Als Dòmhnall nickte, erhob sich Glenda und bedeckte die zerrissene Kleidung notdürftig mit ihrem Schultertuch.

»Hauptmann Robert Milford und sein kleiner schmieriger Freund James Allison«, stieß Ewan erregt hervor. »Die beiden werden für diese Schandtat büßen!«

»Was willst du damit sagen?« Dòmhnall neigte sich vor. »Wir haben keine Beweise, man wird sagen, Glenda habe sich die Geschichte ausgedacht, um den Hass gegen die Rotjacken zu schüren.«

Angriffslustig reckte Ewan das Kinn. »Trotzdem sollten wir den Vorfall dem Kommandanten von Fort George melden.« Seit Milford und Allison dort stationiert waren, hörte man immer öfter Klagen, und jedes Mitglied des Clans hoffte, dass die beiden schnell wieder in die Kasernen von Ruthven abkommandiert werden würden.

»Sollen wir etwa tatenlos zusehen, wie diese Schweine unsere Frauen schänden? Glenda steht ebenso wie alle anderen unter dem Schutz des Clans. Wo ist dein Sinn für Gerechtigkeit geblieben, *athair*?«

Mit einer müden Handbewegung wischte sich Dòmhnall über die Augen. »Glenda hat sich trotz aller Warnungen ohne Begleiter außerhalb der Burgmauern bewegt«, sagte er grimmig. »Und genau das würde uns Colonel Porter von Fort George vorwerfen. Das Einzige, was wir tun können, ist, unsere Frauen eindringlich daran zu erinnern, Glenbharr Castle niemals ohne Begleitschutz zu verlassen und ansonsten sei versichert, irgendwann kommt der Tag der Abrechnung, das ist so gewiss wie das Amen in der Kirche, Ewan *mac*[1].«

Màiri und Joan kümmerten sich um die noch immer völlig verstörte Glenda, die nach einem gründlichen Bad in einen unruhigen Schlaf fiel.

»Die Rotjacken werden immer dreister«, klagte Màiri. »Bisher hatte ich von ihren Übergriffen an Frauen immer nur von anderen Clans gehört, aber nun hat es uns also auch erwischt. Die *Sasannach* nehmen sich ungeniert, was ihnen gefällt – sie verspotten und demütigen die Männer, konfiszieren unser Vieh und nun sind wir Frauen dran.« Màiri war empört.

Joan hatte der Vorfall ebenfalls nachdenklich gemacht. »Das ist die reinste Kriegserklärung. Ich schäme mich, dass ich Engländerin bin.«

Màiri blickte sich vorsichtig um, und als sie sah, dass sie alleine waren, fragte sie Joan mit gesenkter Stimme: »Wie wird das Verhältnis zwischen Engländern und Schotten in der Zukunft sein?«

»Sie werden sich zwar nicht lieben, aber gegenseitig respektieren. Der letzte Krieg in Europa wird 1945 enden. Alle Briten werden gemeinsam gegen die Feinde kämpfen.«

»Und es gibt keinen König mehr?«

»Großbritannien wird zwar von einem Parlament regiert, aber es wird trotzdem eine Königin geben.«

»Eine Stuart?«

Zögernd schüttelte Joan den Kopf. »Nein, keine Stuart.«

Verzweifelt suchte sie nach einem unverfänglichen Thema, bevor Màiri weiterfragen konnte. Màiri wusste nicht, dass es nach 1746 keine Clans mehr geben würde und Glenbharr

1 Sohn

Castle von den siegreichen Engländern teilweise zerstört werden würde. Ewan hatte auf seiner Zeitreise die Ruine gesehen, doch seiner Schwester gegenüber geschwiegen. Warum sollte man sie unnötig beunruhigen?

Das Wissen um das Schicksal der Highlander beschwerte Joan sehr; sie fühlte sich ohnmächtig angesichts der Tatsache, dass sie die Geschichte nicht beeinflussen konnte.

»Woran denkst du?«

Unsanft riss Màiris Stimme sie aus ihren Gedanken. Sie setzte ein Lächeln auf, nahm die Hände ihrer zukünftigen Schwägerin und fragte betont munter: »Sag mir, was du dir zum Geburtstag wünschst.«

»Ich?« Màiri wurde verlegen. »Weißt du, ich habe keine weiteren Wünsche, denn mein größter Wunsch wird mir bereits erfüllt: Du und Ewan werden heiraten.«

Joan musste lächeln. Sie hatte bereits mit dem Geistlichen gesprochen, der sie darauf hingewiesen hat, dass es unabdinglich war, zum katholischen Glauben überzutreten, bevor er die Trauung vornehmen konnte. Joan hatte sofort eingewilligt und ihre Bemerkung, dass Katholiken und Protestanten schließlich an denselben Gott glaubten, schien Pater Adam Carmichael beruhigt zu haben.

Die Burg verfügte über eine eigene Kapelle, und regelmäßig hielt Carmichael seine Predigten dort ab sowie Taufen, Hochzeiten und Beerdigungen. Von Màiri wusste Joan, dass Tèarlach bereits versucht hatte, mit dem Pater über seine Scheidung zu reden.

»Zehn Tage noch«, flüsterte Joan, und unbewusst fuhr sie sich über den Bauch. Ealasaids Bemerkung hatte ihren Verdacht bestätigt, und auch Màiri hatte sich wenig später über das warme Leuchten in Joans Augen geäußert.

»Aye, wenn doch auch ich eines Tages mit Mìcheal vor den Traualtar treten könnte!«

Tröstend umarmte Joan sie. »Ich glaube ganz fest daran. Aber das Schlimmste steht euch noch bevor.«

»Daran mag ich gar nicht denken.« Màiri seufzte. »Meine Sehnsucht nach Mìcheal wird immer stärker, ich zähle die Tage bis zu eurer Hochzeit, bei der ich ihn endlich wiedersehe. Ewan hat Mìcheal eine Botschaft von mir überbracht, in der ich ihm angedeutet habe, dass sich etwas Großartiges ereignet. Ewan hat mir auf die Bibel schwören müssen, Mìcheal nicht mehr zu verraten.«

»Du darfst dich auf keinen Fall mehr alleine aus der Burg stehlen, um ihn zu treffen«, mahnte Joan mit Nachdruck. »Am Ende passiert dir dasselbe wie der armen Glenda.«

Bei dem Gedanken daran schüttelte sich Màiri.

Die beiden Frauen standen noch eine Weile still beisammen und jede von ihnen war in Gedanken bei dem Mann ihres Herzens.

Die Nachricht von Glendas Vergewaltigung verbreitete sich wie ein Lauffeuer unter den Clansleuten. Einen Tag nach dem Verbrechen begehrte ein Trupp Männer Einlass und forderte, den Laird zu sprechen. Während man damit begann, Ochsen, Schafe und Geflügel für das Fest zu schlachten und die Frauen damit beschäftigt waren, das Silbergeschirr zu putzen und das feine Tischleinen zu bleichen, durchquerte die Gruppe finster blickend im MacLaughlin-Tartan die Eingangshalle.

»Lasst sie eintreten«, sagte Dòmhnall, der sich zur selben Zeit mit seiner Korrespondenz beschäftigte. »Sie haben ein Recht darauf, dass man ihnen zuhört. Bringt sie her.«

Er versuchte, sich für den Ansturm zu wappnen, obwohl ihm kaum Zeit dafür blieb. Die Bibliothek war wenige Minuten später voller zorniger Männer, die aufgeregt durcheinander redeten.

»Ist es wahr, was man von den *Sasannach* hört?«

Einer der Männer, ein Hüne mit wildem rötlichem Haar und ebensolchem Bart, trat einen Schritt vor, anscheinend hatte man ihn zum Wortführer erwählt. »Sagt, was Ihr gegen diesen *deamhan*[1] unternehmen wollt, *Dòmhnall mòr*[2].«

Der Laird polterte entgegen seiner sonstigen Art nicht drauflos, sondern blickte alle Männer der Reihe nach schweigend an.

»Wollt Ihr das Schwein etwa entkommen lassen und unsere Frauen Freiwild für die Rotjacken werden lassen?« Zustimmendes Gemurmel erhob sich.

Dòmhnall drückte die breiten Schultern durch und holte tief Luft: »Was soll ich deiner Meinung nach tun? Man wird Glenda nicht glauben, und die Rotjacken werden, wenn wir sie beschuldigen, unsere Familien noch mehr schikanieren.«

»Wenn Ihr nicht handeln wollt …« Der Mann machte eine kurze Kopfbewegung nach beiden Seiten, »… dann werden wir es tun.«

Dòmhnall lehnte sich zurück. »Ach ja? Und was wollt ihr tun? Habt ihr vor, Milford und Allison umzubringen? Nur zu, damit erreicht ihr nur, dass das Gerücht von den mordlüsternen wilden Highlandern noch verstärkt und unser Clan vernichtet wird. Eine ordentliche Gerichtsverhandlung wird es kaum geben, wenn wir Glendas Vergewaltigung beim Colonel anklagen. Wie heißt du?«

Der Angesprochene reckte stolz das Kinn. »Mein Name ist Sèoras Dunbar vom Clan Laughlin, in der dritten Generation. Mein Vater kämpfte in Sheriffsmuir, Sir.«

»Nun gut, Sèoras.« Der Laird erhob sich hinter seinem Schreibtisch, und diejenigen, die ihn bisher nur aus der Fer-

---

1 Teufel
2 Großer Donald

ne gesehen hatten, erschraken über seine Größe. »Also, wie wollt ihr vorgehen, ohne dass unser Volk noch mehr unter den *Sasannach* zu leiden hat? Sprich, ich bin ganz Ohr.«

Es war nicht das erste Mal, dass er seine Leute besänftigen musste, doch ihm war klar, dass eine harte Ansprache den Hass gegen die Engländer noch steigern würde. Er verstand die Clansmänner. Wäre es nach ihm gegangen, hätte Hauptmann Robert Milford den Tag des Verbrechens nicht überlebt.

»Wenn wir nichts unternehmen«, entgegnete Sèoras Dunbar mit rauer Stimme, »wird es an der Tagesordnung sein, dass unsere Frauen und Mädchen sogar aus ihren Häusern gezerrt werden, wenn es den Soldaten beliebt. Und wir sollen einfach zusehen, wie sie geschändet werden und vielleicht einen englischen Bastard austragen müssen.«

Unbemerkt war Ewan in den Raum getreten. Ruhig, aber bestimmt nahm er das Wort. »Ihr habt recht, Leute, das können wir nicht zulassen. Aber bleibt ruhig. Ich versichere euch, Milford wird seiner gerechten Strafe nicht entgehen, aber lasst uns den rechten Zeitpunkt für die Strafe wählen. Es ist jetzt zu früh. Ihr müsst versprechen, jetzt nichts zu unternehmen.«

Unsicher wandte sich der Wortführer an die anderen Männer, mit denen er sich daraufhin gedämpft beriet. Schließlich nickte Dunbar. »Nun gut, wir verhalten uns still, doch Ihr müsst wissen, wir werden Robert Milford und die Tat nicht vergessen.«

»Jedem Mitglied des Clans wird sein Name und die Tat auf Ewigkeit ins Gedächtnis eingeprägt sein«, sagte Ewan mit feierlicher Stimme und schritt zur Tür, um sie zu öffnen. Widerstrebend gingen die Männer, nachdem sie sich von ihrem Laird verabschiedet hatten.

Dòmhnalls Stirn war noch immer gerunzelt, als sich sein

Sohn ihm wieder zuwand. »Glaubst du, dass sie sich an unser Gebot halten? Das Blut dieser Männer kocht vor Zorn.«

»Ich würde die Hand für sie nicht ins Feuer legen, *athair*. Wie geht es Glenda heute?«

»Màiri sagt, dass sie noch immer weint und am liebsten sterben würde.« Dòmhnalls Stimme klang verbittert.

»So Gott will, wird sie zumindest körperlich wieder gesunden. Was allerdings Glendas Seele betrifft …« Er brach ab und hob hilflos die Hände. »Wenn dieser Mistkerl ihr ein Kind gemacht haben sollte, rechne ich mit dem Schlimmsten.«

»Die Frauen werden sie im Auge behalten«, gab Ewan ebenso besorgt zurück. »Glenda darf bis auf Weiteres keinesfalls alleine bleiben.«

Mit einer lahmen Geste wischte sich der Laird über die Augen. »Wenn mein Bruder noch leben würde, könnte ich für nichts garantieren.« Er stand langsam auf, trat zu seinem Sohn und legte die Hand auf dessen Schultern. »Ich hoffe, auch Seonag hält sich an die Anweisung, die Burg nicht ohne Begleitung zu verlassen. Sie scheint eine sehr selbstständige Frau zu sein, so selbstständig, dass es sogar für eine Engländerin ungewöhnlich ist.«

Ewan ließ sich nichts anmerken. Seinem Vater war wohl aufgefallen, dass Joan anders war. Sie sprach anders, bewegte sich anders und nahm auch den Männern gegenüber kein Blatt vor den Mund.

Joan drehte sich gehorsam um, damit Màiri die letzten Änderungen an ihrem Hochzeitskleid, einer Robe aus Seide und Spitze, vornehmen konnte. Aus dem kostbaren elfenbeinfarbenen Stoff hatte sich ursprünglich Ealasaid ein Kleid nähen lassen wollen, doch zugunsten der Braut darauf verzichtet.

Normalerweise trugen die Frauen bei der Hochzeit die

typisch schottische Tracht, allerdings aus feinen festlichen Stoffen, erfuhr Joan. Da sie aber Engländerin war, entschied Dòmhnall dagegen. Erst bei späteren Festlichkeiten würde sie die schottische Tracht tragen dürfen.

»Autsch!«

Màiri entschuldigte sich für ihre Ungeschicklichkeit. »Ich bin gleich fertig mit den Änderungen. Du wirst eine wundervolle Braut sein.«

Die beiden Frauen befanden sich in Joans Kammer, und vom Schemel aus, auf dem Joan stand, hatte sie einen direkten Blick in den Spiegel über der Kommode.

»Wie gefällst du dir?«, erkundigte sich Màiri. »Ewan wird vor Staunen den Mund nicht mehr schließen können.«

Joan fühlte sich wie eine Schauspielerin in einem Kostümfilm, beließ es jedoch dabei, zustimmend zu nicken.

»Wo ist mein Zukünftiger eigentlich?«, fragte sie, nachdem Màiri ihr vom Schemel heruntergeholfen hatte und nun geschäftig die vielen Häkchen öffnete, die das Brautkleid schlossen. »Er tat sehr geheimnisvoll, als er heute Morgen die Burg verließ.«

Màiri zuckte mit den Schultern und in ihrem Gesicht stand ehrliche Ahnungslosigkeit. »Ich weiß es nicht, mir hat er auch nichts gesagt.«

In sich gekehrt schlüpfte Joan wieder in ihre Alltagskleidung. Das Bild der schönen Anna tauchte plötzlich vor ihrem inneren Auge auf.

»Sag, wer ist diese Anna eigentlich?«, fragte sie schließlich, »sie scheint einen Narren an Ewan gefressen zu haben.«

Màiri lachte amüsiert auf. »Aye, du hast dich nicht geirrt, Anna ist verliebt in Ewan, und das seit vielen Jahren. Ihr Vater Brian Ferguson unterstützt Vater bei der Korrespondenz und der Verwaltung«, setzte sie erklärend hinzu.

»Sie ist sehr schön«, bemerkte Joan, ohne zu zeigen, dass

sie sich brennend dafür interessierte, ob Ewan und Anna ein Liebespaar gewesen waren.

Als hätte Màiri ihre Gedanken gelesen, sagte sie eilig: »Ewan hat im Frühjahr bei einer *cèilidh* mit Anna getanzt, und ich konnte beobachten, wie sie sich später küssten. Aber es ging alles von ihr aus, Ewan konnte sich kaum gegen sie wehren, Anna wollte wohl aufs Ganze gehen.« Màiri trat näher und suchte Joans Blick. »Sie macht allen Männern schöne Augen; so eine Frau will kein Mann haben.«

Aber vielleicht hatte Ewan doch mit ihr geschlafen? Eine heiße Welle von Eifersucht durchströmte Joans Körper. Eigentlich wusste sie nichts über sein Liebesleben, nur dass er ein guter Liebhaber war. Wo hatte er seine Erfahrungen gesammelt?

»Erst neulich sagte Mutter«, fuhr Màiri fort, während sie einige auf den Boden gefallene Stecknadeln aufsammelte und auf ein Kissen steckte, »dass sie sich nicht wundern würde, wenn Anna in der Hoffnung wäre und nicht wüsste, wer der Vater des Kindes ist.«

Diese Eröffnung waren kein großer Trost für Joan. Die Eifersucht nagte in ihr. Sie trat zum Fenster, schob den schweren weinroten Samtvorhang beiseite und spähte hinunter in den Burghof. Mehr zu sich selbst murmelte sie: »Ich würde gerne ein paar Worte mit Anna reden.« Sie drehte sich wieder um und wandte sich an Màiri. »Weißt du, wo Anna ist?«

»Ich habe keine Ahnung. Frag Darla, die wird es wissen. Die beiden Mädchen stecken doch ständig zusammen. Worüber willst du mit Anna reden?«

Die nächsten Worte überlegte sich Joan sorgfältig: »Ich spüre, dass sie mich hasst. Ich nehme ihr den Mann weg, den sie haben wollte. Ich möchte aber nicht, dass sie mir fortan mit Feindseligkeit begegnet.«

»Aber du magst sie doch sicher auch nicht, aye?«, gab Màiri in ihrer offenen Art zurück.

Penibel richtete Joan ihre Haube vor dem Spiegel, die wie meistens schief saß – der Teufel wusste, warum. »Wie sagte dein Vater neulich? Alle Burgbewohner sind eine Gemeinschaft, auch wenn sie nicht direkt zur Familie gehören. Und in einer Gemeinschaft müssen sich alle verstehen und vertragen, damit sie nicht verletzlich ist und von außen zerstört werden kann.«

»Du hast Vater gut zugehört.« In Màiris Stimme klang Bewunderung. »Ich denke, er hat recht.«

»Er sagt viele kluge Dinge, und ich höre ihm gerne zu.«

Gemeinsam verließen die beiden Frauen Joans Kammer; Màiri trug vorsichtig das Brautkleid über dem Arm. »Du verstehst dich jetzt schon recht gut mit ihm, aye?«

Joan nickte. Dòmhnalls Misstrauen schwand zusehends, und immer öfter erzählte er, wenn sie sich unterhielten, über sein Leben als Clanoberhaupt, von den Kämpfen gegen Engländer und verfeindete Clans … und er sprach sogar von der tiefen Sorge um seine kranke Frau. Das Verhältnis zu Ealasaid, die sie so sehr an Màiri erinnerte, war inzwischen schon ganz vertraut.

Joan suchte Darla in ihrer Kammer auf. Sie saß am Spinnrad, Klein-Ealasaid zu ihren Füßen spielte mit ein paar Holzklötzchen.

Bei ihrem Eintreten hob Darla überrascht den Kopf, doch dann ging ein Strahlen über ihr hübsches Gesicht. »*A Sheonag!*[1] Soll ich dir zeigen, wie man ein Spinnrad bedient?«

Joan mochte die unbekümmerte Darla und erwiderte de-

1 O Seonag – Begrüßung, Anrede

ren Lachen. »Das werde ich erst lernen, wenn deine Schwester mir beigebracht hat, wie man ein Plaid webt.« An ihre kümmerlichen Versuche, die ihr die Zeit vertrieben hatten, als sie sich nach der Flucht in Màiris Kammer verstecken musste, wollte sie lieber nicht denken. »Darla, ich bin auf der Suche nach Anna.« Sie ging in die Hocke und strich Klein-Ealasaid über das lockige Haar.

»Anna ist nicht hier, ich habe sie ausreiten sehen.«

»Sie hat die Burg verlassen? Ohne Begleitung?«

Darla hob die Schultern. »Das tut sie öfter; die schreckliche Sache, die Glenda passiert ist, scheint sie nicht zu schrecken.«

»Wo kann sie denn hingeritten sein?«

»Ich glaube, sie hat einen Liebhaber.«

Joan erhob sich aus der Hocke. Ein Verdacht keimte in ihr. Ewan war ohne Angabe eines Ziels nach dem Frühstück verschwunden, was nicht seine Art war – und nun auch Anna. Vor ihren Augen begann sich plötzlich der Raum zu drehen, sie taumelte.

Als sie die Lider hob, blickte sie in Ealasaids gütiges Gesicht. Es dauerte einige Sekunden, bis sie wieder bei klarem Bewusstsein war.

»Du hast dich zu fest geschnürt«, beruhigte Ealasaid sie in sanftem Tadel. »Eine Frau, die ein Kind unter dem Herzen trägt, darf sich nicht die Luft abschnüren.«

Joans kalkweißes Gesicht bekam allmählich wieder Farbe. »Niemand außer mir weiß bisher, dass du in der Hoffnung bist, *nighean.* Und von mir wird es auch niemand erfahren, aber nach der Hochzeit solltest du es Ewan sagen.«

»Ewan! Ist er wieder zu Hause?« In Joan schwankten die Empfindungen. »Ich muss mit ihm reden.«

Ealasaid fuhr Joan über die Wange. »Er ist soeben heimgekehrt und außer sich vor Sorge. Soll ich ihn zu dir schicken?«

Und als Joan zaghaft nickte, stand ihre zukünftige Schwiegermutter auf und verließ leise die Kammer.

Nur wenige Sekunden später stürzte Ewan in die Kammer und kniete sich zu Joan ans Bett. »Dem Himmel sei Dank, *mo chride*[1]. Ich habe mir schreckliche Sorgen gemacht. Darla erzählte, du wärst ohne Vorwarnung zusammengebrochen.« Er nahm ihre Hände und küsste deren Innenflächen, dabei streiften seine langen weichen Haare ihre Handgelenke.

»Es war nur eine leichte Schwäche, ich bin zu schnell aufgestanden. – Wo bist du den ganzen Tag gewesen?« Ein Blick zum Fenster hatte Joan gezeigt, dass es draußen zu dämmern begann, und Ewans Kleidung nach zu urteilen – er trug noch immer die Fellweste, die er stets benutzte, wenn er im Winter lange unterwegs war – musste er erst kürzlich nach Hause gekommen sein.

Er hob den Kopf, bis sich ihre Blicke trafen. »Ich war in Baile a'Coille«, gab er unumwunden zu.

»Wieder bei diesem Schmied?« Ihre Stimme klang argwöhnisch.

»Aye.«

»Du … hast wieder Schwerter geschmuggelt?« Ihre Gedanken überschlugen sich. Die Eifersucht wurde von der Angst verjagt, vor allem, als Ewan ohne Vorwarnung den Kopf nach hinten warf und lauthals lachte.

Vorsichtig richtete sie sich auf. »Was ist daran so lustig?«

»Du musst noch lernen, *mo mhurninn*[2]. Das würde ich nie alleine machen, nicht in diesen unruhigen Zeiten.« Ewan erhob sich, setzte sich auf die Bettkante und begann, in seinem *sporran* zu kramen.

---

1 Mein Herz, Kosename
2 Mein Schatz

»Als ich neulich in Baile a'Coille war, gab ich dem dortigen Goldschmied ein Schmuckstück in Auftrag, und dies habe ich heute abgeholt.« Er schien gefunden zu haben, wonach er suchte. »Sieh her, dein Ehering.«

Joan starrte auf den zierlichen goldenen Reif, den Ewan ihr, zwischen Daumen und Zeigefinger haltend, entgegenstreckte.

Sie fiel dem verduzten Ewan um den Hals. Sie hatte ihm Unrecht getan mit ihrer Eifersucht. Er liebte sie, er hatte die Liebe seines Vaters aufs Spiel gesetzt, er würde sie nicht betrügen.

7. Kapitel

Joan wurde wach. Sie spürte, dass sie beobachtet wurde. Langsam hob sie die Lider, und ihr noch verschlafener Blick traf auf den Mann, der in wenigen Stunden ihr Gemahl werden sollte. Er lag auf der Seite, den Kopf auf den Ellenbogen gestützt, und betrachtete Joan voller Zärtlichkeit. Als er merkte, dass sie wach war, beugte er sich über sie, fuhr mit seinen weichen Lippen über ihren Hals und flüsterte: »Du bist so schön, und ich bin der glücklichste Mann auf Erden.«

Gurrend schlang sie ihre Arme um ihn, schloss die Augen wieder und genoss Ewans Zärtlichkeiten und schmeichelnde Worte. Sein Körper war warm und fühlte sich trotz der harten Muskeln weich an. Plötzlich hielt er inne, suchte Joans Blick und fragte fast ängstlich: »Und du? Bist du auch glücklich?«

»Mehr denn je, mein Liebster.« Ihre Stimme klang ebenso

weich wie seine. »Mein Wunschtraum geht in Erfüllung, ich gehöre bald zu deiner Familie und werde dir eine gute Frau sein.«

Spielerisch fuhren seine Finger durch die Fülle ihres roten, vom Schlaf zerwühlten Haares. »Und ich werde alles geben, um dir ein guter Mann zu sein und du nie das Verlangen hast …« Er brach ab, und zwischen seinen Augen erschien eine tiefe Falte.

Doch Joan wusste auch so, was er meinte. Sie kannte seine Ängste, dass ihr das Leben im achtzehnten Jahrhundert auf Dauer doch nicht die Erfüllung bringen und sie sich in ihre eigene Zeit zurückwünschen würde.

»Mich reizt nichts an der Zukunft«, sagte sie leise und zog ihn wieder zu sich hinunter. »Die Monate, die ich dort nach meiner Rückkehr verbracht habe, waren die Hölle, ich war krank vor Sehnsucht nach dir … und die Gewissheit, dich nie zu wiederzusehen nahm mir jede Lebensfreude. Das alles weißt du doch, wir haben oft darüber gesprochen.«

»Aye, aber bevor du mit mir vor den Traualtar trittst, muss ich noch einmal mit dir darüber reden, danach ist es zu spät, denn dann bist du für immer meine Frau.«

Sie seufzte. »Ich kann es kaum erwarten. Es gibt nichts mehr zu reden, mein Entschluss stand fest, als ich mich dazu entschied, noch einmal in Ceana Mathesons Grab zu steigen. Und genauso bin ich sicher, dass ich niemals zurückwill, sonst hätte ich nicht dafür gesorgt, dass Ceanas Gebeine nun in Frieden auf St. Cait ruhen.« Unvermittelt warf sie einen Blick zum Fenster, durch einen Spalt zwischen den zugezogenen Samtvorhängen drang fahles Morgenlicht. »Sollten wir nicht bald aufstehen?«

»Vielleicht, aber zuerst möchte ich dir meine Liebe zeigen.« Ewan begann, ihre Brüste zu streicheln, dann wanderten seine Hände tiefer über Joans Bauch, in dem das Kind heranwuchs, von dem er noch nichts wusste. Nach der Trauung würde sie es ihm sagen, jetzt rückte alles in weite Ferne: die Trauung, das Festmahl danach und das gefährliche Leben, das sie und Ewan führen würden. In diesem Augenblick zählten nur seine forschenden Hände, seine verlangenden Lippen und seine harte Männlichkeit, die sich ihren Weg zu Joan suchte.

Ein anerkennendes Gemurmel ging durch die kleine Kapelle, als Joan in dem auffälligen elfenbeinfarbenen Kleid den Gang zum Altar durchschritt, vor dem Ewan bereits stand und wartete. Ein Leuchten ging über sein Gesicht, als er sie sah; er sah sie an, als sähe er sie zum ersten Mal.

Joans Herz setzte für einen Schlag aus, als sie seinen Blick auffing, am liebsten hätte sie ihr Glück laut kundgetan. Der aufregendste Mann sollte nun ihr Gemahl sein. Ewan trug einen *breacan feile* aus feinstem Tuch, dazu eine Art dunkelgrüne Uniformjacke, ein schneeweißes Hemd mit Jabot und gerüschten Ärmelabschlüssen. Über der linken Schulter war das Plaid drapiert und dort mit der Clanbrosche befestigt. Die Festkleidung wurde vervollständigt durch schwarze Lederschuhe und karierte Strümpfe. Sein Haar trug Ewan an diesem Tag nicht offen, sondern mit einem Samtband am Hinterkopf gebunden.

Joan war ihm ebenbürtig. Bei jedem Schritt, den sie tat, schimmerte die Seide ihres Kleides, und die Spitzenärmel bewegten sich wie leichte Meereswellen. Das Mieder war eng geschnürt, sodass Joans Busen vorteilhaft nach oben gedrückt wurde; die Blöße hatte Joan auf Màiris Rat mit einem Brusttuch aus weißer Spitze bedeckt. Màiri hatte sogar daran gedacht, ein Panier zu besorgen, jenen typischen Reifrock, der zu beiden Seiten der Hüften aufgeschnürt wurde, sodass Joan anfangs befürchtete, mit den ausladenden künstlichen Rundungen durch keine Tür zu passen.

Màiri hatte ihr das Haar gekämmt und mit unzähligen Nadeln aufgesteckt. Joan kam sich fremd und eigenartig vor, als sie nun auf Ewan zuschritt, und trotzdem hatte sie sich jede Kleinigkeit im Geiste immer wieder vorgestellt.

Aus den Augenwinkeln konnte sie erkennen, dass auf den Bänken zur Linken Laird Dòmhnall mit seinen Schwiegersöhnen Tèarlach und Peader saß, während zur Rechten die Frauen der Familie Platz genommen hatten.

Pater Adam Carmichael machte eine feierliche Miene, während er die Predigt hielt. Joan verstand kein Wort, denn Carmichael sprach lateinisch, wie es sich für einen katholischen Gottesdienst gehörte. Aber die Worte wären auch an ihren Ohren vorübergerauscht, wenn er englisch gesprochen hätte; sie war viel zu ergriffen, um der Predigt konzentriert zu lauschen.

Dieser Tag veränderte Joans Leben. Von nun an war sie ein Teil der MacLaughlins, trug Ewans Namen und stand unter dem Schutz der Familie.

Der Pater bat die Brautleute, sich zu erheben, und gehorsam sprach Joan die Worte nach, die er ihr vorgab. Als Ewan ihr schließlich den Goldreif über den Finger zog, blinzelte sie ihn verständnislos an. Waren sie nun schon verheiratet?

Auf ihre stumme Frage hin küsste Ewan sie leicht auf den Mund. Zum Glück ahnte der Pater nicht, dass sich das Brautpaar noch vor wenigen Stunden hemmungslos in den Armen gelegen hatte.

Unter den Klängen der Orgel traten Joan und Ewan gemeinsam durch den Gang, gefolgt von der Festgesellschaft. Joan nahm alles kaum wahr, sie hatte nur Augen für ihren Mann.

Dòmhnall hatte weder Kosten noch Mühe gescheut bei der Ausrichtung des Festes. Die Tische bogen sich vor Platten mit Fleisch und Geflügel. Wein und Whisky flossen in Strömen.

Alle befreundeten Clans der MacLaughlins hatten zumindest Familienmitglieder geschickt, wenn die Clanoberhäupter verhindert waren, und Joans Befürchtung, dass man ihr mit kalter Abneigung begegnen würde, bewahrheitete sich nicht. Einige der Lairds musterten Joan zwar kritisch, wenn sie sich unbeobachtet fühlten, aber sie merkten schnell, dass die *Sasannach* nichts außer Liebe in Ewans Arme getrieben hatte.

Nach dem Festmahl bekam Máiri Gelegenheit, sich für den hübschen Zierkamm zu bedanken, den Joan ihr zum Geburtstag geschenkt hatte. Joan hatte ihn von einem fahrenden Händler erstanden, der einige Tage zuvor auf Glenbharr Castle seine Waren angeboten hatte. Zwar war es Joan peinlich gewesen, ein paar Shillinge von Ewan erbitten zu müssen, aber sie musste sich daran gewöhnen, keine selbstständige Frau mehr zu sein, die eigenes Geld verdiente, sondern finanziell auf ihren Mann angewiesen war. Allerdings hatte sie bereits gemerkt, dass Geld in den Highlands keine übergeordnete Rolle spielte; wichtiger waren Nahrungsmittel und tierische Produkte, die man für den eigenen Gebrauch sowie für den Tausch in andere nützliche oder wertvolle Dinge benötigte.

»Es ist der schönste Kamm, den ich jemals besessen habe«, schwärmte Màiri, die an diesem Tag über ihrem blauen Kleid einen rot-weiß gestreiften *arisaid*[1] aus Seide trug. Sie war nicht böse, dass ihr Geburtstag wegen der Hochzeit ein we-

---

1 Langes Frauenschultertuch

nig untergegangen war. Im Gegenteil, ihr war es sogar ganz lieb, dass sie nicht im Mittelpunkt stand. »Wie gefällt dir Mìcheal?«

Er war in Begleitung seines Onkels Crìsdean MacGannor erschienen und hatte sich nach der Trauung bei Joan vorgestellt. Sie hatte ihn schon einmal gesehen, was er nicht wusste. Bei Dòmhnalls Geburtstagfeier im Sommer, die auf dem Burghof stattgefunden hatte, hatte Joan von ihrem heimlichen Beobachtungsposten aus nicht nur ihn gesehen, sondern auch Ewans und Màiris restliche Familie.

Nun, im hellen Tageslicht, sah sie, dass Mìcheal noch besser aussah als aus der Ferne im Schein der Fackeln, doch sein Haar war nicht dunkel, sondern rötlich. Nicht so auffallend rot wie ihr eigenes, aber dennoch so, wie man es sich für einen Schotten vorstellte.

»Er sieht sehr gut aus«, raunte Joan ihrer Schwägerin zu. »Weiß er schon, dass du und Tèarlach sich trennen wollen?«

»Aye, er kann es kaum fassen, aber noch ist es nicht so weit. Wir müssen mit Vater reden, bevor das Jahr zu Ende geht. Mìcheal hat versprochen, dass sein Onkel ein gutes Wort für uns einlegen will, damit wir endlich zusammenleben können.«

Joan nahm Màiris Hände. »Ich wünsche mir so sehr, dass auch du die Erfüllung deiner Liebe erfahren wirst.« Sie hob den Kopf, und als Màiri ihrem Blick folgte, schmunzelte sie. Ewan stand mit einigen jungen Männern an den Kamin gelehnt, einen Becher Whisky in der Hand, und plauderte angeregt. Er sah glücklich und gelöst aus wie die Braut, der er regelmäßig zulächelte.

Laird Dòmhnall saß mit einigen Clanoberhäuptern zusammen, ihre Mienen waren ernst. Vermutlich diskutierten sie über die schändliche Tat des englischen Hauptmanns Robert

Milford, die noch immer nicht gesühnt war. Allerdings wurde er seit dem Tag der Vergewaltigung nicht mehr gesehen, und man vermutete, dass er Angst vor Rache bekommen und um Versetzung gebeten hatte.

Darla saß mit ihrer Mutter zusammen, die ihre kleine Enkeltochter sanft auf den Knien wiegte. Das Taubenblau ihres Kleides ließ sie noch zarter und blasser erscheinen, unter ihren Augen lagen dunkle Schatten, die darauf hinwiesen, dass sie in der Nacht wieder kaum hatte schlafen können.

Glenda war nicht zur Hochzeit gekommen; vor Scham hatte sie sich seit der Tat in ihrer Kammer verkrochen, und nun hatte man sie zu Alex Green und seiner Familie geschafft, die etwas Viehzucht und Ackerbau auf dem Gebiet von Glenbharr betrieb.

»Wo ist denn Anna?« Während der letzten Tage hatte Joan kaum einen Gedanken an das Mädchen verschwendet, aber nun fiel ihr auf, dass sie sich nicht unter den Feiernden befand.

»Och, sie schmollt wohl«, gab Màiri augenzwinkernd zurück. »Als ich sie heute Morgen auf dem Gang traf und fragte, warum sie noch nicht ihr Festkleid tragen würde, entgegnete sie reichlich schnippisch, sie habe Kopfweh und gehe wieder zu Bett.«

Joan lehnte sich zurück, nahm einen Schluck Wein und erwiderte: »Sie wird mir wohl nie verzeihen.«

»Das muss dich nicht belasten, Seonag. Mein Bruder hat dich gewählt und nicht sie.«

Es ging schon auf Mitternacht zu und noch immer waren die Gäste nicht müde. Der große Festsaal war erfüllt von den Klängen der Dudelsackspieler und Trommler, dem rauen Gelächter der Männer und dem schrillen Kichern der Frauen.

Fasziniert hatte Joan zugeschaut, als Ewan mit einigen anderen Männern eine Art Säbeltanz vorführte, bei dem zwei über Kreuz gelegte Breitschwerter auf den Boden gelegt wurden.

Nun stand er neben Joan, hatte den Arm leicht um ihre Taille gelegt und flüsterte ihr immer wieder seine Liebe ins Ohr.

Für Joan war dies der richtige Zeitpunkt, ihm ihr Geheimnis anzuvertrauen. Sie strich leicht über das Spitzenjabot seines Hemdes, dann reckte sie das Kinn und fragte betont sachlich: »Möchtest du eigentlich Kinder haben?«

Er lachte laut auf. »Aye, ich möchte einen ganzen Stall voller Kinder mit dir haben, *mo ghràidh*. Am liebsten würde ich sofort damit anfangen.«

Dòmhnall beobachtete nachdenklich die kleine Szene zwischen dem Brautpaar. Joan flüsterte Ewan etwas ins Ohr, worauf er sie zunächst ungläubig anstarrte, und als sie bekräftigend nickte, seine junge Frau ungeachtet des sperrigen Reifrockes übermütig in die Höhe hob.

»Sie benehmen sich wie die Kinder«, knurrte Dòmhnall, aber es war ein wohlwollendes Knurren, wie Ealasaid erleichtert feststellte. In den vergangenen Tagen hatte sie mehrmals auf ihn eingeredet und ihm immer wieder klargemacht, dass Ewans Braut keine Spionin sei.

»Die beiden lieben sich, kannst du das nicht sehen?«, sagte sie jetzt nur.

»Und dieser Kindskopf soll mal der Führer meiner Männer werden?«

»Sei nicht albern.« Sie lachte vorsichtig, damit sie der Brustkorb nicht noch mehr schmerzte. Trotz seiner Worte hatten Liebe und Zuneigung in Dòmhnalls Worten gelegen. Ja, er war stolz auf seinen wohlgeratenen Sohn, und irgendwann würde er es auch anderen gegenüber eingestehen. »Du warst noch jünger, als du mich zum Traualtar geführt hast … und ich erinnere mich daran, dass wir beide ebenso ausgelassen waren wie Ewan und Seonag.«

»Davon weiß ich nichts mehr.« Er verschränkte die Arme, aber seine Augen lächelten dabei. Als er das junge Ehepaar gemeinsam näher treten sah, wurde er wieder ernst und richtete sich gerade auf.

»Vater, Mutter«, sagte Ewan mit feierlicher Stimme und blickte dabei von Dòmhnall zu Ealasaid. »Seonag hat mir soeben eine wunderbare Eröffnung gemacht: Wir werden bald ein Kind haben. Was sagt ihr dazu?«

Der Laird sagte zunächst gar nichts, sondern blickte begriffsstutzig zu seiner Frau, die jedoch keinesfalls überrascht zu sein schien. Dann sah er wieder zu seinem Sohn.

»Ein Kind, sagst du?« Hinter seiner Stirn begann es zu arbeiten, aber bevor er weiterreden konnte, spürte er Ealasaids Hand auf seinem Arm.

»Ja, ein Kind … der nächste Erbe von Glenbharr«, sagte sie mit ihrer sanften Stimme. »Nun musst du dir über deine Nachfolge keine Sorgen mehr machen, aye?« Sie hatte mit Nachdruck gesprochen, denn sie vermutete, dass Dòmhnall sich erst einmal an den Gedanken gewöhnen musste, dass in den Adern seines vierten Enkels englisches Blut fließen würde.

Er nickte langsam, dann breitete sich ein Schmunzeln in seinem Gesicht aus, mit dem er Joan bedachte, die nicht recht wusste, wie sie sich verhalten sollte. »Gut gemacht, ihr beiden. Unser Land kann kräftige Söhne gebrauchen.«

Erleichtert atmete Joan auf und konnte schließlich befreit lachen.

»Ich würde es gerne Màiri sagen«, bat sie und blickte sich nach ihrer frischgebackenen Schwägerin um. »Habt ihr etwas dagegen?«

Dòmhnall machte eine großzügige Handbewegung. »Geh nur, *nighean*. Und mit dir, Sohn, möchte ich kurz reden.« Als er die Unmutsfalte zwischen Ewans Augen sah, fügte er ungewohnt gutmütig hinzu: »Ich will mit dir über Glendas Zukunft sprechen.«

Erleichtert glitt Ewan auf den Stuhl gegenüber seinen Eltern. Noch immer war er wie gebannt von der Tatsache, dass er Vater werden würde. In Gedanken hatte er es sich oft genug ausgemalt, aber die Realität war nicht zu übertreffen.

»Wir wollen darüber nicht mehr sprechen«, sagte Dòmhnall und reichte seinem Sohn einen Becher Whisky. »Seit dem heutigen Tag ist Seonag Schottin, und sie hat geschworen, dir treu zu sein bis zu ihrem Tod.«

»Sie war noch nie eine von den *Sasannachs*, die wir kennen«, gab Ewan zurück und hob den Becher. »*Slàinte mhath*[1], *athair.*«

Zufrieden schloss Ealasaid für einen Moment die Augen. Vater und Sohn hatten sich versöhnt, wobei sie es Dòmhnall hoch anrechnete, dass er Ewan keinen Vorwurf wegen der Erpressung machte, mit der er Joans Einzug auf die Burg erzwungen hatte.

»Was ist eigentlich mit Màiri los?«, fragte der Laird übergangslos. »Ich habe sie heute ständig in der Nähe des jungen MacGannors gesehen anstatt an der Seite ihres Gemahls. Und Tèarlach gibt sich nicht einmal Mühe zu verbergen, wie gleichgültig ihm ist, was sein Weib tut.«

Ewan überlegte kurz, nahm noch einen Schluck Whisky, ließ ihn betont langsam die Kehle hinuntergleiten und sagte nach einem Räuspern: »Am besten, du fragst die beiden selbst.«

---

1 Prosit, zum Wohl

Sofort war Dòmhnalls Misstrauen geweckt, er betrachtete seinen Sohn aus zusammengekniffenen Augen. »Wenn du etwas weißt, sprich es aus, ich erfahre es ohnehin.«

»Tut mir leid, ich habe mein Wort gegeben, dass ich schweigen werde. Màiri und Tèarlach werden dir bald gegenübertreten und mit dir reden, aye?«

Nur widerstrebend nickte Dòmhnall, doch es war ihm klar, dass neue Probleme auf ihn zukamen; an Ealasaids Hand, die sich in seinen Arm krallte, erkannte er, dass auch sie nichts Gutes ahnte.

Ewan bemerkte natürlich die angespannte Haltung der Eltern und brachte sie rasch wieder zum Thema: »Hast du dir schon überlegt, was aus Glenda werden soll, *athair*? Am besten wäre sie in Edingburgh bei ihrer Tante aufgehoben. Du solltest dir überlegen, ob du Glenda nicht für eine Weile zu ihr schickst.«

Dòmhnalls Bruder war mit einer Frau aus den Lowlands verheiratet gewesen und deren Schwester lebte verwitwet in Edingburgh.

»Hm, vielleicht ...«, gab der Laird nach einer Weile, in der er dumpf vor sich hingebrütet hatte, zurück. »Ich war gestern bei den Greens draußen, und es ist ein großes Glück, dass der junge Alex Glenda nicht verstoßen hat. Zurzeit ist sie dort bestens aufgehoben, die Familie wohnt abseits ihrer Siedlung und das arme Mädchen muss nicht Spießrutenlaufen, wenn es aus dem Haus geht.«

»Aber wird Alex sie noch wollen, wenn der englische Bastard ihr ein Kind gemacht hat?«

Dòmhnall blähte die Nasenflügel und machte dabei eine hilflose Geste. »So Gott will, bleibt dem Mädchen wenigstens diese Schmach erspart.«

Zur selben Zeit schmiegte sich Màiri mit geschlossenen Augen an Mìcheals breite Brust. Sie befanden sich in der Bibliothek, dort konnten sie sicher sein, dass sie ungestört blieben.

»Ich kann es kaum glauben«, sagte er mit heiserer Stimme und strich Màiri über das seidige dunkle Haar. »Als mir dein Bruder eine Überraschung ankündigte, rechnete ich mit allem, aber nicht damit, dass Tèarlach dich freiwillig aufgibt.«

»Nun, aye, gäbe es Thelma nicht, wäre ich mein Leben lang an ihn gebunden.« Sie sah zu ihm auf. »Bald werden wir Vater um die Scheidung bitten, Tèarlach hofft genauso darauf wie ich. Er hat versprochen, trotzdem regelmäßig seine Söhne zu besuchen, für sie ändert sich also nicht viel.«

Mìcheal runzelte die Stirn: »Wie werden sie sich mit mir abfinden? Sie werden Fragen stellen … spätestens dann, wenn du mit ihnen zu mir ziehst.«

Sie nahm seine Hand und führte sie zu ihren weichen, fraulichen Brüsten, die sich nach Mìcheals Zärtlichkeit sehnten. »Sie werden es verstehen, Liebster. Wenn sie merken, wie glücklich ihre Mutter ist, werden sie es verstehen.«

»Und du glaubst, dein Vater willigt in die Scheidung ein?« Er war längst nicht so zuversichtlich wie Màiri. Langsam glitt seine Hand in den Ausschnitt ihres Kleides.

Leise seufzte sie auf und bog sich ihm entgegen. »Wenn er es nicht tut, wird Tèarlach den Clan auf Nimmerwiedersehen verlassen und ich …«

Plötzlich wurde die Tür schwungvoll von außen aufgerissen.

»Màiri, bist du hier?«

Ertappt fuhren die beiden Liebenden auseinander. Sie hatten sich in einer Ecke des Raumes aufgehalten, in die das Licht des Kaminfeuers nicht reichte.

»Seonag«, erkannte sie Màiri erleichtert und ordnete ihre Kleider, bevor sie aus dem Schatten trat. »Ich bin hier! Hast du mich gesucht?«

Lächelnd kam Joan näher. Am liebsten wäre sie gerannt, doch das lange Kleid ließ es nicht zu. »Ich suche dich schon eine Ewigkeit, um dir eine Neuigkeit …«, sie erkannte Mìcheal, der verlegen ins Licht trat. »Verzeiht«, stammelte Joan, »ich wollte euch nicht stören, wo ihr doch jede gemeinsame Sekunde auskosten müsst.«

Màiri winkte ab. »Halb so schlimm, Mìcheal und ich werden noch sehr viel Zeit füreinander haben. Aber nun rede. Welche Neuigkeit hast du für mich?«

»Ich …«, Joan fuhr sich leicht über den Leib, »… Ewan und ich … wir werden ein Kind haben. Was sagst du?«

Màiri strahlte über das ganze Gesicht. »Aye, ich habe es bereits vermutet, deine Augen glänzen neuerdings so eigenartig. Den ersten Verdacht hatte ich, als du in Darlas Kammer ohnmächtig geworden bist, und deshalb habe ich heute dein Mieder nicht zu fest geschnürt.«

Für eine Sekunde war Joan sprachlos. Anscheinend hatten fast alle weiblichen Familienmitglieder die Gabe, einer Frau anzusehen, dass sie schwanger war, noch während sie selbst ahnungslos war.

Auf dem Weg zum Festsaal fragte Joan sich, ob es für die beiden auch ein glückliches Ende geben würde; sie hoffte es inständig für sie.

8. Kapitel

Das ansonsten arrogante Gesicht des Hauptmanns Robert Milford erinnerte eher an einen verlegenen kleinen Jungen, den man beim Obststehlen erwischt hatte, als er nun stocksteif vor Major John Clayton stand.

»Mir sind da einige Dinge zu Ohren gekommen«, sagte der Major und musterte Milford aufmerksam aus kleinen Schweinsäuglein. »Es wurde berichtet, dass Ihr Euch an einer Schottin vergangen haben sollt. Was ist wahr an dieser Geschichte?«

Milfords hohe Gestalt streckte sich, als er antwortete: »Das ist eine Lüge, nichts als eine Lüge der Highlander, um der britischen Krone zu schaden, Sir.«

»Tatsächlich?« Clayton hob die Augenbrauen. »Dann werdet Ihr mir sicher verraten können, weshalb Colonel Porter Euch abkommandiert und zurück in die Kaserne geschickt hat.«

In Milfords Augen trat ein unsicherer Ausdruck, er fuhr sich mit der Zunge über die spröden Lippen, bevor er antwortete. »Nun, ich denke, dass ich hier dringender gebraucht werde, Sir. Gerade vor wenigen Tagen ist ein neuer Trupp Rekruten angetreten und …«

Ein spöttischer Zug um Major Claytons Mundwinkel ließ den Hauptmann schweigen.

»Redet nicht länger um den heißen Brei herum, Mann! Ich will wissen, wie es zu dem Übergriff auf dieses Mädchen gekommen ist.«

Milford warf einen flüchtigen Blick auf den zweiten Mann im Raum, der stumm auf einem Stuhl kauerte und keine Miene verzog. Dann stotterte er: »Also … nun ja … diese kleine schottische Schlampe hat es darauf angelegt, Sir. Sie ritt betont langsam an mir vorbei, lächelte mich verführerisch an und hob ihren Rock so weit hoch, dass man ihre Beine sehen konnte, Sir. Fragt Leutnant Allison, er war Zeuge. Ich bin auch nur ein Mann, und die Vorschriften in Fort George sind hart, Sir.«

»Redet keinen Unsinn, Milford!«, bellte der Major. »Wir können uns keinen Skandal leisten … nicht in diesen unruhigen Zeiten!« Er machte eine ungeduldige Handbewegung. »Wegtreten. Ab morgen übernehmt Ihr die harte Arbeit der Ausbildung der Rekruten.«

Milford verzog keine Miene, stand stramm und schlug die Hacken zusammen, bevor er sich entfernte.

Der Major verschränkte die Arme und schlenderte zu einem der hohen Fenster, von dem aus man bei guter Sicht in der Ferne Ben Nevis sehen konnte, den höchsten Berg Schottlands.

»Es braut sich etwas zusammen da oben, William«, sagte er leise. »Man kann es direkt riechen, dass die Highlander einen neuen Aufstand planen.«

Lord William Addingworth, Zweiter Offizier und engster Freund sowie Vertrauter, gesellte sich zu Clayton und starrte nun ebenfalls hinaus. Vom Kasernenhof zur Linken drang gedämpft eine befehlende Stimme zu ihnen hinauf, die neuen Rekruten wurden barsch in das Soldatenleben eingewiesen.

Von hinten hätte man die beiden Männer am Fenster für Zwillinge halten können – etwa die gleiche Körpergröße, dieselben roten Uniformjacken, helle Hosen und weiße Perücken. Nur bei den Rangabzeichen unterschieden sich die beiden Männer.

»Was wollen sie anstellen ohne Waffen?« Der Lord näselte leicht. »Die Black Watch und unsere Patrouillen durchsuchen regelmäßig die Sitze der Clanchefs; es wurden bisher keine Waffen gefunden.«

Der Major lachte unfroh. »Die Highlander sind zwar Wilde, aber nicht dumm, wir dürfen sie keinesfalls unterschätzen, William. Ich könnte schwören, dass jeder Clansmann bis an die Zähne bewaffnet ist, wenn es zu einem neuerlichen Aufstand kommen sollte ... und der kann morgen oder in zehn Jahren stattfinden.«

»Ich denke, du machst dir unnötig Sorgen.« Addingworth schnippte ein unsichtbares Staubkorn von seiner Jacke. »Solange James Stuart sich in seinem französischen Exil ruhig verhält, hat das britische Königreich nichts zu befürchten.«

Andächtig nickte Clayton. »Das mag sein, aber der französische König sympathisiert nach wie vor mit ihm, und das könnte gefährlich sein, denn Louis XV. ist ebenfalls erzkatholisch.«

»Du siehst Gespenster, John. Stuart liegt noch immer der gescheiterte Aufstand von 1715 schwer im Magen. Mag er so viele französische Freunde haben, wie er will, er wird einen Teufel tun, noch einmal so leichtsinnig zu sein. Und ohne eine gut ausgebildete militärische Führung sind die Highlander nichts als eine Meute orientierungsloser Tiere.« Sein Mund verzog sich ironisch bei diesen Worten.

Der Major holte tief Luft, bevor er sich umwandte. Sein Arbeitszimmer war mehr als spartanisch eingerichtet mit einem klobigen Schreibtisch, der den kleinen Raum beherrschte, einigen hochlehnigen Stühlen und einem Bücherregal. Über dem Schreibtisch hing ein Gemälde George II., das Clayton nun versonnen betrachtete. In diesem Moment wünschte er sich zurück nach London; dorthin, wo Frau und Kinder lebten und man die Unruhen in den schottischen Highlands nur aus den Zeitungen kannte.

Joan tat sich schwer, Màiris genauen Anleitungen zu folgen. Sie konnte sich anstrengen, sosehr sie wollte, aber das Ergebnis ihrer Webarbeiten sah nach wie vor ungleichmäßig aus.

Die beiden Frauen saßen in Joans Kammer, einem Nebenraum der Gemächer, die Joan seit ihrer Hochzeit mit Ewan teilte. Es war Mitte Februar und allmählich begannen die Röcke um Joans Taille zu spannen. Zu ihrer Freude war sie bisher von Übelkeit und Schwindelanfällen weitgehend verschont geblieben. Anders als Glenda, die seit Wochen von Übelkeit geschüttelt, die meiste Zeit des Tages mit dem Kopf über dem Nachttopf hing.

Die Vergewaltigung war nicht ohne Folgen geblieben, und da sie und Alex zuvor nichts weiter als Händchen gehalten und sich verschämt geküsst hatten, lag auf der Hand, dass Hauptmann Robert Milford der Vater des bemitleidenswerten Würmchens war, das Glenda unter dem Herzen trug. Alex Green hatte spontan bei Laird Dòmhnall um Glendas Hand angehalten und geschworen, das Kind, das ja nun wirklich nichts für die Umstände konnte, als sein eigenes anzuerkennen und es großzuziehen. Dòmhnall war gerührt von dieser Geste und schenkte dem jungen Paar ein Stück Land am Fuße der Berge, auf dem Alex trotz der winterlichen Kälte begonnen hatte, ein solides Steinhaus für sich und seine kleine Familie zu errichten. Der Schnee war inzwischen geschmolzen, doch noch immer wehte ein eisiger Wind, der die Clansleute in ihren Häusern hielt, wenn sie nicht unbedingt hinaus mussten.

Noch vor Beginn des Jahres 1732 hatten Tèarlach und Màiri ihr Vorhaben wahr gemacht und den Laird um die Scheidung gebeten. Mìcheal sowie seinem Onkel Crìsdean war es gelungen, ihm das Eiverständnis abzuringen. Bei Anbruch des Frühjahrs würde Tèarlach mit gutem Gewissen in die Berge gehen, und Màiri und Mìcheal würden heiraten, wenn auch der Vatikan die Ehen annullieren würde. Doch dies konnte sich noch Jahre hinziehen, wie Pater Carmichael vorsichtig andeutete.

»Schön, dass Vater eurer Trennung zugestimmt hat.«

Flink bewegte Màiri das Schiffchen durch die längs über dem Webrahmen gespannten Fäden, sie tat dies mit der Routine und Leichtigkeit einer Person, die schon als Kind in die Webkunst eingeführt worden war.

»Och, er poltert manchmal noch ein bisschen, ich sei eine ungebärdige Tochter, doch dadurch, dass Tèarlach eine Geliebte hat, ist er im Stillen wohl eher erleichtert, dass ich keine sitzen gelassene Ehefrau sein werde.«

Tèarlach bewohnte während des restlichen Winters auf eigenen Wunsch eine der Gästekammern im Südteil der Burg, und Màiri war froh darüber. Jeder in der Burg wusste Bescheid. Man konnte solche Tatsachen kaum vor den Burgbewohnern geheim halten. Mìcheal durfte seine Geliebte auf Glenbharr Castle besuchen, sodass die heimlichen Treffen am *Broch* endgültig der Vergangenheit angehörten.

Unvermittelt ließ Màiri das Schiffchen sinken, ihr Blick verdunkelte sich. »Ich mache mir Sorgen um Mutter, seit Tagen verlässt sie das Bett nicht mehr.«

Auch Joan war aufgefallen, dass Ealasaid noch mehr abgenommen hatte. Ihre Haut war so dünn, dass man die feinen Äderchen darunter erkennen konnte.

»Nachdem sie vorhin wieder einen Hustenanfall bekam, sah ich Blutflecken in ihrem Taschentuch.«

Joan sah erschrocken auf. »Das sieht nach einer Lungenentzündung aus.«

»Aye, das vermute ich auch, und wir müssten es eigentlich Vater sagen, aber der ist vor Sorge schon ganz krank, außerdem ist er ständig damit beschäftigt, die Leute ruhig zu halten. Er war doch erst gestern mit Ewan zu einer Ansiedlung Richtung Inverness geritten, um den Männern seines Clans gut zuzureden, damit sie Ruhe bewahrten. Der Hass gegen die Engländer, insbesondere gegen Hauptmann Milford, schlägt immer höhere Wellen. Beinahe scheint es, als würde Glendas Entehrung das Fass zum Überlaufen bringen. Die Patrouillen wurden verstärkt, doch das hinderte die Clansmänner nicht daran, den Rotjacken mit noch mehr Feindseligkeit gegenüberzutreten, als sie es ohnehin schon taten.«

»Ich weiß, Ewan hat mir erzählt, er habe die Männer immer wieder damit zu beschwichtigen versucht, dass seine Wut mindestens ebenso groß ist wie ihre. Es sei immerhin seine eigene Cousine geschändet worden, die Tochter seines Onkels.« Gedankenverloren starrte Joan auf die Handarbeit in ihrem Webrahmen, die mit viel Fantasie den rot-grünen Tartan der MacLaughlins erkennen ließ. »Màiri, ich habe Angst. Angst vor dem, was alles passieren kann.«

Ihre Stimme war kaum mehr als ein Flüstern, als Màiri fragte: »Was weißt du über die Zukunft, Seonag?«

»Nichts«, log Joan, »jedenfalls nicht viel. Im einundzwanzigsten Jahrhundert wird es keine Clans mehr geben, das weiß ich, aber die lange Zeit davor, zurück bis jetzt? Ich habe im Geschichtsunterricht nie richtig aufgepasst, als es um die britische Geschichte ging.«

Sekundenlang kaute Màiri auf ihrer Unterlippe, bevor sie entgegnete: »Es wird keinen schottischen König mehr geben, aye?« Und als Joan beharrlich schwieg, fügte sie rasch hinzu: »Ich meine, im einundzwanzigsten Jahrhundert.«

Langsam schüttelte Joan den Kopf. Sie war froh, dass Màiri nicht nach der nahen Zukunft fragte. Sie hätte ihr aber auch dann nichts gesagt von der alles entscheidenden Schlacht im Jahre 1746, bei der die Jakobiten vernichtend geschlagen werden würden. Nicht nur Ewan und Mìcheal würden vermutlich an dieser Schlacht teilnehmen, sondern auch Màiris Söhne.

»Was verheimlichst du mir?«

Ertappt fuhr Joan auf, schüttelte abermals den Kopf und sagte mit einem munteren Unterton: »Ich denke an Ewan, er ist ein unverbesserlicher Hitzkopf und ich fürchte, dass er noch oft mit den Engländern Schwierigkeiten bekommen wird.«

»Oh, aye, mein Bruder war schon immer todesmutig. Schon als kleiner Junge stellte er sich mit seinem Holzschwert vor einen englischen Soldaten und drohte ihm, keinen Fuß auf Glenbharr Castle zu setzen. Zum Glück auf Gälisch, so verstanden sie ihn nicht.«

Joan versuchte, sich Ewan als Jungen vorzustellen und dann ihr eigenes Kind. Würde es eher ihr oder seinem Vater ähneln? Sie wünschte, es solle ein Sohn werden – ein Sohn, so schön wie sein Vater.

Kichernd und händehaltend eilten Ewan und Joan aus dem Speisesaal, sie hatten es eilig, sich nach dem Abendessen in ihre Gemächer zurückzuziehen. Wieder war Ewan den ganzen Tag unterwegs gewesen, diesmal allein.

Joan waren auf dem Weg zur Treppe die wie immer giftigen Blicke Annas nicht entgangen. Anna redete auf Darla ein: »Mich interessiert, was deinen Bruder an dieser faden Engländerin so fasziniert«, raunte sie ihr zu. »Sie ist hochnäsig und außerdem noch zu ungeschickt, ein anständiges Plaid zu weben. Was will Ewan mit so einer Frau?«

Darla musterte Anna verwundert. »Ich weiß nicht, was du hast. Ich mag Seonag.«

»Sie ist eine *Sasannach*«, zischte Anna. »Eine verdammte *Sasannach*!«

»Sie ist jetzt eine von uns, Anna.«

»Sie wird niemals eine von uns sein.«

Ewan stürmte mit Joan die Treppe hinauf, ausgelassen und ungehemmt. Schon vor ihrem Schlafgemach begann er, an ihrem Mieder zu nesteln, ihren Hals mit Küssen zu bedecken und seinen Körper an sie zu drängen.

Trotz der Schwangerschaft schliefen sie fast jeden Abend miteinander, aber Ewan gab sich Mühe, weniger stürmisch dabei vorzugehen, sondern Joan sanft und vorsichtig zu nehmen.

Als sie später schweißbedeckt und schwer atmend nebeneinander lagen, kreiste Ewans Hand über die kleine Wölbung auf Joans Bauch.

»Unfassbar, dass dort unser Kind heranwächst«, murmelte er ergriffen. »Es wird ein großartiges Baby werden, das weiß ich.«

Nachsichtig lächelnd legte sie ihre Hand auf seine. »Es wird das schönste Baby weit und breit werden. Würdest du dich auch über eine Tochter freuen?«

»Was für eine Frage!«, gab er in gespielter Empörung zurück.

»Aber deinem Vater wäre ein Sohn wohl lieber, zumindest als erstes Kind.«

Er zog sie näher an sich, sodass ihr nichts anderes übrig blieb, als sich auf die Seite zu rollen und ein Bein auf seinen inzwischen wieder weichen Unterleib zu legen. So schliefen sie oft ein, doch an diesem Abend brannten Joan noch einige Fragen auf den Lippen.

Sie wusste, dass Ewan nicht der richtige Ansprechpartner war, wenn es um Geburtsfragen ging, trotzdem erkundigte sie sich bei ihm: »Wer steht einer Frau bei, wenn die Wehen beginnen? Ich gehe davon aus, dass ein Arzt oder eine Hebamme schlecht aufzutreiben sein werden.«

»Meistens ist die Mutter der Gebärenden dabei, und wenn

man Glück hat, ist eine Heilerin in der Nähe, die man zu Hilfe rufen kann, wenn es Schwierigkeiten geben sollte.«

»So wie meine Urahne Ceana Matheson?«, kam es zögernd von Joan.

»Ja – sie war wohl auch so eine Art Hebamme. Vater hat in der Zeit, in der du im Kerker warst, erzählt, dass Ceana von Clan zu Clan zog, um den Frauen bei der Geburt zu helfen. Er hatte Angst, sie würde die Kinder im Mutterleib verhexen, um so nach und nach einen Clan nach dem anderen systematisch auszurotten. Das war alles vor meiner Geburt, aber Màiri konnte sich noch gut erinnern, sie war vier Jahre alt, als mein toter Bruder zur Welt kam.« Ewan hatte leise und sehr langsam gesprochen.

»Ja, hätte sie nicht erkannt, dass ich nur eine oberflächliche Ähnlichkeit mit Ceana habe, wäre ich wohl im Kerker gestorben.«

Behutsam strich er über die nackte Schulter, gleichzeitig küsste er ihr die Stirn. »Denk nicht mehr darüber nach, sondern freue dich auf unsere gemeinsame Zukunft.«

»Diese Anna …«, wechselte Joan übergangslos das Thema. »Sie ist verliebt in dich, lässt dich keine Sekunde aus den Augen bei den Mahlzeiten. Bemerkst du das?«

Er gähnte und erwiderte: »Ach was. Anna verfolgt mich schon seit Jahren mit verführerischem Augenaufschlag und betörendem Getue. Bei einer *cèilidh* hatte ich etwas mehr Whisky getrunken als mir guttat, und sie hätte mich um ein Haar in einer Nische verführt. Doch wir wurden gestört, sodass es bei einer wilden Küsserei blieb.« Er lachte leise. »Danach versuchte sie immer wieder, an diesen Abend anzuknüpfen, aber inzwischen hatte ich mich in dich verliebt.«

»Sie ist eifersüchtig auf mich«, beharrte Joan, »und mir ist nicht wohl, wenn sie in unserer Nähe ist.«

Vollends wieder wach, schob Ewan sie ein wenig von sich

und betrachtete sie mit gerunzelter Stirn. »Glaubst du etwa, sie könnte mir gefährlich werden, *mo luaidh*[1]? Ich liebe dich mehr als mein Leben. Bitte, das musst du mir glauben.« Seine Stimme klang so flehend, dass Joan ihn erleichtert anlächelte.

»Dann ist es gut«, murmelte sie und zog ihn zu sich. Obwohl Màiri bereits versichert hatte, dass Anna trotz ihrer betörenden Schönheit keine Gefahr darstellte, war Joan glücklich, eine Bestätigung aus Ewans Mund zu hören.

Doch bevor sie sich wieder an ihn kuschelte, musste sie noch auf Glenda zu sprechen kommen. »Dieser Hauptmann Milford … wird er sich in der Gegend noch mal blicken lassen?«

»Ich hoffe nicht, aber ganz ausschließen kann man es natürlich nicht. Heute konnte ich gerade noch verhindern, dass ein paar Männer nach Ruthven aufbrachen, um Milford außerhalb der Kaserne aufzulauern und zu töten. Es dauerte Stunden, bis ich sie überzeugt hatte, es nicht zu tun. Wie Vater schon sagte, würde der ganze Clan darunter zu leiden haben.« Einen kurzen Moment schwieg er, dann sog er scharf die Luft ein. »Ähnliche Übergriffe hat es schon bei anderen Clans gegeben. Die Männer haben sich grausam an Soldaten gerächt, weil die Rotjacken ihre überlegene Lage ausnutzten. Jedes Mal kam man den Clansmen auf die Schliche, sie wurden hingerichtet, ihre Häuser niedergebrannt und die Frauen vergewaltigt, bevor man sie mit ihren Kindern davonjagte. Diese Grausamkeiten müssen verhindert werden, Seonag … aber ich fürchte, dass es wegen Glenda noch zu einem Blutvergießen kommt.«

Wieder einmal überkahm sie die Angst. Die Angst um Ewan, Angst um ihr Kind.

---

1 Mein Schatz

Hauptmann Robert Milford starrte düster in die Flamme des Windlichts auf dem Tisch in seiner kleinen Schreibstube. Ihm gegenüber saß Leutnant James Allison.

»Dieser Hure habe ich es zu verdanken, dass ich bis auf Weiteres die unreifen Burschen aus England zu Soldaten ausbilden muss, und das mit meinem Rang!«, stieß Milford heftig hervor. »Hätten sie ihr doch das Maul gestopft, bevor sie plärrend zu ihren Leuten gerannt ist.«

Allison lächelte süffisant. »War sie denn wenigstens noch Jungfrau? Dann hätte sich die Sache doch wenigstens gelohnt.«

»Und ob sie das war«, gab Milford mit anzüglichem Grinsen zurück. »Eigentlich sollte mir die Schlampe dankbar sein, dass sie von einem richtigen Mann genommen wurde.«

Die beiden Männer lachten rau, doch dann wurde der Hauptmann wieder ernst. »Es gibt da noch eine Frau, die es mir wert ist, versetzt zu werden.« Und als James Allison fragend die Augenbrauen hob, fuhr er mit gesenkter Stimme fort: »Erinnerst du dich an die Schöne, die der junge MacLaughlin vor ein paar Wochen bei sich hatte?«

»Sicher, er behauptete, dass sie seine Braut sei.«

Milford nickte bestätigend. »Ich hörte, sie sind inzwischen verheiratet. Das Schätzchen ist übrigens Engländerin. Wie tief muss eine Frau wohl sinken, um als Untertanin des Königs einen dreckigen Schotten zu heiraten?«

»Vielleicht hat er sie dazu gezwungen, die Highlander sind doch wie Tiere.«

Bedächtig rieb sich Milford über das stoppelige Kinn, dann lehnte er sich weit zurück und legte die gestiefelten Beine auf die Tischplatte. »Sie sah eigentlich nicht so aus, als wäre sie unfreiwillig mit ihm gegangen.« Seine Augen verengten sich. »Soll ich dir sagen, was ich glaube? Ewan MacLaughlin hat uns beim Colonel verpfiffen, er ist mir mit seiner hitzigen

Art schon lange ein Dorn im Auge. Bildet sich ein, er sei was Besseres, weil seine Familie Land besitzt und in einer Burg lebt.«

»Ich weiß, dass du ihn nicht magst, Robert. Aber sei versichert, dass die MacLaughlins früher oder später einen Fehler machen und Destille sowie Waffenarsenal gefunden werden.«

»Das reicht mir nicht.« Milford winkte hastig ab. »Ich möchte dem Kerl gerne eine Lektion erteilen, die er sein Lebtag nicht mehr vergisst.«

»Und das wäre?«

Auf dem Gesicht des Hauptmanns, dessen auffälliges Muttermal an der linken Wange ihn überführt hatte, erschien ein hässliches Grinsen. »Ich schnappe mir sein Liebchen und zeige ihr, was sie bei ihrem Schotten verpasst.«

»Bist du wahnsinnig geworden?« Allisons Stimme überschlug sich fast. »Was glaubst du, was passiert, wenn es rauskommt? Entweder wirst du unehrenhaft aus der Armee entlassen oder in die Kolonien geschickt.«

Doch Milford ließ sich nicht einschüchtern, ihm war die Gefahr sehr wohl bewusst. Seit der Strafversetzung sann er auf Rache an Ewan MacLaughlin; er war davon überzeugt, dass nur er ihn bei Colonel Porter in Fort George verpfiffen haben kann.

»Hältst du mich etwa für so blöd, dass ich mich gleich morgen auf den Weg mache, um das Flittchen zu bespringen?«

Das wäre ohnehin schwerlich gegangen, denn der Hauptmann und Allison hatten bis auf unbestimmte Zeit striktes Verbot, die Kaserne zu verlassen, und heimlich zu entkommen war aussichtslos, denn Ruthven lag auf einem Hügel, von dem aus man jeden meilenweit kommen oder gehen sehen konnte.

»Ich habe Zeit, James, sehr viel Zeit. Früher oder später bekomme ich wieder Ausgang. Für meinen Ritt nach Glenbharr besorge ich mir Zivilkleidung, und wenn sich die kleine Schlampe außerhalb der schützenden Burgmauern alleine blicken lässt, greife ich sie mir.«

Entgeistert schüttelte Allison den Kopf. »Du musst wirklich den Verstand verloren haben. Sie wird dich bestimmt identifizieren können.« Automatisch starrte er auf Milfords Muttermal.

»Sie wird mich nicht erkennen«, gab er nach einigen Sekunden barsch zurück. »Und wenn ich sie im Dunkeln überfallen muss.«

Für Allison ergab das keinen Sinn. »Du setzt deine Laufbahn aufs Spiel, um diese Frau zu vögeln, ohne dass jemand erfährt, dass du es warst?«

»Allerdings. Ich werde den jungen MacLaughlin demütigen, die Schlampe ist nicht mehr dieselbe, wenn ich es mit ihr getrieben habe, und sie wird nicht wissen, wer es ihr gezeigt hat, denn du wirst mir ein Alibi geben.«

Auch im Arbeitszimmer des Majors brannten an diesem Abend noch die Kerzen. Der Tag war wie üblich anstrengend gewesen, und doch konnte er sich nicht entschließen, schlafen zu gehen. Zu viele Dinge gingen ihm durch den Kopf, er spürte fast körperlich, dass die Gefahr, die aus den Highlands drohte, mit jedem Tag größer wurde.

Zwar kamen aus Fort George keine beunruhigenden Nachrichten, dennoch wusste John Clayton, dass die Ruhe trügerisch war. Er hatte nicht darum gebettelt, ins berüchtigte schottische Hochland versetzt zu werden, aber als Soldat der britischen Krone hatte er den Befehl, nach Ruthven zu gehen, ohne mit der Wimper zu zucken entgegengenommen.

Lord Addingworth leistete seinem Freund – wie so oft an dunklen Winterabenden – Gesellschaft.

»Ich bin davon überzeugt, dass deine Befürchtungen haltlos sind«, sagte der Lord in die Stille hinein, er konnte in Claytons Gesichtszügen lesen und sah, dass er über die prekäre Situation der königlichen Truppen nachdachte. »Selbst wenn es zu Angriffen der Highlander kommen sollte, wird das unsere Soldaten nicht einschüchtern. Gegen ihre Äxte und Breitschwerter setzen wir Musketen und Kanonen ein, das wird diesen Hinterwäldlern zeigen, wer stärker ist.«

Clayton nahm sein Weinglas und betrachtete durch die rote Flüssigkeit das Spiel der Flammen im Kamin. »Ich sagte dir bereits, wir sollten sie nicht unterschätzen. Sicher, unsere Soldaten sind bestens ausgebildet und gerüstet, aber die Schotten sind dafür bekannt, dass sie mit Vorliebe aus dem Hinterhalt angreifen.«

»Und wenn schon.« Lord Addingworth streckte seine langen Beine in den blank geputzten hohen schwarzen Lederstiefeln weit von sich. »Ein paar Verluste kann unsere Armee schon verkraften.«

»Mir wäre es lieber, man könnte sich mit den Highlandern arrangieren.«

Eine Braue des Lords schoss erstaunt in die Höhe.

»Die Clanoberhäupter sind allesamt kluge Männer, mit denen ließe sich reden«, fuhr Clayton fort. »Wenn sie uns zusagen, dass ihre Männer sich unseren Soldaten gegenüber zivilisiert verhalten, um Blutvergießen zu vermeiden, könnten die Patrouillen, die ein großes Ärgernis für die hiesige Bevölkerung darstellen, entschärft werden.«

Der Lord lächelte ironisch. »Das ist ein Wunschtraum, John. Die Leute sind von Geburt an blutrünstige Wilde, die auf ihr vermeintliches Recht pochen – im Gegensatz zu den Lowlandern, mit denen man vernünftig reden kann.«

»Die Lairds haben einen Treueeid auf König George schwören müssen.«

»Sicher, aber unter Zwang. In Wahrheit werden sie alles daran setzen, um wieder einen Stuart auf den Thron zu setzen. Vergiss deinen Traum von der Läuterung dieser Männer, sie sind hinterlistig und benehmen sich wie die Schweine. Sieh dir doch die zotteligen Gestalten mit ihren ungepflegten Bärten und den albernen rockähnlichen Decken an – glaubst du tatsächlich, dass diese Abschäumlinge freiwillig überzeugte Untertanen George II. werden?«

Hilflos hob der Major die Schultern. »Der Aufstand von 1715 müsste ihnen eigentlich gezeigt haben, dass wir stärker und mächtiger sind.«

»Sie haben aber nichts daraus gelernt«, widersprach Addingworth und hob seinerseits sein Glas. »Man kann die Lage nicht ändern.«

»Nein, das kann man nicht, aber durch die Übergriffe unserer Soldaten, wie neulich der von Hauptmann Milford, reizt man die Bevölkerung noch mehr. Davor habe ich Angst, William. Es gibt immer mehr Clans, die zu den Jakobiten überwechseln, und das sind ernst zu nehmende Feinde.«

Der Lord schien da anderer Meinung zu sein, er beschwichtigte seinen Freund, indem er zuversichtlich sagte: »Gegen die gut ausgebildeten Truppen des Königs haben diese zusammengewürfelten Meuten keine Chance, hatten sie nie. Manchmal habe ich den Eindruck, dass du für den Soldatenberuf nicht geeignet bist, mein Freund.«

Insgeheim musste ihm Clayton recht geben; er hatte nicht das blinde Vertrauen in die Armee, das für den Rang eines Majors wichtig gewesen wäre.

9. Kapitel

Trotz ihres ehelichen Glückes bedrückte Joan die Stimmung bei den Clanmitgliedern.

Die englischen Patrouillen in den Highlands waren zu Beginn des Frühjahrs verstärkt worden und immer häufiger wurde auch Glenbharr Castle heimgesucht von der Willkür der Soldaten. Noch hatten sie nicht das im Kellergewölbe versteckte Waffenlager entdeckt, doch Dòmhnall fürchtete, dass es nur noch eine Frage der Zeit war, bis man die Schwerter, die Feuerwaffen sowie die Fässer mit Schwarzpulver und Bleikugeln fand.

Und aus noch einem anderen Grund herrschte in der Burg eine beklemmende Stimmung. Ealasaid hatte hohes Fieber bekommen, das nicht weichen wollte und ihren Körper auszehrte. Es gab Tage, an denen sie sich im Fieberwahn wälzte und die vertrauen Personen um sich herum nicht mehr wahrnahm.

Màiri ließ sich von der Sorge um ihre Mutter nicht daran hindern, ihre liebste Tätigkeit wieder aufzunehmen, das Unterrichten der ärmeren Familien im Lesen und Schreiben. Als sie mit Joan zum Glen Dillon ritt, wurden sie beim ersten Mal von Ewan begleitet, der ohnehin mit den Männern dort reden wollte. Obwohl das Tal recht abgeschieden lag, war auch dort den Bewohnern zu Ohren gekommen, dass ein englischer Hauptmann Glenda MacLaughlin vergewaltigt hatte und ohne Strafe davongekommen war.

Malcolm Grant begrüßte die Ankommenden höflich, jedoch zurückhaltend. Ihm war der Gedanke, wie ein kleiner Junge Schreiben lernen zu sollen, noch immer suspekt; Sinan, seine Frau, allerdings hatte das Angebot begeistert aufgenommen. Trotz der vielen Geburten sprühte sie vor Energie, dank der Nahrungsmittel, die Ewan wie versprochen ins Tal geschickt hatte.

Während Màiri die Familie herzlich begrüßte, blieb Joan etwas abseits stehen und schaute sich unauffällig um. Unglaublich, dass in dieser winzigen Kate neun Menschen leben sollten, und dennoch schien es so zu sein. Ewan hatte ihr erklärt, dass es noch kleinere Häuser mit noch mehr Bewohnern gab.

»Unsere drei ältesten Kinder sollen auch lesen lernen, Mistress.« Sinan schob einen etwa fünfzehnjährigen Jungen mit trotziger Miene sowie zwei Mädchen von etwa zehn und zwölf Jahren vor sich her. »Natürlich nur, wenn es Euch nicht zu viel Mühe bereitet.«

»Je mehr am Unterricht teilnehmen, umso mehr macht das Lernen Spaß«, versicherte Màiri lächelnd und forderte ihren Bruder auf, Schiefertafeln und Kreide aus der Satteltasche ihres Pferdes hereinzuholen. Dann wurde Joan vorgestellt, und Sinan, die ihren mittlerweile sichtbar gewölbten Leib gewahrte, beeilte sich, einen Schemel für Joan bereitzustellen.

Die Männer hatten die Kate verlassen und sich auf die Holzbank an der rückwärtigen Hausseite gesetzt.

»Wie ist die Stimmung, Malcolm?«, erkundigte sich Ewan, während sein Blick über die inzwischen wieder grünen Hügel schweifte. Man hätte das Tal durchaus als idyllisch bezeichnen können, wäre da nicht die Gewissheit, dass Glen Dillon regelmäßig von dort oben beobachtet wurde durch englische Dragoner.

Malcolm schnaubte. »Das kannst du dir wohl denken. Ich verstehe den Laird nicht, dass er nichts gegen das Schwein unternimmt, das seine Nichte entehrt hat.«

»Glaub nicht, dass es ihm leichtfällt, doch ihm bleibt im

Moment keine andere Wahl, *mo charaid*[1]. Wir alle wissen, wer es getan hat und merken uns seinen Namen, aber noch ist die Zeit der Vergeltung nicht gekommen.«

»Hm, hat es danach weitere Übergriffe der *Sasannach* auf unsere Frauen gegeben?«

Ewan verneinte, dann beschwor er Malcolm Grant, die anderen Männer im Tal an einer eigenmächtigen Racheaktion zu hindern, denn er würde sie an einem Tag nicht alle erreichen können, um mit ihnen darüber zu sprechen.

Malcolm versprach es halbherzig, dann wollte er wissen, wie es um Ealasaid stand.

Sofort verdunkelten sich Ewans Gesichtszüge. »Wir beten alle, dass sie überlebt. Vater würde sie gerne nach Glasgow zu einer Freundin schicken, weil dort ein milderes Klima herrscht. Aber Mutter ist viel zu schwach zum Reisen.«

»Meine Familie wird sie ebenfalls in ihre Gebete einschließen«, versprach Malcolm feierlich, und es klang keineswegs nach einer Floskel. Er hatte Ealasaids Bekanntschaft vor Jahren gemacht; als Sinan nach der zweiten Geburt an Kindbettfieber erkrankt war, hatte sie sie gesund gepflegt.

»Und Tèarlach, dein Schwager? Ich meine … ich habe gehört, dass …« Mit einer knappen Kopfbewegung versicherte er sich, dass die Tür fest geschlossen war, bevor er verlegen weitersprach. »Man sagt, er hat eine Liebste in den Bergen.«

Übertrieben seufzte Ewan auf, dann glättete ein amüsiertes Lächeln seine traurigen Züge. »Dir bleibt aber auch nichts verborgen, aye?«

»Solche Nachrichten verbreiten sich immer sehr schnell«, gab Malcolm zurück. »Vieles wissen wir schon, bevor es die betreffenden Personen selbst wissen.«

Ewan lachte leise. »Tèarlach wird nächste Woche endgültig

---

1 Mein Freund

zu der neuen Frau in den Bergen ziehen, doch wir alle sind der Meinung, dass er sie überreden sollte, sich mit ihm dem Schutz unseres Clans anzuvertrauen. In den Bergen sind sie nicht sicher genug.« Aus den Augenwinkeln sah er, wie Malcolm den Mund zu einer weiteren Frage öffnete und setzte rasch hinzu: »Ja, er wird auch weiterhin Màiri und die Jungen besuchen.«

»Stimmt es, dass sie und der junge MacGannor ein Paar sind?«

Ewan verdrehte die Augen. »Warum stellst du eigentlich noch Fragen? Du weißt doch eh schon alles. Aye, wenn der Vatikan einer Scheidung zustimmt, wird meine Schwester Mìcheal heiraten.«

»Und was ist mit Glenda, bekommt sie von dem *Sasannach* ein Kind?«

»So ist es.« Ewan lehnte sich so weit zurück, bis er die raue Holzlehne an seinem Rücken spürte. »Pater Carmichael hat vor zwei Wochen Glenda und Alex Green getraut, sie sind inzwischen in das Haus gezogen, das Alex gebaut hat.«

Malcolm spuckte verächtlich aus, bevor er entgegnete: »Der Kerl, der ihr dies angetan hat, wird ohne Strafe davonkommen.«

»Nein, das wird er nicht«, widersprach Ewan. Er war es leid, den Leuten immer wieder versprechen zu müssen, dass Milford für seine Tat bezahlen würde. »Lass es jetzt endlich«, wurde er barsch, »Glenda hat den Mann eindeutig erkannt, denn er hat ein auffälliges Muttermal auf der linken Wange, auch sein Name ist uns bekannt. Glaub mir, der Mann wird für seine Tat büßen.«

Als Ewan sich erhob, um noch so viele Familien wie möglich im Tal anzutreffen, stellte Malcolm noch artig fest: »Du hast eine sehr hübsche Frau. Mit ihren roten Haaren könnte sie direkt eine Schottin sein.«

»Seit unserer Hochzeit ist sie eine MacLaughlin«, erwiderte Ewan nachsichtig, »und somit Schottin. In welchem Land sie geboren wurde, spielt keine Rolle.« Er machte eine Geste. »Und du solltest nun zu den anderen gehen, damit du nicht zu viel von der ersten Lektion versäumst.«

Nur widerwillig erhob sich Malcolm, hatte er doch gehofft, sich durch das Gespräch mit Ewan vor dem Unterricht drücken zu können.

Drinnen beugten sich drei Köpfe über die Schiefertafeln und malten. Während Sinan und die beiden Töchter eifrig bei der Sache waren, hatte Dougal Mühe, mit den Kreidestücken die ersten Buchstaben aufzumalen. Sein Gesicht spiegelte Interesselosigkeit wider, vermischt mit Eigensinn. Die Kreide fest umklammert, starrte er trotzig auf die noch leere Tafel.

»Warum schreibst du nicht, Dougal?«, erkundigte sich Màiri. »Möchtest du, dass deine ganze Familie es lernt außer dir?«

»Mir egal«, kam es flapsig zurück, und Joan kam die Null-Bock-Generation des einundzwanzigsten Jahrhunderts in den Sinn. Zwar trug Malcolms ältester Sohn *breacan feile* und grobes Leinenhemd statt Baggy-Jeans und XXL-Sweatshirt, doch ansonsten entsprach seine Haltung exakt dem Bild.

»Vater hat mir beigebracht, mit dem Schwert umzugehen, Mistress.« Er flegelte sich betont lässig auf die Bank, auf der er saß. »Ich will ein Kämpfer werden wie Euer Bruder und die Rotjacken aus unserem Land vertreiben. Wozu sollen Lesen und Schreiben dazu gut sein?«

»Was du nicht sagst«, gab Màiri mit unbeteiligter Miene zurück. »Ewan kann nicht nur mit dem Schwert umgehen, sondern auch mit dem Stift, Dougal.«

Der Junge schwieg verstockt.

»Wenn du dich bildest, kannst du viel mehr aus deinem Leben machen.«

Sinan blickte auf, räusperte sich und warf schüchtern ein:

»Er wird später den Hof übernehmen, wie Malcolm ihn auch von seinem Vater übernommen hat.«

Màiri schwieg. Dougals junges Leben war also schon im Voraus verplant, er würde das triste Leben eines Kleinbauern führen, Schafe züchten und etwas Ackerbau betreiben. Sie bedauerte ihn. Es steckte mehr in Dougal, als der störrische Jüngling, dem der erste blonde Bartflaum an Kinn und Oberlippe wuchs, wahrhaben wollte.

Joans Augen brannten von der rauchigen Luft in der Kate, vom Sitzen auf dem unbequemen Schemel schmerzte ihr der Rücken. Als die erste Unterrichtsstunde beendet war, konnte sie ein erleichtertes Aufatmen kaum verhindern.

»Das nächste Mal könnt ihr alleine reiten, wenn ihr mir versprecht, auf dem Weg zu bleiben und vor Einbruch der Dunkelheit wieder zu Hause zu sein«, sagte Ewan, als sie wenig später aufbrachen. »Die Rotjacken werden es nicht wagen, zwei Frauen gleichzeitig zu überfallen.«

Beklommen nickten sie und schauten sich dabei unauffällig nach allen Seiten um. Keine wollte aussprechen, dass sie den englischen Soldaten durchaus zutraue, auch mehrere Frauen gleichzeitig zu überfallen.

Fest umklammerte Ealasaids Hand den Arm ihres Mannes. Ihre Augen lagen dunkel in den Höhlen. Seit Tagen war das Fieber endlich ein wenig gesunken, sodass sie klar bei Verstand war.

»Du bist bald wieder gesund«, sagte Dòmhnall mit belegter Stimme, dabei lächelte er zuversichtlich. »Wenn die Sonne hoch am Himmel steht, wird deine Krankheit hinter dir liegen, *mo mhurninn.*«

Sie erwiderte schwach sein Lächeln, und ihre Stimme klang wie ein Hauch, als sie entgegnete: »Ich spüre, dass es mit mir zu Ende geht. Ich weiß, dass ich mich nicht mehr erholen werde und wohl auch nicht die Geburt von Seonags Kind erleben werde.«

Abrupt erhob sich der Laird und wandte sich ab, damit sie die Tränen in seinen Augen nicht sehen konnte. »Warum redest du so? Du wirst Ewans Sohn in den Armen halten, wie du es bei deinen anderen Enkeln getan hast.«

»Der Tod ist Bestandteil des Lebens«, gab sie leise zurück und schloss die Augen. Das Sprechen fiel ihr schwer, die Zunge klebte schwer am Gaumen, obwohl sie gerade ein großes Glas Wasser getrunken hatte. »Du musst dich an den Gedanken gewöhnen, dein Leben ohne mich weiterzuführen, das bist du deinen Kindern und dem Clan schuldig. Denk an die vielen schönen Jahre, die wir gemeinsam hatten.« Sie brach ab, atmete vorsichtig ein und fuhr noch leiser fort: »Wenn ich sterbe, bin ich nicht ganz fort, ich lebe in unseren Kindern weiter, daran musst du immer denken, wenn du mich allzu sehr vermisst. Màiri, unsere wundervolle Tochter, und Ewan, mein ganzer Stolz. Und dann Darla, unsere kleine Wilde, wie wir sie früher genannt haben.« Sie versuchte zu lachen, was jedoch einen erneuten Hustenanfall auslöste.

Dòmhnall stand noch immer mit dem Rücken zum Bett, als er erwiderte: »Unsere Kinder haben uns aber auch so manchen Kummer bereitet. Ewan hat mich erpresst, damit er die Engländerin heiraten durfte, Màiri lässt es darauf ankommen, den Zorn der Kirche auf sich zu laden, und Darla …« Er schnitt eine Grimasse.

»Sei nicht so streng mit ihnen, mein Lieber. Sie alle haben ihre guten Seiten und ihren Eltern nie absichtlich geschadet.« Ealasaids Stimme wurde schwächer, und als er sich umdrehte, war sie bereits wieder eingeschlafen.

Auf Zehenspitzen verließ Dòmhnall das Zimmer, auf dem Gang traf er noch Ewan und Joan, die auf dem Weg zu ihren Gemächern waren.

»Wie geht es Mutter?« Erwartungsvoll blickte Ewan seinen Vater an. »Darla sagte, sie wäre wieder bei Bewusstsein.«

Der Laird nickte vage, die Furchen in seinem Gesicht schienen vertieft. »Ich war eben bei ihr, aber nun schläft sie wieder. Sie ist erschöpft und hat von ihrem Tod gesprochen, spürt, dass sie bald sterben muss.«

Eine eiskalte Faust griff nach Joans Herzen, sie hatte gewusst, dass die Chancen, eine Lungenentzündung zu überleben, im achtzehnten Jahrhundert gering waren, aber dennoch hatte sie gebetet, dass es die kluge, sanfte Ealasaid schaffen würde, ihre Krankheit zu überwinden. Wie schon in den vergangenen Wochen bedauerte sie es, keine lebenswichtigen Medikamente mit in die Vergangenheit genommen zu haben.

Auch Ewan wirkte betroffen, er schluckte hart und legte seinem Vater schließlich eine Hand auf die Schulter. »Mutter wird es schaffen«, sagte er betont zuversichtlich.

»Nein, sie wird sterben.« Dòmhnalls Stimme klang ungewohnt dünn, und er sah seinen Sohn nicht an. »Man sagt, wenn eine kranke Person spürt, dass der Tod nach ihr greift, gibt es keine Rettung mehr.«

Daraufhin schwiegen sie bedrückt, doch dann gab sich Dòmhnall einen Ruck. »Wie ist die Stimmung im Tal? Hat man dort von Glendas Entehrung erfahren?«

Ewan brauchte einige Sekunden, um wieder klar denken zu können, der Zustand seiner Mutter beschäftigte ihn zu sehr. »Aye, sie sind aufgebracht, wie vermutet.«

»Konntest du sie besänftigen, Sohn?«

Ewan hob hilflos die Schultern. »Für den Augenblick schon, *athair.* Aber sie verstehen nicht, dass sie sich ruhig verhalten sollen und fürchten um ihre Frauen.«

Der Laird warf einen flüchtigen Blick auf Joan, dann wandte er sich wieder Ewan zu. »Die Kindsköpfe begreifen nicht, dass wir unsere Lage nur verschlimmern, wenn wir Milford lynchen. Er wurde nach Ruthven versetzt. Wahrscheinlich hat man in Fort George von seiner Vergewaltigung Glendas erfahren … aber wurde Glenda als Betroffenc gerufen, um auszusagen? Nein, weil die Sache vertuscht werden soll. Es wird nie eine Gegenüberstellung geben und auch keine ordentliche Gerichtsverhandlung. Wir müssen unseren Männern klarmachen, dass die Rotjacken wissen, vom welchem Clan Glenda stammt, und dass sie sich sofort zusammenreimen können, wer dahintersteckt, wenn plötzlich Milford getötet oder gelyncht wird.«

»Das hab ich im Glen Dillon versucht, den Männern klarzumachen, aber ich bin mir eben nicht sicher, ob sie es begriffen haben.«

Joan behielt ihre Gedanken für sich. Sie hatte Malcolm Grant und dessen Familie kennengelernt und festgestellt, wie einfältig sie waren. Ewan würde noch viel zu tun haben, sie zu überzeugen.

»Ich würde dich gern unter vier Augen sprechen«, bat Dòmhnall Ewan unvermittelt, fügte aber in Joans Richtung hinzu: »Verzeih mir, *nighean*, aber es gibt Dinge, die sind einfach Männersache.«

Joan lächelte verständnisvoll. Die Frauen wurden stets fortgeschickt, wenn ihre Männer über Jakobitentreffen oder Waffenschmuggel sprechen wollten. Sicher ging es wieder darum.

»Ich wollte mich ohnehin ein wenig vor dem Abendessen ausruhen«, sagte sie unbekümmert. »Der lange Ritt hat mich ziemlich erschöpft.«

Versonnen blickte Ewan ihr nach, bis sie hinter der Tür verschwunden war. Ein unsanfter Rippenstoß vom Ellbogen seines Vaters ließ Ewans verklärten Blick in eine aufmerksame Miene verwandeln.

»Mir geht seit einiger Zeit eine Sache durch den Kopf, die ich mit dir besprechen möchte«, sagte Dòmhnall ernst und wies mit dem Kinn den Gang hinunter. »Aber nicht hier, lass uns in die Bibliothek gehen.«

Mit gerunzelter Stirn folgte Ewan ihm. Kaum hatte der Laird die Tür hinter sich ins Schloss geworfen, sagte er: »Als deine Schwester Seonags Befreiung aus dem Kerker schilderte, erwähnte sie einen Geheimgang im Kellergewölbe.«

Unfroh seufzte Ewan auf. »Wir wollten doch nicht mehr darüber sprechen, Vater.«

»Es geht nicht um deine Frau, sondern um diesen Gang. Wo befindet er sich und wie sicher ist er?«

»Nun aye …« Unsicher sah Ewan seinen Vater an, der mit verschlossener Miene hinter seinem mächtigen Schreibtisch Platz genommen hatte. »… Màiri und ich entdeckten diesen Gang im hinteren Teil des Gewölbes durch Zufall, wir waren damals noch Kinder und benutzten ihn zum Versteckspielen.«

»Wohin führt er?«

»Direkt zu den oberen Räumen der Burg. Es gibt noch einige Seitengänge, aber die verlaufen ins Nichts. Ich vermute, dass der Geheimgang von unseren Vorfahren zu Schmuggelzwecken errichtet wurde.«

Dòmhnall nickte zufrieden. »Und wie sicher ist er?«

»Es gibt kein Versteck auf Glenbharr Castle, das sicherer ist. Warum fragst du?«

»Aus einem ganz besonderen Anlass, Ewan *mac*. Unser bisheriges Waffenversteck ist zu unsicher, es ist nur eine Frage der Zeit, bis die *Sasannach* es entdecken. Außerdem wird es allmählich zu eng, seit wir auch die Whiskyfässer dort lagern.«

Ewan erinnerte sich an den versteckten Eingang, der sich nicht von den unebenen Steinwänden des übrigen Gewölbes abhob. Wenn man nicht wusste, dass er sich direkt gegenüber einem an die Wand geschlagenen eisernen Keltenkreuz befand, konnte man ihn nicht finden. Der Eingang ließ sich nur von innen öffnen.

»Ein ideales Versteck für unsere Waffen«, sagte Ewan schließlich. »Möchtest du es sehen?«

»Aye, aber rede mit keiner Menschenseele darüber, außer mit Tèarlach und Peader. Sie können heute Nacht dabei helfen, die Waffen umzulagern.«

Natürlich würde Ewan trotzdem seine Frau einweihen, denn er hatte ihr versprochen, keine Geheimnisse vor ihr zu haben.

Joan, Màiri und Darla saßen inzwischen am Bett der kranken Mutter. Zu aller Freude hatte Ealasaid gegen Abend ein paar Löffel Brühe zu sich genommen, die erste Mahlzeit seit Tagen.

Ihre Augen glänzten vom Fieber, dennoch war es nicht mehr ganz so hoch; aber keine der Anwesenden machte sich Illusionen, dass Ealasaid wieder ganz gesund werden würde.

»Ich bin froh, euch zu sehen«, sagte sie mit brüchiger Stimme. »Und Gott ist mein Zeuge, dass ich … wohin ich auch immer gehen mag, euer weiteres Leben verfolgen werde.«

Darla schluchzte trocken auf, während die anderen beiden tapfer versuchten, ihre Tränen zurückzuhalten. Allen war klar, dass Ealasaid jeden Tag ein wenig mehr starb.

»Màiri.« Sie nahm die Hand ihrer ältesten Tochter. »Du sollst wissen, dass ich es billige, dass du dich offen zu Mìcheal MacGannor bekennst. Dein Vater hätte dich niemals mit Tèarlach verheiraten dürfen. Es hat sich eben wieder gezeigt, dass zu einer glücklichen Ehe Liebe gehört.«

Màiri nickte stumm, krampfhaft versucht, die Tränen weiterhin zurückzuhalten.

»Seonag.« Ealasaid streckte Joan einen dünnen weißen Arm entgegen. »Du bist mir lieb geworden, wie eine leibliche Tochter, und auch Dòmhnall empfindet inzwischen so, das weiß ich. Es ist mir eine große Freude, dass du zur Familie gehörst und Ewan bald ein Kind schenken wirst.«

Ohne dass sie es merkte, liefen Joan die Tränen über die Wangen.

Darla legte den Kopf auf die Bettdecke und hielt einen Augenblick in ihrem Schluchzen inne, als sie die Hand der Mutter auf ihrem Rücken spürte.

»Unser Nesthäkchen«, sagte Ealasaid, und ihre Stimme klang wieder etwas gefestigter, »du stehst noch am Anfang deines Lebens. Peader und auch dein Bruder werden dich beschützen vor allen Gefahren, die auf dich zukommen. Und sei nicht traurig, wenn Klein-Ealasaid in nächster Zeit kein Geschwisterchen bekommen sollte … dein Töchterchen ist gesund, und das ist ein Gottesgeschenk.«

Schniefend erhob sich Darla, und für den Augenblick erschien ihr der Streit mit ihrem Mann lächerlich und belanglos.

»Möchtest du dich jetzt ausruhen, *màthair?*«, fragte Màiri mit erstickter Stimme. Das kurze Gespräch hatte Ealasaid erschöpft und sie nickte mit geschlossenen Augen.

Stumm verließen die drei Frauen das Schlafgemach und blieben dann einige Minuten unschlüssig davor stehen.

»Mit Mutter geht es zu Ende, aye?«, wandte sich Darla zögernd an ihre Schwester. »Sollten wir nicht Vater und Ewan rufen?«

»Nein, noch ist es nicht so weit, aber ich fürchte, dass sie den nächsten Fieberanfall nicht überlebt.« Màiris sanftes Gesicht war bekümmert verzogen, die Tränen in ihren dunklen Augen glänzten auffällig.

Joan spürte plötzlich ein zartes Klopfen in ihrem Leib und

gab vor Schreck einen erstickten Laut von sich, der die beiden Schwestern aufhorchen ließ.

»Ist etwas mit dem Baby?« Màiris Blick glitt zu Joans Hand, die sie gegen ihren Leib presste. »Soll ich Ewan holen?«

Joan hob abwehrend die Hände und sog tief die kühle Luft ein. »Es ist alles in Ordnung, ich habe mich lediglich erschrocken. Ich habe zum ersten Mal eine Bewegung des Kindes gespürt. Bisher war es nicht mehr als ein Flimmern gewesen, das ich gespürt habe.«

»Dem Himmel sei Dank«, flüsterte Màiri erleichtert. »Ich hatte schon Angst, die Erregung über Mutters Zustand könnte zu einer Fehlgeburt führen.«

Gedankenverloren starrte Darla auf Joans gewölbten Leib und murmelte mehr zu sich selbst: »Der eine geht, der andere kommt.«

»Aye, so ist der Lauf des Lebens.« Màiri legte einen Arm um die noch immer bebende Schulter ihrer Schwester. »Geh nun zu deinem Töchterchen, es braucht dich.«

Widerstandslos setzte sich Darla in Gang und die beiden anderen sahen ihr besorgt nach. Die jüngste Tochter des Lairds würde ihre Mutter am meisten vermissen, sie war ja selbst noch ein halbes Kind.

Ohne es eigentlich zu wollen, glitten Joans Gedanken zu ihrer eigenen Mutter hin, die sie nie wiedersehen würde. Zwar lebte Marion Harris quietschvergnügt in ihrer Zeit, doch für Joan war es genauso, als würde ihre Mutter nicht mehr leben.

»Leg dich ein wenig hin«, schlug Màiri vor, und genau wie Darla machte Joan nicht die Andeutung eines Versuches, sich dagegen zu sträuben.

Ermattet ließ sie sich auf das breite Ehebett fallen und starrte an die Holzbalken der Zimmerdecke. Das Bett war ohne Ewan beängstigend groß und das zart nach Lavendel duftende Leinen schien ihr kalt und abweisend zu sein.

Für einige Minuten schloss Joan die Augen, sie vermisste Ewan immer, wenn er nicht bei ihr sein konnte, wenn er das Gebiet von Glenbharr zu durchstreifen hatte, um die Clansleute zu beschwichtigen oder neue Pächter in die Schafzucht und den Anbau von Hafer einzuweisen.

Dabei handelte es sich um an und für sich gefahrlose Tätigkeiten, wenn da nicht die Gewissheit wäre, dass man immer mehr englischen Patrouillen begegnete, die sich den Familien des Clan Laughlin respektlos und selbstgefällig zeigten. Wenn Ewan bei Anbruch der Dunkelheit nicht zurück war, war sie immer ängstlich. Es schien nur eine Frage der Zeit, bis der in seinem Stolz gekränkte Krieger in einen wirklich ernsthaften Konflikt mit den Engländern geriet.

Rastlos wälzte Joan sich von einer Seite zur anderen, und obwohl sie erschöpft war, fand sie keinen Schlaf. Und zu allem Übel erschien ihr auch noch die schöne Anna im Halbschlaf. Das verheißt nichts Gutes, dachte sie noch, bevor sie einschlief.

10. Kapitel

Am 3. Mai im Jahre des Herrn 1732 schloss Ealasaid MacLaughlin of Glenbharr für immer die Augen. Sie hatte wenige Tage, nachdem sie mit ihren Töchtern und Joan gesprochen hatte, einen neuerlichen Fieberanfall erlitten, aus dem sie nicht mehr erwachte.

Obwohl jedermann wusste, dass es so weit kommen würde, waren nicht nur die Familie, sondern alle Clanmitglieder wie gelähmt vor Trauer. Die Burgherrin war beliebt gewesen, und während ihrer Krankheit waren täglich Tonkrüge mit Honig, feinen Kuchen und anderen Leckereien von den Pächtern für Ealasaid abgegeben worden.

Laird Dòmhnall machte zum ersten Mal, seit Joan ihn kannte, gar nicht erst den Versuch, stark zu sein. Stundenlang saß der große starke Mann mit versteinerter Miene in der Bibliothek.

Wie er weinten auch Ewan und Joan. Sie hatte in der großartigen Frau einen Ersatz für die eigene Mutter gesehen. Sie würde die Geborgenheit vermissen, die sie bei Ealasaid erfahren hatte. Joan trauerte nicht minder als Ealasaids leibliche Kinder.

Der Tag der Beerdigung war für alle Beteiligten ein schwarzer Tag. Ealasaid wurde auf dem kleinen Friedhof der Kapelle beigesetzt, in dessen Erde bereits die Gebeine von Dòmhnalls Vorfahren ruhten. Die zur Burg gehörige Kapelle war bei der Trauerfeier bis auf den letzten Platz besetzt gewesen.

Tèarlach war aus den Bergen gekommen, aus Respekt vor der Familie ohne Thelma, und sogar Anna vergaß an diesem Tag, Ewan schmachtende Blicke zuzuwerfen und Joan mit offener Feindseligkeit gegenüberzutreten. Joan musste daran denken, dass erst wenige Monate vergangen waren, dass hier ihre Ehe geschlossen worden war.

Unmittelbar nach der Beerdigung vergrub sich Laird Dòmhnall wieder in der Bibliothek, wo er bis tief in die Nacht stumm dasaß und den Lehnstuhl neben dem Kamin anstarrte, in dem seine Frau so gerne gesessen hatte.

Auch die anderen Familienmitglieder zogen sich in ihre Räume zurück, sodass die Burg wie ausgestorben im hellen Sonnenlicht dalag. Nur hier und da huschten Bedienstete mit rotgeränderten Augen über den Burghof, und die einzigen Geräusche waren das Gackern der Hühner und das gedämpfte Schnauben der Pferde in den Ställen.

Hilflos stand Joan neben Ewan, der auf dem Bett saß und das Gesicht in den Händen verbarg. Er weinte nicht mehr. Auch wenn er keine Hemmungen hatte, vor Joan seinen Gefühlen freien Lauf zu lassen, nahm er sich zusammen. Joans Tränen versiegten auch, als sie sich neben Ewan niederließ und den Kopf gegen seine breite Schulter lehnte. Obwohl er selbst Trost brauchte, legte er den linken Arm um Joan, die rechte Hand glitt zu ihrem schwangeren Leib.

»Mutter hätte so gerne unser Kind noch kennengelernt«, sagte er mit fremder hohler Stimme. »Sie war von Anbeginn auf unserer Seite und nur ihr ist es zu verdanken, dass wir heute Mann und Frau sein dürfen. Ohne ihren Zuspruch hätte Vater sicher nicht klein beigegeben.«

»Ich weiß, Liebster, und ich vermisse deine Mutter ebenso wie du.«

Er strich ihr mit einer sanften Geste über die Wange. »In deiner Zeit hätte Mutter es geschafft, aye?«

»Ja, vermutlich«, gab sie zögernd zurück, verschwieg jedoch, dass sie das Gleiche selbst oft genug gedacht hatte.

Heftig stieß Ewan die Luft ein und aus. »Als es ihr immer schlechter ging, habe ich tatsächlich mit dem irrwitzigen Gedanken gespielt …« Der Rest des Satzes blieb ungesagt, doch Joan ahnte auch so, was Ewan hatte sagen wollen. Würde es eine Möglichkeit gegeben haben, so hätte er Ealasaid in die Zukunft geschickt, um sie behandeln zu lassen.

Er straffte schließlich die Schultern und lächelte lahm. »Wozu das Unmögliche denken. Das Leben geht weiter, und in wenigen Monaten werden wir ein Kind haben – in ihm wird Mutter weiterleben, aye?«

Trotz der Erniedrigung die Robert Milford mit seiner Degradierung erfahren hatte, versah er seinen Dienst ohne Murren, seine Frustrationen ließ er jedoch an den Rekruten aus;

noch nie zuvor waren Soldaten in diesem Maße gedrillt worden.

Die Kasernen von Ruthven waren als Garnison 1719 in der Nähe des Bergdorfes Kingussie auf Betreiben der Lowlander errichtet worden, um ihre rebellischen Landsleute im Nordwesten im Zaum zu halten, denn seitdem England und Schottland sich im Jahre 1707 zu einer Union zusammengeschlossen hatten, war es zu zwei erbitterten Jakobitenaufständen gekommen.

Nachdem General Wade 1725 zum Oberbefehlshaber der Hochlandkompanie ernannt worden war, hatte er begonnen, die Highlands zu kartografieren und Straßen zu bauen, um das übrige Land zu erschließen. Die breiten Straßen quer durch die Highlands sollten vor allem dem Militär dienlich sein.

Anfangs waren in Ruthven ausschließlich protestantische Schotten aus den Lowlands zur berühmt-berüchtigten Black Watch rekrutiert und gedrillt worden, jetzt wurden zunehmend auch englische Soldaten zur Unterstützung in Ruthven ausgebildet. Die meisten versetzte man später nach Fort George, in die 1727 erbaute Garnison in der Nähe von Inverness, auf einem Hügel am River Ness errichtet, mit einer durchschnittlichen Besetzung von ungefähr vierhundert Mann.

All dies interessierte Hauptmann Milford wenig – das Einzige, woran er dachte, war, sich an Ewan MacLaughlin zu rächen.

Milford hasste alle Schotten des Hochlandes. Woher dieser Hass kam, konnte er nicht sagen. Es war eben so und er hatte nicht vor, seinen Hass zu hinterfragen. Als er noch im Fort stationiert gewesen war, hatte er sich trotz seines relativ hohen Ranges darum beworben, Patrouille reiten zu dürfen – und zwar in dem Gebiet jenes Clans, das nur wenige Meilen von der Garnison entfernt begann: Glenbharr.

Milford hatte von Anfang an damit begonnen, seine Position auszunutzen und die Clansleute zu demütigen und regelmäßige Durchsuchungen der Gebäude durchführen zu lassen.

Leutnant Allison hatte die Genehmigung bekommen, sich während seiner Freizeit aus der Kaserne zu entfernen, sodass er Milford stets mit den neuesten Nachrichten versorgen konnte, die er im Wirtshaus von Kingussie aufgeschnappt hatte.

»Die alte Lady of Glenbharr ist vorige Woche gestorben«, berichtete James Allison ohne Bedauern, als er wie üblich nach einem Wirtshausbesuch seinem Freund gegenübersaß. »Und die Frau des jungen MacLaughlin kriegt ein Kind, es soll in einigen Monaten zur Welt kommen.«

Diese Neuigkeit interessierte Robert Milford weit mehr als Ealasaids Tod. Erpicht auf mehr Einzelheiten über die Familie, neigte er sich so weit vor, dass er deutlich Allisons Bierfahne riechen konnte. »Wie drollig, dann wird der Erbe von Glenbharr ein halber Engländer sein.«

Die beiden Männer lachten gemein, und dann hatte der Leutnant noch eine weitere Nachricht, die den Hauptmann hoch erfreute. »Diese kleine Schlampe, deretwegen wir hier sind, ist eine Cousine des jungen MacLaughlin.«

Milfords Augen wurden vor Überraschung riesengroß, dann verfiel er erneut in lautes Lachen. Er lachte, bis ihm Tränen in den Augen standen, als hätte sein Freund einen besonders guten Witz erzählt.

»Und das andere MacLaughlin-Täubchen hole ich mir auch noch«, versprach Milford, nachdem er sich wieder beruhigt hatte und nur noch grinsen musste. »Wäre doch gelacht, wenn es mir nicht gelänge, MacLaughlins englische Hure zu besteigen, ohne dass sie mich erkennt.«

»Ich finde, du solltest es gut sein lassen, Robert«, sagte Milford. »Nicht umsonst heißt es, dass ein Highlander zur Bestie werden kann, wenn man sich an seinem Weib oder Besitz vergreift.«

Der Hauptmann rückte wieder näher an James heran. »Höre ich da etwa Angst aus deinen Worten? So redet kein Soldat, sondern ein Hampelmann, der bei seiner Frau unter dem Pantoffel steht.«

»Was ist denn nach der Sache mit MacLaughlins Cousine passiert, hä? Wurden aus Rache unsere Soldaten überfallen? Nein, die Clansleute geben ja Ruhe.« Milford goss mit leicht schwankenden Handbewegungen Wein in seinen Becher, ohne Allison etwas davon anzubieten. »Unsere Musketen und Säbel gegen Steinzeitwaffen, Kleinschild und Breitschwert. Das wäre am Ende ein unehrenhafter, ungleicher Kampf, findest du nicht?«

Allison hob vage die Schulter. Wenn Robert getrunken hatte, duldete er keinen Widerspruch.

Nach wie vor verschanzte sich Laird Dòmhnall in der Bibliothek oder in seinen Gemächern; er wollte niemanden sehen, und die Familie akzeptierte seine Entscheidung. Selbst die Mahlzeiten nahm das Clanoberhaupt alleine ein, und obwohl Ogur, der Koch, sich die größte Mühe gab, Dòmhnalls Gaumen zu erfreuen, kam das Essen meistens kaum berührt zurück.

Klein-Ealasaid war das einzige Familienmitglied, das die bedrückte Stimmung in der Burg nicht registrierte.

Màiris Söhne hingegen hatten bereits die volle Tragweite von Ealasaids Tod begriffen, tagelang schlichen sie still durch die Gänge, die kleinen Gesichter bekümmert. Doch die Kinder waren die ersten, die wieder lachen konnten, und das tat allen gut. Während die Erwachsenen in jenen Tagen oft in Erinnerungen über Ealasaid schwelgten und weinten, kehrte für sie der Alltag zuerst wieder zurück. Kinder vergaßen schnell, und in diesem Fall waren alle erleichtert darüber, denn ihr fröhliches Lachen war ansteckend und vertrieb allmählich die beklemmende Stille in der Burg.

Es war Ende Mai geworden und Joans Schwangerschaft ließ sich nicht mehr verbergen. Ewan war sorgsam bemüht um seine Frau und verbrachte so viel Zeit, wie ihm blieb, mit ihr. Sie vermieden es, von Ealasaid zu sprechen. Joan gab sich die größte Mühe, Ewan von seiner Trauer abzulenken; sie war die Einzige, der es gelang, und mehrmals fragte er sich, wie er die Trauerzeit ohne die geliebte Frau an seiner Seite überstanden hätte.

Da sein Vater sich nur noch um das Nötigste kümmerte, und dann auch ohne jegliches Interesse, hatte Ewan stillschweigend die vorübergehende Verantwortung für den Clan und dessen Belange übernommen. So bat Mìcheal MacGannor ihn und nicht Dòmhnall, die kommenden Wochen bei Màiri bleiben zu dürfen, die ohne seelische Unterstützung eines Mannes auskommen musste.

Ewan gewährte dem Freund ohne weiter nachzudenken seinen Wunsch.

Nachts liebte Ewan seine Frau oft mit leidenschaftlicher Verzweiflung, aus der die Angst sprach, dass er auch sie verlieren könnte.

In Joans Trauer um Ealasaid mischte sich zu dieser Zeit immer öfter die Sehnsucht nach der eigenen Mutter. Zunächst versuchte Joan, diese quälenden Gedanken zu verdrängen, doch im Laufe der Wochen erschien das Bild von Marion Harris immer wieder vor ihrem geistigen Auge.

Ewan erzählte sie nichts davon, zumal sie feststellte, dass er allmählich wieder er selbst wurde – der Mann, bei dessen betörendem Lächeln Joan noch immer weiche Knie bekam.

Und er lächelte immer öfter und begann schon bald, mit seiner jungen Frau wieder zu spaßen.

Màiris Augen waren nicht mehr gerötet, sondern leuchteten, wenn Mìcheal in ihrer Nähe war. Sie waren glücklich, zusammen sein zu können, und sich nicht mehr verstecken zu müssen.

Als Darla und Peader sich zum ersten Mal nach Ealasaids Tod wegen einer Kleinigkeit stritten, schien der Alltag endgültig wieder hergestellt zu sein; sogar Dòmhnall nahm wieder an den Mahlzeiten teil. Seine Miene war ernst und der Stuhl neben ihm blieb aus Respekt vor der verstorbenen Gemahlin leer. In seinen Geschäften ließ er sich weiterhin von Ewan vertreten, während er Stunden vor Ealasaids Porträt saß, das ein Maler nach Darlas Geburt von ihr angefertigt hatte.

Die Wut des Clans gegen die Engländer war während der Trauerzeit in den Hintergrund getreten, erst allmählich flammten wieder Kampfparolen und Lynchdrohungen auf. Viel Zeit, um Rachepläne zu schmieden, hatten die Pächter nicht, sie mussten sich vermehrt um ihr Vieh und die Äcker kümmern. Seit dem Verbrechen an Glenda, nun vermählte Green, war es auch zu keinen weiteren Übergriffen der englischen Soldaten gekommen.

Regelmäßig begleitete Joan Màiri ins Glen, wo die Schreib- und Leseversuche bei den Grants allmählich Früchte trugen; nur Malcolm und sein ältester Sohn taten sich weiterhin schwer, bis sie den ersten Satz schreiben konnten.

»Ihr wisst, was dieser Satz zu bedeuten hat?«, fragte Màiri, was ihr einen pikierten Blick Malcolms einbrachte.

»Selbst das kleinste Kind des Clans weiß das, Mistress«, brummte er. »›Mein Leben für die Freiheit‹ – das Motto der MacLaughlins, nur halt auf französisch.«

Sinan kicherte und schickte die kleineren Kinder hinaus,

die trotz Ermahnung immer wieder in die Kate geschlichen kamen und ehrfürchtig zusahen, wie der Rest der Familie mit eifrig-verbissenen Mienen merkwürdige Zeichen auf Tafeln malte.

Im selben Augenblick, als Sinan sich wieder setzte, spürte Joan es zum ersten Mal. Es war nur ein unbestimmtes Gefühl, das sie überfiel und rasch wieder verflog … doch es betraf ihre Mutter.

»Ist dir nicht gut?«, erkundigte sich Màiri besorgt. »Du bist plötzlich so bleich.«

Joan kämpfte gegen die plötzliche Übelkeit an und stieß hervor: »Ich … brauche nur etwas frische Luft.«

Màiri bot an, sie zu begleiten, doch das lehnte Joan ab. Sie taumelte zur Tür, riss sie auf und trat hinaus ins Sonnenlicht. Sie holte tief Luft und die Vision verschwand, nicht jedoch das flaue Gefühl im Magen.

Erschöpft sank Joan auf die Holzbank neben der Tür und schloss für einige Sekunden die Augen. Unvermittelt wurde ihr bewusst, dass Marion in Gefahr schwebte und Hilfe benötigte.

Als Joan die Augen wieder öffnete, ließ sie ihren Blick über die Hügel, die das Tal umgaben, schweifen. In der Ferne erkannte sie eine kleine Gruppe Dragoner, die anscheinend gleichmütig auf einem der Hügel in gemäßigtem Tempo entlangritten. Sie wirkten von Weitem wie Spielzeugsoldaten auf winzigen Pferden. Wenn sie doch wirklich so harmlos wären, wie es den Anschein hat, dachte Joan bei sich.

Am Abend desselben Tages spürte Joan wieder, dass mit ihrer Mutter etwas nicht stimmte. Aber sie vertraute sich niemandem an. Wozu auch?

Stattdessen konzentrierte sie sich auf die Geburt ihres Kindes, sie hatte sich ausgerechnet, dass es etwa Mitte September zur Welt kommen würde und hoffte, dass es keine Komplikationen geben würde. Undenkbar im einundzwanzigsten Jahrhundert: kein Arzt hatte die werdende Mutter untersucht, nach Herztönen geforscht und die Blutwerte festgestellt.

Als die beiden Frauen wieder einmal an ihren Webarbeiten saßen, erkundigte sich Joan erneut nach Ceana. »Wie war das damals mit den angeblich vielen Totgeburten im Clan? Kannst du dich noch daran erinnern?«

»Nicht sehr gut, erst als ich älter war, fragte ich Mutter. Zunächst wollte sie ausweichen, aber … nun, aye … ich konnte schon immer sehr hartnäckig sein.« Sie lächelte, und Joan erwiderte das Lächeln. »Mutter gab zu, dass es schon immer bei den ärmeren Pächtern zu Totgeburten oder verkrüppelten Kindern gekommen war, aber das hatte nichts mit Ceana Matheson zu tun.«

Sie blickte sich hastig nach allen Seiten um, dann fuhr sie mit gesenkter Stimme fort. »Zuerst konnte ich nicht glauben, was Mutter mir erzählte; schuld daran soll … ach, ich mag gar nicht darüber reden …«

Stirnrunzelnd starrte Joan ihre Schwägerin an, doch dann dämmerte es ihr. »Soll Inzest daran schuld sein? Ist es das, was deine Mutter andeuten wollte?«

»Aye.« Màiri war vor Verlegenheit rot bis zum Haaransatz geworden. »Stell dir vor, es soll tatsächlich Männer geben, die ihre Töchter … na, du weißt schon … und wenn diese dann Kinder bekommen, denen fehlt oft etwas. Manche haben aber keine körperlichen Schäden, sondern sind Idioten. Das muss vom selben Blut kommen, sagte Mutter.«

»Ein genetischer Defekt«, murmelte Joan halblaut. »Auch im einundzwanzigsten Jahrhundert kommen solche Defekte noch vor.«

»Es wird immer noch Inzest geben?«

»Ja, aber sehr selten.« Joan schmunzelte. »Geschwisterliebe und Liebe zwischen einem Elternteil und seinem leiblichen Kind wird bei hoher Strafe verboten sein.«

Zögernd nahm Màiri das Webschiffchen wieder auf. »Du glaubst aber hoffentlich nicht, dass Mutter auch …« Inzwischen konnten sie wieder über Ealasaid sprechen, ohne in Tränen auszubrechen.

»Natürlich nicht!«, rief Joan erschrocken. »Jede Frau kann eine Totgeburt haben oder ein missgebildetes Kind bekommen, nur scheint Ceana zur falschen Zeit am falschen Ort gewesen zu sein. Wahrscheinlich sind gerade zu dieser Zeit besonders viele tote oder verkrüppelte Kinder zur Welt gekommen, und das hat sie verdächtig gemacht.«

Màiri nickte ernst. »So war es, und Vater vermutete, dass die Engländer eine Hexe engagiert hatten, die die Clans langsam ausrotten sollte. Heute weiß ich, dass es Gottes Wille war, dass mein erster Bruder tot zur Welt kam.«

»Und wenn …«, Joan schluckte, »… und wenn sich bei mir Komplikationen einstellen? Ich habe noch nie ein Kind bekommen und weiß nicht, wie es sein wird.«

Màiri griff nach Joans Hand. »Hab keine Angst, Seonag. Bei jeder Frau ist die Geburt des ersten Kindes mit Sorge und Angst verbunden, ob in meiner oder deiner – deiner früheren – Zeit.«

»Ja, aber hier gibt es keine Ärzte, Krankenhäuser und Chirurgen.« Sie blickte ihre Schwägerin in komischer Verzweiflung an. »Im einundzwanzigsten Jahrhundert würde ich bereits wissen, ob ich einen Sohn oder eine Tochter bekomme.«

Und dann erzählte sie der staunenden Màiri, dass es Ultraschalluntersuchungen gab, die das Geschlecht eines Kindes im Mutterleib feststellen konnten, und eine Anästhesie, die es ermöglichte, ein Baby schmerzlos zu gebären.

Die Freude, Ewan einen Sohn oder eine Tochter zu schenken, hatte bisher bei Joan keinen Raum für Ängste und Zweifel gelassen; doch nun, nur noch wenige Monate vor der Entbindung, spürte Joan leichte Panik in sich aufsteigen.

»Sag bitte Ewan nichts von meiner Angst«, bat sie. »Ich möchte nicht, dass er sich Sorgen um mich macht. Gerade hat er sich ein wenig erholt, und kann hin und wieder ein wenig lachen.«

Sie wurden unterbrochen durch das Eintreten von Darla und Anna. Nachdem Màiri Joan einen vielsagenden Blick zugeworfen hatte, schwiegen sie.

Sie saßen nicht in einer der engen, auch im Sommer kühlen und dunklen Kammern, sondern im Kleinen Saal, durch dessen hohe Südfenster die Sonne schien und den Saal in ein goldenes Licht tauchte.

Vor Joan blieb Darla stehen. »Das wird ein schönes Plaid«, sagte sie und wies auf Joans Webrahmen. »Ewan wird sich darüber freuen.«

»Oh nein!« Halb erschrocken, halb belustigt hob Joan die Hände. »Das wird ein Winterplaid für unser Kind. Meine Arbeit ist noch lange nicht so gut, dass ich Ewan daraus ein Plaid nähen könnte.«

In der Tat war das Webgut noch immer ein wenig holprig und die Fäden ungleichmäßig, aber man konnte den Tartan schon sehr gut erkennen. Joan vermutete, dass es noch einige Jahre dauern würde, bis sie so akkurat wie ihre Lehrmeisterin Màiri weben konnte.

Anna hatte sich wortlos mit einer Stickarbeit an eines der Fenster gesetzt und tat, als würde sie das Gespräch zwischen den Schwägerinnen nicht interessieren. Dabei hätte Joan schwören können, dass Annas Ohren gespitzt waren wie die eines Raubtieres.

»Wann werden unsere Männer zurückerwartet?«, fragte

Joan und versuchte, Anna zu ignorieren. »Ich vermisse Ewan, wenn er den ganzen Tag nicht hier ist.«

Er war mit Peader und Mìcheal, der es als selbstverständlich ansah, sich während seines Aufenthaltes auf Glenbharr Castle an der Arbeit der anderen Männer zu beteiligen, ein Stück in die Berge geritten, um nach den Rinderherden zu sehen, die den Winter über in ihren Ställen verbracht hatten und nun mit Begeisterung die begrünten Hügel kahl fraßen.

»Nicht vor dem Abendessen, denke ich.« Darla setzte sich zwischen Schwägerin und Schwester, dann schielte sie sehnsüchtig auf Joans Leib und seufzte. »Wie ich dich beneide.«

»Aber du hast ein entzückendes Töchterchen«, entgegnete Joan sanft. »Wo ist Klein-Ealasaid eigentlich?«

Darla machte eine Kopfbewegung in Richtung Tür. »Bei Zelda in der Waschküche, sie planscht so gerne in der Lauge.«

Die drei Frauen unterhielten sich noch, als sich Anna, die kein einziges Wort gesprochen hatte, abrupt erhob und den Saal verließ, als wären die anderen Luft.

»Was ist denn mit der los?«, fragte Màiri kopfschüttelnd, bevor sie sich wieder über ihre Arbeit beugte. »Sie benimmt sich seit einiger Zeit ziemlich merkwürdig.«

»Genau genommen seit dem Tag, an dem Ewan mich hierher brachte«, gab Joan trocken zurück.

»Mir hat sie neulich gesagt, Ewan sei ihr völlig egal.« Darla ließ eines der Wollknäuel auf dem Tisch hin- und herrollen, bis ihre Schwester es ihr mit tadelndem Blick abnahm.

»Das glaube ich nicht. Sie bedenkt mich nach über fünf Monaten noch mit giftigen Blicken.«

Darla hob die Schultern. »Sie hat doch einen Geliebten, und ich weiß inzwischen sogar, wer es ist.« Sie blickte die beiden anderen an, auf ihre neugierige Frage, wer es sei, wartend und sagte schließlich: »Es ist einer vom Clan Gannor!«

»Aber hoffentlich nicht Mìcheal!«, stieß Màiri in gespieltem Erschrecken aus. Sie wusste, dass Mìcheal sie abgöttisch liebte und weder Anna noch eine andere Frau ihm gefährlich werden konnte. Sie konnte deshalb, mit den anderen lachend, drohen: »Meinetwegen kann sie sich jeden anderen Mann des Clans angeln, aber wenn sie Mìcheal umgarnt, kratze ich ihr die Augen aus.«

Bis zum Abendessen ruhte sich Joan auf Màiris strenge Anweisung auf dem Ehebett aus. Langes Sitzen fiel ihr zunehmend schwerer, obwohl es noch mehr als vier Monate bis zur Geburt waren.

Die Sonne schien noch immer, und dementsprechend später wurde das Abendessen eingenommen. Das bedeutete, dass es noch Stunden dauern konnte, bis Ewan und die anderen Männer zurückkamen.

Mit beiden Händen fühlte Joan ihren Bauch, und plötzlich war es wieder da – das Gefühl, dass ihre Mutter in Gefahr war. Gequält stöhnte sie auf, sie wollte nicht an Marion erinnert werden, nicht auf diese Weise!

Doch das Gefühl der Angst um ihre Mutter wollte nicht weichen, auch nicht, als Ewan sie zärtlich in seine Arme nahm.

Ein wenig abgelenkt wurde Joan nur, als sie beim Abendessen sah, dass sich Laird Dòmhnall zum ersten Mal seit Ealasaids Tod wieder dafür interessierte, was sein Sohn ihm berichtete.

Ewan schien nichts von Joans Verfassung zu bemerken, aber sie fing die beobachtenden Blicke Màiris auf.

In den folgenden Tagen verstärkte sich bei Joan das Gefühl, dass ihre Mutter dringend Hilfe brauchte. Es war eine Art Sinnesempfindung, die Joan nicht hätte beschreiben können, wenn man sie dazu aufgefordert hätte. Nichts tun zu können ließ sie oft, wenn sie alleine war, wütend weinen. Ewan vertraute sie sich nicht an – was konnte er auch tun? Es gab keine Möglichkeit mehr, noch einmal ins einundzwanzigste Jahrhundert zu reisen. Der Weg war verschüttet. Und wenn es einen geben würde, Ewan würde eine solche Reise niemals zulassen.

11. Kapitel

Im selben Augenblick, als Joan vom einen der oberen Fenster den Besucher entdeckte, der just in den Burghof einritt, spürte sie eine unbestimmte Angst und Gefahr in sich aufsteigen. Malcolm Grants Gesicht wirkte wutentbrannt, und sein Pferd glänzte vor Schweiß, was auf einen scharfen Ritt schließen ließ. Malcolm schwang sich behände vom Pferderücken, warf die Zügel einem Knecht zu und stürmte wortlos zum Eingangsportal.

Mit wild klopfendem Herzen eilte sie, um Malcolm zu empfangen. Es kam nur sehr selten vor, dass der Clansmann Glenbharr Castle aufsuchte, Glen Dillon verließ er nur im Notfall.

»Ich muss den Laird sprechen«, hörte Joan bereits auf der Treppe Malcolms vor innerer Erregung heisere Stimme. »Es ist lebenswichtig.«

Flink raffte Joan die Röcke und eilte die Treppe hinab. In der Halle stand ein noch immer atemloser Malcolm, der ungeduldig auf eine der Hausbediensteten einredete. »Nun mach schon. Worauf wartest du denn? Es ist sehr dringend!«

»Es ist gut, Lenya«, sagte Joan, als sie den unteren Treppenabsatz erreicht hatte. »Ich werde mich darum kümmern.«

Mit erleichterter Miene verzog sich das Mädchen, denn es hatte den Auftrag bekommen, Dòmhnall nicht in seiner Trauer zu stören und fühlte sich nun in der Zwickmühle.

»Was ist geschehen?«, richtete Joan das Wort an den Clansmann, nachdem Lenya außer Hörweite war. »Du erweckst den Eindruck, als wärst du nicht auf einen Höflichkeitsbesuch aus dem Tal herausgekommen.«

Malcolm machte sich keine umständliche Mühe, die Schwiegertochter des Lairds zu begrüßen: »Es ist etwas Schreckliches geschehen, Mistress.« Er trat einen Schritt näher, sodass Joan seinen Schweißgeruch wahrnehmen konnte, Schweiß der Anstrengung, aber offensichtlich auch der Angst.

»Ewan soll entscheiden, ob sein Vater eingeweiht wird«, sagte Joan schließlich. »Er ist gerade bei Brian Ferguson und berät über den weiteren Kauf von Hafer und Torf. Wollt Ihr mir nicht eine Andeutung machen?«

Entrüstet schüttelte Malcolm den Kopf. »Nein, das ist Männersache.«

Joan wollte sich gerade einige scharfe Widerworte zurechtlegen, als die Eingangstür aufgestoßen wurde und Ewan in die Halle trat. Mit einem kurzen Blick erkannte er die Situation und kam mit raschen Schritten näher.

»Was ist passiert?«

Malcolm warf Joan einen raschen Seitenblick zu, dann begann er etwas auf Gälisch zu sagen. Ewans Miene verfinsterte sich, dann nahm er Grant beim Ärmel und sagte: »Hier ist nicht der richtige Ort dafür … du kannst übrigens ruhig englisch sprechen, ich habe keine Geheimnisse vor meiner Frau.«

Malcolm und Joan folgten dem Sohn des Lairds in den salonähnlichen Raum, in dem die Besucher empfangen wurden. Mit sanftem Druck wies Ewan Joan auf das kleine Sofa,

Malcolm bot er einen Platz an, während er selbst mit gerunzelter Stirn und verschränkten Armen stehen blieb.

»Nun – was hat sich zugetragen?«

Malcolm nickte schwerfällig, sog scharf die Luft ein: »Heute in den frühen Morgenstunden. Die Frauen waren mit ihrer Hausarbeit beschäftigt, wir Männer um das Vieh. Plötzlich bemerkten wir den Trupp Soldaten, der ins Tal geprescht kam. Nichts Gutes ahnend, ließen wir alles stehen und liegen, um rechtzeitig vor den Rotjacken unsere Häuser zu erreichen. Der Kommandant machte sich nicht die Mühe, abzusitzen, als er uns mit schneidender Stimme vorwarf, wir hielten Waffen versteckt. Ohne auf unseren Protest zu achten, durchsuchten die *Sasannach* unsere Katen, wobei sie die Katen fast völlig verwüsteten.«

»Haben sie etwas gefunden?« Ewans Gesicht war besorgt. Es hätte den Tod bedeutet.

Malcolm schüttelte den Kopf. »Natürlich nicht. Niemand wird je unsere Verstecke finden, die einfältigen *Sasannach* sowieso nicht, aber als einer der Rotjacken in Thòmas Innes Kate stürmen wollte, wurde er von Thòmas zurückgehalten. Seine Frau liegt im Kindbett, und es ist nicht sicher, ob sie die Niederkunft überleben wird. Es kam zu einem Handgemenge, mehrere Soldaten stürzten sich auf den armen Thòmas. Als sie von ihm ließen, war er tot – ermordet durch ein englisches Bajonett.«

»Schrecklich«, kam es von Ewan und Joan wie aus einem Mund. Danach folgten Ewans gälische Flüche.

»Keine fünf Minuten nach der Tat war der Trupp aus dem Tal verschwunden.« Malcolm erhob sich und trat zu Ewan. »Was sollen wir tun?«

»Weißt du Näheres über diesen Trupp, *mo charaid*?«

Joan war alarmiert. In Ewans Augen sah sie, dass er auf Rache sann.

»Aye, die Rotjacken haben ihr Zeltlager auf einem Streifen zwischen Glenbharr und dem Gebiet der MacGannors errichtet, dort lungern sie seit Wochen herum und machen die Gegend mit ihren verfluchten Patrouillen unsicher.«

Ewans Augen verengten sich zu Schlitzen. »Wie raffiniert. Die *Sasannach* befinden sich also auf neutralem Boden und wähnen sich sicher.« Er straffte seinen muskulösen Körper. »Noch in dieser Stunde werde ich ins Lager reiten und Genugtuung für Thòmas Innes fordern. Das bin ich seiner Frau schuldig.«

»Das wäre das Gefährlichste!« Malcolm hielt Ewan an dessen Plaid fest. »Du bist des Todes, wenn du alleine auch nur einen Fuß in dieses Zeltlager setzt, die fackeln nicht lange mit uns Highlandern. Vielleicht weiß dein Vater einen besseren Rat.«

»Ich denke, ich werde ihn nicht damit behelligen«, widersprach Ewan bestimmt. »Ich werde mich sofort auf den Weg machen.«

»Nein!« Entsetzt sprang Joan auf, eilte zu ihrem Mann und bedachte ihn mit einem flehenden Blick, Malcolms Anwesenheit schien sie völlig vergessen zu haben. »Ich lasse dich nicht gehen – denk an unser Kind!«

Ein Ausdruck trat in Ewans Augen, der Joan stark beunruhigte. Sie hatte Angst vor dem, was sich dahinter verbarg – der Drang zur Rache, der Stolz des Kriegers, der sich der Verantwortung für seinen Clan bewusst wurde.

»Sie hat recht. Aber ich mache dir einen Vorschlag: Ich rufe alle verfügbaren Männer zusammen, und dann werden wir bei Nacht gemeinsam das Lager stürmen, aye?«

Einen kurzen Augenblick schien Ewan mit sich zu kämpfen, ob er diesen Vorschlag von Malcolm annehmen solle, doch dann nickte er kaum merklich. »Bei Nacht werden sie mit einem Angriff nicht rechnen – also geh und stelle eine

Armee zusammen, ich werde hier auf dich warten.« Seine Miene wurde weich, als er einen Blick zu Joan schickte, die noch immer kreidebleich war.

Nur wenige Stunden später hatte Malcolm jeden verfügbaren Mann aufgerufen, sich auf der Lichtung in der Nähe des alten Keltenturms zu sammeln, ein junger Bursche überbrachte Ewan die Nachricht.

Joan hatte es aufgegeben, ihn abhalten zu wollen. Die Ehre seines Clans war ihm wichtiger als die Angst seiner Frau.

»Ich wäre dir dankbar, wenn du Vater gegenüber schweigen würdest«, sagte Ewan, während er sein Breitschwert kontrollierte, das er aus dem geheimen Waffenarsenal der Burg schon geholt hatte. Nachdem er sich davon überzeugt hatte, dass das Schwert scharf war, steckte er es mit zufriedener Miene in die Scheide, die an den Gürtel seines *breacan feile* geknüpft war.

»Ich bin überzeugt davon, dass Vater, wie ich, versuchen würde, dir diese Aktion auszureden.«

Langsam trat Ewan zu ihr, blieb dicht vor ihr stehen und nahm ihr Gesicht zwischen die Hände. »Du kennst meinen Vater schlecht, *mo ghràidh* – er würde genauso handeln. Immerhin sind wir für den Clan verantwortlich, und wenn ich nicht das Gesicht verlieren will, muss ich die Ehre des armen Thòmas wieder herstellen.« Er blickte ihr ernst in die Augen und fügte mit Nachdruck hinzu: »Du kennst meine Pflichten und musst damit leben, dass ich noch oft genug in solche Situationen komme.«

Resigniert nickte sie, hielt seine großen, doch so zärtlichen Hände fest an ihre Wangen gepresst und erwiderte: »Die Engländer werden in der Überzahl sein. Werdet ihr sie besiegen können?«

»Wir werden«, gab er bestimmt zurück.

Die Männer warteten bereits ungeduldig auf der kleinen Lichtung, als Ewan im Beisein seiner Gefolgsleute aus der Burg bei Anbruch der Dunkelheit eintraf. Zufrieden erkannte er im Schein der Fackeln, dass Malcolm ganze Arbeit geleistet hatte, es war wirklich jeder verfügbare Mann erschienen – vom jungen Burschen bis hin zum grauhaarigen, schlachtenerfahrenen Krieger. Jeder von ihnen zollte ihm ebensolchen Respekt wie dem großen Dòmhnall MacLaughlin. Sie waren bestens ausgerüstet mit den Waffen, die jeder von ihnen in seinem geheimen Versteck, in dem er Waffen aller Art hortete für Gelegenheiten wie diese, bereithielt.

»Wie willst du vorgehen?«, wurde Ewan gefragt, nachdem er abgesessen und die Männer begrüßt hatte. »Das Lager muss vernichtet sein, bevor die Sonne aufgeht.«

»Aye, wir haben nicht viel Zeit, also lasst uns beratschlagen.«

Keine Stunde später waren die Männer bereit zum Aufbruch. Die Hufe ihrer Pferde hatten sie mit Lumpen umwickelt, damit kein Laut durch die Stille der Nacht dringen konnte.

Ewan ritt voran, dicht neben ihm sein Schwager Peader und Malcolm Grant. Zum Lager der Engländer waren es kaum zwei Meilen, man würde es erreichen, wenn sich die meisten Soldaten in ihren Zelten aufhielten und schliefen.

Schon von Weitem war der Lichtschein des die ganze Nacht über brennenden Lagerfeuers zu erkennen und Ewan hob zum Zeichen, dass der Trupp stehen bleiben solle, die Hand.

Lautlos glitt er vom Pferd und kroch in gebückter Haltung näher, bis er so dicht am Lager war, dass er durch das Gebüsch die Wachen erkennen konnte.

Mit einem Kopfnicken befahl er Malcolm und Peader, sich an die Wachen heranzuschleichen. Genau drei Soldaten bewachten die ungefähr fünfzig Mann starke Kompanie, und es sah keineswegs so aus, als fürchteten sie den Zorn des MacLaughlin-Clans. Gelangweilt standen sie da, hin und wieder schickten sie einen desinteressierten Blick in die Dunkelheit des Waldes oder gähnten.

Zwei Wachen sollten Malcolm und Peader übernehmen, eine Ewan. Während sie sich anschlichen, verteilten sich die anderen geräuschlos rund um das Lager.

Ewan spürte das warme Blut des Wachpostens, dem er mit seinem *sgian dubh* blitzschnell die Kehle durchschnitten hatte, an seinen Händen. Zum Zeichen, dass auch die anderen beiden Wachen keine Schwierigkeiten mehr machen würden, ließen Malcolm und Peader die Rufe von Waldkäuzchen ertönen.

Das war das Zeichen zum Sturmangriff auf das Lager. Mit einem markerschütternden Schlachtruf, der sogar den im tiefsten Schlaf liegenden Engländer erwachen ließ, stürzten sich die Clansmänner auf die Zelte, aus denen nach und nach die verblüfften, unbewaffneten Rotjacken krochen. Die meisten trugen nichts als ihre weiße Unterwäsche, die herausfordernd im Dunkeln leuchtete.

Und dann ging es Mann um Mann. Unbewaffnete Soldaten wurden nicht mit dem Schwert niedergestreckt, sondern zunächst mit den Fäusten. Trotz des Hasses auf die Rotjacken ging es gegen die Ehre der Highlander, einen Soldaten mit der Waffe zu töten, bevor er zum Säbel greifen konnte.

Nachdem alle Engländer endlich begriffen hatten, dass sie aus dem Hinterhalt überfallen worden waren, begann ein beispielloses Gemetzel. Die nächtliche Stille wurde zerrissen von Schmerzensschreien, Kriegsgeheul und dem metallischen Klirren, wenn ein schottisches Breitschwert auf einen englischen Säbel traf.

Aus den Augenwinkeln sah Ewan, dass einige seiner Leute

verletzt worden waren und sich schreiend am Boden wälzten – doch ebenso viele Rotjacken schienen verwundet oder tot.

Der Soldat, der Ewan gegenüberstand, hatte ein junges, weiches Gesicht, und in seinen Augen stand grenzenlose Angst geschrieben. Fast hatte Ewan Mitleid mit dem Jungen, doch dafür war nicht der richtige Zeitpunkt. Nur die eine Sekunde Unachtsamkeit hatte dem jungen Soldaten genügt, um den Säbel zu heben und ihn auf Ewan niedersausen zu lassen. Der Schmerz an der linken Schulter war so intensiv, dass Ewan die Zähne zusammenbeißen musste. Beiläufig spürte er, wie heißes Blut sein Hemd durchtränkte.

»Ihr gottlosen Wilden!«, dröhnte der Engländer hysterisch. »Wir werden euch ausrotten bis zum letzten Mann. Im Namen des Königs!«

Wieder hob er den Säbel, um zum Todesstoß anzusetzen, doch diesmal reagierte Ewan blitzschnell, wehrte den Schlag ab, wich einen Schritt zur Seite und parierte. Der plötzliche Gegenangriff irritierte den Soldaten so sehr, dass er mit offenstehendem Mund zu der Wunde in der Herzgegend starrte, die Ewan ihm mit seinem Breitschwert zugefügt hatte. Stumm sank er schließlich zu Boden.

Schwer atmend blickte Ewan auf den Toten. Er bedauerte, dass es sich bei dem Engländer nicht um seinen Lieblingsfeind Robert Milford handelte, doch noch bevor er sich dem nächsten Gegner widmen konnte, wurde ihm das Schwert aus der Hand geschlagen.

Im aufflackernden Feuer der ersten Zelte, die in Brand gesetzt worden waren, erkannte Ewan den Kommandanten des Lagers.

»Ihr und Eure Krieger glaubt wohl noch immer, dass Ihr eine Chance gegen die königliche Armee habt«, spie er Ewan höhnisch entgegen, der sich verzweifelt nach seinem Schwert umsah.

Der Kommandant lachte hinterhältig. »Ihr seid nicht raffiniert genug, um uns zu vertreiben, es ist Zeit für Euch, Abschied von dieser Welt zu nehmen, MacLaughlin – nur ein toter Schotte ist ein guter Schotte.«

Mit hassverzerrtem Gesicht stürzte er sich auf Ewan, den Säbel zum Todesstoß bereit, doch mit einer katzengleichen Bewegung warf sich Ewan zur Seite, ließ die Waffe ins Leere stoßen.

Der Engländer fühlte sich dem waffenlosen Gegner siegessicher überlegen. Ein triumphierendes Lächeln trat auf seine Lippen. Lange würde Ewan ihn wohl mit bloßen Händen nicht abwehren können. Doch Ewan ließ sein Bein hochschnellen und zeigte, dass ein scheinbar unbewaffneter, durchtrainierter Highlander sogar mit einem kleinen verborgenen Dolch noch seinen Mann stand. Er zog ihn aus dem Strumpf, ließ sein anderes Bein emporschnellen und schleuderte dem Kommandanten den Säbel aus der Hand.

Nur eine Sekunde später hatte Ewan ihn zu Boden gerissen und sich auf ihn geworfen, den *sgian dubh* dicht an die Kehle des Feindes gepresst.

»Ihr hättet verdient, dass ich Euch töte«, stieß er hervor und ließ den Dolch sinken. »Ihr seid dafür verantwortlich, dass einer Eurer Soldaten Thòmas Innes vom Clan Laughlin ermordet hat.«

Ewan hielt den Kommandanten, dem allmählich die Luft ausging, mit seinem vollen Gewicht am Boden, sodass seine Antwort nicht mehr als ein paar unverständliche Laute waren.

»Worauf wartest du, Ewan?«

Malcolm Grant war dicht neben die beiden getreten und machte eine ungeduldige Geste. »Bring das Schwein um. Er ist schuld am Tod eines treuen Clansmannes, der nie etwas Böses in seinem Leben getan hat.«

»Nein.« Ewan ließ von dem ermatteten Körper des anderen ab, machte eine Handbewegung zu Malcolm und sagte: »Wir nehmen ihn gefangen, als Toter bringt er uns wenig Nutzen.«

Verständnislos schüttelte Malcolm den Kopf. Ewan sah sich um. Der Kampf war vorüber. Am Boden lagen die Toten, leblose Körper von Schotten und Engländern. Die überlebenden Highlander gruppierten sich um Ewan, von den unversehrten Rotjacken war keiner zu sehen.

»Sie haben sich vor Angst in die Büsche geschlagen«, sagte Sèoras Dunbar grinsend, worauf die anderen Männer ein raues Lachen ausstießen. »Was soll mit diesem Lumpen da geschehen?«

»Ich brauche ihn noch«, gab Ewan geheimnisvoll zurück, dann machte er eine umfassende Handbewegung. »Tragt unsere Gefallenen vom Schlachtfeld und nehmt jede Waffe mit, die ihr finden könnt. Danach wird das ganze Lager in Brand gesteckt.«

Zustimmendes Gemurmel erklang, und gleich darauf durchforsteten die Männer die Zelte, die noch nicht Opfer der Flammen geworden waren.

»Und nun zu Euch.« Ewan hockte sich neben den Baumstamm, an den Malcolm den Kommandanten gefesselt hatte. »Ihr seid frei, nachdem Ihr ein Dokument unterschrieben habt, aus dem hervorgeht, dass Ihr ohne Befehl aus Fort George die Durchsuchung des Glens angeordnet habt.«

Der Engländer öffnete den Mund, um zu protestieren.

»Euer Mann hat einen meiner Soldaten angegriffen.«

»Er lügt!«, schrie Malcolm. »Thòmas war unbewaffnet. Er wollte einzig sein Weib vor den Barbaren des Königs schützen!«

Auf Ewans Gesicht trat ein fast belustigter Ausdruck. »Ihr hört, was mein Freund sagt und er ist kein Lügner wie Ihr.«

Aus seinem *sporran* zog er Papier und ein Stück Kohle und hielt es dem Kommandanten hin: »Nun? – Ich weiß, dass Ihr degradiert werdet, wenn Colonel Porter in Fort George von Eurer Heldentat erfährt und ihm das unterschriebene Dokument überreicht wird. Das dürfte dann das Ende Eurer Karriere sein. Aber ich versichere Euch, niemand wird je etwas erfahren, wenn Ihr in Zukunft nicht eigenmächtig handelt – sei es aus Langeweile, oder um meine Männer zu demütigen.«

Malcolm nahm dem Komandanten, der eine bemerkenswert jämmerliche Figur machte, auf Anweisung von Ewan die Fesseln ab, und der Engländer griff zu dem Kohlestück und kritzelte mit zitternder Hand die Worte aufs Papier, die Ewan ihm diktierte. Nachdem er das Schriftstück an sich genommen hatte, ließ Ewan ihn seinen Spott spüren. »Ihr könnt jetzt abtreten. Schlagt Euch in die Büsche zu Euren Männern und meinetwegen erzählt dem Colonel, Ihr seid von einer Gruppe Wegelagerern überfallen worden und konntet nur knapp entfliehen.«

Ewan blickte dem gehenden Kommandanten kurz nach. Dabei sah er das inzwischen lichterloh brennende Zeltlager. Die Luft war erfüllt von Rauch, vermischt mit dem Geruch von frischem Blut.

»Warum hast du ihn laufen lassen?«, fragte Peader. »Er hat es nicht verdient, mit dem Leben davonzukommen.«

Freundschaftlich legte Ewan eine Hand auf Peaders Schulter. »Du bist sicher nicht der Einzige, der das nicht versteht. Aber ich denke, ich habe mit Bedacht gehandelt. Der Mann wird sich bestimmt in Zukunft hüten, ein Mitglied meines Clans anzugreifen und ich bin überzeugt, mein Vater hätte ebenso entschieden.«

Die Männern nickten. Ewan gab den Befehl, die erbeuteten Waffen und das Schwarzpulver in ein Versteck zu bringen, bevor die Männer in ihre Dörfer zurückritten. Erst jetzt machte er sich die Mühe, sich der noch immer blutenden, schmerzhaften Fleischwunde an der Schulter zu widmen. Ein vorsichtiger Blick darauf sagte ihm, dass es Zeit wurde für ihn, nach Hause zu reiten.

Obwohl Màiri ihr gut zugeredet hatte, war Joan in dieser Nacht nicht zu Bett gegangen. Ruhelos durchwanderte sie das Schlafgemach, immer und immer wieder schob sie den schweren Samtvorhang zur Seite, um einen Blick aus dem Fenster hinunter zum Burghof zu werfen.

Die Sonne ging gerade über den Wäldern auf, als Ewan mit seinem Gefolge zurückkam. Die Männer waren müde, hungrig und teilweise verletzt, doch es gab keine Toten unter den Burgbewohnern, wie Joan mit einem Blick feststellen konnte.

Erleichtert stürzte sie aus dem Raum, um Ewan entgegenzueilen.

12. Kapitel

»Morgen fahre ich zum Markt nach Baile a'Coille«, eröffnete Màiri Joan unvermittelt an einem Tag Anfang Juni. »Ich will Rohwolle verkaufen und mich mit einigen Haushaltsdingen eindecken. Hast du Lust mitzukommen?« Und als Joan freudig zustimmte, fügte sie erleichtert hinzu: »Ich dachte mir, dass dir ein wenig Zerstreuung guttun könnte und – du kennst den Ort ja – zumindest so, wie er später aussehen wird.«

Bedächtig nickte Joan. Glenbharr Castle im Jahre 2005 stand ihr plötzlich wieder ganz klar vor Augen. Es war ein unheimliches Gefühl, den Dingen in Jahrhundertsprüngen zu begegnen. Sie ging auf die Bemerkung Màiris nicht weiter ein, sondern erwiderte schnell: »Gerne komme ich mit, lass es uns noch mit Ewan besprechen.«

Ewan gefiel die Idee. »Ich würde euch gerne begleiten, aber leider lassen mir dazu meine Pflichten keine Zeit«, beschied er Joan.

»Wir haben Glück«, sagte Màiri am nächsten Morgen strahlend. »Die Sonne scheint wieder, so kommt die Wolle trocken auf dem Markt an.«

Die Männer hatten bereits in den frühen Morgenstunden die Burg verlassen, nachdem sie einen der Leiterwagen mit überschüssiger Wolle beladen hatten. Viele der Clansleute zahlten ihre Pacht in Naturalien, daher gab es immer jede Menge überschüssiger Wolle, die die Familie nicht für den Eigenbedarf benötigte.

Obwohl der Tag warm zu werden versprach, hüllten sich die Frauen in ihre Schultertücher, nachdem sie auf dem Kutschbock Platz genommen hatten. Hohe Temperaturen bedeuteten in den Highlands zwanzig, maximal zweiundzwanzig Grad; daher war es unerlässlich, stets ein Plaid gegen morgendliche oder abendliche Kühle mit sich zu haben.

Màiri lenkte den Einspänner, und nach einem kurzen Schnalzen setzte sich das Pferd träge in Bewegung. Seit ihrer Ankunft auf Glenbharr Castle hatte Joan kaum Gelegenheit gehabt, sich außerhalb der Burgmauern aufzuhalten. Interessiert blickte sie sich um, als der Wagen die waldreiche Gegend verließ und in östliche Richtung holperte.

»Erkennst du etwas wieder?«, fragte Màiri gespannt. »Sieht es später auch noch so aus?«

»Ich bin mir nicht sicher …« Zögernd blickte Joan sich um. Der Wald hinter ihr schien dichter zu sein und die hügelige Landschaft mehr bebaut. Der Weg nach Baile a'Coille hatte denselben Verlauf, freilich unausgebaut und unasphaltiert. Ihn war Joan mit dem geliehenen Mini gefahren, als sie auf dem Weg zur Burgruine gewesen war.

»Hinter dem Ort endet das Gebiet von Glenbharr«, informierte Màiri Joan. Sie fuhren über eine Brücke, unter der sich ein Bach schlängelte. Die Brücke gab es im Jahre 2005 nicht mehr, ebenso wenig wie den Bach. »... und dort hinten beginnt das Moor- und Heideland«, erklärte Màiri weiter.

Joan wusste, dass Dòmhnall sich oft genug ärgerte, keine eigenen Moorgebiete zu besitzen und der Torf, der den meisten Clansleuten als Heizstoff diente, gekauft werden musste. Nur dunkel erinnerte sie sich, auf ihrer ersten Fahrt nach Glenbharr Castle zu beiden Seiten der Straße hoch aufgetürmte Berge von Torfstücken in Brikettgröße gesehen zu haben.

»Wo liegen eigentlich die Kasernen von Ruthven?«, erkundigte sie sich bei Màiri. Es war ihr unbehaglich, in Robert Milfords Nähe zu kommen, doch Màiri beruhigte sie. Ruthven lag zwischen Inverness und Perth, also meilenweit entfernt. Während der bisherigen Fahrt war ihnen keine Patrouille begegnet. Joan hoffte inständig, dass der Kommandant von Fort George nach dem Vorfall mit Glenda seine Soldaten ermahnt hatte.

Unvermittelt tat sich hinter einem Hügel eine kleine Ansiedlung auf, von der Màiri behauptete, dass es sich um Baile a'Coille handelte.

Joan blinzelte verwirrt. Der Ort, den man kaum als Dorf bezeichnen konnte, bestand aus wenigen Steinhäuschen, die um eine freie Fläche herumgebaut worden waren. 2005 gab es einen Marktplatz dort, in einer Seitenstraße davon lag die Pension, in der Joan sich ein Zimmer gemietet hatte.

»Wie gefällt es dir?« Màiri warf ihr einen fragenden Blick

zu. »Es ist ein bescheidener Ort, aber der Markt ist berühmt. Hier machen viele Reisende halt, bevor sie in die Highlands weiterziehen.«

Stumm nickte Joan, gebannt von dem, was sich vor ihren Augen auftat, als sie näher kamen. Auf der freien Fläche, die größer war, als es in der Ferne den Anschein hatte, waren Stände aufgebaut, die allesamt dicht umringt waren von neugierigen Menschen.

Màiri hatte nicht zu viel versprochen, hier trafen Highlander in ihren verschiedenen Tartans aufeinander, mit Männern in Kniehosen und Frauen in feinen Kleidern.

Die Luft war erfüllt vom Geruch gebrannter Kastanien, Anis und Bier, und für einen Augenblick fühlte sich Joan an einen Jahrmarkt des einundzwanzigsten Jahrhunderts erinnert. Es fehlten nur moderne Fahrgeschäfte wie Achterbahn und Auto-Scooter, aber immerhin, es gab ein Kinderkarussell, vor dem die kleinsten Besucher mit leuchtenden Augen standen und die hölzernen Pferdchen anstarrten.

Màiri lenkte ihr Fuhrwerk zu einer freien Stelle etwas abseits des Marktes und erklärte, dass sie nach einem Händler aus Inverness Ausschau halten wolle, der ihr in der Regel die gesamte Rohwolle abnahm.

»Am besten, du bleibst dabei in meiner Nähe«, sagte sie, nachdem sie Joan vom Kutschbock geholfen hatte. »Ich musste Ewan versprechen, gut auf dich aufzupassen.«

Joan bedachte sie mit einem nachsichtigen Lächeln. »Ich werde mich schon nicht verlaufen, so groß und unübersichtlich ist der Markt nicht.«

Màiri lachte und wich ihrer Schwägerin nicht von der Seite, als sie sich neugierig über die Auslagen einiger Stände beugte. Ewan hatte ihr trotz ihres Protestes einen Beutel mit Geld mitgegeben.

Màiri fragte sich nach dem Händler durch. »Er ist im

Wirtshaus«, sagte sie schließlich und verdrehte die Augen. »Lass uns zu ihm gehen.«

Sie hielt einen Jungen in abgetragener Kleidung an, gab ihm ein Geldstück und beauftragte ihn, gut auf die Wolle aufzupassen, dann kam sie zu Joan zurückgeeilt und wies mit dem Kinn in eine der engen Gassen, die vom Marktplatz abzweigten. »Das Wirthaus ist dort hinten.«

Joan, die sich bereits in Bewegung gesetzt hatte, blieb abrupt stehen. Sie erinnerte sich an den *Cearc fhrangach,* jene Pension, in der sie sich im Sommer 2005 eingemietet hatte.

Aber es konnte sich unmöglich um ein und dasselbe Gasthaus handeln. Oder doch?

Beim Nähertreten entdeckte sie mit wild klopfendem Herzen Übereinstimmungen mit der Pension, zu dem das Wirtshaus in mehr als zweihundert Jahren ausgebaut worden war. Die Fenster waren kleiner, aber unverkennbar genauso angelegt, auch die Tür war ähnlich. Der Platz hinter dem Haus, auf dem Joan den Mini geparkt hatte, war eingezäunt und bildete am Haus ein Gehege, in dem Hühner und Gänse watschelten und gelegentlich etwas vom Boden pickten.

In Stichworten erklärte Joan Màiri kurz bevor sie die Wirtsstube betraten, dass sie das Haus kenne, und während Màiri mit dem Händler verhandelte, blickte sie sich unauffällig um.

Im Inneren des Hauses gab es nichts, das sie wiedererkannte. In einer dunklen Ecke zur Rechten befand sich eine lange schmuddelige Holztheke, die übersät war mit halb leeren Gläsern und Bierflecken.

Unter den vor Schmutz blinden Fenstern auf der anderen Seite standen kleine runde Tische, an denen Männer würfelten und pokerten. Da muss der Frühstücksraum später entstanden sein.

Schlimm empfand Joan die abgestandene Luft, eine Mischung aus billigem Fusel, Knoblauch, schmutziger Kleidung und ungewaschenen Körpern, und sie war erleichtert, dass Màiri schnell mit dem Händler einig wurde.

Sie holte tief Luft, als sie schließlich wieder auf der Gasse standen.

»Und jetzt sehen wir uns ein wenig um, aye?«, schlug Màiri gut gelaunt vor und erklärte beiläufig, dass der Wollhändler die Ware vom Wagen hole, ohne dass die beiden Frauen helfen mussten. Das Geld, dass Màiri für die Wolle bekommen hatte, ließ sie im Ausschnitt ihrer Bluse verschwinden.

»Ich brauche Nähnadeln«, sagte sie, während sie zum Markt schritten. »Und Stopfgarn und Spitze und …« Sie winkte lachend ab. »Oh Gott, es gibt hier so viel, was man brauchen könnte. Komm, lass uns schauen.« Sie nahm Joan, die mit geneigtem Kopf Slalom lief, um nicht auf weggeworfenen Essensresten, Pferdeäpfeln und Rattenkadavern auszurutschen, leicht beim Arm.

Während Màiri sich für die bunten Haarbänder eines Händlers interessierte, der offensichtlich Franzose war und lautstark verkündete, dass seine Ware die beste der Welt sei, schlenderte Joan von Stand zu Stand. Das ganze Treiben erinnerte sie an einen mittelalterlichen Markt, den sie als junges Mädchen einmal in London besucht hatte – nur mit dem Unterschied, dass dieser Markt echt war und die Menschen sich nicht in historische Gewänder gehüllt hatten, sondern nach der aktuelle Mode gekleidet waren.

Mittlerweile stand die Sonne hoch am Himmel, es wehte nicht das geringste Lüftchen. Unschlüssig blieb Joan stehen, ließ das Plaid von den Schultern gleiten und hielt Ausschau nach einem schattigen Plätzchen, um sich auszuruhen.

Sie fand es schließlich unter einer Linde, etwas abseits vom allgemeinen Treiben. Der Stamm des Baumes war so stattlich, und aus den Augenwinkeln bemerkte Joan, dass sich auf der anderen Seite bereits jemand niedergelassen hatte: ein Mann, der seine Beine, die in dunklen Kniehosen steckten, weit von sich streckte.

Der Mann auf der anderen Seite des Baumstammes begann zu pfeifen, sie konnte die Melodie nicht gleich erkennen.

Als der Mann auch noch zu singen anfing, verdrehte Joan die Augen, und ihr Baby, dass vorher schon ein wenig gestrampelt hatte, schlug Purzelbäume zu den schrägen Tönen.

»*Hey Joe, oh where you're goin' with that gun in your …? Hey Joe, I said, where you goin' with that gun in your hand?*«

Ah! Jimi Hendrix! Er war Marions Lieblingssänger während ihrer Jugend gewesen, und diesen Song mochte sie am liebsten, sie kannte den Text auswendig.

Ohne weiter nachzudenken, sang sie leise: »*I'm goin' to shoot my old Lady …*« Sie stockte und hielt den Atem an. Wie kam dieses Lied hierher? Als sie vorsichtig um den Baumstamm herum spähte, blickte sie in ein fassungsloses Gesicht. Der Mann war ungefähr zwischen Ende Fünfzig und Anfang Sechzig, sein Haar war noch voll, jedoch ergraut und mit einem Band zusammengebunden.

Sekundenlang starrten sich die beiden an, das Markttreiben um sie herum nahmen sie nur noch im Unterbewusstsein wahr.

Joan spürte, wie ihr die Zunge am Gaumen klebte, doch sie war die Erste, die die Sprache wiederfand. »Woher … kennt Ihr dieses Lied?«

Der Mann blickte sich nach allen Seiten um, dann robbte er neben Joan, die wie gelähmt dasaß. In ihrem Kopf überschlugen sich die Gedanken.

»Dieselbe Frage könnte ich stellen, Lady«, raunte er ihr zu, dabei ließ er das Stück Holz, das er bearbeitet hatte, und das Schnitzmesser achtlos zu Boden gleiten. »Woher kennen Sie dieses Lied?

»Dann seid Ihr … ich meine Sie …«

Er nickte. »Gestatten – Robin Lamont. Ich lebe seit annähernd dreißig Jahren hier, und du?«

Joan schluckte kräftig, bevor sie imstande war zu antworten. »Seit Ende Oktober letzten Jahres. Sagt … sag, gibt es noch mehr … von uns hier?«

»Meines Wissens nicht, bis vor einer Minute dachte ich noch, dass ich der Einzige bin.« Er blickte hoch und Joan folgte seinem Blick.

Màiri kam eilig über den Rasen gestapft. Sie hatte Joan schon ein wenig ängstlich gesucht. Jetzt wanderte ihr Blick beunruhigt von Joan zu dem älteren Mann, der neben ihr am Baumstamm hockte wie bei einem vertrauten Picknick.

Màiri ging vor Joan auf die Knie, nahm ihre Hände und fragte besorgt: »Seonag, ist alles in Ordnung?«

»Mir geht es bestens«, erwiderte Joan, doch ihre Stimme klang belegt. Dann wandte sie sich an Robin und fügte erklärend hinzu: »Das ist meine Schwägerin Màiri.«

Màiri erhob sich wieder und Robin stellte sich mit einer kleinen Verbeugung vor, die angesichts seiner kauernden Haltung eher komisch als galant aussah. Màiri bedachte ihn mit einem leicht skeptischen Nicken und blickte dann Joan forschend an.

Nachdem diese sich umgesehen hatte, ob jemand sie hören konnte, raunte sie Màiri zu: »Stell dir vor, er ist auch ein Zeitreisender …«

Màiri stieß einen spitzen Schrei aus und schlug sich gleich darauf mit der flachen Hand vor den Mund. Mit einer Mischung aus Ungläubigkeit und Überraschung musterte sie Robin, der zustimmend nickte – ähnlich hatte sie Joan angestarrt, als sie ihr verriet, dass sie versehentlich durch einen Zeittunnel ins achtzehnte Jahrhundert gelangt war.

»Ich würde mich gerne näher mit Robin unterhalten«, sagte Joan. »Ich denke, wir haben einiges auszutauschen.«

Màiri war nicht begeistert, setzte aber eine höfliche Miene auf und fragte Robin: »Kann ich bitte kurz mit Seonag unter vier Augen sprechen?«

»Aber bitte.« Er machte eine großzügige Geste, wobei er sich ein Schmunzeln verkniff. »Ich werde mir solange ein wenig die Füße vertreten.«

Joan saß noch immer unter dem Baum. Als sie sich schließlich in die Höhe gestemmt hatte, rieb sie sich mit schmerzverzogener Miene die untere Rückenpartie.

»Seonag, wer ist dieser Mann? Womöglich ist er einer von Milfords Freunden?«

»Nein, bestimmt nicht.« Joan rückte ihre Haube zurecht und erzählte der fassungslosen Schwägerin von dem Lied, das Anfang der Siebziger des zwanzigsten Jahrhunderts sehr bekannt war. »Er ist auch ein Reisender und ich brauche etwas Zeit, mich mit ihm zu unterhalten. Ich muss wissen, wie er hierhergekommen ist und wieso.«

»Warum?«

»Warum wohl?«

»Nun, aye«, Màiri rang mit sich, »ich habe noch einige Besorgungen zu machen, einen Sack Weizenmehl und Rosinen für den Koch, Stickgarn für Darla und noch ein paar weitere Kleinigkeiten. Aber sei vorsichtig. Ich habe die Verantwortung Ewan gegenüber für dich übernommen.«

Als Robin sich schließlich zögernd den beiden Frauen wieder näherte, sagte Màiri leise: »Ich spüre, dieser Mann bringt eine Veränderung in dein Leben.«

»Mag sein, er ist ja eine Art Verwandter von mir. Ob er wohl auch der Liebe wegen hier ist?«

»Das wirst du sicher erfahren.« Màiri eilte davon und war kurz darauf in der Menschenmenge verschwunden.

»An der Rückseite des Hauses dort ist eine einfache Holzbank, allerdings ohne Lehne.« Robin wies mit dem Daumen hinter sich. »Sie liegt im Schatten. Wollen wir uns dort unterhalten?«

Joan schenkte ihm ein dankbares Lächeln und folgte ihm zu dem Haus, über dessen Tür ein Schild verkündete, dass man hier den feinsten und edelsten Schmuck in ganz Schottland herstellen würde. Von dem Goldschmied hier musste auch ihr Ring stammen, fuhr es Joan durch den Kopf.

Robin und Joan ließen sich auf der Bank nieder. Sie lehnte hastig ab, sich ein Erfrischungsgetränk von ihm besorgen zu lassen, obwohl sie durstig war. Die Wirtshäuser und Getränkestände erschienen ihr ein wenig zu schmuddelig.

»Bitte erzähl mir, wie du … hier gelandet bist.«

Ein winziger Teil ihres Gehirns weigerte sich zu glauben, dass sie nicht die Einzige war, die hier aufgrund einer Zeitreise gelandet ist, so, wie sie nicht geglaubt hatte, in eine längst vergessene Vergangenheit geraten, sondern einer Truppe Verrückter in die Arme gelaufen zu sein, die eine Art Rollenspiel inszenierten.

»Wo soll ich beginnen?«

»Ich schlage vor, am Anfang.«

Robin lachte, strich sich über den Bart und sagte: »Sehr wohl, Madam.« Er starrte weiterhin in die Ferne. »Ich wurde 1945, kurz nach Kriegsende, in Glasgow geboren, als einziger Sohn eines millionenschweren Tuchfabrikanten, sozusagen mit einem goldenen Löffel im Mund. Ich besuchte Eton, dann Oxford, und mein Leben bestand zum größten Teil aus Luxuspartys, schnellen Autos und schönen Frauen.« Er warf Joan einen raschen Seitenblick zu, und als der erwartete spöttische Ausdruck auf ihrem Gesicht ausblieb, fuhr er fort: »Nun, ich bin nicht stolz auf mein früheres Leben, ich habe absolut nichts geleistet. Nach dem Tod meines Vaters verkaufte ich die Firma und lebte von meinem Vermögen in den Tag hinein.«

Joan lauschte ohne Zwischenfragen.

»Als ich zur Jagd in die Highlands aufbrach, war ich Anfang Dreißig und des Luxuslebens so überdrüssig, dass ich daran dachte, mir während einer Jagd eine Kugel durch den Kopf zu jagen.« Er hielt einen Augenblick inne. »Ich tat es nicht. Ich folgte stattdessen einem kapitalen Hirsch, den ich unbedingt erlegen wollte. Ich folgte dem Tier in einigem Abstand, und plötzlich, tief im Wald, verlor ich seine Spur. Zum Glück war ich alleine, die Flüche, die ich ausstieß, hätte jeden anständigen Menschen erröten lassen.«

Joan lachte, wollte Robin jedoch auch jetzt nicht unterbrechen.

»Ich hatte mir in den Kopf gesetzt, diesen Hirsch zu erlegen, koste es, was es wolle. Also kroch ich stundenlang durch den Wald, bis ich auf eine Höhle stieß. Den Eingang entdeckte ich nur zufällig, er lag verborgen hinter einer dornigen Hecke, doch ich zwängte mich durch den schmalen Einlass, in dem irrwitzigen Glauben, der riesige Hirsch könnte sich in dieser Höhle versteckt haben.« Er schüttelte den Kopf.

Als eine alte Frau um die Ecke kam, mit einem Wassereimer in der einen und einer Schöpfkelle in der anderen Hand und den beiden auf der Bank einen Schluck Wasser anbot, griff Joan gierig nach der gefüllten Schöpfkelle und trank in tiefen Zügen. Joans Mundhöhle war inzwischen so ausgetrocknet, dass sie kaum noch schlucken konnte und es ihr gleichgültig war, wie viele Menschen schon ihre Lippen an diese Kelle gelegt hatten.

Robin nahm ebenfalls einen Schluck und reichte der Alten ein Geldstück. Als sie wieder verschwunden war, fuhr er fort: »In der Höhle war es so dunkel, dass man die Hand nicht vor den Augen sehen konnte. Ich kroch tiefer hinein … bis heute weiß ich nicht, was mich dazu veranlasst hatte. Es war wie ein Zwang, ich fühlte mich wie magisch angezogen.«

»Wie bei mir. Aber – wie ging es weiter?«

»Was passierte, bevor ich ohnmächtig wurde, weiß ich nicht. Ich kann mich nicht daran erinnern, was geschah. Aber als ich die Augen wieder öffnete und mich benommen umschaute, erkannte ich ein kleines flackerndes Licht und daneben eine Frau, die auf dem Boden kniete und ein kleines Bündel in ein Loch legte. Danach faltete sie die Hände, murmelte ein Gebet und begann, das Loch mit Erde und Laub zu schließen. Langsam richtete ich mich auf, die Frau musste mich längst bemerkt haben – aber sie ließ sich nicht bei ihrer Arbeit stören und … irgendwie hatte ich auch nicht den Mut, sie zu unterbrechen.«

Gebannt lauschte Joan und kam sich plötzlich wieder wie ein kleines Mädchen vor, dem seine Mutter vorlas. Marion – durchfuhr es sie. Wenn es eine weitere Möglichkeit gab, in die Vergangenheit zu reisen, gab es vielleicht auch die Möglichkeit, wieder ins einundzwanzigste Jahrhundert zu gelangen!

»Sprich weiter«, bat Joan beklommen. »Wer war diese Frau?«

»Ich machte mich schließlich durch ein Räuspern bemerkbar, und endlich erhob sie sich. Sie nahm die Kerze, kroch näher zu mir heran und sagte leise etwas auf gälisch.«

»Was sagte sie?«

»Keine Ahnung, zu dieser Zeit war gälisch wie ein Buch mit sieben Siegeln für mich. Als die Frau merkte, dass ich sie nicht verstand, wechselte sie zu einem holprigen Englisch über. Sie wollte meinen Namen wissen.«

»Mehr nicht?«

»Anfangs nicht. Ich sagte, wer ich bin – gleichzeitig spürte ich, dass etwas nicht stimmte. Die Frau trug altertümliche Kleidung, der Eingang zur Höhle war breiter, als ich ihn in Erinnerung hatte. Sie erklärte mir, sie sei eine Heilerin, ziehe von Clan zu Clan und helfe den Frauen beim Gebären. Die Kinder, die tot zur Welt kämen, würde sie in Höhlen und verfallenen Gemäuern begraben, wenn die Eltern nicht für die Bestattungen sorgten. Das käme häufig vor. Auch kämen sehr viele lebensunfähige Krüppel zur Welt, von denen die abergläubischen Mütter behaupteten, es wären Wechselbälger, die Unglück ins Haus bringen würden. Sie würde diese dann ›fortschaffen‹.«

In Joan keimte ein ungeheuerlicher Verdacht, und mit fremder Stimme fragte sie: »Hat die Frau auch ihren Namen genannt?«

»Ja, sie hieß Ceana Matheson und hatte feuerrotes Haar.«

Joan unterdrückte einen Schrei, indem sie die Lippen hart aufeinanderpresste.

»Und dann konnte ich mich nicht mehr zurückhalten und fragte sie, aus welchem Jahrhundert sie eigentlich stamme. Das seien ja irre Geschichten, die sie da erzähle. Ob sie vielleicht oder ich verrückt sei. Sie sah mich eindringlich an und antwortete: Heute ist der 8. Juni 1701.«

Um Joan begann sich alles zu drehen, dann stieß sie mit letzter Kraft hervor: »Heute ist auch der 8. Juni!«

Er nickte ernst. »Und auf den Tag genau zwei Jahre nach dem 8. Juni 1701 wurde Ceana hingerichtet. Soll ich deine Schwägerin holen?«

»Nein. Bitte erzähle weiter, ich bin in Ordnung.« Sie richtete sich etwas auf und wartete, dass Robin weitersprach.

»Heute glaube ich, es war Schicksal, dass ich ausgerechnet an diesem Tag im Jahre 1701 gelandet war. Nachdem ich mich von meinem Schock erholt hatte, verriet ich der Frau, während sie meine Schürfwunde am Ellenbogen behandelte, die ich mir beim Kriechen durch die Höhle zugezogen hatte, dass ich aus dem Jahre 1976 gekommen sei, aber das schien sie nicht weiter zu erstaunen. Sie lächelte mich wissend an und fragte, ob ich Lust hätte, eine Weile mit ihr durch die Highlands zu ziehen.«

»Hattest du Lust?«, krächzte Joan aufgeregt.

Robin nickte. »Ich sagte mir: Warum nicht? Endlich passiert mal etwas in meinem bis dahin öden Leben. Ich begleitete Ceana von Clan zu Clan, sozusagen als ihr Helfer.« Er schickte einen schnellen Blick zu Joan. »Hey, es entstand keine Liebesgeschichte, falls es dich interessieren sollte.«

»Oh«, Joan hob die Hände und machte eine Unschuldsmiene. »Daran habe ich überhaupt nicht gedacht.« Aber gerade darüber hatte sie sich Gedanken gemacht.

»Wirklich nicht? Also: Ceana Matheson hatte fast alle Clans reihum aufgesucht. In der Regel kümmerte sie sich um die armen Pächterfamilien, aber hin und wieder war es auch vorgekommen, dass ein Clanoberhaupt oder dessen Familie Ceanas Hilfe benötigte« – wie es bei Ealasaid MacLaughlin der Fall gewesen war, dachte Joan für sich, und das war Ceana schließlich zum Verhängnis geworden –. »Ich zog bis zum Herbstanbruch mit ihr durch die Lande. Mir gefiel das einfache Leben, das sie und ihre Landsleute führten, von Tag zu Tag besser. Keine Hektik, niemand schaute ständig zur Uhr und war in Eile. Genau das gefiel mir. Anfangs bin ich aus Neugierde so mit ihr gezogen, aber im Herbst 1701 stand für mich fest, dass ich für immer hier bleiben wollte. Ich musste allerdings einiges noch unbedingt regeln und war nicht sicher, ob eine Zeitreise zurück von dieser Höhle aus gelingen würde.«

»Ich bin zweimal gereist«, kam es tonlos von Joan.

Er hob erstaunt die Brauen. »Bei mir klappte es auch. Ich fuhr zurück nach Glasgow, verkaufte Häuser, Jachten und Kunstgegenstände. Danach löste ich alle Konten auf, kaufte von dem größten Teil Goldbarren und legte das restliche Geld auf einem Nummernkonto in der Schweiz an.«

»Wozu das Gold?«

»Aus den Geschichtsbüchern wusste ich, dass den Highlandern harte Zeiten bevorstehen, deshalb nahm ich das Gold mit. Es ist gut versteckt an einem sicheren Ort« – er schmunzelte – »ebenso wie wenige Kleidung aus meiner früheren Zeit. Ich wusste ja nicht, ob ich sie noch einmal brauchen würde.«

»Bist du etwa danach noch einmal gereist?«

»Ja, ein Jahr später, um mich mit Medikamenten und anderen Dingen zu versorgen, die hier recht nützlich sind.« Er betrachtete Joan aufmerksam, während sie versuchte, ihre roten Locken ganz unter der Haube zu verstecken.

»Wo lebst du jetzt?«, fragte sie, weil sein Blick sie nervös machte. »Hier in Baile a'Coille?«

»Oh nein, ich mag diesen stinkenden Ort nicht besonders, ich komme nur alle paar Wochen her, um mich mit Nahrungsmitteln einzudecken, die die Natur nicht hergibt. Ich habe mir oben in den Bergen eine Kate gebaut.« Er lachte kurz, dann wurde er wieder ernst. »Nach Ceanas Tod habe ich mich auf die Suche nach ihrer Tochter gemacht, und als ich sie in einem kleinen Bergdorf bei einer entfernten Verwandten gefunden hatte, sorgte ich dafür, dass sie nach England geschafft wurde.«

Joan nickte, dann erkundigte sie sich zaghaft, ob Robin ihre Geschichte auch hören wolle. Natürlich wollte er das, und Joan gab zögernd zu, dass Ceana Matheson ihre Urahnin war.

Aus den Augenwinkeln sah sie seine Überraschung, er unterbrach sie jedoch nicht, als sie ihre ebenso unglaubliche Geschichte erzählte.

Erschöpft sank Joan zurück, als sie alles berichtet hatte. Robin schwieg eine Weile, dann musterte er sie intensiv. »Dann ist dein Schwiegervater also für Ceanas Tod verantwortlich.«

»Ja, aber dafür kann ich nichts. Ich habe mich in seinen

Sohn verliebt und nur deshalb bin ich zurückgekommen.« Beschützend legte sie erneut die Hände über den vorgewölbten Leib. »Wir bekommen bald ein Kind und ich bin sehr glücklich.«

»Wusstest du, dass Ceana auf jedem Clangebiet eine Stelle hatte, wo sie die toten Kinder begrub?« Und als Joan den Kopf schüttelte, sagte er mit ernster Miene: »Manchmal war es eine Höhle, manchmal eine Kirchenruine … auf dem Gebiet von Glenbharr war es ein alter Rundturm aus der Keltenzeit.«

Entgeistert riss Joan die Augen auf. Das mussten die Überreste des *Broch* sein, der Màiri und Mìcheal monatelang als heimliches Liebesversteck gedient hatte!

»Kurz nach Ceanas grausamem Tod brach wie von Geisterhand ein Feuer in dem noch gut erhaltenen Turm aus; seitdem steht nur noch eine Ruine. Ich hab ihn vor Jahren noch einmal besucht – vor dem Feuer war der Platz um den Turm herum nichts als eine wild wuchernde Fläche, aber seitdem wachsen dort Blumen und Farne in solch leuchtenden auffallenden Farben, wie ich sie nie zuvor gesehen habe.«

Joan biss sich auf die Lippe. Diese unbekannten Blumen in ihrem herrlichen Rot benutzte Màiri zum Färben der Wollstränge, aus denen später der MacLaughlin-Tartan entstand! Ob Màiri um das Geheimnis der Pflanzen wusste?

»Hast du eine Ahnung, wer das Feuer im *Broch* entfacht haben könnte?«

Er hob die Schultern. »Es soll niemand in der Nähe gewesen sein, zumindest kein Lebender.«

»Was meinst du damit?«

»Ich habe mich früher ein wenig mit Telepathie beschäftigt und bin fest davon überzeugt, dass die trauernden Seelen der toten Kinder im Inneren des Turms für das Feuer verantwortlich waren.«

Joan hatte nicht gemerkt, dass ein leichter Wind aufgekommen war. Robin riet ihr, das Plaid um die Schultern zu legen und half ihr dabei.

»Wie war es bei dir? Als ich zurück ins Jahr 2005 kam, waren gerade ein paar Stunden vergangen, während ich mir sicher bin, mehrere Wochen hier gewesen zu sein.«

»Dem bin ich auch noch nicht auf die Spur gekommen. Jedes Mal, wenn ich durch die Jahrhunderte gereist bin, schien die Zeit fast stehen geblieben zu sein.« Er schickte einen prüfenden Blick zum blassblauen Sommerhimmel. »Ich schätze, es hat etwas mit der Sternenkonstellation zu tun, aber ganz sicher bin ich mir nicht.«

Joan folgte seinem Blick, als könne der Himmel Aufschluss über dieses Geheimnis geben. Er holte sie zurück.

»Du liebst deinen Man wohl sehr?«

»Oh ja, er ist mein Leben, für ihn würde ich alles riskieren.« Ihr Gesicht nahm einen verträumten Ausdruck an. Wie üblich, wenn sie an Ewan dachte, wurde sie von einem ungeheurem Glücksgefühl durchströmt.

»Ich bin mir nicht sicher, ob ich dich beneiden soll«, gab Robin zurück. »Ich hatte im zwanzigsten Jahrhundert kein Glück bei den Frauen; jedes Mal stellte ich nach kurzer Zeit fest, dass sie mein Geld mehr liebten als mich – und jetzt? Ich habe mir mein Leben so eingerichtet, wie es mir am besten gefällt, eine Frau würde mich wohl eher stören.«

Sie lächelte und drehte dabei an ihrem Ring. »Bei mir war es anders. Ich war eine Karrierefrau, in deren Leben ein Mann keinen Platz hatte. Ich habe meine große Liebe hier gefunden, ohne Ewan könnte ich nicht leben.« Sie drehte ihm den Kopf zu, blinzelte kurz und fragte ihn: »Gab es einen besonderen Grund, weshalb es dir möglich war, durch die Zeit zu reisen und Ceana zu begegnen?«

»Ich habe schon lange aufgehört, mir den Kopf über diese

Frage zu zerbrechen. Nein, ich weiß nicht, wieso diese Höhle, die zweifellos für andere Menschen ungefährlich ist, mir als Zeittunnel diente.«

»Diente? Du meinst, du könntest heute nicht mehr wieder in die Zukunft reisen?«

Ratlos hob er die Schultern. »Ich weiß nicht, seit dem letzten Mal habe ich es nicht mehr versucht, und ich habe nicht vor, es noch einmal auszuprobieren. Einmal hatte ich mit Ceana darüber gesprochen. Sie war eine weise Frau und lächelte mich geheimnisvoll an, als sie sagte, dass das ganze Leben, vom Tag der Geburt an, vorbestimmt ist und man seinem Schicksal nicht entfliehen könne.«

»Dann muss dich wie mich ihr Geist angelockt haben. Ceana muss geahnt haben, dass du ihr eine Hilfe bei der Arbeit in den Clans sein könntest. Warst du in der Nähe, als Ewans Bruder geboren wurde?«

»Nein, ich hielt mich in unserem Lager im Wald auf, vertrieb mir die Zeit mit Jagen und dem Erkunden der Umgebung. Als Ceana zurückkam, erzählte sie mir weinend, dass sie wieder einem toten, verkrüppelten Kind auf die Welt geholfen hatte. Sie war immer sehr unglücklich, wenn sie nicht helfen konnte; es kam auch oft genug vor, dass nicht nur die Kinder, sondern auch die Mütter starben.« Er machte eine kurze Pause und seine Miene nahm einen bedrückten Ausdruck an. »Wir zogen am nächsten Tag weiter, rüber zum Clan MacGannor. Ceana spürte jedoch bereits, dass ihre Tage gezählt waren und wurde immer unruhiger. Ich bin davon überzeugt, dass sie seherische Fähigkeiten besaß, jedoch niemandem etwas davon sagte. Man hielt solche Frauen für Hexen und sie wurden hingerichtet.«

Joan sog scharf die Luft ein und stellte die alles entscheidende Frage: »Hältst du es für möglich, dass auch ich in dieser Höhle durch die Zeit reisen könnte?«

»Warum willst du das wissen?«, fragte er argwöhnisch. »Gerade noch hast du mir erzählt, wie glücklich du hier bist.«

»Ja, aber würde es gehen?« Sie blieb hartnäckig. »Ich muss es wissen, es ist sehr wichtig für mich.«

Einige Minuten sprach Robin gar nicht, er starrte mit gerunzelter Stirn auf seine staubigen Schuhspitzen und fuhr sich dabei unablässig durch den grauen Bart. »Theoretisch wäre es möglich, denn in deinen Adern fließt ein Teil von Ceanas Blut. Aber –« Er machte eine bedeutungsvolle Pause, »– du weißt, niemand kann dir versichern, ob du dort landen würdest, wo du hin möchtest, dieses Risiko birgt jede Zeitreise. Sag mir, warum du zurück willst.«

»Meine Mutter.« Joan schluckte. »Ich spüre, dass sie in Not ist und will nachsehen, ob es ihr gut geht. Ich möchte natürlich unbedingt wieder hierher, hier ist jetzt meine Zeit und meine Heimat – aber dieses ohnmächtige Gefühl, dass meine Mutter Hilfe braucht, macht mich unglücklich.«

Robin schüttelte den Kopf. »Ich hoffe, dass du die Reise nicht in deinem jetzigen Zustand machen willst. Du würdest nicht nur das Leben deines Kindes gefährden, sondern auch dein eigenes.«

»Aber ich muss wissen, was mit meiner Mutter ist. Ich spüre, dass es zu spät werden könnte.«

Er machte eine abwehrende Handbewegung. »Unmöglich! Das ist viel zu riskant. Kannst du dich nicht mehr an die Schmerzen im ganzen Körper erinnern, als du in der anderen Zeit erwacht bist? Willst du tatsächlich das Leben deines Kindes aufs Spiel setzen, für die bloße Vermutung, dass deine Mutter im einundzwanzigsten Jahrhundert Hilfe braucht?«

»Nein, natürlich nicht.« Beschämt senkte Joan den Kopf.

»Seonag, da bist du ja!« Màiri kam mit hochrotem Gesicht um die Hausecke gestürmt. »Ich habe den ganzen Markt nach dir abgesucht und geriet in Panik, als ich dich nicht fand.«

»Verzeih.« Joan erhob sich mühsam. »Robin meinte, hier sei es bequemer als unter dem Baum.«

Auch Robin stand auf. »Es tut mir leid, es war meine schuld.«

»Jetzt ist ja alles gut.« Màiri schickte einen unsicheren Blick zu Joan. »Es ist doch alles in Ordnung, oder?«

Joan nickte lächelnd, dann wandte sie sich Robin zu. »Ich muss jetzt gehen. Bleibst du länger in dieser Gegend?«

»Allerdings, ich habe diesmal vor, noch einige Zeit bei Freunden in der Nähe zu verbringen.«

Ihre Augen leuchteten kurz auf. »Könnten wir uns noch einmal treffen?«

Er zögerte kurz und sah sie streng an. »Mit dem größten Vergnügen, aber mach dir keine Hoffnung. Du weißt, was ich meine.«

»Wir werden sehen.«

Joan ließ sich von Màiri zum Fuhrwerk ziehen, das mit ihren Einkäufen beladen war.

»Hast du alles bekommen?«, fragte sie beiläufig, während sie umständlich auf den Kutschbock kletterte. »Ich habe ein schlechtes Gewissen, weil ich dir nicht geholfen habe.«

Màiri, die bereits oben saß, reichte Joan hilfreich die Hand. »Brauchst du nicht zu haben, ich habe das ganz gut alleine geschafft, doch ich musste ständig an diesen Mann denken. Er ist mir unheimlich.« Sie nahm die Zügel auf, und sowie es sich Joan bequem gemacht hatte, setzte sich das Pferd in Bewegung.

»Wieso? Weil er aus der Zukunft kommt?«

»Ich bin mir nicht sicher.« Màiri lenkte das Fuhrwerk geschickt an den Menschentrauben vorbei. »Das beklemmende Gefühl, dass dieser Mr Lamont dein Leben beeinflussen könnte, wird immer stärker. Du willst ihn ja wohl auch wieder treffen, aye?«

Einige Sekunden zögerte Joan mit der Antwort, dann entschloss sie sich, Màiri reinen Wein einzuschenken. »Ja, denn ich muss alles erfahren über die Höhle, über die er durch die Zeit gereist ist.«

Ohne erst den Versuch zu machen, ahnungslos zu erscheinen, fragte Màiri zaghaft: »Du willst zurück?«

»Nicht für immer, nur …« Sie schrak zusammen, als das Fuhrwerk unvermittelt stehen blieb; Màiris Blick war unendlich betrübt. »Oh nein, ich habe nicht vor, dort zu bleiben, mein Leben ist hier bei Ewan und bei euch.«

»Wenn es so ist – warum willst du dann fort?«

Joan machte eine unsichere Handbewegung. »Es geht um meine Mutter, ich spüre, dass sie vor unlösbaren Problemen steht, ich muss ihr helfen.«

Màiris Gesicht war ein einziges Fragezeichen. »Aber wie ist das möglich? Deine Mutter lebt doch noch gar nicht.«

»Ich habe nicht die geringste Ahnung, aber mein Gefühl ist da und wird immer stärker. Hier drinnen spüre ich, dass Mom in allergrößter Not ist.« Joan presste ihre Hand auf die linke Brustseite. »Bitte versprich mir, dass du Ewan nichts von Robin erzählst und natürlich auch nichts von meinem Vorhaben. Er würde mir diese Reise niemals erlauben.«

»Womit er recht hätte«, entgegnete ihre Schwägerin tadelnd und nahm die Zügel wieder auf. »Es ist Wahnsinn, in deinem Zustand durch die Zeit zu reisen, als wäre es ein Tagesausflug nach Inverness.«

Plötzlich fühlte sich Joan unbeschreiblich müde. Sie schloss die brennenden Augen und murmelte: »Dasselbe sagte mir Robin auch.«

»Ich flehe dich an, tu es nicht.« Màiris Stimme klang weinerlich. »Vielleicht geht es schief – und was ist mit eurem Kind? Wird es das überleben?«

13. Kapitel

»Ist es eine gute Idee, Milford Ausgang zu gewähren?« Lord Addingsworths Miene drückte Missbilligung aus. »Er wird nur wieder Unruhe stiften.«

Major John Clayton machte eine wegwerfende Handbewegung. »Was kann er schon anrichten, wenn er seine karge freie Zeit in Kingussie verbringt? Das Schlimmste, was passieren kann, ist, dass er seinen Sold für Whisky und Huren ausgibt.«

»Ich trau ihm nicht, er ist ein Haudegen.«

»Aber er ist ein guter Soldat, mein lieber William«, widersprach der Major. »Und ich kann ihn nicht wie einen Gefangenen in der Kaserne halten – schließlich ist er kein einfacher Rekrut.«

Die beiden Männer saßen sich mit ernsten Mienen in Claytons Arbeitszimmer gegenüber. Annähernd vier Monate waren inzwischen seit dem Überfall auf Glenda MacLaughlin vergangen, und allmählich begann Gras über die Sache zu wachsen – glaubte Clayton zumindest.

Doch Lord Addingworth blieb misstrauisch; auch in Ruthven hatte es sich inzwischen herumgesprochen, dass das Opfer Laird Dòmhnalls Nichte gewesen war. »Ich mache mir Sorgen um den Hauptmann, denn ich könnte schwören, dass die MacLaughlins auf Rache sinnen.«

»Bisher gab es keine öffentliche Anschuldigung des Clanoberhauptes. Und wo kein Kläger ist, gibt es auch keinen Angeklagten.« Ganz zufrieden war der Major mit seiner Theorie freilich nicht, doch man konnte sich einreden, Glenda habe gelogen. Hätte sonst ihr Onkel den Hauptmann nicht längst angezeigt?

»Ich traue diesen Highlandern nicht«, unterstrich Addingworth seine Bedenken. »Womöglich warten sie nur darauf, Milford alleine zu erwischen, um ihm eine tödliche Lektion zu erteilen. Ich wäre dafür, ihn auf dem schnellsten Wege nach England zurückzuschicken – zu seiner eigenen Sicherheit.«

Clayton schien das übertrieben. »Du siehst zu schwarz, William. Ich versichere dir, dass Milford hier nicht in Gefahr ist, und ihm die Strafversetzung eine Lehre gewesen ist. Ich werde ihn auch nie wieder nach Fort George versetzen, die Garnison liegt zu dicht am Gebiet von Glenbharr – man muss das Schicksal ja nicht unnötig herausfordern.«

»Glaubst du wirklich, dieses Mädchen war ihm nur allzu gerne willig?« Der Lord schürzte die Lippen. »Diese Hochlandschottinnen besitzen ja … wie soll ich sagen … einen animalischen Geschlechtstrieb.« Er machte eine leicht angewiderte Miene.

Clayton verkniff sich ein Schmunzeln. Sprach William vielleicht aus eigener Erfahrung? Der eingefleischte Junggeselle war dafür bekannt, dass er sich aus Frauen nicht allzu viel machte und bei gelegentlichen Festlichkeiten nur widerstrebend die Pflichttänze mit den Gattinnen anderer Offiziere absolvierte.

»Wie dem auch sei«, der Major strich sich mit einem unterdrückten Laut über die Magengegend; der Schweinebraten, den er zum Abendessen zu sich genommen hatte, war wohl doch etwas zu fett gewesen. »Man kann davon ausgehen, dass das Mädchen nicht ganz unschuldig an der Geschichte war, sonst hätte es längst ein Nachspiel gegeben.«

Durch die Ritzen der wegen der abendlichen Kühle geschlossenen Fenster zog es durch einen plötzlichen Windstoß so stark, dass die Kerzen in ihrem Kandelaber unruhig flackerten.

»Wie ich diese verdammten Highlands hasse!«, stieß Lord Addingworth wütend hervor. »Die raue Landschaft, das schlechte Wetter und die zotteligen Wilden da oben – manchmal frage ich mich, weshalb ausgerechnet ich das Pech haben musste, nach Ruthven versetzt zu werden.«

Major Clayton lachte. »Das weißt du so gut wie ich, alter Freund. General Wade will nur die fähigsten Männer in seinem Regiment; Männer mit Kriegserfahrung und dem Gespür für die richtige Strategie. Also, sieh es als Auszeichnung an, in dieser gottverlassenen Einöde deinen Dienst versehen zu dürfen.«

Der Lord schnaubte, widersprach jedoch nicht, sondern blickte pikiert in das Kerzenlicht, das sich allmählich wieder beruhigte.

Robin Lamont hatte sein Versprechen gehalten und war bei ein paar befreundeten Schotten geblieben; durch Màiri ließ Joan ihm ausrichten, dass sie ihn am *Broch* treffen und mit ihm sprechen wolle, in der Hoffnung, dass es eine andere Möglichkeit als eine Zeitreise gab, um mit ihrer Mutter Kontakt aufzunehmen. Màiri hatte sie schließlich überzeugen können, dass die Vernunft ganz und gar gegen eine Zeitreise sprach.

»Er wird morgen Nachmittag dort sein«, sagte Màiri, die trotz Joans Einsicht noch immer Angst hatte, dass Joan doch und für immer in die Zukunft reisen würde. Gerne tat sie Joan nicht den Gefallen, sie zu begleiten – offiziell wollten sie nach Blumen und Farnen zum Färben Ausschau halten. »Wenn Ewan davon erfährt, wird er außer sich vor Wut sein.«

Joans Gesicht verzog sich schmerzlich. Sie hatte sich geschworen, niemals Geheimnisse vor ihrem Mann zu haben; jetzt waren sie noch kein halbes Jahr verheiratet und sie hatte ihren Schwur bereits schwerwiegend gebrochen.

»Ich werde ihm später davon erzählen«, versprach sie Màiri, sich selbst beruhigend, und umarmte sie.

Màiris angespannte Gesichtszüge glätteten sich ein wenig. »Gut, ich vertraue dir, Seonag. Doch wenn ich merke, dass du an deinem alten Plan festhältst, werde ich nicht zögern, Ewan alles zu sagen. Ich kann mich noch gut an seinen Gesichtsausdruck erinnern, als du damals plötzlich verschwunden warst und er annehmen musste, dass er dich nie wiedersehen würde.«

Beschämt senkte Joan den Blick, sie mutete Ewans Schwester allerhand zu – und doch brauchte sie Màiris Hilfe, denn alleine durfte sie die Burg nicht verlassen.

»Vorsicht, da ist er«, raunte Màiri ihr zu, griff sich den Korb mit dem Nähzeug und gab vor, in Eile zu sein.

»Du bist schon zurück?«, fragte Joan und hätte sich für ihre dümmliche Frage am liebsten auf die Zunge gebissen. Doch Ewan schien ihre Zerstreutheit nicht zu bemerken, er eilte auf sie zu und umfasste ihre Taille. »Davon habe ich geträumt, seitdem ich heute Morgen gegangen bin«, sagte er nach einem Kuss aus einer Mischung von Zärtlichkeit und Leidenschaft. »Ich sehne mich in jeder Sekunde des Tages nach dir, *mo ghràidh*.«

Sie lehnte sich an ihn und sog tief seinen männlichen Geruch ein; seine Nähe bewirkte, dass sie ruhiger wurde.

»Ich wünschte, du wärst den ganzen Tag bei mir«, hauchte sie, und es entsprach der Wahrheit.

Ein feuriger Glanz trat in Ewans hellblaue Augen, wie immer, wenn es ihm nicht genügte, seine junge Frau nur zu küssen. Er neigte sich flüsternd dicht an ihr Ohr: »Ich werde dich jetzt für die lange Wartezeit entschädigen, *mo nighean mhaiseach*.«

Bevor Joan etwas erwidern konnte, fühlte sie sich in die Höhe gehoben, und während Ewan sie die Treppe hinauf ins Schlafgemach trug, kreischte sie lachend.

Mit verkniffenen Gesichtszügen, die ihr Gesicht entstellten, trat Anna aus einer dunklen Nische im Küchentrakt. Sie hatte Ogur geholfen, ein paar Hühner für das Abendessen zu rupfen, hatte gesehen, dass Ewan zurückkam und unbemerkt aus ihrem Versteck beobachtet, wie Ewan seine Frau begrüßte.

Die Heirat Ewans hatte Anna zähneknirschend hinnehmen müssen. Die ganze Zeit danach hatte sie nicht aufgehört zu hoffen, dass Ewan sich schnell mit dieser schrecklichen Engländerin langweilen und in Annas Armen Zerstreuung suchen würde.

Nein – sie würde sich nicht damit abfinden, abgewiesen zu werden von ihm. Er hatte nur noch Augen für diese Person, und nun, da sie zu allem Übel auch noch schwanger von ihm war, schien er Anna überhaupt nicht mehr wahrzunehmen. Die Liebe zu dieser Frau machte ihn völlig blind. Der Teufel sollte die Person holen!

Ja – wenn sie verschwinden würde, wenn es sie einfach nicht mehr geben würde, wenn sie zum Beispiel bei der Geburt … Bei diesem Gedanken hellte sich Annas Gesicht wieder auf. Das war eine Hoffnung. Eine Hoffnung – aber konnte man sich darauf verlassen? Besser wäre vielleicht ein Unfall, bei dem Anna ein wenig nachhalf, natürlich so, dass kein Verdacht auf sie fiel.

Leichten Fußes eilte Anna durch die Halle. Sie sah sich schon dabei, den gramgebeugten Witwer zu trösten, ihm ihr Mitgefühl zu schenken. Nach Ablauf des Trauerjahres würde er um ihre Hand anhalten und alles wäre gut.

Gedämpfter Hufschlag kündigte Robin Lamonts Kommen an. Joan horchte auf. Er trug an diesem Tag einen schwarzen Dreispitz wie die Lowlander. Dass er in Jeans aufgewachsen war, in einer Zeit, in der die Beatles und die Rolling Stones und der erste Raumflug zum Mond gefeiert wurden, sah man ihm nicht an. Aber auch Joan war ja ihre Herkunft nicht anzumerken, sah man davon ab, dass sie hin und wieder Worte benutzte, die ungebräuchlich waren.

»Warum gehst du nicht ins Innere des Turms und setzt dich in den Schatten?«, erkundigte sich Robin bei Joan, nachdem er der im Blumenfeld kauernden Màiri zur Begrüßung gewunken hatte. »In deinem Zustand solltest du nicht zu viel Sonne tanken.«

Sie warf einen raschen Blick hinter sich zur Ruine, deren Steine noch immer vom Feuer geschwärzt waren, und schüttelte heftig den Kopf. Seitdem Robin ihr vom Geheimnis des *Brochs* erzählt hatte, brachten sie keine zehn Pferde mehr dazu hineinzugehen.

Doch Robin lachte nur, nahm sie am Arm und führte die widerstrebende Joan durch die Reste der einstigen Tür. »Du musst keine Angst haben, die Seelen der toten Kinder werden dir nichts tun. Es ist nur eine harmlose verfallene Ruine, siehst du?«

»Mir ist nicht wohl bei dem Gedanken, dass …« Suchend richtete Joan den Blick auf den mit Unkraut bewachsenen Erdboden und war darauf vorbereitet, dass sich im nächsten Moment die Erde öffnen und sich ihr unzählige winzige Hände entgegenstrecken würden.

»Deine Furcht ist unbegründet«, versicherte ihr Robin. »Ceana hat die toten Babys dort hinten begraben, wo die Erde nicht so festgestampft war. Wie du sehen kannst, liegt diese Stelle mittlerweile unter Trümmern.«

Das beruhigte Joan zwar nicht sonderlich, dennoch ließ sie sich schließlich auf dem Boden nieder. »Hast du dir Gedanken gemacht, wie du mir helfen kannst? Inzwischen ist mir klar, dass eine weitere Zeitreise für mich nicht infrage kommt.«

»Ich bin froh, dass du vernünftig geworden bist.« Robin

setzte sich ebenfalls, zog seinen Hut vom Kopf und wischte sich mit dem Handrücken den Schweiß von der Stirn. »Wenn du dich anders entschieden hättest, wäre ich gezwungen, deinen Mann zu informieren, wenn nicht sogar Màiri dies übernehmen würde.«

»Das würdest du nicht tun!«, rief Joan empört, doch ein Blick auf Robins entschlossene Miene sagte ihr das Gegenteil. Sie räusperte sich. »Ist dir eine andere Möglichkeit eingefallen, mit meiner Mutter Kontakt aufzunehmen?«

Er machte eine vage Handbewegung. »Ob es eine Möglichkeit ist, müssen wir sehen – immerhin ist es den Versuch wert …«

Joan starrte ihn erwartungsvoll an.

»Besitzt du einen persönlichen Gegenstand deiner Urahne Ceana Matheson? Ich habe leider nichts als meine Erinnerung an sie.« Seine Stimme klang bedauernd.

Im ersten Impuls wollte Joan verneinen, doch dann erinnerte sie sich an das Amulett, das sie neben Ceanas Gebeinen in der Grube und dann bei ihrer Großmutter Fiona gefunden hatte.

Robins Augen leuchteten auf.

»Sie trug es ständig um den Hals und behauptete, dass es ihr Glück bringen würde … was sich am Ende ihres kurzen Lebens allerdings als ein Irrtum herausstellte«, erklärte Joan.

Joan hatte das Schmuckstück zunächst in ihrem Mieder versteckt, doch seitdem sie in der Burg lebte, war es ihr zu riskant, das Amulett ständig am Körper zu tragen. Ewan hätte irgendwann Fragen gestellt, auf die Joan keine befriedigende Antwort gewusst hätte. Schließlich konnte sie selbst nicht sagen, weshalb sie es mitgenommen hatte und immer bei sich trug.

»Wo bewahrst du es auf?«, riss Robins Stimme Joan aus ihren Gedanken, und als sie wahrheitsgemäß antwortete, dass sie es in einer Kommode zwischen ihrer Unterwäsche versteckt hatte, fuhr Robin zufrieden fort: »Ich schlage dir ein Experiment vor.«

Joan nickte wortlos, ihr Blick hing an Robins Lippen.

»Ich sagte dir schon, dass ich mich intensiv mit Telepathie beschäftigt habe ... es müsste möglich sein, mithilfe des Amuletts Kontakt zu deiner Mutter aufzunehmen.«

Verwirrt blinzelte Joan. »Wie soll das möglich sein? Meine Mutter lebt doch noch gar nicht.«

»Wie war es möglich, dass du Ceanas Stimme hörtest, obwohl sie längst tot war?«, beantwortete er ihre Frage mit einer Gegenfrage. »Wenn das Experiment gelingt, kann deine Mutter deine Stimme hören, zumindest in ihrem Kopf. Denn auch Ceanas Stimme hast du nur im Kopf gehört – ob es im Traum war oder während deines tranceartigen Ganges zu ihrem Grab.«

Darüber wollte sich Joan später Gedanken machen. Das Wichtigste war, dass es vielleicht einen Weg gab, Kontakt zu ihrer Mutter zu bekommen »Was wird meine Mutter denken, wenn sie meine Stimme hört?«

»Das kann ich dir nicht sagen. Vermutlich glaubt sie an eine Stimme aus dem Jenseits, womit sie dann ja sogar recht hätte. Du bist für sie schon lange tot.«

Unvermittelt kroch eine Gänsehaut über Joans nackte Arme. »Okay, was soll ich tun?«

»Ich schlage vor, du begibst dich um Mitternacht ins Innere dieses Turmes, umklammerst das Amulett fest und konzentrierst dich ganz und gar auf deine Mutter, fängst einen Dialog mit ihr an.«

Entsetzt riss Joan ihre grünen Augen weit auf. »Hier drinnen, und dann auch noch mitten in der Nacht? Ausgeschlossen!«

»Aber hier könnte sich Ceanas Geist noch immer befinden, oder die Seelen der toten Kinder, sie wären das ideale Medium.«

Nachdenklich schaute sich Joan um. Doch dann besann sie sich, sie hatte schon Furchteinflößenderes erlebt, zum Beispiel, als sie eine Nacht in der Grube verbracht hatte, ohne zu ahnen, dass sie neben den sterblichen Überresten ihrer Vorfahrin gelegen hatte.

»Gut«, sagte Joan. »Aber hast du eine Idee, wie ich Ewan erkläre, was ich um Mitternacht außerhalb der Burg zu suchen habe? Ich kann ihm unmöglich sagen, was ich vorhabe.«

Màiri kam zögernd von draußen und sah unschlüssig zu den beiden auf dem Boden kauernden Gestalten. In knappen Zügen informierte Joan sie, doch auch Màiri zweifelte am Gelingen des Experiments und daran, dass es möglich war, unerkannt die Burg zu verlassen.

Robin versprach, weiterhin in der Gegend zu bleiben, und dass Joan mit seiner Unterstützung rechnen könne, wenn sie zu einem Entschluss gekommen sei.

Erst als die Mauern von Glenbharr Castle durch das Laubwerk sichtbar wurden, beendete Màiri das Schweigen während ihres Heimrittes: »Glaubst du, dass das gelingen kann?«

»Wenn ich ehrlich sein soll – ich bin mir nicht sicher, ob es klappt.«

Màiri seufzte tief. »Vielleicht wirst du es nie herausfinden, weil es dir schon nicht gelingt, dich über Nacht aus der Burg zu stehlen.«

»Vielleicht kommt mir ja das Schicksal zu Hilfe. Aber sieh mal hier: Ewans und Vaters Pferde sind gesattelt. Wo wollen sie denn um diese Zeit noch hin?«

Schulterzuckend erwiderte Màiri: »Es wäre das erste Mal nach Mutters Tod, dass Vater die Burg verlässt.«

Ewan trat aus dem Stall, und als er Joan sah, eilte er auf sie zu und half ihr vom Pferd. »Wie schön, dass ich mich noch von dir verabschieden kann.«

Joan und Màiri wechselten einen verwirrten Blick.

»Wieso verabschieden?« Die Angst schnürte ihr sofort wieder die Luft ab. Ohne es zu merken, hatten sich ihre Hände in Ewans Plaid gekrallt.

Er spürte ihre Furcht, küsste und tröstete sie: »Ich werde in einigen Tagen zurück sein, Vater und ich müssen nach Fort George reiten, *mo ghràidh.* Vater und ich wollen etwas von den Rotjacken. Man hat einen unserer Männer in Haft genommen.«

»Wen und warum?«, fragte Màiri, die inzwischen auch vom Pferd gestiegen war.

Ewan machte eine vage Handbewegung. »Hamish Munro, einer von den Pächtern; angeblich soll er eine Patrouille beleidigt haben.«

»Das ist doch bloß wieder eine Schikane«, bemerkte Joan verbittert.

»Nun, aye«, Ewan rieb sich nachdenklich über das Kinn. »Wenn man seiner Frau Glauben schenken kann, kam eine Patrouille des Weges, als er dabei war, sein Feld zu bestellen. Die Rotjacken riefen ihm zu, er solle aufpassen, dass bei dem Wind sein edelstes Teil keinen Schnupfen bekomme.«

»Ewan!«, rief Màiri empört.

»Warum? Seonag hat mich doch gefragt.«

Joan musste schmunzeln. Immer wieder ließen solche Sprüche Màiri vor Verlegenheit erröten.

»Sei nicht so zimperlich, Màiri«, beruhigte er sie. Und Ewan grinste, als er fortfuhr: »Daraufhin soll der Mann sich umgedreht, den *breacan feile* gehoben und den Rotjacken seinen nackten Hintern gezeigt haben. Dabei soll er ›*Pòg mo thòn*‹[1] gerufen haben.«

---

1 Leck mich am Arsch

Vor Lachen hielt sich Joan eine Hand an den Mund, während ihre Schwägerin den Blick senkte; allerdings zuckten auch ihre Mundwinkel verdächtig.

»Und nun hat man ihn in Fort George in Haft genommen?«, erkundigte sich Joan, nachdem der Lachreiz nachgelassen hatte. »Glaubst du, es erwartet ihn eine harte Strafe?«

Ewan hob die Schultern. »Er könnte wegen Beleidigung eines königlichen Soldaten vor ein Gericht gestellt und verurteilt werden, aber Vater hofft, mit Colonel Porter unter vier Augen reden zu können. Die beiden hatten in der Vergangenheit noch keine Differenzen.«

»Vielleicht kann er dabei sogar Glendas Entehrung zur Sprache bringen«, schlug Màiri vor. »Dann würde sich der lange Ritt zur Garnison wenigstens lohnen.«

»Man wird sehen. Ich bin ganz froh, dass Vater zur Eile drängt; es wird ihm guttun, nach der langen Zeit wieder Anteil am Leben zu nehmen.« Ewan zog seine Frau noch einmal an sich und küsste sie, ohne sich stören zu lassen, als unvermittelt sein Vater auftauchte.

»Schluss jetzt, ihr Turteltauben!«, befahl er, doch seine Stimme klang nicht grimmig, sondern eher nachsichtig.

Er schwang sich auf sein Pferd. »Beeilung, Ewan *mac*. Ich möchte noch vor Sonnenuntergang im Fort sein.«

Nur widerstrebend löste sich das Paar, doch nach einer weiteren Ermahnung stieg Ewan auf seinen Wallach, ließ Joan dabei aber nicht aus den Augen.

Sie blickte ihm nach, bis er durch das Burgtor geritten und aus ihrem Blickfeld verschwunden war.

»Sei nicht unglücklich«, sagte Màiri mit weicher Stimme. »Mìcheal und ich sind auch oft getrennt – das Wiedersehen tröstet dich dafür.«

Joan seufzte. Noch immer standen die beiden Frauen inmitten des Burghofes, während die Stallburschen und Mägde sich längst wieder ihren Aufgaben zugewandt hatten.

»Lass uns hineingehen, hier könnte uns jemand hören. Ich sag dir, wie du die Zeit nützen kannst, in der Ewan nicht hier ist. Dass es dir nicht selbst einfällt?«

»Ich denke, Vater und Ewan werden einige Tage fortbleiben, das gibt dir die Gelegenheit, auf den Vorschlag von Mr Lamont einzugehen«, kam Màiri in Joans Kammer zur Sache.

»Natürlich – du hast recht, aber wie komme ich nachts an der Wache neben dem Burgtor hindurch?«

Nachdenklich kaute Màiri minutenlang auf ihrer Unterlippe, dann begann sie plötzlich über das ganze Gesicht zu strahlen. »Ich glaube, ich weiß es.« Sie setzte sich neben Joan, die auf der Bettkante Platz genommen hatte. »Wenn ich einige Tage bei den Pächterfamilien bin, denen ich Unterricht gebe oder ein krankes Mitglied der Familie pflege, begleitest du mich für ein paar Tage ins Glen Dillon. Erinnere dich an Sinans Tante im Nebenhaus, die ein offenes Bein hat, sie muss jeden Tag gepflegt und verbunden werden. Wir könnten Mr Lamont bitten, sich in der Nähe aufzuhalten, damit er dich um Mitternacht zum *Broch* begleitet. Alleine zu reiten ist zu gefährlich, es lungern genug Plünderer des Nachts in den Wäldern herum.«

Spontan umarmte Joan Màiri. Es war das perfekte Alibi, und niemand auf Glenbharr Castle würde etwas Außergewöhnliches vermuten.

»Das ist genial! Lass uns morgen aufbrechen. Wie weit ist es vom Glen Dillon bis zum Rundturm?«

»Näher als von der Burg zum *Broch*, ungefähr ein Ritt von einer halben Stunde.«

Eiligst hatte Màiri am nächsten Morgen Robin Lamont eine Nachricht zukommen lassen, bevor sie mit Joan ins Glen Dillon aufbrach. Darla, das einzige noch anwesende Familienmitglied in der Burg, wurde nicht argwöhnisch, dass Schwester und Schwägerin ausgerechnet für einige Tage ins Glen wollten, während der Laird und Ewan nicht anwesend waren – im Gegenteil. Es war mehr als natürlich, dass Joan die Zeit für ihre Pflichten nutzen wollte, in der ihr Mann auch nicht da war.

»Was willst du tun, wenn sich eine Verbindung zu deiner Mutter nicht herstellen lässt?«, fragte Màiri auf dem Weg ins Glen. »Bitte verwirf auf jeden Fall den Plan einer weiteren Zeitreise.«

»Ich weiß noch nicht, was ich dann tun werde«, gab Joan einsilbig zurück. In der Nacht hatte sie einen schrecklichen Albtraum gehabt, in der sie von einem Erdloch verschlungen wurde und dann erstickt war. »Egal was geschieht, ich werde nicht noch einmal das Risiko einer Zeitreise auf mich nehmen – nicht in meinem Zustand.«

Màiri lag die Frage auf der Zunge, ob Joan wohl nach der Geburt des Kindes die Reise antreten würde? Doch sie stellte die Frage aus Angst vor der Antwort nicht.

Die Grants zeigten sich erfreut, dass sie nun täglich Unterricht bekommen sollten und boten den beiden Frauen als Schlafstatt die Kate von Sinans kranker Tante an, die kurzerhand bei einer Familie untergebracht wurde, die nicht ganz so sehr unter Platzmangel litt wie die Grants.

Mittlerweile konnte nicht nur Sinan einfache Wörter lesen und schreiben, sondern auch ihre Kinder. Sogar Dougal schien Spaß am Lernen bekommen zu haben, obwohl er das natürlich nicht zugab und nach wie vor eine mürrisch-lässige Miene aufsetzte, sobald Màiri und ihre Schwägerin auftauchten.

Sinans Tante, die alte Mrs Byrns, nahm dankbar Màiris Hände, als diese sich mit einem warmen Lächeln über sie beugte.

»Ich fühle mich geehrt, dass Ihr mein bescheidenes Heim als Herberge ausgewählt habt«, sagte sie, und dabei glänzten ihre alten trüben Augen voller Stolz. Sie war schon lange verwitwet, ihr Mann war bei Sheriffsmuir gefallen, und ihr Hass gegen die Engländer war nicht geringer mit den Jahren geworden.

Anfangs war sie Joan mit unverhohlener Skepsis begegnet, doch als sie gemerkt hatte, dass Dòmhnalls Schwiegertochter nichts mit den *Sasannach* zu tun hatte, die in ihren auffälligen roten Uniformjacken das Volk in Angst und Schrecken versetzten, hatte sie Ewan MacLaughlins Frau ebenso ins Herz geschlossen.

14. Kapitel

Robin wartete hinter einer der Hügelkuppen, die vom Tal aus nicht eingesehen werden konnten. Eine Stunde vor Mitternacht hatte sich Joan erst getraut, die Kate zu verlassen; begleitet von Màiris geflüsterten Ratschlägen.

»Ich werde kein Auge zutun, bis du wieder hier bist«, bekannte sie. »Was ist, wenn du versehentlich wieder in die Zukunft versetzt wirst?«

»Robin meint, das sei unmöglich, und ich will es ihm glauben. Wäre es so, würde er dieses eigenartige Experiment nicht vorgeschlagen haben, hat er mir versichert.«

Màiri verzog das Gesicht. »Mr Lamont ist kein Gelehrter, Seonag. Niemand kann wissen, was passiert.«

»Ich vertraue ihm.« Joan umarmte ihre Schwägerin, bevor sie sich in ihr Schultertuch hüllte und die Kate leise verließ. Um keinen unnötigen Lärm zu machen, führte Joan ihr Pferd am Zügel, bis das letzte Haus von Glen Dillon hinter ihr lag.

Der Mond wies ihr den Weg den Hügel hinauf. Ihr Herz schlug heftig, und mit schlechtem Gewissen nahm sie sich vor, Ewan nach dem Experiment Bescheid zu sagen – egal, wie es ausging.

»Wir müssen uns beeilen, damit wir noch vor Mitternacht am *Broch* sind«, mahnte Robin, als Joan bei ihm ankam.

Sie nickte wortlos, und eine Weile ritten sie schweigend nebeneinander. Im hellen Mondlicht wirkte die stille hügelige Landschaft gespenstisch, und als Robin unvermittelt sagte, diese Nacht sei ideal, um Verbindung in die Zukunft aufzunehmen, stellte Joan ihm eine Frage, die ihr schon lange auf der Seele brannte.

»Hast du dir nie Gedanken darüber gemacht, weshalb du hier bist? Du bist kein Nachfahre Ceana Mathesons.«

Er lachte leise. »Mehr als einmal habe ich mir darüber den Kopf zerbrochen, aber ich bin nicht hinter das Geheimnis gekommen. Ich vermute, dass Ceana nach einem Helfer gesucht hat und in mir – dem Taugenichts aus dem einundzwanzigsten Jahrhundert – einen passenden Partner gefunden zu haben meinte. In meiner Zeit habe ich nichts geleistet, aber hier konnte ich wieder gutmachen, was ich früher versäumt habe … nämlich anstatt ein ausschweifendes Leben zu führen, mich auf die wahren Werte des Daseins zu konzentrieren.« Er hielt sein Pferd an. »Wir sind da, das letzte Stück solltest du zu Fuß gehen.«

Verwirrt starrte sie ihn an. »Willst du nicht mit mir kommen?«

»Nein, ich warte mit den Pferden hier. Meine Anwesenheit könnte sich als störend erweisen.«

Argwöhnisch blickte Joan zu dem Hügel, auf dem die Ruine des Rundturmes stand; im Schein des Mondes wirkte sie wie ein anklagendes Monument.

»Geh hinein, umfasse das Amulett und konzentriere dich auf deine Mutter«, wiederholte Robin, als sich Joan mit gerafften Röcken in Bewegung setzte. »Es ist gleich Mitternacht, und somit stehen die Chancen gut, Kontakt aufzunehmen.«

Stumm nickte Joan, und während sie die Anhöhe erklomm, ließ sie den Turm nicht aus den Augen. Gespenstisch ragte er in den mondhellen Himmel, und kurz vor dem Eingang blieb Joan zögernd stehen. Hätte sie nicht gewusst, welch grausiges Geheimnis diese Turmruine in sich barg, wäre ihr das Betreten weniger schwergefallen.

Doch schließlich gab sie sich einen Ruck, denn es blieben nur noch wenige Minuten bis Mitternacht. Während sie vorsichtig einen Fuß vor den anderen setzte, umfasste sie beschützend ihren Leib.

Mit angehaltenem Atem ließ sich Joan an derselben Stelle nieder, an der sie Monate zuvor auf Ewans Eintreffen gewartet hatte. Das Herz schlug ihr bis zum Hals, als sie Ceanas Amulett aus der Rocktasche fingerte, es kurz betrachtete und dann fest umklammerte.

Sie schloss die Augen und versuchte, sich darauf zu besinnen, was Robin ihr empfohlen hatte, und während sie sich auf ihre Mutter konzentrierte, spürte Joan, dass das kleine Schmuckstück in ihren Händen immer wärmer wurde. Ja, es schien, als würde es zum Leben erwachen und atmen!

Joan war kurz versucht, das Amulett weit von sich zu werfen, doch dann dachte sie wieder intensiv an Marion. Zunächst geschah nichts, Joans Herzschlag war das Einzige, was sie hörte. Doch nach wenigen Minuten begann ein verschwommenes Bild vor ihren geschlossenen Augen zu entstehen und Joan hielt den Atem an.

Die Szene war undeutlich, doch Joan konnte ihre Mutter erkennen; sie saß in ihrer Küche am Tisch und gestikulierte wild mit den Händen. Was sie sagte, konnte Joan nicht verstehen, aber es war offensichtlich, dass Marion aufgebracht war. Den Grund dafür erkannte Joan im nächsten Augenblick – Simons Gesicht tauchte aus dem Dunkel auf, und auch an seiner Gestik war zu erkennen, dass er ärgerlich war. Es war eindeutig, dass sich die beiden stritten, doch bevor Joan sich weitere Gedanken darüber machen konnte, verwischte das Bild und das Amulett lag wieder kühl in ihren Händen.

Schwer atmend und völlig verwirrt blieb Joan noch eine Weile sitzen, bevor sie sich aufraffte. Dabei stellte sie fest, dass ihre Beine sie kaum tragen wollten, wie nach einem langen ermüdenden Fußmarsch wankte sie aus dem Turm hinaus.

Aus dem Schatten löste sich Robin, der beide Pferde mit sich führte.

»Und?«, fragte er, sobald Joan ihn erreicht hatte. »Ist das Experiment geglückt?«

Abwesend nickte sie; sie fühlte sich so erschöpft wie schon lange nicht mehr. »Was ist nur mit mir los? Ich könnte im Stehen einschlafen.«

»So eine Séance zehrt an den Kräften«, erklärte Robin ruhig und half Joan auf ihr Pferd. »Ich habe dir ja gesagt, du solltest in deinem Zustand solche Exkursionen in die Zukunft nicht machen.«

»Aber ich muss! Meine Mutter ist in Schwierigkeiten, ich konnte es sehr deutlich spüren. Sie hat sich mit ihrem Lebensgefährten gestritten, doch ich konnte nicht verstehen, worum es ging. Morgen Nacht werde ich es erneut versuchen.«

Robin hielt von dieser Idee überhaupt nichts. »Das ist zu gefährlich für dich. Du wolltest erfahren, wie es ihr geht – und nun weißt du es.«

»Das reicht mir nicht.« Wild schüttelte sie den Kopf. »Ich kann erst wieder ruhig schlafen, wenn ich genau weiß, ob es sich um einen harmlosen Streit handelt oder um etwas Gravierenderes. Ich bitte dich, begleite mich morgen wieder zum *Broch.*«

Robin nickte und stieg ebenfalls auf. »Deiner Schwägerin wird nicht gefallen, dass du noch immer nicht genug hast. Sie machte vorhin eine Andeutung, dass es mir schlecht ginge, wenn dir etwas geschähe.«

Trotz ihrer Besorgnis musste Joan schmunzeln. Die sanfte Màiri konnte verdammt giftig werden, wenn es um ihre Familie ging.

»Ich werde ihr schon klarmachen, dass ich noch einmal zum Turm muss, denn ich bin davon überzeugt, dass ich morgen mehr herausfinden kann.«

Màiris Miene zu entnehmen, war sie überhaupt nicht von der Notwendigkeit überzeugt, dass ihre Schwägerin das Wagnis noch einmal auf sich nehmen sollte. Nach der Ankunft im Glen war Joan sofort in einen tiefen Schlaf gefallen, aus dem sie erst in den späten Vormittagsstunden erwachte – und auch dann fühlte sie sich matt, als hätte sie keine Stunde geschlafen.

»Die Sache gefällt mir immer weniger«, klagte Màiri, die an diesem Tag alleine Unterricht gegeben hatte, damit Joan sich ausruhen konnte. »Selbst wenn du herausfindest, dass deine Mutter in Schwierigkeiten ist … wie willst du ihr helfen?«

»Wenn ich das wüsste«, gab Joan mit unglücklicher Miene zurück, griff nach ihrem Schultertuch und machte Anstalten, die Kate zu verlassen, um wie am Abend zuvor Robin entgegenzureiten. »Ich denke, dass ich erleichtert bin, wenn meine Mutter mit Simon nur einen kleinen Streit hatte.«

»Sei vorsichtig, aye?« Màiri begleitete Joan zur Tür.

Joan vergewisserte sich, dass die Fenster der anderen Katen dunkel waren und somit feststand, dass die Bewohner von Glen Dillon in tiefem Schlaf lagen.

Es folgte das gleiche Ritual wie am Vorabend, auch diesmal blieb Robin mit den Pferden in sicherem Abstand zurück, um die Séance nicht zu behindern.

Marions Bild erschien Joan diesmal deutlicher, und es war auch deutlich, dass ihre Mutter unglücklich war. Joan sah, dass sie geweint hatte und nun alleine im Haus zu sein schien. Sie wanderte rastlos durch die Zimmer ihres kleinen Häuschens. Die Verbindung zu ihrer Mutter hielt heute länger, und nachdem das Bild verblasst war, fühlte sich Joan noch elender als am Abend zuvor. Dennoch wollte Joan nicht aufgeben, und sie nahm sich vor, Robin um Rat zu fragen. Vielleicht gab es eine Möglichkeit, mit ihrer Mutter zu reden, um herauszufinden, was mit ihr los war.

Der Vorteil für die in Ruthven stationierten Soldaten, die regelmäßig das einzige Wirtshaus in Kingussie besuchten, bestand darin, dass man durch die Einheimischen mit dem neuesten Klatsch versorgt wurde – lange bevor er in der Kaserne angelangt war.

So spitzte Hauptmann Robert Milford sogleich die Ohren, als der Wirt einigen anderen Soldaten sorglos erzählte, dass Dòmhnall und Ewan MacLaughlin sich zurzeit in Fort George aufhielten, wegen eines Mitglieds ihres Clans. »Man sagt, sie wollen sich ein paar Tage dort aufhalten – so lange, bis sie den Clansmann wieder mitnehmen können. Der Laird gilt als sehr hartnäckig, wenn es um Verhandlungen geht.«

»Hast du das gehört?« Unsanft stieß Milford seinem

Freund James Allison den Ellenbogen in die Seite. »Das rothaarige Täubchen wird ein paar Tage ohne den Schutz ihres schottischen Adonis sein.«

»Na und?«

»Das ist die Gelegenheit. Ich schnappe mir seine Hure und zeig es ihr nach Strich und Faden.«

Milford hatte infolge mehrerer Biere ziemlich laut gesprochen, doch im allgemeinen Trubel schien niemand auf seine Worte geachtet zu haben.

»Dass du es nicht lassen kannst?«, zischte James halblaut. »Die Frau erwartet ein Kind, und es ist dir untersagt, dich weiter als bis nach Kingussie von der Kaserne zu entfernen.«

Milford grinste anzüglich. »Ich will, dass du demnächst einen heimlichen Abstecher nach Glenbharr Castle machst, um dich zu informieren, zu welchen Zeiten die Schlampe die Burg verlässt.«

Allison öffnete den Mund, um zu protestieren. Mehr als einmal hatte James für Milford gelogen und unangenehme Gefälligkeiten für ihn erledigt – doch nicht aus Freundschaft, sondern aus Angst vor Milfords Jähzorn. Aber das nun noch!

»Das werde ich nicht machen«, sagte er. »Du weißt, dass du dich immer auf mich verlassen kannst, aber diesmal …«

»Sei still, du Idiot.« Milfords Blick über Allisons Schulter war zu entnehmen, dass irgendetwas seine Aufmerksamkeit erregt hatte. Als sich James vorsichtig umwandte, sah er eine junge Frau, die an der Theke stand und den Hauptmann verführerisch anlächelte.

Rose war eine der Huren, die sich ihren Lebensunterhalt damit verdienten, den stationierten Engländern die Zeit bis zum nächsten Heimaturlaub zu versüßen. Wie die meisten Mädchen ihres Gewerbes sah sie verlebt und unordentlich aus; die Kleidung war schmuddelig und das Haar ungepflegt, und wenn sie lachte, sah man, dass ihr trotz ihrer Jugend bereits einige Zähne fehlten.

Milford schien das alles nicht zu stören, er winkte Rose mit einer gönnerhaften Geste zu sich und James hoffte, dass sein Freund über dem Turteln mit der Hure vergessen würde, was er von ihm verlangte.

Doch dem war nicht so; bereits am nächsten Tag drängte der Hauptmann darauf, dass James für ihn die Lebensgewohnheiten von Seonag MacLaughlin auskundschaftete.

Er tat es, aber der Bericht, den Allison schließlich erstattete, fiel nicht zu Milfords Zufriedenheit aus.

»Was soll das heißen?«, bellte er. »Entweder sie verlässt nie die Burg oder ist verreist?«

Hilflos hob Allison die Schultern. »Ich kann dir nicht mehr sagen, als ich selbst erfahren habe. Mrs MacLaughlin wurde seit Tagen nicht außerhalb der Burg gesehen – vielleicht hat sie ja ihren Mann nach Fort George begleitet.«

»Unsinn!«

Schweigend ließ Allison die folgende Schimpfkanonade über sich ergehen, nahm ohne mit der Wimper zu zucken hin, dass Robert ihn einen Schlappschwanz nannte.

»Mein Mann wird bald zurück sein«, sagte Joan bedrückt zu Robin Lamont. »Und noch immer weiß ich nicht, was mit Mom los ist. Ich muss unbedingt mit ihr reden.«

»Dann versuch es, sprich mit ihr, sobald ihr Bild vor dir auftaucht. Vielleicht kann sie dich hören, zumindest in ihrem Kopf … und mit Glück antwortet sie.«

Obwohl Joan zweifelte, nahm sie sich vor, es zu probieren. »Wenn es nicht klappt, gebe ich auf. Ich muss wieder zurück nach Glenbharr Castle.«

Wie üblich blieb Robin zurück, während sich Joan die Anhöhe hinaufkämpfte. Das beklommene Gefühl, das anfangs beim Betreten der Turmruine von ihr Besitz genommen hatte, war schwächer – und in dieser Nacht warf sie noch nicht einmal einen flüchtigen Blick auf den Trümmerhaufen in der Ecke, unter dem eine Vielzahl winziger Skelette ruhte.

Schnell hatte sich Joan auf ihre Mutter konzentriert und das immer wärmer werdende Amulett flößte ihre keine Angst mehr ein. Diesmal sah sie Marion ganz deutlich: Sie saß am Küchentisch und war dabei, den Inhalt eines Tablettenröhrchens in ein Glas Wasser zu kippen.

»Mom?« Joans Stimme war nur ein Hauch, doch sie sah, dass ihre Mutter in ihrer Tätigkeit innehielt und sich verduzt umschaute. »Mom, ich bin hier.«

»Joan!« Marion sprang auf und starrte ungläubig nach oben, als erwarte sie, dass ihre Tochter ihr an der Zimmerdecke erschien. »Wo … bist du? Mein Gott, ich kann deine Stimme hören, dich aber nicht sehen!«

Joans Stimme bebte, als sie sagte: »Du kannst mich nur in deinem Kopf hören, verstehst du? Ich bin nur in Gedanken bei dir.«

Verwirrt drehte sich Marion um. Als sie sich bewusst wurde, dass sie alleine in der Küche war und auch im Flur und den anderen Räumen niemand außer ihr war, rieb sie sich über die Stirn und murmelte: »Allmählich zweifle ich an meinem Verstand. Bist du es wirklich?.«

»Beruhige dich«, sagte Joan. »Ja, und es geht mir gut, und dort, wo ich jetzt lebe, bin ich glücklich. Ich bin mit dem Mann, dessentwegen ich in die Vergangenheit ging, verheiratet und wir erwarten in ein paar Monaten ein Kind.«

Marions Stimme schwankte zwischen Freude und Zweifel. »Spreche ich mit dir, Joan?«

»Ja. Was ist mit dir?«

Marion lehnte sich zurück, strich sich flüchtig das Haar hinter das Ohr und erwiderte: »Ich will diesem erbärmlichen Leben ein Ende setzen, Joan.«

»Warum?« Joans Frage glich einem unterdrückten Schrei. »Du warst doch so glücklich mit Simon.«

Marion lachte. »Simon! Er ist ein Schwindler und Hochstapler. Er ist verheiratet und denkt nicht daran, sich scheiden zu lassen. Als ich mich weigerte, weiterhin seine heimliche Geliebte zu sein, sorgte er dafür, dass ich meine Arbeit bei Miller's verlor. Eine andere Arbeit finde ich nicht, sodass ich die Miete für das Haus nicht mehr bezahlen kann.« Sie erhob das Glas vor sich, als wolle sie anstoßen auf etwas.

»Was ist mit den Schecks, die ich dir dagelassen habe?«

»Die hat Simon an sich genommen, als ich sie ihm zeigte. Er behauptete, dass er sie einlösen und das Geld für mich gewinnbringend anlegen wolle – bereits wenige Tage später fand ich heraus, dass er das Geld bis auf den letzten Penny verspielt hat.«

Joan war fassungslos und überlegte fieberhaft, wie sie ihre Mutter vor einem möglichen Selbstmord bewahren konnte.

»Was soll ich noch auf dieser Welt?« Marion machte Anstalten, das Glas zum Mund zu führen. Joan vermutete blitzschnell, dass es Gift enthalten könnte.

»Auch du hast mich verlassen«, fuhr Joans Mutter fort. »Ich weiß nicht, ob ich dir glauben soll, dass du im achtzehnten Jahrhundert bist, auch wenn ich festgestellt habe, dass du tatsächlich deinem Leben in London endgültig den Rücken gekehrt hast. Du hast deine Wohnung und deinen Job gekündigt, es ist nichts mehr von dir da, aber vielleicht sitzt du ja in einer Irrenanstalt auf dem Lande und ich …«

»Nein! Bitte glaub mir, dass ich in der Vergangenheit lebe.«

»Aber wie ist es möglich, dass ich dich hören und mit dir

sprechen kann?« Marions Blick glitt wieder hinauf zur Zimmerdecke.

»Ich weiß es nicht. Ist auch egal. Warum kommst du nicht zu mir? Was hält dich da, wo du unglücklich bist?«

Marion schüttelte heftig den Kopf.

»Warum nicht? Ich konnte durch die Zeit reisen, Ewan konnte es und Robin, der mir gezeigt hat, wie ich wieder Verbindung zu dir bekomme. Warum also sollte es dir nicht gelingen?«

Joan merkte, dass ihre Kräfte schwanden, es würde nicht lange dauern, bis sich das Bild ihrer Mutter verwischte. »Unser Kontakt bricht ab, Mom. Bitte trink nicht. Ich versuche, morgen um dieselbe Zeit noch einmal mit dir Kontakt aufzunehmen. Bitte geh schlafen.«

Skeptisch betrachtete Marion das Glas, das sie wieder abgestellt hatte, dann erhob sie sich wie in Trance, trat zur Spüle und kippte den milchigen Inhalt in das Edelstahlbecken, wo es mit einem leisen Glucksen in den Ausguss rann.

Es schien, als wolle Marion noch etwas sagen, aber das Bild war bereits so verschwommen, dass man nichts mehr erkennen konnte. Sekunden später war es ganz verschwunden.

»Alles in Ordnung?«, erklang Robins leise Stimme vom Eingang her.

Sie ließ zu, dass er sie stützte, als er sie zu den Pferden begleitete. Auf dem Weg berichtete sie mit knappen Sätzen, was sich im Turm zugetragen hatte.

»Wie stellst du dir das vor?«, fragte Robin verdutzt. »Willst du deine Mutter unter vagen Angaben nach Schottland schicken und sie nach einem Zeitloch suchen lassen?«

Sie strafte ihn mit einem tadelnden Blick. »Natürlich nicht, ich werde sie holen, und zwar so schnell wie möglich. Ich fürchte, dass sich meine Mutter sonst das Leben nimmt. Du musst mich zu Ceanas Höhle bringen.« Sie strauchelte, und nur Robins schneller Reaktion war es zu verdanken, dass Joan nicht stürzte.

»Das werde ich nicht tun, und du weißt, wieso.« Sie waren bei den Pferden angelangt. »Deine Beine tragen dich vor Erschöpfung kaum noch, eine weitere Zeitreise – sofern sie überhaupt möglich wäre – würdest du nicht lebend überstehen.«

Unvermittelt brach Joan in Tränen aus. Robin legte die Stirn nachdenklich in Falten. »Lass uns erst einmal von hier verschwinden, im Glen können wir weiter darüber reden.«

Joan sank auf ihr Lager und war im nächsten Augenblick eingeschlafen. Màiri, die wie immer bis zum Eintreffen ihrer Schwägerin gewartet hatte, stellte noch eine Frage, doch die hörte Joan schon nicht mehr.

Als sie am frühen Nachmittag erwachte, empfing sie sofort ein anklagender Blick Màiris.

»Robin hat mit dir gesprochen?«

»Allerdings«, erwiderte Màiri. »Vor den Grants gab ich ihn als befreundeten Händler aus«, gestand sie, dabei spielte ein spitzbübisches Lächeln um ihren Mund. »Wenn du dich angekleidet hast, lasse ich Robin kommen.« Sie wandte sich ab, doch an der Tür schien ihr noch etwas einzufallen. »Mrs Byrns' Bein beginnt zu heilen, es gibt also keinen Grund, uns noch länger hier aufzuhalten.«

Verstehend nickte Joan, und während sie sich anzog, grübelte sie, was Robin ihr wohl für einen Vorschlag machen würde.

Wenige Minuten später umarmte Joan den Mann überschwänglich. Er bot sich an, Marion Harris in die Vergangenheit zu holen.

»Frohlocke nicht zu früh«, warnte er jedoch sofort. »Ich bin mir nicht sicher, ob der Zeittunnel nach den vielen Jahren noch geöffnet ist ... und wenn er es sein sollte, besteht das Risiko, dass wir auf dem Rückweg in einer ganz anderen Zeit wieder herauskommen.«

»Aber bisher hat es doch geklappt«, widersprach Joan und wischte seine Bedenken mit einer raschen Handbewegung fort. »Und ich bin ebenfalls genau in meiner Zeit wieder gelandet.«

»Mag sein, aber wer gibt die Garantie, dass es unbegrenzt klappt? Außerdem ist es möglich, dass deine Mutter überhaupt nicht fähig ist, durch die Zeit zu reisen.«

Joan machte eine hilflose Miene. »Warum?«

»Nicht jeder ist dazu fähig. Màiri zum Beispiel meint, dass sie an Ceanas Grab nichts gespürt hat, und wie du neulich richtig vermutet hast, wird sich deinem Mann der Zeittunnel lediglich geöffnet haben, um dich zurückzuholen. Deine Mutter allerdings hat Ceanas Blut in sich, sodass sie auserkoren sein könnte zu reisen. Wenn du heute Abend mit ihr sprichst, sag ihr, dass ich versuchen werde, sie zu holen – vorausgesetzt, sie will es selbst.«

»Das ist doch verrückt«, meinte Marion lakonisch, als Joan wieder mit ihrer Mutter sprach. »Es gibt keine Zeitreisen, basta!«

»Ich bin der beste Beweis dafür, dass es sie gibt«, entgegnete Joan. »Warte auf einen Mann namens Robin Lamont, er wird zu dir kommen. Morgen muss ich wieder nach Hause. Heute war die letzte Gelegenheit, mit dir zu reden.«

15. Kapitel

Nach fünf Tagen befahl Colonel Porter schließlich, den Clansmann Hamish Munro aus dem Kerker von Fort George zu entlassen. Dòmhnall hatte ihn überzeugt und dem Unglückswurm das Auspeitschen erspart.

Glendas Vergewaltigung hatte er nicht zur Sprache gebracht, obwohl Ewan es noch einmal vorgeschlagen hatte. Es habe keinen Sinn, weil Aussage gegen Aussage stünde, da habe er seine Meinung nicht geändert. Der Hauptmann würde in jedem Fall recht bekommen, denn er habe einen Zeugen.

Die beiden Männer schickten sich an, die Kammer, die Colonel Porter ihnen zur Verfügung gestellt hatte, zu verlassen.

Im Hof wartete Hamish Munro bereits; als er seinen Clanführer und dessen Sohn entdeckte, wurde er verlegen. Eines seiner Augen war blutunterlaufen und geschwollen, und auf seiner Stirn klaffte eine Platzwunde; doch ansonsten schien er nicht verletzt zu sein. Die Engländer gingen ebenso wenig zimperlich mit ihren Gefangenen um wie die Lairds, und niemand beschwerte sich darüber. Im Gegenteil, man war froh, so glimpflich davongekommen zu sein.

»Ich danke Euch, *Dòmhnall mòr*«, sagte Hamish und deutete eine ungeschickte Verbeugung an. »Es war dumm von mir, den *Sasannach* meinen Hintern zu zeigen … obwohl sie nichts anderes verdient haben«, fügte er frech hinzu.

»Schwing dich auf dein Pferd und sieh zu, dass du zu deiner Familie kommst«, brummte Dòmhnall. »Ich hoffe, in Zukunft hältst du deine Begeisterung für die Rotjacken besser im Zaum.«

»Aye«, beeilte sich Hamish zu sagen, stürzte zu seinem Pferd, schwang sich darauf und stob an den verduzten Wachen vorüber. Er hatte es eilig, die verhasste Garnison zu verlassen und sich den Gestank des Kerkers vom Leib zu waschen.

Auch Ewan und sein Vater machten sich auf den Weg, nachdem Ewan gedrängt hatte, bald aufzubrechen.

»Du kannst es wohl kaum erwarten, zu deiner Frau zu kommen, aye?«, fragte der Laird.

»Jede Sekunde, die ich von ihr getrennt bin, ist die reinste Hölle, *athair*«, bekannte Ewan ehrlich.

»Woran denkst du?«, fragte Dòmhnall, als er den entrückten Gesichtsausdruck seines Sohnes entdeckte. Er blickte sich noch einmal im Hof der Garnison um. »Lass uns von hier verschwinden, dies ist weiß Gott kein Ort, an dem ich länger als nötig sein möchte.«

Joan war so müde, dass sie kaum ihr Frühstück einnehmen konnte.

Am Nachmittag des Vortages hatten sie und Màiri Glen Dillon den Rücken gekehrt, und Joan war sich nicht sicher, ob sie sich freuen oder traurig sein sollte, dass Ewan bei ihrer Ankunft auf Glenbharr Castle noch nicht wieder da war. Sie hatte seine Nähe vermisst, war aber andererseits froh, noch genügend Zeit zu haben. Sie wusste noch nicht recht, wie sie Ewan die heimliche Exkursion in die Zukunft so schonend wie möglich beibringen konnte. Marion hatte noch erheblichen Widerstand geleistet. Sie wollte nicht glauben, dass ihre Tochter in die Vergangenheit gereist war, dass sie von dort mit ihr sprach, dass es in Joans neuer alter Welt so finster gar nicht zugeht, dass im achtzehnten Jahrhundert das Mittelalter längst vorüber war. Schließlich hatte sie zögernd zugesagt. Diese letzte Séance hatte Joan bis an den Rand der

Erschöpfung gebracht. Ein weiteres Mal hätte sie eine mitternächtliche Kontaktaufnahme im *Broch* nicht mehr gewagt.

»Du solltest dich wieder ins Bett legen«, schreckte Màiri sie auf. Joan war eingenickt. »Hoffentlich war das alles nicht zu anstrengend. Ich habe ein schlechtes Gewissen.«

Joan lächelte. »Ich fühle mich gut. Mach dir keine Sorgen«, beruhigte Joan sie.

»Du musst mir versprechen, bis zur Niederkunft Ruhe zu geben«, sagte Màiri, als sie Joan später hinauf ins Schlafgemach begleitete, sie selbst wollte Darla beim Spinnen helfen. Das junge Mädchen war zwar fleißig, ließ sich jedoch gerne ablenken, sodass die Arbeit liegen blieb.

Joan griff nach Màiris Händen. »Ich verspreche es dir. Die Unrast, die mich fast irrsinnig gemacht hat, ist wie verflogen.«

»Glaubst du, dass Robin es schafft, deine Mutter zu uns zu bringen?«

Robin hatte am Vorabend das Gebiet von Glenbharr verlassen, um Vorbereitungen für die ungewöhnliche Reise zu treffen. Joan hatte ihm Marions Adresse in Totton aufgeschrieben und ihm eine Locke ihres roten Haares als Erkennungszeichen mitgegeben. Nun galt es, geduldig zu warten und der Dinge zu harren, die da kommen mochten.

Mittlerweile waren sie vor Joans Gemach angelangt. »Ich hoffe sehr, dass Robin es schafft. Weißt du, was er mir zum Abschied sagte, als ich ihm noch einmal für seine Hilfe dankte? ›Wenn es klappt und ich sterbe dabei, dann ist es nicht schlimm. Ich hatte ein schönes Leben, zumindest in den letzten dreißig Jahren, und ich bereue nichts. Ich hinterlasse weder eine trauernde Witwe noch minderjährige Kinder, um die es mir leidtun müsste. Die Hauptsache ist, dass ich dir helfen kann, und du deine Mutter wiedersiehst.‹«

»Mein Gott«, hauchte Màiri und presste eine Hand auf

den Mund. »Das klingt, als würde er damit rechnen, dass er bei der Zeitreise ums Leben kommt, aye?«

»Ja, den Eindruck hatte ich auch. Wir können nichts tun außer abwarten.« Sie gähnte verhalten und starrte sehnsüchtig zum Ende des Ganges. »Ich wünschte, Ewan käme bald zurück.«

Sie träumte von einem Wiedersehen mit Marion, doch dann trat Ewan in ihren Traum. Er küsste und liebkoste ihren Körper und flüsterte ihr immer wieder ins Ohr: »*Tha gaol agam ort*[1]«. Wohlig reckte sie sich und umschlang seinen muskulösen Körper.

Als sie die Augen aufschlug merkte sie, dass sie nicht geträumt hatte. Ewan lag nackt neben ihr und sie spürte sein Verlangen.

»Liebster. Ich habe dich vermisst.«

»Ich bin glücklich, *mo ghràidh*. Die Tage ohne dich waren schrecklich.«

Als er seine heißen Lippen auf ihren Mund senkte, bog sie sich ihm entgegen. Trotz der Schwangerschaft war ihr Verlangen nicht erloschen – im Gegenteil, wenn sie die Möglichkeit hätte, Ewan mehrmals am Tag zu verführen, hätte sie es nur allzu gerne getan.

Vorsichtig drang er in Joan ein, obwohl seine Leidenschaft so weit entfacht war, dass er sie am liebsten wie ein wilder Hengst genommen hätte. Doch aus Rücksicht zügelte er sein Verlangen.

Joan genoss jeden seiner sanften Stöße, und kam mit ihm, als er sich schließlich, mit einem letzten tiefen Eindringen in sie, stöhnend in ihr ergoss.

Schwer atmend und mit schweißnassen Körpern blieben sie nebeneinander liegen, jeder genoss die Nähe des anderen.

---

1 Ich liebe dich

Schließlich fragte Joan nach dem Erfolg des Besuches im Fort, und Ewan erzählte mit knappen Sätzen, dass Hamish Munro bereits wieder bei seiner Familie sei. Seine Hand lag dabei ruhig auf Joans Busen.

»Ich war erstaunt, dass du nicht bei den anderen Frauen warst. Màiri sagte, ihr seid tagelang im Glen gewesen und du seist ziemlich erschöpft – die Schwangerschaft macht dir allmählich zu schaffen, aye?«

Zögernd richtete sich Joan auf und suchte Ewans Blick. Jetzt war es an der Zeit, ihm zu beichten, was sie nächtens im alten *Broch* getrieben hatte.

Doch sein besorgter Blick ließ sie schweigen; sie küsste ihn und nahm sich fest vor, ihm so bald wie möglich alles zu gestehen. Aber nicht jetzt, nicht in diesem Augenblick. Sein heftiger werdender Atem zeigte Joan seine neue Erregung. Sie liebkoste seinen athletischen Körper, glitt an ihm hinab, Brust und Bauch mit Küssen bedeckend, bis sich schließlich ihr Mund über sein heißes Glied senkte.

Entgegen Joans Hoffnung erholte sie sich auch an den darauffolgenden Tagen nicht von ihrer Erschöpfung. Sie war bleich, verspürte kaum Appetit und hätte am liebsten nur noch geschlafen. Außerdem gesellte sich eine Nervosität dazu, die sie vor Ewan nicht verbergen konnte.

Noch nicht einmal Màiris Kräutertee, von dem diese behauptete, er könne Tote zum Leben erwecken, wirkte gegen die allgemeine Schwäche, die von ihr Besitz ergriffen hatte.

Ewan schob ihren Zustand weiterhin auf die Schwangerschaft und bemühte sich rührend um sie, bis Joan endlich den wahren Grund ihres Unwohlseins nicht mehr vor Ewan verbergen konnte. Sie nahm all ihren Mut zusammen und schilderte stockend und mit schlechtem Gewissen den wahren Grund ihrer Erschöpfung.

Ewan reagierte nicht etwa erleichtert, sondern sprang wütend auf. »Du hast dich in Gefahr gebracht!«, stieß er heiser vor Zorn hervor. »Wie konntest du so leichtsinnig auf einen solchen Vorschlag eingehen?«

»Hör mir bitte zu«, flehte Joan ihn an. »Es war nicht Robins Vorschlag, er hat mir gemeinsam mit deiner Schwester ausgeredet, das Wagnis einer weiteren Zeitreise einzugehen.«

Er schnaubte wütend. »Màiri steckt also unter einer Decke mit dir! Ich werde ihr verbieten, in dieser Form mit dir zu konspirieren.«

Ärger begann sich Joan zu regen. Sie stemmte die Fäuste in die Hüften. »Den Teufel wirst du ihr etwas verbieten! Ich bin deine Frau und nicht deine Dienstmagd!«

Gefährlich leise erwiderte er: »Du musst endlich lernen, *m'eudail*[1], dass Frauen hier keine eigene Meinung zu haben haben. Sie haben zu tun, was ihre Männer ihnen sagen. Wenn du nicht in der Hoffnung wärst …«

Empört unterbrach Joan ihn, bis Ewan schwieg, dann schrie sie: »… würdest du mich verprügeln. Ist es das, was du sagen wolltest? Untersteh dich! Und merke dir ein für allemal: Niemals werde ich mir in dieser Form den Mund von dir verbieten lassen. Wenn dir meine Meinung nicht passt, war es vielleicht ein Fehler, deine Frau geworden zu sein. Noch nie hat ein Mann mich geschlagen, das werde ich nicht zulassen. Hörst du?«

Einen Augenblick schwieg er betroffen, dann setzte er eine verschlossene Miene auf, wandte sich wortlos ab und verließ den Raum.

Beim Abendessen blieb Ewan der Tafel fern. Von Màiri er-

1 Mein Schätzchen

fuhr Joan später, dass er zu Mìcheal MacGannor geritten war, ohne verlauten zu lassen, wann er zurückkäme.

»Er wirkte aufgebracht, als er vorhin an mir vorbeistürzte. Zuerst dachte ich, er hätte schlechte Nachrichten von Mìcheal bekommen, doch als ich Ewan fragte, gab er mir lediglich eine schroffe Antwort, bevor er sich auf sein Pferd schwang und davonpreschte.« Sie musterte Joan aufmerksam. »Du hast geweint, aye? Habt ihr euch etwa gestritten?«

»Ja, das kann man wohl sagen.« Sie schilderte kurz die Auseinandersetzung, die sie mit Ewan hatte. »In meiner Wut habe ich sicher seinen männlichen Stolz verletzt.«

»Du gibst also zu, dass es ein Fehler war, dich mit Robin zu treffen?«, fragte Màiri behutsam.

Überrascht hob Joan den Kopf. »Nein, aber ich bereue, dass ich zu ruppig wurde. Ich habe ihm an den Kopf geworfen, ich hätte Zweifel, dass es richtig gewesen sei, ihn zu heiraten, aber das ist nicht wahr.«

»Ewan hat doch auch recht«, gab Màiri vorsichtig zu bedenken. »Wir Frauen müssen uns den Männern unterordnen, Seonag. Dafür beschützen sie uns – wenn es sein muss, sogar mit ihrem Leben. Aber Ewan muss natürlich begreifen, dass du aus einer anderen Zeit kommst, dass es für dich selbstverständlich ist, eine eigene Meinung zu vertreten. Es hat auch sein Gutes, abhängig von einem Mann zu sein. Das ermöglicht es uns, im Schutz unserer Männer eine eigene Aufgabe in unserer Gesellschaft zu erfüllen. Wir haben Zeit für die Erziehung der Kinder und für das Haus. Es ist wichtig zu heiraten, auch wenn viele Mädchen irgendeinen Mann heiraten, ohne ihn zu lieben, nur um versorgt zu sein. Eine unverheiratete Frau wird scheel angesehen. Stell dir Cousine Glenda vor. Hätte der herzensgute Alex sie nicht geheiratet, wäre sie für immer mit ihrem Kind alleine geblieben. Sie hat großes Glück gehabt, aye?«

»Ja, du hast recht – nur, eine alleinerziehende Mutter wird im einundzwanzigsten Jahrhundert eben nicht mehr schief angesehen.« Sie stockte. »Was meinst du? Muss ich Ewan um Vergebung bitten?«

»Nein!« Entrüstet schüttelte Màiri den Kopf. »Das wäre demütig und kriecherisch. Lass ihn ein paar Tage den Beleidigten spielen. Ich kenne meinen Bruder, wenn er seinen Stolz überwunden hat, beginnt er nachzudenken, und er wird feststellen, dass er an eurem Streit so schuldig ist wie du.«

Joan streckte sich mit schmerzverzogener Miene. Obwohl das Mieder nur noch sehr locker geschnürt war, drückten die Stäbe aus Fischbein gegen die Rippen. »Aber ich war diejenige, die an dem Streit schuld war. Ich hätte ihm nichts verheimlichen dürfen.«

Màiri lächelte. »Ich habe Tèarlach, um ihn zu schonen, zum Beispiel verheimlicht, dass es einen anderen Mann in meinem Leben gab.«

Joan musste ebenso lächeln. Màiri schien den Streit nicht so ernst zu nehmen.

Dem breiten Bett haftete noch der Geruch von Lust und Leidenschaft an, als Joan sich schlafen legte.

Flüchtig dachte sie an Anna. Wenn sie von dem Streit mit Ewan wüsste, ihr gefiele es, dachte sie, wenn sie ihre Ehe aufs Spiel setzte.

Nach einer unruhigen Nacht stand Joan früh auf; immerhin war die Erschöpfung gewichen, hatte allerdings einer inneren Unruhe Platz gemacht, die mit ihrer Mutter nichts zu tun hatte.

Anna musterte sie interessiert beim Frühstück, und Joan fragte sich, ob sie frohlockte, weil Ewans Platz bei Tisch unbesetzt war.

Dòmhnall stellte keine Fragen. Màiri hatte ihm gesagt, dass Ewan ein paar Tage unterwegs sei. Er hatte sich nicht bei ihm abgemeldet.

Auch an diesem Tag, der sich für Joan endlos in die Länge zog, kam Ewan nicht nach Hause. Nach dem Frühstück stand Joan stundenlang vor dem Fenster und starrte hinunter in den Burghof, in der Hoffnung, dass Ewan das Burgtor passieren würde.

Màiri versorgte sie mit Näharbeiten, die Joan jedoch keine Zerstreuung boten. Noch nicht einmal das muntere Plappern von Màiris Söhnen konnte sie von ihren Gedanken ablenken.

16. Kapitel

Drei Tage nach seinem überstürzten Aufbruch – Joan hatte gerade das Schlafgemach verlassen wollen, um Darla und Màiri beim Aufwickeln von Wolle zu helfen – stand Ewan plötzlich vor ihr.

Minutenlang sahen sie sich stumm in die Augen, keiner wich dem Blick des anderen aus. Joan konnte in seinem Blick nicht lesen, was er dachte, seine Miene war unbeweglich. Schließlich räusperte sich Joan: »Du bist also zurück.«

»Aye«, erwiderte er einsilbig und ließ seine Frau nicht aus den Augen.

Sie holte tief Luft, dann trat sie entschlossen einen Schritt vor. »Es tut mir leid. Ich habe nicht eine Sekunde bereut, deine Frau geworden zu sein, ich hätte das nicht sagen dürfen. Bitte vergiss es und glaube mir, dass ich dich liebe.«

Zunächst entgegnete Ewan nichts, er stand noch immer

mitten im Raum, ohne sich zu bewegen, nur sein Gesichtsausdruck änderte sich, wurde weicher.

Langsam ging er auf Joan zu: »Ich hatte viel Zeit nachzudenken, *mo ghràidh*. Nicht du musst dich entschuldigen, sondern ich sollte dich um Verzeihung bitten. Meine Vorwürfe waren ungerecht. Du hast Angst um deine Mutter – ich müsste daran Anteil nehmen, statt dir zu verbieten sie zu sehen, und du denkst anders, und ich muss das zur Kenntnis nehmen.« Er hielt inne und betrachtete sie liebevoll. »Als ich hörte, dass es noch einen Zeittunnel gibt, bekam ich Angst, dich zu verlieren, und – nun – ich war eifersüchtig auf Robin.«

Verblüfft starrte sie ihn an. »Er ist ein alter Mann, und selbst wenn er jünger wäre, könnte er dir nicht gefährlich werden. Das Einzige, was mich an ihm interessierte, war seine Geschichte.« Sie sagte ihm alles über Robins eigene Zeitreise und fuhr fort: »Ich bin froh, dass er sich zur Verfügung gestellt hat. Ohne ihn würde sich meine Mutter möglicherweise doch noch das Leben nehmen.«

»Und wenn es nicht klappt?«

»Das Risiko hat Robin auf sich genommen.«

Er nahm ihre Hände. »Du hast gehandelt, wie du handeln musstest. Ich gebe zu, dass mich deine Worte verletzt haben, und außerdem war ich, wie gesagt, eifersüchtig.«

»Robin hilft mir wirklich selbstlos.« Sie blickte verschmitzt lächelnd auf. »Habe ich eine Tracht Prügel verdient?«

»Aber natürlich«, erwiderte Ewan, wobei sie gleichzeitig in ein schallendes Gelächter ausbrachen.

Major John Clayton war nicht erfreut, als Robert Milford darum bat, wieder seinen gewöhnlichen Dienst antreten zu dürfen. Dagegen sprach nichts, denn der ewige Unruhestifter hatte sich während seines Zwangsaufenthaltes in Ruthven nichts zuschulden kommen lassen, was Clayton insgeheim bedauerte.

»Ihr möchtet also zurück ins Fort«, stellte Clayton fest und musterte sein Gegenüber kritisch. Robert Milford stand kerzengrade vor dem Major, aber sein Blick war nicht unterwürfig wie bei vielen anderen Soldaten.

»Wenn Ihr hier keine Verwendung mehr für mich habt, wäre es das Beste, mich zurück nach Fort George zu schicken, Sir«, antwortete Milford diplomatisch. »Dort kann ich von größerem Nutzen sein als hier.«

Der Major hob erstaunt die Augenbrauen. »So, meint Ihr? Ich glaube eher, Ihr habt dem Ansehen der königlichen Truppen schon genug geschadet. Colonel Porter wird nicht erbaut darüber sein, dass Ihr wieder in die Garnison wollt.«

»Gab es denn eine Anklage gegen mich?«, fragte Milford, obwohl er genau wusste, dass es keine gegeben hatte. »Das Mädchen hat eindeutig gelogen, weil es sich nachträglich wohl schämte.«

Clayton trat vor und blieb dicht vor dem Hauptmann stehen.

»Ich glaube Euch kein Wort, aber es ist in der Tat nie zu einer Anklage gekommen. Das mag viele Gründe haben, aber sicher nicht den. Der Clan wird sich an Euch rächen, wenn er Euch in die Finger bekommt, da bin ich sicher.«

Milfords schmale Lippen verzogen sich spöttisch. »Die wilde Bande da oben macht mir keine Angst, und ich versichere Euch, dass ich mich ruhig verhalten werde und nicht alleine das Gebiet von Glenbharr betrete.«

Den Major beeindruckte dieses Versprechen keineswegs und das sagte er Milford auch. »Ihr wisst nicht, wovon Ihr redet, Mann. Der Kessel brodelt, und Ihr scheint die Highlander immer noch zu unterschätzen. Der britische König ist für das Leben jedes seiner Soldaten verantwortlich, und wenn man Euch in die Nähe des MacLaughlin-Clans schicken würde, hieße das, Öl in ein Feuer zu gießen.«

Milfords Lippen zuckten, als er fragte: »Dann soll ich also in dieser Kaserne bleiben, bis …«

»Ja, bis auf Weiteres«, schnitt ihm Clayton das Wort ab. »Ihr könnt wegtreten.«

Der Hauptmann deutete mit unbeweglicher Miene eine Verbeugung an, erst vor der Tür zu Claytons Arbeitszimmer trat ein wütender Ausdruck in sein Gesicht. Er würde schon einen Weg finden, der verhassten Kaserne endgültig den Rücken zu kehren, um seinem Erzfeind Ewan MacLaughlin of Glenbharr eins auswischen zu können.

Zwei Wochen waren ohne ein Zeichen von Robin vergangen.

Joan hätte gern mit Ewan oder Màiri darüber geredet, behielt ihre Besorgnis jedoch zunächst für sich.

Von den Strapazen der nächtlichen Exkursionen hatte sich ihr Körper zwar inzwischen erholt, aber ihr Leib wurde von Tag zu Tag schwerer und machte sie unbeweglicher, dazu kamen Rückenschmerzen, und ihre Beine waren manchmal so schwer wie Blei.

Ewan las seiner Frau jeden Wunsch von den Augen ab, allerdings spürte Joan, dass er sie oft besorgt beobachtete. Und da sie Ewan und sich selbst versprochen hatte, keine Geheimnisse mehr vor ihm zu haben, sagte sie eines Nachts, nachdem sie sich sanft geliebt hatten: »Ich fürchte, ich werde Robin und meine Mutter nie wiedersehen.«

Er richtete sich halb auf. »Ist es das, was dich quält, *mo ghràidh*? Du wirkst immer so zerstreut, das gefällt mir nicht.«

»Dieses Warten macht mich verrückt«, gab sie unumwunden zu, und nun, da sie das Thema angeschnitten hatte, fiel es ihr nicht schwer, darüber zu sprechen. »Du erinnerst dich an die Wochen, in denen du in meiner Zeit nach mir gesucht hast?« Und als er nickte, fuhr sie fort: »Es waren nur wenige Stunden, die du fort warst.«

»Aye, es war erstaunlicherweise so kurz, dass mich niemand vermisst hatte.« Es war ihm immer ein Phänomen geblieben, wie das möglich war.

»Auch ich war nur einen Nachmittag fort, obwohl ich fast zwei Monate hier war.«

Sie hatte sich aufgesetzt und Ewan strich ihr versonnen über den Rücken. »Was willst du damit andeuten?«

»Seit zwei Wochen ist Robin fort, im einundzwanzigsten Jahrhundert müssen das viele Monate sein. Aber so lange kann es doch nicht dauern, von Schottland nach London zu reisen und wieder zurück. Ich fürchte, es ist etwas schiefgegangen.«

»Vielleicht hat sie es sich anders überlegt und Robin ist alleine zurückgekehrt.«

Wild schüttelte Joan den Kopf und suchte verzweifelt nach Ewans Blick. »Er hätte sich gemeldet, auch wenn Mutter nicht reisen könnte. Ich fürchte … ich fürchte, sie sind irgendwo in der Zeit stecken geblieben.«

»Ist denn so etwas möglich?«, wollte er wissen.

Seufzend lehnte sich Joan an ihn. Es tat gut, mit Ewan darüber reden zu können. »Wenn es möglich ist, durch die Zeit zu reisen … weshalb sollte es nicht möglich sein, darin stecken zu bleiben?«

Die Frage beschäftigte ihn, aber da er keine Antwort wusste, zog er es vor zu schweigen. Er ließ es geschehen, dass sie ihren Kopf auf seine Brust legte und gedankenverloren über seine Lenden strich. Doch bevor neues Feuer in ihm aufloderte, hörte sie abrupt mit der Liebkosung auf und richtete sich wieder auf.

»Ich muss noch einmal zum *Broch*!«, rief sie aufgeregt.

»Vielleicht gelingt es mir noch einmal, eine Verbindung zu Mutter aufzunehmen. Wirst du mich zum Turm begleiten?«

Im ersten Impuls wollte er ablehnen, doch dann brachte er es nicht übers Herz, sie zu enttäuschen.

»Nun, aye«, begann er betont langsam, »es ist gefährlich …«

»Es wäre doch nur noch ein allerletztes Mal«, sagte sie mit erstickter Stimme. »Und ich verspreche dir, mich nicht zu lange im Turm aufzuhalten.«

Er hob ihr Kinn an und blickte Joan forschend in die Augen. »Und wenn ich mich weigere, reitest du alleine zum *Broch,* aye?«

Empört verneinte sie. »Und außerdem habe ich Angst, mich dort in der Nacht herumzutreiben, es ist eine unheimliche Stelle, wenn man weiß, was vor vielen Jahren dort geschehen ist.«

Sie hatte Ewan in allen Einzelheiten erzählt, was sie über Ceana Matheson und die Säuglingsleichen wusste.

»Und außerdem …«, sagte er, und um seine Lippen spielte ein spöttisches Lächeln, »… würde die Wache dich alleine abends nicht aus der Burg lassen.«

Joan verdrehte die Augen. »Ach ja, die Aufpasser hatte ich völlig vergessen. Aber im Ernst – was ist? Wirst du mich begleiten?«

Er begann, eine ihrer Brüste zu streicheln und war wieder, wie immer, fasziniert, wie ihre Brustwarzen unter seiner Hand hart und steif wurden. »Aye, das werde ich. Aber nicht mehr heute Nacht, erst morgen.«

Erleichtert glitt Joan ins Kissen zurück und gab sich seinen Zärtlichkeiten hin.

Am späten Nachmittag des folgenden Tages suchte Ewan das Gespräch mit seinem Schwager Peader, der in dieser Woche für die Nachtwache am Burgtor eingeteilt war.

»Aye, ich verstehe«, sagte der junge Mann. »Du willst mit ihr einen romantischen Ritt im Mondschein unternehmen.«

»So ist es, *bràthair-cèile*«, log er, »das solltest du mit Darla auch mal machen, vielleicht ist sie dann schneller in der Hoffnung, als du denkst.«

Peader machte eine verlegene Miene. Demütigend genug, dass sein Wunsch, endlich einen Stammhalter zu zeugen, nicht in Erfüllung gehen wollte – aber die spöttischen Bemerkungen seiner Mitmenschen waren fast noch schlimmer.

»Nimm es nicht so tragisch, aye?« Ewan zwinkerte und stieß dabei kumpelhaft seinen Ellenbogen Peader in die Seite. »Nicht alle Männer können starke Söhne zeugen.« Mit diesen Worten schlug er sich lässig das Ende seines Plaids über die Schulter und spazierte davon.

Sie warteten, bis es ruhig in der Burg geworden war. Fest umklammerte Joan die große, Beruhigung ausstrahlende Hand ihres Mannes, und obwohl er ihr versicherte, dass sie weder flüstern noch auf Zehenspitzen schleichen müsse, fühlte sich Joan beklommen.

»So ähnlich war die Atmosphäre, als Màiri mich damals aus der Burg schmuggelte«, flüsterte sie, während ihr Blick über die alten Streitäxte und Schilde an den Wänden wanderte. »Ich kann nichts dagegen tun, diese dunkle Halle macht mir Angst.«

Außer einigen Kerzen in Wandhaltern, die spärlich Licht gaben, lag die große Halle im Dunkeln, denn eine Stunde vor Mitternacht schliefen die meisten Burgbewohner.

Màiri hatte sich nur schwer von Ewan überzeugen lassen, Bruder und Schwägerin nicht zu begleiten – aber sein Argument, dass Peader sich ernsthafte Gedanken machen würde, wenn Màiri bei einem romantischen Nachtritt des jungen Ehepaares dabei wäre, leuchtete ihr schließlich ein.

Ewan hatte Duncan, den Stallburschen, der für die Pferde der Familie verantwortlich war, mit der Feststellung zu Bett geschickt, dass er selbst das Satteln und Aufzäumen übernehmen wolle, und Joan sah ihm zu, wie er seinen Wallach und ihre kleine Schimmelstute auf den Hof führte und flink sattelte. Jeder Handgriff saß – und obwohl Joan ihren Mann noch nie mit einem Schwert in der Hand gesehen hatte, ahnte sie doch, dass er im Kampf genauso sicher und routiniert war.

Schnell schob sie den Gedanken an Kampf und Krieg von sich und ließ sich von Ewan auf ihr Pferd helfen. Mittlerweile fühlte sie sich schwer und ungelenk, dabei waren es noch fast drei Monate bis zur Niederkunft.

Peader nickte, als er das Tor öffnete. »Viel Vergnügen, ihr beiden!«, rief er und zwinkerte Ewan verschwörerisch zu.

»Was hast du ihm erzählt?«, fragte Joan verwundert. Obwohl sie in Gedanken längst beim *Broch* war, hatte sie Peaders Augenzwinkern bemerkt.

»Och, ich hab ihm nur gesagt, dass ich meine Gemahlin gerne einmal unter freiem Himmel verführen will«, kam es vergnügt zurück.

»Ewan, du bist ein Verrückter!« Joan brach in schallendes Gelächter aus.

Je weiter sie sich dem Rundturm näherten, umso stiller wurde Joan, und Ewan war so klug, nicht unnötig auf sie einzureden. Was gesagt werden musste, war ohnehin gesagt; nun galt es, ihr zur Seite zu stehen, falls sie schlechte Nachrichten aus der Zukunft erhalten sollte.

Joans Herz schlug bis zum Hals, als sie Ewan bat, etwas abseits zu bleiben, um den Kontakt nicht zu stören. Bevor sie die letzten Schritte alleine ging, nahm er sie sachte beim Arm und sagte: »Versprich mir, mich zu rufen, wenn es Schwierigkeiten gibt, aye? Egal, was passiert – ich werde sofort bei dir sein, *mo luaidh.*«

Sie nickte stumm, wusste sie doch um Ewans Angst, dass sich die Erde im Turm auftun könnte und seine Frau verschlingen würde, um sie zurück in ihre Zeit – oder eine andere – zu schleudern.

Der Mond stand direkt über dem *Broch*, als Joan sich mit zitternden Knien gegen die raue Turmwand kauerte, das Amulett aus dem Mieder fischte und es fest umklammerte. Sie schloss die Augen, um das Bild ihrer Mutter heraufzubeschwören, doch nichts geschah. Das Amulett lag kühl in ihrer Hand, nichts als ein toter Gegenstand.

Nach dreißig Minuten gab Joan auf. Sie merkte nicht, dass ihr Tränen über die Wangen liefen, als sie wankend den Turm verließ. Ewan kam ihr entgegen und konnte sie auffangen, bevor sie den Halt unter ihren Füßen verlor.

»Was hast du gesehen?« Er umarmte sie, um sie mit seinem Körper zu wärmen, Joan zitterte am ganzen Leib. »War es so furchtbar?«

Sie brauchte einige Minuten, um sich zu fangen. »Ich habe nichts gesehen, absolut nichts …«

Màiri versprach, sich besonders liebevoll um Joan zu kümmern. Ewan hatte ihr am Morgen nach dem mitternächtlichen Ausritt von dem ergebnislosen Versuch im *Broch* erzählt.

»Ist das nun ein gutes oder ein schlechtes Zeichen?« Nachdenklich kaute Màiri an der Unterlippe. »Mr Lamont würde schon wissen, was dieses Schweigen zu bedeuten hat.«

Ernst nickte Ewan. Inzwischen war er neugierig auf den Mann geworden.

»Ich hoffe, dass Seonags Mutter es schafft, zu uns zu finden«, fügte Màiri noch hinzu. »Jede Frau hat gerne ihre Mutter dabei, wenn sie ein Kind zur Welt bringt.«

Die beiden Männer, die Ewan begleiten sollten, standen in

der Halle. Sie waren bereit zum Aufbruch. Diesmal galt es, einen Streit zwischen zwei Pächtern zu schlichten; die beiden Streithähne bezichtigten sich gegenseitig des Diebstahls, und Dòmhnall hatte mit seinem Sohn besprochen, dass er sich der Angelegenheit annehmen solle.

Joan war nicht zum Frühstück erschienen. Die offizielle Version lautete, sie habe wegen der Schwangerschaft nachts schlecht geschlafen und wolle daher das Bett hüten.

Ewan legte kurz die Hand auf Màiris Schulter. »Ich beeile mich. Ich lasse Seonag heute nur ungern allein.«

»Ich werde nicht von ihrer Seite weichen«, versprach seine Schwester, dann wurde ihre Aufmerksamkeit auf Duncan gelenkt, der just in die Halle gestürmt kam und auf Ewan zueilte.

»Ich habe eine Beschwerde vorzubringen«, sagte der Stallbursche schwer atmend. »Wer liefert uns den Hafer für die Pferde?«

Ratlos hob Ewan die Schulter. »Da fragst du am besten Brian Ferguson, er ist der Verwalter.«

Der Junge dankte knapp und eilte davon.

»Was ist denn in den gefahren?« Ewan hob erstaunt die Augenbrauen. »Wie dem auch sei, ich muss los. Hoffentlich hat Duncan in der Aufregung nicht vergessen, mein Pferd zu satteln.«

Brian Ferguson saß in jenem kleinen Zimmer, in dem Ewan seinen Eltern Joan vorgestellt hatte. Eine Art Salon, in dem man Besucher empfing oder zu zweit nach einem anstrengenden Arbeitstag ein Glas Wein genoss.

An diesem Morgen war von solch entspannter Atmosphäre nichts zu spüren; Brian Ferguson gegenüber saß seine Tochter Anna mit kläglicher Miene.

»Du weißt, weshalb ich mit dir sprechen will?«, fragte er

streng, und als sie keine Antwort gab, fuhr er fort: »Was ist in letzter Zeit nur mit dir los, *nighean*? Du bist launisch, frech und ungehorsam. Der Koch hat sich beschwert, dass du ihm über den Mund gefahren bist.«

»Er wollte, dass ich beim Schlachten helfe.« Verächtlich rümpfte sie die Nase. »Ich bin doch keine Magd!«

Fergusons Augen verengten sich, als er gefährlich leise sagte: »Was bildest du dir eigentlich ein? Dòmhnall hat deiner Mutter und mir ein neues Zuhause gegeben, nachdem die *Sasannach* unser Heim und die Ernte vernichtet hatten, du warst damals noch ein Baby. Dass ich inzwischen ein Vertrauter des Lairds bin, gibt dir noch lange nicht das Recht, deine Nase so hoch zu tragen … und lass dir gesagt sein, dass alle Frauen des Clans, egal welcher Schicht sie angehören, auch niedere Arbeiten verrichten. Wer soll dich denn heiraten, wenn du dich zu fein dazu fühlst, einem Mann ein gemütliches Heim zu schaffen?« Er hielt inne, ließ kurz den Blick über die Bücher im Raum schweifen und fuhr dann fort: »Ogur hat des Weiteren bemängelt, dass du dich sehr ungeschickt und völlig interesselos anstellst. Er hat den Eindruck, dass du überhaupt nicht kochen lernen willst.«

Auf Annas Gesicht erschien ein verächtlicher Ausdruck. Sie verschränkte die Arme unter dem wohlgeformten Busen und zischte: »Ogur ist ein Säufer, du wirst ihm doch wohl nicht mehr glauben als mir! Und er ist wütend auf mich, weil ich nicht sein Liebchen werden will!«

»*Fan sàmhach*[1]! Du lügst doch, wenn du den Mund aufmachst!« Fassungslos schüttelte Brian Ferguson den Kopf. »Nicht alle Männer fallen auf dein Gezirpe herein, also versuch nicht, das arme Opfer zu spielen.« Er verzog den Mund. »Außer deinem Vornamen hast du nichts von deiner verstor-

---

1 Halt die Klappe

benen Mutter geerbt. Sie war eine wunderbare sanfte Person und die beste Freundin von Ealasaid, Gott hab sie selig.«

Anna lag bereits der nächste Protest auf den Lippen, als hart an die Tür geklopft wurde. Ohne auf Fergusons ›Herein‹ zu warten, stürzte der Stallbursche mit hochrotem Kopf ins Zimmer. Als er Anna entdeckte, die erfreut über den Besucher war, dem sie verdankte, dass die Strafpredigt unterbrochen wurde, deutete er eine leichte Verneigung in ihre Richtung an und sagte zerknirscht: »*Gabh mo leisgeul*[1].«

»Was gibt es, Duncan?«, erkundigte sich der Verwalter mit verärgerter Miene. Es gefiel ihm überhaupt nicht, wenn man ihn während einer Besprechung unterbrach. »Du siehst aus, als wäre der Leibhaftige hinter dir her.«

Tatsächlich sah der junge Mann etwas zerrupft aus; seine strohigen blonden Haare standen ihm wild vom Kopf ab und die hektischen Flecken im Gesicht machten ihn noch unansehnlicher, als er von Natur aus war.

»Es geht um den Hafer. Ich muss wissen, von welchem Pächter wir ihn bekommen haben«, stieß Duncan aufgeregt hervor.

Bevor er weiterreden konnte, hob der Verwalter die Hand. »Immer der Reihe nach, Junge. Was ist mit dem Hafer und warum willst du wissen, von wem er kommt?«

»Nun aye, ich wollte gerade die Pferde füttern, als mir etwas Glitzerndes im Hafersack auffiel. Es waren Glassplitter! Ihr könnt Euch wohl vorstellen, was passiert wäre, wenn eines der Pferde die Splitter mitgefressen hätte.«

Ferguson hob die Brauen, griff nach seinem Buch, das er stets bei sich trug, und öffnete es. In diesem Buch waren alphabetisch sämtliche Pächter des MacLaughlin-Clans eingetragen sowie die Art der Pacht, die sie an den Laird entrichteten.

---

1 Entschuldige

Hafer wurde von vielen Bauern des Clans angebaut und ein Teil davon als Pacht bezahlt.

»Dafür kämen mehrere Pächter infrage«, sagte Ferguson, nachdem er mit dem Zeigefinger Namen abgesucht hatte. »Ich denke, es war ein Versehen, wir sollten nicht zu viel Aufhebens davon machen. Ab sofort wirst du jede Handvoll Hafer durchsuchen, bevor du ihn an die Pferde verfütterst.«

Anna hatte anfangs ohne jegliches Interesse die Unterhaltung der Männer verfolgt. Duncan war einer der wenigen Männer, denen sie keine schönen Augen machte – und das nicht nur, weil er Stallbursche war. Er war zu klein, hatte O-Beine, vorstehende Zähne und eine unvorteilhafte Hakennase.

Als der Verwalter Duncan nach dieser Anweisung zurück an seine Arbeit schickte, bat Anna, ebenfalls gehen zu dürfen. In ihrem hübschen Köpfchen begann ein Plan zu entstehen, der bereits Formen annahm, als sie dem Stallburschen folgte.

»Warte!«, rief sie ihm nach, und ihre Stimme hatte einen lockenden Klang. »Ich möchte etwas mit dir unter vier Augen besprechen.«

Erstaunt über Annas plötzliches Interesse an ihm, blieb Duncan stehen. Noch nie hatte Fergusons schöne Tochter ihn bemerkt, und nun wollte sie sogar mit ihm reden!

»Was gibt es?«, fragte er betont gleichgültig, konnte jedoch nicht verhindern, dass sein Blick sich zwischen Annas wogendem Busen verirrte.

Sie setzte ein Lächeln auf, von dem sie wusste, dass es alle Männer, außer Ewan bisher, betörte und fragte scheinheilig: »Sag, was passiert, wenn ein Pferd Glassplitter frisst?«

Duncans blonde buschigen Augenbrauen zogen sich zusammen, und mit skeptischer Miene fragte er: »Wieso willst du das wissen? Hat dein Vater dich geschickt?«

»Nein, ich hatte vorhin eine kleine Auseinandersetzung mit ihm. Er wirft mir vor, dass ich mich zu wenig dafür interessiere, was in der Burg geschieht. Und da ich eine gehorsame Tochter bin, habe ich mir vorgenommen, ab jetzt für alles Interesse zu zeigen. Verstehst du das?«

»Aye.« Duncans Gesichtsausdruck war nicht zu entnehmen, ob er tatsächlich verstand, dennoch reckte er sich stolz. Es kam nicht häufig – eigentlich nie – vor, dass man ihn bat, etwas zu erklären.

»Wenn ein Pferd Glassplitter frisst, geschieht zunächst nichts, aber eine Weile später verursachen sie starke Blutungen im Magen. Das kann lebensgefährliche Folgen für den Reiter haben. Die Schmerzen machen das Pferd ungebärdig, es würde den Reiter mit Sicherheit abwerfen.« Von Frauen verstand Duncan nicht viel, von Pferden dafür umso mehr.

Er bemerkte nicht, wie es hinter Annas Stirn zu arbeiten begann, dabei war sie sorgsam darauf bedacht, ihr Lächeln beizubehalten und zu tun, als würde sie Duncans weiteren Ausführungen über Pferdekrankheiten aufmerksam folgen.

Erst gegen Mittag verließ Joan das Bett, lehnte jedoch die Speisen, die Màiri auf einem Tablett aus der Küche geholt hatte, ab.

»Wenn du nicht isst, wird nichts besser«, bemerkte Màiri und half Joan beim Ankleiden.

»Ich kann jetzt nichts essen.« Joans Stimme klang erschöpft.

»Aber du musst essen, Seonag – tu es für dein Baby. Ich weiß, dass deine Mutter wohlbehalten ankommen wird.«

»Du weißt es? Was macht dich so sicher?«

»Ich spüre es hier drinnen.« Màiri presste ihre Hand auf die Herzgegend. »Erinnerst du dich an deine Worte auf dem Heimweg von Baile a'Coille? Du sorgtest dich um deine Mutter und sagtest ›ich spüre es hier drinnen‹, und du hattest recht, deine Mutter brauchte wirklich Hilfe.« Als sie Joans argwöhnische Miene bemerkte, fügte sie noch hinzu: »Ich habe auch gespürt, dass du zurückkommen wirst.«

Joan würde ihrer Schwägerin nur zu gerne glauben, immerhin besaß sie einen feinen Spürsinn. Widerstrebend schlürfte sie unter Màiris strengem Blick einige Löffel Suppe.

»Erzähl mir von der Zukunft«, bat Màiri unvermittelt, sodass Joan verblüfft das Besteck sinken ließ. »Ich möchte so viel wie möglich über die Zukunft wissen.«

Nachdenklich schob sich Joan ein Stückchen Brot in den Mund. Sie merkte sehr wohl, dass Màiri sie ablenken wollte und ging ihr zuliebe darauf ein. »Ich sagte dir ja schon, dass im einundzwanzigsten Jahrhundert kein Mensch mehr Pferd und Wagen benutzt, um größere Strecken zu überwinden. Es gibt dafür Autos, Eisenbahnen und Flugzeuge.«

»Das sind diese eigentümlichen silbernen Vögel am Himmel, die Ewan auch gesehen hat«, erinnerte sich Màiri und schloss für einen Moment die Augen. »Ich habe so gar keine Vorstellung davon, wie diese Ungetüme aussehen.«

Joan schob den inzwischen leeren Teller zur Seite, legte die Stirn in Falten und sagte plötzlich: »Weshalb bin ich nur nicht früher darauf gekommen? Ich habe Werbegrafik studiert und kann daher sehr gut zeichnen. Wenn du Papier und ein Stück Holzkohle auftreiben kannst, will ich versuchen, die Dinge zu zeichnen, die dich interessieren.«

Blitzschnell sprang Màiri auf und eilte aus der Kammer. Während Joan wartete, ließ sie ihre Gedanken schweifen.

Ob Màiri sich im Jahre 2006 zurechtfinden würde? Zweifellos gab es im einundzwanzigsten Jahrhundert nicht mehr viele Frauen von Màiris Art – und wenn es sie gab, dann wurde deren Gutmütigkeit rücksichtslos ausgenutzt. Doch Màiri würde sich durchsetzen, davon war Joan überzeugt.

Als Màiri zurückgekommen war, zeichnete sie bis in die frühen Abendstunden für sie Autos, Flugzeuge, Fernseher, Telefone und Computer in allen erdenklichen Variationen; Màiri schien überhaupt nicht genug von den Wundern der Technik zu bekommen.

Erschrocken fuhren beide hoch, als sich die Tür öffnete und Ewan eintrat. Er war erstaunt, Gattin und Schwester im Schlafgemach vorzufinden, wie sie dicht die Köpfe zusammensteckten und debattierten.

Mit einem Blick hatte er erfasst, womit sich die beiden Frauen beschäftigten.

»Warum tust du das?«, wandte er sich an seine Frau. »Ist deine Sehnsucht nach der Zukunft so groß, dass du alles, was du vermisst, aufzeichnen musst?«

Bevor Joan sich verteidigen konnte, sagte Màiri: »Nimm es Joan nicht übel, es ist meine Schuld, sie hat nur meine Neugier stillen wollen.«

Schwerfällig erhob sich Joan, nahm die Zeichnungen und warf sie kurzerhand ins Feuer. »Mich zieht nichts in die Zukunft, Ewan, denn ich weiß inzwischen, dass man alle diese Errungenschaften nicht braucht, um glücklich zu sein.« Sie trat lächelnd zu Ewan, schlang die Arme um seine Hüften und presste das Gesicht an seine Brust. Als sie spürte, dass sein Körper sich entspannte, fügte sie hinzu: »Mach dir keine Sorgen – mich wirst du nicht mehr los.«

»Ein Glück!«, lachte er. »Es würde dir auch nicht gelingen, wieder zu entkommen.«

Màiri feixte, wandte sich zur Tür und sagte beim Hinausgehen: »Ich würde ihm glauben.«

Als sie wenig später alleine waren, fragte Ewan: »Geht es dir wieder besser? Ich war den ganzen Tag in Sorge um dich.«

Sie nickte versonnen. »Màiri hat es einmal mehr geschafft,

mich erfolgreich von meinen trüben Gedanken abzulenken. Inzwischen bin auch ich davon überzeugt, dass meine Mutter bald hier sein wird.«

»Sie macht eben richtig, was sie macht, aye? Fühlst du dich stark genug, sie morgen ins Glen zu begleiten?«

Die beiden Frauen ritten auch weiterhin jeden Donnerstag zum Glen Dillon, um den Grants, in dessen winzige Hütte sich inzwischen auch andere Bewohner des Tals drängten, Unterricht zu geben. Seitdem Malcolm geprahlt hatte, er könne nunmehr ganze Sätze schreiben, und nicht nur seinen Namen und die Zeitung ohne fremde Hilfe lesen, schienen auch die anderen vom Ehrgeiz gepackt. Was der nicht besonders intelligente Malcolm Grant konnte, mussten auch sie können. Màiri hatte sich sogar überlegt, eine Hütte nur für den Unterricht bauen zu lassen.

»Ja, ich werde mit ihr reiten«, sagte Joan mit fester Stimme. »Ich mag die Leute im Glen und Bewegung tut mir gut. Außerdem vergeht die Zeit so viel schneller.«

17. Kapitel

Ein leises, ungewohntes Geräusch ließ Duncan herumfahren. Er befand sich in der dem Stall angeschlossenen Sattelkammer, um das Zaumzeug von Joans Schimmelstute zu kontrollieren. Ewan MacLaughlin hatte ihm aus Sorge um Joan ausdrücklich befohlen, täglich nachzuschauen, ob die Riemen zerschlissen sind und erneuert werden mussten.

Zu seinem Erstaunen erkannte der Stallbursche die schöne Anna, die die Stallgasse auf und ab schlenderte und scheinbar nach etwas suchte. Duncans Herz schlug schneller; ob Anna auf der Suche nach ihm war? War sie von seiner Pferdekenntnis so beeindruckt, dass sie ihn neuerdings beachtete?

Bevor er aus der Sattelkammer trat, fuhr sich Duncan mit den gespreizten Fingern durch das widerspenstige Haar, was jedoch lediglich bewirkte, dass es nun noch mehr an den Seiten abstand als zuvor. Sorgfältig strich er ein paar Strohhalme von seinem *breacan feile* und übte ein verführerisches Lächeln.

Duncans Hand, die die Tür der Sattelkammer aufstoßen wollte, hielt inne. Wie es aussah, war Anna keinesfalls seinetwegen gekommen, denn sie blickte sich mehrmals nach allen Seiten um, wie jemand, der etwas plante, bei dem er keine Zeugen haben wollte.

Mit angehaltenem Atem verharrte Duncan hinter der halb geöffneten Tür. Was hatte sie vor? Als sie sicher war, dass sich außer den Pferden niemand im Stall befand, griff sie in ihre Rocktasche, zog ein Leinenbeutelchen aus ihrer Tasche und ließ den Inhalt in den Futtertrog von Joans Stute rieseln. Nach weiteren Blicken in alle Richtungen griff sie in den Trog und vermischte den Hafer mit dem Inhalt des Beutels.

»*Sguir*[1]!« Duncan stieß die knarrende Holztür schwungvoll auf und war mit wenigen Schritten bei Anna, die erschrocken aufschrie und dabei das Säckchen fallen ließ. »Was hast du hier zu suchen?«

Sekundenschnell hatte sie sich wieder unter Kontrolle, setzte ein verführerisches Lächeln auf und sagte gurrend mit betörendem Augenaufschlag: »Erschreckst du alle Frauen zu Tode, die sich für dich interessieren? Ich war auf der Suche nach dir, deshalb bin ich hier.«

Hätte Duncan sie nicht bei ihrer heimlichen Tätigkeit beobachtet, wäre er geschmeichelt gewesen und hätte sich wie

1 Halt, Stopp!

ein stolzer Pfau gefühlt. Er hatte die Weisheit sicher nicht mit Löffeln gegessen, dennoch merkte er, dass Anna sich nur zu verteidigen suchte.

Ohne weiter auf sie einzugehen, wandte er sich dem Futtertrog zu, über den sich die Schimmelstute im selben Augenblick neugierig neigte. Ein zweimaliges Händeklatschen ließ das Pferd ängstlich zurückweichen, sodass Duncan den Inhalt des Troges genauer inspizieren konnte.

Er nahm etwas Hafer und fluchte leise, als er realisierte, dass ihn etwas in die Handfläche gestochen oder geschnitten hatte.

»Sieh mal einer an«, sagte er leise und nahm einen kleinen Glassplitter mit spitzen Fingern auf. »Was haben wir denn da?«

Anna spielte die Ahnungslose und hob ratlos die Schultern. »Woher soll ich das wissen? Du bist doch für die Fütterung zuständig, aye?«

Sie zuckte zusammen, als Duncan ihr den Inhalt des Troges nach und nach vor die Füße warf.

»Ich bin kein so dummer Esel, wie du glaubst«, stieß er dabei wütend hervor. »Du wolltest, dass Seonags Pferd das Glas frisst.«

Empört wandte sich Anna ab und schrie jedoch auf, als der Stallbusche sie hart am Arm packte.

»Du brauchst nicht zu leugnen, *nighean*. Ich habe dich beobachtet.« Mit dem Fuß stieß er das Leinensäckchen an. »Hier ist der Beweis.«

Verzweifelt suchte Anna nach den richtigen Worten, und als ihr nichts einfiel, fauchte sie: »Mir scheint, du hast den Verstand verloren, ich werde meinem Vater erzählen, wessen du mich beschuldigst. Warum hätte ich so etwas Grausames tun sollen?«

»Ja, warum wohl, *m'eudail*?« Anna zuckte zurück, als Duncans Gesicht immer näher kam. »Du wusstest ganz genau, was passiert, wenn die Stute den ›verfeinerten‹ Hafer fressen würde. Ich habe es dir ja gestern erst geschildert. Du weißt, dass Seonag heute mit Màiri ins Glen reiten will, aye?«

Annas veilchenblauen Augen waren weit aufgerissen. »Wie kannst du es wagen, in diesem Ton mit mir zu reden? Was interessiert es mich, was Seonag heute vorhat?«

»Hör endlich auf zu lügen, ich rede noch ganz anders mit dir. Ich habe schließlich Augen im Kopf. Dass du dem jungen Herrn nachrennst wie eine läufige Hündin, sieht doch jeder, und deinen Gesichtsausdruck, als er seine Braut brachte, werde ich nicht vergessen. Wenn deine Blicke sie hätten töten können, wäre Seonag tot umgefallen – aber das wäre dir recht gewesen, aye?«

»Was du mir unterstellst, ist ungeheuerlich …«

Duncan warf den Kopf in den Nacken. »Gib es zu. Du glaubst, der Weg ist frei für dich, wenn Seonag vom Pferd stürzt und sich das Genick bricht, oder wenn sie ein totes Kind zur Welt bringt und dann verblutet. Ich bin gespannt, was dein Vater und Ewan davon halten werden.«

»Nein!«, schrie Anna entsetzt und stemmte ihre Fersen gegen den harten Stallboden, als Duncan sie mit sich zerren wollte. »Neeeiin! Niiicht!«, schrie sie immer wieder, bis Duncan innehielt, indem er den Griff etwas lockerte. »Sag mir einen Grund, weshalb ich dich nicht verraten sollte?«

»Nun aye …«, sie strich sich nervös mit der freien Hand über das lange Haar. »Ich appelliere an dein gutes Herz.« Gleich darauf biss sie sich auf die Lippen, denn sie hatte selbst gemerkt, wie albern diese Worte geklungen hatten.

Einige Sekunden betrachtete Duncan sie nachdenklich. Es gefiel ihm, dass er die schöne stolze Anna, der so viele Männer zu Füßen lagen, in der Hand hatte. Sein Blick glitt hinab an ihrem biegsamen Körper, dabei grinste er lüstern:

»Ich wüsste, was mich zum Schweigen bringen könnte, mein Täubchen.« Er machte eine deutliche Handbewegung.

Wie vom Donner gerührt starrte Anna ihn an und in ihrem glatten Gesicht zeigte sich Abscheu.

»Wie wär's mit uns beiden?« Duncan bekam bereits ein gieriges Funkeln in die Augen. »Du bist doch sonst nicht so wählerisch. Ich mach's dir bestimmt so gut wie die anderen. Mal sehen, wie du dich anstellst – wäre möglich, dass ich die ganze Geschichte dann vergessen könnte.«

In Annas Kopf kreisten die Gedanken. Sie kam zu keinem anderen Schluss: Sie musste Duncan gewähren lassen.

»Also gut«, sagte sie, »wenn es der Preis ist, den du verlangst, werde ich ihn zahlen.«

»*Cuine a?*[1]«, stieß er mit rauer Stimme hervor. »Wann? Wo?«

Sie hüstelte verlegen, während sie fieberhaft versuchte, das Unausweichliche so weit wie möglich von sich zu schieben. »Nun, aye, ich werde dir Bescheid geben.«

»Oh nein, da würde ich lange warten!« In Duncans Worten spiegelte sich blanker Hohn wider. »Heute Nacht, in meiner Kammer, oder ich spreche morgen bei deinem Vater vor.«

Nur Darla fiel auf, dass Anna an diesem Tag besonders schweigsam war. Sie sprach sie bei der Abendtafel darauf an. »Du scheinst krank zu werden, oder hattest du Streit mit deinem Liebsten?«

»Es gibt keinen Liebsten mehr«, erwiderte Anna leichthin, dabei dachte sie an die Nacht, die ihr bevorstand. Aus dem Augenwinkel konnte sie sehen, wie Ewan und seine *Sasannach* verhalten kleine Zärtlichkeiten austauschten. Dieser *Sasannach* hatte sie es zu verdanken, dass sie sich dem ab-

---

1 Wann?

scheulichen Stallburschen hingeben musste. Sie hätte nie auftauchen dürfen. Anna schäumte innerlich vor Wut.

Als Laird Dòmhnall schallend auflachte, fuhr Anna erschrocken zusammen. Ewan hatte ihm im Scherz gerade erklärt, sein Sohn würde einmal stärker und mächtiger sein als sein Großvater.

Allen am Tisch tat es gut, das Clanoberhaupt wieder lachen zu hören, was noch immer selten genug vorkam. Der Platz neben ihm würde wohl nie wieder besetzt werden, denn es stand außer Frage, dass Dòmhnall jemals wieder heiraten würde.

Gleich nachdem die Tafel aufgehoben war, stahl Anna sich unbemerkt davon, während Darla mit ihrem Töchterchen beschäftigt war. Insgeheim hoffte sie, das Schicksal würde sich noch wenden, Duncan, der eine winzige Kammer über dem Stall bewohnte, könnte inzwischen tot umgefallen sein.

Ihr frommer Wunsch wurde nicht erfüllt, wie sie wenig später, nachdem sie unbemerkt über den Burghof gehuscht war, feststellen musste. Duncan erwartete sie bereits an der offenen Stalltür.

Es hätte nicht viel gefehlt, und Anna hätte sich auf dem Absatz umgedreht und wäre geflüchtet. Doch sie entsann sich der Drohung des Stallburschen, die er zweifellos wahr machen würde.

Nun – sie wollte wenigstens versuchen zu verhandeln. Betont keck fragte sie: »Was erwartest du, damit du mich wirklich nicht verrätst?«

»Zeig ich dir dann schon, und im Übrigen wird dir nichts anderes übrig bleiben, als mir zu vertrauen, aye?«, kam die unbekümmerte Antwort, während Duncan Anna mit sich zog. Er bestand darauf, dass sie vor ihm auf der schmalen Leiter in seine Kammer klomm.

Kaum hatte Anna den Fuß von der letzten Sprosse gesetzt,

riss Duncan sie an sich, presste seinen Mund auf ihre Lippen und zwang Anna die Zähne auseinander.

Sie widerstand dem Impuls, ihn von sich zu stoßen, schloss gequält die Augen und ließ ihn gewähren. Als Duncan ihr die leichte Leinenbluse ungeduldig vom Leib riss, wusste Anna, dass jeglicher Widerstand zwecklos war. Lautlos sank sie auf das Strohlager, zu dem Duncan sie unsanft stieß. Mechanisch öffnete sie ihre Beine, als er begann, mit seinen schmutzigen Fingern unter ihre Röcke zu fahren, und als er gleich darauf brutal in sie eindrang, presste sie ihre Lippen aufeinander, um nicht zu schreien.

Duncan hatte schon lange keine Hure mehr besucht, dachte sie sich erlöst, als er sich innerhalb weniger Sekunden ergoss, mit einem Laut, der dem Brunftruf eines Hirsches ähnelte.

Schwer atmend und schweißbedeckt lag er auf ihr, doch als sie ihn erleichtert von sich stoßen wollte, kam plötzlich wieder Leben in ihn.

»Wohin so schnell, mein Täubchen?«, fragte er und drückte sie mit seinem Körpergewicht noch tiefer ins Stroh. »Ich bin noch lange nicht fertig, hab noch viel vor mit dir heute Nacht.« Dabei lachte er verächtlich.

»Noch einmal überstehe ich dich nicht,« schrie Anna ihn entsetzt an. »*Fan sàmhach*«, grunzte er und machte sich erneut zwischen Annas Schenkeln zu schaffen. »Stell dich nicht so an, du machst doch sonst für jeden Mann willig die Beine breit. Jeder im Clan weiß das.«

Doch diesmal gab Anna nicht nach, sie zog ein Knie an und versuchte, Duncan mit voller Wucht in den Unterleib zu treten. Aber er reagierte blitzschnell und hielt das Knie fest. »Versuch das nicht noch einmal, hörst du?«

Doch Annas Kampfwille erwachte vollends, sie spie ihn an und zischte: »Eher treibe ich es mit einem *Sasannach*, als mich noch einmal von dir nehmen zu lassen!«

Vor Schmerz und Überraschung schrie sie auf, als Duncan sie im nächsten Augenblick ohrfeigte. Er erwiderte nur mit einem neuen hässlichen und höhnischen Lachen: »Hier geschieht, was ich will, meine Schöne.«

»Dreckiges Schwein!« Über Annas Gesicht liefen jetzt Tränen der Wut und der Erniedrigung, doch Duncan versuchte, Anna erneut zu küssen.

Als sie sich wehrte, schlug er ihr erneut so heftig ins Gesicht, dass ihr Kopf zur Seite geschleudert wurde. Halb benommen nahm Anna wahr, dass ihre linke Wange dabei auf etwas Hartes, Spitzes aufschlug.

»*Daingead*!«, hörte sie Duncan verhalten fluchen, und als sie ihre Augen einen Spalt öffnete, sah sie, dass er seine Hand betrachtete, von der Blut tropfte. Erst als ihre Wange zu schmerzen begann, begriff sie, dass es ihr Blut war.

Mit einem erstickten Schrei tastete sie ihr Gesicht ab, das von Blut verschmiert war. Sie spürte einen tiefen Riss.

Diesmal ließ Duncan sie gewähren, als sie ihn von sich stieß.

»Sieh, was du getan hast!« Ihre Stimme überschlug sich fast. »Ich werde ewig eine Narbe im Gesicht tragen.«

»Dummes Weib«, brummte er zurück, mehr verärgert als schuldbewusst. »Hättest du dich nicht wie eine keusche Jungfrau benommen, wäre nichts passiert.« Er tastete im Stroh herum und zog einen kleinen Stein mit spitzen Kanten zum Vorschein. »Keine Ahnung, wie der hierher kommt.«

Anna interessierte es nicht. Sie nahm die Gelegenheit, die sich durch die Ablenkung bot wahr, raffte, so gut es ging, ihre Kleider und hastete die Leiter hinab.

Joan und Ewan lagen noch wach.

Nachdem sie sich zärtlich geliebt hatten, war Joan wieder auf ihre Sorgen zurückgekommen.

»Du hast getan, was du konntest«, sagte Ewan, »alles andere liegt nicht in unseren Händen.«

Unglücklich seufzte Joan auf. »Ja, das ist wohl so. Wenn nur diese Ungewissheit nicht wäre – nachdem Robin auch nicht wieder erschienen ist, könnten beide auch tot sein.«

Ewan widersprach nicht, und sie war ihm dankbar dafür.

Als ihr Baby sich mit einigen kräftigen Fußtritten meldete, lächelte Joan wieder. Hier entstand ein neues Leben, dafür musste sie stark bleiben.

Auch Ewan hatte die Tritte gespürt. »Es wird ein Sohn, aye?«

»Ich hoffe es«, gab sie zurück. Und wenn es ein Mädchen wurde? Sie hatten bereits einmal darüber gesprochen, und als könne er ihre Gedanken lesen, fügte er hinzu: »Ich werde eine Tochter genauso lieben.«

Joan wusste, wie wichtig Söhne für den Clan waren. Dass er sich auch zu Töchtern bekannte, ließ sie sich nur allzu gerne wieder von ihm bestätigen. Sie belohnte ihn dafür auf ihre Weise und wusste, dass es ihm gefiel.

Nach einer schlaflosen Nacht, in der Anna wegen pochender Schmerzen in der Wange keine Ruhe gefunden hatte, wagte sie es endlich, sich im Spiegel zu betrachten. Bevor sie zu Bett gegangen war, hatte sie die Wunde notdürftig gereinigt und mit einem Leinenläppchen gekühlt. Als sie nun mit ihrem Spiegelbild konfrontiert war, wich sie entsetzt zurück.

Die linke Gesichtshälfte war stark angeschwollen, das dunkle Rot der gezackten Wunde war unübersehbar. Anna blinzelte die Tränen fort, während ihre Hand über das verkrustete Blut tastete. Wenn die Wunde nicht richtig verheilte, würde sie für den Rest ihres Lebens entstellt sein.

Fieberhaft überlegte sie, wie sie ihrem Vater gegenübertreten sollte. Da sie die Burg nach dem Abendessen nicht mehr verlassen hatte, was die Wache bemerkt hätte, konnte sie sich nicht damit herausreden, dass sie sich den Riss beim Reiten durch den Wald zugezogen habe.

Während sie noch grübelte, wie sie sich geschickt aus der Affäre ziehen konnte, wurde kurz an ihre Kammertür geklopft, und ohne zu warten steckte Brian Ferguson seinen Kopf durch den Türspalt.

Fassungslos starrte er auf seine Tochter, die ungeschickt versuchte, die linke Gesichtshälfte zu verdecken. Mit zusammengezogenen Augenbrauen trat er näher und nahm Anna das Tuch aus der Hand, das sie sich vor das Gesicht hielt.

»Was ist das?«, fragte er mit harter Stimme. »Woher stammt diese Wunde?« Er betrachtete eine Weile die verletzte Wange und stammelte dann fassungslos: »*O mo chreach!* Wie ist das passiert?«

Die Wange brannte wie Feuer, aber noch schlimmer Annas Angst vor dem Vater. »Es … es war ein Unfall«, stammelte sie schließlich, »ich bin gestürzt und dabei auf einen Stein gefallen.«

Brian Ferguson lachte rau auf. »Ich glaube dir kein Wort. Wenn du wirklich gefallen bist, frage ich dich, wie der Händeabdruck auf die andere Wange kommt.«

Verwirrt trat Anna zum Spiegel. Tatsächlich, auf der rechten Wange waren noch deutlich die Spuren von Duncans Handgreiflichkeit zu erkennen.

»Nun, was hast du mir zu sagen, *nighean?*« Mit verschränkten Armen stand Brian neben ihr, und als sie zögerte, sagte er: »Ich will dir sagen, was passiert ist. Einer der Männer, denen du willig warst, hat dich verprügelt.«

Anna machte eine abwehrende Geste, doch ihr Vater ließ sie nicht zu Wort kommen.

»Ich habe mir dein loses Treiben lange genug angesehen und immer wieder ein Auge zugedrückt. Offen hat mir nie jemand etwas über deinen Lebenswandel erzählt, das würde keiner im Clan wagen – aber ich bin nicht blind. Du hast deine Gunst schon so vielen Männer geschenkt, dass es eine Schande ist. Fast möchte ich sagen …«, er trat einen Schritt auf seine Tochter zu und wies auf ihr Gesicht, »… wenn du von dieser Wunde eine Narbe zurückbehältst, wäre es nicht das Schlechteste. Um die Gunst der Männer müsstest du dich dann anders bemühen.«

Anna verbarg ihr Gesicht in den Händen.

»Du wirst jetzt sofort deine Sachen packen, noch heute bringe ich dich von hier weg. Du wirst eine Weile bei deiner Tante Myra verbringen, bei ihr bist du gut aufgehoben und lernst vielleicht, ein anständiges Mädchen zu werden.«

Gequält seufzte Anna auf, doch sie wagte nicht, sich zu widersetzen. Myra war die Schwester von Annas verstorbener Mutter. Sie lebte noch immer in ihrem Heimatdorf Kingussie. Sie war nie verheiratet und galt in der Familie als fromme Betschwester.

»In einer Stunde hole ich dich.« Brian machte Anstalten zu gehen. »Ich erwarte, dass du dann fertig für die Abreise bist.«

»In einer Stunde«, echote Anna fassungslos. »Dann kann ich mich noch nicht einmal von Darla verabschieden.«

Doch ihr Vater blieb unerbittlich. »Es ist am besten, wenn dich niemand in diesem Zustand sieht, also beeile dich. Dòmhnall werde ich sagen, dass deine Tante um Hilfe bei der Hausarbeit gebeten hat und du dich bereit erklärt hast, eine Weile bei ihr zu leben.« Er öffnete die Tür und war verschwunden, bevor Anna protestieren konnte.

Während sie ein Bündel mit Kleidung, Wäsche und Seife fertig machte, rannen ihr Tränen über das brennende Gesicht. Diese Engländerin – eines Tages würde sie sich an ihr rächen – und wenn es ihr eigenes Leben kostete.

Joan verheimlichte ihre Erleichterung nicht, als Màiri ihr im Laufe des Tages von Annas Abreise erzählte. »Ich bin froh«, gestand sie. »Unter ihren Blicken habe ich mich nie wohl gefühlt, und Ewan kann sie so auch keine schönen Augen mehr machen.«

»Was auch ohne Wirkung bleiben würde«, entgegnete Màiri.

»Ja, ich weiß«, sagte sie. »Ewan zeigt es mir jeden Tag, und trotzdem, sie war mir einfach lästig. Ich werde sie jedenfalls nicht vermissen.«

»Ich auch nicht, Seonag. Außer ein paar Männer im Clan wird niemand sie vermissen … Darla vielleicht.«

Darla, die sich inzwischen zu den beiden gesellt hatte, schüttelte den Kopf. »Sie hatte in letzter Zeit merkwürdige Ansichten, und außerdem …«, sie bedachte Joan mit einem scheuen Blick, »… hat sie nicht nett von dir geredet. Sie behauptete oft, du tätest nicht genug für Ewan, seist nicht gut für ihn, weil du eine *Sasannach* bist. Aber ich habe dich immer sofort verteidigt«, fügte sie hastig hinzu.

Joan lächelte ihr dankbar zu. Darla war ein Mädchen ohne Vorurteile und hatte sich von ihrer Freundin nie zu Lästereien gegen ihre Schwägerin verleiten lassen.

»Wann wirst du eigentlich wieder Mìcheal besuchen?«, wandte sich Darla unvermittelt an ihre ältere Schwester. »Du musst doch Sehnsucht nach ihm haben.«

Màiri seufzte, dabei nickte sie zustimmend. »Aye, wir haben uns nun seit drei Wochen nicht gesehen, und ich bin ganz aufgeregt, weil ich morgen mit Andra und Klein-Ewan zum ersten Mal Mìcheal besuchen werde. Sein Onkel ist so großzügig und gewährt uns Gastfreundschaft, so lange wir mögen.« Bei Mìcheals letztem Aufenthalt auf Glenbharr Castle hatten sie diesen Besuch abgesprochen, damit Màiris Söhne sich an ihre neue Heimat gewöhnen konnten, denn es stand außer Frage, dass die drei die Burg verlassen und bei Mìcheal leben würden, sobald sie verheiratet waren.

An diesen Tag mochte Joan gar nicht denken, obwohl sie Màiri das Glück gönnte. Bisher waren die beiden Frauen tagtäglich zusammen gewesen, hatten Freude und Kummer geteilt, und Joan würde Màiri schmerzlich vermissen – auch wenn der MacGannor-Clan an das Gebiet der MacLaughlins angrenzte und der Stammsitz der Familie zu Pferd in etwas mehr als einer Stunde zu erreichen war.

»Hast du schon etwas aus Rom gehört?«, fragte Joan, während sie behutsam das Webschiffchen durch die quer gespannten Fäden im Webrahmen führte.

Bekümmert schüttelte Màiri den Kopf und hielt in ihrer Arbeit inne. »Pater Carmichael meinte, es könne noch Jahre dauern, bis sich der Papst entscheidet, aber ich bin glücklich, dass Mìcheal und ich uns nicht mehr verstecken müssen. Das ist bereits mehr, als ich mir jemals erhoffte.«

»Wie mag es wohl Tèarlach gehen?«, warf Darla ein. »Seine Thelma würde ich gern einmal sehen.«

Unbekümmert zuckte Màiri mit den Schultern. »Das beschäftigt mich nicht, ich wünsche ihm alles Glück der Welt.«

»Wenn Peader sich eine Geliebte anschafft, schneide ich ihm sein Dings ab«, verkündete Darla fröhlich. »Keine andere soll ihn haben, wenn er mich nicht mehr will.«

Die beiden anderen wechselten einen amüsierten Blick. Sie zweifelten keine Sekunde daran, dass Darla ihre Drohung wahr machen würde, falls der arme Peader jemals auf Abwege geraten sollte.

Unterdessen saßen Dòmhnall und sein Sohn in der Bibliothek, um über die Ereignisse der vergangenen Wochen und Monate zu sprechen; dabei wurde Ealasaids Tod sorgfältig ausgelassen.

»Du traust Seonag immer noch nicht so ganz, aye?«, fragte Ewan, nachdem sein Vater angedeutet hatte, dass seine Schwiegertochter sich manchmal seltsam benahm. »Sie hat bisher nach englischen Sitten gelebt, *athair*. Sie muss sich erst an schottische Gebräuche gewöhnen.«

Der Laird schüttelte langsam den Kopf. »Das ist es nicht alleine, Seonag kommt mir zeitweise vor, als käme sie … nun, aye … von einem anderen Stern.«

Ewan wurde siedend heiß. Er räusperte sich, bevor er entgegnete: »Das bildest du dir ein, in London geben sich die Frauen anders als in den Highlands. Seonag gibt sich die größte Mühe, sich anzupassen, das solltest du nicht außer Acht lassen.«

»Das erkenne ich an, aber trotzdem gibt es da etwas, das mich stutzig macht und an ihrer Ehrlichkeit zweifeln lässt.«

Ewan bemühte sich, ein argloses Gesicht zu machen, während er seinen Vater fragend ansah.

»Wochenlang habe ich darüber nachgegrübelt«, fuhr Dòmhnall fort. »Und vor einigen Tagen fiel es mir dann ein: Du und deine Schwester erwähnten damals – als ihr vor mich getreten seid und gebeichtet hattet, dass ihr Seonag in einer Hütte versteckt gehalten hattet – dass sie zu Besuch bei ihrem Cousin in Fort George gewesen war, bevor sie sich mit ihren Begleitern in unseren Wäldern verirrte.«

Ewan zuckte mit keiner Wimper, während sein Vater redete, doch innerlich ärgerte er sich, dass die schöne Geschichte, die er und Màiri sich ausgedacht hatten, doch einen Haken zu haben schien.

»Von diesem Cousin war nie wieder die Rede. Das kommt mir eigenartig vor.«

Zustimmend nickte Ewan. Er hätte wissen müssen, dass sein Vater zu klug war, um jede Geschichte vorbehaltlos zu glauben. In seinem Kopf überschlugen sich die Gedanken, es musste sofort eine glaubwürdige Erklärung dafür gefunden werden.

Ewan spürte den aufmerksamen Blick seines Vaters, und er bemühte sich um einen sorglosen Ton, als er schließlich sagte: »Màiri und ich haben uns falsch ausgedrückt. Seonag hatte ihren Cousin im Fort besuchen wollen, doch bei ihrer Ankunft war er bereits in die Kolonien versetzt worden wegen Unstimmigkeiten mit einem Offizier. Es hat alles seine Richtigkeit, *athair*.«

Zu seiner Erleichterung sah er, dass sein Vater ihm tatsächlich glaubte und zur Tagesordnung überging. »Nun gut, und jetzt berichte mir, wie die allgemeine Stimmung bei den Pächtern ist, Ewan *mac*.«

Joan wurde bleich, als Ewan ihr von dem Gespräch mit seinem Vater erzählte.

»Lieber Himmel. Wenn er dir nicht geglaubt hätte, würde er mich weiterhin misstrauisch beäugen und eines Tages vielleicht hinter mein Geheimnis kommen.«

Er nahm ihr schmales Gesicht in beide Hände, küsste die Sommersprossen auf ihrer Nasenspitze und sagte leise: »Sei unbesorgt, Màiri und ich werden unser Geheimnis mit ins Grab nehmen.« Dumpf erinnerte er sich, dass sein Vater ihn gemahnt hatte, wie schwer es in diesen Zeiten alleine schon sei, als Schotte mit einer Engländerin verheiratet zu sein. Zwar hatten die Mitglieder des MacLaughlin-Clans Ewans Frau akzeptiert, aber man musste davon ausgehen, dass andere Clans, mit denen man zurzeit eine Art Waffenstillstand geschlossen hatte, es zum Anlass nahmen, eine neuerliche Fehde anzuzetteln. Doch davon brauchte Joan nichts zu wissen; sie war ohnehin schon vor Sorge um ihre Mutter krank.

»Woran denkst du gerade?« Sie zeichnete die markanten Linien seines Gesichtes mit ihrem Zeigefinger nach. »Diese steile Falte zwischen deinen Augen gefällt mir überhaupt nicht. Gibt es Schwierigkeiten im Clan?«

Wahrheitsgemäß antwortete er: »Einige Anhänger murren noch immer wegen der Sache mit Glenda.«

Der MacLaughlin-Clan war dafür berühmt-berüchtigt, ein kriegerisches Volk zu sein, mit dem sich so schnell kein anderer Clan anlegen wollte. Aber seitdem Dòmhnalls Vater Clanoberhaupt geworden war, war die Kriegslust geschwunden. Viele Familien hatten genug blutige Verluste bei den Jakobitenaufständen der Vergangenheit hinnehmen müssen, und so mancher stolze Krieger von einst hatte schwere Jahre in den Gefängnissen der Engländer hinter sich. Das hieß jedoch keineswegs, dass ihr Stolz gebrochen war, und es war nur eine Frage der Zeit, bis der Kampfeswille wieder neu entflammte.

Während der vergangenen Monate war es Ewan und seinen Männern noch dreimal gelungen, Musketen, Schwarzpulver und Breitschwerter an den Engländern vorbei in die Burg zu schmuggeln. Jedes Mal hatte Joan Blut und Wasser geschwitzt und dem lieben Herrgott dafür gedankt, wenn Ewan wohlbehalten zurück war.

Missmutig hockte Hauptmann Robert Milford vor seinem Bier; die Geräusche von betrunkenen, grölenden Männern und dem schrillen Lachen der Huren um sich herum nahm er kaum wahr.

Der Grund für seine schlechte Laune war Major Clayton, der erneut Milfords Versetzungsgesuch abgelehnt hatte. Zwar musste er nicht mehr Rekruten drillen, aber dennoch war er mit seinem Dienst in Ruthven unzufrieden. Es dürstete ihn danach, sich an Ewan MacLaughlin zu rächen. Auch wenn Leutnant James Allison ihn regelmäßig daran erinnerte, dass niemand wusste, ob der Sohn des Laird tatsächlich verantwortlich für Milfords Strafversetzung war, redete er es sich immer wieder ein.

Natürlich würde sich Milford nie an dem stolzen Highlander vergreifen, so dumm war er nicht – aber die Aussicht, seine Frau zu entehren und ihn damit zu verletzen, schmeckte ihm immer besser. Nur wie – solange er mehr als sechzig Meilen von Glenbharr entfernt war und Clayton mit Argusaugen darüber wachte, dass sein Hauptmann abends in seinem Bett lag?

Als er den Blick hob, wurde seine Aufmerksamkeit von einer jungen Frau angezogen, die in diesem Augenblick das Wirtshaus betrat. Sie sah sich scheu um, bevor sie sich zum Tresen wandte und ihren Steinkrug dort abstellte.

Etwas an dieser Frau war merkwürdig, und gleich darauf gab sich Milford die Antwort auf seine eigene Frage: Trotz des sommerlichen Wetters trug die Frau einen Umhang mit hochgezogener Kapuze, die eine ihrer Gesichtshälften verdeckte.

»Sag dem Mädchen, es soll an unseren Tisch kommen«, befahl er Allison, dem das auffällige Verhalten der Frau ebenfalls nicht entgangen war. »Ich will sie näher kennenlernen.«

Allison bemerkte zögernd: »Ich glaube nicht, dass sie eine Hure ist.«

»Tu, was ich dir sage … und beeil dich, bevor sie wieder fort ist.«

Tatsächlich übergab ihr der Wirt in diesem Augenblick den mit Wein gefüllten Krug, und die Frau machte Anstalten, das Wirtshaus zu verlassen.

Widerstrebend erhob sich James Allison. Milford konnte nicht verstehen, was der Leutnant zu ihr sagte, aber er bemerkte, wie sie den Kopf schüttelte und die Kapuze weiter ins Gesicht zog.

Doch schließlich schien Allison Erfolg zu haben, denn die

junge Frau hob vage die Schultern und folgte ihm mit gesenktem Kopf an den Tisch. Milford erhob sich und deutete eine Verbeugung an.

»Also – um was geht es?«, fragte sie, und Milford stellte fest, dass sie veilchenblaue Augen hatte – jedenfalls das eine, das die Kapuze frei ließ. Ihrem starken Akzent nach war die junge Frau Hochlandschottin.

»Es kommt nicht oft vor, dass man in diesem entlegenen Dorf ein neues Gesicht sieht, Miss«, sagte der Hauptmann, stellte sich vor und wies auf den Stuhl gegenüber. »Macht mir doch die Freude und nehmt ein Glas Bier mit mir; Ihr könnt natürlich auch Wein haben«, fügte er höflich hinzu.

Die Frau zauderte einige Sekunden, dann ließ sie sich auf dem Stuhl Milford gegenüber nieder. Den Weinkrug stellte sie vorsichtig zu ihren Füßen ab. »Lange kann ich nicht bleiben, meine Tante wartet auf mich. Ich nehme ein Bier.«

Mit einer Geste gab Milford seinem Freund zu verstehen, dass er das gewünschte Getränk besorgen solle, dann wandte er sich wieder an die Frau. »Wie heißt Ihr und warum habe ich Euch noch nie hier gesehen?«

»Mein Name ist Anna Ferguson und ich lebe erst seit einer Woche bei meiner Tante Myra hier in Kingussie.«

»Eine junge Frau wie Ihr sollte in der Stadt wohnen und das Leben genießen. Sagt«, er wies auf die Kapuze, »weshalb zeigt Ihr nicht Euer ganzes Gesicht, Ihr müsst sehr schön sein.«

Wild schüttelte sie den Kopf. »Das geht nicht! Ich … hatte einen Unfall, der mich entstellt hat.«

»Oh, das tut mir leid. Habt Ihr Euch deswegen nach Kingussie zurückgezogen?«

»Nein«, kam es zögernd zurück. »Ich bin hier, weil mein Vater meint, ich sei schuld an diesem Unfall.« Sie schnaubte, und Milford erkannte ihr ungezügeltes Temperament.

Er stellte den Bierkrug vor sie, nachdem er Allison mit einem bezeichnenden Blick aufgefordert hatte, wieder zu verschwinden. »Wo lebt denn Euer Vater?«

»Auf Glenbharr Castle, er ist Verwalter bei Laird Dòmhnall MacLaughlin.«

Überrascht hob Milford die Brauen. »Das ist ja höchst interessant. Dann kennt Ihr sicher auch den jungen MacLaughlin.«

»Aye, ich kenne ihn sehr gut«, gab sie unumwunden zurück, ihre Stimme klang bei diesen Worten noch gereizter. »Ihn und diese rothaarige Hexe, die er zur Frau genommen hat. Ihr habe ich diesen Unfall zu verdanken.« Für einen kurzen Moment schob sie die Kapuze zur Seite, sodass der Hauptmann einen direkten Blick auf ihre Wunde werfen konnte.

Er ließ sich nichts anmerken, sondern nickte verstehend. »Wollt Ihr mir Eure Geschichte erzählen?«

Doch Anna trank den Bierkrug in hastigen Zügen leer und erhob sich. »Nicht heute. Meine Tante verbietet mir den Ausgang, wenn ich zu lange bleibe.«

»Ich werde jeden Abend auf Euch warten.« Robert Milford setzte sein liebenswürdigstes Lächeln auf, während er sich erhob und sich wieder verneigte. Er spürte, dass seine galante Art ankam, denn sie lächelte geschmeichelt, als er ihr anbot, den schweren Weinkrug nach Hause zu tragen, was sie ablehnte, mit der Begründung, ihre strenge Tante geriete außer sich, wenn sie in männlicher Begleitung heimkäme. Sie versprach jedoch, wiederzukommen.

Kaum hatte sie sich zur Tür hinausgeschoben, kam Allison zurück: »Was gibt es Neues?«

»Verstehst du denn nicht?«, fragte Milford, nachdem er ihn informiert hatte. »Die Kleine ist entsetzlich wütend auf MacLaughlins Hure und sie kann mir sicher wertvolle Informationen über sie geben.«

Leise stöhnte Allison auf. Er verstand nicht, wie man so verbohrt sein konnte und spürte, dass Milford in dieser Anna Ferguson eine Komplizin gefunden hatte.

Joan träumte, dass jemand an die Tür klopft und gleich darauf leise ihren Namen flüstert. Sie kann aber die Stimme nicht erkennen.

»Seonag, bitte wach auf …«

Es war kein Traum, die bittende Stimme gehörte eindeutig zu Màiri!

Verwirrt riss Joan die Augen auf und starrte in das aufgelöste Gesicht ihrer Schwägerin. Es war noch schummrig im Zimmer, also musste es noch sehr früh am Tage sein.

Ewan neben ihr murmelte etwas im Schlaf, aber wurde nicht wach.

»Was ist denn passiert, Màiri?«, flüsterte Joan und schlängelte sich vorsichtig aus der Umarmung ihres Mannes. »Warum schläfst du nicht mehr?«

Màiri war trotz der frühen Morgenstunde bereits komplett angezogen. »Ich konnte nicht mehr schlafen und wollte gerade ein paar Wollstränge zum Trocknen in den Hof hängen, als ich bemerkte, dass die Wache das Burgtor öffnete.«

»Na und?« Joan unterdrückte ein Gähnen und zuckte leicht zusammen, als ihr Baby als Antwort auf die frühe Störung kräftig gegen die Bauchdecke trat. »Es wird sich um einen Besucher handeln.«

»Aye, sogar um zwei Besucher. Ich konnte sie genau erkennen. Es ist Robin Lamont, und bei ihm ist eine fremde Frau …«

18. Kapitel

Sekundenlang starrten sie sich gegenseitig an, unfähig, einen Ton hervorzubringen. Joans Blick glitt an ihrer Mutter hinab, sie war gekleidet wie alle Frauen in den Highlands, und ihr dunkles Haar war mit einer weißen Haube bedeckt. Kein Mensch würde darauf kommen, dass sie aus der Zukunft kam.

Marions Miene war ungläubig und unsicher, so, als nähme sie an, sich in einem Traum zu befinden, aus dem sie jederzeit erwachen würde.

»Mom!« Joan nahm ihre Mutter herzlich in den Arm, nachdem sich ihre Erstarrung gelöst hatte, und flüsterte ihr dabei ins Ohr: »Ich dachte, ich würde dich nie wiedersehen.«

»Ich weiß nicht, was ich sagen soll«, erwiderte Marion mit scheuem Lächeln. »Die ganze letzte Woche war so unglaublich, dass ich es nicht in Worte fassen kann.«

Erst jetzt nahm Joan Robin Lamont wahr. »Ihr wart nur eine Woche fort?«

»Hm«, Robin kratzte sich am Kinn und nach einem schnellen Seitenblick auf den Wachposten, der der Unterhaltung mit unverhohlener Neugier folgte, schlug er vor: »Vielleicht sollten wir das an einem anderen Ort besprechen.«

Joan nahm ihre Mutter bei der Hand und zog sie in den Burghof. Robin folgte zögernd, da ihn der wachhabende Clansmann finster anblickte.

»Es ist in Ordnung, Seumas«, beeilte sich Joan zu sagen. »Es sind meine Mutter aus London und ihr Begleiter, Mr Lamont.«

Seumas nickte verstehend; die Hand, die griffbereit in der Nähe seines Dolches geruht hatte, entspannte sich.

»Ich kann das alles gar nicht glauben«, sagte Marion, während sie sich wie verzaubert im Burghof umschaute. »Es stimmt also tatsächlich, was du mir erzählt hast, bevor du dich von mir in Totton verabschiedet hast. Und ein Baby bekommst du auch!«

Ewan hatte sich im Hintergrund gehalten, nachdem seine Frau ihn geweckt hatte. Er wollte die Wiedersehensfreude nicht stören, doch nun trat er aus dem Schatten und kam langsam auf die beiden Frauen zu.

Unwillkürlich stockte Marion der Atem. Dieser blauäugige Hüne musste der Mann sein, dessentwegen ihre Tochter hier war.

»Das ist Ewan«, sagte Joan im nächsten Moment und fügte voller Stolz hinzu: »Mein Mann – und dein Schwiegersohn.«

Ewan lächelte, verneigte sich elegant und sagte: »*Fàilte don Ghàidhealtachd*[1].«

»Was hat er gesagt?« Verwirrt wandte sich Marion an ihre Tochter, und diese erklärte ihr lachend, dass Ewan sie willkommen geheißen hatte. Schmunzelnd fügte sie hinzu: »Aber sein Englisch ist auch hervorragend.«

Ewan blickte sich um, und als er erkannte, dass sich außer ihnen niemand im Burghof befand, sagte er mit gedämpfter Stimme: »Wir haben Euch bereits erwartet, *Mòrag*.« Und auf Marions fragenden Blick fügte er erklärend hinzu, dass dies die gälische Bezeichnung ihres Namens sei.

Noch immer wie betäubt ließ sich Marion von ihrer Tochter an die Hand nehmen und in die Halle führen, dicht gefolgt von den beiden Männern, die sich gegenseitig skeptisch musterten.

»Hier sieht es aus wie in einem Museum«, gab Marion erstaunt von sich, als sie die alten Waffen an den Wänden be-

1 Willkommen in den Highlands

merkte, doch es war ihr anzusehen, dass sie noch immer unter Schock stand.

Unschlüssig standen sie vor der Treppe, bis Ewan geistesgegenwärtig vorschlug, Marion zunächst in den Besuchersalon zu bringen, bis Màiri und Darla eine Kammer hergerichtet hatten.

»Du wirst später Ewans Schwestern kennenlernen.« Joan fuhr sich nervös durchs Haar. »Ewan und Màiri … sie wissen Bescheid, dass wir … na ja, du weißt schon.«

Mechanisch nickte Marion und sank auf den Stuhl, den Ewan ihr vorsorglich zurechtgerückt hatte. »Und sonst weiß es niemand?«

»Nein, nur noch Robin. Laird Dòmhnall darf es auf keinen Fall erfahren, er ist abergläubisch, und ich bin heilfroh, dass er mich nicht mehr für eine Hexe hält.« Joan setzte sich vorsichtig auf das zierliche Sofa.

Auf Marions Gesicht erschien ein zärtliches Lächeln; trotz der Verwirrung hatte sie begriffen, dass ihre Tochter schon bald ein Kind zur Welt bringen würde.

Eine Magd brachte Getränke, dabei musterte sie die beiden Besucher unauffällig. Innerhalb einer Stunde würde jeder Bedienstete um die Neuankömmlinge wissen, und sicher würden die wildesten Mutmaßungen ausgetauscht.

Durstig setzte Marion den Becher an die Lippen und trank in langen Zügen den kühlen Apfelsaft. Danach entspannte sie sich etwas, und es war ihr anzusehen, dass sie allmählich realisierte, dass sie nicht träumte.

»Beim Frühstück werden wir Euch dann auch meinem Vater vorstellen«, bemerkte Ewan, der sich ebenfalls gesetzt hatte, nachdem er Robin Lamont einen Platz angeboten hatte. »Wir werden ihm erzählen, dass Ihr die riskante Reise in die Highlands angetreten habt, um Eure Tochter bei der Niederkunft zu unterstützen.«

Versonnen nickte Marion. »Ich verstehe … es darf nur nicht erwähnt werden, dass ich aus dem Jahre 2006 angereist bin.« Ihre Stimme klang amüsiert. »Wenn ich das jemandem zu Hause erzählen würde – kein Mensch würde mir diese fantastische Gesichte abnehmen.«

»Genauso wenig, wie du mir damals geglaubt hast«, gab Joan zurück, dann glitt ihr Blick zu Ewan. »Seinetwegen lohnt es sich, für immer hier zu bleiben, und ich hoffe, auch du wirst auf Glenbharr Castle eine neue Heimat finden.«

Marions Blick war zweifelnd, und Joan wandte sich hastig an Robin. »Aber jetzt möchte ich alles über eure Reise erfahren.«

»Es hat länger gedauert, als ich vermutete«, begann Robin und trank einen Schluck Saft. »Bereits einen Tag, nachdem ich das Gebiet verlassen hatte, rüstete ich mich für meine Zeitreise. Ich besorgte mir zeitgenössische weibliche Garderobe, holte meine eigene Kleidung aus dem einundzwanzigsten Jahrhundert aus ihrem Versteck sowie etwas Gold. Schon am darauffolgenden Tag begab ich mich zur Höhle …« Er schielte zu Ewan, der ihn abwartend anblickte. »Joan hat Euch von mir erzählt?«

»Aye, das hat sie«, gab er rasch zurück, ohne dabei zu erwähnen, dass Lamont einer der Gründe war, weshalb es zwischen ihnen zu einem Streit gekommen war.

Robin räusperte sich, bevor er weitersprach. »Als ich die Höhle betrat, spürte ich sogleich wieder das Geheimnisvolle, das sie ausstrahlt. Obwohl ich seit Jahren nicht mehr dort gewesen bin, übermannten mich dieselben Gefühle wie beim ersten Mal. Als ich aus der Ohnmacht erwachte, zog ich mich um – in der Hoffnung, dass die Reise geklappt hatte.« Er lachte. »Wie man sieht, hat sie geklappt.«

Die anderen fielen in sein Lachen ein, und schließlich drängte Joan ihn weiterzureden.

»Es hat sich viel verändert im einundzwanzigsten Jahrhundert«, fuhr er nachdenklich fort. »Alles Äußerliche spielt eine noch größere Rolle, die Technik hat die Menschen faul und träge gemacht. Die meisten sind nur auf sich selbst bedacht. Schon einen Tag nach der Ankunft, nachdem ich das Gold beim Juwelier in Inverness zu Pfundnoten gemacht hatte, traf ich in Southampton ein und machte mich auf die Suche nach Marion Harris.« Er stockte. »Ich fand das Haus dort, wo du mir beschrieben hast, dass es sei, Joan – aber es war verriegelt und offensichtlich unbewohnt.«

Joan schickte einen verwirrten Blick zu ihrer Mutter. »Was ist in der Zwischenzeit geschehen, Mom?«

»Nachdem ich deine Stimme so deutlich gehört hatte, als stündest du neben mir, überschlugen sich die Ereignisse«, gab Marion zurück und setzte sich kerzengrade auf. Genau wie für ihre Tochter war das fest geschnürte Mieder, ohne das eine anständige Frau im achtzehnten Jahrhundert nicht aus dem Haus ging, gewöhnungsbedürftig. »Ich tat, was du mir gesagt hattest, quälte mich nicht mehr mit Selbstmordgedanken, sondern nahm mir vor, auf diesen mysteriösen Robin zu warten. Am nächsten Morgen wurde ich von einem ungeduldigen Klingeln an der Tür geweckt …«

»War das schon Robin?« Fragend blickte Joan von einem zum anderen. »Wie ist es möglich, dass es so schnell ging?«

Marion schüttelte den Kopf. »Nein, er war es nicht, sondern mein Vermieter, der alte Mr Rutherford. Er war sehr wütend, weil ich die letzte Miete nicht überwiesen hatte.« Es musste ein sehr unangenehmes Gespräch gewesen sein, denn ihr Gesicht verzog sich schmerzlich. »Er ließ mich nicht zu Wort kommen und hatte keinerlei Verständnis für meine Lage – auch nicht dafür, dass meine Versicherung mich im Stich gelassen hatte. Er ließ sich nicht erweichen. Er forderte mich auf, innerhalb von vierundzwanzig Stunden das Haus zu räumen.«

Joan machte sich Vorwürfe, dass es nie so weit gekommen wäre, wenn sie bei ihrer Mutter geblieben wäre. »Was hast du getan?«, fragte sie zögernd.

»Ich wandte mich noch am selben Tag an das Sozialamt, doch die forderten erst eine ganze Liste von Bescheinigungen, die zu beschaffen Wochen gedauert hätte. Mit Mr Rutherford müsse ich mich eben einigen, wurde mir kurz und bündig mitgeteilt. Das Ganze war unglaublich peinlich.«

Joan stand auf, ging zu ihrer Mutter und in die Hocke vor ihr. »Ich habe gespürt, dass du in Not bist – seit dem Tag, als Simon sein wahres Gesicht gezeigt hat. Verzeih mir, dass ich nicht bei dir war.«

Marion strich ihrer Tochter sachte durch das flammend rote Haar, das Joan einst in den Kerker von Glenbharr gebracht hatte. »Nachdem du dich heimlich im Morgengrauen aus dem Haus geschlichen und nichts als diesen Abschiedsbrief hinterlassen hattest, war ich fest davon überzeugt, dass du wahnsinnig geworden warst. Dieses Gefasel von dem schönen Mann aus der Vergangenheit …« Sie warf einen vorsichtigen Blick auf Ewan, und als dieser sie aufmunternd ansah, fuhr sie fort: »Mein erster Impuls war damals, sofort Simon davon zu erzählen, doch irgendetwas hielt mich zurück – ich weiß bis heute nicht, warum. Nachdem ich mich ein paar Nächte in den Schlaf geweint hatte, nahm ich mir vor, Ted Parker in London anzurufen. Er bestätigte mir, dass du deinen Job gekündigt hattest, und am Telefon deiner Wohnung meldete sich eine fremde Stimme.«

»Du hast mir vorher also nicht geglaubt?«

Marion sah sie eindringlich an. »Hättest du geglaubt, wenn jemand dir erzählt hätte, er wäre durch die Zeit gereist? Durch ein Erdloch, das in Wahrheit das Grab einer Urahne sei?«

»Und die Beweismittel, die ich dir gezeigt habe? Die Kleidung, die mir Màiri gegeben hatte, und die vertrocknete Blume – haben dich auch nicht von der Glaubwürdigkeit der Geschichte überzeugt?«

»Ich hoffte, dass es ein Spleen von dir war, weil du dich einsam fühltest und zu viele Liebesromane gelesen hattest, und ich betete, dass du zurückkommen würdest. Doch einige Tage später traf dein Schreiben aus Schottland ein, das sich als ein weiterer Abschiedsbrief entpuppte. Da wusste ich, dass ich dich nie wiedersehen würde.« Marion schluckte und bat darum, dass man ihren Becher erneut füllte. »Ungefähr zur selben Zeit veränderte sich Simon, er war nicht mehr so fürsorglich und ließ öfters unsere Verabredungen platzen. Noch dachte ich mir nichts Böses dabei. Gelegentlich sagte ich ihm, dass du mir etwas Geld für die Renovierung des Hauses und die Hochzeit geschenkt hättest. Ich erklärte ihm, dass du für einige Monate überraschend in die USA gegangen seist, um bei der Gründung einer neuen Agentur behilflich zu sein.«

Joan fing einen fragenden Blick ihres Mannes auf und erklärte ihm, dass man die Kolonien in Übersee in etwas mehr als vierzig Jahren Vereinigte Staaten von Amerika nennen würde.

Erst jetzt schien Marion richtig zu begreifen, in welcher Zeit sie gelandet war, und stammelte: »Meine Güte, die USA gibt es noch gar nicht?«

»Nein«, schaltete sich Robin mit seiner ruhigen Stimme ein, »die größten Gebiete sind im Besitz der britischen Krone, doch es gibt bereits erste Stimmen, die die Unabhängigkeit von King George II. fordern.«

»Das erkläre ich dir später alles in Ruhe, Mom«, warf Joan ein und verbesserte sich nach kurzem Zögern. »Ich werde dich in Zukunft Mutter nennen, wenn es dir recht ist.«

»Wie … wie lange soll ich hierbleiben?« Marion sah ängstlich auf ihre Tochter. »Ich glaube nicht, dass ich mich an dieses Leben gewöhnen kann.«

Joan ließ sich ihre Enttäuschung nicht anmerken; sie hatte gehofft, dass ihre Mutter die neue Heimat sofort liebte, wie sie es inzwischen tat. Doch dann erinnerte sie sich an ihren ersten Aufenthalt in den schottischen Highlands und wie sehr sie sich in ihre eigene, gewohnte Zeit zurückgewünscht hatte.

Sie erhob sich aus ihrer unbequemen Sitzposition und kehrte zurück zum Sofa. »Erst einmal bleibst du hier, Robin wird dir sicher helfen, dich einzugewöhnen.«

»Als ich das Geld erwähnte«, fuhr Marion fort, »leuchteten Simons Augen interessiert auf, und er bat mich, es ihm zu geben, damit es bis zur Hochzeit Zinsen bringt.« Sie schüttelte den Kopf. »Wie konnte ich nur so naiv sein? Nachdem Simon das Geld an sich genommen hatte, ließ er sich noch seltener bei mir blicken, und ich begann, mir ernsthafte Sorgen zu machen. Ich ging also nach Feierabend hinüber zu seiner Abteilung und sah, dass er sehr vertraut eine Frau begrüßte. Ich fragte einen seiner Arbeiter und erfuhr, dass es Simons Ehefrau war – plötzlich wunderte es mich nicht mehr, dass niemand in der Fabrik von unserer Beziehung wissen sollte«, fügte sie bitter hinzu.

»So ein elender Betrüger!«, entfuhr es Joan. Sie merkte nicht, dass sie die Hände dabei zu Fäusten ballte.

Ewan beruhigte sie mit gälischen Worten, die Joan zwar nicht verstand, die jedoch ihre Wirkung nicht verfehlten.

Als Marion sah, wie rührend sich dieser große starke Mann um ihre Tochter kümmerte, konnte sie sie verstehen. Sie holte Luft und sagte: »Noch am selben Tag stellte ich Simon zur Rede. Ich schrie ihm die Wahrheit ins Gesicht, die er schließlich nicht leugnen konnte.«

»Der Streit fand in deiner Küche statt, nicht wahr?«, fragte Joan. Sie hatte an diesem Abend zum ersten Mal Kontakt zu ihrer Mutter aufgenommen.

»Ja. Es war ein fürchterlicher Streit, in dem ich mein Geld zurückforderte. Er habe nie vorgehabt, sich scheiden zu lassen und ich sei nur ein eine kleine Abwechslung für ihn. So hat er sich jedenfalls ausgedrückt. Als er dann damit herausrückte, dass er mein Geld verspielt hatte, warf ich ihn aus dem Haus. Die nächsten Tage meldete ich mich bei Millers krank, ich wollte niemanden sehen, und als ich auch noch dank Simons Initiative meinen Job verlor, brach ich völlig zusammen. Du warst fort, das Haus konnte ich nicht mehr halten – da sah ich nur einen Ausweg, nämlich, mir das Leben zu nehmen.«

Stille breitete sich in dem kleinen Salon aus, nachdem Marion geendet hatte. Und erst als Joan sie leise daran erinnerte, ihre Geschichte weiterzuerzählen, streckte sich ihre Mutter. »Als ich deine Stimme hörte, dachte ich zunächst, dass nun auch ich verrückt geworden sei, glaubte an eine Geisteskrankheit, die nicht nur dich und deine Großmutter Fiona, sondern auch mich ergriffen hatte. Doch an den folgenden Abenden hörte ich dich wieder, und da dachte ich, dass ich deinen Vorschlag annehmen und auf diesen geheimnisvollen Mr Lamont warten sollte. Doch dazu kam es nicht mehr: Mr Rutherford machte seine Drohung war, einen Tag nach seinem Besuch stand ein Möbelwagen vor meiner Tür. Innerhalb weniger Stunden räumten die Packer das Haus leer und erklärten, dass meine Möbel eingelagert werden würden, bis ich eine andere Bleibe gefunden hätte.«

»Aber wie hat Robin dich gefunden?«

»Ich suchte neun Monate nach deiner Mutter«, ergriff Robin das Wort. »Kurz bevor ich alleine zurück nach Schottland wollte, erwähnte eine Nachbarin in Totton, dass Marion möglicherweise bei einer Freundin in Southampton untergekommen sei. Ich hatte sie bereits Monate zuvor nach deiner Mutter gefragt, aber plötzlich erinnerte sie sich an sie. Natürlich riet sie mir auch, in London bei Marions Tochter zu suchen, aber das konnte ich mir ja sparen.«

Joan fragte: »Neun Monate warst du fort?«

»Noch länger«, bestätigte er ihr. »Als ich deine Mutter schließlich bei der Freundin fand, dachte sie überhaupt nicht daran, mit mir zu kommen. In der ganzen Aufregung hatte sie wohl verdrängt, dass sie auf mich warten wollte.«

»Ich war froh, bei Katie unterkommen zu können. Sie machte mir allerdings klar, dass es nur vorübergehend möglich sei. Katie wohnt in einem winzigen Appartement, und wenn ihr Freund sie besuchen kam, musste ich ins Kino gehen.«

»Was ist ein Kino, ein Appartement?«, wollte Ewan wissen.«

Joan legte die Hand auf seinen Arm und sagte nur: »Später.«

»Ich fiel aus allen Wolken, als Robin plötzlich vor mir stand und mir als Beweis eine rote Haarlocke von dir gab. Und dann bin ich eben mitgekommen.« Marion schien der Schock über die ungewöhnliche Reise noch immer in den Knochen zu stecken. Sie schüttelte sich, bevor sie sagte: »Es war ein eigenartiges Gefühl. Mir wurde plötzlich schwarz vor den Augen, und als ich wieder zu mir kam, dachte ich, Robin sei tot. Er lag bewegungslos neben mir, aber gerade, als ich ihn mir näher ansehen wollte, öffnete er zum Glück die Augen. Und mein ganzer Körper schmerzte furchtbar.«

»Der Rest der Geschichte ist schnell erzählt. Es war nachts, und zu Fuß machten wir uns auf den Weg nach Glenbharr Castle, wo wir dann im Morgengrauen eintrafen«, sagte Robin mit einem zufriedenen Lächeln. »Ich bin so müde, dass ich im Stehen einschlafen könnte.«

»Ich werde veranlassen, dass man eine Kammer für Euch herrichtet«, bot Ewan an und erhob sich. »Ihr habt viel hinter

Euch. Endlich wird meine Frau wieder ruhig schlafen können. Sie war die letzten Wochen außer sich vor Sorge – vor allem nach ihrem weiteren Besuch im *Broch.*« Und als Robin fragend die Brauen hob, erklärte Joan ihm rasch, dass sie noch einmal versucht hatte, mit ihrer Mutter Kontakt aufzunehmen. Robin meinte, dass Marion zu dieser Stunde zwischen den Zeiten gewesen sein musste. Den Vorschlag, eine Weile in der Burg zu bleiben, lehnte er mit der Begründung ab, dass er lieber zu seiner Hütte aufbrechen wolle. Ewans Angebot, wenigstens ein Pferd aus seinem Stall zu nehmen, nahm er dankbar an.

»Es hat sich ein weiteres Mal erwiesen, dass die Zeit hier langsamer vergeht«, sagte er zum Abschied zu Joan. »Ich war nur wenige Wochen fort, nicht wahr?«

Sie nickte bedächtig. »Ungefähr sechs oder sieben Wochen.« Spontan umarmte sie Robin. »Ich danke dir für deine Hilfe, und ich hoffe, dass ich mich eines Tages erkenntlich dafür zeigen kann.«

»Das ist nicht nötig.« Ein wenig verlegen ließ er sich die Umarmung gefallen, nachdem er bemerkt hatte, dass Ewan MacLaughlin ruhig blieb. Er hatte genau registriert, dass der junge Highlander ihn bei seiner Ankunft kritisch beobachtet hatte.

»Grüß Màiri von mir«, fügte Robin hinzu. »Sie war doch eine große Hilfe, auch für dich.«

Wie auf ein geheimes Kommando klopfte es an die Tür, und gleich darauf steckte Màiri den Kopf durch den Türspalt. »Ich möchte nicht stören, aber Vater würde gern Seonags Mutter kennenlernen. Ich erzählte ihm vorhin von ihrer Ankunft.« Sie spähte scheu zu Marion. Ihrer Miene nach fühlte sie sich, als würde sie an einem historischen Ritterspiel teilnehmen.

Joan stellte Màiri vor. »Das ist Màiri, Mom – Mutter. Sie

ist Ewans Schwester und meine Freundin, und wenn sie nicht gewesen wäre, hätte ich den Kerker von Glenbharr nicht lebend verlassen.«

Immer wieder blinzelte Marion verwirrt, während sie sich in der Kammer umsah, die nun ihr Zuhause sein sollte.

Die erste Begegnung mit Dòmhnall war angenehm verlaufen, obwohl sie sich wegen seiner Größe und seines wilden Aussehens zunächst erschrocken hatte. Der Burgherr von Glenbharr hatte sich von seiner besten Seite gezeigt, als Joan ihm ihre Mutter vorstellte. Wie zuvor vereinbart, hatte sie erzählt, was sie besprochen hatten.

In Stichworten hatte Joan ihrer Mutter zuvor mitgeteilt, dass Dòmhnall erst im Mai 1732 seine von ihm sehr geliebte Frau verloren hatte und den Verlust noch immer nicht ganz verwunden habe. Sein polterndes Wesen habe sich beruhigt, doch wer den Laird kenne, spüre genau, dass das wilde Temperament in ihm nicht erloschen ist, sondern nur schlummerte.

»Tragen alle Männer hier diese eigenartigen Kilts?«, fragte Marion und setzte sich, während ihre Tochter geschäftig hin und her eilte, um dem Raum mit prächtigen Blumen etwas mehr Atmosphäre zu verleihen.

Joan lachte. »Der Kilt, den wir kennen, ist ein Wickelrock, dessen Falten fertig in das Plaid eingenäht werden, er ist noch nicht erfunden – zumindest ist er in unserem Clan unbekannt. Die Männer hier tragen den *breacan feile*, in den sie sich einwickeln.«

»Noch nicht erfunden«, echote Marion mit ausdrucksloser Miene. »Mir scheint, es ist einiges noch nicht erfunden worden. Wie kommst du hier nur zurecht?«

»Ich habe mich schnell eingelebt«, sagte sie lächelnd, während sie sich auf der Bettkante niederließ. »Und ich möchte nirgends sonst mehr leben – weil Ewan hier ist. Verstehst du das, Mutter?«

»Oh ja, das verstehe ich. Ewan ist ein gut aussehender Mann, ich habe nie ein prachtvolleres Exemplar seiner Gattung gesehen.«

»Und er liebt mich bedingungslos, wenn man berücksichtigt, dass er natürlich seinen Pflichten nachkommen muss. Ich bin immer wieder glücklich, zurückgekommen zu sein, auch wenn meine Urahnin etwas anderes beabsichtigt hatte.« Sie schilderte kurz die abenteuerliche Bestattung von Ceana Mathesons Gebeinen auf dem Friedhof von St. Cait oben in den Bergen.

»Und jetzt bekommst du ein Kind.« Marions Blick verinnerlichte sich, als ihr Blick den kugelrunden Bauch ihrer Tochter erfasste. »Mein kleines Mädchen wird selbst Mutter.«

Sekunden später lagen sich die beiden Frauen in den Armen, sie lachten und weinten gleichzeitig. Erst jetzt schien ihnen bewusst zu sein, dass sie sich endlich wiedergefunden hatten.

»Muss ich dieses scheußliche Ding tatsächlich den ganzen Tag auf dem Kopf tragen?«, fragte Marion, nachdem sie sich die Tränen fortgewischt hatte, und zog die Haube vom Kopf. »Ich komme mir vor wie meine eigene Großmutter.«

»Ich kann mich auch schlecht daran gewöhnen, manchmal lasse ich die Haube weg. Es ist ein – nun ja – modisches Attribut und außerdem praktisch.«

»Ich bin froh, dass mich meine Freundinnen so nicht sehen können. – Erzähl mir mehr.«

Fast eine Woche lang hatte Hauptmann Robert Milford darauf warten müssen, bis Anna Ferguson wieder im Wirtshaus auftauchte. Als sie dann unvermittelt erschien – wieder in ihren Umhang gehüllt – erhob sich Milford sofort und eilte ihr entgegen, nahm ihr den Krug ab und gab dem Wirt ein Zeichen, das Gefäß mit Wein zu füllen.

»Wie ist es Euch ergangen, Miss Ferguson?«, erkundigte sich Milford höflich, als er Anna zu seinem Tisch führte. »Ich habe oft an Euch denken müssen.«

Anna fühlte sich geschmeichelt, sie brauchte männliche Aufmerksamkeit wie eine Blume die Sonne. Seitdem sie in Kingussie lebte, hatte sie außer im Wirtshaus keinen Kontakt zu Männern. Von morgens bis abends forderte Tante Myra Gehorsam von ihr und zwang sie oft zu stundenlangen Gebeten, damit der Herrgott ihre Sünden vergeben möge.

Milford war zwar einer der verhassten *Sasannach*, aber er war immerhin ein Mann, der sich offensichtlich noch dazu nicht allzu sehr an ihrer hässlichen, allmählich vernarbenden Wunde im Gesicht störte.

»Es ist mir ganz gut ergangen, Sir«, erwiderte sie und setzte ein unschuldiges Lächeln auf. »Auch wenn meine Tante recht anstrengend sein kann.«

Milford beauftragte Allison, Getränke zu holen, dann wandte er sich wieder an Anna. »Lassen wir doch die Förmlichkeiten fallen, mein Vorname ist Robert … oder schickt es sich nicht für eine junge Lady aus den Highlands, einen englischen Hauptmann zu duzen?«

Eigentlich schickte es sich für eine junge Lady aus den Highlands noch nicht einmal, mit einem *Sasannach* vertraulich an einem Tisch zu sitzen und Bier zu trinken, doch das behielt Anna wohlweislich für sich. Sie schob die Kapuze zurecht und erwiderte lächelnd: »Es ist mir ein Vergnügen, mich in Eurer – deiner – Gesellschaft zu befinden, Robert.«

Zufrieden nickte er, dann wies er flüchtig auf Annas verdeckte Wange. »Willst du mir nicht erzählen, wie das passiert ist? Du sagtest neulich, dass die Frau des jungen MacLaughlin dafür verantwortlich sein soll.«

Annas Augen verengten sich, für Milford nur an einem von ihnen erkenntlich. »Sie hat mir Ewan abspenstig gemacht, und dafür wollte ich sie büßen lassen.« Mit gesenkter Stimme begann sie zu erzählen, natürlich so ausgeschmückt und verdreht, dass sie gut dabei wegkam.

Doch Milford begriff sofort, dass Anna die Eifersucht schier zerfraß, weil der schöne, stolze Sohn des Lairds ihr eine andere Frau vorgezogen hatte. Dass er Ewan mindestens ebenso hasste wie Anna dessen Frau, behielt er für sich. Es hätte nicht in seinen Plan gepasst, Anna für sich einzuspannen.

19. Kapitel

Schneller als Marion Harris geahnt hatte, gewöhnte sie sich an das Leben im achtzehnten Jahrhundert. Sie und ihre Tochter waren in den ersten Tagen nach der Ankunft fast ständig zusammen, Joan lehrte sie, sich anzupassen und machte sie vertraut mit den Regeln des Clans.

Auch zu Màiri und Darla hatte sie schnell Kontakt gefunden, und allmählich konnte sie verstehen, dass sich ihre Tochter von diesen Menschen angezogen fühlte. Aber am glücklichsten war sie, wenn sie Joan zusammen mit ihrem stolzen Krieger sah.

Im einundzwanzigsten Jahrhundert hatte Joan einen Mann von Ewans Format nie gefunden. Ihm waren die Arroganz und der Snobismus der Vermögenden fremd, obwohl er wohlhabend und angesehen war und die Familie über große Güter verfügte.

Die gemeinsamen Mahlzeiten bereiteten Marion besonderes Vergnügen. Inmitten des bunt gemischten Völkchens an der langen Tafel, das sich uneitel unterhielt, fühlte sich Marion wohl. Einzig Laird Dòmhnall hüllte sich die meiste Zeit in Schweigen. Eigentlich war er der Einzige, zu dem Marion noch nicht den rechten Zugang gefunden hatte, was auch daran lag, dass sich Dòmhnall meistens nach den Mahlzeiten wieder zurückzog.

Von den Burgbewohnern war Marion mit Freundlichkeit aufgenommen worden. Joan war beliebt, obwohl sie Engländerin war, und die Sympathie hatte sich auch auf ihre Mutter übertragen.

Marion war entsetzt, als Joan ihr von den Schikanen erzählte, denen die Highlander ausgesetzt waren.

»Die Bevormundung der Engländer ist unerträglich und führt immer wieder zu Auseinandersetzungen, Racheakten und Kämpfen, und lässt Ewan oft unterwegs sein,« erzählte sie ihrer Mutter, und dass es schon zwei Bürgerkriege gegeben habe, die man Jakobitenaufstände nannte. Auch die MacLaughlins seien Jakobiten und die Männer des Clans träfen sich heimlich zu Versammlungen, von denen die Engländer nichts wissen durften. Wurden Sympathien zu James Stuart nachgewiesen, konnte man in einem finsteren englischen Garnisonsverlies landen, aus dem man nicht mehr so schnell herauskam.

Marion war vom Geschichtsunterricht vieles noch in Erinnerung, so unter anderem auch, dass es einen weiteren blutigen Aufstand geben würde, doch sie wagte Joan nicht zu fragen, was sie mit ihrem Wissen anfangen sollten.

»Du entschuldigst uns, Mutter?« Joan beugte sich zu Marion hinunter, die noch am Tisch saß und von dem köstlichen süßen Bier trank, das allabendlich ausgeschenkt wurde. »Ewan und ich wollen – na ja – er war den ganzen Tag fort …« Sie zwinkerte verschwörerisch.

»Viel Vergnügen, ihr beiden«, entgegnete Marion und sah Ewan dabei an, der daraufhin rot bis zu den Haarwurzeln wurde und verlegen den Blick abwandte. »Ich war schließlich auch mal jung.«

Joan drückte ihr einen Kuss auf die Wange. »Du bist immer noch jung und sehr hübsch.«

Marion versenkte den Blick in ihren Bierkrug. Mit denselben Worten hatte ihr Simon geschmeichelt. Gut, dass hier an seine Geburt noch nicht einmal zu denken war, dachte sie, und musste dabei unwillkürlich viel zu laut lachen.

Als sie wieder aufsah, sah sie Dòmhnalls fragenden Blick auf sich ruhen. Betont langsam erhob sie sich, strich ihren Rock glatt und trat zum Kopf der Tafel, an dem der Laird heute noch aß und einen Becher Whisky vor sich stehen hatte, obwohl die Tafel bereits aufgehoben war.

»Verzeiht bitte mein ungebührlich lautes Lachen«, entschuldigte sie sich, »ich musste nur an einen Mann denken, der mich sehr enttäuscht hat.«

»Und deshalb habt Ihr gelacht?« Dòmhnalls buschige Augenbrauen schossen in die Höhe. »Das muss eine eigenartige Enttäuschung gewesen sein.« Mit einer Handbewegung bat er Marion, Platz zu nehmen.

Sie vermied den Blick zu dem leeren Stuhl an Dòmhnalls Seite und setzte sich einen Platz weiter. »Der Mann war eigenartig, aber er ist es nicht wert, noch einen Gedanken an ihn zu verschwenden.«

»Erzählt mir von Euch, Mòrag«, bat er unvermittelt, und seine Stimme klang weniger rau als sonst. »Ich möchte gerne etwas über die Frau erfahren, dessen Tochter Ewan bald ein Kind schenken wird.«

Hilfesuchend blickte sie sich nach Joan um, doch die war

längst mit Ewan verschwunden. Fieberhaft versuchte sie sich daran zu erinnern, was Joan ihr eingebläut hatte. Wenn sie sich verplapperte, würde Dòmhnall sofort misstrauisch werden.

Sie gab sich einen Ruck, setzte ein zwangloses Lächeln auf und erwiderte: »Fragt nur, was Ihr wissen wollt.«

»Seonag erwähnte, dass auch Ihr verwitwet seid. Wann ist Euer Mann gestorben – und woran?«

Auf diese Frage war Marion vorbereitet. »Es ist richtig, mein Mann starb, als Joan fünfzehn Jahre alt war. Paul – er war Gerichtsdiener in London.« Ob es die schon gab, schoss es Marion durch den Kopf. Dòmhnall reagierte nicht auf ihre Erklärung. Sein Blick wurde trüb, er sah zu dem unbesetzten, hochlehnigen Stuhl neben sich und erwiderte mit schleppender Stimme: »Dann haben wir gewissermaßen ein vergleichbares Schicksal – meine Trauer – nun – sie ist noch sehr frisch und ich muss mich täglich noch zusammenreißen, um meinen Pflichten nachzukommen. Ihr habt sicher schon bemerkt, dass das Leben in den Highlands alles andere als ruhig und besonnen ist.« Er winkte einen Bediensteten herbei, der ihm ohne besondere Aufforderung Whisky nachschenkte. Marion lehnte jedoch ab, als der Laird ihr ebenfalls einen Becher davon anbot.

»Ihr solltet ihn probieren, Mòrag«, sagte er und hob sein Glas. »Er ist selbst gebrannt und hat drei Jahre gelagert, bevor das Fass geöffnet wurde.«

Sie nickte verständnisvoll, erinnerte sich jedoch an Joans Warnung, dass der angepriesene Whisky doppelt so stark sei wie der aus dem Supermarkt. Wenn sie davon trinken würde, könnte sie sich verplappern.

»Ich würde gerne noch etwas von dem schmackhaften Bier nehmen«, sagte sie. Der Wunsch wurde ihr umgehend erfüllt und sie nahm einen langen Schluck. Der angenehme

Geschmack nach Hefe, Honig und Malz sagte ihr immer mehr zu.

»Wie habt Ihr es aufgenommen, dass Eure Tochter einen Schotten geheiratet hat?«, fragte der Laird übergangslos. »Man sagt, die Engländer lieben die Highländer so wenig wie wir sie.«

»Nun, ich war überrascht«, antwortete sie wahrheitsgemäß, »aber keineswegs enttäuscht. Joan hatte vorher nicht viel Glück in der Liebe, und Ewan ist der Mann, den sie liebt. Soll eine Mutter sich dagegen sträuben?«

Zögernd nickte er. Nur ungern erinnerte er sich an die Auseinandersetzungen mit seinem Sohn, die nach seiner widerstrebenden Einwilligung in dessen Ehe beendet worden war. Vermutlich wusste Marion davon, doch als sie keine Andeutungen machte, fragte er: »Weshalb seid Ihr nicht zur Hochzeit hier gewesen? Ich erinnere mich auch dunkel, dass meine Frau einmal sagte, Seonags Eltern seien beide nicht mehr am Leben.«

In Marions Kopf überschlugen sich die Gedanken. Was war das für eine Geschichte? Was soll ich jetzt sagen? Joan hatte ihr davon nichts gesagt, oder hatte sie es vergessen?

Sie hielt Dòmhnalls prüfendem Blick stand. »Da muss sich Eure Gemahlin verhört haben«, brachte sie schließlich hervor. »Wie Ihr seht, bin *ich* am Leben – zur Hochzeit bin ich nicht gekommen, weil ich zu spät davon erfahren habe. Wisst Ihr, es dauert lange, bis eine Botschaft aus den Highlands London erreicht.«

»Ich verstehe.« Zum Glück gab sich Dòmhnall mit ihren Antworten zufrieden. »Habt Ihr vor, nach der Niederkunft zurück nach London zu reisen?«

»Darüber habe ich noch nicht nachgedacht.« Auch dies entsprach den Tatsachen. »Jedenfalls bin ich sehr glücklich, dass ich meiner Tochter bei der Geburt zur Seite stehen kann.«

»Ihr seid so lange mein Gast, wie es Euch beliebt.« Er nahm erneut einen Schluck, und Marion fragte sich, wie lange es noch dauern würde, bis Dòmhnall betrunken war. Allerdings – dass die meisten Männer des Clans ungewöhnlich trinkfest waren, hatte sie schon bemerkt.

»Ich danke Euch für Eure Gastfreundschaft«, beeilte sich Marion zu sagen. »Wenn es Euch recht ist, werde ich mich in Zukunft an den Arbeiten der anderen Frauen beteiligen«, bot sie an. »Damit kann ich Euch ein wenig Eure Gastfreundschaft danken.«

Er winkte ab. »Kümmert Euch um Seonag, sie muss viel ruhen – aber sie ist ziemlich störrisch.« Schmunzelnd fügte er hinzu: »Nicht, dass es Ewan stören würde – Seonags Eigensinn scheint ihn zu beeindrucken. Sie sollte nicht mehr reiten, dennoch lässt sie sich nicht davon abbringen, Màiri auf ihren wöchentlichen Ritten zum Glen Dillon zu begleiten.«

»Sie hatte schon immer ihren eigenen Willen.« Marion lächelte. »Das hat sie von ihrem Vater geerbt, er versuchte auch immer, mit dem Kopf durch die Wand zu gehen.«

Dòmhnall erwiderte ihr Lächeln und wirkte dabei überraschend wie ein Mann, der Verständnis für die Launen des Nachwuchses zeigt, nicht wie oft, wie ein Wikinger auf Kriegspfad. Gleich darauf wurde seine Miene jedoch wieder ernst. »Ihr wisst, dass Ewan nach meinem Ableben Oberhaupt des MacLaughlin-Clans wird?« Und als sie zögernd bejahte, fügte er erklärend hinzu: »Das ist eine Aufgabe, die Ewans ganze Kraft erfordern wird. Und es ist sehr wichtig, dass Seonag zu ihm steht – auch, wenn er in Kämpfe ziehen muss.«

»Ja, und ich weiß auch, dass sie, falls sie einen Sohn bekommt, damit rechnen muss, dass er ebenfalls Clanführer wird, wenn er alt genug dafür ist.«

»Aye, so ist es Tradition seit Jahrhunderten. Es ist wichtig, dass Seonag ihrem Mann mindestens einen Sohn schenkt.«

Was geschah, wenn sie nur Töchter gebären würde, wollte Marion sich lieber nicht ausmalen. Marion war sich sicher, dass Ewan ihre Tochter niemals verstoßen würde, wenn sie nur Mädchen zur Welt bringen würde – aber Dòmhnall hatte ihr gerade, sozusagen durch die Blume, erklärt, dass ein Mann – noch dazu der Sohn des Laird – einen Jungen zu zeugen hatte.

Am Tag zuvor hatten sich Mutter und Tochter eingehend über den dramatischen Jakobitenaufstand unterhalten, der im Jahre 1745 beginnen und im Frühjahr 1746 blutig enden würde. Joans heimliche Befürchtungen ließen ihr eher eine Tochter wünschen, denn jeder Sohn wurde schon von Kindesbeinen an zum Kampf mit Schild und Breitschwert herangeführt. Es war durchaus möglich, dass Joans Sohn dann trotz seiner Jugend an der Schlacht bei Culloden Moor mitwirken würde.

Selbstverständlich behielt Marion ihre Gedanken für sich.

»Dieses Land ist seit mehreren Hundert Jahren im Besitz meiner Familie«, sagte Dòmhnall nicht ohne Stolz, »und so Gott will, wird sich daran nie etwas ändern. Glaubt nicht, dass es keine Neider gibt – in der Vergangenheit hatten die MacLaughlins oft genug Fehden mit feindlichen Clans auszustehen. Aber wir konnten uns immer behaupten und unser Land verteidigen, daran können auch die Rotjacken nichts ändern. Und das ärgert sie. Ihr steht selbstverständlich unter meinem Schutz. Engländerinnen, die mit uns Hochlandschotten im Bunde stehen, werden oftmals nicht sehr nett von ihren Landsleuten behandelt.«

»Ich weiß Euren Großmut dankbar zu schätzen«, entgegnete Marion und war im Stillen überrascht, wie rasch es ihr gelungen war, sich dem ungewohnten Sprachgebrauch anzupassen. Unwillkürlich wich sie zurück, als sich Dòmhnall zu ihr hinüberbeugte.

»Nenne mich bei meinem Vornamen, Mòrag«, bat er, und seine auffallend blauen Augen wirkten weniger kühl. »Immerhin sind wir jetzt so etwas wie eine Familie, aye?«

Nachdenklich nickte sie. Zu überraschend war dieses vertrauliche Angebot.

Als sie wenig später schlafen ging, stellte sie erstaunt fest, dass ihr der raubeinige schottische Hüne sympathisch war, obwohl sie beide das Wissen von mehr als zweihundert Jahren trennte. Wenn sie lange genug blieb, konnte sich durchaus eine wertvolle Freundschaft entwickeln.

Während Marion vor dem Spiegel stand und ihr Haar bürstete, wurde ihr bewusst, dass sie seit Tagen nicht an ihr früheres Leben gedacht und mit dem Gedanken gespielt hatte, ins Jahr 2006 zurückzukehren.

Die Dinge, die sie in den ersten zwei Wochen ihres Aufenthaltes in der Burg schmerzlich vermisst hatte, waren unwichtig geworden. Es gab zwar kein elektrisches Licht, keine Fernsehgeräte, kein fließendes Wasser oder Telefon, aber dafür sehr viel mehr menschliche Nähe und Wärme und mehr Zusammenhalt.

Was hatte sie schon in ihrer Zeit zurückgelassen? Ein paar alte Möbel, die in einem Lagerhaus vor sich hin staubten, und eine Freundin, die ihre Erleichterung kaum verbergen konnte, als Marion ihr erzählte, dass sie für unbestimmte Zeit verreisen würde.

Nein, es würde sie niemand vermissen, und Simon sollte mit seiner Frau glücklich werden oder auch nicht. Selbstbewusst nickte Marion ihrem Spiegelbild zu, in etwa einem Monat würde sie Großmutter sein, und allmählich konnte sie sich vorbehaltlos darüber freuen.

Mit einem kehligen Laut warf Joan ihren Kopf in den Nacken und begann, sich langsam zu bewegen. Sie saß mit gespreizten Beinen auf Ewan, seinen steinharten Penis tief in sich aufgenommen. Diese Stellung des Geschlechtsaktes war inzwischen die bequemste geworden, seitdem Joans Bauch überdimensionale Formen angenommen hatte.

Mit geschlossenen Augen massierte Ewan ihre Brüste, murmelte gälische Liebesworte, mit jedem Stoß wurde sein Atem schwerer. Joans Leibesfülle und die Tatsache, dass man ihre früher zerbrechlich wirkende Taille nur noch erahnen konnte, schienen Ewans Leidenschaft nur noch mehr anzustacheln.

Schnell fanden sie einen gemeinsamen Rhythmus und kamen gleichzeitig zum Höhepunkt. Joan wusste, dass Sex auch im achten Monat der Schwangerschaft noch nicht gefährlich war und genoss jede Nacht seine Potenz.

Später lag Joan an seiner Brust, lauschte seinen gleichmäßigen Atemzügen und fragte sich, ob es einen Menschen gab, der glücklicher sein konnte als sie.

»Hast du gesehen, wie intensiv mein Vater sich mit deiner Mutter beim Abendessen unterhalten hat?«, fragte Ewan plötzlich, als Joan dachte, er wäre bereits eingeschlafen. »Er scheint sie zu mögen.« Als Joan überrascht den Kopf hob, fügte er hastig hinzu: »In allen Ehren natürlich.«

»Ich habe es nicht bemerkt.« Sie schmiegte ihre Wange an seine Halsbeuge. »Ich glaube, die beiden können Freunde werden, wenn sie mehr Zeit zusammen verbringen. Sie haben beide erst kürzlich einen Menschen verloren, den sie liebten, das verbindet.«

»Aye, es wäre gut, wenn sie sich anfreunden würden.« Spielerisch fuhr seine Hand über ihr lockiges Haar. »Bist du glücklich?«

»Ja – sehr.«

»Und ich werde dafür sorgen, dass es so bleibt«, sagte er in die Dunkelheit hinein. »Gott ist mein Zeuge, dass ich dich vor allem Bösen beschützen werde, solange ich lebe.«

Major John Claytons Stirn war besorgt gerunzelt, als er auf den Brief auf seinem Schreibtisch zeigte. »Ich finde es unverantwortlich von Colonel Porter, ausgerechnet Milford und Allison anzufordern – als ob es nicht andere fähige Soldaten gäbe!«

Schon seit Stunden gab es zwischen Clayton und seinem Freund Lord William Addingworth kein anderes Thema als das Schreiben aus Fort George. Es war am frühen Nachmittag von einem Boten überbracht worden mit der Bitte, sich der Forderung unverzüglich anzunehmen.

»Du kannst dich nicht gegen Porters Befehl auflehnen«, erinnerte der Lord vorsichtig. »Er wird schon seine Gründe haben, weshalb ihm ausgerechnet so viel an dem hitzigen Hauptmann liegt.«

Clayton schnaufte. »Unfug, Milford hat sich bisher durch keine Heldentat hervorgehoben, im Gegenteil. Und selbst, wenn inzwischen Gras über die Sache mit diesem Mädchen gewachsen ist, halte ich es für riskant, wenn er sich in der Nähe der MacLaughlins aufhält. Zweifellos wird man ihn wieder auf Patrouille schicken, und es ist nur eine Frage der Zeit, bis es zur Katastrophe kommt.«

Addingworth nippte an seinem Portwein, wie üblich nahm er sich viel Zeit mit seiner Antwort. »Du kannst nichts dagegen tun, John, das würde deine Kompetenzen bei Weitem überschreiten. Du könntest Milford vor seiner Abreise noch einmal ins Gewissen reden, doch ich fürchte, du kannst genauso gut mit dieser Wand reden.« Er machte eine Kopfbewegung zur gegenüberliegenden, weiß gestrichenen Zimmerwand. »Wenn es zu einem Zwischenfall mit den MacLaughlins kommt, kann man nur hoffen, dass der Hauptmann nicht den Kürzeren zieht. Ich habe Laird Dòmhnall einmal gesehen – ein furchteinflößender Riese! Er sieht aus, als könne er den Säbel eines englischen Soldaten wie einen trockenen Ast zerbrechen – und Dòmhnalls Sohn macht auch nicht gerade den Eindruck, als wäre er zart besaitet. Das solltest du Milford mit auf den Weg geben; wenn er sich diese Warnung nicht zu Herzen nimmt, ist ihm nicht mehr zu helfen.«

Bereits am nächsten Tag wurde Hauptmann Milford mitgeteilt, dass er Ende der Woche ins Fort übersiedeln würde, gemeinsam mit Leutnant Allison. Mit unbeweglicher Miene nahm er die Neuigkeit auf, innerlich jedoch jubelte er. Sein Ziel war in greifbare Nähe gerückt: Im Fort ließ man ihm mehr Freiheiten als in Ruthven, sodass er in aller Ruhe seinen Plan ausführen konnte.

Das Ereignis wurde abends im Wirthaus von Kingussie ausgiebig begossen. James Allison fand nach wie vor, dass Robert mit seinem Hass gegen Ewan MacLaughlin übertrieb.

Ungeduldig trommelte der Hauptmann mit den Fingern auf der nicht ganz sauberen Tischplatte. Sein Blick schweifte in regelmäßigen Abständen zur Tür, durch die er hoffte, Anna Ferguson schlüpfen zu sehen.

»Hoffentlich kommt sie bald.« Er hob seinen Becher. »Sie hasst die Frau des jungen MacLaughlins. Etwas Besseres konnte mir gar nicht geschehen.«

Bevor Allison antworten konnte, wurde zu seiner Erleichterung die Tür aufgestoßen und Anna betrat die Gaststube, in den Händen trug sie den obligatorischen unansehnlichen Steinkrug.

»Wenn man vom Teufel spricht …« Milford wartete, bis Anna ihn entdeckte, dann setzte er ein liebenswürdiges Lächeln auf, das Anna näher treten ließ. Diesmal trug sie keinen Umhang, sondern ihr Haar und die linke Gesichtshälfte waren mit einem bunt gemusterten Tuch bedeckt. Sie trug eine ausgeschnittene Bluse, das Mieder darüber war so eng geschnürt, dass der Busen bei jedem Atemzug aus dem Ausschnitt zu fallen drohte.

Flüchtig fragte sich Milford, was die verknöcherte Tante Myra wohl zu diesem Aufzug sagen würde, aber vermutlich hatte Anna es verstanden, ihr Äußeres geschickt zu verbergen, bis sie das Haus verlassen hatte.

Ohne Aufforderung machte sich Allison, nachdem Anna am Tisch Platz genommen hatte, aus dem Staub und gesellte sich zu den anderen Soldaten an der primitiven Holztheke.

»Weißt du«, begann Robert gedämpft das Gespräch mit Anna, »ich habe eine Idee, die uns beide befriedigen könnte. Ich denke, wir haben beide noch eine Rechnung mit Ewan MacLaughlin offen.«

Anna zuckte entsetzt: »Sie – du wirst ihm doch nicht nach dem Leben trachten?!«

Sie hatte ziemlich laut gesprochen, sodass sich Milford hastig nach allen Seiten umdrehte. Dann neigte er sich über den Tisch und raunte Anna zu: »Ihm wird kein Haar gekrümmt, ich weiß etwas viel Wikungsvolleres: Ich verpasse seiner englischen Frau einen Denkzettel.«

»Was hast du vor?«

»Ich werde –« Er schilderte ihr seinen Plan.

»Du willst sie entehren und damit Ewans Stolz verletzen«, sagte sie vergnügt. »Aber das genügt nicht. Du musst sie kaltmachen, aye?«

»Von Mord ist nicht die Rede – ich sehe auch keinen Grund dafür. Erzähl mir, wann sie die Burg verlässt – ohne Begleitung natürlich.«

Annas unverdecktes Auge funkelte angriffslustig. »Bring sie um, diese Seonag MacLaughlin, dann haben wir beide, was wir wollen. Du bekommst Genugtuung, und ich …«, sie legte eine bedeutungsvolle Pause ein, »... ich kann ihn für mich gewinnen.«

Anscheinend schien sie ihr entstelltes Gesicht vergessen zu haben. Milford musterte sie mit einem kritischen Blick.

»Du stellst dir das zu einfach vor, fürchte ich«, sagte er nur. »Für einen Mord wird man gehängt, und ich möchte gerne noch ein paar Jahre leben, wenn du gestattest.«

Doch Anna hatte derart Feuer gefangen, dass sie ihren Stuhl näher an den Hauptmann heranrückte und ihre Finger in seinen Uniformärmel krallte. »Jeden Donnerstag reitet Seonag mit Màiri, Ewans Schwester, hinüber ins Glen Dillon, um ein paar dummen Bauerntölpeln Lesen und Schreiben beizubringen. Die beiden reiten ohne Begleitschutz, da der Weg ins Glen nicht durch den Wald führt und sie bei Anbruch der Dunkelheit zurück sind«, fügte sie mit Nachdruck hinzu. »Für dich wäre es ein Leichtes, den Frauen aufzulauern.«

»So, glaubst du?« Er verzog die Mundwinkel und warf einen weiteren Blick in alle Richtungen. Er wollte nicht gleich zugeben, dass ihm Annas Plan gefiel, dass er auf ihre Hinweise angewiesen war. »Und was mache ich mit dieser Schwester? Soll ich sie etwa auch kaltmachen?«

Unbekümmert hob Anna die Schultern. »Warum nicht? Ich kann Màiri nicht ausstehen, und sie mochte mich auch nie.«

Amüsiert stellte er fest, dass Anna vor Aufregung kaum still sitzen konnte, und um ihr einen Dämpfer zu versetzen, fragte er: »Wie stellst du es an, Ewan MacLaughlin deine Gunst zu erweisen, wenn er Witwer ist? Deine Tante hat dich doch in ihren Klauen.«

»Tante Myra kann mich nicht für immer in ihrem Haus halten.«

Milford konnte sich das Zusammenleben der beiden Frauen gut vorstellen – auf der einen Seite die alte Tante, für die es bereits Sünde war, einem Mann direkt in die Augen zu sehen, auf der anderen Seite ihre Nichte.

»Wenn ich noch eine Weile in Kingussie bleibe«, erklärte Anna »ist es sogar von Vorteil. Niemand auf Glenbharr Castle wird eine Verbindung zwischen uns beiden vermuten, und Zeugen wird es auch nicht geben, wenn du den Überfall geschickt anstellst.«

Er konnte nicht umhin, das Mädchen zu bewundern. Diese Kaltblütigkeit kannte er bisher nur von sich selbst.

»Mein Freund James Allison könnte mir ein Alibi verschaffen«, überlegte er laut. »Doch, das würde er tun, wenn ich ihn darum bäte. Aber – die Frau soll hochschwanger sein. Hättest du denn keine Angst, dass MacLaughlin daran zerbricht, wenn er Frau und Kind verlieren würde?«

Anna machte eine lässige Handbewegung, von ihrer anfänglichen Scheu war nichts übrig geblieben. »Er wird es verwinden, denn bevor er Seonag traf, war er mit seinem Leben auch zufrieden, aye? Damals bahnte sich etwas zwischen uns an, und diese Engländerin, die man sogar für eine Hexe gehalten hatte, hat mit ihrem Auftauchen alles zerstört. Dafür soll sie büßen.«

»Du würdest wohl keine Träne um sie weinen, oder?« Dies war keine Frage, sondern eine nüchterne Feststellung, gegen die Anna keinen Einspruch erhob.

»Nein«, schleuderte sie ihm entgegen, senkte dann jedoch sofort wieder die Stimme. »Ich hasse diese Frau, und sie soll in der Hölle schmoren.« Nach einem abschätzenden Blick zu ihrem Gegenüber sagte sie amüsiert: »Vor mir brauchst du nicht den Ehrenmann zu spielen, Robert. Ich weiß sehr wohl, dass du es warst, der Glenda entehrt und ihr ein Kind gemacht hat. Im Clan gab es wochenlang kein anderes Gesprächsthema. Es wurde kein Name genannt, jedoch immer wieder gesagt, der Soldat, der es getan hatte, trage ein Muttermal auf der rechten Wange.«

Sie lachte bitter, als sie hinzufügte: »Wie passend. Du trägst ein Mal auf der rechten Wange und ich auf der linken. Seonag wird dafür bezahlen, dass ich entstellt bin – auch wenn sie nicht direkt schuld hat«, räumte sie mit gnädiger Miene ein.

Milford nickte einfach nur; schließlich wollte er es sich mit Anna nicht verscherzen – zumindest vorerst nicht.

20. Kapitel

In den darauffolgenden Tagen konnte Joan immer häufiger beobachten, dass Mutter und Schwiegervater die Köpfe zusammensteckten und recht vertraulich miteinander umgingen. Ihr war auch nicht entgangen, dass Marion inzwischen bei den Mahlzeiten in Dòmhnalls Nähe saß.

Zu Joans Unmut teilte ihre Mutter die Meinung ihres Schwiegervaters, dass die Ausflüge ins Glen allmählich zu beschwerlich würden; doch Joan hatte sich durchgesetzt. Noch einmal wollte sie mit Màiri zu den Grants reiten, da sich bisher keinerlei Beschwerden gezeigt hatten und sie stolz darauf war, dass einige arme Bauern mit ihrer Hilfe inzwischen lesen und schreiben konnten.

Obwohl es erst Mitte August war, wurden die Abende bereits kühler, sodass die Frauen sich meistens in ihre Kammern zurückzogen, um zu nähen oder zu weben, bis ihre Männer heimkamen.

»Hast du gesehen, dass deine Mutter vorhin Vater in die Bibliothek gefolgt ist?«, fragte Màiri mit amüsiertem Unterton. »Es ist gut, dass Mòrag hier ist – nicht nur für dich, sondern offensichtlich auch für Vater.« Sie legte kurz das Webschiffchen zur Seite und blickte versonnen zu Joan hinüber. »Sie scheint für ihn allmählich zu seiner Vertrauensperson zu werden, sie ersetzt ihm meine Mutter. Er scheint alles,was ihn bewegt, mit ihr zu bereden.«

Zustimmend nickte Joan. »Ich hoffe nur, dass Mom nicht versehentlich verrät, woher wir wirklich kommen. Das würde das Vertrauensverhältnis zwischen den beiden sicher zerstören, fürchte ich.« Sie erhob sich, um ihrem Rücken etwas Entspannung zu gönnen und begann, in Màiris Kammer auf und ab zu gehen. Unvermittelt blieb sie stehen. »Sag, hast du erfahren können, wo Anna jetzt lebt?«

Tags zuvor hatte Màiri den Verwalter nach seiner Tochter gefragt. »Er sagte, dass sie bei einer Tante weit fort von Glenbharr lebt und dort gut aufgehoben sei. Meinetwegen braucht sie nie wieder hier zu erscheinen, diese Frau hat den bösen Blick.«

Mit sichtbarem Erstaunen ließ sich Joan wieder auf ihrem Stuhl nieder. »Inwiefern?«

»Wenn sie dich sah, bekam sie diesen völlig veränderten Blick – schlagartig – es war ein böser Blick, der zeigte, dass sie etwas gegen dich im Schilde führte.«

Ein festes Klopfzeichen kündigte einen Besucher an und die beiden Frauen hoben gleichzeitig die Köpfe. Als Joan ihren Mann entdeckte, legte sie das Webschiffchen fort, stand auf und trat ihm strahlend entgegen. »Du bist schon zurück, wie schön.«

»Aye, und ich werde den ganzen morgigen Tag hier sein, *mo ghràidh*.« Er umarmte sie, wobei er sorgsam darauf achtete, dass er sie nicht zu stark an sich drückte »Vater möchte, dass ich euch beide morgen ins Glen begleite, und diese Bitte erfülle ich ihm nur zu gerne. In deinem Zustand darfst du keine Sekunde des Tages mehr alleine sein und Màiris Anwesenheit reicht nicht.«

Auch wenn sie Dòmhnalls Ängstlichkeit insgeheim für übertrieben hielt, war sie doch dankbar. Falls sich unterwegs unverhofft verfrühte Wehen bemerkbar machen sollten, würde zwar auch Ewans beschützende Anwesenheit nicht viel nützen, aber sie freute sich natürlich, dass er sich die Zeit dafür nahm, sie zu begleiten.

»Übrigens – es wird das letzte Mal vor der Niederkunft sein, dass du Màiri begleitest«, erklärte Ewan, wobei seine Lippen immer wieder Joans Gesicht streiften.

Gegen die Bevormundung hätte Joan am liebsten sofort aufbegehrt, doch dann nickte sie doch zustimmend. Es war jetzt wohl sicher vernünftig, in der Burg zu bleiben, auch wenn ihr das Reiten im Schritttempo immer noch keine Schwierigkeiten bereitete. Durch die gleichmäßigen Bewegungen des Pferdes entkrampften sich der verspannte Rücken und die Beckenmuskulatur.

»Was hältst du von der Errichtung einer Kate im Glen Dillon, in der Seonag und ich später alle Pächter der Umgebung unterrichten können?«, warf Màiri ein, die sich bereits wieder über ihren Webrahmen gebeugt hatte. »Vater war von dieser Idee angetan und meinte scherzhaft, dass unserem Clan somit eines Tages nicht nur die stärksten und mutigsten, sondern auch die schlausten Männer angehören würden. Er sagte, ich solle mich mit meinem Wunsch an dich und die Leute im Glen wenden.«

Lachend erwiderte Ewan: »Ich glaube zwar nicht, dass unsere Krieger die *Sasannach* auf dem Schlachtfeld beeindrucken können, weil sie ihre Namen schreiben und die Zeitung lesen können, aber ich denke, es schadet den Männern auch nicht.«

Màiri strahlte über das ganze sanfte Gesicht, weil man ihre

Idee lobte, und das, obwohl sie eine Frau war. Màiri hatte Joan vor Kurzem anvertraut, dass sie ein Vorbild für sie sei, weil sie immer wieder ihre Gleichberechtigung gegenüber den Männern einfordere. Das sei doch eine tolle Errungenschaft, die da in der Zukunft auf die Frauen zukäme. Was es für Kämpfe gekostet hat und noch kostet, hatte Joan ihr bei dieser Gelegenheit noch nicht ausführlich erzählen können.

Eine Woche war vergangen, seitdem Hauptmann Robert Milford und Leutnant James Allison zum Fort abkommandiert worden waren. Major Clayton sah es als gutes Zeichen, dass man noch nichts Nachteiliges über den eigensinnigen Milford gehört hatte und hoffte, dass sich das nicht änderte. Lord Addingworth war davon überzeugt, dass die Strafversetzung das bewirkt habe, ließ jedoch immer wieder anklingen, dass er dafür plädiere, den Hauptmann zurück nach England zu schicken.

»Ich traue dem Frieden nicht«, gab er bei einem der allabendlichen Treffen mit dem Major zu bedenken. »Doch hier hat sich Milford nichts zuschulden kommen lassen. Es gab also keinen Grund, seine Übersiedlung nach Fort George zu verweigern, mein Freund. Nun, ich denke, wir haben über dieses Thema genug diskutiert und sollten uns allmählich erfreulicheren Dingen zuwenden, zum Beispiel der nächsten Weinlieferung aus Spanien.«

Da Clayton auch längst des Themas müde geworden war, nahm er den neuen Gesprächsstoff gerne auf; allerdings konnte er die Gedanken an den Hauptmann nicht ganz aus seinem Gedächtnis verbannen.

»Ein wunderschöner Tag, um ins Glen zu reiten«, sagte Joan vergnügt und öffnete die Fenster des Schlafgemaches weit. Sie drehte sich zu Ewan um, der damit beschäftigt war, seinen *breacan feile* um die Hüften zu drapieren. »Ich werde jede Sekunde genießen. Mein letzter Ausritt.«

»Nach dem Wochenbett darfst du doch wieder reiten. Aber – sicher – ich weiß, wie sehr du die freie Luft liebst. Ich schlage ich vor, dass wir demnächst kleinere Ausflüge mit dem Fuhrwerk machen.«

»Das ist eine wunderbare Idee,« dankte sie ihm für seine Fürsorge. Erst vor ein paar Tagen hatte sie ihm gestanden, dass sie seit der Zeit im Kerker und ihrer Unterbringung in Màiris winziger Webkammer unter Platzangst litt, wenn sie sich zu lange in einem geschlossenen Raum aufhielt.

Sie schmiegte sich an ihn und sog seinen männlichen Geruch ein, der sie immer wieder erregte.

»Ich liebe dich«, murmelte sie an seiner Brust, fuhr mit der Hand in den weiten Ausschnitt seines hellen Leinenhemdes und strich zärtlich über die harten Muskeln seines Oberkörpers. Seit einigen Tagen schliefen sie nicht mehr miteinander, um vorzeitige Wehen zu verhindern, doch wollten und konnten sie auf Körperkontakte nicht verzichten. Es verging keine Nacht, in der sie sich nicht mit den Händen, den Lippen und durch Hautberührung liebten.

Er umarmte sie sanft, dann küsste er ihre die Stirn und versicherte ihr, dass er sie mehr als alles auf der Erde liebe.

»Wenn ich dich jemals verliere, will ich auch nicht mehr leben«, sagte er mit belegter Stimme und verstärkte den Druck seiner Hände.

Ohne dass er weitersprach, ahnte Joan, dass er Angst hatte, seine Frau bei der Niederkunft zu verlieren. Die Angst war nicht unbegründet: Mütter verbluteten bei der Geburt oder starben am Kindbettfieber. Doch daran wollte Joan nicht denken. »Du wirst mich nicht verlieren, ich weiß es«, sagte sie.

Er entspannte sich ein wenig und schob sie dann ein wenig von sich. »Wenn wir uns nicht beeilen, verpassen wir das

Frühstück, *mo chride*. Du weißt, dass Vater großen Wert darauf legt, die Familie morgens vollzählig am Tisch zu sehen.«

Mit besorgter Miene wurden sie in der Halle von Màiri empfangen. »Wir sollten unseren heutigen Ritt verschieben«, sagte sie ohne Einleitung und rang dabei nervös die Hände. »Seht mich nicht so entgeistert an, ich habe ein ungutes Gefühl, das ich nicht erklären kann.«

»Fühlst du dich nicht wohl?« Aufmerksam musterte Joan ihre Schwägerin nach Anzeichen von Fieber oder anderen Krankheiten, doch Màiri schüttelte heftig den Kopf.

»Nein, mir geht es prächtig – bis auf dieses dunkle Vorgefühl, das ich habe.« Hilfesuchend blickte sie zu ihrem Bruder, der sie verständnislos ansah. »Vielleicht täusche ich mich auch, aye?« Sie strich sich flüchtig über die Stirn. »Ich glaube, ich vertrage die ungewöhnliche Wärme nicht.«

»Dann lass uns hierbleiben«. Joan nahm sie beim Arm. »Der Unterricht kann warten.«

Màiris Blick war bekümmert, als sie erwiderte: »Aber ich weiß doch, wie sehr du dich auf den letzten Ausflug zu Pferde vor der Niederkunft gefreut hast.« Sie setzte ein munteres Lächeln auf und fügte unbefangen hinzu: »Was soll schon passieren? Ewan wird bei uns sein, und wenn dein Kind unbedingt heute auf die Welt kommen will, kann er wenigstens schnell Hilfe holen.«

Joan horchte in sich hinein. Bisweilen wurde die Bauchdecke für wenige Sekunden steinhart, doch von Müttern, die sie kannte, wusste sie, dass das kurz vor der Geburt normal war. Sogar Marion hat sich daran erinnern können.

»Ich glaube, das Kind fühlt sich noch ganz wohl hier bei mir«, sagte sie. »Zumindest tritt es nicht ungeduldig.«

Ewan und seine Schwester lächelten, und somit war entschieden, was zu tun war.

Gleich nach dem Frühstück führte Duncan die Pferde

auf den Hof und legte sorgfältig die Sättel auf. Seitdem er Anna bei ihrem Anschlag auf Joans Schimmelstute ertappt hatte, kontrollierte er noch genauer Futter und Zaumzeug. Wer konnte sagen, wie viele Feinde die Familie auf Glenbharr Castle hatte? Ihm war bewusst, dass er mit allen Konsequenzen zur Rechenschaft gezogen werden würde, wenn es zu einem Unfall käme, und so war auch sein Angebot, Anna nicht zu verraten, wenn sie sich ihm willig zeigte, eine leere Drohung. Wenigstens hatte er sich an ihr befriedigt, ob es ihr nun gefallen hat oder nicht.

»Bei Anbruch der Dunkelheit sind wir zurück. Sorge dafür, dass dann Hafer und frisches Wasser für die Tiere bereitsteht. Es scheint ein außergewöhnlich heißer Tag zu werden«, wies Ewan den Stallburschen an.

Noch sorgte morgendliche Kühle für Erfrischung, aber schon bald würde die Luft von der Hitze, die selbst die nahen Berge nicht abhielten, flirren. Dieses Wetter beherrschte seit einigen Tagen die Highlands, und es sah ganz danach aus, als ob sich das so schnell nicht ändern würde.

Die beiden Frauen ritten voran, während Ewan etwas zurückblieb, um ihnen den Rücken zu decken. Es bestand zwar keine Gefahr, dass am helllichten Tag Gesetzlose sie von den gut überschaubaren, begrünten Hügeln aus dem Hinterhalt überfielen. Sollte ihnen eine Patrouille begegnen, konnte er vorpreschen und sie stellen. Seit dem Vorfall mit Cousine Glenda beließen es die das Gebiet kontrollierenden Rotjacken allerdings dabei, Entgegenkommenden wortlos zuzunicken – wenn sie sie nicht gar mit Ignoranz bedachten.

Màiri glaubte, nicht richtig zu hören, als ihr Joan leichthin erzählte, dass Frauen ihrer Zeit bei solcher Hitze kurze Röcke trugen und Oberteile, die mehr enthüllten als verbargen.

»Wie schamlos! Tragen die Frauen im einundzwanzigsten Jahrhundert so anstößig ihre Haut zu Markte?«

Geduldig erklärte Joan, dass die Grenzen zwischen Scham und Schamlosigkeit im einundzwanzigsten Jahrhundert jeder selbst ziehe, und dass mit Liebe und Sex eher locker umgegangen werde und es viele gleichgeschlechtliche Paare geben würde, was alles für Màiri schwer zu verstehen war.

Als Joan sich im Gespräch umdrehte, merkte sie, dass Ewan etwas zurückgefallen war. Er hatte sein Pferd angehalten und sah angestrengt zu einem Gestrüpp am Wegrand, das zum größten Teil aus hohen Disteln bestand, wie sie in den Highlands an jedem Pfad zu finden waren.

Ewans Aufmerksamkeit war von einem Rascheln zwischen den Disteln, das sich zum Glück als harmlos erwies, geweckt worden. Ein paar junge Kaninchen benutzten das Dickicht, um erste Eindrücke vom Leben in der Natur zu sammeln.

Als er sich wieder auf den Weg konzentrierte, waren die beiden Frauen aus seinem Sichtfeld verschwunden, denn der Pfad machte gerade eine sanfte Biegung. Das Gestrüpp am Wegrand verhinderte den Blick hinter die Biegung, sodass Ewan seinem Pferd die Sporen gab, um zu den Frauen wieder aufzuschließen.

Zuerst nahm Joan die zwei Männer nur aus dem Augenwinkel wahr – eine Bewegung in einem Busch zur Rechten – doch dann ging alles schnell. Die Männer sprangen gleichzeitig aus dem Gebüsch, sie trugen trotz der Wärme lange Umhänge, und ihre Gesichter waren bis auf die Augen mit Tüchern verhüllt.

Bevor sie oder Màiri reagieren konnten, griff einer der Männer in die Zügel von Joans Stute, der andere hieb mit einer Gerte Màiris Pferd so heftig auf die Kruppe, dass es erschrocken wieherte und mit seiner schockierten Reiterin davonstob.

Joan fühlte sich aus dem Sattel gerissen und hart zu Boden

geworfen. Unfähig, sich zu bewegen, nahm sie wahr, dass einer der Männer sich auf sie wälzte.

In einem plötzlichen Überlebenswillen begann sich Joan verzweifelt zu winden und zu schreien, doch der Unbekannte lachte nur brutal.

»Schön brav sein, Schätzchen«, säuselte er an ihr Ohr. Seine Stimme klang dumpf durch den Schal um den Mund, doch Joan erkannte auf der Stelle, dass es kein Schotte war, der nun versuchte, mit seinem Knie ihre Schenkel auseinanderzuzwingen.

Sie öffnete den Mund zu einem neuen, markerschütterndem Schrei, als sie etwas Spitzes, Kaltes an ihrer Kehle spürte. Ein Messer! Für den Bruchteil einer Sekunde war Joan unfähig, einen klaren Gedanken zu fassen. Doch dann konnte sie keuchen: »Was wollt Ihr von mir?«

Der Unbekannte lachte dumpf. »Du wirst es nicht bereuen, meine wundervolle Schöne. Es gibt bessere Hengste als so einen dreckigen Highlander, und danach wirst du deinem schottischen Adonis sicherlich auf immer das gemeinsame Bett verweigern.« Er machte keine Anstalten, seine Lage über ihr zu verändern und griff mit einer Hand unter Joans Röcke.

Wo, zum Teufel, blieb Ewan nur? Er musste doch den Überfall bemerkt haben!

»Gleich gehörst du mir, du kleine Schlampe.« Der Mann lachte triumphierend, weil sein Opfer sich in sein Schicksal zu ergeben schien. Er hielt den Druck des Messers an ihrer Kehle. Er weidete sich an Joans Todesangst.

Doch wie von unsichtbaren Mächten gezogen, wurde er plötzlich von Ewan hochgezogen. Ein gezielter Fußtritt beförderte das Messer an den Wegrand, eine Faust bohrte sich ihm in die Magengrube.

Der Vermummte krümmte sich, gab einen erstickten Laut

von sich, richtete sich jedoch sofort wieder auf, um Ewan einen Leberhaken zu verpassen. Der taumelte und riss geistesgegenwärtig mit aller Kraft seinen Gegner mit sich auf den Boden, wo der erbitterte Kampf weiterging.

Joan hatte sich in der Zwischenzeit an den Wegrand geschleppt, von wo aus sie mit ungläubigem Blick einen Kampf auf Leben und Tod verfolgte.

Die Wunde brannte, und als Joan vorsichtig den Hals betastete, fühlte sie warmes klebriges Blut. Um ein Haar hätte der Kerl ihr die Kehle durchschnitten.

Die beiden Männer wälzten sich im Staub, wobei Ewan eindeutig der Stärkere war. Der andere schrie gequält auf, als ihn ein Faustschlag gegen das Kinn traf, doch er drehte geschickt den Kopf zur Seite, als Ewan ihm den Schal vom Gesicht reißen wollte.

Hufgetrappel kündete an, dass Màiri ihr Pferd hatte beruhigen können, und gleich darauf erschien sie tatsächlich an der Biegung, an der ihr Pferd Minuten zuvor in gestrecktem Galopp davongestoben war.

Joan streckte Màiri hilflos die blutigen Hände entgegen. Màiri sprang ab, noch bevor das Pferd zum Stehen gekommen war, warf einen schnellen Seitenblick zu den kämpfenden Männern und kauerte sich neben Joan, um sie schützend zu umarmen.

Stumm vor Entsetzen richteten die Frauen ihre Blicke auf die kämpfenden Männer. Dem vermummten Angreifer gelang es schließlich, auf die Beine zu kommen und auf das Gebüsch zuzuschießen, doch Ewan war schneller. Er griff sich den Schurken bei der Schulter und wirbelte ihn herum, um ihm einen knallharten Schlag gegen die Rippen zu verpassen.

Als sie Blut an Ewans Stirn entdeckte, rief Joan entsetzt: »Mein Gott – er ist verletzt.«

»Das ist nur eine harmlose Wunde«, versicherte Màiri und

nahm Joans Hals näher in Augenschein. »Er wird mit dem Halunken fertig, nur keine Angst. Deine Wunde macht mir mehr Sorgen.«

»Ich bin wohl noch gut davongekommen«, gab Joan zurück, ohne den Blick vom Kampfgeschehen zu lassen. Zum ersten Mal erlebte sie, wie Ewan mit einem Gegner umging, wie geschickt er dessen Schlägen auswich. Der Angreifer begann zu schwächeln, immer wieder traf er ins Leere, wenn er zielte, und als er zu schwanken begann, atmete Joan erleichtert auf. Es würde nicht lange dauern, bis der Halunke zu Boden ging.

»Wo ist eigentlich der zweite Kerl geblieben?«, fragte Màiri unvermittelt und reckte den Hals. »Du weißt schon, der, der mein Pferd dazu gebracht hatte, dass es durchging.«

Auch Joan blickte sich um. Das Gestrüpp zu beiden Seiten war mannshoch, da konnte er sich versteckt haben. Doch weshalb kam er seinem Kumpan, der offensichtlich den Kampf verlieren würde, nicht zu Hilfe?

Jeder Versuch Ewans, seinem Gegner während des Kampfes das Tuch vom Gesicht zu reißen, scheiterte. Der Mann hatte seinen Umhang verloren, doch das Tuch blieb fest um sein Gesicht geschlungen, aber jetzt stolperte er an den Wegrand, es hatte den Anschein, er wolle erschöpft niedersinken. Ewan stand in der Mitte des Pfades, sein Atem ging keuchend, das lange Haar war zerzaust und sein Hemd halb zerfetzt.

Er drehte sich zur Seite und ging mit besorgter Miene zu den beiden Frauen, die noch immer eng aneinandergeschmiegt in stummer Fassungslosigkeit am Wegrand saßen.

Joan machte Anstalten, sich aufzurichten, um zu zeigen, dass sie verhältnismäßig unversehrt war, doch ein Schrei Màiris ließ sie zusammenfahren. Zu beider Entsetzen, und noch bevor Ewan richtig wusste wie ihm geschah, stürmte sein Gegner von hinten auf ihn zu.

»Vorsicht, er hat ein Messer!«, schrie Joan, ihre Stimme überschlug sich dabei fast.

Blitzschnell reagierte Ewan. Er wehrte den Stich ab, versetzte dem Mann einen Tritt, sodass er das Gleichgewicht verlor, bückte sich blitzschnell, griff in seinen Strumpf, zog einen *sgian dubh* hervor und stürzte sich mit einer Art gälischem Schlachtruf auf den Schurken.

Der gab jedoch nicht auf, sondern wich noch einmal behände aus und versetzte Ewan mit seinem Messer einen Stich in den Oberarm.

Wie gelähmt saßen Joan und Màiri.

Ewan sah flüchtig nach ihnen, dann schoss er wieder auf den Mann zu, verfehlte knapp seine Brust und stieß ihm den Dolch in den Bauch.

Der Kampf war beendet. Der Halunke ließ augenblicklich sein Messer fallen, starrte ungläubig auf seine Bauchwunde, verdrehte die Augen und sank langsam in den Staub.

Joans Erstarrung löste sich nur langsam. Màiri fasste sich schneller.

»Es ist alles in Ordnung«, beruhigte Ewan die beiden Frauen. Joan zog er an sich, nahm sie in den Arm und ließ sie seine ganze Anteilnahme spüren. Einen solchen Überfall abzuwehren, den Kampf mit einem tückischen Feind zu gewinnen, gehörte zu seinem Handwerk; der Schock, die Angst dagegen, die Joan erfahren hatte, wühlten nicht gekannte Gefühle in ihm auf, mit denen er weitaus schwerer umzugehen wusste.

Langsam trat währenddessen seine Schwester zu dem Mann am Boden, begutachtete kurz die Verletzung und sagte dann erstaunlich nüchtern: »Er scheint tot zu sein.«

»Wenn er es nicht wäre, hätte er keine gute Stunde mehr, solange ich lebe«, gab Ewan kühl zurück. Er strich Joan fast ein wenig hilflos durch das lange Haar. Als sie vorsichtig seinen zerfetzten Hemdsärmel hochschob, um sich die Verwundung anzusehen, fügte er ernst hinzu: »Ich habe dir versprochen, dich mit meinem Leben zu verteidigen, ich würde es jederzeit für dich geben.«

Noch immer stand Màiri neben dem auf der Seite liegenden Fremden, dessen Blut mittlerweile langsam im Sand versickerte.

»Ich möchte wissen, wer er ist«, sagte sie und beugte sich hinunter, doch Ewan war mit wenigen Schritten bei ihr.

»Du gestattest?«

Màiri trat einen Schritt zurück, während ihr Bruder sich niederkniete, den Mann auf den Rücken drehte und ihm mit einem Ruck das Tuch vom Gesicht riss.

Erschrocken wich er zurück. »Milford! Hauptmann Robert Milford!«

Neugierig trat Joan näher.

»Er ist es wirklich«, bestätigte Màiri. »Ich erkenne ihn an dem auffälligen Muttermal.«

Ewan erhob sich mit finsterer Miene, wobei er das Tuch wütend neben Milfords Kopf warf. »Was sollte diese Maskerade?«

»Ich dachte, man hat ihn nach Ruthven versetzt«, murmelte Màiri, ihr Blick war weiter auf den Soldaten gerichtet, aus seinem Gesicht war jegliche Farbe gewichen.

Verächtlich schnaubte Ewan, seine Verletzung schien er vergessen zu haben. »Das sollte mich treffen. Dieser Feigling hat sich an meiner Frau vergriffen, statt mich zum Kampf herauszufordern.«

Außer sich betrachtete er Milfords leblose Gestalt. Er hat Glenda geschändet, wollte seine Frau vergewaltigen – er hatte Strafe verdient, sagte er sich, und fragte sich doch auch, welche Folgen der Tod Milfords haben würde. Gut, es gab keine Zeugen, beruhigte er sich.

In diesen Gedanken hinein unterbrach ihn Màiri. Ihre dunklen Augen waren weit aufgerissen und ihr Gesicht hatte jegliche Farbe verloren.

»Weißt du, Ewan …«, sagte sie mit bebender Stimme. »… du hast einen *Sasannach* getötet, dafür wird man dich hinrichten.«

Joan stieß einen erstickten Schrei aus.

»Mach dir keine Gedanken *piuthar*? Es gibt keine Zeugen, aye? Niemand hat gesehen, was geschehen ist.«

»Doch, es gibt einen Zeugen«, stieß Joan hervor und berichtete von dem zweiten, ebenfalls vermummten Mann. »Er muss sich in die Büsche geschlagen haben und geflohen sein, als er dich entdeckte.«

Mit verschlossener Miene blickte er sich um. »Ich habe keinen weiteren Mann gesehen. *Daingead!* Wir sollten von hier verschwinden.«

In diesem Moment spürte Joan es – ein feiner Schmerz schob sich von der Wirbelsäule langsam zum Bauch. Sie hielt die Luft an, in der Hoffnung, dass er verebben könnte, doch schon im nächsten Augenblick stammelte sie: »Das Baby …, das Baby kommt.«

21. Kapitel

Eilig wurde Joan sofort bei ihrer Rückkehr ins Schlafgemach gebracht, Ewan trug seine Frau die Treppe hinauf, gefolgt von einer völlig aufgelösten Màiri.

»Sag Mòrag Bescheid«, befahl sie im Vorbeigehen dem Dienstmädchen, das ihnen auf dem mittleren Treppenabsatz entgegenkam. »Sie muss sofort zu Seonag kommen. Und in der Küche soll heißes Wasser zubereitet werden, sehr viel heißes Wasser.«

Das Mädchen nickte stumm, bevor es die Stufen hinabstürmte. Als kleine Bedienstete wurde sie nicht nach ihrer Meinung gefragt, aber selbst sie wusste, dass es für die Niederkunft zu früh war.

Was mochte bloß auf dem Ritt ins Glen passiert sein, von dem Ewan und die Frauen eigentlich erst am Abend zurück sein wollten?

Vorsichtig und mit besorgter Miene legte Ewan Joan wenige Minuten später auf das breite Ehebett, strich ihr das feuchte Haar aus dem schweißnassen Gesicht und redete beruhigend auf sie ein.

»Es ist zu früh für das Baby«, keuchte sie zwischen zwei Wehen. Die Schnittwunde am Hals hatte eine blutige Kruste versiegelt. »Wo ist Mom?«

»Màiri hat nach ihr geschickt, sie wird bald hier sein.« Ewan setzte sich auf den Bettrand, und sein hilfloser Blick streifte seine Schwester, die auf der anderen Seite des Bettes saß und Joans Hand hielt.

Auch ihr erhitztes Gesicht war besorgt, doch sie lächelte zuversichtlich, als sie sagte: »Atme ganz ruhig, vielleicht kannst du damit die Wehen zum Stillstand bringen.«

Trotz der Schmerzen musste Joan lachen darüber, dass Màiri glaubte, man könne Wehen mit tiefem Atmen zum Stillstand bringen.

»Joan!« Marion war unbemerkt ins Zimmer getreten und stürzte ans Bett. »Was ist geschehen? Warum liegst du schon in den Wehen?«

Ewan stand auf, um ihr seinen Platz zu überlassen. »Wir wurden überfallen, der Schock hat wohl die Wehen ausgelöst.«

»Lieber Himmel!« Erst jetzt bemerkte Marion Ewans Wunden und die Wunde am Hals von Joan. »Überfallen? Von wem?«

Behutsam legte Ewan eine Hand auf Marions Schulter. »Darüber reden wir später, das Wichtigste sind jetzt Seonag und das Kind.«

Màiri trat zu ihrem Bruder und schob ihn zur Tür. »Du solltest Vater berichten und dich mit ihm beratschlagen«, meinte sie umsichtig. »Vater wird wissen, was zu tun ist.«

Nur ungern verließ er seine Frau. Bevor Màiri energisch die Tür von innen schloss, konnte er einen letzten Blick auf sie werfen. Die Schmerzen müssen schrecklich sein, dachte er sorgenvoll.

Laird Dòmhnall kam ihm bereits auf der Galerie, die Ost- und Westflügel des Obergeschosses verband, entgegen. Offensichtlich hatte man ihm von der nahenden Niederkunft seiner Schwiegertochter schon berichtet, denn er fragte ohne Einleitung: »Geht es gut? Wird sie es schaffen?«

Für einige Sekunden schien Ewans Herzschlag auszusetzen. Dòmhnalls Blick fiel auf die Verletzungen seines Sohnes, und er schien augenblicklich zu begreifen, dass nicht der Ritt die Wehen ausgelöst hatte.

»Lass uns in die Bibliothek gehen, *athair*«, bat Ewan mit belegter Stimme. »Es ist etwas Ungeheuerliches geschehen.«

Stumm nickte der Laird, und als Ewan ihm wenig später den Überfall schilderte, verengten sich seine Augen zu Schlitzen. »Bist du dir völlig sicher, dass es Milford war?«

»Aye, ich habe ihn an seiner großen Nase und dem gezackten Muttermal erkannt. Der Überfall muss von langer Hand geplant gewesen sein, denn Milford trug Zivilkleidung und hatte sein Gesicht mit einem Tuch unkenntlich gemacht. Außerdem hat sein Komplize Màiris Pferd dazu gebracht, dass es das Weite suchte.«

Die Zornesfalte auf Dòmhnalls Stirn schwoll beängstigend

an. »Diese Ratte! Ich könnte schwören, dass es sich bei der anderen Gestalt um Milfords kriecherischen Freund Allison handelte. Bist du sicher, dass der Hauptmann tot ist?«

Bedächtig nickte Ewan. »Sicher. Du weißt doch, was ein *sgian dubh* in der Magengegend eines Mannes anrichten kann.«

Dòmhnall erhob sich, schlang sich das Plaid fester über die Schulter und sagte mit einer Stimme, die keinen Widerspruch duldete: »Wir werden trotzdem nachsehen. Lass uns sofort losreiten.«

»Wozu?«

»Wir bringen ihn nach Fort George – lebend oder tot.«

Als er Ewans verständnislose Miene sah, fügte er hinzu: »Begreifst du nicht? Wenn wir ihn überbringen, beweisen wir, dass es kein Mord war, sondern dass du einen dreisten Überfall abgewehrt hast – der Hauptmann trug Zivilkleidung, hast du gesagt – du hast in Notwehr gehandelt, um deine Frau zu schützen.«

Die bedrohliche Situation war Ewan schon klar. Er war dankbar für den Vorschlag seines Vaters und folgte ihm ohne Zögern, als er mit energischen Schritten die Bibliothek verließ, im Burghof einigen Gefolgsleuten Befehle erteilte und Duncan anordnete, die Pferde zu satteln.

Mit Peader und Ewan an seiner Seite galoppierte der Laird kurz darauf durch das Burgtor, weitere Clansmänner folgten dicht.

Nach einem scharfen Ritt erreichten sie den Ort des Geschehens. Robert Milford war nicht mehr da, einzig ein rostfarbener Fleck mitten auf dem Pfad zeugte davon, dass hier ein Kampf stattgefunden hatte.

Unschlüssig blickte sich Ewan um. »Ich fürchte, Leutnant Allison hat den Leichnam aus dem Weg geschafft.«

»Also scheint Allison in der Nähe gewesen zu sein«, mutmaßte Dòmhnall und stieg vom Pferd, um die Stätte des Gefechtes in näheren Augenschein zu nehmen. »Seht nach, ob es im Gebüsch Spuren gibt.«

Gehorsam machten sich die Männer auf die Suche, sie untersuchten jeden Busch, krochen ins Dickicht und warfen immer wieder aufmerksame Blicke über die hügelige Landschaft, als hofften sie, den Leutnant mit dem toten Milford auf dem Rücken zu entdecken.

»Der ist längst über alle Berge«, bemerkte Peader, während er mit einem Stock im undurchdringlichen Gebüsch stocherte. Gleich darauf winkte er Ewan zu sich heran und zeigte auf ein Kleiderbündel, das tief zwischen Zweigen und Blattwerk lag.

Auf Anhieb erkannte Ewan den dunklen Umhang, und nachdem er das Bündel aus seinem Versteck gezogen hatte, kamen eine blutgetränkte Kniehose und das Tuch zum Vorschein, mit dem sich Milford maskiert hatte.

»Was hat das zu bedeuten?«, fragte Ewan leise. »Wieso hat Allison Milford ausgezogen, bevor er ihn fortgeschafft hat?«

Auch sein Vater war herangetreten, stieß ein paar deftige gälische Flüche aus und befahl den Männern, aufzusitzen und das Kleiderbündel mitzunehmen.

An Joans Zustand hatte sich nichts geändert, Marion befürchtete, dass sich die Wehen noch Stunden hinziehen könnten. »So war es auch bei der Geburt von Joan«, erklärte sie dem nervöser werdenden Vater. »Die Wehen kamen und gingen, und es dauerte eine Ewigkeit, bis sie zur Welt kam.«

»Ich möchte zu ihr.« Ewan wollte an Marion vorbei ins Zimmer, doch sie hielt ihn zurück. »Warte. Sie ist gerade vor Erschöpfung eingeschlafen, die Ruhe wird ihr helfen, die nächsten Stunden zu überstehen. In der Zwischenzeit werde ich deine Wunde versorgen.«

Nur flüchtig sah Ewan auf seinen Arm, dann nickte er widerstrebend. Die Schmerzen hatten sich verändert – das anfängliche Brennen war einem dumpfen Pochen gewichen, doch Ewan war vernünftig genug, um sich behandeln zu lassen, bevor sich der Schnitt entzündete.

»In meiner Kammer habe ich alles, was ich brauche«, sagte Marion und zog ihren zögernden Schwiegersohn mit sich, dessen Blick an der geschlossenen Tür hing.

Inzwischen bewohnte Marion im selben Gang wie Laird Dòmhnall einen größeren Raum, den sie sich geschmackvoll eingerichtet hatte.

»Màiri hat mir den Überfall geschildert.« Marion stellte eine Schüssel Wasser auf den Tisch und nahm von einem Bord einige Leinentücher und einen Tiegel. »Sie befürchtet, dass dich die Engländer verhaften werden.«

Ewan bewegte keinen Muskel, als Marion die Wunde zu säubern begann, nachdem sie den zerfetzten Ärmel mit einem kleinen Messer abgeschnitten hatte. »Sollen mich die *Sasannach* nur holen – aber sie kriegen mich erst, wenn das Baby da ist und ich sicher sein kann, dass es Seonag gut geht.«

Marion wandte das Gesicht ab.

»Vielleicht solltest du dich verstecken«, sagte sie zaghaft, obwohl sie wusste, dass sie mit diesem Vorschlag auf wenig Gegenliebe stoßen würde.

Und genauso war es. »Ein MacLaughlin versteckt sich nicht, er stellt sich seiner Verantwortung. Was ist das für eine Salbe?«

»Oh, ich glaube, ein Ringelblumenextrakt, jedenfalls sagte das der Händler, der neulich hier war.« Marion nahm eine Fingerspitze voll und strich die Salbe über die Schürfwunden, die Ewan sich bei dem Gefecht zugezogen hatte. »Angeblich soll sie kleine Wunden heilen.«

Über die Schnittwunde legte sie ein sauberes Leinenläppchen und wickelte ein größeres Tuch darüber, dessen Enden sie verknotete. Danach ließ sie sich berichten, was Ewan und die anderen Männer ausgerichtet hatten.

Nachdenklich faltete Marion die nicht gebrauchten Leinentücher wieder zusammen. »Was mag es wohl bedeuten, dass ihr die Kleider des Hauptmannes gefunden habt?«

Ratlos hob Ewan die Schulter und begutachtete den Verband an seinem Arm. »Es ergibt keinen Sinn – ich weiß es einfach nicht.«

»So Gott will, wird dieser Allison schweigen und der Hauptmann bleibt für immer spurlos verschwunden. Seine Kleider habt ihr ja nun auch verschwinden lassen. Keine Spur mehr von ihm, das wäre das Beste.«

Ewan ließ sich nicht anmerken, dass ihm das auch am besten gefiele.

»Was ist, wenn Allison in Fort George plaudert?«

»Das wird er nicht, denn dann würde er sich selbst mit in die Sache hineinziehen. Er wird von diesem verbotenen Ausflug nichts verlauten lassen.«

Stirnrunzelnd nickte Marion. »Und wenn alle Stricke reißen, kann immer noch Màiri als Zeugin aussagen.« Ewan musste lachen.

»Glaubst du wirklich, dass man meiner Schwester als Zeugin Glauben schenken würde? Nein, die Spielregeln wären gegen mich – die Aussage Allisons hätte in diesem schwerwiegenden Fall mehr Gewicht als jede Aussage eines Mitgliedes meiner Familie oder sogar meines Stammes. Glaub mir, in der Vergangenheit gab es schon genug Zwistigkeiten zwischen Schotten und Rotjacken. Dreimal darfst du raten, wer unterlegen war, wenn über Schuld und Unschuld von den Engländern entschieden wurde.«

»Ich kann mir nach wie vor noch nicht richtig vorstellen oder glauben, dass die Feindschaft zwischen euch so groß ist und die Engländer so wenig Sinn für Gerechtigkeit haben sollen.«

Marion senkte den Kopf nachdenklich. Der weitere Verlauf der englischen Geschichte stimmte sie nachdenklich bei ihrer Aussage. »Noch im einundzwanzigsten Jahrhundert allerdings, kann ich dir verraten, darf man einen Schotten nicht ungestraft einen Engländer nennen, sie halten sehr darauf, Schotten zu sein.«

»Aye, Seonag hat mir davon erzählt, die Abneigung wird weiter bestehen, solange *Alba*[1] besteht.« Ewans Stimme ließ seinen schottischen Stolz erkennen.

Marion wies auf seinen Arm, als sie bemerkte, dass Ewan die Kammer verlassen wollte und sagte in mütterlichem Ton: »Du solltest in den nächsten Tagen vorsichtig sein.«

»Das werde ich, Mòrag.« Er lächelte, doch seine Augen blieben ernst. In ihnen stand die Angst um seine Frau geschrieben.

Sie kamen bei Anbruch der Dunkelheit. Eine Truppe Dragoner, angeführt von einem gewissen Hauptmann Smith, der finster dreinblickte und mit barscher Stimme Ewan MacLaughlin zu sprechen verlangte.

Gefasst trat Ewan den Soldaten, die in der Halle warteten, entgegen und fragte so unbeteiligt er konnte: »Was wünscht Ihr von mir, Hauptmann?«

»Im Namen des Königs, Ihr seid verhaftet!«, bellte Smith und überreichte Ewan ein Schreiben aus Fort George. »Euch wird vorgeworfen, ein Mitglied der Regierungstruppen angegriffen und schwer verletzt zu haben.«

Vor innerer Erregung zitternd las Ewan die wenigen Sätze. Milford hatte überlebt. Zackig, wie der Hauptmann Ewan

1 Schottland

den Brief gereicht hatte, gab er ihn an Smith zurück. »Gebt mir ein paar Minuten, um mich von meiner Frau zu verabschieden, die in den Wehen liegt, dann werde ich Euch ins Fort folgen, um dieses Missverständnis aufzuklären.«

»Das ist leider nicht möglich. Ich habe Anweisung, Euch keine Sekunde mehr aus den Augen zu lassen, MacLaughlin. Also folgt mir unverzüglich, sonst müssen meine Männer Gewalt anwenden.«

Laird Dòmhnalls schwere Schritte näherten sich, und bevor der Soldat weiterreden konnte, fiel er ihm ins Wort. »Ihr erlaubt, dass ich meinen Sohn begleite, Hauptmann? Ich denke, es gibt da einiges zu klären.«

Einen Moment zögerte Smith, dann nickte er fast unmerklich. »In Ordnung. Dagegen würde sicher Colonel Porter keinen Einwand haben. Bitte folgt mir.«

»So ich Euch zur Verfügung stehe, werdet Ihr gestatten, dass mein Sohn sich von seiner Frau verabschiedet.« Dòmhnall reckte sich zu ganzer Körperhöhe von fast zwei Metern auf, sodass Hauptmann Smith sein Widerwort verschluckte. Der Laird gab seinem Sohn ein Zeichen, und Ewan drehte sich auf dem Absatz um, eilte mit Riesenschritten die Stufen hinauf und pochte energisch gegen die Tür, hinter der Joan gerade dabei war, sein Kind zur Welt zu bringen.

Ewan schnitt seiner Schwester mit einer raschen Handbewegung das Wort ab, als diese sich protestierend auf ihn stürzen wollte. Sein Blick hing an Joan, die völlig erschöpft schien.

In einer Wehenpause, als er sicher sein konnte, dass sie ihn erkannte, kniete er sich neben das Bett, nahm ihre Hand zum Mund, um sie zu küssen …

Màiri flüsterte ihm zu, dass sie es für besser gehalten habe, der Gebärenden nichts davon zu sagen, dass die Rotjacken im Haus waren.

»Ich muss dich jetzt verlassen, Liebste«, sagte Ewan, seine Stimme war heiser vor innerem Schmerz. »Eine schwierige Verhandlung zwingt mich überraschend dazu, es geht um viel, aber wir werden gut aus der Sache herauskommen, und ich bin so schnell wie möglich wieder bei dir.«

Er hatte sie nicht belogen, auch wenn er ihr die Wahrheit nicht gesagte hatte, und sie war zu schwach, seine Worte zu hinterfragen.

Ihre Augen weiteten sich ein wenig, sie umklammerte Ewans Hand. Schwach kam ihre Antwort. »Ja – Liebster – es ist gut – denk an mich – ich brauche dich sehr …«

Die Zelle, in die man Ewan warf, ähnelte dem Kerker von Glenbharr Castle. Die drei Männer, die er in der Zelle vorfand, wiesen sich als Gefolgsleute des MacArthur-Clans aus. Sie beäugten den Neuankömmling unverhohlen.

Unterdessen bat Dòmhnall um eine Unterredung mit Colonel Porter, die ihm erst weit nach Mitternacht gewährt wurde. Der Colonel, dessen undurchdringliche Miene nichts über seine Empfindungen aussagte, begrüßte den Laird knapp.

»Eine unliebsame Geschichte, MacLaughlin«, sagte er. »Ihr als sehr hitzig bekannter Sohn hat einen Soldaten des Königs schwer verletzt, diese Tat hat Folgen, wie Ihr Euch denken könnt.«

»Ich kenne die Vorwürfe«, brummte Dòmhnall und nahm sein *Bonnet*[1] ab. »Mein Sohn hat mir den Vorgang in allen Einzelheiten geschildert. Natürlich wird Hauptmann Milford alles ganz und gar anders geschildert haben.«

Porter hob die Hände. »Ihr versteht nicht, der Hauptmann ist gar nicht in der Lage, etwas zu sagen, denn er schwebt in

---

1 Schottische Baskenmütze aus dunkelgrünem oder hellblauem Filz. Die Lairds trugen eine Fasanenfeder darin befestigt

Lebensgefahr. Also müssen wir uns zunächst auf Leutnant Allisons Aussage stützen, und der behauptet, dass ihr Sohn ihn und Milford während einer Patrouille grundlos angegriffen hat.«

»Das ist eine Lüge!« antwortete Dòmhnall ruhig. »Milford hat vor Monaten meine Nichte Glenda entehrt, sie trägt gerade Milfords Kind aus. Dieser Milford und sein Freund Allison lassen nichts unversucht, meine Leute zu drangsalieren. Ich werde die Garnison nicht eher verlassen, bis uns Gerechtigkeit widerfahren ist, Sir!«

Colonel Porter blieb ebenso ruhig und bot dem aufgebrachten Laird ein Glas Portwein an. Er hielt dem Laird zugute, dass er genauso um seinen Sohn kämpfen würde, beschuldigte man ihn eines Verbrechens und würde man ihn verhaften.

»Wo ist Allison? Ich würde gerne seine dreisten Lügen von ihm selbst hören. Er soll mir ins Gesicht lügen. Er wird sich selbst entlarven.« Brummend schüttelte er den Kopf, als der Colonel das Glas vor ihm abstellte.

»Ich habe ihn fürs Erste auf seine Stube bringen lassen.«

»Hm, und was ist mit dem Hauptmann?«

»Er ist im Lazarett. Er hat sehr viel Blut verloren, ist, wie gesagt, noch nicht erwacht, also nicht vernehmungsfähig. Dank Allisons schneller Reaktion wird er möglicherweise überleben. Dann kann man ihn befragen.«

Ungeduldig schüttelte Dòmhnall den Kopf. »Das kann ewig dauern. Habt Ihr vor, meinen Sohn so lange in Eurem Gewahrsam zu behalten?«

»Ich hätte größte Lust, Euren Sohn hängen zu lassen.« Porters Stimme klang plötzlich gefährlich leise, er war sich seiner Position durchaus bewusst. »Ich werde Euren Sohn bei Tagesanbruch zunächst lediglich auspeitschen lassen. Wenn Milford allerdings stirbt, wird er hängen.«

»Das wird nicht geschehen.« Der Laird neigte sich so weit vor, dass er Porters Atem wahrnehmen konnte. »Ihr habt kein Recht dazu, solange Ihr Euch dabei ausschließlich auf die Aussage eines Mannes verlasst, der eindeutig für seinen Freund lügt, um ihn zu schützen!«

Porter kräuselte die Lippen ironisch. »Wenn Ihr meint …« erwiderte er.

Dòmhnall erhob sich. Vorgebeugt, die Hände auf den Tisch gestützt, ging er zum Angriff über. »Sowohl Milford als auch Allison trugen Zivilkleidung. Sie waren als Soldaten nicht zu erkennen, ihre Gesichter waren vermummt. Was sollte das?«

»So – und vom wem stammt diese Weisheit? Von Eurem Sohn?«

»In der Nähe des Tatortes lagen versteckt Milfords Kleidungsstücke. Ich habe sie dort selbst mit meinen Leuten gefunden. Allison muss dem verletzten Hauptmann die Zivilkleidung ausgezogen haben, bevor er Hilfe holte, um ihn hierher zu bringen. Außerdem könnt Ihr meine Tochter befragen, die den Überfall miterlebt hat und meine Schwiegertochter, bei der deshalb vorzeitig die Wehen eingesetzt haben.«

Unbeeindruckt öffnete Porter die Schublade seines Schreibtisches, entnahm ihr einen in ein Tuch eingewickelten Gegenstand und legte ihn auf den Tisch.

»Ist dies der Dolch Eures Sohnes?« Porter schlug die Enden des Tuches auseinander, darin befand sich Ewans blutverkrusteter *sgian dubh.* »Leugnet nicht, ich erkenne das Wappen der MacLaughlins.« Er tippte auf das eingeschnitzte Clanzeichen.

»Das ist kein Beweis, Colonel«, widersprach Dòmhnall. »Ewan hat bei dem Zweikampf ebenfalls eine tiefe Schnittwunde davongetragen. Dass er in einen Kampf mit Milford verwickelt war, bestreitet ja niemand. Nur – wer hat wen überfallen, das ist die Frage. Wäre mein Sohn den beiden Frauen nur etwas später zu Hilfe gekommen, hätte Milford meine Schwiegertochter vergewaltigt, ihr vermutlich auch noch die Kehle durchgeschnitten und, wer weiß bei diesem Tier, hätte auch meine Tochter noch vergewaltigt. Sie denken vielleicht, Milford sei von Glenda verführt worden – Nein!« Dòmhnall war jetzt außer sich vor Wut. »Dieser Milford hat nicht einen Funken Soldatenehre im Leib. Er ist schlimmer als ein Tier. Ihn solltet Ihr hängen lassen, wenn Euch Gerechtigkeit etwas gilt.«

Porter hob die Brauen. Wut stand auch in seinen Augen, doch er ließ den Laird ausführen, wie sich die Vergewaltigung Glendas zugetragen hatte.

»Das klingt ja ganz gut, Laird, doch die Aussagen Milfords und Allisons scheinen mir bei Weitem glaubwürdiger – sie sagen, der Überfall Ihres Sohnes auf Milford sei ein Akt, mit dem er den Missbrauch seiner Cousine rächen wollte.«

Dòmhnall wollte schon darauf erwidern, doch er besann sich und fragte, ob er Allison nicht doch sprechen könne.

»Unmöglich, das wäre Zeugenbeeinflussung«, kam es, wie nicht anders zu erwarten, zurück. »Ihr seid mein Gast, wenn Ihr meint, Ihr wollt hier den Lauf der Dinge noch abwarten.«

Zwischen den Wehen fiel Joan immer wieder in einen dämmerartigen Schlaf, in dem sie träumte, dass sie Ewan nie wiedersehen würde. Einmal, als sie daraus erwachte, bemerkte sie, dass ihre Mutter leise vor sich hin weinte und Màiri mit gesenktem Kopf ein Gebet murmelte.

»Wo ist er?« Mühselig richtete sich Joan auf, die beiden anderen Frauen eilten sofort an ihr Bett und sprachen beruhigend auf sie ein. »Ihr verheimlicht mir doch etwas.«

»Nein, das tun wir nicht.«

Hilfesuchend blickte Marion zu Màiri, die wie üblich mit sanftem, gütigem Lächeln ihre Schwägerin beruhigte. »Wir wissen nichts, wir würden es dir sagen, wenn etwas zu befürchten wäre.« Geschäftig begann sie dabei, das Kopfkissen aufzuschütteln und Joan einen Becher Wasser zu reichen.

Mittlerweile war Joan von den Wehen so geschwächt, dass sie kaum Gegenwehr leistete, als ihre Mutter sie zurück ins Kissen drückte und sagte: »Du bekommst jetzt dein Baby und denkst an gar nichts anderes. Es wird ein wunderschönes Baby, ich weiß es. Nicht wahr, Màiri?«

»Aye, ein sehr schönes Baby wird es, und wenn Ewan wieder hier ist, wirst du es bereits in den Armen halten.«

Mit letzter Kraft lachte Joan. »Ich habe so schrecklich geträumt und habe Angst, Ewan nie wiederzusehen.«

»Pst, das ist Unsinn«, tadelte Màiri sanft. »Es ist alles in Ordnung.«

Joan begann zu schluchzen und dachte an gar nichts mehr, ihr Denken wurde durch einen noch mächtigeren Schmerz ausgelöscht.

»MacLaughlin, mitkommen!« Die Stimme des wachhabenden Soldaten drang scharf durch die winzige stinkende Zelle. Die Sonne war noch nicht aufgegangen und die Männer fuhren erschrocken aus dem Schlaf.

Verwirrt blinzelte Ewan, dann begriff er endgültig, dass er nicht zu Hause in seinem Bett lag, seine Frau an der Seite, sondern er in englischer Gefangenschaft war, und auch, wessen man ihn beschuldigte.

»Ein bisschen schneller!«, brüllte der Wachhabende ungeduldig, als Ewan nicht flink genug auf den Beinen war. »Colonel Porter erwartet Euch!«

Aufmunternd nickten die anderen Häftlinge ihm zu, dann

wurde Ewan von zwei weiteren Soldaten in die Mitte genommen. Für den Bruchteil einer Sekunde spielte Ewan mit dem Gedanken zu fliehen, aber dadurch würde er sich noch verdächtiger machen, und außerdem käme er nicht weit. In der Garnison wimmelte es von Rotjacken. Einen Highlander auf der Flucht hätten sie sofort erschossen.

War sein Kind schon geboren? Hatten Mutter und Kind die Geburt überlebt? Scheinbar unbeteiligt lief er zwischen den Soldaten mit, wobei ihn das Nichts-tun-können schier um den Verstand brachte.

Als er in Colonel Porters Arbeitszimmer geschoben wurde, sah dieser ihm finster entgegen. Seine Miene war undurchsichtig, er fragte: »Wollt Ihr nicht endlich gestehen, für die Tat verantwortlich zu sein? Hauptmann Milford schwebt noch immer in Lebensgefahr.«

»Ich gestehe, dass ich den Hauptmann – ohne zu wissen, dass er es ist – zur Verteidigung meiner Frau, die kurz vor der Niederkunft steht, und meiner Schwester, die sie begleitet hat, verwundet habe«, erwiderte Ewan sachlich. »Ich gehe davon aus, dass er den Überfall auf meine Frau schon sorgfältig geplant hat, denn er hatte sich unkenntlich gemacht, Sir.«

»Unfug. Warum sollte er Eure Frau überfallen?«

»Ich weiß es nicht, Sir. Ihr müsst mir glauben. Ich habe den Dolch gezogen, nachdem Milford mich mit dem Messer bedroht hat.«

Müde fuhr sich der Colonel über die Augen. »Man sollte euch Highlandern auch noch die Dolche verbieten, damit sich die Soldaten des Königs hier sicher fühlen können.«

Ewan musste kurz an die verborgenen Waffen denken, die dem Sicherheitsbedürfnis des Colonel Hohn sprachen, doch die Situation war zu ernst, um darüber Freude zu empfinden. »Er hat mich zuerst verletzt«, sagte er nüchtern, riss sein Hemd auf und wies auf den inzwischen blutdurchtränkten

Verband. Als man ihn am Vorabend rüde in den Kerker geworfen hatte, hatte die Schnittwunde wieder zu bluten begonnen.

Colonel Parker würdigte Ewans Verletzung keines Blickes: »Ich frage Euch noch einmal: MacLaughlin, bekennt Ihr Euch des Überfalls auf den Hauptmann für schuldig?«

»Nein, ich habe mich verteidigt!«

»Wie Ihr meint.« Porter winkte die Soldaten, die zu beiden Seiten der Tür standen, zu sich. »Ich verurteile Euch zunächst zu zwanzig Peitschenhieben, vielleicht frischt das Euer Gedächtnis auf. Das Urteil ist sofort vollstreckbar. Bis Milford vernehmungsfähig ist, bleibt Ihr in Haft; bestätigt er Allisons Aussage, wird eine Gerichtsverhandlung stattfinden.«

Ohne mit der Wimper zu zucken, nahm Ewan das Urteil auf. Er wehrte sich nicht, als man ihn abführte und hinunter in den Hof brachte, wo sich bereits, von einem Trommelwirbel begleitet, ein Trupp Soldaten eingefunden hatte.

Nachdem man ihn zu einem Podest in der Mitte des Hofes gestoßen hatte, zu dessen beiden Seiten Holzpfähle mit Lederschlaufen am oberen Ende befestigt waren, wurde ihm grob das Hemd vom Körper gerissen. Widerstandslos ließ er es zu, dass man seine Arme hochriss und die Hände mit Schlaufen an die Pfähle fesselte.

Nach einem weiteren Trommelwirbel trat einer der Soldaten vor, schwang die Peitsche und versetzte Ewan den ersten Hieb.

Bereits dieser erste Hieb ließ die Haut platzen, doch Ewan verbiss sich den Schmerz. Er konzentrierte seine Gedanken auf Joan, der er versprochen hatte, sie mit seinem Leben zu schützen.

Von einem der Fenster aus beobachtete Laird Dòmhnall die Auspeitschung, seine Hände ballten sich dabei in ohnmächtiger Wut zu Fäusten. Jeder Peitschenhieb schmerzte ihn persönlich und er schwor Vergeltung; eines Tages würden die Männer für diese Ungerechtigkeit büßen.

Als die Soldaten am Ende der Folter die Lederfesseln lösten, sackte Ewan ohnmächtig zusammen, sein Rücken war eine einzige Wunde.

»Es ist ein Junge«, sagte Màiri etwa zur gleichen Zeit, ihre Stimme vibrierte. »Und er atmet.«

Bevor Joan richtig begriff, dass sie gerade ihr Kind geboren hatte, begann der Kleine zu schreien. Es war ein kräftiges, fast wütendes Schreien.

»Ich will ihn sehen«, sagte sie schwach und versuchte, einen Blick auf das Baby zu werfen, das Schwägerin und Mutter badeten und danach in eine Wolldecke wickelten, bevor sie es mit Tränen in den Augen Joan in den Arm legten.

Das Baby hörte auf zu schreien, öffnete die Augen. Hellblaue Augen, wie die seines Vaters, dazu ein Haarflaum, dunkel wie Ewans Haare.

Überwältigt von ihrem Kind nahm Joan eines der winzigen Händchen und sagte leise: »Er ist so klein, so schrecklich klein.«

»Aber er lebt und ist gesund.« Marion setzte sich auf den Bettrand, während Màiri den Raum verließ, um in der Burg die Geburt von Laird Dòmhnalls erstem Enkelsohn zu verbreiten. »Sieh nur, wie er die Fäustchen ballt. Er wird so stark werden wie sein Vater.«

Über Joans erschöpftes Gesicht ging ein Lächeln. Sie legte sich ihren Sohn enger an den Körper und küsste den zarten dunklen Flaum auf dem Kopf des Babys.

»Ich bedauere sehr, dass Ihr Zeuge dieser Auspeitschung wart, aber es hat niemand verlangt, Euren Sohn ins Fort zu begleiten.«

Dòmhnall schnaufte. »Spätestens vor dem Richter werde ich seine Unschuld beweisen.«

»Nun, das steht Euch frei, aber ich weise Euch darauf hin, dass wir einen glaubwürdigen Zeugen haben«, konterte Porter.

In sich gekehrt saß Dòmhnall dem Colonel gegenüber und brütete dumpf vor sich hin. Es schien keine Möglichkeit zu geben, den Colonel zu Ewans Freilassung zu überreden.

Nach einem harten Klopfen an der Tür betrat ein Soldat das Arbeitszimmer des Colonels, schlug die Hacken zusammen und meldete, dass der Kommandant von Ruthven soeben Fort George erreicht habe und dringend um ein Gespräch mit Porter bitte.

»Er sagt, es handelt sich um Hauptmann Milford und es sei von äußerster Dringlichkeit, Sir!«

Porter wechselte einen schnellen Blick mit dem Laird, dann befahl er, den Major vorzulassen. Unmittelbar danach wandte er sich mit den Worten an Dòmhnall: »Ich gehe davon aus, dass Major Clayton mich im Zusammenhang mit Eurem Sohn sprechen will, deshalb bitte ich Euch zu bleiben.«

Die beiden Engländer begrüßten sich distanziert, sie schätzen sich gegenseitig, jedoch kannten sie sich zu wenig.

»Ich hörte von einigen Soldaten, die gestern Abend vom Fort in die Kaserne kamen, dass Hauptmann Milford eine schwere Auseinandersetzung mit dem jungen MacLaughlin hatte, und dass MacLaughlin des versuchten Mordes an Milford verdächtigt wird. Ich bin davon überzeugt, dass der junge MacLaughlin sich nur verteidigt hat.«

Überrascht starrte Porter den Major an. »Verdächtigt Ihr Milford etwa? Wie gut kennt Ihr Milford?«

»Mehr, als mir lieb ist. Schon als Rekrut war er aufsässig, ja geradezu rebellisch. Er verhehlte seinen Hass gegen die Highlander nicht nur, sondern nützte jede Gelegenheit, sie zu drangsalieren. Er drang förmlich darauf, nach Schottland versetzt zu werden, sicher um hier seinen Hass austoben zu können.«

»Ist Euch die genaue Sachlage des Falles bekannt?«

»Allerdings.« Clayton nickte heftig. »Demnach gibt es einen zweifelhaften Zeugen namens Leutnant James Allison. Milford und er steckten schon immer zusammen unter einer Decke und gaben sich gegenseitig Alibis bei Vergehen. Ihr solltet Allison noch einmal scharf verhören. Ich bin davon überzeugt, dass die Wahrheit plötzlich ganz anders aussieht.«

In Dòmhnalls hellen Augen konnte man den Triumph erkennen. Er selbst hatte es nicht erreichen können, doch der Major schien mit wenigen Worten zu erreichen, worum der Laird stundenlang gebeten hatte.

»In Ordnung.« Porter wies seine Leute an, James Allison unverzüglich vorzuführen.

»Aufstehen, MacLaughlin!«, rief der wachhabende Soldat, während er die schwere Holztür öffnete, die die Zelle verschloss. »Ihr seid frei!«

Verständnislos starrte Ewan den Soldaten an.

»Nun macht schon, oder wollt Ihr freiwillig hierbleiben?« Ungeduldig trat der Soldat von einem Fuß auf den anderen.

Mühselig erhob sich Ewan, jede Bewegung schmerzte, als bohre sich ein Dolch in seinen Rücken. Die anderen Männer in der Zelle warfen ihm unsichere Blicke zu. Man ließ Schotten oft scheinbar frei, um sie dann hinterrücks zu erschießen.

Nach einem tiefen Atemzug, der die peinigenden Schmerzen zwar nicht milderte, ihn aber so weit brachte, dass er aufrecht stehen konnte, verließ Ewan die Zelle – nicht, ohne sich von seinen Leidensgenossen verabschiedet zu haben.

»Pass auf dich auf, MacLaughlin. Die Rotjacken sind hinterlistig!«, rief ihm einer der Männer nach, bevor sich die Zellentür hinter ihm schloss.

Ewan wurde in den Hof geführt; er blinzelte und hielt sich gegen das grelle Sonnenlicht die Hand über die Stirn, um überhaupt etwas zu erkennen. Und dann erkannte er seinen Vater, der auf seinem Pferd saß und lächelte; Ewans eigener Wallach stand fertig gesattelt daneben.

Zögernd ging Ewan auf seinen Vater zu, immer wieder blickte er sich vorsichtig um. Aber niemand von den Soldaten folgte ihm.

»Lass uns verschwinden«, sagte der Laird, als sein Sohn dicht vor ihm stand. »Allison hat gestanden, dass Milford ihn bei dem Überfall auf Seonag zum Komplizen gemacht hatte. Dass du plötzlich auftauchtest, hat den ganzen Plan der beiden durcheinander gebracht. Als der Hauptmann dann leblos dalag, hat er schnell reagiert. Nachdem du mit den Frauen fort warst, zog er Milford die zivile Kleidung aus, die er über der Uniform trug. Seine eigene trug er ebenfalls unter seinem Umhang. Dann holte er Hilfe und behauptete, du hättest die beiden ohne Grund angegriffen. Es stimmte sogar, dass sie auf Patrouille waren.«

Noch immer wie betäubt schwang sich Ewan auf sein Pferd.

»Hast du Neuigkeiten von Seonag?«, fragte Ewan sofort, während sie langsam zum Tor ritten, und er die Schmerzen der demütigenden Auspeitschung versuchte zu missachten.

»Unsere Leute haben dir etwas zu sagen.« Dòmhnall wies schmunzelnd mit dem Kinn auf die Reiter, die sich vor der Garnison angesammelt hatten. »Sie haben sich geschworen, nicht eher zu weichen, bis man dich frei lässt.«

Alle waren sie gekommen: Hamish Munro, Sèoras Dunbar,

Alex Green und sein Vater, Malcolm und Dougal Grant … und all die anderen treuen Clansmänner.

Malcolm Grant kam ihnen langsam entgegengeritten. Er hielt respektvoll vor den MacLaughlins. »Ewan MacLaughlin! Wir hätten dich da rausgeholt, wenn die *Sasannach* dich länger eingesperrt hätten. Auf Glenbharr Castle wartet jemand auf dich. Du hast in den Morgenstunden einen Sohn bekommen. Einen feinen Sohn, wie man hört.«

»Ein Sohn?«, fragte Ewan und wandte sich an seinen Vater, der bestätigend nickte. »Und Seonag? Wie geht es ihr?«

»Sie weint sich die Augen nach dir aus. Darum sollten wir uns endlich auf den Weg machen.«

Stumm schüttelte Màiri auf Joans fragenden Blick den Kopf.

Noch immer war Ewan nicht zurück. Seit Ewans Aufbruch waren mehr als vierundzwanzig Stunden vergangen, und inzwischen war bereits der nächste Abend angebrochen.

Das Baby, das noch keinen Namen hatte, schlummerte ahnungslos in seiner Wiege. Joan wollte selbstverständlich niemandem einen Namen bekannt geben, bevor Ewan zurück war.

Màiri entflammte eine neue Kerze, stockte plötzlich und hob lauschend den Kopf.

»Ich höre Hufgetrappel im Hof«, sagte sie atemlos, eilte zum Fenster und riss den schweren Samtvorhang beiseite.

»Es ist Vater …«, schrie sie aufgeregt, »… und Ewan!«

Joan richtete sich gespannt auf, als zur gleichen Zeit Marion ins Zimmer stürzte: »Sie sind zurück! Sie sind wirklich beide zurück!«, rief sie.

Sowohl Màirie wie Marion konnte man die Erleichterung ansehen. Sie waren selbst in größter Angst, aber was hätten sie sagen sollen, wenn es länger gedauert hätte. Die Ausreden auf Joans Fragen wären bald erschöpft gewesen, von einer Nichtmehrwiederkehr Ewans ganz abgesehen.

Nur wenige Minuten später waren schwere Schritte auf dem Gang zu hören und gleich darauf stand Ewan im Türrahmen. Er sah müde und abgekämpft aus, aber das tat seiner stolzen Erscheinung keinen Abbruch.

Langsam trat er ans Bett, dabei ließ er Joan nicht aus den Augen. Auch ihr Blick hing an ihm, ertrank in seinem. Keiner der beiden merkte, dass Màiri und Marion das Gemach verlassen hatten, um Dòmhnall zu begrüßen.

Es dauerte viele Minuten, bis er sich seinem Sohn zuwandte, ihn auf den Arm nahm und ihn an die Seite Joans legte mit den Worten: »Ich liebe euch.«

Ende

Die Heimkehr des Highlanders

1. Kapitel

Die helle Morgensonne tauchte Glenbharr Castle, den Stammsitz des Clanführers Laird Dòmhnall MacLaughlin und dessen Familie, in ein warmes freundliches Licht; das einzige Geräusch stellte das Klirren von aufeinandertreffenden Schwertklingen dar.

Von einem der oberen Fenster aus beobachtete Joan MacLaughlin mit einem zärtlichen Lächeln ihren Mann Ewan, der dort unten im Burghof seine morgendlichen Kampfübungen durchführte. Sein Partner war wie meistens Schwager Peader, der mit Ewans Schwester Darla verheiratet war.

Beide Männer trugen nichts als ihren *breacan feile*[1] um die schmalen Hüften geschwungen, ihre nackten Oberkörper glänzten schweißnass. Ewans breiter, muskulöser Brustkorb hob und senkte sich kaum, als wäre die Fechtübung nichts als ein munterer Zeitvertreib, während Peader schon nach kurzer Zeit zu keuchen begonnen hatte.

Joans Lächeln erlosch und ein Schatten legte sich auf ihr ebenmäßiges Gesicht, als sich Ewan plötzlich umdrehte und ihr damit den Rücken zukehrte. Die unübersehbaren Wunden, die allmählich vernarbten, stammten von einer Auspeitschung im Fort George, die erst wenige Wochen zurücklag.

Ewan hatte diese Strafe durch die Engländer zu Unrecht

1 Plaid – Vorläufer des Kilts

erhalten, und sein Hass auf sie war seit der Entlassung verständlicherweise noch größer geworden als zuvor. Wie alle Hochlandschotten hielt Ewan die *Sasannach*[1] für Eindringlinge und wollte sich weder ihren Gesetzen unterwerfen noch einem König, der nicht aus Britannien, sondern aus Hannover stammte.

Joan, die Zeitreisende, hatte sehr wohl gewusst, dass sie in ständiger Angst um den geliebten Mann leben musste, wenn sie für immer zurück ins Jahr 1731 gehen würde – und doch hätte sie nichts und niemand davon abbringen können, im Herbst 2005 den Zeittunnel ein zweites und letztes Mal zu benutzen. Nur Ewan und seiner Schwester Màiri hatte Joan anvertraut, dass sie und ihre Mutter Marion aus der Zukunft kamen.

Lodernder Hass stieg in Joan empor, als sie an Robert Milford dachte, den englischen Hauptmann, dem Ewan die Verhaftung und die Auspeitschung zu verdanken hatte, und ihr war bewusst, dass sich Ewan an ihm rächen würde für die Schmerzen und die Schmach, die er ihm zugefügt hatte. Hinterlistig hatte der Hauptmann mit seinem Gehilfen James Allison Joan aufgelauert, mit dem Ziel, sie zu töten und Ewan somit das Liebste zu nehmen.

Zwei Monate waren seitdem vergangen, und nur Allisons Geständnis und Dòmhnalls Einfluss war es zu verdanken, dass Ewan freigelassen wurde; er war zur Burg zurückgekehrt, kurz nachdem sein Sohn geboren war.

Joan war glücklich, als sie ihrem stolzen Mann den Jungen, der inzwischen auf den Namen seines Großvaters getauft worden war, jedoch kurz Donny genannt wurde, in den Arm legen konnte – dennoch machte sie sich nichts vor. Die Zeiten waren hart und würden noch härter werden, denn aus

1 Verächtliche Bezeichnung für Engländer

der Zukunft wusste sie, dass es zu erbitterten Kämpfen mit den Engländern kommen würde.

Ein schmerzhaftes Ziehen in ihren Brüsten erinnerte Joan daran, dass Donny gestillt werden musste. Schweren Herzens riss sie sich von dem Bild im Burghof los, raffte die Röcke und eilte ins eheliche Schlafgemach, in dem das Baby in jener Holzwiege schlief, in der auch schon Ewan und seine beiden Schwestern gelegen hatten.

Donny war bereits wach und schrie aus Leibeskräften, als Joan sich über die Wiege beugte. Sein Gesicht war krebsrot, und erst als seine Mutter ihn vorsichtig aufnahm, verstummte das Schreien.

»Du wirst einmal so eine kräftige Stimme wie dein Großvater bekommen«, sagte Joan schmunzelnd, küsste Donnys weiches dunkles Haar und öffnete den Ausschnitt ihrer Leinenbluse, der mit einem Seidenbändchen zusammengehalten wurde. Sofort saugte Donny sich gierig fest, sodass Joan leise vor Schmerz aufschrie.

Früher – in jenem fernen einundzwanzigsten Jahrhundert – hatte Joan nie Kinder haben wollen, als erfolgreiche Karrierefrau hatte sie immer behauptet, für eine Familie keine Zeit zu haben. Aber nun konnte sie sich nichts Schöneres vorstellen, als Mutter zu sein, auch wenn es keine Einmalwindeln, Fertigmilch oder Fläschchen für Babys gab.

Joan hatte ihren Platz gefunden und sich in ihre Rolle als Ehefrau und Mutter eingefügt, wie es alle Frauen in jener Zeit taten.

Hingebungsvoll betrachtete sie ihren Sohn, während er zufrieden schmatzte. Man konnte schon jetzt erkennen, dass er die Gesichtszüge seines Vaters trug. Und seine Augen waren blau wie Ewans, nicht grün wie die seiner Mutter. Auch das fast schwarze dichte Haar hatte er von Ewan geerbt. Joans Haare waren von einem leuchtend goldenen Rot.

Es klopfte leise an die Tür. Joan hob neugierig den Kopf.

»Störe ich?« Mit vorsichtigem Lächeln blickte Marion Harris durch den Türspalt. »Ich würde gern ein paar Worte mit dir reden.«

»Komm herein, du störst überhaupt nicht, Mom.«

Marion, die sich noch immer unsicher in den ungewohnt langen Kleidern bewegte, trat näher, setzte sich neben ihre Tochter auf den Bettrand und betrachtete ihren Enkel versonnen.

»Wie kräftig er schon ist«, sagte sie schließlich und strich sanft über Donnys Köpfchen. »Ich mag gar nicht daran denken, dass schon jetzt feststeht, dass er niemals Laird of Glenbharr Castle wird, denn wenn er erwachsen ist, gibt es keine Clans mehr …«

Gequält stöhnte Joan auf. »Bitte rede nicht mehr darüber, Mom. Wir können die Geschichte nicht ändern und müssen hinnehmen, dass in weniger als vierzehn Jahren die *Jakobiten*[1] endgültig vernichtet werden.«

»Nein, daran können wir sicherlich nichts ändern.« Marions Stimme klang nachdenklich. »Aber es gibt eine Möglichkeit, deine Familie vor dem sicheren Tod zu bewahren.«

Wild schüttelte Joan den Kopf. »Vergiss es, Mom. Auch wenn Ewan nur andeutungsweise ahnt, was passieren wird, werde ich ihn nicht überreden können, mit uns zu fliehen. Er ist ein stolzer Highlander, der sich für den Clan verantwortlich fühlt – genau wie sein Vater und dessen Vater. Feigheit ist ein Fremdwort für ihn, niemals würde er den Clan im Stich lassen … und außerdem … wohin sollten wir fliehen, in die Kolonien?«

»Unsinn.« Marion erhob sich und rückte ihre Haube zu-

---

1 Anhänger des im Exil lebenden schottischen Königs James VIII.

recht, die ständig – ebenso wie die ihrer Tochter – schief zu sitzen schien. »Ich dachte eher an … eine Zeitreise.«

»Mom! Das meinst du nicht ernst. Oh nein, das kann nicht dein Ernst sein!« Durch Joans erregte Stimme aus seiner Seligkeit erweckt, begann Donny wieder zu schreien. Sie wiegte ihn sanft und wisperte ihm beruhigende Worte ins Ohr.

Rasch wurde der Kleine still und öffnete den zahnlosen Mund, was an einen jungen Vogel im Nest erinnerte.

Mit gerunzelter Stirn betrachtete Marion ihren Enkel und sagte mit gesenkter Stimme: »Vielleicht sollten wir ein anderes Mal darüber sprechen.«

»Da gibt es nichts zu besprechen.« Auch Joan sprach gedämpft, um ihren Sohn nicht noch einmal zu erschrecken. »Du weißt, wie gefährlich eine Zeitreise ist – und dir ist ebenso bekannt, dass nicht jeder reisen kann. Okay, du und ich haben es gekonnt und auch Robin … aber was ist mit den anderen?«

»Du hast erzählt, auch Ewan sei kurz in unserer Zeit gewesen.«

»Unsere Zeit ist das Jahr, in dem wir jetzt leben«, entgegnete Joan bestimmt. »Zumindest für mich, und auch für dich wäre es besser, wenn du dich daran gewöhnen könntest, hier zu sein und zu bleiben.«

Mit einem tiefen Seufzer wandte sich Marion dem Fenster zu und starrte hinaus zum Wald, der sich majestätisch hinter der Burg erhob. In der Ferne konnte man die mächtigen blau schimmernden Berge der Highlands erkennen.

»Was würde ich jetzt für eine Zigarette geben.«

Joan schmunzelte. »Du wirst dich daran gewöhnen, dass es hier keine Zigaretten gibt. Und außerdem sind sie sowieso ungesund.«

Im Gegensatz zu ihrer Tochter war Marion nicht ganz freiwillig ins Jahr 1732 gekommen; Robin Lemont – ebenfalls ein Zeitreisender – hatte sie auf Joans Bitte geholt. Inzwischen hatte sie sich mit Dòmhnall angefreundet, der erst wenige Monate zuvor seine geliebte Gemahlin Ealasaid verloren hatte. Nicht nur für den Laird war dies ein schmerzhafter Verlust, sondern auch für seine Kinder Ewan, Màiri und Darla.

Als Marion keine Anstalten machte, den Fensterplatz zu verlassen, seufzte Joan und sagte weich: »Mom, auch du wirst dich an die Sprache, die Kleidung und das Leben hier gewöhnen. Denk nur, dass du mich und Donny nie wieder sehen wirst, wenn du uns wieder verlässt.«

»Du hast ja recht.« Endlich drehte sich Marion zu ihrer Tochter um. »Ich beneide dich darum, dass es dir gelungen ist, dich hier zurechtzufinden. Ich muss mir jedes Wort in Dòmhnalls Anwesenheit überlegen, um mich nicht zu verraten. Erst neulich ist mir ein flapsiges ›Okay‹ herausgerutscht.«

Joan lachte. »Auch mir passiert das bisweilen, doch ich rede mich damit heraus, dass man im fernen London so spricht.«

Donny war satt, er räkelte sich und blinzelte seine Mutter aus schläfrigen Augen an. Für sie war es inzwischen undenkbar, woanders zu leben.

Ewan roch nach Seife und frischer Wäsche, als er später seine Frau in die Arme nahm und zärtlich küsste. Da sie sich nicht ganz so anschmiegsam gab wie gewöhnlich, schob er sie sanft ein Stück zurück und fragte mit gerunzelter Stirn: »Was ist los, *mùirninn*[1]? Was bedrückt dich?«

Bemüht, ein fröhliches Gesicht zu machen, gab sie zurück: »Dir kann man wohl nichts verheimlichen, aye? Es geht um meine Mutter, sie schwankt immer noch und möchte nach Hause.«

---

1 Liebling

»Aber *Mòrag*[1] ist nun *hier* zu Hause.« Ewans edles Gesicht verzog sich unwillig. »Ich hatte gehofft, du und Donny würden ihr das Eingewöhnen erleichtern.« Gedankenverloren spielte er mit einer von Joans roten Locken; dass Marion zurück in ihre Zeit gehen könnte, gefiel ihm nicht. Die Angst, Joan könne letztendlich mit ihr gehen, schnürte ihm fast die Kehle zusammen.

Mit geschlossenen Augen lehnte sich Joan an die breite Brust ihres Mannes und murmelte: »Egal, was geschieht, ich werde dich niemals verlassen, niemals.«

Zärtlich strich er ihr über den Rücken und spürte, wie dadurch seine Leidenschaft entfacht wurde. Nach Donnys Geburt hatte er noch nicht oft mit Joan geschlafen und seine Sehnsucht nach ihr wurde stärker und stärker.

Sie vermochte Ewan, der seinen Körper dicht an sie presste, nicht zu widerstehen, während er sein Gesicht in ihrem duftenden Haar vergrub; sein steinhartes Glied drückte sich begierig an ihre Hüften.

Im achtzehnten Jahrhundert war man noch der Meinung, dass eine Frau, solange sie stillte, nicht schwanger werden konnte, doch Joan wusste es besser. Sosehr sie Donny liebte und vergötterte – so schnell wollte sie nicht wieder ein Kind unter dem Herzen tragen.

Ewan säuselte ihr gälische Liebesworte ins Ohr, begann am Ausschnitt ihrer Bluse zu fingern und massierte dann sanft ihre milchschweren Brüste.

»A bheil sin a'còrdadh rut[2]?«, fragte er mit heiserer Stimme. *»An toir thu pòg dhomh*[3]?«

Willig bot sie ihm ihre heißen Lippen und sofort versenkte

---

1 Gälischer Name für Marion

2 Magst du das?

3 Gibst du mir einen Kuss?

er seine Zunge in ihrer Mundhöhle. Joan beugte ihren Kopf nach hinten, ihre Hände glitten über sein knackiges Hinterteil, massierten es, bis Ewan keuchte und seine Frau kurzerhand zu dem breiten Ehebett trug.

In Sekundenschnelle hatte er nicht nur Joan, sondern auch sich selbst entkleidet, und sie schrie leise vor Wollust auf, als er tief in sie eindrang.

Beim Abendessen beobachtete Joan ihre Mutter. Marion ließ sich ihre Zweifel nicht anmerken. Sie saß neben dem Laird, verzehrte mit großem Appetit ihr Brathühnchen und lauschte Dòmhnall andächtig. In den Monaten, die sie inzwischen auf Glenbharr Castle lebte, war sie für den Clanführer zu einer Vertrauensperson geworden, die ihm über den Tod seiner Frau ein wenig hinweg half. Auch wenn Marion Bedenken hatte, man könne ihr ansehen, dass sie aus der Zukunft stammt. Sie machte ihre Sache großartig, wie Joan, die von den Bewohnern der Burg Sèonag genannt wurde, fand.

Nach anfänglichem Misstrauen hatte man beide Frauen akzeptiert, obwohl sie Engländerinnen waren; nur Ewans Hartnäckigkeit war es zu verdanken gewesen, dass er Joan heiraten durfte.

Die Mahlzeiten wurden in einem großen Speisesaal mit gewölbter Decke und mächtigem Kamin eingenommen, nicht nur die Familie, sondern auch die höheren Bediensteten nahmen daran teil. Jeder hatte seinen zugewiesenen Sitzplatz, den er niemals wechselte.

Zur Familie der MacLaughlins gehörten außer Ewan und Joan seine Schwestern Màiri mit ihren Söhnen Andra und Klein-Ewan, sieben und zehn Jahre alt, sowie Darla, das Nesthäkchen mit ihrem Mann Peader und der zweijährigen Tochter Ealasaid, die nach ihrer Großmutter benannt worden war.

Màiris Ehemann Tèarlach, mit dem Màiri einst eine Vernunftehe eingegangen war, hatte sich von ihr getrennt und lebte nun in den Bergen, wo er eine andere Frau kennen- und lieben gelernt hatte. Doch darüber war Ewans Schwester nicht betrübt – nein, sie fieberte dem Tag entgegen, an dem die katholische Kirche in Rom die Scheidung anerkannte, um dann den Mann heiraten zu können, den sie liebte. Mìcheal MacGannor lebte im Nachbarclan und war zu einem guten Freund von Ewan geworden.

Für Joan war dies ihre Familie, und vor allem Màiri war etwas ganz Besonderes für sie. Ihr hatte sie es zu verdanken, dass sie nicht im Verlies von Glenbharr Castle gestorben war, sondern zurück ins Jahr 2005 reisen konnte, wo sie dann festgestellt hatte, dass sie Ewan liebte.

Eine tiefe Freundschaft hatte sich zwischen den beiden so unterschiedlichen Frauen entwickelt, die sich auf so wundersame Weise ergänzten.

Joan hatte anfangs technische Gegenstände wie Telefon, Fernseher und Waschmaschine schmerzlich vermisst, doch inzwischen war ihr das einfache Leben in Fleisch und Blut übergegangen. Ihre Mutter tat sich in dieser Hinsicht schwerer, sie bemängelte oft, wenn sie mit ihrer Tochter alleine war, die für sie katastrophalen Hygienezustände und weigerte sich, nachts den Nachtopf zu benutzen. Lieber durchquerte sie die halbe Burg, um zum finsteren kalten Plumpsklo zu gelangen, das diskret in einem abgelegenen Seitenflügel untergebracht war. Auch fließendes warmes Wasser, Auto und Kino fehlten ihr, doch Joan war davon überzeugt, dass sich Marion an das einfache Leben gewöhnen würde.

2. Kapitel

Màiris kleines ovales Gesicht strahlte vor Glück, als sie ein Bündel zusammenpackte, das einen Früchtekuchen, ein weißes Leinenhemd und ein Beutelchen mit Lavendelblüten enthielt. Diese sorgfältig ausgewählten Dinge waren Geschenke für Mìcheal MacGannor, den Màiri besuchen wollte.

Obwohl sich das Paar offen zu seiner Liebe bekannte, kam ein offizielles Zusammenleben natürlich nicht infrage, und so blieben ihnen nur die gelegentlichen gegenseitigen Besuche.

Mìcheal lebte auf Barwick Castle, der Burg seines Onkels Crìsdean MacGannor, dem Führer des gleichnamigen Clans. Der junge Mann war das Gegenteil von Màiris Ehemann: Jung, gut aussehend und von kräftiger Statur.

Ewan hatte sich angeboten, seine Schwester auf ihrem knapp einstündigen Ritt zu begleiten. Die Zeiten, in denen die Frauen alleine und unbehelligt durch einsame Gebiete streifen konnten, waren längst vorbei. In den dichten Wäldern wimmelte es von Wegelagerern, und immer wieder gab es Übergriffe englischer Soldaten auf schottische Frauen.

Herzlich umarmte Joan ihre Schwägerin zum Abschied. Màiri wollte eine Woche fortbleiben, länger hielt sie es ohne ihre Söhne nicht aus. Unter normalen Umständen würde sie ohne Andra und Klein-Ewan keinen Fuß vor die Tür setzen, doch die Sehnsucht nach dem Geliebten wurde von Tag zu Tag größer. In Mìcheals Armen fand sie all das, was sie bei ihrem Ehemann bitterlich vermisst hatte.

»Du wirst mir fehlen«, sagte Joan und dachte wehmütig daran, dass sie nun eine Woche lang ohne Màiris Gesellschaft die Dinge tun musste, die Frauen dieser Zeit tagsüber taten: Stoffe mit dem Tartan des MacLaughlin Clans weben, sich um die Kinder kümmern und bei Stick- und Näharbeiten lustige oder ernste Gespräche führen.

»Aber ich bin doch bald wieder da.« Màiri lachte, ihre Stimme war so sanft wie ihr ganzes Wesen. »Wenn Mìcheal und ich erst einmal verheiratet sind, musst du uns oft besuchen, aye?«

Abwesend nickte Joan, daran mochte sie gar nicht denken. Selbstverständlich würde ihre Schwägerin mit ihren Söhnen nach der Hochzeit nach Barwick Castle umsiedeln.

Màiri knotete das Bündel, das auf ihrem Bett lag, sorgfältig zusammen und legte es zu einem zweiten Bündel, das ihre Wäsche für eine Woche enthielt. Mit einem Seufzer hielt sie inne und fügte kaum wahrnehmbar hinzu: »Wenn es doch nur schon so weit wäre.« Sie wandte sich zu Joan um. »Glaubst du, dass man in Rom meiner Bitte nachkommt?«

»Gewiss. Vaters Einfluss ist groß und geht bis weit über die Landesgrenzen – und außerdem erwähnte Ewan, dass Vater der Kirche eine größere Spende zukommen ließ.« Sie zwinkerte Màiri aufmunternd zu.

Etwas beruhigt nickte Màiri, nahm ihre Bündel auf und sagte: »Ihm wäre es am liebsten gewesen, wenn sich das Leben zwischen Tèarlach und mir nie geändert hätte. Doch so konnte ich nicht leben, er fast das ganze Jahr in den Bergen auf der Suche nach Männern für unseren Clan und ich hier mit den Kindern – ohne Liebe und Zärtlichkeit, die Tèarlach mir auch nicht gab, wenn er in den Wintermonaten zu Hause war.«

»Vater wäre es auch am liebsten gewesen, wenn Ewan eine echte Schottin geheiratet hätte und nicht mich.« Joan trat einen Schritt auf ihre Schwägerin zu und nahm ihr eines der Bündel ab. »Dass meine Urahne Schottin war, darf er ja nicht erfahren.« Sie spielte dabei auf Ceana Matheson an, durch deren Geist sie durch die Zeit gewirbelt worden war.

Ewan erwartete Màiri bereits in der riesigen Eingangshalle, die mit Kriegsutensilien vergangener Tage dekoriert war. Die Burg hatte schon vielen Generationen der Familie als Wohnsitz gedient und es war kaum ein Jahrzehnt ohne erbitterte Kämpfe vergangen – gegen feindliche Clans oder gegen die englische Zwangsherrschaft, bevor beide Länder 1707 zum britischen Königreich zusammengeschlossen worden waren.

Das lange Haar hatte Ewan am Hinterkopf gebunden. Zu seinem Plaid in den auffällig leuchtenden roten und grünen Clanfarben trug er ein grünes, weit geöffnetes Leinenhemd, das seine weichen Brusthaare erkennen ließ. Ein Ende des Plaids war über die linke Schulter drapiert und mit einer Clanbrosche befestigt.

Wie immer, wenn Joan ihren Mann sah, fühlte sie sich auf einer Woge von Glück davongetragen. Sie hatte keine Sekunde bereut, seinetwegen für immer in die Vergangenheit gekommen zu sein. Der zärtliche, liebevolle Blick aus seinen strahlend blauen Augen ließ ihr die Knie weich werden, sodass ihre Hand das Treppengeländer fest umklammerte, als sie neben Màiri die Stufen hinunterschritt.

In Ewans Blick lag grenzenlose Liebe, seine Schwester hatte er völlig vergessen, was Màiri mit einem nachsichtigen Lächeln quittierte.

Mit gemischten Gefühlen, die Arme auf dem Rücken verschränkt, stand Laird Dòmhnall MacLaughlin of Glenbharr Castle am Fenster der Bibliothek und sah den beiden Reitern nach, die soeben den Burghof verließen. Vor weniger als zehn Minuten hatte sich seine Tochter mit den Worten verabschiedet, dass sie nun zu ihrem Geliebten aufbrechen wolle.

»Es ist dir nicht recht, dass Màiri diesen Mann liebt, nehme ich an«, konnte sich Marion, die dem Laird Gesellschaft leistete, nicht verkneifen zu sagen. »Und dabei ist sie so glücklich mit ihm.«

Dòmhnall, dessen massige Statur, er war ein Hüne von fast zwei Metern, fast die ganze Breite des Fensters einnahm, drehte sich um. »Davon verstehst du nichts, Mòrag. Ich habe nichts gegen Mìcheal. Mit seinem Onkel bin ich befreundet, aber Màiri ist eine verheiratete Frau und es ist nicht richtig, dass sie ins Bett eines anderen Mannes kriecht.«

»Ihr Mann hat nichts anderes getan«, entfuhr es ihr, obwohl sie wusste, dass der Begriff Gleichberechtigung im Jahre 1732 ein Fremdwort war. Ein scharfer Blick traf sie, sodass sie ihren Kopf rasch wieder auf ihre Näharbeit senkte.

Dòmhnall trat näher, setzte sich wieder in den Ledersessel Marion gegenüber und starrte minutenlang in das prasselnde Kaminfeuer. Seine grauen Haare, in denen man an einzelnen Strähnen noch das frühere Blond erahnen konnte, trug der Laird lang; auch sein Vollbart war inzwischen grau und seine Augen waren von demselben leuchtenden Blau wie die seines einzigen Sohnes.

»Ich mache mir Sorgen um meine Kinder.« Er fuhr sich über das Gesicht und sah plötzlich müde und alt aus. »Màiri ist die erste in der Familie, die es wagt, eine Ehe, die vor Gott geschlossen wurde, zu beenden. Vielleicht war es nicht recht, sie als junges Mädchen mit einem um so viele Jahre älteren Mann zu verheiraten, aber ich handelte in gutem Glauben, dass sie Tèarlach eines Tages lieben könnte.«

Marion hatte das Schultertuch, an dem sie arbeitete, in den Schoß gelegt.

»Nun, aye, ich kann Màiri nicht verbieten, einen anderen Mann zu lieben – genauso wenig, wie ich mich zwischen Ewan und deine Tochter stellen konnte. Verständlicherweise war ich gegen diese Heirat und das nicht nur, weil Sèonag Engländerin ist. Sie erinnerte mich an eine Hexe, die ich vor Jahren hinrichten ließ.«

Verständnisvoll nickte Marion. Sie kannte die Geschichte, Joans flammend rotes Haar wäre ihr beinahe zum Verhängnis geworden, weil der Laird sie für die Wiedergeburt der Ceana Matheson gehalten hatte.

»Nun, ich stehe ihrem Glück nicht mehr im Wege«, fuhr er mehr zu sich selbst fort, »denn ich habe gesehen, mit welcher Hingabe sich die beiden lieben. Trotzdem, Ewan ist ein Krieger und ich befürchte, dass er an diesem englischen Hauptmann Rache nehmen wird, sobald der ihm über den Weg läuft.« Er betrachtete seine großen kräftigen Hände. »Außerdem vermute ich, dass es in Zukunft noch mehr solcher Zwischenfälle mit den *Sasannach* gibt. Ich habe viele Kämpfe in meinem Leben geführt, nun bin ich derer müde. Aber ich kann Ewan noch nicht die Verantwortung für den Clan überlassen, er ist noch zu jung und hitzköpfig.«

Unauffällig betrachtete Marion die verblassten Narben auf Dòmhnalls muskulösen Unterarmen, sie mussten in den vielen Gefechten entstanden sein, von denen er sprach.

»Und Darla? Das dumme Ding hat nichts anderes zu tun, als mit den anderen Mädchen zu schwatzen und sich mit ihrem Mann zu streiten.«

»Sei nachsichtig, sie ist doch noch ein halbes Kind.« Vorsichtig, soweit es das eng geschnürte Mieder zuließ, beugte sich Marion vor. »Ich kann deine Sorgen verstehen, aber du hast wundervolle Enkelsöhne, über die du glücklich sein kannst.«

Seine betrübte Miene verschwand und machte einem stolzen Gesichtsausdruck Platz. »Aye, Andra, Klein-Ewan und Donny werden den MacLaughlin Clan weiterführen, wenn sein Vater und sein Großvater nicht mehr am Leben sind.«

Widerstrebend dachte Marion an das Jahr 1746, in dem es zum größten und letzten Aufstand der Jakobiten kommen würde. Würden Màiris Söhne, die dann alt genug zum Kämpfen waren, auf dem Schlachtfeld bei Culloden sterben?

Sie war froh, dass der Laird das Thema wechselte und sie fragte, wie es ihr auf Glenbharr Castle gefiel. Noch hatte Marion nicht verlauten lassen, wie lange sie bleiben wollte, offiziell war sie eigens wegen Joans Schwangerschaft aus London angereist.

»Ich bin gerne Gast in deiner Burg«, sagte sie daher ausweichend. »Und ich fühle mich sehr wohl. Meine Tochter möchte am liebsten, dass ich für immer hier bleibe.« Sie lächelte verlegen und blickte erstaunt auf, als Dòmhnall nach ihren Händen griff. Er sah ihr dabei direkt in die Augen.

»Und wenn ich dir sage, dass dies auch mein Wunsch ist? Du hast mir über die schreckliche Einsamkeit, die Ealasaid hinterlassen hat, hinweggeholfen. Deine Anwesenheit tut mir gut.«

Ganz still saß Marion da, sie wagte kaum zu atmen und wunderte sich, weshalb ihr Herz so unvernünftig schnell schlug.

Als Joan ihre Mutter beim Essen sah, fragte sie sich, was in der Zwischenzeit mit Marion geschehen war. Ihr Gesicht wirkte heiter und viel jünger, genauso hatte sie ausgesehen, als Simon in ihr Leben getreten war. Simon, den Marion geliebt und der sie belogen und betrogen hatte.

Joans Blick glitt zu Dòmhnall, auch er schien verändert zu sein. Sollten etwa er und ihre Mutter …? Aber nein, das war ausgeschlossen – doch das Verhalten der beiden sprach eine andere Sprache.

»Träumst du schon wieder von meinem Bruder, Sèonag?« Darla grinste über den Tisch. »Schon bald kannst du wieder in seinen Armen liegen.« Sie kicherte, während sie ein großes Stück Brot von dem Laib auf dem Tisch abriss.

Ewan wurde erst am nächsten Tag zurück erwartet, damit er etwas Zeit mit seinem Freund Mìchael verbringen konnte.

Schmunzelnd entgegnete Joan, dass sich Darla besser um ihren Mann kümmern solle, der mit mürrischer Miene neben ihr saß. Anscheinend hatten sich die beiden wieder einmal gestritten, meistens ging es darum, dass Peader ihr vorwarf, mit ihr könne etwas nicht stimmen, da sie nach der kleinen Ealasaid noch nicht wieder schwanger geworden war. Genau wie Ewan und Tèarlach wollte er einen Sohn zeugen, einen weiteren Krieger, der für die Freiheit Schottlands kämpfen würde.

Den Frauen jener Zeit war es lieber, Töchter zu gebären, um die sie keine Angst haben mussten. Auch Joan fürchtete schon jetzt um das Leben ihres Sohnes, der Ewans ganzer Stolz war.

Nach dem Abendessen hatte Joan Gelegenheit, kurz mit ihrer Mutter zu sprechen, als die beiden Frauen zu ihren Schlafgemächern gingen. Die Räume aller Familienmitglieder befanden sich im Hauptflügel der Burg. Marion, die nach ihrer Ankunft auf Glenbharr Castle zunächst in einer winzigen Gästekammer gewohnt hatte, war auf Bitten des Lairds in das geräumige Zimmer gezogen, das einst seinen Sprösslingen als Kinderzimmer gedient hatte.

»Du verbringst sehr viel Zeit mit Dòmhnall«, sagte Joan, dabei gab sie ihrer Stimme bewusst einen beiläufigen Klang.

»Ist dir das etwa nicht recht?« Marion war stehen geblieben und musterte ihre Tochter verwundert. »Er ist ein einsamer Mann, der noch immer in der Vergangenheit lebt.«

Auf Joans Lippen erschien ein amüsiertes Lächeln. »Im Gegenteil, es ist mir sogar sehr recht, wenn ihr zusammen seid. Ihr ergänzt euch prächtig, finde ich.«

Marion sah für einen Augenblick verblüfft aus, dann jedoch lächelte sie. »Nur mit dem Unterschied, dass Dòmhnall über die Vergangenheit reden kann, während ich über die Zukunft schweigen muss und ich mir immer wieder abenteuerliche Geschichten einfallen lassen muss, wenn er mich nach meinem Leben in London fragt.«

»Als ich Dòmhnall zum ersten Mal sah, bekam ich einen gehörigen Schreck«, gestand Joan. Sie fröstelte. Obwohl es noch Spätsommer war, erreichte die Wärme nicht das Innere der Burg. Die Sonnenstrahlen schafften es nicht, durch das dicke Mauerwerk zu dringen, sodass auch an heißen Tagen in den Gängen eine eisige Kälte herrschte, und in den Räumen die Kamine entzündet werden mussten.

Noch immer beschlich Joan ein beklemmendes Gefühl, wenn sie an die erste Begegnung mit dem Laird of Glenbharr dachte: Er hatte sie gesehen, war wütend aufgesprungen und hatte seine Leute brüllend angewiesen, Joan in ein Verlies zu schleppen, ohne dass sie wusste, warum.

Inzwischen war die Angst gewichen, Joan empfand Respekt vor Dòmhnall und Dankbarkeit, denn ohne sein Einverständnis hätte Ewan sie nicht heiraten dürfen. Eine gewisse Skepsis war bei Dòhmnall geblieben, denn immerhin waren sie und ihre Mutter Engländerinnen und damit die größten Feinde der Schotten. Und dieses Misstrauen war nicht unbegründet; immer wieder tauchten Meldungen von Engländern auf, die sich in das Vertrauen einzelner Clanführer eingeschlichen hatten und später als Spione entlarvt wurden. Sie sollten herausfinden, welche Clans zu den Anhängern von James Stuart gehörten. Es wurde als Hochverrat geahndet, einem anderen König als George II. treu zu dienen.

Nun, Joan war weder Anhängerin des einen noch des anderen Königs, wusste jedoch, dass in wenigen Jahren das Haus Stuart Ansprüche auf den Thron stellen würde, mithilfe der schottischen Clans, die den königlichen Truppen erbärmlich unterliegen würden. Dieses Wissen machte Joan krank, doch sie konnte mit niemandem über ihre Angst reden.

Ewan ahnte bereits, dass es eines Tages mit dem Clanleben vorbei sein würde, denn bei seiner kurzen, eher zufällig zustande gekommenen Reise ins Jahr 2005 hatte er mit eigenen Augen die Ruine von Glenbharr Castle gesehen.

»Vielleicht sollte ich mich doch an den Gedanken gewöhnen, eine Frau des achtzehnten Jahrhunderts zu werden«, drang Marions gedämpfte Stimme an Joans Ohr. »So übel ist es hier gar nicht.«

Sanft berührte Joan die Schulter ihrer Mutter. »Ich freue mich über deinen Entschluss, Mom. Eine Rückkehr wäre ohnehin unmöglich, du hast selbst gehört, als Robin neulich davon sprach, jede Zeitreise ist ein Risiko, denn niemand kann vorhersagen, in welchem Jahr man landet und ob der Körper die Strapazen unbeschadet übersteht.«

Nachdenklich kaute Marion auf ihrer Unterlippe. Auf ihr Profil fiel der Schein des flackernden Talglichtes an der Wand, das ihren Zügen einen weichen Ausdruck gab. »Weißt du, als ich mit Robin hier ankam, fühlte ich mich wie in einem Traum, wie ein Zuschauer in einem Kostümfilm. Erst nach Donnys Geburt realisierte ich, dass dies nun mein neues Leben sein sollte und rebellierte dagegen. Ich stellte mir vor, wie schön es wäre, wenn wir alle zusammen in unserer Zeit leben würden … jetzt weiß ich, dass das ziemlich naiv von mir war.«

Joan zog sich das Schultertuch enger um die Schulter, sie waren vor der Tür ihres Schlafgemaches angelangt, in dem das Hausmädchen Lenya über den kleinen Donny wachte, bis seine Mutter vom Abendessen zurückkam.

Obwohl durch die dicke Tür kein Laut dringen konnte, senkte Joan die Stimme zu einem Flüstern. »Auch ich habe damals – als ich wieder im Jahr 2005 gelandet war – mit dem Gedanken gespielt, Ewan in meine Zeit zu holen oder es zumindest zu versuchen, Mom. Du hast gesehen, was mit den prächtigen Burgen und Ländereien geschehen wird. Nach der Schlacht bei Culloden gibt es kein Clanleben mehr, es kommt zur Clearence, in der die Pächter vertrieben werden und das Land zur Schafzucht benutzt wird, das wird auch im einundzwanzigsten Jahrhundert noch so sein. Die Highlands werden nie wieder besiedelt werden.« Ihre Stimme versagte.

»Du hast die Geschichte Schottlands sehr aufmerksam gelesen, nicht wahr?«

»Ich hatte nach meiner ersten Reise in diese Zeit Gelegenheit, alles nachzuholen, was ich in der Schule verschlafen hatte«, gab Joan schmunzelnd zurück. »Ich hatte Angst um Ewan und seine Familie, aber mir wurde schnell klar, dass ich zu ihm muss und nicht umgekehrt. Was sollte Ewan im einundzwanzigsten Jahrhundert machen? Er ist Krieger, kann reiten wie der Teufel und ist ein begnadeter Schwertkämpfer – damit kann er in der modernen Zeit nichts anfangen. Und Dòhmnall … stell ihn dir im Jahr 2005 vor.« Bedächtig schüttelte Joan den Kopf.

Sie fühlte Marions, trotz der Kälte, warme Hand auf ihrer Wange. »Schon gut, ich werde dich nicht wieder mit meinen Plänen behelligen, sondern mich an die Umstände gewöhnen. Wenn du es konntest, dann kann ich es auch. Ich hoffe, Ewan und seine Geschwister nehmen es mir nicht übel, dass ich so viel Zeit mit ihrem Vater verbringe.«

»Sicherlich nicht.« Joan war erleichtert, insgeheim hatte sie sich große Sorgen um ihre Mutter gemacht. »Ich denke, sie sind froh darüber, dass er wieder lachen kann und sich nicht mehr mit mürrischer oder trauriger Miene den ganzen Tag zurückzieht.«

Mit einem erleichterten Seufzen hob Marion die Hand, bevor sie sich in ihre Kammer begab.

Auch auf Barwick Castle, dem Stammsitz der MacGannors, schlief man noch nicht. Laird Crìsdean, sein Neffe Mìcheal sowie Ewan saßen um den Kamin, in den Händen Zinnbecher mit Whisky. Màiri hatte sich bereits zur Ruhe begeben.

Mìcheals leuchtende Miene sprach Bände. Gleich, nachdem Màiri angekommen war, hatten sie sich geliebt. Seine Miene umschattete sich jedoch, als sein Onkel bemerkte, dass sich Rom Jahre Zeit lassen könnte, um Màiris Scheidungsbegehren überhaupt zur Kenntnis zu nehmen. »Möglicherweise wird Màiri niemals frei für dich sein – und solange ihr nicht verheiratet seid, kann ich ihr leider kein Dach über dem Kopf gewähren.«

»Wir werden eine Lösung finden, *bràthair-athar*[1]. Zwinge mich bitte nicht, auf die Frau zu verzichten, die ich liebe.«

»Wie könnte ich das?« Crìsdean schüttelte besänftigend das Haupt. Der Laird des MacGannor Clans war vom Äußeren das genaue Gegenteil von seinem Freund Dòmhnall – von kleinem Wuchs, untersetzt und drahtig, seine Körpergröße machte er mit der Wendigkeit im Kampf wett, die nur kleinen Männern vorbehalten war. Er hatte seine erste Frau bei der Geburt ihres einzigen Kindes verloren, das kleine Mädchen wenige Tage danach. Als sein jüngerer Bruder ebenfalls starb, nahm er dessen Sohn Mìcheal bei sich auf und gab ihm ein neues Zuhause, und vor wenigen Jahren hatte er sogar noch einmal geheiratet, eine hübsche Frau namens Ayleen.

---

1 Onkel

»Nie würde ich mich gegen eure Liebe stellen, dafür ist mir Ewans Schwester viel zu lieb.«

Ewan hob seinen Becher. »Lasst uns den Abend nicht mit trübsinnigen Gesprächen verbringen, *slàinte mhath*[1]!«

Zustimmend nickten die beiden anderen Männer und prosteten sich gegenseitig zu. Der Whisky war genauso gut wie der der MacLaughlins, Crìsdean besaß ebenso wie alle anderen Clanführer eine geheime Destille, denn offiziell war das Herstellen von Whisky vom König verboten worden – allerdings hielt sich kein Highlander daran. Nachweisen konnte man es ihnen allerdings kaum. Das wiederum wurmte George II., und er ließ seine Patrouillen die Gegend regelmäßig aufs Schärfste kontrollieren, wobei es eher selten vorkam, dass die Soldaten des Königs eine der sicher in den Wäldern versteckten Brennereien ausfindig machten.

»Weißt du, was aus Hauptmann Milford geworden ist?«, wandte sich Crìsdean an Ewan. »Man hört, dass er nach England versetzt wurde.«

Ewans Gesicht verzog sich grimmig, seine Hand umklammerte den Zinnbecher so fest, als wolle er ihn nie wieder loslassen. »Aye, das ist mir auch zu Ohren gekommen, *bràmair*[2]. Es war eine weise Entscheidung von Colonel Porter, diesen Mann außer Landes zu schaffen, denn wenn er es nicht getan hätte, wäre Milford bereits ein toter Mann.«

Die beiden anderen Männer sahen sich bedeutungsvoll an; sie wussten, dass das keine leere Drohung war. Ewan hasste den Engländer abgrundtief – vor allem, nachdem dieser seine hochschwangere Frau aus dem Hinterhalt überfallen hatte, um sie zu schänden.

---

1 Prosit
2 Freund

»Die *Sasannach* werden immer dreister«, bemerkte Crìsdean bitter.

Ewan streckte sich. »Es wird Zeit, dass wieder ein Stuart den Thron besteigt.«

Crìsdean, der genau wie Laird Dòmhnall an der Schlacht bei Sheriffmuir, der ersten jakobitischen Erhebung, teilgenommen hatte, nickte bekräftigend. »Auf die Lowlander können wir uns dabei nicht verlassen, sie sind ein Volk von jammernden Weibern, die alles tun, um König George gerecht zu werden.« Verächtlich spie er ins Feuer.

»Wir Highlander waren schon immer auf uns selbst gestellt«, warf Mìcheal ein. »Es gibt kaum Jakobiten unter den Lowlandern.«

Damit hatte er nicht ganz unrecht, der Großteil der Anhänger James VIII. war im Hochland zu finden.

Kurz darauf erhob sich Mìcheal mit der Begründung, müde zu sein, und die beiden anderen warfen sich einen belustigten Blick zu, denn sie wussten es besser. In einer kleinen Kammer im Gästetrakt fieberte Màiri nach ihrem Liebsten.

Sehnsüchtig dachte Ewan an Joan, die diese Nacht alleine in dem großen Ehebett verbringen musste.

3. Kapitel

Mittlerweile war es Herbst geworden, die Sonne ließ sich nur noch selten in den Highlands blicken; der Morgennebel wich nicht mehr und verwandelte das Land in eine graue, undurchsichtige Masse.

Die leichten Sommerplaids wurden sorgfältig in den Wäschetruhen verstaut, die Männer trugen nun ihre aus schwerer Wolle gewebten Plaids und dicke Strümpfe.

Besucher fanden nun kaum noch den Weg zum Stammsitz der MacLaughlins, die feuchte Kälte, die in kürzester Zeit bis zu den Knochen drang, hielt die meisten vor einem längeren Ritt zurück.

Als sich dennoch ein einsamer Reiter nahte, sich langsam aus dem dichten Nebel schob, alarmierte Peader, der an diesem Tag das Burgtor bewachte, einige andere Wachposten. Der Reiter sah zwar harmlos aus, aber man konnte nie wissen, ob sich nicht doch ein englischer Soldat dahinter verbarg.

Angestrengt starrte Peader in den Nebel hinein, doch plötzlich entspannte sich seine Miene.

»Es ist Mr Lamont!«, rief er den anderen Männern zu. »Macht ihm das Tor auf!«

Robin Lamont, dem Joan auf dem Markt in Baile a'Coille begegnet war und der ebenso ein Zeitreisender war wie sie, hatte Marion ins Jahr 1731 geholt, er war Donnys Pate und Joans Vertrauter.

Er war zufällig in ein anderes Jahrhundert geraten, direkt in Ceana Mathesons Arme, einer Heilerin und Hebamme. Außerdem war sie Joans Urahne. Er war mit Ceana durch die Lande gezogen und dem einfachen Leben so zugetan, dass er beschlossen hatte, für immer dort zu bleiben. In den Bergen, abseits jeglicher Zivilisation, hatte er sich eine Kate gebaut, in der der ehemalige Millionärssohn seit vielen Jahren zufrieden lebte. Mitunter kam es vor, dass er seine wenigen Freunde in Baile a'Coille besuchte, dabei führte ihn sein Weg an Glenbharr Castle vorbei – verständlich, dass er dann Joan und Marion einen Besuch abstattete.

Freudig überrascht begrüßte Joan ihn, sie hatte nicht damit gerechnet, Robin vor Einbruch des Winters noch einmal zu sehen. »Du wirst staunen, wenn du Donny siehst, er kann schon richtig lächeln«, sagte sie begeistert und zog den Mann mit sich. »Meine Mutter finden wir in Màiris Webkammer, sie möchte über den Winter unbedingt lernen, so schöne Plaids wie Màiri zu weben.«

Ewan und seine Schwester waren über Robins wahre Herkunft informiert, dem Laird war er als Freund von Marions Familie vorgestellt worden.

Robins Erstaunen war nicht gespielt, als Joan ihm sein Patenkind zeigte. »Lieber Himmel, er ist ja ein Prachtexemplar geworden!«

Das letzte Mal, als er Donny gesehen hatte, war er zwei Wochen alt gewesen und hatte nur geschlafen. Doch nun, im Alter von fast drei Monaten, begann der Knirps sich für seine Umwelt zu interessieren, seine blauen Augen musterten den Mann, der ihn unsicher angrinste, skeptisch.

»Er ist Ewans ganzer Stolz«, verkündete Joan fröhlich, übergab Donny einem Hausmädchen und führte Robin danach zu Màiris Webkammer, die sich direkt neben ihrem Schlafgemach befand. Hier hatte Màiri Joan wochenlang versteckt, nachdem sie sie aus dem Kerker befreit hatte.

Marion und Màiri blickten gleichzeitig auf, als Joan die Tür öffnete. Besuch war immer eine willkommene Abwechslung im eintönigen Alltag, und dementsprechend wurde Robin begrüßt.

Rasch machte Màiri einen Stuhl frei, auf dem sich grüne und rote Wollstränge häuften. »Setzt Euch bitte, Mr Lamont, Ihr müsst müde von der Reise sein.« Ohne Aufforderung erklärte sie, etwas aus der Küche für Robin holen zu wollen und huschte aus der Kammer.

Unterdessen berichtete Marion von ihrem neuen Leben. Lachend hielt sie das Webschiffchen hoch. »Kannst du dir vorstellen, dass ich versuche, meine Kleidung selbst herzustellen, anstatt ins nächste Geschäft zu gehen und sie mir zu kaufen?«

Schmunzelnd nickte Robin. »Ich habe nie vermisst, was ich früher hatte. Und wie ich sehe, hast auch du dich an die Umstände gewöhnt.«

»Na ja«, gab Marion zögernd zurück, »bis vor Kurzem spielte ich mit dem Gedanken, in meine Zeit zurückzugehen, aber Joan hat mich eines Besseren belehrt. Sie ist hier glücklich, und ich werde es auch.«

Joan, die am Kamin gelehnt stand, atmete unauffällig aus. Obwohl ihr klar war, dass Robin sich nicht darauf einlassen würde, hatte sie befürchtet, ihre Mutter könnte Robin vielleicht bitten, sie zu jener Höhle zu führen, in der sie in die Vergangenheit geschleudert worden war.

»Wo steckt denn dein Mann, Joan?«, wollte er wissen. »Ist er auf der Jagd?«

»Nein, er ist mit ein paar Männern im Glen Dillon, weil dort ein Schulhaus errichtet werden soll, in dem Màiri und ich Unterricht geben werden.«

Robin nickte. Sein Gesicht erhellte sich, als Màiri mit einem Tablett voller Lammkeulen, Brot, Speck, Haferplätzchen und einem Krug mit dunklem Bier zur Tür herein kam. »Dann habt ihr ja eine schöne Aufgabe, vielleicht könntest du dich auch am Unterricht beteiligen?«, wandte er sich an Marion.

»Ich?« Erstaunt hob die Angesprochene ihre Augenbrauen. »Oh nein, das halte ich im Moment für keine gute Idee. Solange ich noch nicht sicher im Umgang mit den Menschen hier bin, möchte ich keinen Kontakt zur Bevölkerung haben. Meine Angst, dass ich mich zu auffällig benehme, ist einfach zu groß.«

»Das ist völlig unnötig, bisher hat noch niemand auf der Burg gemerkt, dass du keine der Ihren bist – irgendwann musst du diesen Schutzwall verlassen, um den Clan und die Umgebung kennenzulernen. Mir ist es damals überhaupt nicht schwergefallen, mich zu integrieren.«

Màiri, die all die Köstlichkeiten, die sie aus der Küche geholt hatte, auf dem Tisch vor Robin aufbaute, kicherte leise. »Welch merkwürdige Ausdrücke ihr manchmal gebraucht, das ist mir damals schon bei Sèonag aufgefallen.«

»Nun, die Sprache wird sich in den nächsten Jahrhunderten ändern, die Menschen werden sich leider nicht ändern«, entgegnete Robin. »Es wird immer Kriege geben, immer Streit und Missgunst.«

Màiri setzte sich wieder: »Es hat immer Kriege gegeben, solange es Menschen gibt. Scheinbar hat Gott die Männer so geschaffen, dass sie kämpfen wollen, aye?«

Aller Augen richteten sich auf Màiri, als sie plötzlich fragte: »Ist euch eigentlich aufgefallen, dass ich die Einzige im Raum bin, die nicht in der Zukunft gelebt hat?«

Robin, der in diesem Augenblick herzhaft in die Lammkeule beißen wollte, hielt inne und erwiderte schmunzelnd: »In der Tat, aber ich kann jedem versichern, dass die Welt mit den Jahren nicht schöner, sondern schnelllebiger, herzloser und eintöniger geworden ist. Die Keule schmeckt übrigens hervorragend.«

Er wischte sich die Finger an der Serviette ab, griff nach dem Bündel zu seinen Füßen und öffnete es. »Hier habe ich etwas, das sehr interessant für dich sein dürfte, Joan.« Er hielt ihr ein schmales gebundenes Buch hin und fügte mit Nachdruck hinzu: »Es ist der einzige Nachlass von Ceana Matheson. Hier schrieb sie alles über ihre sogenannte Hexenkunst nieder. Ceana steckte es mir zu, als sie erfuhr, dass Dòmhnall nach ihr suchen ließ«, erläuterte Robin und nahm einen großen Schluck Bier. »Ich denke, es ist bei dir gut aufgehoben.«

Vorsichtig nahm Joan das Buch an sich und schlug es auf.

Man konnte die Schrift, mit einer stumpfen Feder und einer Tinte aus Beeren geschrieben, kaum entziffern.

»Herstellung von Schlehdorntee, zur Anwendung bei unreinem Blut …«, las sie laut.

»Joan, mit diesem Buch können wir unsere eigene Medizin herstellen«, rief Màiri.

Màiris Begeisterung war ansteckend, und als Robin sich längst verabschiedet und Marion zur Bibliothek gegangen war, wo sie vom Laird erwartet wurde, steckten Joan und ihre Schwägerin ihre Nasen in Ceanas Buch.

»Sèonag, sieh nur!«, rief Màiri aufgeregt. »Hier ist ein Rezept, mit dem man eine Fehlgeburt einleiten kann! Sicher für Frauen, die geschändet wurden, aye?«

»Man nehme mehrere Samen des Petroselinum crispum, gewinne Öl daraus und nehme es löffelweise ein, doch achte man auf die richtige Menge – ein Zuviel kann tödlich sein, zu wenig davon bleibt wirkungslos«, las Joan halblaut. »Was ist denn Petroselinum?«

»Petersilie hilft den Männern aufs Pferd und den Frauen unter die Erd«, erwiderte Màiri. »Unter vorgehaltener Hand erzählt man sich, dass dieses Kraut bei Männern wirkt, die …« Ihr Gesicht lief feuerrot an.

Joan musste lächeln. »Bisher dachte ich immer, sie dient nur als Dekoration oder Suppeneinlage.«

Màiri lachte hell auf. »Mit diesem Buch werden wir Ceanas Geheimnisse erfahren, Sèonag, wir werden Salben herstellen, die die Wunden unserer Männer und Kinder heilen, Mixturen gegen Bluterkrankungen und Harnleiden und …«

»Halt!« Energisch hob Joan die Hände. »Dein Vater darf von der Existenz dieses Buch nie etwas erfahren, wir müssen also sehr vorsichtig sein. Nicht auszudenken, was mit Mutter und mir passiert, wenn er erfährt, dass die Frau, die er hinrichten ließ, mit uns verwandt ist.«

Màiri stand auf und legte mit einer beschwichtigenden Miene die Arme um Joans Schulter. »Er wird es nicht erfahren, das verspreche ich dir. Wir werden uns nur mit dem Buch beschäftigen, wenn wir alleine sind, aye?«

Joan nickte, sie vertraute Màiri, hatte es immer getan, seit sie im achtzehnten Jahrhundert lebte. Bevor sie die Webkammer verließ, verstaute Màiri die Aufzeichnungen auf dem Boden einer Wäschetruhe. Die Webkammer war zugleich Màiris Privatzimmer, hierhin zog sie sich zurück, wenn sie entspannen wollte und noch nicht einmal ihre Söhne betraten sie, ohne vorher anzuklopfen. Nur so war es möglich gewesen, dass Joan sich dort vor Dòmhnalls Männern hatte verstecken können.

Als Joan ihr Schlafgemach erreichte, wurde sie bereits von Ewan erwartet. Er hatte Lenya fortgeschickt und hielt seinen Sohn auf dem Arm, als sie leise ins Zimmer trat.

Ewan bemerkte zunächst seine Frau nicht, er saß mit Donny auf dem Schoß vor dem Kamin, strich ihm immer wieder zärtlich über den Kopf und murmelte leise gälische Worte.

Verzaubert blieb Joan im Türrahmen stehen. Ihr Herz schlug schneller.

Unvermittelt hob Ewan den Kopf, und als er seine Frau an der Tür stehen sah, legte sich ein sanftes Lächeln auf seine Lippen. »Da bist du ja, *mo ghràidh*[1]. Dein Sohn und ich haben dich schon sehnsüchtig erwartet.«

Sie trat zu Ewan, nahm ihm das Kind ab und küsste es. »Jetzt weißt du wenigstens, wie es mir geht, wenn ich den ganzen Tag auf dich warte.«

Mit Donny auf dem Arm setzte sie sich auf das Bett und gab ihm die Brust – zärtlich betrachtet von Ewan.

Für diese beiden Menschen würde er alles tun. Nur der

---

1 Mein Liebling

Clan, dessen Führer er eines Tages sein würde, war ihm vergleichbar wichtig. Pflichtbewusstsein ihm gegenüber war Ewan bereits im zarten Kindesalter eingebläut worden, und er hatte seinem Vater ewige Treue schwören müssen – eine Treue, die eigentlich nur König George zustand.

Joans grüne Augen blitzten kokett, als sich ihre Blicke begegneten; beide dachten in diesem Augenblick dasselbe – an die leidenschaftliche Umarmung, die folgen würde, wenn Donny wieder zufrieden in seiner Wiege schlummerte. Ein heißes Ziehen in der Lendengegend machte sich bei Ewan bemerkbar, und es gelang ihm nur mühsam, an etwas anderes zu denken als an Joans schönen, biegsamen Körper, der nach Donnys Geburt etwas weiblicher und runder geworden war.

Während der folgenden Tage tauchte Màiri voller Begeisterung in die Welt der Heilkunde ein. Als Bewohnerin der Highlands hatte sie ein ansehnliches medizinisches Grundwissen. Ceana Mathesons Buch war eine Fundgrube an Rezepten, sie schien ein Kraut gegen jede Krankheit gekannt zu haben.

Joan ließ sich allmählich von der Begeisterung ihrer Schwägerin mitreißen, doch es blieb ihr ein mulmiges Gefühl. Böse Zungen hatten behauptet, dass Ceana den Frauen des MacLaughlin Clans die Kinder im Mutterleib verhext hätte, um systematisch den Clan auszurotten … und das war Ceanas Todesurteil gewesen.

»Sieh mal.« Màiri tippte mit der Fingerspitze auf einen Abschnitt im Buch, als die beiden Frauen wieder einmal beisammensaßen. »Hier steht, dass eine Frau nur an bestimmten Tagen des Monats ein Kind empfangen kann. Glaubst du, dass etwas Wahres daran ist?«

»Aber ja. Frauen können nur in der Mitte zwischen zwei Monatsblutungen schwanger werden und dann auch nur für wenige Stunden. Das ist eine Art der Empfängnisverhütung und es ist dadurch außerdem möglich, gezielt schwanger zu werden.«

Bewundernd schaute Màiri zu ihrer Schwägerin hinüber und entgegnete respektvoll: »Was du alles weißt! Mit diesem Wissen kann ich bald ein Kind von Mìcheal unter dem Herzen tragen und auch Darla könnte dadurch endlich wieder in der Hoffnung sein.«

»Meinst du nicht, dass du warten solltest, bis sich Rom zu deinem Scheidungsbegehren äußert?«, wandte Joan vorsichtig ein. »Ich verstehe ja, dass du ein Baby von Mìcheal haben möchtest, aber wenn die Scheidung abgelehnt werden sollte, wird es in Schande aufwachsen.«

»Och, mach dir darüber keine Gedanken, *piuthar-chèile*[1].« Màiri lachte verschmitzt und umarmte Joan herzlich. »Ich bin die Tochter eines Laird, da sieht man über manches hinweg, aye? Und die Spatzen pfeifen es bestimmt sowieso von den Dächern, dass ich einen Liebsten habe.«

Màiri hatte das Rezept für eine Mixtur gefunden, die bei Kleinkinder-Koliken helfen sollte, Donny wurde nachts leider oft von Darmkrämpfen gepeinigt.

»Wo sollen wir denn Fenchel herbekommen?«, fragte Joan stirnrunzelnd. »Soviel ich weiß, wächst diese Pflanze nur am Mittelmeer.«

»Wir werden ihn uns dort besorgen, wo auch Ceana ihn bekommen haben muss: In der Apotheke. In Baile a'Coille gibt es eine, dort kann man jedes erdenkliche Kraut kaufen. Der Apotheker ist ein freundlicher alter Mann, der mir schon viele Ratschläge gegeben hat – Ceanas Buch würde eine Bereicherung seines Wissens darstellen.«

Joan erinnerte daran, dass niemand von den Aufzeich-

1 Schwägerin

nungen erfahren durfte, und sofort lenkte ihre Schwägerin ein und erklärte, dass der Apotheker seine Waren über Handelspartner in aller Welt bezog.

Belustigt stellten die beiden Frauen fest, dass ein Tee aus Veilchenwurzeln Brechreiz erzeugen konnte und der Absud aus Myrte bei Hämorrhoiden helfen sollte. Fast vergaßen sie das Abendessen über ihrer spannenden Lektüre.

Bei Tisch erkundigte sich Dòmhnall, wie weit der Bau des Schulhauses im Glen Dillon vorangegangen sei. Bis kurz vor Donnys Niederkunft waren Joan und Màiri einmal wöchentlich ins Glen geritten, um den Pächtern Unterricht im Lesen und Schreiben zu geben. Ewan war auf die Idee gekommen, ein solides Steinhaus dafür zu bauen, da die Katen der einzelnen Familien dunkel, verraucht und meistens viel zu eng waren, um vernünftig lernen zu können.

Mit Begeisterung war der Vorschlag im Glen aufgenommen worden und die Männer hatten das Vorhaben sofort in Angriff genommen. Die meisten ihrer Familienangehörigen konnten gerade mal ihren Namen schreiben, da sie der Meinung waren, dass das für ihr Leben und das ihrer Kinder ausreichte.

»Das Fundament steht und die Mauern haben bereits Kindeshöhe, *athair*[1]«, erläuterte Ewan, an den Dòmhnall seine Frage gerichtet hatte. »Jetzt, nachdem die Ernte eingebracht ist, arbeiten die Männer den ganzen Tag, um den Bau noch vor dem Winter fertigzustellen. Die Patrouillen der *Sasannach* beäugen die Arbeit argwöhnisch vom Hügel aus, wie ich erst kürzlich beobachten konnte, aber sie wagen es nicht, näher zu kommen.«

»Vermutlich glauben sie, wir bauen eine Versammlungs-

1 Vater

stätte für unsere geheimen Treffen«, knurrte Dòmhnall, was allgemeines Gelächter bei Tisch hervorrief. Er hatte auf die Zusammenkünfte der Jakobitenanhänger angespielt, von denen jeder wusste, dass sie nie öffentlich oder in einem eigenen Gebäude stattfinden. Sie belustigten sich noch eine Weile über die Dummheit der Engländer, die ihrer Meinung nach kaum bis drei zählen konnten.

Auch Joan lachte mit. Sie war bereits ganz eine Schottin.

Ein kritischer Blick aus Dòmhnalls blauen Augen traf Joan. »Bist du sicher, dass auch du unterrichten willst?«

»Ja, sicher«, gab sie mit fester Stimme zurück. »Es wird niemand mehr wagen, eine Frau unseres Clans anzugreifen.« Dabei drehte sie den Kopf in Ewans Richtung, der neben ihr saß, und lächelte zärtlich. Er würde nicht zulassen, dass Joan einen Schritt aus der Burg tat, ohne mindestens von einem Mann begleitet zu werden.

Beifälliges Gemurmel war die Antwort, dann widmeten sich alle wieder ihrem Essen.

4. Kapitel

Marion bewunderte ihre Tochter, die in der Zukunft eine Karrierefrau gewesen war, wieder einmal.

»Fehlt dir die Arbeit in der Agentur denn überhaupt nicht?«, fragte sie. »Du warst immer so stolz auf deine tollen Ideen.«

Joan, die damit beschäftigt war, dem kleinen Donny eine saubere Stoffwindel umzulegen, hielt kurz inne, als überlege sie, dann schüttelte sie entschieden den Kopf. »Nein Mom, ich kann mich kaum an das Büro von Lincoln & Fletcher erinnern – und wenn ich daran denke, dass ich mir tagelang den Kopf über unsinnige Dinge wie Kartoffelchips oder Waschpulver zerbrochen habe, kommt mir das damalige Leben ziemlich armselig vor.«

Marion streckte ihrem Enkel einen Finger entgegen, den er sofort ergriff und fest umklammerte. »Du hast dich sehr verändert, Joan.«

»Die Liebe hat mich verändert, Mom«, verbesserte Joan, wickelte Donny in ein Tuch und legte ihn ihrer Mutter in den Arm. »Für Ewan wäre ich sogar in die Antarktis gegangen. Du kannst dich vielleicht nicht in meine Lage versetzen, weil du nicht wegen eines Mannes hergekommen bist. Wenn es so gewesen wäre, würdest auch du ohne Wehmut an dein altes Leben denken.«

Schmunzelnd blickte Joan auf ihre Mutter. Marion sah sehr jung und hübsch aus in dem langen Wollrock, der hellen Leinenbluse und dem eng geschnürten Mieder, und Joan ertappte sich wieder einmal bei der Frage, ob sich zwischen Marion und Dòmhnall eines Tages mehr als Freundschaft entwickeln würde.

Donny führte den Finger seiner Großmutter an seinen Mund und saugte daran; ein sicheres Zeichen, dass er hungrig war. Hastig öffnete Joan ihren Ausschnitt und nahm ihren Sohn an sich.

»Dein Leben ist ziemlich ausgefüllt«, bemerkte Marion nachdenklich, während sie beim Stillen zusah.

»So ist es, Mom. In einigen Tagen will Ewan seinen Freund Mìcheal besuchen, und ich hoffe, er bleibt nicht zu lange. Ich hasse die Tage, wenn er nicht bei mir ist.«

»Und vor allem die Nächte, nicht wahr?«, warf Marion augenzwinkernd ein.

»Ja, auch die Nächte. Verstehst du? Ich konnte nicht anders als zurückgehen.«

Marion nickte. »Oh ja, man tut für die Liebe Dinge, die man unter normalen Umständen nicht tun würde. Vielleicht sollte ich morgen mit ins Glen reiten, um mich mit den dortigen Pächtern bekannt zu machen.«

»Dann willst du auch unterrichten?« Joans Augen strahlten. Es würde Marion sicher aufmuntern.

»Wir werden sehen.« Marion hob vage die Schultern. »Zumindest stelle ich es mir interessanter vor, Lesen und Schreiben zu lehren, als mich mit dem Färben von Wolle oder dem Stopfen von Strümpfen zu beschäftigen.«

Sich den Bau des Schulhauses anzusehen, war für den kommenden Tag geplant. Ewan und sein Schwager würden mit den Frauen reiten.

Kalter Nebel stieg vom Erdboden auf, als sie am nächsten Morgen in aller Frühe aufbrachen. Die Frauen hatten sich in ihre warmen wollenen Umhänge gewickelt, die Kapuzen tief ins Gesicht gezogen.

Marion saß zum ersten Mal auf einem Pferd. Sie hatten ihr versichert, dass es sich um eine Mähre handelt, die leicht lahmte und garantiert nicht durchgehen würde. Marion lächelte etwas unsicher, als sie auf dem Pferderücken saß und sagte mit entschuldigendem Lächeln zu Peader, der ihr beim Aufsteigen geholfen hatte: »Bisher bin ich immer nur Auto gefahren.«

Schlagartig richteten sich alle Blicke auf sie, die von ihrer Tochter, Màiri und Ewan schockiert, der von Peader dagegen verblüfft.

»Was soll ein Auto sein, Mòrag?«, fragte er verwirrt. »Ist das eine dieser neuartigen Kutschen, die man in London zum Reisen benutzt?«

Bevor Marion den Mund öffnen konnte, kam ihr Ewan zuvor: »Aye, genau, es sind diese Kutschen, die man in den

Highlands nur vom Hörensagen kennt, weil sie in den Bergen völlig unbrauchbar wären.«

»Merkwürdiges Wort dafür«, erwiderte Peader, gab sich jedoch mit der Erklärung seines Schwagers zufrieden. Er saß auf, blieb jedoch auf Ewans Geheiß dicht in Marions Nähe, um ihr Pferd am Zaumzeug zu führen, falls es doch ausbrechen sollte.

Der Nebel ließ kaum die Hand vor den Augen erkennen, er schluckte alle Geräusche. Das Hufgetrappel klang gedämpft wie durch Watte. Schon nach wenigen Meilen saugte sich die Feuchtigkeit in die Umhänge der Reiter.

Als sie eine Wegbiegung erreichten, hielt Joan unwillkürlich ihr Pferd an und sagte leise zu ihrer Mutter: »Dort drüben ist es passiert. Aus dem Gebüsch da hinten sprang Milfords Helfer, schlug Màiris Pferd auf die Kruppe, sodass es mit ihr durchging. Als ich alleine war, stürzte der Hauptmann hervor und riss mich vom Pferd.«

»Wo war Ewan denn?«

»Er bildete die Nachhut und bemerkte den Überfall erst, als er ebenfalls die Biegung erreichte.« Fröstelnd zog Joan ihren klammen Umhang enger um den Körper. Bei dem Überfall im Sommer hatten die hohen Disteln und Büsche Ewan jegliche Sicht genommen; jetzt waren die Sträucher kahl und die hässlichen Reste der Disteln rankten als blattlose braune Stängel gen Himmel.

Auch Màiri war stehen geblieben, sie warf ihrer Schwägerin einen besorgten Blick zu. Als sie damals ihr Pferd gebändigt hatte und an die Unglücksstelle zurückgekommen war, lag Ewan bereits mit seinem Gegner auf dem staubigen Weg im Kampf.

Nur zögernd trieb Joan ihr Pferd wieder an. Würde sie bis in alle Ewigkeit an diesen schrecklichen Tag denken, wenn sie den Weg ins Glen entlang ritt? Es war der einzige passierbare Pfad ins Tal, den man mit dem Pferd benutzen konnte.

Der Wald, durch den sie anschließend reiten mussten, machte Joan Angst. Im Sommer bildeten die saftigen Blätter der Eichen eine romantische Idylle, aber nun, da die Bäume kahl waren, wirkten sie kalt und abweisend.

Wortlos setzte der kleine Trupp seinen Weg fort, bis sie das Ende des Waldes erreichten, hinter dem sich der Pfad sanft hinunter ins Glen Dillon schlängelte. Sehen konnte man ihn wegen des Nebels freilich kaum, doch die Pferde, an Ritte im Gebirge gewöhnt, setzten sicher einen Huf vor den anderen, bis Ewan das Zeichen zum Anhalten gab.

Erst jetzt erkannte Marion, dass sie vor einem kleinen Steinhaus standen, aus dessen windschiefem Schornstein dichter Rauch quoll. Die einfache Holztür wurde vorsichtig einen Spalt geöffnet und der Kopf einer Frau erschien. Als sie erkannte, wer die Besucher waren, erhellte sich ihr Gesicht und sie rief erfreut: »Ewan! *Latha math! Ciamar a tha thu*[1]?«

»A Shinan! *Dè do naidheachd*[2]?«

»*Och dìreach mar as àbhaist*[3].«

Sinan wechselte zur englischen Sprache, begrüßte Màiri und Joan und machte einen artigen Knicks, als Ewan ihr Marion vorstellte.

»Wo finde ich deinen Mann?«, wollte Ewan wissen und reichte Peader die Zügel seines Pferdes. »Ist er drüben beim Schulhaus?«

Sinan wies mit dem Daumen hinter sich. »Aye, die Männer fangen bereits bei Anbruch des Tages mit der Arbeit an, du wirst staunen, wie weit sie schon gekommen sind.«

---

1 Guten Tag! Wie geht es dir?

2 Hallo Sinan! Was gibt es Neues?

3 Ach, nichts Neues.

Zufrieden nickte Ewan. »Bring die Frauen bitte ins Haus und gib ihnen etwas Warmes zu trinken, aye?«

Während er und Peader im Nebel verschwanden, öffnete Sinan einladend die Tür. Drinnen war es schummrig, denn vor den glaslosen Fenstern waren Lammfelle gegen die Kälte angebracht.

Nur allmählich gewöhnten sich Marions Augen an das Dämmerlicht, ein einziges Talglicht stand auf einem Holztisch in der Mitte des Raumes. Malcolm und Sinan Grant hatten sieben Kinder, die um den Tisch herumsaßen und Haferbrei aus Holzschüsseln löffelten. Wie üblich warf Dougal, mit fünfzehn Jahren das älteste Kind der Familie, Màiri schmachtende Blicke zu, die sie jedoch geflissentlich übersah.

Anfangs hatte sich Dougal standhaft gegen das Lernen gesträubt, er war der Meinung, dass man weder lesen noch schreiben lernen musste, wenn man später ohnehin den Hof des Vaters übernahm, wo es nur darauf ankam, Fähigkeiten im Ackerbau, der Schafzucht und dem Umgang mit einem Schwert zu besitzen.

Doch gerade dieser Junge, dem der erste leichte Bartflaum auf der Oberlippe wuchs, hatte sich als klug und wissbegierig erwiesen. Nach jeder Unterrichtsstunde mit seiner Familie hatte er die belesene Màiri nach anderen Ländern und deren Geschichte befragt und sein Blick hatte bewundernd an ihren Lippen gehangen, wenn sie ihm geduldig erklärte, was sie darüber wusste.

Nach dem Überfall auf Joan war Màiri nur noch gelegentlich in Begleitung ihres Bruders ins Glen gekommen und hatte ohne Joans Hilfe unterrichtet. Nun brannte Dougal darauf, dass das Schulhaus – an dem er fleißig mitarbeitete – fertig wurde, damit er noch mehr lernen konnte.

Mit einer ungeduldigen Handbewegung scheuchte Sinan

ihre Kinderschar vom Tisch, die ohne Murren mit ihren Schüsseln aufstand und sich geschlossen in den kleinen Anbau begab, den Malcolm eigens für seine Sprösslinge errichtet hatte.

Nachdem die Besucherinnen Platz genommen hatten, nahm sie eine verbeulte Kanne vom Herd, stellte Blechbecher auf den Tisch und schenkte eine Flüssigkeit ein, die die Farbe von Kaffee hatte. Währenddessen plapperte sie unaufhörlich.

Vorsichtig nahm Marion einen Schluck. Der Geschmack war so bitter, dass er Marion Tränen in die Augen trieb.

»Wir rösten Eicheln und mahlen sie«, erläuterte Sinan, der Marions Miene nicht entgangen war. »Soll ich Euch etwas Ziegenmilch dazu geben?«

Marion schüttelte den Kopf und betonte, dass sie sich durchaus an das Getränk gewöhnen könne – und nach einigen weiteren Schlucken brannte der Eichelkaffee tatsächlich nicht mehr auf der Zunge.

»Wie geht es deinem Söhnchen, Sèonag?«, wandte sich Sinan an Joan. »Ewan sagt, er ist das prächtigste Kind, das die Sonne je gesehen hat.«

Joan lachte. »Sagt das nicht jeder Vater von seinem Kind? Aber Ewan hat recht. Donny ist ein kräftiger Junge, unser ganzer Stolz.« Sie blickte sich suchend in der Kate um. »Sag uns, was du über den Winter brauchst, damit deine Kinder nicht hungern müssen.«

Die Grants waren wie alle, die auf dem Gebiet von Glenbharr lebten, nicht nur Mitglieder des MacLaughlin Clans, sondern auch Pächter von Grund und Boden. Die Pacht wurde gewöhnlich in Form von Ernteerträgen wie Hafer und Rüben oder Lammfleisch und Schaffellen an den Laird bezahlt – außerdem hatten alle Bauern einen Eid auf Dòmhnall schwören müssen. In Kriegs- und Krisenzeiten hatten sie dem

Laird beizustehen, im Gegenzug sorgte Dòmhnall dafür, dass jedes Mitglied des Clans unter seinem Schutz stand und niemals hungern musste.

Früher hatte Ealasaid sich darum gekümmert. Nachdem die Frau des Laird krank geworden war, hatte Màiri das übernommen, und inzwischen half Joan ihr dabei.

Sinan stellte ein Liste der Dinge zusammen, die ihre Kinder dringend benötigten, und die Frauen versprachen, das Gewünschte zu besorgen.

Laute Schritte und raues Männerlachen erklang plötzlich von draußen, und Sekunden später betrat Malcolm Grant mit Ewan und Peader die Kate. Auch der Hausherr machte sich höflich mit Marion bekannt, die allmählich unter Platzangst zu leiden begann. Es überstieg ihre Vorstellungskraft, wie eine neunköpfige Familie so beengt leben konnte.

»Die Männer sind wirklich fleißig«, sagte Ewan stolz zu seiner Frau. »Die Mauer geht mir bereits bis zur Schulter, und wenn es nicht plötzlich Frost gibt, könnte in diesem Jahr sogar noch das Dach errichtet werden.« Mit einem dankbaren Nicken nahm er den Bierkrug entgegen, den Sinan ihm reichte.

Malcolm grinste breit, sodass seine beachtliche Zahnlücke deutlich zu sehen war. »Ich glaube, die *Sasannach* haben es aufgegeben, uns dort oben vom Hügel aus bei der Arbeit zuzuschauen. Bei dem Nebel sehen sie sowieso nichts und kriegen höchstens einen kalten Hintern. Die nächste Hausdurchsuchung werden sie sicher erst im Frühjahr machen, bis dahin sollten wir mehr Waffen besorgen.«

Malcolm gehörte zu den Männern, mit denen Ewan Breitschwerter, Musketen und Schwarzpulver über einen Mittelsmann in Baile a'Coille besorgte und im Clan verteilte. Vor den Engländern musste das streng verborgen bleiben. Außer dem *sgian dubh*, einem kleinen messerähnlichen Dolch, der von den Männern im Strumpf getragen wurde, waren, aus Angst vor den kampflustigen Highlandern, keine Waffen erlaubt.

Die Hausdurchsuchungen der Engländer erfolgten regelmäßig. Allerdings wurde dabei nie eine Waffe gefunden. Die findigen Schotten versteckten sie sicher in Waldhöhlen oder ausgehöhlten Baumstämmen. Die Clanführer hatten dabei nur ein nachsichtiges Lächeln für die *Sasannach* übrig.

In Joan kroch wieder diese kalte Angst empor, als Malcolm und Ewan sich wegen der nächsten Schmuggelaktion besprachen. Die Aktion war gefährlich, denn an allen Wegen lungerten Soldaten, die vorbeiziehende Fuhrwerke und Reiter kontrollierten. Wurde jemand beim Schmuggeln von Waffen erwischt, landete er wegen Hochverrats am Galgen.

Die Männer lachten unbekümmert, und wieder einmal machte sich Joan klar, dass sie aus einer doch recht friedlichen Zeit kam. Als die Sprache dann noch auf Hauptmann Robert Milford kam, spürte sie, dass dieser gefährliche Engländer nicht für immer aus Ewans Leben verschwunden war, auch wenn er jetzt in England war.

Auf Marions Schoß war eines der kleineren Kinder der Grants geklettert. Auch wenn sich die Pächter mit Ewan und den Seinen zwanglos unterhielt und man zwanglos miteinander umging, so war man sich bewusst, wen man vor sich hatte und behandelte alle Mitglieder der MacLaughlins voller Respekt. Das wurde sogar schon den Kleinsten beigebracht. Der kleine Grant betrachtete sie ehrfurchtsvoll.

Behutsam strich Marion über dessen wilden Blondschopf. Der hölzerne Gegenstand, den der Kleine in der Hand trug, war ein Spielzeugschwert. Auch Màiris Söhne hatten solche kleinen ungefährlichen Schwerter, und es dämmerte ihr, dass sie wohl mit solchem Spielzeug bereits auf Kämpfe im späteren Leben vorbereitet werden sollten.

»Nehmt noch einen Schluck, bevor ihr euch auf den Heimweg macht«, bot Malcolm an. Die Männer ließen sich das nicht zweimal sagen und reichten ihm ihre Krüge. »Wenn du morgen zu den MacGannors reitest, richte Crìsdean aus, dass ich neulich ein paar Leute in Baile a'Coille sagen hörte, dass etliche Wegelagerer im Grenzgebiet herumlungern. Crìsdeans Männer sollen die Augen aufsperren und ihre Viehherden nicht ohne Aufsicht lassen.«

»Ich werde es ihm sagen, *mo charaid*[1].« Ewan trank die letzten Schlucke und erhob sich. »Wenn ich zurück bin, ist das Schulhaus wohl bald fertig, aye?«

Malcolm lachte. »Willst du einen Monat fortbleiben?«

»Nein, höchstens eine Woche.« Ewan erwiderte das Lächeln, seine Zähne waren gerade gewachsen und schneeweiß, was bei den Bewohnern der Highlands gar nicht so häufig war.

Er schlang sich das Ende seines Plaids enger um die Schulter, und als er merkte, dass Joan ihn dabei beobachtete, warf er ihr über den Tisch einen zärtlichen Blick zu, den sie ebenso zärtlich erwiderte.

Màiri sah noch schnell nach der alten Mrs MacNeil, die an den Folgen eines offenen Beines litt, dann ging es wieder heimwärts. Für Marion war es der erste Ausflug seit ihrer Ankunft im achtzehnten Jahrhundert gewesen, und sie schwieg fast auf dem ganzen Weg. Zu viel hatte sie zu verarbeiten, als dass ihr der Sinn nach einer munteren Plauderei stand.

Unverzüglich eilte Joan die Treppe hinauf, nachdem sie die Halle betreten hatte, doch sie fand in ihrem Schlafgemach weder Donny noch das Hausmädchen vor. Der leise Schrei,

1 Mein Freund

den Joan ausstieß, lockte schließlich Màiri an, die mit gerafften Röcken den Gang entlang gestürzt kam.

»Donny … er ist fort«, stammelte Joan verwirrt und zeigte immer wieder auf die leere Wiege.

Màiri trat neben sie und legte die Hand auf Joans Schulter. »Beruhige dich, Lenya wird den Kleinen ein wenig spazieren tragen, du weißt doch, dass er beschäftigt werden will, wenn er nicht schläft. Auf der Burg ist noch nie ein Kind verschwunden.«

»Entschuldige, meine Nerven sind heute nicht die besten.« Joan fuhr sich über das Gesicht. »Ich habe vor allem auch ein mulmiges Gefühl, weil Ewan morgen fortgeht.«

Irritiert blinzelte Màiri. »Aber er reitet doch nur zu Mìcheal, um mit ihm ein Fässchen Whisky zu leeren, wie er immer augenzwinkernd betont. Was soll ihm auf dem einstündigen Ritt denn passieren?«

Kraftlos ließ sich Joan auf das Ehebett fallen. »Das weiß ich, und es ist ja nicht das erste Mal, dass Ewan zu den MacGannors reitet. Aber diesmal ist es anders … vielleicht, weil Malcolm von diesen Wegelagerern gesprochen hat.«

»Mein Bruder ist schon mit ganz anderen Gestalten fertig geworden.« Màiri winkte lässig ab. »Er wird es auch mit ein paar Wegelagerern aufnehmen, wenn es darauf ankommt.«

»Aber er ist nicht unverwundbar, wie ich inzwischen schon mehrmals erleben durfte«, erwiderte Joan trocken, nahm ihre nebelfeuchte Haube ab und lockerte mit gespreizten Fingern ihr langes Haar.

Vom Gang her waren eilige Schritte zu hören und gleich darauf trat Lenya durch die offen stehende Tür, in den Armen hielt sie Donny und erklärte, dass Laird Dòmhnall das Bedürfnis gehabt hatte, sich mit seinem jüngsten Enkel zu beschäftigen.

»Nun, wie hat es dir im Glen Dillon gefallen, Mòrag?«, erkundigte sich Dòmhnall nach dem Abendessen auf dem Weg zur Bibliothek bei Marion. Wie selbstverständlich begleitete sie den Laird.

Marion schmunzelte. »Viel hab ich nicht gesehen, es war zu neblig.«

»Du solltest die Schönheit der Highlands an den hellen Sommertagen erleben, Mòrag. Aus der Großstadt kommend, kann man sich wahrscheinlich schlecht vorstellen, dass man woanders leben möchte.« Seine tiefe Stimme klang wehmütig, als ahne er bereits die Vertreibung der Clans im fernen Jahr 1746. »Ealasaid hat die Berge immer geliebt, obwohl ihre Familie aus Edinburgh stammte.« Er sah Marion fragend an. »Wie ist es mit dir? Sehnst du dich nach London?«

Für den Bruchteil einer Sekunde wusste sie nicht, was sie antworten sollte. Zurück nach London? In ein London des achtzehnten Jahrhunderts?

»Nein, ich habe keine Sehnsucht nach der Stadt«, gab sie schließlich zurück. »Allerdings möchte ich deine Gastfreundschaft nicht über Gebühr strapazieren.«

»Unsinn. Ich bin froh, dass ich Gesellschaft habe – und deine Tochter kann sich glücklich schätzen, dass sie dich an ihrer Seite hat.« Seine auffallend blauen Augen waren im Kerzenlicht kaum zu erkennen, doch Marion las dennoch die stille Bitte zum Bleiben darin.

»In Ordnung, dann bleibe ich, solange ich gebraucht werde«, sagte sie unbekümmert.

Von Tag zu Tag fühlte sie sich wohler, dachte nur noch gelegentlich an ihr schäbiges kleines Haus in Totton, dessen Miete sie nicht mehr hatte zahlen können, weil sie arbeitslos geworden war. Und Simon? Der Mann, der vorgegeben hatte, sie zu lieben, hatte sie belogen, er war verheiratet und hatte nicht die Absicht, sich jemals scheiden zu lassen. War dieses Leben wirklich so lebenswert gewesen, dass sie dorthin zurück wollte? Sie war sogar so verzweifelt gewesen, dass sie sich das Leben nehmen wollte – praktisch im letzten Augenblick war Robin erschienen und hatte sie zu jener Höhle in den schottischen Highlands geführt, die sie schließlich ins Jahr 1732 geschleudert hatte.

Dòmhnall ließ sich seine Freude über Marions Bleiben nicht anmerken; in der Bibliothek, in der ein gemütliches Kaminfeuer brannte, bot er Marion Wein an und sagte: »Es wird Zeit, dass ich mich wieder um den Clan kümmere. Nach Ealasaids Tod hatte ich an nichts mehr Interesse und habe alle Verpflichtungen Ewan überlassen. Der Junge hat bewiesen, dass er einen Clan führen kann, aber nun will ich mich wieder darum kümmern. Noch gehöre ich nicht zum alten Eisen.«

Mit einem zustimmenden Lächeln nickte Marion. Nein, ein alter Mann war Dòmhnall nicht, obwohl man im Sommer seinen neunundfünfzigsten Geburtstag gefeiert hatte. Seine Schultern waren breit, die Hände groß wie Kohlenschaufeln und unter dem Leinenhemd spielten die kräftigen Oberarmmuskeln. Die langen grau-blond melierten Haare und der Vollbart deuteten darauf hin, dass seine Vorfahren Wikinger waren.

Ohne Vorwarnung wurde Marion von einer Hitzewelle emporgetragen, und zu ihrer Verwunderung stellte sie fest, dass sie sich in den Laird of Glenbharr verliebt hatte. Verstört wandte sie den Kopf zum Kamin und starrte in die Flammen.

»Ist dir nicht wohl, meine Liebe?« Dòmhnalls Stimme klang besorgt, und hastig wandte sie sich ihm wieder zu.

»Nein, es ist alles in Ordnung … sogar in bester Ordnung.«

Auch in anderen Kammern wurde noch nicht geschlafen. Màiri saß im Schein einer Kerze am Tisch in ihrer Webkammer und verfasste einen Brief an Mìcheal, den Ewan am nächsten Tag mitnehmen wollte. Jedes Wort, das sie sorgfältig mit einer frisch gespitzten Feder zu Papier brachte, war wohlüberlegt und voller Gefühle. Mit ihrer schönen gleichmäßigen Handschrift füllte sie Briefbogen um Briefbogen, schrieb sich ihre Sehnsucht nach dem geliebten Mann von der Seele und betonte immer wieder, wie glücklich sie war, wenn sie in seiner Nähe war.

Eng schmiegte sich Joan an die Brust ihres Mannes.

Gedankenverloren spielte Ewan mit einer Locke von Joans Haar, während sie zärtlich seine Brust mit kleinen Küssen bedeckte. Sie sog seinen Geruch tief in sich auf.

»Was ist mit dir los, *mo mhaise*[1]? Du tust, als würde ich in die Schlacht ziehen, dabei werde ich nur für ein paar Tage einen Freund besuchen.«

Sie hob den Kopf, stützte ihn auf die Hand und betrachtete Ewan einige Sekunden besorgt, bevor sie mit unsicherer Stimme sagte: »Lach mich bitte nicht aus, aber ich habe ein ungutes Gefühl. Willst du deinen Besuch nicht verschieben? Mìcheal weiß doch überhaupt nicht, dass du ihn besuchen willst.«

Mit gerunzelter Stirn sah er zu ihr hoch. »Warum sollte ich meinen Besuch verschieben? Jetzt ist gerade die rechte Zeit dafür – Vater beginnt, sich wieder um die Geschäfte zu kümmern und noch ist es nicht zu kalt für einen längeren Ritt durch die Wälder.«

»Vielleicht mache ich mir nur unnötig Sorgen.« Sie hob ratlos die Schultern, bevor sie sich wieder an seine Brust schmiegte. »Vielleicht liegt es daran, dass wir bisher nie länger als zwei oder drei Tage getrennt waren … außer während deiner Gefangenschaft in Fort George.«

---

1 Meine Schönheit

Sanft streichelte er ihren Rücken, während er erwiderte: »Vor den Soldaten habe ich keine Angst mehr, wegen der Aktion mit Milford lassen sie uns in Ruhe. Mìcheal ist ein guter Freund für mich, und ich brenne darauf, ihn wiederzusehen.«

Verhalten seufzte Joan auf. Sie hatte geahnt, dass sie Ewan sein Vorhaben nicht ausreden konnte; er konnte nicht nur ein zärtlicher Liebhaber sein, sondern auch ein hartnäckiger Sturkopf. Doch sie nahm ihm diese Eigenschaft nicht übel, waren doch alle Männer jener Zeit so. Kein stolzer Highlander würde sich von seiner Frau von einem seiner Pläne abbringen lassen. Anfangs war es Joan schwergefallen, dies zu akzeptieren, doch inzwischen wusste sie, dass sie Ewan niemals zu etwas überreden könnte, was er nicht auch selber wollte. Sie war schon froh, dass er ihr mehr Freiheiten ließ, als es für die weiblichen Bewohner der Highlands zu jener Zeit üblich war.

An seinen gleichmäßigen Atemzügen erkannte Joan, dass er mittlerweile eingeschlafen war, auch Donny schlief tief und fest in seiner Wiege. Nur Joan konnte keine Ruhe finden, die halbe Nacht lag sie wach.

Schon früh am Morgen machte sich Ewan auf den Weg. Das Tageslicht war noch nicht angebrochen, und er hatte nur ein einfaches Frühstück zu sich genommen, das ihm der Koch Ogur hastig in der Küche zubereitet hatte.

Auch Joan und Màiri waren bereits auf den Beinen, im Speisesaal wurde gerade für das Frühstück der übrigen Burgbewohner gedeckt.

»Gib Mìcheal meinen Brief bitte unverzüglich, wenn du Barwick Castle erreicht hast, aye?« Màiri presste das dicke Kuvert gegen ihre Brust, bevor sie es ihrem Bruder gab.

»Mach ich«, erwiderte er nur kurz und wandte sich Joan

zu, die die Augen schloss, als Ewan sie in die Arme nahm und sie lang und ausgiebig küsste. Unbewusst klammerte sie sich an ihn, sodass er kopfschüttelnd lachte, als er sie nach einer kleinen kostbaren Ewigkeit freigab.

Nur widerstrebend löste sie sich von ihm und sah traurig zu, wie er sein Pferd bestieg. Er blickte sich vor dem Burgtor, das der wachhabende Clansmann geöffnet hatte, noch einmal winkend nach seiner Frau um. Dann war er verschwunden. Màiri nahm sie beim Arm und zog sie behutsam ins Innere des Hauses.

Ewan kannte den Weg, dennoch atmete er erleichtert auf, als sich der Nebel lichtete, bevor er das dichte Waldgebiet erreichte, das als Grenzgebiet zwischen Glenbharr und Barwick, den Ländereien von Laird Crìsdean MacGannor diente.

Die Luft war schwer und feucht, es roch nach Moos und Pilzen; für Ewans feine Nase der Beweis, dass es in den folgenden Tagen noch nicht frieren würde.

Er ließ sein Pferd am langen Zügel laufen und blickte sich regelmäßig nach allen Seiten um. Joans Befürchtung, er könnte Wegelagerern in die Hände fallen, war haltlos, denn die kahlen Bäume und Sträucher boten kein Versteck für das lichtscheue Gesindel, das die Wälder in den Sommermonaten unsicher machte.

Ewans Gedanken glitten zurück, zu jenem Tag, als er Joan in der Nähe von Glenbharr Castle aufgelesen hatte; zuerst war ihm ihr flammendes Haar aufgefallen. Sie hatte sich vor einem Trupp englischer Fußsoldaten versteckt und er war ihr zu Hilfe geeilt. Erst als sie zu ihm gesprochen hatte, hatte er gemerkt, dass sie Engländerin war.

Eine *Sasannach*, die sich vor ihren eigenen Landsleuten versteckte, war verdächtig, und da er in der unbekannten Schönen eine Spionin vermutete, hatte er sie kurzerhand mit zur Burg genommen, wo sie von seinem Vater unverzüglich in den Kerker geworfen worden war.

Der Schock, dass es sich um eine längst tot geglaubte Hexe gehandelt haben sollte, saß tief, sodass Ewan die Frau schnell aus seinen Gedanken vertrieb. Erst als sie verschwunden war und er sie in der Webkammer seiner Schwester fand, begann er sich für sie, die merkwürdig sprach und sich merkwürdig benahm, zu interessieren.

Anfangs hatte er sich eingeredet, sie zu hassen, zumal sie ihm trotz mehrmaliger Aufforderung verweigerte zu erklären, was sie in den Highlands zu suchen hatte. Das machte sie noch verdächtiger, jedoch auch interessanter. Es war sogar beinahe zu einer Affäre gekommen, wenn Màiris Söhne nicht gestört hätten.

Und dann war Joan eines Tages plötzlich völlig verschwunden. Seine Schwester schwieg verbissen, und erst nach mehreren Tagen erzählte sie eine hanebüchene Geschichte. Joan sollte aus der Zukunft gekommen und wieder dorthin gegangen sein.

Er hatte nicht lockergelassen, bis Màiri ihm das Erdloch zeigte, in das im Jahre 1703 die Hexe Ceana Matheson geworfen wurde und das zu ihrem Grab geworden war.

Aus Neugierde und Sehnsucht nach der mysteriösen Frau war Ewan ebenfalls in das Erdloch gestiegen, ein eigenartiger Schwindel hatte ihn erfasst, dann war es schwarz vor seinen Augen geworden. Als er zu sich gekommen war, hatte er sich in einer anderen Welt wiedergefunden – in einer Welt, die sich auf den ersten Blick nicht von der unterschied, die Ewan bekannt war. Doch als er aus dem Wald getreten war, hatte er die Ruine von Glenbharr Castle gesehen, eigenartige, riesige Silbervögel am Himmel und merkwürdig gekleidete Menschen, die ihn neugierig anglotzten, als sie ihn entdeckten.

Nun glaubte er der Geschichte seiner Schwester. Joan

musste tatsächlich aus der Zukunft gekommen sein, in der er sich gerade selbst befand. Er hatte sich auf die Suche nach ihr gemacht. Als er sie jedoch auch nach vielen Tagen nicht fand, war er enttäuscht zurück zu dem Erdloch gekehrt, um wieder in seine Zeit zu reisen.

Erstaunt hatte er festgestellt, dass er nur wenige Stunden fort gewesen war und ihn niemand vermisst hatte. In der Gewissheit, dass er sie nie wiedersehen würde, hatte er versucht, sein gewohntes Leben weiterzuleben und sie zu vergessen.

Als wäre es erst gestern gewesen, sah er seine Schwester aufgeregt vor sich, wie sie eines Tages zu ihm geeilt und ihm atemlos mitgeteilt hatte, dass Joan wieder da sei – in der Nähe des alten *Broch* hatte Màiri sie aufgelesen.

In einer verlassenen Pächterkate hatte sich das Paar zum ersten Mal geliebt – und nach Dòmhnalls anfänglicher Weigerung, die Engländerin als Schwiegertochter anzusehen, war sie doch Ewans Frau geworden, seine Sèonag, die er mehr als alles auf der Welt liebte und die ihm einen wunderschönen Sohn geboren hatte, in dem er weiterlebte, wenn er selbst schon längst das Zeitliche gesegnet haben würde.

Ewans weiche Lippen hatten sich unwillkürlich zu einem zärtlichen Lächeln verformt und plötzlich bereute er es, seine Frau daheimgelassen zu haben. Freilich hätte ihn Joan begleiten können, aber Donny war auf die Brust seiner Mutter angewiesen, auch wenn Lenya ihm öfters den Zipfel eines in Schafsmilch getränkten Tuches in den Mund schob, wenn Joan in Baile a'Coille oder dem Glen war und nicht rechtzeitig zur Stillzeit zurückkommen konnte. Für den Jungen war die Reise noch zu anstrengend und Joan würde sich nie mehr als ein paar Stunden von ihm trennen.

Unvermittelt spitzte Ewans Pferd die Ohren, gleich darauf blieb es stehen. Angestrengt horchte Ewan in den Wald hinein, und dann hörte er es auch: Das schwache, verzweifelte Rufen einer Frau.

Die Stimme drang aus dem Unterholz, und als sie erneut verzweifelt um Hilfe rief, saß Ewan ab, ohne an eine eventuelle Gefahr zu denken. Er band den Zügel seines Hengstes an einen festen Baumast und folgte den Hilferufen. Sein Weg führte ihn durch dichtes Gestrüpp, dabei riss er sich ein großes Dreieck in sein Plaid.

Ewan ignorierte es aus Angst, er könne nicht mehr rechtzeitig zur Hilfe kommen.

»Haltet durch!«, rief Ewan aufs Gradewohl ins Dickicht. Das Rufen der Frau wurde lauter. Er musste die Mitte des Waldes erreicht haben, denn die Eichen standen dicht an dicht, und trotz des fehlenden Laubwerks konnte man kaum den Himmel erkennen.

Endlich erreichte Ewan eine in einen grauen Umhang gehüllte kniende Frau. Den Kopf hatte sie gesenkt, er war von einer übergroßen Kapuze bedeckt. Sie war nicht zu erkennen.

Die Frau machte keine Anstalten aufzusehen, als Ewan näher trat, und, stutzig geworden, fragte: »Wer seid Ihr? Wie kann ich Euch helfen?«

Die Frau verharrte in ihrer kauernden Stellung. Zögernd trat er noch einen Schritt näher und wiederholte seine Frage.

Doch kaum hatte er diese Worte ausgesprochen, verspürte er einen Schlag auf den Hinterkopf; dann wurde es Nacht um ihn.

5. Kapitel

Mit einem zufriedenen Nicken drehte Robin Lamont das kleine geschnitzte Holzpferd in den Händen. Tagelang hatte er daran gearbeitet, es war als Geschenk für sein Patenkind Donny gedacht, das bald in ein Alter kam, in dem es ein Spielzeug brauchte.

Entgegen der allgemeinen Vermutung hatte der Frost noch nicht Einzug gehalten, sodass Robin sich kurzerhand entschloss, noch einmal hinunter nach Baile a'Coille zu reiten, um seine wenigen Freunde vor dem endgültigen Wintereinbruch zu besuchen.

Es handelte sich dabei um zwei Familien, die kleine Läden in Baile a'Coille betrieben. Zu den Kunden gehörten nicht nur Bewohner von Glenbharr, an dessen Fuß sich der Ort befand, sondern auch englische Soldaten, die in der Nähe stationiert waren und die zwar bedient, aber nicht sonderlich freundlich behandelt wurden.

Robin kannte die Ladenbesitzer seit fast zwanzig Jahren. Damals war er nach seiner unwiderruflichen Rückkehr ins achtzehnte Jahrhundert mit Ceana durch die Highlands gezogen und mit ihr oft auf dem Markt von Baile a'Coille gewesen, um die Dinge zu besorgen, die man weder züchten noch selbst herstellen konnte. Dabei hatte er die Familien Innes und Acair kennengelernt, die die örtliche Apotheke und eine Bäckerei betrieben. Außer Joan und ihrer Familie waren dies Robins einzige Freunde, und er war damit zufrieden.

In seinem früheren Leben hatte er als Millionärssohn keine Bescheidenheit gekannt. Schon in jungen Jahren war er dieses Lebens überdrüssig und als er bei einer Jagd auf der Suche nach einem Hirsch in eine Höhle geriet, die ihn ungewollt ins achtzehnte Jahrhundert brachte, war sein Schicksal besiegelt. Noch einmal kehrte er ins Jahr 1976 zurück, verkaufte Hab und Gut und ging für immer in die Zeit zurück, die ihn Demut und Dank für jeden Tag lehrte.

Seit diesem Entschluss hatte es keinen Tag in Robins Leben gegeben, an dem er sich gelangweilt hätte, er hatte sich aus Felssteinen eine winterfeste Kate gebaut, die sich weitab jeglicher Zivilisation in den Bergen befand. Er ernährte sich von eigenhändig erlegtem Wild und Fischen, die es zuhauf in einem Bergsee gab; den See hatte Robin zufällig bei einem Streifzug durch das Gebiet entdeckt. Außerdem waren die Wälder voller Beeren und im Herbst sprossen die köstlichsten Pilze aus dem feuchten Waldboden.

Schnell hatte Robin festgestellt, wie wenig der Mensch zum Leben brauchte und dass die Natur alles dafür bot. Seinem früheren Leben in der Luxusvilla, mit den vier Limousinen, den Parties und den Reisen rund um den Globus, weinte Robin keine Träne nach – er hatte in der Bescheidenheit des achtzehnten Jahrhunderts seinen Platz gefunden.

Nur selten verließ er die selbst gewählte Einöde für länger als ein paar Stunden, und dann auch nur, wenn er Joan oder seine Freunde in Baile a'Coille besuchen wollte. Darauf freute er sich immer ganz besonders, auch wenn der Ritt dorthin fast einen ganzen Tag einnahm.

Drei Tage waren seit Ewans Ritt nach Barwick Castle vergangen, als Joan des Nachts – nachdem sie Donny stundenlang durch das Zimmer geschleppt hatte – in einen unruhigen Schlaf fiel. Im Traum sah sie dichten Nebel vor ihren Augen wabern, und dann erklang eine Stimme, die ihr wohlbekannt war: Das leise Wimmern einer Frau erklang, ein Wehklagen, das einem das Herz brach.

Schweißgebadet erwachte Joan. Ihr Atem ging stoßweise, sie richtete sich auf und blickte sich gehetzt um. Doch da war nichts. Keine Geräusche außer Donnys Atem und das verhaltene Zischen des verlöschenden Kaminfeuers störten die nächtliche Stille.

Zitternd sank sie zurück ins Kissen, doch der Traum, der ihre Glieder willenlos gemacht und ihren Puls erhöht hatte, ließ sie nicht mehr los. Die gleichen Träume hatte sie durchlitten, als sie noch die karrierebewusste Medienassistentin Joan Harris im piekfeinen London des Jahres 2005 gewesen war.

Es war dieselbe Stimme gewesen, die Joan Nacht für Nacht heimsuchte – eine Frau wimmerte und wehklagte, bis Joan es nicht mehr aushielt und dem Traum nachging, der sie schließlich in die schottischen Highlands geführt hatte.

Die Stimme hatte ihrer Urahnin Ceana Matheson gehört. Sie hatte gefleht, ihre Gebeine aus dem jämmerlichen Erdloch, das ihr Grab und für Joan ein Zeittunnel geworden war, in geweihter Erde beizusetzen. Entgegen Laird Dòmhnalls Beschuldigung hatte sie keiner Menschenseele etwas zuleide getan, sie hatte immer nur helfen wollen.

Nachdem Joan in Begleitung von Ewan und Màiri Ceanas Überreste auf dem Bergfriedhof St. Cait begraben hatte, hörten die Träume auf, denn Ceanas Seele hatte den ewigen Frieden gefunden.

Ganz allmählich normalisierte sich jetzt Joans Atem wieder. Vermutlich waren Donnys nächtliche Koliken daran schuld, dass an einen gesunden Tiefschlaf nicht mehr zu denken war.

Sehnsüchtig tastete Joans Hand nach dem kalten, unbenutzten Kopfkissen neben sich … es wurde Zeit, dass Ewan heimkam.

Tief sog Robin die klare Bergluft ein, nachdem er seine Kate verschlossen und sein Pferd aus dem angrenzenden Schuppen geholt hatte. Er ließ sich Zeit mit seinem Ritt, wie er es immer tat. Niemand hetzte ihn, eine Uhr besaß er nicht mehr.

Kurz vor Mittag brach die Sonne durch die Wolkendecke, ihre Strahlen stahlen sich durch die blattlosen Äste der Eichen.

Robin erreichte Barwick, das Gebiet der MacGannors. An einer Quelle machte er Rast und ließ sein Pferd trinken. Er gönnte sich und dem Tier nur eine kurze Pause. Inzwischen hatte die Sonne sich wieder verkrochen und die dunklen Wolken verhießen einen kräftigen Regenschauer.

Stimmen in der Ferne ließen Robin plötzlich aufhorchen, es klang nach einem Paar, das sich in der Nähe des Waldweges heftig stritt. Unter normalen Umständen wäre er weitergeritten, doch dieses Paar, das sich an einem für einen Streit ungewöhnlichen Ort zankte, hatte sein Interesse geweckt.

Als er näher kam, stieg er ab und verbarg sich im Gestrüpp, er konnte einen Mann entdecken, der nach englischer Manier gekleidet war, auffallend war das tiefschwarze Haar, das er zu einem Zopf gebunden trug. Er hatte etwas Dämonisches an sich, das Robin nicht näher definieren konnte.

Aber auch das Äußere der Frau war auffallend: Ihr hüftlanges Haar glänzte golden und man hätte sie als schön bezeichnen können, wenn nicht die hässliche rote gezackte Narbe auf ihrer linken Wange gewesen wäre.

Worüber sich die beiden stritten, konnte Robin nicht verstehen, dafür war er zu weit vom Ort des Geschehens entfernt. Näher heran wagte er sich aus Angst vor Entdeckung nicht.

Der Mann packte die Frau hart am Arm, woraufhin sie vor Schmerz aufschrie und ihm immer wieder mit ihren Fäusten wütend auf die Brust hieb.

Robin vermutete, dass es sich um einen Streit unter Liebenden handelte. In gebückter Haltung schlich er zurück zu seinem Pferd, das geduldig am Wegrand gewartet hatte. Erst als er sich wieder in den Sattel schwang, bemerkte er, dass er sich ganz in der Nähe der Höhle befand, die ihn einst in die Vergangenheit gebracht hatte.

Kopfschüttelnd wand er sich ab, und als die dicken Mauern von Glenbharr Castle in Sicht kamen, hatte er die Szene im Wald schon wieder vergessen.

Joan sah müde aus, fand Robin, als er sie kurz darauf begrüßte. Unter ihren Augen lagen dunkle Ringe und ihre Haut war unnatürlich blass. Auf Robins besorgte Frage erklärte sie, dass Donny ihr des Nachts den Schlaf raube.

»Und außerdem vermisse ich Ewan », setzte sie hinzu, holte ein Tablett voller Köstlichkeiten aus der Küche und fuhr sich über die müden, brennenden Augen.

»Er ist vor drei Tagen zu seinem Freund Mìcheal aufgebrochen und ich hoffe, er lässt sich nicht zu viel Zeit mit der Heimkehr.«

»Das wird er gewiss nicht, Joan. Dein Mann kann doch gar nicht lange ohne dich existieren«, gab Robin zurück. »Die meisten verheirateten Paare sind zwar froh, wenn sie den Partner öfter mal nicht sehen, aber bei euch ist das anders, wie wir alle wissen.«

Er stippte ein Stück Weißbrot in den Milchbecher, dann fiel ihm doch wieder das seltsame Paar aus dem Wald ein und er schilderte den Vorfall beiläufig.

Er bemerkte, dass Joan noch bleicher dabei wurde und ihre Augen sich unruhig bewegten. Mit gerunzelter Stirn fragte er: »Kennst du diese Leute etwa?«

»Ich fürchte, ja. Die Beschreibung passt auf Hauptmann Robert Milford und Anna Ferguson; sie war hinter Ewan her, und als sie ihn nicht bekam, wollte sie sich an mir rächen und mich umbringen. Doch das Attentat misslang und ihr Vater Brian – er ist Dòmhnalls Verwalter – schickte sie fort. Seitdem hat niemand mehr etwas von ihr gehört und gesehen.«

Robin zerbröselte die Reste des Brotes auf seinem Teller. »Dieser Milford … er ist doch jener Soldat, dem Ewan seinen Aufenthalt im Kerker von Fort George zu verdanken hat, nicht wahr?«

Joan nickte »Ja, aber angeblich wurde er nach seiner Genesung nach England zurückgeschickt. Trug der Mann eine Uniform?«

»Nein, helle Kniebundhosen, einen langen feinen Gehrock und auf dem Kopf einen Dreispitz – wie es in England gerade modern ist. Auffallend ist das Muttermal an seiner Wange. Kennen sich der Hauptmann und diese Anna Ferguson?«

»Nicht, dass ich wüsste.« Nervös stopfte Joan eine Locke zurück unter die Haube. »Aber ich traue beiden das Allerschlechteste zu.« Sie brach ab, erinnerte sich wieder an ihren nächtlichen Traum und erzählte ihn Robin zögernd.

»Der Traum ist ganz unverständlich!« Robin schüttelte den Kopf. »Ceanas sterbliche Überreste liegen auf St. Cait, das hast du mir selbst erzählt.«

Unruhig sprang Joan auf, verschränkte die Arme vor der Brust und begann, in dem Besuchersalon, in dem sie sich befanden, umherzuwandern.

»Natürlich haben wir sie begraben«, stieß sie hervor. »Ich war selbst dabei, als Ewan ihr Grab aushob. Gemeinsam haben wir ihre Gebeine hineingelegt.« Sie blieb dicht vor ihm stehen: »… dieser Traum war so plastisch wie die Träume, die ich früher hatte. Irgendetwas muss dort oben auf dem Friedhof geschehen sein.«

Robins Miene besagte, dass er Joans Sorgen als Hirngespinst abtat und genau das sagte er ihr. »Du hast doch vorhin erwähnt, dass Donny dich nachts kaum schlafen lässt. Wahrscheinlich hat dein Unterbewusstsein frühere Träume in deinem unruhigen Schlaf aktiviert.«

»Ja, vermutlich hast du recht.« Joan setzte sich wieder. »Ich werde Ewan auf keinen Fall von diesem Traum erzählen, er hat ohnehin ständig Angst, dass ich früher oder später wieder in meine alte Zeit möchte – vor allem, seitdem er dich und deine Identität kennt und weiß, dass Ceanas Hinrichtungsort im Wald nicht die einzige Möglichkeit ist, durch die Zeit zu reisen.«

»Hast du denn das Bedürfnis, zurückzugehen?«

Wild schüttelte Joan den Kopf. »Nein! Aber meine Mutter zweifelt noch immer.«

»Gib ihr Zeit, es muss ein ziemlicher Schock gewesen sein, mit dir plötzlich in spirituellen Kontakt zu kommen. Und als ich dann auch noch auftauchte und sie bat, mit mir in die Höhle zu gehen, muss sie an ihrem Verstand gezweifelt haben.«

Nachdenklich spielte Joan mit den Bändern an ihrem Blusenausschnitt. »Ich denke, sie macht sich weniger Gedanken um sich selbst als um die Gewissheit, was im Jahre 1746 geschehen wird. Mir wäre es auch lieber, wenn ich nicht wüsste, was passiert.«

»Du hast Angst um deinen Mann, das ist verständlich. Aber die Geschichte kann man nicht ändern … falls du mit diesem Gedanken spielen solltest.«

»Unsinn, nicht eine Sekunde denke ich daran.« Ihr unsteter Blick verriet ihm, dass sie flunkerte. »Aber zu wissen, dass Ewan als Jakobitenanhänger in eine Schlacht ziehen wird – wahrscheinlich sogar als Clanführer – die nur dazu dient, die Ansprüche des Hauses Stuart auf den Thron zu erkämpfen, macht mich krank, Robin.«

Er nahm ihre Hände, lächelte freundschaftlich und erwiderte: »Was geschehen soll, wird geschehen. Du kannst nichts daran ändern, in wenigen Jahren wird Bonnie Prince Charles aus Frankreich herübergesegelt kommen und die schottischen Lairds einzeln aufsuchen, um sie zu überreden, mit ihren Männern für seinen Vater James VIII. zu kämpfen.«

»Und selbstverständlich werden Dòmhnall und Ewan ihre Bereitschaft zusichern«, versetzte Joan mit unglücklicher Miene.

Er hielt weiter ihre Hände. »Vielleicht überdenkt Dòmhnall bis dahin seine Leidenschaft für James Stuart.«

»Hach!« Trocken lachte Joan auf. »Eher fallen Weihnachten und Ostern auf einen Tag! Du solltest mal hören, mit welcher Begeisterung er von den heimlichen Jakobitentreffen erzählt.«

Das Gespräch wurde durch Màiris Eintreten unterbrochen, die Donny auf dem Arm hatte. Sie reichte Robin den Jungen scheinbar unbekümmert, doch ihr war nicht entgangen, dass eine unangenehme Spannung in der Luft lag.

Robin, der wie üblich völlig hingerissen von seinem Patensohn war, hielt ihn hoch in die Luft, bis er vor Freude jauchzte.

Er liebte den Jungen wie sein eigenes Kind, auch wenn er vom Alter her sein Großvater hätte sein können. Wäre sein Leben im einundzwanzigsten Jahrhundert anders verlaufen, hätte er gerne eigene Kinder gehabt. Hier, im Alter von fast zweiundsechzig Jahren, genoss er es einfach, mit seinem Patenkind zu toben.

Màiri ließ sich weder von Robins Toberei mit dem Baby noch von Joans krampfhaftem Lächeln irritieren, sondern setzte sich ihrer Schwägerin gegenüber und fragte ungewohnt scharf: »Was ist los, Sèonag? Irgendetwas ist passiert, und ich will auf der Stelle wissen, was es ist.«

Für einen Augenblick nahm sich Joan vor zu schweigen, um Màiri nicht unnötig zu beunruhigen. Doch von früheren Begebenheiten wusste sie, dass Màiri nicht lockerlassen würde. Und sie erfuhr, was sie erfahren wollte.

Màiris braune Augen weiteten sich vor Schreck. Joan hatte ihr weder ihren Traum, noch das Auftauchen von Anna und Milford verheimlicht.

»O mo chreach[1]!

»Woher könnten sich Milford und Anna kennen?«, fragte Joan.

»Ganz einfach«, kombinierte Màiri. »Ich hörte neulich Brian Ferguson sagen, seine Tochter sei bei ihrer Tante in Kingussie gut aufgehoben und er wolle Anna nicht wiedersehen, weil sie nur Scherereien mache. Verstehst du?«

Irritiert schüttelte Joan den Kopf.

»Kingussie ist ein Bergdorf, ganz in der Nähe befinden sich die Kasernen von Ruthven, in die Hauptmann Milford strafversetzt wurde«, ergänzte Màiri, »verstehst du jetzt?«

Wie elektrisiert richtete sich Joan auf. »Die beiden müssen sich kennengelernt haben, Màiri«, sie beugte den Oberkörper vor, »wenn Milford Anna in den Wäldern von Barwick entdeckt hat, könnte er auch Ewan auflauern, vielleicht sogar mit Anna als Komplizin. Beide hassen ihn abgrundtief und ich befürchte das Schlimmste.«

»Du meinst … er ist gar nicht bei Mìcheal angekommen?« Nun wurde auch Màiri ängstlich und wandte sich ratlos an Robin. »Welchen Eindruck machten die beiden auf Euch, Mr Lamont?«

Robin setzte sich Donny auf den Schoß, fischte aus seiner Jackentasche das geschnitzte Holzpferd und gab es dem staunenden Kind in die Hand. »Nun ja, es klang nicht nach ei-

---

1 Um Gottes Willen!

ner unbedeutenden Meinungsverschiedenheit, sondern eher nach einem handfesten Streit. Wieso sollte Ewan etwas damit zu tun haben, Joan?«

»Das weiß ich nicht, aber ich spüre, dass Ewan in Gefahr ist.«

»Glaubst du, dein Traum hat auch etwas damit zu tun?«, warf Màiri mit besorgter Miene ein. »Wir haben Ceanas Knochen tief in der Erde vergraben und die Stelle als Grab unkenntlich gemacht, damit niemand merkt, dass hier jemand heimlich beerdigt wurde, ohne den Segen der Kirche. Das war schließlich Ceanas letzter Wunsch, deshalb hat sie dich in die Vergangenheit gelockt.«

Donny begann zu quengeln. Joan nahm ihn an sich, legte ihn sich an die Schulter und strich unter wiegenden Bewegungen dem Jungen so lange über den Rücken, bis er einschlief.

»Ich habe ihr ihren letzten Wunsch erfüllt, seitdem flehte sie mich im Traum nicht mehr an«, sagte Joan gedankenverloren. »Dass sie nun wieder mit ihren Wehklagen beginnt, muss einen Grund haben.«

»Glaubst du, ihre Seele ist auferstanden?« Mit erschrockener Miene bekreuzigte sich Màiri.

»Nein, das wohl nicht. Robin, du kanntest sie. Hast du eine Ahnung, was sie wollen könnte? Diesmal sprach sie auch nicht zu mir, sodass ich mir keinen Reim aus der Geschichte machen kann.«

Nachdenklich strich sich Robin über das bartstoppelige Kinn. »Hm, die einfachste Lösung wäre nachzusehen. Wie weit ist es bis St. Cait?«

Màiri antwortete an Joans Stelle. »Man reitet mehrere Stunden, der Weg über die Berge ist steil und felsig, sodass die Pferde nur langsam vorwärts kommen.«

Zu aller Erstaunen sprang sie plötzlich auf. »Ich werde

mich mit eigenen Augen davon überzeugen, dass mein Bruder bei Mìcheal angekommen ist. Vorher bekomme ich keine Ruhe.«

»Es tut mir leid, wenn ich dich mit meiner Sorge angesteckt habe«, sagte Joan kleinlaut, »vielleicht bin ich einfach zu ängstlich um Ewan.«

Màiri war bereits an der Tür.

»Soll ich Euch begleiten?«, bot Robin an und stand ebenfalls auf.

»Nein, nein, das ist nicht nötig. Ich werde Peader bitten, mit mir nach Barwick Castle zu reiten. Bei der Gelegenheit kann ich auch Mìcheal wiedersehen. Ihr habt einen langen Ritt hinter Euch, kümmert Euch um Sèonag, bis ich zurück bin. Und bitte kein Wort zu Vater, aye?«

»Versprochen.« Joan zuckte zusammen, als ihr Sohn unvermittelt zu weinen begann, erst da merkte sie, dass sie ihn zu fest an sich gedrückt hatte.

Kaum eine halbe Stunde später konnte sie aus dem Fenster beobachten, wie der Stallbursche Duncan zwei gesattelte Pferde auf den Burghof führte; gleich darauf eilte Màiri mit wehendem Umhang herbei, gefolgt von ihrem Schwager Peader, der sie durch die unsichere Gegend begleiten sollte.

Seitdem sich immer mehr englische Soldaten und Wegelagerer in den Wäldern herumtrieben, war es den Frauen von Glenbharr Castle strikt untersagt, die sicheren Burgmauern ohne männlichen Schutz zu verlassen. Trotzdem war es Màiri immer wieder gelungen, das Gesetz ihres Vaters zu umgehen – allerdings nur, wenn Peader Wache hatte. Er drückte immer ein Auge zu, konnte nie dem flehenden Blick seiner sanften Schwägerin widerstehen.

So hatte sich Màiri regelmäßig mit ihrem Liebsten Mìcheal treffen können, als sie ihre Liebe noch geheim halten mussten – und auch, wenn Màiri die prächtigen roten Blumen pflückte, die sie für die Herstellung der Wollfarbe benötigte, ließ sie sich trotz aller Gefahren nicht begleiten. Außer Joan und ihr kannte niemand die Stelle, an der diese geheimnisvollen Blumen blühten.

Màiri spürte keine Angst, wenn sie mit einem Korb hinaus zum *Broch* eilte. Vor vielen Jahren, kurz nach Ceana Mathesons Hinrichtung, war der alte Rundturm ausgebrannt. Durch Robin hatten sie und Joan inzwischen erfahren, dass Ceana dort die Leichen der Babies beerdigte, deren Leben sie nicht mehr retten konnte. Meistens waren es durch Inzest hervorgerufene missgebildete Kinder.

Abergläubisch, wie die meisten Highlander waren, fürchteten die Familien dieser Kinder, eine böse Fee hätte ihnen ein Wechselbalg untergeschoben und wollten mit der Leiche nichts zu tun haben. Mehr als einmal hatte Ceana, nach Robins Schilderung, im letzten Moment die winzigen Leichname davor bewahren können, ins Herdfeuer geworfen zu werden.

Für all die armen Seelen hatte Ceana ein Herz gehabt und in jedem Clan gab es eine verschwiegene Stelle, wo sie die toten Kinder begrub – in Glenbharr war es jener *Broch,* in Barwick die Höhle, durch die Robin und Marion durch die Zeit gereist waren.

Seit dem Brand machten die Clanmitglieder einen großen Bogen um die Ruine, und auch Wegelagerer ließen sich kaum jemals in der Nähe blicken.

Dass dem *Broch* magische Fähigkeiten innewohnten, bewies die Tatsache, dass Joan im Inneren den ersten Kontakt zu ihrer Mutter in der Zukunft aufgenommen hatte. Ihre ganze Willenskraft sowie Ceanas Amulett, das Joan in der Grube neben dem Skelett gefunden und an sich genommen hatte, ermöglichten ihr tatsächlich, Marion zu erkennen, wie sie an ihrem Küchentisch saß und mit Simon heftig diskutierte.

Laird Dòmhnall war mit ein paar Männern zu einigen Pächtern geritten, um endlich wieder selbst nach dem Rechten zu sehen; so konnte es ihm nicht auffallen, dass Marion an diesem Tag besonders viel Zeit mit ihrer Tochter verbrachte. Auch Màiris überstürzter Aufbruch brauchte nicht erklärt zu werden, sofern niemand auf die Idee kam, dem Laird davon zu erzählen.

Die Wartestunden zogen sich zäh in die Länge, es dämmerte bereits und von Màiri und ihrem Schwager war noch immer keine Spur zu sehen.

Unruhig ging Joan auf und ab, eilte alle paar Minuten zum Fenster, um auf den Burghof zu schauen, auf dem es nichts weiter zu sehen gab als ein paar Hühner, die sich das Gras zwischen den Pflastersteinen herauspickten und hier und da eine Magd, die sich am Brunnen zu schaffen machte.

»Du solltest etwas warme Milch trinken, das beruhigt«, schlug Marion vor. Natürlich hatte Joan sie eingeweiht, und Marion versuchte ebenso wie Robin, sie zu beschwichtigen.

Joan dachte gar nicht daran, den Rat ihrer Mutter anzunehmen, sondern behielt ihren Platz am Fenster, von dem sie auch das geschlossene Burgtor übersehen konnte. Das Tor wurde nur geöffnet, wenn Burgbewohner oder Besucher hinein- oder hinauswollten, denn der Wallgraben um Glenbharr Castle sowie die Zugbrücke boten nicht genügend Schutz vor Feinden. In früheren Zeiten waren dies meistens Mitglieder verfeindeter Clans gewesen, deren Fehden oft über Jahrhunderte dauerten.

Seitdem allerdings die *Sasannach* das schottische Volk unterjochen wollten, waren sie die größten Feinde der Lairds. Mit den meisten Clans hatte man sich geeinigt, gegen den

Feind zusammenzuhalten. Daran hielten sich die meisten auch. Nur wenige sonderten sich ab und verdienten ihren Lebensunterhalt damit, das Vieh der Lairds zu stehlen.

Joan starrte in die zunehmende Dunkelheit. Gerade entzündete einer der wachhabenden Clansmänner einige Fackeln, um den Burghof zu erhellen – allerdings machte keiner Anstalten, das Burgtor zu öffnen, um Màiri einzulassen.

»Wenn den beiden nun etwas zugestoßen ist«, murmelte sie mehr zu sich selbst. »An Tagen wie diesen wünschte ich mir, dass das Telefon schon erfunden wäre.«

Sie spürte die beruhigenden Hände ihrer Mutter auf den Schultern. »Mach dich nicht verrückt, Kind. Ich bin davon überzeugt, dass deine Sorgen unbegründet sind. Wahrscheinlich hat sich Ewan köstlich amüsiert, als seine Schwester plötzlich auftauchte, um nachzusehen, ob er auf Barwick Castle angekommen ist.«

Joans Antwort war ein Seufzen. Wie sollte sie sich ihrer Mutter begreiflich machen? In ihrem neuen Leben hatte sie eine Empfindsamkeit entwickelt, die sie früher nicht gekannt hatte.

Robin hatte die Einladung, über Nacht in der Burg zu bleiben, angenommen. Seine Freunde konnte er immer noch besuchen; erst einmal wollte er wissen, was mit Ewan los war. Entgegen Marions Sorglosigkeit war er wie Joan von einer wachsenden Unruhe ergriffen worden.

»Es kommt jemand!«, rief Joan plötzlich aufgeregt. »Das Tor wird geöffnet!«

Fast gleichzeitig waren auch Marion und Robin am Fenster und sahen, dass zwei Reiter in den Hof geritten kamen – Màiri und Peader.

Als Màiri wenige Minuten später atemlos in der Tür stand,

musste sie nichts mehr sagen. Ihre Miene verriet, dass sich Joan keineswegs unnötige Sorgen gemacht hatte.

»Ewan ist nicht in Barwick Castle angekommen«, sagte Màiri kraftlos und ließ sich auf einen Stuhl fallen, dabei vermied sie es, Joan anzusehen. Diese stand noch immer starr am Fenster, ihre Hände bildeten feste Fäuste, ihre Fingernägel gruben sich dabei in das Fleisch.

»Gütiger Himmel«, murmelte Marion und warf Robin einen hilflosen Blick zu. »Was sollen wir denn jetzt tun? Dòmhnall muss auf jeden Fall Bescheid wissen.«

Alle schwiegen bedrückt, bis Robin sich räusperte und Màiri bat, ausführlicher zu berichten.

»Nun, aye, Peader und ich trieben unsere Pferde an, sodass sie schweißgebadet waren, als wir Barwick Castle erreichten. Mìcheal zeigte sich erfreut über meinen unverhofften Besuch, doch als ich ihn fragte, ob mein Bruder bei ihm sei, verneinte er.«

»Habt Ihr etwas Verdächtiges im Wald bemerkt?«, erkundigte sich Robin.

Wie in Zeitlupe schüttelte Màiri den Kopf. Durch den scharfen Ritt hatten sich einige Strähnen ihres vollen dunklen Haares gelöst, doch sie machte keine Anstalten, sie zurück unter die Haube zu stopfen.

»Ihr denkt sicher an Milford und Anna, die ihr beobachtet habt. Nein, es war alles still. Allerdings sind Peader und ich auf dem Rückweg galoppiert, da es bereits dunkel wurde.«

Mechanisch trat Joan vom Fenster weg, setzte sich ebenfalls und sagte leise: »Ich bin mir sicher, dass Anna und Milford für Ewans Verschwinden verantwortlich sind, Robin. Bitte schau an der Stelle nach, an der du die beiden entdeckt hast. Vielleicht findest du eine Spur von Ewan.«

»Das hätte ich ohnehin getan«, entgegnete er ernst. »Allerdings kann ich um diese Zeit nichts mehr ausrichten, du musst dich also bis morgen gedulden. Ich bin auch der Meinung, dass wir Dòmhnall gegenüber vorerst schweigen sollten, du auch, Marion.«

Marion nickte.

»Ich habe schreckliche Angst, dass du auf Ewans Leiche stößt«, flüsterte Joan.

Màiri schluchzte unterdrückt.

»Nimm nicht gleich das Schlimmste an. Ewan ist vor drei Tagen aufgebrochen, ich habe den Hauptmann und das Mädchen erst heute gesehen. Wahrscheinlich haben sie mit Ewans Verschwinden überhaupt nichts zu tun. Er kennt den Wald mit seinen Gefahren, schließlich ist er hier aufgewachsen,« beruhigte Robin.

Dòmhnall freute sich beim Abendessen ebenfalls über Robins Besuch und bot ihm sogar an, den Winter auf Glenbharr Castle zu verbringen, was er jedoch höflich ablehnte. Es war für alle, die um Ewans mysteriöses Verschwunden wussten, schwierig, sich nichts anmerken zu lassen.

Er glaubte seinen Sohn sicher auf Barwick Castle und erzählte begeistert von seinem Besuch bei den Pächtern, die er seit Ealasaids Tod nicht mehr gesehen hatte.

Marions Aufmerksamkeit wirkte aufgesetzt, als sie seinen Schilderungen lauschte. Ihr würde er am ehesten ansehen, dass etwas nicht stimmte.

»Was habt ihr eigentlich drüben bei den MacGannors gewollt?«, fragte Darla, Ewans jüngere Schwester, Màiri unvermittelt. »Hattest du Sehnsucht nach deinem Liebsten?« Sie warf ihrer Schwester einen amüsierten Blick zu.

»Aye, so war es«, beeilte sich Màiri zu sagen und schielte hinüber zu ihrem Vater, der sich jedoch angeregt mit Marion unterhielt. »Aber ich hatte auch vergessen, Ewan etwas für Mìcheal mitzugeben, und da ich heute ein wenig Zeit hatte, bat ich Peader, mit mir kurz nach Barwick Castle zu reiten.«

Darla warf kichernd ihr langes Haar zurück. »Mìcheal und unser Bruder waren bestimmt betrunken, aye? Ewan erwähnte neulich, dass die beiden einen ganz besonderen Whisky probieren wollten, der seit Jahren in seinem Fass gereift ist.«

»Du irrst, liebstes Schwesterlein«, gab Màiri lässig zurück, sie hatte ihre Stimme gut unter Kontrolle und nur Joan hörte ein leichtes Zittern. »Die beiden Männer waren auf der Jagd und prahlten mit dem gigantischen Wildschweineber, den sie erlegt hatten.«

Diese Antwort genügte Darla offensichtlich, denn sie wand sich ihrem Töchterchen zu und wischte ihm einen Rest Brei vom Mundwinkel.

Glücklicherweise hatte Peader von dem kurzen Dialog nichts mitbekommen. Máiri hatte ihn auf Barwick Castle in die Küche geschickt, um sich verköstigen zu lassen – von Ewans Verschwinden wussten nach wie vor außer ihr lediglich Joan, Marion und Robin.

Nach einer schlaflosen Nacht klopfte Joan an die Tür von Robins Kammer. Er war bereits angezogen und überprüfte den Sitz seines *sgian dubh*, den er nach Highlanderart im Strumpf trug. Auf einen Blick sah er, dass Joan in der Nacht kein Auge zugetan hatte.

»Am liebsten würde ich mit dir kommen«, sagte sie mit spröder Stimme. »Ich halte diese Warterei nicht aus.«

Er trat zu ihr, blickte ihr tief in die Augen und erwiderte ruhig: »Ich werde mich beeilen, auch wenn ich nicht glaube, dass ich eine Spur von Ewan finde. Versprich mir, dass du seinem Vater in diesem Fall Bescheid gibst, auch wenn du ihn schonen möchtest.«

»Er ist noch immer nicht über Ealasaids Tod hinweg, einen weiteren Schicksalsschlag wird er trotz Mom nicht verkraften.«

Robin schlüpfte in seine Jacke, lehnte ein Frühstück ab, hob Joans Kinn zum Abschied und zwang sie, seinen Blick zu erwidern. »Denk nicht mehr darüber nach, was geschehen sein könnte, denn dadurch machst du dich nur verrückt. Ich werde den Wald durchstreifen und besonders gründlich die Gegend absuchen, in der ich den englischen Hauptmann und Anna Ferguson gesehen habe.«

6. Kapitel

Es war herbstlich kalt und Robin schloss auch die obersten Knöpfe seiner mit Lammfell gefütterten Jacke, sein Atem und der des Pferdes war als kleine weiße Wölkchen zu sehen.

Kein Laut drang aus dem Wald, der etwa einhundert Meter hinter Glenbharr Castle begann, als Robin sein Pferd zu dem Weg lenkte, den alle Reiter für gewöhnlich benutzten, wenn sie zum *Broch* oder hinüber zum angrenzenden Gebiet der MacGannors wollten.

Diesen Weg musste auch Ewan genommen haben; Robin blickte aufmerksam in alle Richtungen, sogar den holprigen verwurzelten Pfad suchte er ab. Doch er ahnte bereits, dass er hier nichts finden konnte und der Schlüssel zu Ewans Verschwinden in jenem Teil des Waldes zu suchen war, in dem sich der englische Soldat und das schottische Mädchen gezankt hatten. Vor Joan hatte er seine Befürchtung geheim gehalten, ebenso wie die Tatsache, dass diese Stelle in der Nähe der Höhle lag, durch die er einst im Jahre 1702 gelandet war.

Erst nach über einer Stunde hatte er den ungefähren Platz erreicht, saß ab und führte sein Pferd durch das Dickicht zu einer Stelle, wo er vom Weg aus nicht gesehen werden konnte. Er bückte sich, holte den Dolch aus seinem Strumpf und begann, vorsichtig die Umgebung zu sondieren.

Unvermittelt blieb er stehen und starrte auf einen verdorrten Hagebuttenstrauch, an dessen Dornen ein Stoff-Fetzen hing; es handelte sich eindeutig um ein Stück von MacLaughlins Tartan.

Vorsichtig nahm Robin den Fetzen an sich. Es bestand kein Zweifel, er gehörte zu Ewans Plaid.

»Verdammt!«, fluchte Robin verhalten in die Stille des Waldes und blickte sich im Kreis um. Hier ungefähr hatte der Streit zwischen dem Pärchen stattgefunden und plötzlich war auch für Robin klar, dass diese beiden Menschen etwas mit Ewans spurlosem Verschwinden zu tun hatten.

Dass sich Ceanas Höhle ganz in der Nähe befand, gefiel Robin überhaupt nicht, und mit den schlimmsten Vorahnungen setzte er einen Fuß vor den anderen, als er die Richtung der Höhle einschlug.

Er konnte bereits das dichte, immergrüne Buschwerk erkennen, das den Eingang der Höhle versperrte, als sein Fuß gegen etwas stieß. Er unterdrückte einen kurzen Schrei, als er beinahe gestolpert wäre.

Anna Ferguson lag auf dem Rücken, ihre veilchenblauen Augen waren gebrochen und starrten blicklos in den Himmel. Das Haar war wie ein Fächer um ihren Kopf ausgebreitet.

In ihrer Brust steckte ein Messer. Dem zierlich geschnitzten Heft nach handelte es sich um ihren eigenen *sgian dubh*. Vorsichtig kniete sich Robin neben der Leiche nieder und fühlte Annas Puls, obwohl die Frau sicher tot war.

Annas Haut war kalt und fahl und die Narbe auf ihrer

Wange hatte sich bläulich verfärbt. Robin nahm ihren grauen Umhang und legte ihn über den Leichnam. Was mit der toten Frau geschehen sollte, würde er später entscheiden. Erst einmal musste er sich um Ewans Verbleib kümmern, und da er nicht sicher war, ob sich Robert Milford noch immer in der Gegend befand, schlich er in geduckter Haltung hinüber zur Höhle.

So gründlich Robin auch suchte, er fand keine Spur von Ewan und blieb schließlich unschlüssig direkt vor dem Höhleneingang stehen. Befand sich dort drinnen ein Hinweis auf Ewan oder sogar er selbst?

Er bog einige Sträucher zur Seite, sodass der Höhleneingang sichtbar wurde. Dann rief er mit gedämpfter Stimme Ewans Namen, war jedoch nicht sonderlich überrascht, als er keine Antwort bekam.

Robin zögerte, die Höhle zu betreten. Die Gefahr, unfreiwillig durch die Zeit geschleudert zu werden, war sehr groß, andererseits gab es keine andere Möglichkeit, um herauszufinden, ob Ewan sich darin befand oder nicht.

Noch einmal schaute sich Robin um, dann kroch er durch das dichte Buschwerk zum Höhleneingang. Drinnen roch es modrig und nach feuchter Erde, es dauerte einige Minuten, bis sich Robins Augen an die Finsternis gewöhnt hatten.

»Ein Königreich für eine Taschenlampe«, murmelte er, hockte sich hin und entnahm seiner Jackentasche eine Kerze sowie einen Feuerstein. Die langen Jahre im achtzehnten Jahrhundert hatten Robin gelehrt, Feuer zu schlagen, sodass bereits nach kurzer Zeit eine winzige Flamme aufglimmte.

Geschickt entzündete Robin die Kerze und hielt sie dann hoch, um etwas erkennen zu können. Die Höhle hatte sich nicht verändert, die zahlreichen kleinen Hügel in einer Ecke sahen noch genauso aus, wie Ceana sie einst als Grabstellen angeordnet hatte.

Wie immer, wenn Robin die winzigen Gräber sah, wandte er rasch den Blick ab. Das Kerzenlicht flackerte unruhig und warf bizarre Schatten an die unebenen Höhlenwände – fürwahr kein Ort, um sich wohlzufühlen.

Die Höhle besaß mehrere Nebengänge, dic ins Nichts führten; sie waren so niedrig, dass sich Robin in ihnen nur auf allen vieren vorwärts bewegen konnte.

Die Luft wurde kälter, je tiefer er sich vorwärtsarbeitete. Doch nichts deutete darauf hin, dass sich in letzter Zeit ein Mensch in den schmalen Gängen befunden hatte. Nach einer kleinen Ewigkeit hatte Robin alle Nebengänge bis auf einen durchsucht. Der letzte, den er sich vornahm, war etwas breiter und höher als die anderen, sodass Robin gebückt hineingehen konnte.

Er hielt die Kerze so hoch wie möglich und wollte sich gerade wieder abwenden, als er stutzte. Dort hinten, ganz am Ende des Ganges, lag ein Gegenstand, den er aus der Ferne nicht identifizieren konnte.

So schnell es die Umstände zuließen, bewegte sich Robin, bis er endlich erkennen konnte, dass es sich um einen *sporran*[1] handelte.

Vorsichtig nahm Robin ihn auf und betrachtete ihn genauer – er trug das Familienwappen der MacLaughlins.

»Mist«, knurrte Robin und besah sich die feuchten Felswände genauer. »Ewan, wo zum Teufel, steckst du?« Im selben Augenblick entdeckte er einen in die Felswand getriebenen Eisenring, an dem die Reste eines groben Strickes befestigt waren. Hier war eindeutig ein Mensch gefangen gehalten worden!

Nachdem sich Robin davon überzeugt hatte, dass es keine

1 Gürteltasche aus Leder oder Fell, wird an der Vorderseite des Kilts getragen.

weiteren Hinweise gab, nahm er den *sporran* an sich. Entweder hatten Ewans Entführer ihn fortgeschafft oder …?

An die andere Möglichkeit wollte Robin nicht denken, dennoch drängte sie sich ihm förmlich auf. Von bösen Vorahnungen getrieben, kroch er schließlich aus der Höhle und eilte zu seinem Pferd, ohne Annas Leiche weiter zu beachten. Es gehörte nicht viel Fantasie dazu, um zu erkennen, dass Hauptmann Robert Milford ihr Mörder gewesen war.

Nach einem scharfen Ritt erreichte Robin schließlich Glenbharr Castle, Ewans *sporran* hatte er unter seiner Jacke verborgen. Er wusste, dass Joan zusammenbrechen würde, wenn er ihn ihr überbrachte – und dennoch gab es keine Möglichkeit, Joan zu schonen.

Wie nicht anders zu erwarten, stürzte sie Robin bei seiner Ankunft entgegen. Er wich ihrem flehenden Blick aus, so gut es ging.

»Hast du etwas herausgefunden?«, fragte sie leise, während sie nebeneinander zum Eingangsportal schritten. »Ich sehe dir an, dass es so ist.«

»Lass uns drinnen darüber reden«, kam es tonlos zurück. Der knappe Satz sagte alles und doch nichts aus, und Joan begann verhalten zu schluchzen.

»Er ist tot?«

Robin blutete das Herz, als er ratlos die Schultern hob. Er bat Joan, Màiri und Marion zu holen, damit er die Geschichte nicht mehrmals erzählen musste.

Mit verschreckten Gesichtern versammelten sich die drei Frauen in Màiris Webkammer, da sie dort ungestört waren.

»So rede doch!«, rief Joan. »Und bitte sag, dass meine Angst unbegründet ist!«

»Ich täte nichts lieber als das«, gab Robin mit versteinerter

Miene zurück, griff unter seine Jacke und holte den *sporran* hervor. »Ich nehme an, dass du weißt, wem er gehört.«

Nicht nur Joan starrte gebannt auf die Felltasche mit dem auffälligen Wappen, die Robin zögernd auf den Tisch gelegt hatte.

»Er gehört Ewan«, krächzte Joan. »Wo hast du ihn gefunden?«

In knappen Sätzen schilderte Robin alles, was er wusste, schlug dann jedoch vor: »Schaut erst einmal nach, ob es wirklich Ewans *sporran* ist.«

Joan schluckte. »Er gehört ihm, ich erkenne ihn an der Kerbe dort im Leder. Sie stammt von Ewans Kampf mit Milford.«

»Trotzdem sollten wir hineinschauen, aye?«, meldete sich Màiri zu Wort und blickte fragend in die Runde. »Möglicherweise gibt es einen weiteren Hinweis.« Sie schob Joan die Tasche zu. »Bitte sieh du nach.«

Joan öffnet sie.

Es befanden sich jene Gegenstände darin, die Ewan immer bei sich trug: Etwas Papier mit einem Kohlegriffel, ein Feuerstein und eine Alraune, die Joan ihm als Talisman geschenkt hatte; außerdem der dicke Brief von Màiri an Mìcheal.

Stumm standen alle vor dem Tisch und betrachteten Ewans Gegenstände; niemand wollte aussprechen, was alle befürchteten.

»Das muss nichts heißen«, warf Robin schließlich ein. »Es steht lediglich fest, dass Ewan in dieser Höhle war, sagt aber nichts darüber aus, wo er jetzt ist.«

»Ohne seinen *sporran* würde er nirgendwo hingehen«, bemerkte Joan tonlos und strich dabei zärtlich über jedes einzelne Objekt, das Ewan in seinen Händen gehalten hatte.

»Vielleicht hatte er keine andere Wahl.« Robin fuhr sich mit beiden Händen über das Gesicht. »Fest steht, dass Hauptmann Milford seine Finger im Spiel hat – und diese Anna Ferguson ebenfalls.«

Joans Augen verengten sich zu Schlitzen, dann stieß sie erregt hervor: »Ich bin froh, dass sie tot ist – egal, ob sie etwas mit Ewans Verschwinden zu tun hat oder nicht.«

»Wo könnten Milford und Ewan denn nur stecken?« Marion betrachtete ihre Tochter besorgt. »Glaubst du, was ich glaube, Robin?«

Robin musterte der Reihe nach die Frauen, dann sagte er mit fester Stimme: »Immerhin liegt die Vermutung nahe, dass sie sich in einem anderen Jahrhundert befinden. Zumindest Ewan, denn er ist schon seit vier Tagen verschwunden, während ich Milford noch gestern gesehen habe.« Er hielt inne. »Das würde möglicherweise auch deinen Traum erklären, Joan. Ich begreife zwar noch nicht richtig die Zusammenhänge, aber Ceanas Geist hat eventuell etwas damit zu tun. Willst du Dòmhnall jetzt reinen Wein einschenken?«

»Nein!« Heftig schüttelte Joan den Kopf. »Wenn ich unsere Vermutungen äußern würde, müsste ich auch unsere wahre Herkunft erklären. Damit wäre er hoffnungslos überfordert.«

»Was können wir denn jetzt tun, Mr Lamont? Sollen wir auf ein Wunder warten oder uns auf die Suche nach Ewan machen?«, fragte Màiri.

»Das hieße für Joan, Marion oder mich, in die Zukunft oder in die Vergangenheit zu reisen. Wir wissen nicht, wo Ewan ist, wenn wir irgendwo ankommen – wenn er überhaupt durch die Zeit geschleudert wurde. Wo also sollten wir suchen?«

Eine Antwort wusste niemand, aber als Robin vorschlug, zunächst den Friedhof St. Cait aufzusuchen, um nach Ceanas Grab zu sehen, waren alle einverstanden; so waren sie wenigstens nicht zu völligem Nichtstun verdammt …

7. Kapitel

Kingussie, drei Wochen zuvor: Robert Milford unterdrückte ein hämisches Grinsen, als er die Kammer betrat, in die ihn der Pensionswirt soeben geführt hatte. Er gab dem alten Mann etwas Geld und schickte ihn mit einer lässigen Handbewegung hinaus.

Milford schritt zum Fenster und blickte hinunter in einen kleinen schmuddeligen Hinterhof. Hier würde ihn niemand von der Garnison vermuten, wenn er nicht so dumm war, eines der Wirtshäuser zu betreten, in denen die Soldaten von Ruthven abends einkehrten, um die Sehnsucht nach ihren Frauen und die Abscheu gegen das ungeliebte raue Hochland in Bier zu ertränken.

Mit einem zufriedenen Seufzer sank Milford, der sich offiziell auf dem Weg in seine englische Heimatstadt befand, auf das knarrende unbequeme Bett, dabei verzog er schmerzlich das Gesicht. Vorsichtig tastete sich seine Hand zu der Stelle über dem Bauchnabel, an der sich eine von einer Seite zur anderen reichende breite Narbe befand, die auch noch, fast drei Monate nach der Verwundung, schmerzte, wenn sich Milford überanstrengte.

Sein markantes Gesicht mit den schwarzen Augen nahm einen hasserfüllten Blick an, als er sich daran erinnerte, wem er diese Verwundung zu verdanken hatte: Ewan MacLaughlin of Glenbharr Castle hatte es gewagt, sich ihm in den Weg zu stellen, als er dessen hochschwangere Frau überfallen hatte.

Natürlich fühlte sich Milford im Recht, jeder Bewohner der schottischen Highlands war für ihn ein Untermensch, gleichzusetzen mit einem Tier, das weder über Benehmen noch Kultur verfügte.

Seitdem er in den Highlands stationiert war, hatte er sich das zweifelhafte Recht genommen, öfters eine der bildhübschen Schottinnen für seine körperliche Befriedigung zu nehmen. Zwar war ihm bekannt, dass es strikt verboten war, doch seiner Meinung nach waren Verbote dazu da, gebrochen zu werden.

Seiner Satteltasche entnahm Robert einen Stiefelknecht und fluchte, weil er nun auf die Dienste seines Adjutanten verzichten musste; James Allison war sein Komplize wider Willen gewesen. Dieser kleinen Ratte hatte es Milford schließlich zu verdanken, dass er nach England zurückgeschickt worden war. Es hieß, es handele sich lediglich um einen längeren Genesungsurlaub, aber ihm war klar, dass man ihn loswerden wollte.

Als er im Vorjahr die blutjunge Glenda NicLaughlin überfallen und geschändet hatte, wurde er vom komfortablen Fort George in die Kasernen von Ruthven strafversetzt und vorübergehend zum Ausbilder degradiert. Denn dummerweise war Glenda eine Nichte des Laird von Glenbharr, und die Geschichte war Colonel Porter, dem Kommandeur von Fort George, zu Ohren gekommen.

Ein fieses Grinsen huschte über sein Gesicht. Glenda hatte ein Kind von ihm bekommen, einen Sohn, und es war ihm eine Genugtuung, dass sich nun sein gutes englisches Blut mit dem der angesehenen schottischen Familie mischte. Das Mädchen hatte sogar einen Dummen gefunden, der sie geheiratet und das Kind als sein eigenes angenommen hatte.

Stück für Stück legte Robert seine Reitkleidung ab und tauschte sie gegen Kniebundhosen und ein Hemd mit weiten Ärmeln, über das er eine bestickte Weste zog. Die dicken Socken verschwanden in der Truhe und wurden durch dünne beigefarbene Strümpfe ersetzt. Zum Schluss schlüpfte er in ein paar Schnallenschuhe und betrachtete sich danach in dem blinden Spiegel über dem Waschtisch.

Robert hatte Zivilkleidung nie gemocht, er war Soldat und würde am liebsten in seiner Uniform schlafen. Die neue englische Mode fand er geckenhaft und unkleidsam, aber er musste sie tragen, um nicht aufzufallen. Immerhin durfte niemand erfahren, dass er ein Soldat der königlichen Armee war, damit keine unangenehmen Fragen gestellt werden konnten.

Diese Maskerade hatte einen Grund: Er wollte sich an Ewan MacLaughlin rächen. Seit er den großen, gut aussehenden Highlander zum ersten Mal gesehen hatte, hatte er eine Aversion gegen ihn. Der Sohn eines der angesehensten Clanführer brachte Milford zum Kochen. MacLaughlins stolze Haltung und die abfällige Miene bei jeder Begegnung zeigte, dass dieser Hass auf Gegenseitigkeit beruhte.

Wann immer Milford den Sohn von Laird MacLaughlin bei seinen Patrouillen traf, schikanierte er ihn, was der jedoch äußerlich völlig ruhig über sich ergehen ließ. Das wiederum reizte den Hauptmann noch mehr.

Als er erfuhr, dass Ewan die schöne rothaarige Engländerin geheiratet hatte, loderte wilder Neid in Milford auf. Wieso erdreistete sich dieser Halbwilde, sich eine solche Frau zu nehmen? Was reizte dieses elfenhafte Geschöpf an einem unzivilisierten Highlander, wenn sie einen Mann wie Milford haben konnte?

Während der langen Abende in seiner Stube im Fort, in denen Robert so manches Glas Wein geleert hatte, war jener Plan entstanden, der dann so verhängnisvoll endete: Er wollte bei passender Gelegenheit Ewans Frau überfallen, schänden und dann töten. James Allison, der diesem Plan nur unter Vorbehalt zustimmte, wurde widerwillig zum Helfer.

Doch das Vorhaben scheiterte. Ewan war rechtzeitig zur

Stelle. Im Kampf verletzte Robert den Highlander am Arm, worauf dieser ihm die beinahe tödlich verlaufene Bauchwunde zugefügt hatte. Hätte Allison ihn nicht geistesgegenwärtig zum Fort geschafft, wäre er verblutet.

James Allison hatte erzählt, dass sein Hauptmann von MacLaughlin grundlos angegriffen worden sei, worauf man Ewan unverzüglich verhaftete und in den Kerker von Fort George geworfen hatte. Er versuchte, seine Unschuld zu beweisen, aber man glaubte Allison, und der Colonel hatte beschlossen, den Highlander auf dem Kasernenhof auspeitschen zu lassen. Ewan sollte sogar wegen Hochverrats am Galgen landen, womit Milford Genugtuung getan gewesen wäre.

Doch es war anders gekommen: Laird Dòmhnall suchte den Colonel auf. Unter dem Druck eines Verhörs hatte der Adjutant schließlich gestanden, wie es zu dem Überfall gekommen war. Unverzüglich wurde Ewan aus der Haft entlassen, gerade rechtzeitig, um seinen Sohn in den Arm zu nehmen, der wenige Stunden zuvor geboren worden war.

Die Umstände von Ewans Entlassung hatte Milford aus zweiter Hand erfahren. Mit einem groben Kamm fuhr er sich durch das störrische schwarze Haar, um es dann mit einem Samtband am Hinterkopf zusammenzubinden. Jetzt sah er aus wie ein Reisender, der in Kingussie einen längeren Aufenthalt nehmen wollte.

Wieder trat er an das winzige Fenster und blickte hinunter in den Hof. Ob sich Anna Ferguson noch bei ihrer Tante oberhalb des Dorfes befand? Er hatte sie seit dem Überfall auf Joan MacLaughlin nicht mehr gesehen, das zynische Lächeln ließ sein Gesicht noch härter erscheinen.

Er hatte sie im Wirtshaus kennengelernt, als sie für ihre alte Tante einen Krug Wein holte. Sie gab sich zurückhaltend, und eine Hälfte ihres Gesichtes war bedeckt, sodass Milfords Neugierde geweckt worden war. Er lud Anna zu einem Getränk ein, und allmählich verlor sie ihre Scheu, sie zeigte ihm ihre hässliche Narbe und erzählte ihm ihre Geschichte.

Roberts Begeisterung kannte keine Grenzen, als er hörte, dass Anna bis vor Kurzem auf Glenbharr Castle gelebt hatte und ebenfalls Ewan MacLaughlin hasste. Er hatte ihr eine andere Frau vorgezogen. Joan sollte sterben. Doch ihr Vorhaben wurde von Duncan, einem Stallburschen, vereitelt; ihm hatte sie die entstellende Narbe zu verdanken. Ihr Hass auf Joan und auf Ewan hatte sich ins Grenzenlose gesteigert. Ihr Vater hatte sie zudem zur Strafe zu ihrer alten Tante nach Kingussie geschickt.

Im Laufe der folgenden Tage hatte sich Milford dann in Annas Vertrauen geschlichen, und sie war es schließlich auch gewesen, die ihm den entscheidenden Tipp gegeben hatte, wann er Joan außerhalb von Glenbharr Castle bei einem Ausritt ohne ihren Ehemann antreffen konnte.

Er holte tief Luft, seine schmalen Nasenflügel bebten dabei heftig. Noch nie hatte es ein Hinterwäldler wie dieser unkultivierte MacLaughlin gewagt, sich gegen einen Hauptmann der königlichen Truppen zu stellen.

Unruhig schritt Milford in der engen Kammer auf und ab. Wenn er nur wüsste, wo er Anna finden konnte, sie würde mit Freuden einen weiteren – diesmal sicheren – Plan mit ihm entwickeln. Außerdem war sie eine willige Stute, sie hatte einen biegsamen, liebesdurstigen Körper und hatte sich Milford ohne Zögern hingegeben, wobei ihm bewusst war, dass sie ohne die entstellende Narbe im Gesicht wohl spröder gewesen wäre gegen einen englischen Soldaten – wie die meisten Schottinnen außer einigen Huren.

Im Schutze der Dunkelheit wagte sich Milford aus seiner Kammer, in ein dunkles Cape gehüllt, den Dreispitz tief ins Gesicht gezogen. Abends trieben sich viele Soldaten in Kingussie herum, und da er sich als Ausbilder in den Kasernen von Ruthven mehr Feinde als Freunde geschaffen hatte, würden ihn seine ehemaligen Rekruten nur allzu gerne beim Kommandanten anschwärzen. Offiziell hatte er nichts mehr in Schottland zu suchen.

Bei seinem Streifzug durch das Bergdorf musste Milford sich ein um das andere Mal in dunklen Hauseingängen verstecken, weil ihm immer wieder betrunkene Soldaten begegneten.

Von Anna war keine Spur zu sehen, und so machte er sich auf den Weg zu der Steinkate ihrer Tante, die etwas außerhalb an einem Berghang klebte. Die morschen Fensterläden waren verschlossen, von drinnen klang kein Laut hinaus.

Unschlüssig und mit mürrischer Miene blieb Milford eine Weile neben der Haustür stehen. Wo mochte das Frauenzimmer bloß stecken?

Noch während er sich verschiedene Möglichkeiten durch den Kopf gehen ließ, öffnete sich die knarrende Tür wie auf ein geheimes Kommando und eine junge Frau trat heraus, in der Hand trug sie einen Holzeimer.

Es war tatsächlich Anna, Milford erkannte sie an der Flut der golden glänzenden Haare. Sie hatte die Narbe nicht verdeckt, denn nur der Mond konnte sie vermeintlich sehen.

Zielstrebig eilte Anna zum Brunnen und ließ den Eimer hinunter. Als sich zwei schwere Hände auf ihre Schultern legten, wirbelte sie entsetzt herum, der Schrei, den sie ausstoßen wollte, erstickte in ihrer Kehle.

»Gib keinen Laut von dir, hörst du?«, drang Milfords Stimme gedämpft an ihr Ohr. »Du willst doch nicht, dass die alte Schachtel da drinnen mitbekommt, dass du Besuch hast.«

Nach der ersten Schrecksekunde entspannte sich Anna, und in ihre veilchenblauen Augen trat ein freudiger Glanz. Sie senkte die Stimme: »Robert, was tust du hier? Man sagt, dass du längst in England bist, um dich von deiner Verletzung zu erholen.«

»Man erzählt sich viel. Wie du siehst, habe ich es mir anders überlegt, mein Täubchen.« Mit dem Daumen wies er über die Schulter in Richtung Haus. »Ist deine Tante noch auf?«

»Nein, sie hat sich gerade zu Bett gelegt und wird inzwischen eingeschlafen sein.« Anna lächelte verführerisch. »Hast du mich vermisst?«

»Sicher«, brummte er leicht gereizt und sah ungeduldig zu, wie Anna den inzwischen vollen Wassereimer über den Rand des Brunnens hievte. »Musst du sofort wieder in die Kate?«

Unentschlossen blickte Anna hinüber zu dem schäbigen Haus, dann schüttelte sie energisch den Kopf. »Tante Myra hat ihr Misstrauen abgelegt, nachdem ich mich zu einer tugendhaften, gottesfürchtigen Nichte entwickelt habe.«

Er grinste anzüglich. Der Tag, an dem Anna tugendhaft wird, würde nie kommen. Sie war ein kleines Miststück, deshalb passten sie ja auch gut zusammen.

Sachte nahm er sie beim Arm und führte sie außer Sichtweite der Kate. Sie begann zu frösteln, denn die Nacht war bitterkalt. Auf die Idee, ihr seinen Umhang zu leihen, kam Milford natürlich nicht.

»Wann können wir uns ungestört treffen?«, raunte er ihr zu, während seine Hände mit ihrem seidigen Haar spielten. »Ich habe ein Zimmer unten in dieser Herberge mit einem unaussprechlichen Namen.«

»Taigh-òsda«, murmelte Anna mit genießerischen geschlossenen Augen und verzückter Miene. »Das bedeutet Gasthaus.«

Er vergrub sein Gesicht in Annas Halsbeuge. »Sehr schön. Wann kannst du mich dort besuchen? Das Bett ist nicht sehr komfortabel, aber weicher und wärmer als dieser harte kalte Boden hier.«

Anna wartete auf weitere Zärtlichkeiten. Als keine folgten, sagte sie nur: »Meine Tante schickt mich manchmal ins Dorf. Morgen ist Markt, da werde ich wieder für sie einkaufen müssen.«

»Großartig, ich erwarte dich.« Zufrieden nickte er und strich dabei wie unbeabsichtigt über Annas Brustansatz. Von seinen früheren Aufenthalten in Kingussie wusste er, dass Tante Myra ihre Nichte nie ins Dorf begleitete.

Obwohl beide längst zum Höhepunkt gekommen waren, umklammerten Annas Beine Roberts Hüften wie ein Schraubstock. Er war der einzige Mann, der sie nach der Gesichtsverletzung begehrte, und so wollte sie ihn so schnell nicht wieder loslassen. Als er sich dennoch von ihrem Körper schob, seufzte sie niedergeschlagen.

»Sei nicht so gierig, Weib«, blaffte er. »Du bekommst schon noch, was du brauchst.«

Sie richtete sich halb auf, ihr Blick glitt zu der auffälligen Narbe auf Milfords Bauch. Gedankenverloren wisperte sie: »Jetzt sind wir beide fürs Leben gezeichnet.«

Ungehalten schob Milford ihre Hand, die sich seiner Verwundung näherte, beiseite. »So ist es, meine Liebe. Hast du deine Rachepläne gegen MacLaughlin und seine englische Hure etwa aufgegeben?«

»Niemals!« Ihre Gesichtszüge verhärteten sich. »Ich werde den Hass immer in meinem Herzen tragen und vielleicht gelingt es mir eines Tages, Genugtuung zu bekommen.«

»Aus diesem Grund bin ich nicht nach England zurückgegangen.«

Ihr Blick war enttäuscht, als sie erwiderte: »Und ich hatte gehofft, es wäre meinetwegen.«

»Natürlich auch das, mein Lämmchen«, beeilte er sich zu sagen. »Doch wie kann ich in mein Heimatland zurückgehen, wenn mein Erzfeind glücklich und triumphierend weiterlebt?«

Ihre Augen wurden groß. »Du willst ihn noch immer töten?«

»Du nicht?« Und als sie schwieg, fügte er hinzu: »Seine Frau wird besser bewacht als die Kronjuwelen des Königs, also vergiss den Gedanken, nach Joans Leben zu trachten. Ewan ist es, der den Tod verdient, und das sollte auch in deinem Sinne sein.«

Vorsichtig, um seine Narbe nicht noch mehr zu strapazieren, richtete sich Milford auf, lehnte seinen Oberkörper gegen die gekalkte Wand und fuhr fort. »Er hat deine Gefühle mit Füßen getreten, hast du das etwa schon vergessen? Wo bleibt dein Stolz, Anna? Ewan hat dich nicht gewollt, hat sich stattdessen dieses Weib mit den roten Haaren zur Frau genommen.«

Mit jedem seiner Worte, wurden Annas Augen härter, bis sie vor Hass sprühten. »Ja,«, stieß sie hervor, »er soll sterben, und die englische Schlampe wird sich die Augen aus dem Kopf heulen und mit ihrem Balg zurück nach London gehen.«

Ein selbstzufriedenes Lächeln umspielte Milfords Mundwinkel; es war einfach, Anna auf seine Seite zu ziehen. »Wirst du mir helfen?«

»Aye, nichts täte ich lieber.« Sie stockte. »Aber wie wollen wir das anstellen?«

»Du kennst dich mit MacLaughlins Gepflogenheiten aus. Wann und wohin reitet er ohne Begleitung?«

Nachdenklich kaute sie an ihrer Unterlippe, den Blick düster in die Ferne gerichtet: »Als ich noch auf Glenbharr Castle lebte, pflegte Ewan oft hinüber zu den MacGannors auf Barwick Castle zu reiten. Wenn ihn nicht seine schreckliche Schwester begleitete, war er immer alleine, um seinen Freund Mìcheal MacGannor zu besuchen.«

Interessiert hob Milford den Kopf. »Was du nicht sagst. Weißt du, welchen Weg er genommen hat?« Sein Blick glitt über Annas schlanken Körper, dessen Umrisse sich unter der dünnen Decke abzeichneten. »Überleg genau.«

»Aye, es gibt nur einen direkten Weg durch den Wald, wenn Ewan nicht vorher einige von den dummen Bauerntölpeln aufsucht.« Geschmeidig drängte sie sich an Milford. »Das tut er häufig im Sommer, wenn die Sonne erst spät untergeht.«

Milfords Antwort war ein undefinierbares Grunzen. Geistesabwesend ließ er es zu, dass Anna seine behaarte Brust küsste und eine ihrer Hände unter die Bettdecke glitt. Doch bevor sie den Körperteil erreicht hatte, der sie am meisten faszinierte, griff Robert hart nach ihrem Handgelenk. Ohne auf ihren Protest zu achten, zog er sie so nah an sich heran, dass sie seinen Atem spüren konnte; doch er dachte nicht daran, sie zu küssen, sondern sagte: »Hör zu, du musst mir den Weg zeigen, lass dir eine Ausrede für deine Tante einfallen.«

»Aber …«

»Kein Aber!«, schnitt er ihr das Wort ab. »Wir müssen zusammenarbeiten bei unserem Vorhaben.«

Annas Blicke flackerten. »Wenn ich länger als eine Stunde fort bin, wird Tante Myra misstrauisch und meinen Vater benachrichtigen lassen. Er wird mich nie wieder aufnehmen und ich werde den Rest meines Lebens in diesem gottverdammten Kaff verbringen müssen.«

Er schnaubte verächtlich. »Was willst du auf Glenbharr Castle? Dort wird man dich nur schief ansehen, auch wenn dein Vater der Verwalter des Lairds ist.«

»Meine Mutter war mit Lairdess Ealasaid eng befreundet«, konterte Anna beleidigt. »Und die Burg ist mein Zuhause, dort habe ich gelebt, seit Dòmhnall meine Familie aufnahm.«

»Na und? Man will dich da aber nicht mehr haben, weder dein Vater noch Ewan und seine eingebildete Engländerin.«

Annas Emotionen wechselten wie üblich schnell. War sie eben noch gekränkt, so verlegte sie sich nun darauf, Mitgefühl bei Robert zu erregen.

»Du kannst dir nicht vorstellen, wie eintönig das Leben hier ist«, jammerte sie. »Der Tag beginnt mit einem Gebet und er endet mit einem. Ich habe nie einen gläubigeren Menschen als meine Tante erlebt. Ich würde dir den Weg zeigen, wenn …«

Er hob die schwarzen buschigen Augenbrauen, erwiderte jedoch nichts.

»Wenn ich bei dir bleiben könnte, würde ich alles für dich tun.« Wieder schmiegte sie sich an ihn und begann, wie ein Kätzchen zu schnurren. »Ich würde dir eine gute Frau sein, kann kochen, weben und nähen und würde unseren Kindern eine gute Mutter sein.«

Da sie an seiner Brust lag, konnte sie nicht das Entsetzen in Milfords Augen sehen. Das fehlte ihm noch, dass sie ihm für immer und ewig ein Klotz am Bein wäre!

Als er nicht reagierte, hob sie zögernd das Haupt, doch an seiner Miene war nicht zu erkennen, was ihm durch den Kopf ging. Er hatte ein leichtes wohlwollendes Lächeln aufgelegt, als er schließlich fragte: »Du willst also fliehen und mit mir zusammenbleiben?«

Zaghaft nickte sie.

»Nun denn, ich habe nichts dagegen, meine Schöne. Du wirst von den Deinen gemieden und auch ich bin bei Colonel Porter nicht mehr gern gesehen. Was also spricht dagegen, wenn wir uns zusammentun?«

Ihre Antwort war ein unterdrücktes Jauchzen, begleitet von unzähligen kleinen Küssen, die sie Robert auf jede freie Körperstelle hauchte.

In Wahrheit dachte Milford freilich nicht daran, sein Leben mit Anna zu teilen – nur so lange, wie sie ihm von Nutzen war. Er hatte andere Zukunftspläne; auch wenn er in Ungnade gefallen war, würde er immer Soldat bleiben und eine Uniform tragen. Erst einmal musste Ewan MacLaughlin sterben, dann wollte er nach England zurückgehen und dort seine militärische Karriere ausbauen. Für eine Frau war da kein Platz – schon gar nicht für eine Hochland-Schottin!

Doch zunächst musste er versuchen, MacLaughlin alleine zu erwischen; wenn er mit seinen wilden Kriegern auftauchte, hatte er alleine nicht die geringste Chance.

Er erinnerte sich an einen Überfall, der stattgefunden hatte, als er Ausbilder in Ruthven gewesen war. Heimtückisch hatten Mitglieder des MacLaughlin Clans ein Zeltlager der königlichen Soldaten überfallen – und zwar nachts, als außer den Wachen alle schliefen. An den Grund für diesen Überfall konnte sich Milford nicht mehr erinnern, doch der schien ihm ohnehin nebensächlich. Tatsache war, dass sich die unzivilisierten Highlander erdreisteten, ehrbare Soldaten der Krone zu überfallen und niederzumetzeln. Gemeinsam waren diese Wilden gefährlich und unberechenbar, wenn man also Ewan MacLaughlin überfallen wollte, musste er unbedingt alleine unterwegs sein.

Unbewusst nahm Milford wahr, dass Annas Hand da angekommen war, wo sie sie hinhaben wollte. Er schob die Gedanken an seinen Rachefeldzug fürs Erste beiseite und gab sich entspannt den Sinnesfreuden hin, die Anna ihm bereitete.

8. Kapitel

Die Pferde, die Milford tags darauf besorgt hatte, schnaubten gedämpft, als sich das Paar seinen Weg durch die düsteren Wälder bahnte. Sie befanden sich auf dem Gebiet von Barwick, das zu einem großen Teil aus dichten Wäldern bestand.

Es war kalt geworden, doch Annas Gesicht leuchtete rosig wie nach einem Bad in Rosenblüten. Im Morgengrauen hatte sie ihr Bündel geschnürt und war aus der Kate geschlüpft, ohne sich von ihrer Tante zu verabschieden. In ihren Träumen sah sich Anna bereits als Roberts Gemahlin. Als Frau eines Offiziers würde es niemand wagen, sie wegen ihrer Narbe zu verspotten.

Skeptisch blickte sich Robert um. »Wo, zum Teufel, sind wir hier? Weit und breit ist kein Pfad zu sehen, ich fürchte, wir haben uns verirrt.«

»Vertrau mir«, gurrte Anna. »Als Kind habe ich das ganze Gebiet durchstreift. Damals waren die Wälder noch sicherer als heute.« Sie stockte und warf Milford einen zaghaften Blick zu. Hatte er gemerkt, dass sie auf die englischen Soldaten anspielte, die zu Zeiten, als Anna noch ein Kind war, die Wälder noch nicht unsicher machten für die Schotten?

Es schien nicht so. Angestrengt blickte Robert zwischen den dunklen Baumstämmen hindurch, konnte jedoch nichts als Bäume sehen.

»Soso«, murrte er schließlich. »Du kennst die Gegend also. Dann erklär mir doch bitte, wie wir aus diesem Dickicht herausfinden.«

In der Tat hatten selbst die Pferde Schwierigkeiten. Immer wieder glitten ihre Hufe auf feuchten Wurzeln oder bemoosten Ästen aus. Doch Anna ließ sich nicht beirren, zielsicher führte sie ihr Pferd, bis sie schließlich triumphierend auflachte.

Wie aus dem Nichts tauchte der festgetretene Pfad auf, der zur einen Seite bis Glenbharr Castle führte, zur anderen direkt zur Burg von Crìsdean MacGannor.

»Nun, hab ich dir zu viel versprochen?« Annas Blick richtete sich beifallheischend auf Milford, der zögernd näher ritt und sich nach beiden Seiten umschaute, bevor er sein Pferd auf den Weg führte, auf dem deutlich Hufspuren zu sehen waren.

Milfords Gesicht nahm einen dämonischen Zug an. Das auffällige, gezackte Muttermal auf der Wange stach deutlich auf der hellen Haut des Mannes hervor. Wieder schaute er sich um, dann fragte er: »Und du bist sicher, dass MacLaughlin diesen Weg nimmt, wenn er zu seinen Freunden reitet?«

»Gewiss, aber ich kann natürlich nicht sagen, wann. Als ich noch auf Glenbharr Castle lebte, ritt er ungefähr einmal in der Woche hinüber – weiß der Teufel, was er ständig bei den MacGannors zu tun hat.« Sie verzog das Gesicht. »Wahrscheinlich überbringt er Liebesbotschaften für seine Schwester. Diese Frau, die sich so tugendhaft gibt und mein Tun ewig mit strafenden Blicken und tadelnden Worten missbilligte, hat die Ehe gebrochen und …«

»Sei still!«, fuhr Milford sie an, er war nicht am Burgklatsch interessiert, sondern einzig daran, wie er Ewan MacLaughlin, seinen Erzfeind, in eine Falle locken konnte.

Noch immer standen sie am Wegrand, und während Anna mit beleidigter Miene schmollte, suchte Milford fieberhaft nach einer Lösung. Sie mussten eine Unterkunft in der Nähe des Pfades finden, denn um draußen zu übernachten, waren die Nächte schon viel zu kalt.

»Gibt es hier irgendwo eine verfallene Hütte?«, fragte er

sachlich, und als Anna gekränkt schwieg, fuhr er scharf fort: »Denk nach, Weib, wir haben nicht ewig Zeit.«

Noch immer schmollend schüttelte sie den Kopf, dabei rutschte die Kapuze ihres grauen Umhanges vom Kopf und gab ihr goldblondes Haar frei, das sogar im trüben Tageslicht glänzte.

Milford verdrehte die Augen. »Sei wieder gut, mein Liebchen, ich wollte dich nicht anfahren.«

Von einer Sekunde zur nächsten veränderte sich Annas Gesichtsausdruck und nahm wieder den koketten Zug an, den sie immer aufsetzte, wenn sie mit Milford zusammen war. »Ich habe von einer Höhle gehört, die sich hier in der Nähe befinden soll, aber ich weiß nicht genau, wo.«

»Na also, da haben wir ja schon mal etwas.« Milford verzog seinen Mund zu einem dünnen Lächeln. Bevor sie aus Kingussie aufgebrochen waren, hatte er geschildert, wie er Ewan überfallen und hinterrücks erstechen wollte. Doch dagegen hatte Anna lauthals protestiert, sie wollte den Mann, der ihre Zuneigung verschmäht hatte, quälen, bevor er getötet wurde.

Murrend hatte Milford zugestimmt, im Grunde genommen war ihm egal, was Anna mit seinem Erzfeind anstellte – Hauptsache, er war am Ende tot … getötet von der Hand eines ehrbaren Soldaten der königlichen Armee.

Es dauerte noch Stunden, bis Anna die Höhle gefunden hatte, sie lag verborgen hinter dornigem Gestrüpp, und nur jemand, der in dieser Gegend aufgewachsen war, konnte dahinter einen Höhleneingang erahnen.

»Perfekt!«, rief Milford, nachdem er den Eingang in Augenschein genommen hatte. Diese Höhle war ideal für eine Entführung und als Unterkunft für ihn und Anna geeignet. Er winkte sie herbei, doch sie blieb bei ihrem Pferd stehen, worauf Milford ihr einen fragenden Blick zuwarf. »Worauf wartest du?«

Sie hüllte sich enger in ihren Umhang.

»Ich fürchte mich vor Höhlen, ich mag dort nicht hineinkriechen.«

»Was bist du doch für ein dummes Frauenzimmer«, schimpfte er. »Wenn du die Nacht nicht unter freiem Himmel verbringen und MacLaughlin foltern willst, wird dir nichts anderes übrig bleiben, als mir zu folgen. Hol eines der Talglichter aus meiner Satteltasche und entzünde es.«

Nur widerstrebend folgte Anna, und während Milford gebückt in die Höhle trat, machte sie etwas abseits ein kleines Feuer. Bevor sie das Talglicht anzündete, breitete sie ihre klammen Hände über dem wärmenden Feuer aus und malte sich Ewans Überraschung aus.

Die Gedanken beflügelten sie, und so überwand sie ihre Angst und betrat ebenfalls die Höhle. Drinnen war es feucht und kalt, das spärliche Kerzenlicht warf gespenstische Schatten an die vor Nässe glänzenden Felswände.

»Robert, wo bist du?«, flüsterte sie, als sie Milford nicht sofort entdeckte und atmete erleichtert auf, als er plötzlich neben ihr kauerte. »Es gefällt mir hier nicht.«

»Ich bin auch bessere Unterkünfte gewohnt«, knurrte er und nahm Anna das Licht ab. »Aber wenn wir unseren Plan verwirklichen wollen, müssen wir eine Weile auf Bequemlichkeiten verzichten.«

Er leuchtete das Innere der Höhle aus und stutzte. In einer Ecke waren kleine Hügel errichtet, es waren mindestens ein Dutzend.

»Sieht aus wie kleine Gräber«, murmelte er, was Anna veranlasste, loszuheulen und sich an seinem Umhang festzukrallen. Doch er achtete nicht auf die vor Angst zitternde Frau an seiner Seite, sondern richtete sich auf so gut es ging und bewegte sich tiefer in die Höhle.

Plötzlich stieß er einen Pfiff aus. »Sieh mal einer an, hier gibt es sogar Nebengänge, dort wird keine Menschenseele nach unserem Freund suchen.«

Einer der Gänge schien ideal zu sein für Milfords Plan. An seinem Ende war ein Eisenring in die Felswand getrieben, vermutlich war in grauer Vorzeit schon einmal ein Mensch hier gefangen gehalten worden. Milford rief nach Anna, die nur zögernd zu ihm kroch.

»Was sagst du, mein Täubchen?« Er grinste hämisch. »Hier kannst du deinen Ewan nach Herzenslust quälen – aber lass noch etwas für mich übrig.«

Anna konnte kaum etwas erkennen, dennoch nickte sie hastig. Sie wollte, so schnell es ging, von diesem furchtbaren Ort fliehen und wieder die frische Waldluft einatmen.

Aus den Decken und Fellen, die sie mitgenommen hatten, errichteten sie später ein Lager in der Höhle – auf Annas Flehen jedoch dicht am Höhleneingang. Zwar verlockte sie der Gedanke, Ewan zu beherrschen und mit ihm anzustellen, was ihr beliebte, aber sie sehnte sich gleichzeitig nach der Beendigung des Vorhabens. Als Kind hatte sie oft mit Gleichaltrigen in Höhlen Verstecken gespielt, aber diese schien eine böse Aura auszustrahlen.

Der Weg, den sie bewachen wollten, lag nur wenige Minuten von der Höhle entfernt, und gleich am nächsten Morgen wollte Milford den Pfad von einem Versteck aus beobachten. Natürlich benutzten auch andere Clanmitglieder diesen Weg. Zweien von ihnen wäre Milford um ein Haar in die Arme gelaufen, als er vor dem Schlafengehen noch einmal die Umgebung inspizierte.

Ihre Geduld wurde auf eine harte Probe gestellt. Vom Morgengrauen bis zum Einbruch der Nacht lungerte das rachsüchtige Paar im Wald herum, den schmalen Weg stets im Auge behaltend. Ein paar Mal hörten sie die Geräusche einzelner Reiter, aber jedes Mal wurden sie enttäuscht. Dass sie auf eine englische Patrouille stießen, befürchtete Milford weniger, aus Erfahrung wusste er, dass seine Landsmänner bei ungünstiger Witterung kaum die Wälder durchstreiften.

Auch nach mehreren Nächten hatte sich Anna nicht an die Höhle gewöhnt, sie war ihr zu kalt und die Luft legte sich wie ein eiserner Ring um ihre Brust. War sie anfangs noch begeistert gewesen, Ewan in ihre Gewalt zu bekommen, so langweilte sie sich zunehmend. Sie bereitete die Kaninchen zu, die Robert mit einer Falle fing und kochte aus dem, was sie ihrer Tante gestohlen hatte, recht schmackhafte Gerichte in dem ebenfalls gestohlenen Kessel, der an einem Holzgestell über dem Lagerfeuer baumelte.

Ansonsten verliefen die Tage eintönig, bald brannten Annas Augen vom stundenlangen Starren auf den Weg und der Rücken schmerzte vom Ducken hinter Hecken und Sträuchern. Sogar die Nächte hatten ihren Reiz verloren, denn Milfords Umarmungen waren immer flüchtiger geworden.

Anna sehnte sich nach einem heißen Bad, hier gab es nur einen Bachlauf mit klirrend kaltem Wasser. Doch jedes Mal, wenn sie sich bei Robert beklagte, fuhr er sie an und erinnerte sie an ihr Versprechen. Sie war ihm ausgeliefert. Zurück zu Tante Myra konnte sie so wenig wie zu ihrem Vater in die Burg. Sie war in Roberts Hand, und das wusste er.

Bald hörte Anna auf, die Tage zu zählen. Die Stunden zogen sich in die Länge und mit Wehmut dachte sie an ihre behagliche Kammer auf Glenbharr Castle, die sie bewohnt hatte, bevor sie bei ihrem Vater in Ungnade gefallen war. Noch immer war sie davon überzeugt, dass Ewans Schlampe schuld daran war, dass sie gehen musste. Der Stallbursche hatte beobachtet, dass sie winzige Glassplitter unter den Hafer von Joans Pferd gemischt hatte und sie erpresst. Widerwillig hatte sie Duncans ungeschickte Liebkosungen über sich ergehen lassen, damit er sie nicht bei Laird Dòmhnall anschwärzte.

Als sie sich jedoch schließlich verweigerte, hatte Duncan sie geschlagen und sie war mit dem Gesicht gegen einen spitzen Stein geprallt. Ihr Vater schickte sie kurzerhand nach Kingussie, ohne zu fragen, wie es zu dem Unglück gekommen war.

Anna hatte ihm immer nur Kummer bereitet, war aufsässig und hochnäsig gewesen. Schließlich waren ihm ihre Liebesgeschichten zu Ohren gekommen. Er war sicher, dass kein ehrbarer Mann sie zur Frau nehmen würde, wenn seine fromme Schwägerin Myra das gefallene Mädchen nicht für eine gewisse Zeit unter ihre Fittiche nahm. So wurde Anna bei Nacht und Nebel nach Kingussie gebracht.

Selig lächelte Anna, als sie sich an Ewans Küsse erinnerte.

Er hatte während eines Festes etwas getrunken und Anna hatte leichtes Spiel. Seine Lippen waren feucht und weich gewesen und sie hatte sich eng an ihn geschmiegt. Irgendjemand hatte nach Ewan gerufen, sodass er sich von ihr abwand. Er hatte danach nie wieder ihre Nähe gesucht, obwohl sich Anna alle erdenkliche Mühe gab, ihn auf sich aufmerksam zu machen.

Und dann war diese Fremde aufgetaucht. Erst irrtümlich als Wiedergeburt einer längst verstorbenen Hexe in den Kerker geworfen, wurde sie dann Ewans Braut. Für Anna war eine Welt zusammengestürzt.

Langsam strich sich Anna über die abstoßende Narbe auf ihrer Wange.

Noch während sie in ihre rachelüstigen Gedanken verstrickt war, fühlte sie sich leicht an der Schulter berührt. Robert legte zum Zeichen, dass sich Anna still verhalten solle, einen Zeigefinger auf den Mund und verdeutlichte ihr mit einer Kopfbewegung, dass sie ihm leise folgen sollte.

Annas Augen weiteten sich, als sie den einsamen Reiter erkannte, der dort des Weges kam. Trotz des Umhanges, den er über dem *breacan feile* trug, konnte man erkennen, dass es sich um Ewan MacLaughlin handelte, der es nicht eilig zu haben schien, denn sein Pferd trottete in gemächlichem Schritt.

Er war keine zehn Meter von seinen Beobachtern entfernt und schien völlig unbesorgt zu sein, denn er pfiff eine muntere schottische Weise vor sich hin.

Wohl an die hundert Mal hatten Robert und Anna durchgespielt, was jetzt zu geschehen hatte. Es genügten zwei Gesten von Milford, und Anna huschte zu der kleinen Lichtung, auf der der Überfall stattfinden sollte. Tief in ihren Umhang gehüllt, ließ sich Anna auf einem Haufen vertrockneten Laubes nieder und begann verzweifelt um Hilfe zu schreien und um Gnade zu winseln, während Milford, der sich in der Zwischenzeit mit einem dicken Knüppel bewaffnet hatte, hinter dem mächtigen Stamm einer Eiche lauerte.

Sie hatten Ewans Hilfsbereitschaft einkalkuliert und wurden nicht enttäuscht. Sie schafften es, ihn von seinem Pferd und ins Unterholz zu locken. Anna rief etwas und Ewan kam näher.

Sie kroch so tief wie möglich in ihren Umhang, denn wenn Ewan sie erkannte, war es zu spät. Er würde sofort die Falle erkennen.

Am Knacken der Zweige auf dem Waldboden hörte Anna, dass Ewan ganz in der Nähe war. Sie begann wieder zu schluchzen, ohne jedoch ihren Kopf zu wenden. Dann ertönte ein dumpfer Schlag und Robert sagte atemlos: »Du kannst aufhören zu jammern, wir haben ihn!«

9. Kapitel

Feuchte Kälte umgab Ewan, als er schließlich wieder zu sich kam. Sein Schädel schmerzte, seine Hände waren über dem Kopf mit einem Strick an einen Eisenring gefesselt.

Nur undeutlich konnte er seine Umgebung erkennen. Das schwache Talglicht zu seinen Füßen reichte kaum, um mehr als einen halben Meter zu sehen. Um ihn herum gab es nichts als Felswände und ihm wurde schlagartig klar, dass er sich in einer Höhle befinden musste – in einer tiefen Höhle, in der ihn kein Mensch finden sollte.

Vorsichtig versuchte er sich zu bewegen, er fluchte verhalten, als er erkannte, dass der Strick so fest gebunden war, dass er kaum Bewegungsfreiheit zuließ. Allmählich konnte er wieder klar denken, auch wenn ihm der Kopf noch immer dröhnte. Es stand außer Frage, dass ihn jemand niedergeschlagen und dann in dieses Verlies geschleppt hatte.

Er widerstand dem Impuls, sich lauthals bemerkbar zu machen; zunächst musste er herausfinden, wer ihn in die Falle gelockt hatte. Angst verspürte Ewan zu diesem Zeitpunkt noch nicht, bisher war er mit jedem Gegner fertig geworden, und auch die Wegelagerer, die ihn offensichtlich gefangen genommen hatten, würde er besiegen.

Noch während er sich darüber Gedanken machte, was die gesetzlosen Gestalten, vor denen Malcolm Grant gewarnt hatte, von ihm wollten, hörte Ewan aus dem Dunkel gedämpfte Stimmen – die eines Mannes und die einer Frau. Beide Stimmen waren nicht mehr als ein Gemurmel, doch sie kamen Ewan bekannt vor; er hatte sie schon einmal gehört.

Rasch legte er den Kopf zur Seite und schloss die Augen. Bevor er es mit seinen Entführern aufnahm, musste er wissen, um wen es sich dabei handelte. Und das konnte er am ehesten, wenn er vorgab, noch immer bewusstlos zu sein.

»Verdammt, er bewegt sich noch immer nicht«, zischte Anna dicht neben ihm. »Du Rohling hast ihn schon vorher umgebracht.«

»Unsinn, er atmet doch.«

Das war eindeutig Robert Milfords Stimme.

»Sei nicht so ungeduldig, Weib, bald kannst du ihm zeigen, was es bedeutet, deine Liebe zu verschmähen.«

Anna kicherte, ihre Hand glitt über Ewans verschmutzten *breacan feile* und verhielt auf seinem Unterleib. »Ich kann es kaum erwarten, diesen Hengst zu spüren.«

Eindeutig Anna, das war Ewan klar.

Undeutliches Gemurmel war die Antwort, dann sagte Milford etwas lauter: »Lass uns wieder gehen, Täubchen. Es kann noch Stunden dauern, bis MacLaughlin zu sich kommt und ich möchte mir in der Kälte nicht den Tod holen.«

»Sollten wir eine Decke für ihn holen?« Eine Spur von Besorgnis schwang in Annas Worten mit.

»Unsinn. Er wird sowieso sterben. Nun komm endlich.«

Die beiden krochen zurück in die Dunkelheit, und erst als vollkommene Stille herrschte, wagte Ewan, seine Augen zu öffnen.

Was hatte das zu bedeuten? Was hatten Anna und dieser *Sasannach* mit ihm vor? Sie wollten ihn töten, das hatte er gehört.

Plötzlich fiel es ihm wie Schuppen von den Augen: Die beiden hatten sich zusammengetan und einen gemeinen Plan gegen ihn ausgeheckt. Der Grund dafür lag auf der Hand – Milford, der eigentlich längst in England sein müsste, wollte sich an ihm rächen, weil er es nicht geschafft hatte, den starken Highlander im Kampf zu besiegen und der Verwundung um ein Haar erlegen gewesen wäre.

Und Anna? Auch die hatte guten Grund, Ewan zu hassen. Jetzt erkannte er, dass er das Mädchen unterschätzt hatte. Seitdem ihr Vater sie aus der Burg geschafft hatte, hatte Ewan keinen Gedanken mehr an sie verschwendet. Welch armselige Rache hatte sich das saubere Pärchen da ausgedacht!

Ewan wusste nicht, wie lange er dagesessen und über eine Flucht nachgesinnt hatte. Seine Beine spürte er wegen der Kälte kaum noch, und auch der Rest seines Körpers fühlte sich aufgrund der Bewegungslosigkeit taub an, die scharfen Kanten der Felsen in seinem Rücken taten ihr Übriges.

Es würde Tage dauern, bis man ihn vermisste – Mìcheal wusste schließlich nichts von seinem Kommen und Joan wähnte ihn auf Barwick Castle.

Langsam kroch Panik in Ewan hoch. Solange er an diesen Eisenring gefesselt war, war er wehrlos. Sollte das sein Ende sein? Niemand würde seine Gebeine finden, wenn er in dieser Höhle sterben würde.

In plötzlicher ohnmächtiger Wut zerrte Ewan an seinen Fesseln, was jedoch lediglich zur Folge hatte, dass der Strick ihm noch tiefer in die Handgelenke schnitt. Mit einem resignierten Seufzen schloss Ewan die Augen und lehnte seinen Kopf gegen die raue Felswand. Er schwor sich, bis zur letzten Sekunde seines Lebens Widerstand zu leisten. Glücklicherweise hatte man seine Beine nicht gefesselt, vielleicht konnte er sich mit ihrer Hilfe gegen das teuflische Paar wehren.

Sein Magen machte sich bemerkbar. Seit dem Frühstück auf Glenbharr Castle hatte er nichts mehr gegessen und unbändiger Durst quälte ihn. Doch er würde sich lieber die Zunge abschneiden, als um einen Schluck Wasser zu schreien.

Nach einer weiteren Ewigkeit kündeten Geräusche an, dass Anna und Milford erneut auf dem Weg zu ihrem Gefangenen waren. Das Talglicht war fast niedergebrannt und Ewan erkannte, dass Milford eine Fackel bei sich trug, die den Höhlengang in ein gespenstisches Licht tauchte.

Diesmal blickte Ewan ihm entgegen, und auf Milfords Gesicht erschien ein triumphierendes Grinsen. »Schau einer an, wen haben wir denn da?«

»Was wollt Ihr von mir?« Ewans Stimme klang belegt, da seine Kehle inzwischen völlig ausgetrocknet war und die Zunge am Gaumen klebte. »Ich wähnte Euch längst in England.«

Milford kniete sich neben seinen Gefangenen, während Anna im Hintergrund blieb und die Szene mit großen Augen verfolgte. »Wie Ihr seht, habe ich es vorgezogen, noch ein Weilchen in Eurem wunderschönen Land zu bleiben.«

Er lachte höhnisch. Im Schein der Fackel sah er aus wie der Leibhaftige und das Muttermal auf seiner linken Wange wirkte wie ein Kainsmal. »Ihr seid mir etwas schuldig, MacLaughlin, und nun ist der Zeitpunkt der Abrechnung gekommen.«

»Wovon redet Ihr?« Wieder rüttelte Ewan ergebnislos an seinen Fesseln. »Ihr habt Glenda geschändet und wolltet auch meine Frau vergewaltigen.«

Ohne auf Ewans Einwand zu achten, sagte Milford gedämpft, sodass Anna es nicht verstehen konnte: »Ob sich Euer Liebchen wohl die Augen aus dem Kopf heult, wenn sie Witwe ist? Ich könnte mir vorstellen, dass sie mich dann erhört.«

»Schwein!«

Hastig, bevor Ewan ihm einen Kopfstoß verpassen konnte, rückte Milford etwas ab. »Früher oder später wird sie merken, dass sie den falschen Mann geheiratet hat.«

»Ihr wollt mich also umbringen?« Ewans Stimme klang fest, obwohl er alles andere als siegessicher war. »Dafür wird man Euch hängen.«

Milford grinste verschlagen. »Wohl kaum, denn es gibt keine Zeugen. Offiziell befinde ich mich längst im Genesungsurlaub in England und kann nicht verdächtigt werden. Und außerdem: Eure Leiche wird niemand finden in dieser verrotteten Höhle.«Er deutete mit dem Daumen über seine Schulter. »Bevor ich Euch meinen Dolch in die Brust stoße, soll meine schöne Begleiterin zu ihrem Recht kommen. Ohne ihre Hilfe wäre es mir schwergefallen, Euch zu überwältigen.«

Als hätte Anna nur auf das Stichwort gewartet, kroch sie näher. Ihr Blick war stolz, als sie sagte: »Du wirst dafür büßen, dass du mir diese abscheuliche *Sasannach* vorgezogen hast, obwohl du mich haben konntest.«

Wäre die Situation nicht so ernst gewesen, hätte Ewan lauthals aufgelacht. Dieses Mädchen, das mit allen Männern auf der Burg und im Clan kokettiert hatte, verglich sich mit Joan.

Anna hatte ihn nie besonders gereizt und nun, da sie mit wirrem Haar und schmutzigem Gesicht neben ihm kauerte, konnte er seine Abscheu gegen sie kaum verbergen. Entsetzt bemerkte er, dass ihre kalte Hand unter seinen *breacan feile* griff. Auf Roberts scharfe Bemerkung, dass Anna noch genug Zeit für ihre Spielchen blieb, zog sie eilig die Hand zurück.

Milford und Anna flüsterten kurz miteinander, dann entfernten sie sich wieder – und erst jetzt wurde Ewan bewusst, wie ernst die Lage war. Es war unmöglich, dem Dolch eines Gegners auszuweichen, wenn man gefesselt war, da halfen weder Wendigkeit noch Erfahrung im Kampf.

Fieberhaft versuchte Ewan, sich zu erinnern, wo genau er in die Falle gelockt worden war. Auf jeden Fall hatte er sich bereits auf dem Gebiet der MacGannors befunden, eine halbe Stunde Ritt wäre es ungefähr noch bis Barwick Castle gewesen.

Was nützte ihm sein Wissen, wenn er hier hilflos lag und man bereits über sein Schicksal entschieden hatte?

Die Frage, weshalb sie ihn nicht sofort tödlich niedergeschlagen haben, konnte sich Ewan inzwischen mit einiger Fantasie beantworten: Anna wollte ihre ganz spezielle Rache. Er lachte bitter auf. Solange er frei war, hatte er ihr immer wieder entwischen können, aber nun konnte sie mit ihm anstellen, was sie wollte.

Mit zurückgeworfenem Kopf sandte Ewan ein Stoßgebet zum Himmel. Dieser Kampf war unfair, weil er sich nicht wehren konnte.

Vor der Höhle marschierte Robert Milford auf und ab, während Anna vor dem Lagerfeuer hockte und in einer trüben Brühe rührte. Die Lebensmittel waren fast verbraucht, sodass Anna nichts anderes übrig blieb, als aus Wurzeln und Kräutern etwas halbwegs Genießbares zusammenzubrauen.

Freilich könnte man einen Markt aufsuchen, denn Milford hatte genug Geld bei sich, das hatte Anna genau gesehen. Aber sie war vernünftig genug, um zu erkennen, dass es zu gefährlich war, sich unter Menschen zu begeben. Möglicherweise hatte sich ihre Flucht aus Kingussie bereits herumgesprochen und ihr Vater ließ nach ihr suchen. Ebenso durfte Robert niemandem begegnen.

»Das riecht ja grässlich«, knurrte Milford, als er seine Nase über den dampfenden Kessel hielt. »Noch ein paar Tage dieser Fraß und mein Magen wird rebellieren.«

Schmollend sah sie zu ihm auf, Robert schaffte es immer wieder, sie zu kränken. »Wenn ich ordentliche Zutaten hätte, könnte ich dir jeden Tag ein Festmahl bereiten. Warum stellst du nicht wieder Kaninchenfallen auf?«

»Das solltest du wissen, Weib. Schließlich kann ich die Höhle nicht ohne Aufsicht lassen, also hör auf zu zetern.«

»Du übertreibst. Wie sollte sich Ewan befreien, um zu fliehen? Er kann seine Handgelenke kaum bewegen, weil der Strick, mit dem du ihn gefesselt hast, so eng ist.«

Milford winkte ab. Er traute dem Schlitzohr da drinnen nicht, und solange MacLaughlin am Leben war, würde er keinen Schritt vom Höhleneingang weichen.

Misstrauisch beäugte er Anna, die eine Holzschüssel mit der Brühe füllte und an ihm vorbeihuschen wollte. »Wo willst du damit hin?«

»Was glaubst du wohl? Ewan muss etwas Nahrung zu sich nehmen.«

Er hielt sie an ihrem Umhang fest. »Wozu? Morgen oder übermorgen stirbt er ohnehin.«

»Aber ich brauche ihn noch, Liebster.« Ein süffisantes Lächeln umspielte Annas volle Lippen.

Mit entnervter Miene verdrehte Milford die Augen und ließ sie gewähren. Er trat zum Lagerfeuer, um die Suppe in näheren Augenschein zu nehmen. »Davon soll ein englischer Hauptmann nun satt werden«, schnaubte er und wirbelte herum, als er Annas gedämpften Schrei aus dem Inneren der Höhle hörte.

Noch bevor er den Höhleneingang erreichte, kam ihm Anna empört entgegen: »Er verweigert, sich füttern zu lassen, sagt, dass er lieber verhungert, als von mir Nahrung anzunehmen.«

»Da siehst du, wie hochmütig er ist. Selbst jetzt, den nahen Tod vor Augen, spielt er sich als stolzer Krieger auf, den nichts erschüttern kann«, feixte Milford. »Vermutlich macht er sich über dich noch lustig.«

Annas Augen sprühten vor Zorn. »Ich werde ihn lehren, mich zu achten, so wie er immer andere Frauen geachtet hat. Morgen werde ich ihm zeigen, dass ich Gewalt über ihn habe.«

»Es wird auch höchste Zeit.« Robert nahm ihr die Holzschüssel ab, um sie in die Brühe zu tauchen. »Man wird MacLaughlins Verschwinden inzwischen bemerkt haben und nach ihm suchen.« Mit großen Schlucken schlürfte er die Brühe, verzog angewidert das Gesicht und fuhr fort: »Ich glaube zwar nicht, dass man ihn hier vermutet, aber trotzdem sollten wir uns beeilen.«

»Aye«, bestätigte Anna. »Ich konnte ja nicht ahnen, dass Ewan einen ganzen Tag lang bewusstlos sein würde.«

Mit einem munteren schottischen Liedchen auf den Lippen bediente sie sich nun auch aus dem Kessel und schmeckte weder die fauligen Pilze darin noch die bitteren Wurzeln.

Irgendwann hatte Ewan dem Drang nach Schlaf nicht mehr widerstehen können und war vor Kälte, Hunger und Erschöpfung eingenickt. Als er die Augen wieder aufschlug, umgab ihn völlige Finsternis. Das Talglicht war heruntergebrannt.

Jeder Knochen, jeder Muskel seines Körpers schmerzte, als er versuchte, seine Lage etwas zu verändern. Durch die Gefangenschaft hatte er jegliches Zeitgefühl verloren und fragte sich, wie lange er nun hier schon so hilflos lag. Waren es Stunden oder gar Tage?

Er erinnerte sich daran, dass Anna ihm eine undefinierbare Brühe vor die Nase gehalten und mit lieblicher Stimme gezwitschert hatte.

Er bereute seine vorschnelle Ablehnung, auch wenn der Stolz ihn dazu gezwungen hatte. Um kämpfen zu können, musste man kräftig sein und dazu gehörte etwas Warmes im Magen. Doch nun war es zu spät, er war zum Warten verdammt – Warten darauf, dass sein Schicksal besiegelt wurde.

Stunden später erschien Anna erneut und brachte mit ihrer

Pechfackel endlich Licht in die Dunkelheit. Geschickt befestigte sie den Holzgriff der Fackel in einer Felsspalte, so wie sie es bei Milford gesehen hatte, dann kauerte sie sich neben Ewan, der sich demonstrativ von ihr abwand.

»Mir scheint, du gibst dich immer noch so hochnäsig wie früher.« Ihr Gesicht kam näher, sie zwang ihn, sie anzusehen. Durch den Schein der Fackel wirkte die Narbe auf ihrer Wange noch auffälliger als bei Tageslicht.

»Erinnerst du dich an die Küsse damals bei dem *cèilidh*[1]?«, gurrte sie nahe an seinem Ohr. »Du warst verrückt nach mir, konntest gar nicht genug bekommen.«

»Ich war betrunken«, widersprach er.

»Aye, du warst betrunken, aber nicht so sehr, dass dir die Sinne betäubt waren.« Annas Hand glitt in den Ausschnitt seines Leinenhemdes, und sie begann, heftiger zu atmen, als sie die feinen Haare auf seiner Brust spürte. »Wäre diese *Sasannach* nicht aufgetaucht, hätte ich ihren Platz eingenommen.«

Ewan konnte nicht anders, er musste ihr die Augen öffnen. »Ich muss dich enttäuschen, nicht eine Sekunde habe ich mit dem Gedanken gespielt, dich zu meiner Frau zu nehmen.«

»Diese rothaarige englische Schlampe hat alles zwischen uns zerstört«, keifte Anna, als hätte sie Ewans Einwand überhört. »Dein Vater hätte sie hinrichten lassen müssen, denn sie hat dich verhext!«

Verzweifelt rüttelte Ewan an seinen Fesseln. »Lass Sèonag aus dem Spiel. Ich habe sie erst lange nach dem *cèilidh* kennengelernt und sie hat mich keinesfalls verhext, höchstens verzaubert.«

»*Fan sàmhach*[2]!«, kreischte Anna, ihr Gesicht war vor Ei-

---

1 Fest, Feier
2 Halt die Klappe!

fersucht verzerrt. »Diese Frau ist dein Verderb. Wäre sie nicht gewesen, hätte Robert dich nicht überfallen und du hättest ihn nicht verletzt. Jetzt bekommst du seine Rache zu spüren.«

Bitter lachte Ewan auf. »Du verdrehst die Tatsachen, meine Liebe. Milford wollte sich an mir rächen und mich verletzen, indem er Sèonag schänden wollte – er hätte einen anderen Weg gefunden, wenn es sie nicht gäbe.«

Anna zeigte sich unbeeindruckt, sie warf ihr langes Haar über die Schulter, und öffnete ihre Bluse: »Sieh dir an, was dir entgangen ist. Jeder Mann im Clan war verrückt nach mir, nur für dich war ich eine Frau, die eines zweiten Blickes nicht würdig war.« Sie entblößte eine ihrer Brüste, doch Ewan sah nicht hin.

»Es ist deine Schuld. Wenn eine Frau mit jedem Mann kokettiert, der ihr über den Weg läuft, darf sie sich nicht wundern, wenn anständige Männer einen großen Bogen um sie machen. Kein Mann will eine Frau, die sich für jeden Hengst hinlegt.«

Die Ohrfeige, die Ewan traf, kam so überraschend, dass er verduzt aufsah. Wäre er nicht gefesselt gewesen, hätte er Anna genommen und geschüttelt, bis sie wieder bei Sinnen gewesen wäre. So aber blieb ihm nichts anderes übrig, als sie hasserfüllt anzustarren.

»Du sprichst von mir, als wäre ich eine elende Hure!«, fauchte sie. »Dafür wirst du büßen, den heutigen Tag wirst du nicht überleben, stolzer Sohn des Dòmhnall MacLaughlin.« Annas Augen schossen giftige Pfeile ab. So hatte sie sich das nicht vorgestellt. Sie hatte sich ausgemalt, dass Ewan Reue zeigen und sie um Freiheit anflehen würde. Nicht, dass sie seinem Wunsch stattgegeben hätte, aber es wäre für sie eine Genugtuung gewesen, ihn um sein Leben winseln zu sehen.

Mit zusammengekniffenen Augen sah Ewan, wie sich Anna

Mieder und Bluse auszog. Dicht vor seine Augen drängte sie ihren Oberkörper, wegen der Kälte waren ihre Brustwarzen hart und steif.

»Vor deinem Tod sollst du noch etwas Gutes erfahren, *mo ghràidh*«, gurrte sie und presste ihre prallen Brüste gegen Ewans Gesicht. »Wenn du vor unseren Herrgott trittst, kannst du behaupten, dass du kurz vor deinem Ableben noch die Glocken singen gehört hast. Hast du jemals herrlichere Brüste gesehen?« Provozierend strich sie sich über ihren Körper. »Wie schade, dass du sie nicht berühren kannst.«

Er warf Anna einen geringschätzigen Blick zu: »Selbst wenn ich nicht gefesselt wäre, würde ich sie nicht berühren wollen.«

»Du denkst an deine englische Schlampe, aye?« Ihre Stimme bebte vor Zorn.

Bevor es sich Ewan versah, griff sie unter seinen *breacan feile* und zu seinem Entsetzen begann sie, seinen Penis zu massieren. Gleichzeitig beugte sie sich über ihn und versuchte, ihn zu küssen, doch er drehte den Kopf angeekelt zur Seite.

Sosehr sich Anna bemühte, es tat sich nichts. Ewans Glied blieb weich und schlaff, und vor Enttäuschung begann Anna zu schluchzen. Nichts von dem, was sie sich erhofft hatte, war eingetreten: keine Reue, keine Demut, kein Winseln, kein Verlangen.

»Kein Mann wagt es, meinen Verführungskünsten zu widerstehen«, fauchte sie schließlich, ließ von Ewan ab und zog sich wieder an. Ihr Blick war hasserfüllt. »Nun gut, dann wirst du sterben, ohne mich jemals besessen zu haben, im Jenseits magst du deine Sturheit bereuen.«

Rau lachte er auf. »Mit Freuden werde ich vor unseren Herrgott treten und mir den ewigen Frieden holen, als Dank, dass eine Frau wie du mir nicht gefährlich werden konnte.«

»Dein Hochmut wird dir bald vergehen. Robert wartet nur darauf, dass ich mit dir fertig bin, um dich dann ins Jenseits zu befördern. Aber ich werde vorher meinen *sgian dubh* holen und dich damit foltern.« Sie lachte irre und warf dabei ihren Kopf nach hinten. »Die Augen werde ich dir mit Freuden ausstechen, aber erst, nachdem ich dich entmannt habe, du sollst zusehen, wie ich dir dein bestes Stück abschneide. Und dann schneide ich dir das Herz aus dem Leib … aye, das tue ich!«

Sie erhob sich und kroch aus dem Höhlengang. Ewan zweifelte keine Sekunde, dass sie ihr Vorhaben in die Tat umsetzen würde.

Verzweifelt rüttelte er erneut an seinen Fesseln, jedoch ohne nennenswerten Erfolg. Wenn er schon sterben sollte, dann wie ein richtiger Mann auf dem Schlachtfeld und nicht durch die Hand eines von Neid zerfressenen Frauenzimmers. Anna konnte jeden Augenblick mit ihrem Dolch zurück sein, vermutlich sogar in Begleitung des Hauptmanns. Die Versuche, sich zu befreien, waren gescheitert und plötzlich ahnte Ewan, dass sein letztes Stündchen geschlagen hatte.

Voller Trauer dachte er an Joan und an Donny, die er nie wiedersehen würde. Noch ein weiteres Mal versuchte er, sich von seiner Fessel zu lösen, doch Milford hatte ganze Arbeit geleistet.

Für das, was nun folgen würde, musste Ewan stark sein. Er wurde ganz ruhig, jegliches Aufbegehren gegen den Tod wich von ihm. Mit geschlossenen Augen saß er still da und dachte an die Menschen, die ihm wichtig waren.

Zunächst ignorierte er das schwache Summen, das irgendwo aus den Felswänden zu dringen schien; erst, als es intensiver wurde und zu einer Art Zirpen anschwoll, öffnete Ewan die Augen und sah sich erstaunt um. Das Geräusch kam ihm bekannt vor und auch, dass sein Kopf zu dröhnen begann.

Weiter konnte er nicht denken, denn es wurde schwarz vor seinen Augen.

Anna redete auf Robert Milford ein und forderte ihn auf: »Gib mir meinen *sgian dubh*, damit ich Ewan das Herz aus der Brust schneiden kann.«

»Du bist ja von Sinnen, Weib.« Milford riss Anna den Dolch, den sie ihm abgenommen hatte, aus den Händen. »Das ist gegen unsere Abmachung, *ich* bin derjenige, der MacLaughlin das Leben aushaucht.«

Sie schnaubte verächtlich, als Milford sie hart an der Schulter packte. Sein Griff war wie ein Schraubstock und seine Stimme überschlug sich fast, als er brüllte: »Wenn du bei mir bleiben willst, musst du noch viel lernen, und die erste Lektion ist, dass du machst, was ich sage. Hast du verstanden?«

Sie riss sich von ihm los und hämmerte mit ihren Fäusten gegen seine Brust. »Du hast mir wehgetan, du Rohling! Niemals werde ich meinen eigenen Willen aufgeben!«

Die beiden ereiferten sich so sehr, dass sie nicht den Mann bemerkten, der sich im Unterholz verbarg und das Geschehen voller Interesse beobachtete.

»Hör auf zu keifen wie ein altes Fischweib«, zischte Milford und ließ von Anna ab. Er rieb sich über das bartstoppelige Kinn und fügte hinzu: »Lass uns MacLaughlin gemeinsam erledigen, dann haben wir beide etwas davon.«

Zunächst hatte es den Anschein, dass Anna mit diesem Vorschlag nicht einverstanden war, doch dann nickte sie vage und erwiderte: »Gut, wir machen es zusammen.« Es ärgerte sie, aber sie wusste, dass Robert nicht umzustimmen war. Zu lange hatte er auf diese Gelegenheit gewartet.

Nacheinander krochen sie in die Höhle, Milford voran, dicht gefolgt von seiner Komplizin. Die Höhle machte ihr noch immer Angst, doch schließlich war es das letzte Mal, dass sie sie betreten musste. Wenn Ewan tot war, würde sie mit Robert nach England gehen und dort das feudale Leben einer Offiziersgattin führen.

Der Schrei, den Milford ausstieß, als er den Nebengang betreten hatte, fuhr Anna bis ins Knochenmark. Der Gang war so schmal, dass sie hinter Roberts Rücken nicht erkennen konnte, weshalb er plötzlich fluchte und außer sich war.

»Das ist dein Werk, Weib!«, schrie der Hauptmann aufgebracht. »Du hast MacLaughlin zur Flucht verholfen!«

Bestürzt drängte sie sich an Milford vorbei und erfasste mit einem Blick, dass Ewan fort war; die Reste des groben Strickes hingen am Eisenring.

»Aber … wie ist das möglich?«, stammelte Anna und blickte sich hektisch in dem engen dunklen Gang um, als hoffe sie, Ewan dort irgendwo zu entdecken. »Ich schwöre bei der Seele meiner Mutter, dass ich Ewan nicht befreit habe.«

»Pah, dann hat er sich wohl in Luft aufgelöst! Ich hätte mich nie auf einen Handel mit einem schottischen Weib einlassen sollen, du bist nicht besser als das Gesindel, das deine Landsleute sind.«

Noch immer fassungslos schüttelte Anna den Kopf. »Das ist nicht wahr. Ich will genauso wie du, dass Ewan stirbt. Wenn ich ihm zur Flucht verholfen hätte, hättest du es gemerkt.«

Das schien Milford einzuleuchten. Noch einmal hielt er die Fackel hoch, dann sagte er barsch: »Wir durchsuchen die anderen Nebengänge.«

Anna nickte. In ihrem Kopf überschlugen sich die unterschiedlichsten Gedanken. Sie hatte Ewans Fessel nicht ein einziges Mal berührt, er musste sich aus eigener Kraft befreit haben.

Während Milford die anderen Nebengänge durchsuchte,

blieb Anna vor dem Eingang der Höhle stehen und plötzlich griff Angst wie eine kalte Hand nach ihrem Herzen.

Würde Robert sie trotz des gescheiterten Planes mitnehmen und zu seiner Frau machen? Wenn nicht, war ihr Leben besiegelt. Ewan würde nichts unversucht lassen, um ihrer habhaft zu werden und sich fürchterlich an ihr rächen. Und ihr Vater? Wenn er von diesem Verbrechen erfuhr, würde er sie verstoßen und sie wäre vogelfrei – wie die Gesetzlosen, die von ihren Clans verstoßen worden waren und die Wälder unsicher machten.

Mit zerzaustem Haar kehrte Milford schließlich in die Haupthöhle zurück. Er stieß Anna vor sich her, und als sie stolperte und hinfiel, verpasste er ihr einen Fußtritt. Schluchzend kauerte sie auf dem feuchten Höhlenboden, fühlte sich jedoch gleich darauf unsanft in die Höhe gerissen und durch den Ausgang gestoßen.

Die Dornen des Gestrüpps zerrissen Annas Umhang, doch Milfords Zorn war so groß, dass er ihr Flehen um Gnade nicht erhörte.

»Weißt du, was passiert, wenn MacLaughlin zu Colonel Porter rennt?«, schrie er sie an. »Man wird mich aus der Armee werfen, mein Leben ist für immer zerstört. Und all das hab ich einer Frau zu verdanken, die kein Mann anschaut.«

Das war zu viel für Anna, sie robbte zu ihrem *sgian dubh*, der noch immer auf dem Waldboden lag, erhob sich schwankend und stürzte auf Milford zu, der sich weiterhin wie ein Wilder gebärdete und Gemeinheiten über Anna ausstieß.

Mit wildem Geschrei stürzte sie sich auf ihn; doch er war schneller, sprang geschickt zur Seite, entriss Anna den Dolch und stieß ihn ihr ohne Reue mitten ins Herz.

Für den Bruchteil einer Sekunde sah es so aus, als wäre sie über den Gegenangriff erstaunt, dann verdrehte sie die Augen und sank zu Boden.

Ohne Mitgefühl trat Milford neben die Leiche, spuckte verächtlich darauf und sagte leise: »Hast du gedacht, du könntest mich erledigen, du kleines Miststück? Ein Hauptmann der königlichen Armee lässt sich nicht von einem Weibsbild erstechen.«

Er wandte sich ab, löschte das Lagerfeuer mit einigen Handvoll feuchter Walderde, sammelte seine Sachen zusammen und blickte sich noch einmal um. Nichts sollte darauf hinweisen, dass er es gewesen war, der hier tagelang mit der Schottin gelagert hatte – sollte MacLaughlin ihn tatsächlich verraten, würde er alles abstreiten.

Zu seiner Verwunderung war Ewans Pferd noch da. Er musste zu Fuß geflohen sein. Aber wie hatte er es geschafft, aus der Höhle zu kommen, ohne bemerkt zu werden?

Doch darüber würde sich Milford den Kopf zerbrechen, wenn er im sicheren England war. Zunächst musste er unauffällig die Grenze erreichen. Gesehen werden durfte er keinesfalls, das war wichtig für sein Alibi.

10. Kapitel

Die Lider waren zu schwer, um sie zu öffnen, daher verharrte Ewan mit geschlossenen Augen. Sein Kopf dröhnte, aber anders, als wenn er erneut einen Knüppel über den Schädel bekommen hätte.

Ewan versuchte, seine Gedanken zu ordnen. Nur vage kam die Erinnerung zurück. Anna hatte angedroht, ihn zu entmannen und dann zu töten, sie war hinaus zu ihrem Komplizen gelaufen … und dann? Dann tauchte dieses eigenartige Summen auf, das ihm das Bewusstsein geraubt hatte.

Er bemerkte, dass sich etwas verändert hatte. Ruckartig riss er die Augen auf. Es war stockfinster, doch der Strick an seinen Handgelenken war nicht mehr fest verknotet, sondern schien wie durch ein Wunder morsch geworden zu sein. Als Ewan die Arme bewegte, gab der Strick widerstandslos nach und riss.

Ganz vorsichtig bewegte Ewan die Hände, er war tatsächlich von den Fesseln befreit. Wer war dafür verantwortlich, hatte Anna letztendlich Mitleid mit ihm gehabt?

Wohl kaum. Sie hasste ihn so sehr, wie er Hauptmann Milford hasste, also musste jemand anderer dafür verantwortlich sein. Langsam massierte Ewan seine tauben Beine, bis er spürte, wie das Blut wieder zirkulierte; erst dann erhob er sich schwankend und tastete sich langsam in der Finsternis vorwärts, bis er den Ausgang gefunden hatte.

Mattes Licht fiel in das Gewölbe, in dem sich Ewan nun befand, er richtete sich kerzengerade auf, und nachdem sich seine Augen an die trübe Helligkeit gewöhnt hatten, identifizierte er den Raum als eine Höhle, die er noch nie zuvor gesehen hatte.

Wo mochten Anna und Milford stecken? Von draußen drang kein Laut nach innen, doch Ewan vermutete, dass sich das teuflische Paar ganz in der Nähe befand. Womöglich trieben sie ein grausames Spiel mit ihm, hatten ihm vermeintlich die Freiheit geschenkt, um ihn, wenn er sich in Sicherheit wähnte, hinterrücks zu überfallen.

Angestrengt lauschte Ewan, ohne sich zu bewegen; nicht einmal zu atmen wagte er. Erst als die Kälte erneut an ihm hochkroch, setzte er sich wieder in Gang, schlich wie eine Raubkatze zum Höhlenausgang und hielt dann wieder inne.

Der Ausgang war versperrt durch eine dichte immergrüne Hecke und zu seiner Verwunderung trug sie frische Knospen, obwohl es kurz vor Wintereinbruch war.

Er hockte sich nieder und teilte die Zweige, um eine bessere Sicht zu haben und zwängte sich zwischen den Zweigen hindurch.

Noch immer darauf bedacht, einen seiner Entführer hinter einer der Eichen hervorspringen zu sehen, hielt sich Ewan zunächst am Rande des Höhleneinganges auf. Bei einem Blick nach oben stellte er fest, dass auch das Laub der Bäume grün war.

Was war geschehen? Um das dumpfe Gefühl in seinem Kopf endgültig zu vertreiben, holte Ewan tief Luft und atmete sie in einem Stoß wieder aus. Ein Rascheln im Laub ließ ihn zusammenfahren und sich ducken, doch es war nur ein flügelschlagender Eichelhäher in einer der Baumkronen, der den Menschen dort unten voller Misstrauen beäugte.

Ewan ließ einige Minuten verstreichen, bevor er sich erhob und nach allen Richtungen umschaute. Nichts deutete darauf hin, dass sich seine Entführer in der Nähe aufhielten, sodass er schließlich beschloss, diesen verteufelten Ort so schnell wie möglich zu verlassen. Die Suche nach seinem Pferd erwies sich als ergebnislos, Anna und Robert mussten es mitgenommen haben.

Er hatte keine Ahnung, wo er sich befand, die Wälder von Glenbharr und die der umliegenden Clans sahen alle ähnlich aus, abgesehen von einigen herausragenden Merkmalen wie eine vom Blitz gefällte Eiche, ein bestimmter Wasserlauf oder ein auffälliger Felsbrocken.

Ein pelziges Gefühl auf der Zunge und das Brennen in der Kehle erinnerten Ewan daran, dass er seit Tagen nichts getrunken hatte, und so spitzte er die Ohren, um nicht ein eventuelles Plätschern zu überhören, das auf einen Bach hinwies. Als er tatsächlich auf einen stieß, kniete er erleichtert nieder und trank gierig mit vollen Händen, bevor er sich gründlich wusch und sich dann flüchtig mit seinem Plaid abtrocknete.

Die Waldluft war erfüllt von Vogelgezwitscher und dem Geruch nach frischem Grün. Wie war das möglich? Er zweifelte an seinem Verstand.

Unschlüssig blickte sich Ewan um, alles sah vertraut und doch so fremd aus. Nach dem Stand der Sonne musste er sich nach links begeben, wenn er Glenbharr Castle finden wollte. Er irrte Stunden durch die Wälder, ohne einem Menschen zu begegnen.

Als Ewan bereits glaubte, die Orientierung völlig verloren zu haben, stieß er auf einen breiten, festgetretenen Pfad, den er eindeutig als Weg zwischen Glenbharr Castle und Barwick Castle erkannte. Beinahe hätte er vor Erleichterung gejubelt, und obwohl er durch die tagelange Gefangenschaft geschwächt war, lief er mit langen Schritten den Weg hinunter, der ihn gradewegs zur Burg führte.

Die Sehnsucht nach Joan war übermächtig. Nie hatte er sie mehr vermisst als während der einsamen Stunden in der finsteren kalten Höhle, den sicheren Tod vor Augen.

Jetzt konnte er durch das Geäst der Bäume das Ende des Pfades und das des Waldes erkennen. Er mündete in einen breiteren Weg, der zur Rechten in ein weiteres Waldstück führte, zur Linken direkt nach Glenbharr Castle.

Ewan minderte das Tempo, blieb für einen kurzen Augenblick schwer atmend stehen und setzte dann seinen Weg zügig fort. Er näherte sich den grauen, aus Felssteinen gebauten Mauern der Burg und sein Herz jubilierte. In wenigen Minuten würde er seine Frau in den Armen halten, ihren warmen weichen Körper spüren. Erst nach einer liebevollen, ausführlichen Begrüßung wollte er ihr von der Entführung erzählen, von dem intriganten Spiel Annas und Milfords.

Natürlich würde die Geschichte ein Nachspiel haben. Ewan würde alles daran setzen, dass man Anna fand und einsperrte – und Milford? Colonel Porter würde sich brennend für den neuesten Fehltritt des Offiziers interessieren. Sicher würde Milford seinen Dienst bei der Armee quittieren müssen.

Das vorfreudige Lächeln auf Ewans Lippen erstarrte, als er näher an die Burg herantrat und ihm keine Bäume mehr die Sicht nahmen. Glenbharr Castle, Familienstammsitz der MacLaughlins, lag als rauchende Ruine vor ihm. Erst kürzlich musste das Feuer ausgebrochen sein, die Luft roch bitter nach Verbranntem.

»Gütiger Himmel«, flüsterte Ewan entsetzt, seine Füße trugen ihn wie von selbst. Was war mit Joan und dem Rest der Familie? Wann und warum war das Feuer ausgebrochen?

Einige Trakte hatte der Brand nicht erreicht, doch beim Nähertreten erkannte Ewan, dass etliche Mauern mutwillig eingerissen worden waren. Das konnten nur die *Sasannach* gewesen sein.

Zögernd trat er durch das verlassene Burgtor in den Innenhof. Auch hier befand sich weder Mensch noch Tier. Keine Magd lief geschäftig umher, kein Clansmann kam dem Sohn des Laird entgegen, und auch von Joan keine Spur.

Das einstige stolze Hauptportal war völlig zerstört.

Hilflos blickte Ewan zum Himmel empor, der so blau und unschuldig aussah wie eh und je. Der Gedanke, der sich bereits in Ewans Hinterkopf festgesetzt hatte, als er durch die Wälder geirrt war, nahm allmählich Formen an.

»Nein«, sagte er halblaut zu sich selbst. »Das kann nicht sein.« Noch einmal blickte er auf den verlassenen Burghof, dann drehte er sich um und zog sich wie gelähmt in den Wald zurück. Er fragte sich, bei wem er Zuflucht suchen konnte. Mìcheal fiel ihm ein, und ohne länger nachzudenken, nahm er sich vor, Barwick Castle aufzusuchen, vielleicht wusste man dort mehr.

Mit dem Pferd wäre Ewan in einer guten Stunde dort gewesen, so aber musste er sich auf einen langen Fußmarsch einstellen. Unterwegs pflückte er sich Waldbeeren, um den größten Hunger zu stillen. Wie er bereits festgestellt hatte, war der *sgian dubh* aus seinem Strumpf verschwunden, Anna musste ihn gestohlen haben.

Bei dem Gedanken an dieses Weib stieg wieder die heiße Wut in Ewan auf. Sie würde für diese Entführung bezahlen, genau wie Robert Milford. Um ein Haar wäre ihr Plan aufgegangen, wenn … ja, was?

Es dämmerte bereits, als er Barwick Castle erreichte – um genauer zu sagen, die Reste davon. Auch die Burg der MacGannors war nur noch eine Ruine, einige verkohlte Holzbalken ragten gespenstisch in den Abendhimmel. Sekundenlang stand Ewan in sicherem Abstand davor – genau wie bei der Festung seiner Väter schien erst kürzlich hier Feuer gelegt worden zu sein.

Die Mauern von Barwick Castle waren vollständig eingerissen, nur eine ganze Horde Männer konnte das vollbracht haben.

Völlig verunsichert zog sich Ewan erneut in den Wald zurück. Die Tiere dort schienen die einzigen Lebewesen zu sein. Der Ruf des Hähers klang wie eh und je und das Surren der Fliegen klang vertraut wie immer. Aber wo waren die Menschen? Lagen etwa ihre toten Leiber unter den verkohlten Steinen ihrer Burgen?

Ewan nahm den Kopf in beide Hände. Alles schien anders geworden zu sein während der Tage seiner Gefangenschaft. Was, zum Teufel, war in der Zwischenzeit geschehen?

Mittlerweile war es vollends dunkel geworden und erschöpft ließ sich Ewan in der Nähe des Waldpfades nieder. Sein Magen verkrampfte sich vor Hunger.

Da ihm auch sein *sporran* abgenommen worden war, in dem alle Utensilien untergebracht waren, die man zum Feuermachen brauchte, entfiel die Möglichkeit, sich ein Kaninchen zu fangen und zu braten.

Ewans Körper bebte vor Erschöpfung, als er sein Haupt auf einen moosbedeckten Platz inmitten der mächtigen, jahrhundertealten Eichen bettete.

Trotz der Strapazen des vergangenen Tages fand Ewan zunächst keinen Schlaf. Er ermahnte sich, seinen Verstand zu benützen und sich zu erinnern.

Wie viel Zeit hatte er in der Höhle verbracht?

Ruckartig riss Ewan die Augen auf. Die Höhle! Und nun erinnerte er sich auch daran, was Robin Lamont gesagt hatte. Er war in einer Höhle in den Wäldern von Barwick durch die Zeit gereist und hatte Joans Mutter ins Jahr 1732 geholt!

Konnte es sein, dass Milford und Anna Ewan ausgerechnet in dieser Höhle gefangen gehalten hatten und er in einer anderen Zeit gelandet war? Dass er die Fähigkeit hatte, durch die Zeit zu reisen, wusste er. Er war in das Erdloch gestiegen, in dem Ceana Matheson den Tod gefunden hatte. Die Sehnsucht nach Joan hatte ihn damals fast wahnsinnig gemacht. Seine Schwester hatte ihm das Erdloch gezeigt, nachdem sie ihm die hanebüchene Geschichte erzählt hatte, Joan stamme aus einem fernen Jahrhundert.

Was er auf seiner Zeitreise gesehen hatte, hatte ihm überhaupt nicht gefallen: die Menschen, die eigentümlichen Fuhrwerke, die sich ohne Pferde vorwärts bewegten und die riesigen silbernen Vögel am Himmel, von denen Joan später gesagt hatte, man würde sie Flugzeuge nennen.

Am meisten hatte Ewan der Anblick von Glenbharr Castle verstört, die stolze Burg war eine Ruine, in deren leeren Fensterhöhlen sich der Himmel widerspiegelte, der Burghof war verwildert – hier hatte seit Jahrhunderten niemand mehr gelebt.

Schwer atmend bedeckte Ewan sein Gesicht mit den Händen. Es gab keine andere Möglichkeit, er musste erneut durch die Zeit gereist sein. Das würde beweisen, warum eine andere Jahreszeit war als vor der Entführung.

»Ich muss die Höhle wiederfinden«, murmelte er und hüllte sich enger in sein Plaid.

Endlich kam der erlösende Schlaf.

Er erwachte, weil ihm die Morgensonne mitten ins Gesicht schien und er davon niesen musste. Im ersten Moment wusste Ewan nicht, wo er sich befand, doch als er schließlich die Augen aufschlug, kam die Erinnerung in aller Schmerzhaftigkeit.

Unter Stöhnen stemmte er seinen muskulösen Körper in die Höhe, das Hungergefühl war verschwunden, nicht aber der quälende Durst. Er erinnerte sich an eine kleine Quelle, die dicht bei Barwick Castle entsprang. Konnte er es wagen, noch einmal aus dem Wald zu treten, um seinen Durst zu stillen?

Schließlich musste er die Höhle so schnell wie möglich finden, koste es, was es wolle. Doch gleichzeitig spürte er, dass er nicht weit kommen würde, ausgedörrt, wie er war.

Während er sich erneut auf den Weg zu dem ehemaligen Stammsitz der MacGannors machte, fasste er den Entschluss, die Stelle zu suchen, an der er Annas Hilferufe vernommen hatte. Von dort konnte es nicht mehr sehr weit bis zur Höhle sein.

Unvermittelt blieb er stehen. Und wenn eine weitere Zeitreise nicht möglich war? Robin hatte mehrmals erwähnt, dass niemand voraussagen konnte, wie lange ein Zeittunnel geöffnet war und ob er einen dorthin brachte, wo man hinwollte.

Aber das Risiko musste Ewan eingehen, war es doch die einzige Möglichkeit, in seine Welt zurückzukehren. Gedankenverloren setzte er sich wieder in Gang. Wieso war er durch die Zeit gereist? Ceana Mathesons Geist hatte keine Kraft mehr, ihre Stimme war verstummt, seitdem ihre Gebeine auf dem Friedhof von St. Cait lagen.

Bald ließ Ewan den Wald hinter sich, er wandte den Kopf ab, um nicht die traurigen Reste von Crìsdean MacGannors Burg sehen zu müssen. Wenn er sich links hielt, müsste er auf den Bach stoßen, in dem die Frauen der Burg im Sommer oft die Wäsche wuschen.

Fast hatte er den Bach erreicht, als er Hufgetrappel und Männerstimmen vernahm. Um sich zu verstecken, war es zu spät – im nächsten Augenblick ritten aus dem Wald englische Soldaten.

Ewan war zu verduzt, um zu fliehen. Wie angewurzelt blieb er stehen. Die *Sasannach* hatten ihn nun ebenfalls entdeckt und ritten mit neugierigen Mienen näher.

»Wer seid Ihr?«, fragte einer von ihnen und musterte Ewans *breacan feile* ausgiebig. »Wollt Ihr plündern?«

Ewan reckte seine mächtige Gestalt, trotz schmutziger Kleidung und unordentlichem Haar war er sich seiner hohen Herkunft bewusst.

»Mein Name ist Ewan MacLaughlin of Glenbharr«, sagte er mit fester Stimme und wies mit einer Kopfbewegung hinter sich zu der Ruine. »Könnt Ihr mir verraten, was hier geschehen ist?«

Zu seiner Verblüffung begannen die Soldaten zu lachen. Der Sprecher ritt nahe an Ewan heran, betrachtete ihn einige Sekunden aus zusammengekniffenen Augen und sagte dann: »Macht Ihr etwa Witze? Die MacLaughlins sind Jakobiten, nicht wahr?«

Verstockt schwieg Ewan, die *Sasannach* durften nicht wissen, dass seine Familie Anhänger von James Stuart waren.

»Nun denn.« Der Soldat machte ein Handzeichen, worauf

die anderen drei Männer abstiegen und auf Ewan zuschritten. »Ihr habt Euch wegen zweier Dinge strafbar gemacht, MacLaughlin: Zum einen war Euer Clan an der Schlacht bei Culloden gegen die Armee des Königs beteiligt … und zum anderen sollte Euch inzwischen zu Ohren gekommen sein, dass das Tragen der Tartans unter Strafe verboten ist.«

Entsetzt wich Ewan einen Schritt zurück. Wovon redete dieser Engländer eigentlich? Aus den Augenwinkeln nahm er wahr, dass sich die Soldaten von beiden Seiten näherten.

»Ich nehme Euch gefangen, im Namen des Königs«, hörte Ewan, und schon im nächsten Moment hoben die Männer ihre Musketen, die aufgesteckten Bajonetts glänzten unschuldig in der Morgensonne.

11. Kapitel

Auch in dieser Nacht hatte Joan schlecht geschlafen, stundenlang hatte sie sich ruhelos im Bett herum geworfen und als sie endlich in einen leichten Schlaf gefallen war, wurde sie wieder von Ceanas Weinen heimgesucht. Ignorieren half nicht, der kalte Nebel, der von der Stimme begleitet wurde, duldete kein Ausweichen. Ceana sagte nicht, wie in den Träumen vor Joans ersten Reise in die Vergangenheit, warum sie um Hilfe klagte, sondern schluchzte nur erbärmlich, als weine sie um jemanden.

In den ersten Träumen hatte die Stimme Joan etwas auf Gälisch zu vermitteln versucht, und weil sie damals kein Wort davon verstand, war sie schließlich in die Highlands gereist, in der Hoffnung, Aufschluss über diese mysteriösen Träume zu erhalten. Erst nach ihrer Rückkehr ins einundzwanzigste

Jahrhundert hatte Joan verstanden, was ihre Urahne Ceana Matheson hatte mitteilen wollen, denn Màiri hatte ihr ein paar Brocken Gälisch beigebracht.

Ceana hatte gebettelt, dass man ihre Gebeine aus dem Erdloch holte und in geweihter Erde begrub, da sie unschuldig hingerichtet worden war und ihre Seele keine Ruhe fand. Deshalb hatte sie Joan in die Vergangenheit gelockt.

Seitdem waren die Träume verschwunden gewesen, bis vor wenigen Tagen. Was konnte Ceana diesmal wollen? Sie hatte ihren Willen doch bekommen und ihren Seelenfrieden gefunden.

Joan schreckte hoch, als sich in Ceanas Wehklagen Donnys Schreien mischte – die Gegenwart hatte sie wieder. Schnell schwang Joan die Beine aus dem Bett, hüllte sich gegen die nächtliche Kühle in ihr Schultertuch und beugte sich über die Wiege ihres Sohnes, dessen Gesicht vom Schreien rot angelaufen war.

Mit leisen beruhigenden Worten nahm Joan den Kleinen aus der Wiege, liebkoste ihn ausgiebig und nahm ihn mit in ihr Bett. Der Kleine beäugte seine Mutter. Im Schein der Kerze glich er Ewan so sehr, dass ihr Tränen über die Wangen liefen.

»Ob wir deinen Vater jemals wiedersehen werden?«, fragte sie mit erstickter Stimme, und erst Donnys unwilliges Strampeln erinnerte sie daran, dass er Hunger hatte. Rasch öffnete Joan ihr Nachthemd und ließ ihren Sohn trinken; der Kleine seufzte verzückt.

Traurig sah Joan zu der leeren Seite des Bettes. Wie groß und kalt doch alles wirkte, wenn Ewan nicht dort schlief, wenn sie nicht seinen gleichmäßigen Atem hören und die Wärme seines Körpers spüren konnte.

Später, als Donny wieder eingeschlafen war, lag Joan wach und grübelte weiter. Es stand außer Frage, dass Anna Ferguson und Robert Milford Ewan entführt und in diese Höhle verschleppt hatten. Anna war nach Robins Aussage tot, doch von Ewan und Milford fehlte jede Spur. Was war passiert?

Milford war kleiner und schmächtiger als Ewan. Sie hielt es für ausgeschlossen, dass er ihren Mann gegen seinen Willen irgendwo anders hingebracht haben könnte – nicht ohne fremde Hilfe.

Unten in der Küche kündete das Klappern von Pfannen und Geschirr an, dass der Koch Ogur bereits auf war und sich mit den Vorbereitungen für das Frühstück beschäftigte. Schon der Gedanke an Essen schnürte Joan den Magen zu. Seitdem Ewan fort war, brachte sie es kaum über sich, einen Bissen zu sich zu nehmen.

Nur der liebenswerten Màiri war es zu verdanken, dass Joan überhaupt etwas aß. Mit ihrer sanften, jedoch bestimmten Art hatte sie ihrer Schwägerin klargemacht, dass Donny ihre Milch brauchte und er nicht satt werden konnte, wenn seine Mutter sich nicht vernünftig ernährte.

An diesem Tag wurde Robin zurückerwartet, er wollte seine Freunde in Baile a'Coille besuchen und auf dem Rückweg wieder auf Glenbharr Castle einkehren. Sowie es das Wetter zuließ, würden sie hinauf zu St. Cait reiten, um nach Ceanas Grab zu sehen. Natürlich würde Màiri sie begleiten, denn nur sie kannte den genauen Weg.

Am Vorabend hatten Màiri und Joan fieberhaft überlegt, mit welcher Ausrede sie sich an Robins Seite aus der Burg stehlen konnten.

Auch jetzt, als sie auf dem Weg zum Frühstück waren, hatten sie noch keinen plausiblen Grund für einen gemeinsamen Ritt gefunden.

»Am frühen Vormittag will Robin hier sein«, sagte Màiri mit gedämpfter Stimme auf der Treppe. »Bis dahin sollten wir uns für Vater eine gute Geschichte ausgedacht haben. Du weißt ja, wie er reagieren kann, wenn wir ohne seine Zustimmung die Burg verlassen.«

Nachdenklich nickte Joan. Es war ein weiter Ritt bis hinauf in die Berge zu St. Cait und sie würden erst am Abend zurück sein.

»Vielleicht hat Robin ja eine Idee«, sagte sie schließlich halblaut und blickte sehnsüchtig zum Portal, an dem sie in diesem Moment vorbeigingen. Wenn es sich doch öffnen und Ewan eintreten würde.

Joan zuckte zusammen, als sie Màiris Hand auf ihrem Arm spürte. Sie hatte nicht bemerkt, dass sie vor dem Portal stehen geblieben war und vor sich hin starrte.

»Er wird zurückkommen, das weiß ich«, sagte Màiri an ihrer Seite. »Bisher hat mich mein Gefühl niemals getäuscht, Sèonag. Bitte vertraue auch diesmal darauf und sei nicht mutlos.«

Gequält nickte Joan, und obwohl ihr eigentlich zum Heulen zumute war, lächelte sie. Màiri hatte recht, ihr Gefühl hatte sie nicht getäuscht, als sie ihrem Bruder prophezeite, dass sie zurückkommen würde, und es hatte sie nicht getäuscht, als Ewan im Kerker befürchten musste, hingerichtet zu werden. Auch da hatte Màiri behauptet, dass Ewan zurückkäme.

Anscheinend hatten sich Darla und Peader wieder einmal gezankt, das konnte Joan an deren verschlossenen Mienen ablesen. Während Paeder seinen Haferbrei löffelte, spielte Darla mit ihrem Töchterchen Ealasaid. Demonstrativ zeigten sich Darla und ihr junger Ehemann die kalte Schulter, wie Joan amüsiert feststellen konnte. Da ihr Platz den beiden gegenüber war, wusste sie bei jeder Mahlzeit, wie jeweils die Stimmung bei ihnen war.

»Du siehst müde aus«, bemerkte Darla und lächelte Joan

freundlich zu. »Es wird Zeit, dass Donny nachts durchschläft.« Nach einem vorsichtigen Seitenblick zu ihren Mann fügte sie augenzwinkernd hinzu: »Und dass Ewan zurückkommt, aye?«

Joan versuchte, ihr unverbindliches Lächeln beizubehalten, als sie leichthin erwiderte: »So ist es, Darla. Das Leben der Frauen ist nur halb so viel wert, wenn die Männer nicht zu Hause sind.«

An Darlas Miene erkannte sie, dass ihre Schwägerin wohl nichts dagegen hätte, wenn Peader einige Zeit außerhalb der Burg arbeiten würde – doch Joan wusste auch, dass sich die beiden trotz ihrer ständigen Zänkereien liebten.

Dòmhnall lachte dröhnend, sodass Joan zu ihm hinübersah. Er und Marion steckten die Köpfe zusammen. Wie gut, dass ihre Mutter sich mit dem Laird beschäftigte, so nahm er vielleicht nicht zu schnell wahr, dass Màiri und Joan nervös waren und stellte keine unangenehmen Fragen.

Marion gestikulierte wild mit den Armen, worauf Dòmhnall schmunzelte. Nur gelegentlich noch nahm seine Miene jenen traurigen Ausdruck an, den die Burgbewohner nach dem Tod seiner Frau allzu gut kennengelernt hatten.

Später gesellte sich Marion zu ihrer Tochter und Màiri, die sich die Zeit bis zu Robins Eintreffen mit dem Aufwickeln von Wollsträngen vertrieben. Darla hatte sich wieder einmal vor dieser eintönigen Arbeit gedrückt, indem sie vorgab, Ogur in der Küche helfen zu wollen.

Während sich Màiri gewöhnlich über die Arbeitsunlust ihrer jüngeren Schwester ärgerte, war sie an diesem Tag froh darüber, denn so konnte sie mit den anderen ungestört über Ewans Verschwinden reden.

»Meint ihr wirklich, dass Ceanas Geist etwas damit zu tun

hat?«, fragte Marion und griff sich einen der gefärbten Wollstränge, aus denen in den Wintermonaten neue Plaids entstehen sollten. »Deine Träume können auch Zufall sein. Vielleicht hält sich Ewan in den Wäldern versteckt, bis er sicher sein kann, dass ihm dieser Hauptmann nicht mehr auflauert.«

Màiri setzte eine gekränkte Miene auf. »Mein Bruder würde sich nie vor einer lächerlichen Gestalt wie Milford verstecken, Mòrag. Er wäre längst zu Hause und hätte sein Breitschwert geholt, um ihn zu töten.«

»Allerdings«, pflichtete ihr Joan bei. »Bei einem Zweikampf hätte Milford schlechte Karten … aber ich glaube schon, dass meine Träume etwas mit Ewans Verschwinden zu tun haben, Mom, auch wenn Ceanas Stimme diesmal anders klingt, schwach und verzweifelt – nicht fordernd und wehklagend wie damals.«

Sie hatte nicht gemerkt, dass ihre Hand sich in das rote Wollknäuel krallte, das sie soeben aufgerollt hatte. »Wir müssen uns schnell etwas ausdenken, um mit Robin die Burg verlassen zu können, denn ich habe das Gefühl, dass jede gewonnene Stunde Ewan retten könnte.«

Eine Weile herrschte bedrücktes Schweigen in der Kammer, dann fragte Marion zaghaft: »Du glaubst auch, dass er sich in einem anderen Jahrhundert befindet?«

Stumm nickte Joan, angestrengt blickte sie auf das Wollknäuel.

»Aber wenn er sich wirklich woanders aufhält«, warf Màiri mit gerunzelter Stirn ein, »dann wird er wissen, wie er dort hingelangt ist und alles daran setzen, in seine Zeit zurückzukehren.«

Gegen Mittag erschien Robin Lamont auf Glenbharr Castle, und Joan konnte kaum ihre Erleichterung verbergen. Doch bevor er sich den Frauen widmen konnte, suchte er den Laird auf.

»Ich heiße Euch wie immer willkommen in meinem Haus«, begrüßte der ihn herzlich. »Bleibt, solange es Euch beliebt.«

Robin deutete eine leichte Verbeugung an. »Ich danke Euch für Eure Gastfreundschaft, aber mein Aufenthalt wird nur wenige Tage dauern, bevor ich nach Hause reite. Dürfte ich eine Bitte vortragen, *Dòmhnall mòr*[1]?«

»Gewiss, redet nur, *mo charaid.*« Dòmhnalls Blick war aufmerksam auf Robin gerichtet.

»Nun, ich habe den Winter über immer sehr viel Zeit und schnitze dabei Kinderspielzeug, das ich im Frühjahr auf dem Markt von Baile a'Coille verkaufe. Es ist mir zu Ohren gekommen, dass es in Eurem Clan etliche arme Pächterfamilien mit kleinen Kindern gibt, denen ich das nicht verkaufte Spielzeug schenken möchte.«

»Das ist eine großzügige Geste von Euch«, bemerkte der Laird beeindruckt. »Nur zu, ich habe nichts dagegen, Eure Geschenke werden sicherlich mit viel Freude aufgenommen werden.«

Robin ließ sich nicht anmerken, dass ihm das, was jetzt kam, mehr am Herzen lag. »Da gibt es allerdings ein Problem, Sir. Ich kenne den Weg von der Burg bis zu den MacGannors, von dort führt mich mein Weg hinauf in die Berge zu meiner Kate. Aber ich würde mich verirren, wenn ich mich alleine auf die Suche nach den Dörfern Eures Clans machte, und ich möchte die Geschenke gerne persönlich überreichen. Könntet Ihr mir jemanden zur Seite stellen, der mich begleitet?«

Nachdenklich fuhr sich der Laird über seinen grauen Vollbart. »Nun, ein paar Männer werde ich wohl schon auftrei-

---

1 Großer Donald

ben, obwohl der Zeitpunkt ungünstig ist. Ich brauche jeden, um die Viehherden aus den Bergen hinunter zu den Ställen treiben zu lassen.«

»Wenn das so ist, dann muss ich wohl bis zum Frühjahr warten.« Robin sah bekümmert aus, doch dann erhellte sich seine Miene. Im Stillen dachte er, dass er in seiner Zeit wohl einen ganz brauchbaren Schauspieler abgegeben hätte. »Und wie ist es, wenn Eure Tochter und Schwiegertochter mich zu den Pächterfamilien führen? Ich versichere Euch, dass wir die unsicheren Wälder meiden werden.«

Für den Bruchteil einer Sekunde stutzte Dòmhnall, dann fragte er: »Ihr haltet sehr große Stücke auf die beiden Frauen, aye?«

»In der Tat«, gab Robin im Brustton der Überzeugung zu. »Wie Ihr wisst, ziehe ich die Einöde der Berge dem geselligen Leben in einer Ortschaft vor. Aber Màiri und Sèonag sind mir sehr ans Herz gewachsen, seitdem ich ihnen im letzten Jahr auf dem Markt begegnet bin. Beide Frauen sind etwas Besonderes.«

Der Laird erhob sich in voller Größe; wer ihn nicht kannte, erschrak in der Regel. An die zwei Meter war er groß und sogar hochgewachsene und muskelbepackte Männer aus dem Clan wirkten bisweilen wie Zwerge gegen ihn. Er trat zum Fenster und warf einen Blick hinaus in den trüben Himmel. »Die Wetterverhältnisse sind nicht die besten, guter Mann. Haltet Ihr es für sinnvoll, den Frauen einen Ritt durch den Clan zuzumuten?«

Sofort lenkte Robin ein. »Ich gebe Euch recht, das Wetter hatte ich nicht bedacht. Ich sollte die Sache doch besser im nächsten Frühjahr angehen, Sir.«

Der Laird winkte ab. »Redet mit den beiden. Wenn ihnen das Wetter nichts ausmacht, können sie Euch begleiten.«

Robin ließ sich seine Erleichterung nicht anmerken, erhob sich betont lässig und erwiderte: »Ich warte das morgige Wetter ab, Sir. Ich könnte mir nie verzeihen, wenn eine der beiden krank auf dem Ritt würde. Wenn es Euch recht ist, ziehe ich mich jetzt zurück, um den Frauen mein Anliegen vorzutragen.«

»Geht nur. Ich hoffe, ich sehe Euch heute Abend an der Tafel.«

Robin verneigte sich höflich. Gedankenverloren blickte Dòmhnall dem Besucher nach, über dessen Aufenthalte sich seine Schwiegertochter ganz besonders zu freuen schien. Genau wie ihr haftete Mr Lamont etwas an, das Dòmhnall nicht genauer definieren konnte. Es war, als hätten sie ein gemeinsames Schicksalserlebnis.

Als er Marion über den Burghof eilen sah, trat er einen Schritt vom Fenster zurück, damit sie ihn nicht entdeckte. Auch sie hatte etwas Geheimnisvolles an sich, dachte er bei sich. Nun, das mochte damit zusammenhängen, dass Mutter und Tochter aus London, einer Großstadt, stammten und auch der Lowlander Robin war nicht in den Highlands, sondern in Glasgow geboren worden. Dòmhnall selbst hatte nie viel mit den Städtern zu tun gehabt, deshalb nahm er gleichmütig zur Kenntnis, dass nicht alle Menschen das Naturell der schottischen Hochlandbewohner haben konnten.

Dass seine Schwiegertochter eine Hexe war, glaubte er inzwischen nicht mehr. Bei dem Gedanken, wie ablehnend er war, als sein Sohn ihm erklärte, dass er die Engländerin liebe und sie heiraten wolle, musste er schmunzeln. Hätte Ealasaid nicht vermittelt, hätte Ewan den Clan verlassen, um mit Sèonag zusammenleben zu können.

Und nun war aus den beiden ein glückliches Paar geworden und sie hatten einen prächtigen Sohn, der einmal das Oberhaupt der MacLaughlins werden würde.

Still betrachtete Dòmhnall, wie Marion am Brunnen stand

und sich mit einer Magd unterhielt, während diese den Eimer, den Marion ihr gegeben hatte, mit Wasser füllte. Anfangs hatte es ausgesehen, als wolle Marion nach Donnys Geburt zurück nach London, doch etwas schien sie davon abzuhalten.

Er glaubte nicht, dass ihr Bleiben mit ihm zu tun hatte, doch der Gedanke gefiel ihm und er reckte sich stolz, um gleich darauf verlegen ein kurzes Gebet zu sprechen. Er hatte Ealasaid geliebt – Gott war sein Zeuge – und er würde sie niemals vergessen … aber da war nun Marion, auf deren Gesellschaft er nicht mehr verzichten wollte.

Er war noch nicht zu alt, um noch einmal Liebe zu erfahren und zu heiraten, und Ealasaid hätte bestimmt nichts dagegen. Wie er sie kannte, würde sie ihm sogar zureden.

Bevor er seine Gedanken weiterspinnen konnte, klopfte Brian Ferguson an die Tür, unter dem Arm die Pachtbücher, um die Dòmhnall seinen Verwalter beim Frühstück gebeten hatte.

Vor Freude fiel Joan Robin um den Hals, nachdem er ihr und Màiri von seinem Gespräch mit dem Laird berichtet hatte. Hinzugefügt hatte er, dass sich die Holzspielzeuge tatsächlich in seinen Satteltaschen befanden. Die Idee, sie unter den Pächterkindern zu verteilen, war ihm allerdings erst auf dem Weg nach Glenbharr Castle gekommen.

»Wir sollten morgen in aller Frühe aufbrechen«, schlug Màiri vor, dabei durchwanderte sie ihre kleine Webkammer. »Wir werden mehrere Stunden brauchen. Auf dem direkten Weg kommen wir an etlichen Ansiedlungen vorbei, sodass Ihr Euer Spielzeug dort abgeben könnt.«

Der Clan war recht groß und die Ortschaften weit verstreut, dennoch verbreitete sich jede Neuigkeit wie ein Lauffeuer, sodass der Laird erfahren würde, dass Mr Lamont wirklich wegen der Spielzeuge unterwegs mit ihnen war.

»Ich hoffe nur, die Wetterlage verbessert sich bis morgen.«

»Das wird sie sicher, Mr Lamont«, meinte Màiri zuversichtlich. Er sah Joans traurige Augen und hoffte, dort oben bei St. Cait Aufschluss darüber zu finden, was mit Ewan passiert war.

12. Kapitel

Zu aller Erleichterung erschien am anderen Morgen über den Bergen die Sonne, sodass einem Ausflug nichts im Wege stand. Zwar war die Luft rau und kalt, doch man konnte davon ausgehen, dass es an diesem Tag nicht zum plötzlichen Wintereinbruch kommen würde, wie es häufig in den Highlands geschah.

Gleich nach dem Frühstück zogen sich Joan und Màiri dicke wollene Wäsche an, bevor sie sich in ihre Umhänge hüllten und sich von Dòmhnall verabschiedeten, der ihnen riet, bei Anbruch der Dunkelheit zurück zu sein.

Mit gemischten Gefühlen schwang sich Joan aufs Pferd. Was würde sie dort oben in den Bergen erwarten? Auch in dieser Nacht hatte sie wieder Ceanas bitterliches Weinen gequält.

Robins Pferd war ausgeruht und tänzelte ungeduldig, während sie warteten, bis Màiri aufgestiegen war. Leise schnalzte er mit der Zunge, worauf sich sein Pferd gemächlich in Bewegung setzte.

Seumas, der Wachposten, riet den Dreien, auf dem geraden Wege zu bleiben, auch wenn man schon längere Zeit keine Patrouillen der *Sasannach* gesehen hatte. Es war zwar bekannt, dass die Engländer in den Herbst- und Wintermonaten gerne das raue Klima der Highlands mieden, sich lieber im Fort aufhielten und nur noch sporadisch das Gebiet durchritten, doch man konnte nie wissen. Womöglich war dies wieder einmal die Ruhe vor dem Sturm.

Sie waren die einzigen Menschen, die an diesem Morgen unterwegs waren. Die Sonne hatte noch einmal ihre gesamte Kraft entfaltet und tauchte die raue Landschaft in ein trügerisch freundliches Licht, sodass der Wald und die Weideflächen trotz der Jahreszeit einladend wirkten. Doch das Bild täuschte. Sowie die Sonne hinter den Wolken verschwand, wurde es bitterkalt, dazu blies ein scharfer Wind von den Bergen herüber.

Robin ritt voran. Sorgsam heftete er sein Augenmerk auf den Waldrand zur Rechten und auf das Weidegebiet auf der anderen Seite, auf dem in den Sommermonaten die Schafe der MacLaughlins und einiger Pächter grasten, während die Rinder auf Grünflächen etwas höher in den Bergen weideten.

Màiri blickte in regelmäßigen Abständen über die Schulter, um sicher zu gehen, dass sie nicht von einigen der verhassten Rotjacken verfolgt wurden.

Joan schien mit ihren Gedanken ganz woanders zu sein; die Stirn war gerunzelt, die Lippen hatte sie fest aufeinandergepresst.

Màiri musste sich nicht fragen, woran Joan dachte.

»Nehmt den Pfad zur linken Seite, Mr Lamont!«, rief Màiri, als Robin sein Pferd vor einer Weggabelung anhielt und sich unschlüssig umschaute. »Der rechte Weg führt geradewegs in unsere Wälder!«

Robin setzte seinen Weg auf dem empfohlenen Pfad fort. Schon tauchte in der Ferne eine Ansiedlung auf, deutlich zu erkennen an den Rauchschwaden, die aus den verrußten Schornsteinen der Pächterkaten stiegen.

In diesem Teil von Glenbharr war Robin seit Jahrzehnten nicht gewesen, doch er erkannte den kleinen Ort, als er sich ihm näherte. Er war mit Ceana Matheson hier gewesen. Sie war sehr beliebt bei den Pächtern gewesen, man hatte sie immer mit offenen Armen empfangen und sie für ihre Dienste belohnt, indem man das Wenige, was man besaß, mit der Heilerin teilte.

Wie mochten die Leute es damals wohl aufgenommen haben, als sie erfuhren, dass ihr Laird Ceana Matheson zum Tode verurteilt hatte, nachdem sein erstgeborener Sohn tot zur Welt gekommen war?

Die Häuser hatten sich kaum verändert, einige neue waren hinzugekommen. Robin befürchtete nicht, dass man ihn wiedererkennen würde, sein Aussehen hatte sich inzwischen drastisch verändert.

»Woran denkst du?«, fragte Joan, die mit ihrem Pferd plötzlich neben ihm stand. »Warst du schon einmal hier?«

Er nickte knapp. »Ja, in diesem Dorf hatte deine Urahne oft zu tun. Es hat sich kaum etwas verändert.«

Die ersten Kinder kamen zögernd näher, sie kannten Màiri und die Frau des jungen Herrn, und zeigten nur etwas Scheu dem grauhaarigen Mann gegenüber, der sie begleitete.

Erst als Màiri abstieg und vergnügt verkündete, dass Mr Lamont Holzspielzeug für sie mitgebracht habe, kam Leben in die Kinderschar. Jubelnd traten sie näher und umringten Màiri, die den Kleinen lachend über die Köpfe strich.

Allmählich ließen sich auch einige Frauen sehen, und während Robin seine Gaben verteilte, wurden Màiri und Joan über den neuesten Dorfklatsch unterrichtet. Die Männer zogen sich nach einer höflichen Begrüßung zurück, um ihrer Arbeit nachzugehen.

Joan zupfte Màiri verstohlen am Umhang, um sie zum Aufbruch zu ermahnen. Sie erklärte gerade einer jungen Mutter, aus welchen Kräutern sie ihrem Kind eine Salbe herstellen konnte, wenn es von Zahnschmerzen geplagt wurde. Seitdem Robin Ceanas Rezeptbuch gebracht hatte, steckte sie jeden Abend ihre Nase hinein, und immer wieder stieß sie dabei auf Rezepte, die ihr einen Schrei der Begeisterung entlockten, während sich Joans Interesse daran schnell gelegt hatte.

Noch drei weitere Ansiedlungen besuchten sie, dann waren Robins Satteltaschen leer. Die Gegend wurde karger, je höher sie kamen, nur noch vereinzelt sah man hier und da ein einsam gelegenes Gehöft an den Hängen kleben.

Die Sonne war mittlerweile verschwunden, und ein eisiger Wind fuhr den Reitern bis in die Knochen. Auch Robin hatte sich inzwischen in sein Cape gehüllt und bedauerte, anstatt der langen wollenen Beinkleider die Kniehosen angezogen zu haben.

»Es sind noch ungefähr drei Meilen bis St. Cait«, sagte Màiri neben ihm, als sie seinen kritischen Blick zu den Bergen bemerkte. »Ein beschwerlicher Weg, Mr Lamont.«

Der Pfad, der vor ihnen lag, war schmaler als die Pfade, auf denen sich regelmäßig Reiter und Fuhrwerke bewegten, und zudem mit kleinen grauen Felssteinen übersät. Im Stillen fragte sich Robin, wie die Leute ihre toten Angehörigen hinauf zum Friedhof schafften.

Er warf einen raschen Seitenblick auf Joan, doch die war so still wie seit dem Aufbruch aus der Burg.

»Mach dir keine Gedanken. Bald werden wir Aufschluss darüber finden, weshalb Ceanas Seele keine Ruhe findet«, sagte er mit väterlichem Unterton.

Ihr Blick war tränenverhangen, als sie erwiderte: »Ich fürchte, meine Urahne ist keineswegs so harmlos, wie du immer behauptet hast, daran muss ich schon den ganzen Weg über denken.«

»Was meinst du damit?« Robin war überrascht, und auch in Màiris Miene spiegelte sich Ungläubigkeit. »Sie hat nie einem Menschen etwas Böses angetan, das schwöre ich auf die Bibel.«

Ein zorniger Blick aus Joans grünen Augen traf ihn. »Und warum ist Ewan dann fort? Zufällig hat er sich in dieser Höhle aufgehalten und sie ist dafür verantwortlich, wenn ich ihn nie wieder sehe.«

»Sèonag, so etwas darfst du nicht sagen, aye?« Màiris sanfte Stimme klang gedämpft. »Noch wissen wir nicht, was uns erwartet, aber ich bin sicher, dass Ceana niemals wollte, dass Ewan und du sich trennen. Sie hat den Zeittunnel für ihn geöffnet, damit er nach dir suchen konnte. Hast du das vergessen?«

Joan schluckte und murmelte eine Entschuldigung. Die beiden anderen lächelten nachsichtig, sie konnten Joans Gefühlsausbruch nachempfinden; immerhin war Ewan der Grund, warum sie hier war. Sie war zu einem Teil seines Lebens geworden und es war verständlich, dass sie einen Schuldigen für sein Verschwinden suchte.

»Am liebsten würde ich mich auf die Suche nach Milford machen«, sagte sie, nachdem sich ihre Pferde wieder in Gang gesetzt hatten. »Aber ich fürchte, der hat sich genauso in Luft aufgelöst wie Ewan.«

»Glaubst du … glaubst du wirklich, dass die beiden eine Zeitreise gemacht haben?«, fragte Màiri ungläubig, und als Joan nur vage die Schulter hob, bedachte sie Robin mit einem ratlosen Blick, den dieser auffing.

»Möglich wäre es«, sagte er schließlich. »Als ich Ewans *sporran* in der Höhle fand und davor Annas Leiche, kam mir der Gedanke. Aber lasst uns darüber spekulieren, nachdem wir Ceanas Grab unter die Lupe genommen haben.«

Die Pferde hatten Mühe, sich ihren Weg, der nun steil aufwärts führte, zwischen den Felsbrocken zu bahnen. Nun war es nicht mehr weit bis zum Friedhof, und die allgemeine Stimmung wurde etwas besser.

»Dort ist er.« Unvermittelt hielt Màiri ihr Pferd an, ihre Stimme hatte sich zu einem Flüstern gesenkt. Obwohl die heimliche Beerdigung in tiefer Nacht mehr als ein Jahr zurücklag, spürten die beiden Frauen eine eigenartige Beklemmung.

Vor ihnen lag eine kleine, aus Felsstein gebaute Kapelle, die dicht an den Berg gebaut worden war. Zu beiden Seiten befanden sich die Gräber, an deren Kopfende sich entweder grob gehauene Steine oder einfache Holzkreuze befanden; die meisten waren jedoch nur durch einen kleinen Hügel gekennzeichnet.

»Hier hat schon lange keine Beerdigung mehr stattgefunden«, bemerkte Robin, stieg ab und band sein Pferd an den knorrigen Stamm eines abgestorbenen Baumes. Zaghaft öffnete er das windschiefe Tor, das zum Friedhof führte. »Der Clan scheint sehr gesund zu sein.«

»Oh nein, Mr Lamont«, berichtigte Màiri, die ebenfalls abgestiegen war. »Die größeren Ortschaften unterhalten inzwischen einen eigenen Friedhof, weil der Weg zu beschwerlich ist. Hier werden nur noch Clansleute aus kleinen Ansiedlungen begraben.«

Joan machte keine Anstalten, vom Pferd zu steigen. Mit brennenden Augen starrte sie zu den verwitterten Holzkreuzen.

Erst als Màiri sie ermunterte, bei der Suche nach Ceanas Grab zu helfen, löste sich Joan aus ihrer Erstarrung. Sie folgte mit Robin ihrer Schwägerin, die leichtfüßig an den Reihen mit den Gräbern vorübereilte, denn sie erinnerte sich nur zu gut an die Stelle, die sie suchten.

Neben der Kapelle, dort, wo es nur vereinzelte Grabstätten gab, blieb Màiri abrupt stehen und stieß einen spitzen Schrei aus. Ihr Blick hing an einer Erdanhäufung, die offensichtlich erst kürzlich aufgeworfen worden war.

Robin und Joan warfen sich einen entsetzten Blick zu, bevor sie zu Màiri eilten, die wie angewurzelt dastand, die Hand gegen den Mund gepresst.

»Ist das Ceanas Grab?«, fragte Robin mit gerunzelter Stirn, und als Màiri wortlos nickte, ging er vor dem Erdhügel in die Hocke. »Hier hat jemand etwas ausgegraben.«

»Ich habe es geahnt!«, presste Joan hervor. »Ceana ist auferstanden und hat Ewan verschwinden lassen!« Sie schluchzte hysterisch auf, und erst als Robin sie sanft an die Schultern griff, hielt sie inne.

»So beherrsche dich doch, Joan. Ich bitte dich, sieh genau hin. Irgend jemand hat von außen die Erde aufgekratzt und Ceanas Gebeine gestohlen.«

Hektisch schüttelte Joan den Kopf: »Ich will fort von diesem unheimlichen Ort, bringt mich bitte von hier weg.«

»Das werde ich tun, wenn wir wissen, wer für diese Schandtat verantwortlich ist.« Trotz Joans Gefühlsausbruch blieb Robin ruhig und ließ es geschehen, dass sie sich an seine Schulter lehnte.

So standen sie da im eisigen Wind, bis Màiri unvermittelt rief: »Schaut! Hier!«

Während Robin nah ans Grab stürzte, wich Joan nicht von ihrem Platz; dennoch konnte sie nicht widerstehen, einen Blick darauf zu werfen.

»Das solltest du dir ansehen, Joan.« Robins Stimme klang aufgeregt, und als er bemerkte, dass sie keineswegs vorhatte, näher zu treten, winkte er sie heran. »Komm her, es ist alles in Ordnung … nun ja, zumindest fast.«

Mechanisch setzte Joan einen Fuß vor den anderen.

»Du musst keine Angst haben, Sèonag«, meldete sich Màiri zu Wort, auf ihrer Miene zeigte sich Erleichterung. »Ceana ist nicht auferstanden. Sieh her, dort liegen ihre Gebeine.«

Tatsächlich schimmerten unter den Erdbrocken Teile von menschlichen Knochen.

»Ich denke, wilde Tiere haben hier rumgestöbert und einen Teil der Gebeine ausgebuddelt.« Robin nahm die Kratzspuren an der Erde rund um die Grabstelle in näheren Augenschein. »Es sieht ganz danach aus, als wären Wölfe dafür verantwortlich.«

Màiri nickte zustimmend. »Aye, sie müssen einige der Knochen verschleppt haben, das würde jedenfalls Sèonags Albträume erklären.«

Nun ging auch Joan in die Hocke, um sich mit eigenen Augen davon zu überzeugen, dass ein Teil von Ceanas sterblichen Überresten noch immer in dem Grab verblieben war. Ihre Stimme war mehr ein Hauchen, als sie sagte: »Dann wird Ceana nicht eher Ruhe geben, bis wir ihre Knochen gefunden haben.«

Unsicher sah sie zu den anderen, und als diese nickten, erhob sie sich und schaute unschlüssig in alle Richtungen. »Wie sollen wir in dieser Wildnis anfangen zu suchen?«

Unterdessen hatte Robin vorsichtig mit bloßen Händen Schicht um Schicht des Erdreichs abgetragen und erklärte, dass seiner Meinung nach lediglich der Schädel und ein Oberschenkelknochen fehlten.

»Ich denke, allzu groß wird der Umkreis nicht sein, den wir absuchen müssen«, sagte er, nachdem er sich ebenfalls aufgerichtet und seine Hosenbeine von der Erde gesäubert hatte. »Die Tiere werden schnell gemerkt haben, dass sie nichts Fressbares ausgegraben haben.«

Joan und Màiri begannen, die nähere Umgebung abzusuchen. Joan fragte sich, wie die Wölfe in den umzäunten Bergfriedhof gekommen sein mochten, als sie eine klaffende Lücke im Zaun entdeckte. Sie rief die anderen aufgeregt zu sich, und kurzerhand stieg Robin über den Zaun, während die beiden Frauen es vorzogen, das Tor zu benutzen.

Mittlerweile waren schwere Wolken aufgezogen und der ohnehin kalte Wind frischte auf. Der Vorteil des ungemütlichen Wetters war, dass man sicher vor unliebsamen Zeugen sein würde. Bei dieser Witterung würde weder ein Geistlicher noch Angehörige der Toten das Verlangen habe, den einsamen Bergfriedhof aufzusuchen.

Rund um den Friedhof wuchsen nur dürre, braune Grasbüschel auf dem kargen Boden, was die Suche nicht gerade einfacher machte. Der Wind zerrte an den Umhängen, und als Robin plötzlich rief, liefen die beiden Frauen rasch zu ihm.

Er zeigte auf einen Totenschädel, der in einem Grasbüschel lag und auf den ersten Blick wie ein unförmiger Ball aussah. Vorsichtig nahm Robin ihn auf und betrachtete ihn eingehend, dann sagte er mit ausdrucksloser Stimme: »Wer hätte gedacht, dass wir uns so wiedersehen, Ceana?«

Er wollte Joan den Schädel reichen, doch die schüttelte den Kopf und bat Robin, ihn zurück zum Grab zu bringen.

Màiri und Joan entdeckten kurz danach den vermissten Oberschenkelknochen; also hatte Robin recht mit seiner Vermutung gehabt: Die Wölfe – oder welche Raubtiere es auch gewesen sein mochten – hatten ihre Beute fortgetragen und schnell wieder liegen lassen.

»Wir haben Glück, dass der Frost noch nicht in den Bergen Einzug gehalten hat«, bemerkte Robin, nachdem sie wieder bei der Grabstelle angekommen waren. »Bevor wir das Loch zuschütten, werde ich es etwas tiefer ausheben, damit keine Tiere mehr an die Gebeine herankommen.«

Die beiden Frauen nickten fast gleichzeitig, und während

Robin den mitgeführten Spaten holte, legte Màiri den Arm tröstend um Joan.

»Es wird alles gut, Sèonag. Ceana wird bald ihren Seelenfrieden wiedergefunden haben … und vielleicht gibt sie dann Aufschluss, ob sie etwas mit Ewans Verschwinden zu tun hat, aye?«

»Und wenn sie für immer schweigt?«

Schon nach kurzer Zeit hatte Robin das Grab tiefer ausgehoben und gemeinsam legten sie sorgfältig die gefundenen Knochenteile zurück.

Bevor sie das Erdloch schlossen, kniete sich Joan davor und flehte: »Bitte hilf mir, meinen Mann wiederzufinden.«

Weit nach Mitternacht traf die kleine Gruppe wieder auf Glenbharr Castle ein. Der Wachposten stellte keine Fragen, nickte ihnen nur kurz zu.

Laird Dòmhnall schlief bereits, nur in Marions Kammer brannte noch eine Kerze. Sie hatte sich angeboten, auf Donny achtzugeben, und während Joan ihren Sohn an die Brust legte, schilderte sie ihrer Mutter die Ereignisse des Tages.

»Und Robin glaubt, dass Ceanas Jammern in deinen Träumen im Zusammenhang mit Ewans Verschwinden steht?« Marion setzte sich Joan gegenüber und betrachtete besorgt das erschöpfte Gesicht ihrer Tochter. »Ich glaube eher, ihr Geist hat sich bei dir gemeldet, weil die Tiere ihr Grab geschändet haben.«

Joan blinzelte und erwiderte mit hohler Stimme: »Genau das befürchte ich auch, aber ich klammere mich an den Strohhalm, sie könnte uns Aufschluss über Ewans Verbleib geben. Eine andere Hoffnung habe ich nicht, Mom.«

Betrübt nickte Marion. Ihre Tochter, aus einem anderen Jahrhundert kommend, lebte hier und hatte ein Kind geboren, dessen Vater, jetzt vielleicht in wiederum einem anderen

Jahrhundert lebend, sie beide nie mehr wiedersehen würden. Es war paradox.

»War Dòmhnall unruhig?«, erkundigte sich Joan.

»Beim Abendessen wunderte er sich, dass ihr so lange ausbleibt. Doch ich konnte ihn damit beschwichtigen, dass Robin sehr viel Spielzeug zu verteilen hatte und der Clan groß sei.«

Marion begann, nachdenklich auf ihrer Unterlippe zu kauen. »Lange kannst du ihm nicht mehr verheimlichen, dass Ewan gar nicht auf Barwick Castle eingetroffen ist. Es wird dir nichts anderes übrig bleiben, als ihm die Wahrheit zu sagen, mein Kind. Welche Lüge willst du ihm auftischen, wenn Ewan in den nächsten Tagen nicht zu Hause erscheint?«

Marion sprang auf und verschränkte die Arme unter der Brust. »Wenn du erklärst, dass er einfach spurlos verschwunden ist, wird Dòmhnall glauben, die Engländer hätten ihn festgenommen. Er wird seine Männer zusammentrommeln und aus Rache eines der Zeltlager überfallen, es wird zu einem unnötigen Blutvergießen kommen. Willst du das?«

Behutsam legte Joan den Kleinen, der eingeschlafen war, auf Marions Bett und erwiderte kaum hörbar: »Aber wenn ich ihm die wahren Zusammenhänge schildere, erfährt er alles, und du weißt, was das für uns beide bedeutet? Er wird uns in den Kerker werfen und mich für Ewans Verschwinden verantwortlich machen.«

»Du musst ihm wenigsten sagen, dass du den Hauptmann und die Tochter des Verwalters für sein Verschwinden verantwortlich machst«, konnte Marion dem nur entgegensetzen.

»Lass uns zu Bett gehen«, sagte sie schließlich lahm. »Die Erschöpfung des Tages steht dir ins Gesicht geschrieben, du solltest morgen ausschlafen. Ich werde dich bei Dòmhnall beim Frühstück entschuldigen.«

Joans erster Gedanke war, den Vorschlag anzunehmen, doch dann warf sie ihre feuerrote Mähne nach hinten und schüttelte den Kopf. Schließlich wusste sie, wie viel Wert der Laird darauf legte, die Familie geschlossen beim Frühstück zu sehen. Sie lehnte Marions Angebot ab, Donny die Nacht über bei sich zu behalten. Ihr Sohn hatte ihr den ganzen Tag über gefehlt und sie wollte ihn nicht noch länger in der Obhut ihrer Mutter lassen.

Kaum hatte Joan das Kissen berührt, fiel sie in einen tiefen Schlaf. Zunächst träumte sie nichts, doch dann erschien ihr der wohlbekannte dichte kalte Nebel, und kurz darauf war Ceanas Stimme zu hören.

Sie klang kräftiger als in den Nächten zuvor – sie sprach zu Joan, die das Gälische inzwischen gut verstand. Sie hatte Ewan vor Milford und Anna schützen wollen – er hatte sich in der Höhle in tödlicher Gefahr befunden. Sie war zu schwach ohne die fehlenden Knochen und hatte ihn so nur einige Jahre weiterbringen können.

13. Kapitel

Irritiert suchte Joan am nächsten Morgen Robin noch vor dem Frühstück in seiner Kammer auf und berichtete ihm von ihrem nächtlichen Traum.

»Das ergibt einen Sinn.« Robin nickte zustimmend. »Hätten die Wölfe nicht einige von Ceanas Knochen fortgeschleppt, wäre sie stark genug gewesen, Ewan weiter fortzuschicken. Hat sie von Milford gesprochen?«

Joan verneinte. »Ich denke, er hält sich noch immer in den

Wäldern auf und ist längst auf dem Weg nach England, wohin er ursprünglich sowieso sollte. Ceana wusste sicher, dass er Ewan umbringen wollte.« Unvermittelt baute sie sich vor Robin auf und griff nach seinen Händen. »Du musst Ewan zurückholen, sonst werde ich es tun.«

Entsetzt wich Robin einen Schritt zurück. »Wie stellst du dir das vor? Wir wissen nicht, in welchem Jahr genau sich dein Mann befindet. Denk daran, dass wir nur Reisen zwischen diesem Jahr und unserer früheren Zeit gemacht haben. Nur der Himmel weiß, wo sich Ewan befindet. Wir müssen auf seine Klugheit hoffen. Er weiß von der Höhle auf dem Gebiet von Barwick. Die einzige Chance ist, dass er selbst in seine Zeit zurückfindet.«

Robin kannte die hitzige Joan inzwischen gut genug, um zu wissen, dass sie zu allem imstande war. Sie würde im Zweifelsfall so lange suchen, bis sie die Höhle gefunden hatte und aus Liebe zu ihrem Mann das Risiko einer weiteren Zeitreise auf sich nehmen.

»Ich mache dir einen anderen Vorschlag«, sagte er unvermittelt. »Versuche in der Ruine des Rundturms mit Ewan Kontakt aufzunehmen, wie du es bereits mit deiner Mutter damals getan hast.«

Joan machte eine mutlose Miene. »Und was nützt es uns, wenn wir erfahren, wo er ist, wenn du dich weigerst, Ewan zurückzuholen?«

»Immerhin hast du dann Gewissheit.«

Er trat dicht vor sie, hob ihr Kinn an und zwang sie, ihn anzusehen. »Mach keine Dummheiten, hörst du? Du kannst Ewan nicht helfen. Eine Zeitreise könnte lebensgefährlich für dich werden, denn du weißt nicht, wohin Ceanas Geist dich bringen würde.«

»Aber irgendetwas müssen wir doch tun.« Sie klammerte sich an seiner Weste fest. »Versprich mir, erst nach Hause zu reiten, wenn Ewan wieder hier ist. Alleine stehe ich das nicht durch.«

Er lächelte mild. »Das bringt zwar meine Pläne ein wenig durcheinander, aber ich werde bleiben. Dòmhnall hat mir ohnehin seine Gastfreundschaft angeboten und wird sicher nicht argwöhnisch, wenn ich sie nun doch annehme. Willst du meinen Vorschlag annehmen und versuchen, im *Broch* mit Ewan Kontakt aufzunehmen?«

Einen Augenblick zauderte Joan. Dennoch deutete sie schließlich ein Nicken an und wollte wissen, wann der nächste Vollmond zu erwarten sei.

»Heute Nacht. Ein Problem ist allerdings, wie wir um Mitternacht aus der Burg kommen.«

»Wir müssen uns mit Màiri beraten.«

Gedankenverloren betrachtete Dòmhnall Marion, die in einem hohen Lehnstuhl ihm gegenüber vor dem Kamin saß, die Füße ordentlich auf einen kleinen Gobelinschemel gestellt. So hatte auch Ealasaid dort gesessen, eine Handarbeit in den Händen oder in ein Buch vertieft.

Von Tag zu Tag war der Laird of Glenbharr mehr fasziniert von der Mutter seiner Schwiegertochter, und trotzdem konnte er einen letzten Funken von Misstrauen nicht abschütteln. Gerade in den vergangenen Tagen hatte es sich verstärkt.

Marion spürte Dòmhnalls bohrenden Blick, trotzdem tat sie, als wäre sie völlig in ihre Näharbeit vertieft. Emsig glitt ihre Nadel durch den Stoff, doch sie konnte nicht ganz ein leichtes Zittern ihrer Hände verhindern. Schließlich hob sie den Kopf und fragte mit unschuldiger Miene: »Woran denkst du?«

Er strich sich langsam über den Bart. Bevor er antwortete, musste er sich sorgsam die Worte zurechtlegen, denn er wollte Marion nicht verletzen.

»Nun, aye«, kam es endlich zurück, »ich mache mir ein wenig Sorgen um Sèonag. Sie scheint mir in den letzten Tagen etwas niedergeschlagen zu sein, und das sicher nicht wegen Ewans Abwesenheit.«

Es gelang Marion, ein sorgloses Lächeln aufzusetzen. »Aber bestimmt kommt es daher, Dòmhnall. Ich kenne meine Tochter, sie leidet sehr darunter, erst gestern sagte sie mir, dass sie sich schrecklich nach ihm sehnt.«

»Sie muss sich daran gewöhnen, aye? Kein Mensch weiß, wann es zum nächsten Aufstand gegen die Rotjacken kommt, und dann wird Ewan an meiner Seite kämpfen und wir werden womöglich lange fort sein. Ealasaid hat auch gelitten, als ich mit dem Clan nach Sheriffmuir zog und sie hat fürchterliche Ängste ausgestanden, Mòrag. Deine Tochter wusste, worauf sie sich einließ, als sie einen schottischen Krieger heiratete.«

»Gewiss, doch versuche, ein wenig Verständnis für sie aufzubringen. Sie und Ewan sind ein junges, verliebtes Ehepaar, da ist jede Stunde, die sie nicht gemeinsam verbringen können, zu viel.«

Er grunzte. »Ewan scheint sich aber nicht so sehr nach seiner schönen Gemahlin zu sehnen, sonst wäre er längst wieder hier.«

»Ich denke, er wird bald zurück sein«, beeilte sich Marion zu sagen, dabei errötete sie leicht. Nur jetzt keinen Fehler machen, dachte sie ängstlich. »Schließlich war ich dabei, als er zu Joan sagte, dass er nicht länger als eine Woche bleiben wolle. Doch Mìcheal ist sein Freund und die beiden haben sich viel zu erzählen.«

»Hm, und ein Fass Whisky zu leeren«, fügte der Laird trocken hinzu und lächelte. Ein richtiger Highlander musste trinkfest sein, und je mehr er trank, desto stärker war er nach Dòmhnalls Meinung. Er kannte Crìsdean MacGannors Selbstgebrannten, er war fast so gut wie sein eigener.

Als Marion geschickt das Thema wechselte, indem sie von dem gemeinsamen Enkel erzählte, schien Dòmhnall fürs Erste abgelenkt zu sein.

Man konnte Màiri ansehen, dass sie es kaum erwarten konnte, bis ihre Schwester die Färbekammer verließ. An Joans Augen sah sie, dass sich etwas ereignet hatte. Vor dem Frühstück hatte es keine Gelegenheit gegeben, mit ihr zu sprechen, sie und Robin waren erst in letzter Minute im Speisesaal erschienen.

Doch Darla dachte gar nicht daran, die Kammer zu verlassen. Mit versonnener Miene rührte sie in jenem Bottich, in dem Màiri Tage zuvor einen Sud aus Farnen und Moosen angesetzt hatte. Die Wollstränge wurden nach dem Spinnen von Darla in diesem Sud prächtig grün gefärbt.

»Ist dir im Traum die heilige Mutter erschienen, oder weshalb siehst du so verzückt aus?«, konnte sich Màiri nicht verkneifen zu sagen. »Schon lange hat man dich nicht mehr so erlebt.«

Darla hob kurz den Kopf, ihr Lächeln war ungewöhnlich weich und in ihren Augen lag ein warmer Glanz. Sie schaute sich um, und als sie die Wäscherin Zelda entdeckte, die dabei war, einige gefärbte Wollstränge hinüber in die Waschküche zum Trocknen zu bringen, winkte sie ihre Schwester und Joan zu sich.

Es war ihr anzusehen, dass sie sich mitteilen wollte, und als die beiden anderen Frauen nahe genug bei ihr waren, sagte sie mit gesenkter Stimme: »Ich glaube, ich bin wieder in der Hoffnung.«

»Das ist wundervoll!« Joan drückte ihre jüngere Schwägerin innig an sich. »Ihr habt es euch so sehr gewünscht. Weiß es Peader schon?«

»Nein, ich werde es ihm heute Abend sagen, bevor wir zu

Bett gehen.« Stolz strich sich Darla über den noch flachen Bauch. »Nun kann er nicht mehr behaupten, dass ich nicht fähig bin, einen Sohn auszutragen, aye?«

Darlas Züge waren über Nacht fraulicher geworden, wie Joan schon bemerkt hatte. Noch vor wenigen Tagen hatte sie mädchenhafter gewirkt, obwohl sie schon eine Tochter hatte. Die neue Schwangerschaft schien aus der Vierundzwanzigjährigen endgültig eine Frau zu machen.

»Auch Vater wird sich sehr freuen«, sagte Màiri, nachdem sie Darla einen Kuss auf die Wange gehaucht hatte. »Willst du nicht gleich zu ihm gehen und es ihm sagen?«

Irritiert blickte Darla abwechselnd ihre Schwester und Joan an. »Ich finde, Peader sollte es vorher wissen, aye? Wollt ihr mich etwa loswerden?«

»Unsinn, aber du weißt doch, dass Vater die Nachricht von einem neuen Enkelkind aufmuntern würde.« Màiri nahm ihre Schwester bei der Hand und führte sie zur Tür. »Und danach ruhst du dich aus, bis Peader aus den Bergen zurückkommt.«

Darlas ohnehin leuchtende Augen strahlten. »Heißt das, ich muss heute nicht mehr beim Färben helfen?«

»Aye, das heißt es«, erwiderte Màiri schmunzelnd, denn sie wusste, wie ungern Darla diese Tätigkeit übernahm. Am liebsten beschäftigte sich Dòmhnalls jüngstes Kind mit Tagträumen und dem Lesen romantischer Liebesgedichte. Die Aussicht, wenigstens an diesem Tag von Màiris ständigen Forderungen befreit zu sein, ließ Darla erleichtert auflachen.

»Wenn wir die Arbeit alleine nicht schaffen, kann uns Zelda helfen!«, rief Joan ihr noch nach, doch das hörte sie nicht mehr. Mit gerafften Röcken eilte sie bereits zur Treppe.

Andächtig standen die beiden Frauen noch eine Weile beieinander, bis Màiri ihre Schwägerin sanft mit dem Ellenbogen anstieß. »Nun, was hast du mir zu sagen, Sèonag?«

Augenblicklich verdunkelte sich Joans Miene und stockend berichtete sie von ihrem nächtlichen Traum sowie Robins Vorschlag. Sie schloss mit den entmutigenden Worten: »Ich fühle mich so ohnmächtig. Was soll ich nur tun?«

Mit gerunzelter Stirn trocknete sich Màiri die Hände an ihrer Schürze ab, spähte kurz zur angelehnten Tür in die angrenzende Waschküche und erwiderte dann: »Ich finde Robins Idee gar nicht so übel. Du konntest damals, als du im *Broch* mit deiner Mutter Kontakt aufgenommen hast, sogar mit ihr reden. Vielleicht gelingt das auch bei Ewan.«

Màiri beruhigte Joan keineswegs, im Gegenteil.

»Ich bin davon überzeugt, dass Ewan von selbst zur Höhle finden würde, und längst mit Ceanas Hilfe wieder hier wäre, wenn ... Ich fürchte ... ich fürchte, dass irgendjemand ihn daran hindert, zurückzukehren.«

»Du meinst Hauptmann Milford?«

»Das weiß ich nicht. Robin meint allerdings, dass Milford Anna umgebracht und sich dann aus dem Staub gemacht hat.« Unvermittelt griff sich Joan an die Kehle. »Hast du schon mal daran gedacht, dass Ewan nur einen Zeitsprung von fünf oder acht Jahren gemacht haben könnte?«

Unschlüssig hob Màiri die Schultern. »Was wäre daran so schlimm? Hier wird sich in den nächsten Jahren – so Gott will – nichts ändern. Wenn mein Bruder dann wieder auftaucht, werden für ihn nur wenige Wochen vergangen sein. Du hast selbst gesagt, dass die Zeit schneller vergeht, in der man sich gerade nicht befindet.«

Kraftlos ließ sich Joan auf einen dreibeinigen Holzschemel fallen.

Dòmhnalls Augen leuchteten, als er sein jüngstes Kind stürmisch in die Arme nahm: »Deine Mutter wäre außer sich vor Freude, wenn sie diesen Tag erlebt hätte. Mit jedem Jahr vergrößert sich unsere Familie, sodass die MacLaughlins of Glenbharr niemals aussterben werden.«

Ein wenig unsicher lächelte Darla und zupfte verlegen an ihrer Haube, nachdem ihr Vater sie freigegeben hatte. Sie war derartige Gefühlsausbrüche nicht von ihm gewohnt, denn im Allgemeinen hatte er eher tadelnde Blicke oder ein nachsichtiges Lächeln für sein Nesthäkchen übrig. Zum ersten Mal fühlte sich Darla von ihm ernst genommen.

»Nun lauf und sag Ogur Bescheid, dass er für den heutigen Abend ein Festessen zubereitet. Deinem Mann wirst du die Neuigkeit wohl gleich nach seiner Heimkehr mitteilen.«

»Aye, das werde ich, *athair.*« Darla machte einen artigen Knicks, dann nickte sie Marion lächelnd zu, die sich abseits hielt, und stürmte aus der Bibliothek.

Schwungvoll wandte sich Dòhmnall um. »Hast du das gehört, Mòrag? Wir werden bald ein weiteres Familienmitglied haben und ich könnte mir vorstellen, dass auch Ewan und Sèonag noch vor Jahresende vor mir stehen und dieselbe frohe Botschaft verkünden.«

Marion beeilte sich, zustimmend zu nicken, obwohl es ihr schwerfiel.

»Du sieht betrübt aus, Mòrag.« Er war dicht vor sie getreten und sie blickte erschocken zu ihm auf. »Woran denkst du?«

Sie machte eine wegwerfende Handbewegung. »Nichts, das dich beunruhigen müsste. Manchmal bin ich ein wenig sentimental und denke daran, wie schön es war, als Joan ein kleines Mädchen war. Sie war ein bezauberndes Kind, alle haben sie geliebt.«

»Du könntest noch ein Kind bekommen.«

»Ich konzentriere mich lieber darauf, Großmutter zu sein«, sagte sie lachend. »Mit meinen neunundvierzig Jahren ist das eine wunderbare Aufgabe.«

»Wie du meinst, meine Liebe.« Auch Dòmhnall sah vergnügt aus. »Überlassen wir das den jungen Leuten, aye?«

Immer öfter nahm Joan ihren Sohn mit, wenn sie ihre Gemächer verließ, so auch an diesem Tag. Bis zum frühen Nachmittag waren sie und Màiri mit dem Färben der Wollstränge beschäftigt gewesen, nun befanden sie sich in Màiris Webkammer. Zu ihnen hatte sich Robin gesellt mit einem Holzstück und einem Schnitzmesser. Donny schlief.

»Màiri, hast du einen Vorschlag, wie wir Joan um Mitternacht aus der Burg schmuggeln können? Wir können nicht erwarten, dass die Wache Dòmhnall gegenüber schweigt, wenn seine Schwiegertochter mitten in der Nacht ohne ersichtlichen Grund die Burg verlässt.« Erwartungsvoll sah Robin sie an.

Joans Augen weiteten sich vor Schreck. »Willst du mich etwa alleine reiten lassen?«

»Natürlich nicht.«

»Während der letzten Stunden habe ich viel nachgedacht«, sagte Màiri zögernd. »Wir sollten Mìcheal einweihen.«

»In was?«, fragten Joan und Robin wie aus einem Munde.

»Nun aye … in alles.« Vorsichtig blickte Màiri auf, um die Reaktion der anderen zu beobachten. »In euer Geheimnis bis hin zu Ewans Verschwinden. Es hat mich große Mühe gekostet, Mìcheal zu beschwichtigen, als ich ihn fragte, ob Ewan bei ihm eingetroffen ist.« Ihr Blick war flehend abwechselnd auf Robin und Joan gerichtet. »Ihr müsst euch nicht fürchten, ohne eure Einwilligung werde ich schweigen, aber wenn wir Mìcheal eure Geschichte erzählen, haben wir auch einen Verbündeten mehr.«

»Was meinst du?«, wandte sich Robin an Joan, die dumpf vor sich hinbrütete. »Glaubst du, dass wir Mìcheal vertrauen können?«

»Oh ja, das könnt Ihr, Mr Lamont!«, rief Màiri aufgebracht; auf ihren hellen Wangen bildeten sich rote Flecken und ihre Finger nestelten nervös an der Kordel ihres Mieders. »Mìcheal würde mir zuliebe nie ein Wort verlauten lassen, das euch drei verraten könnte.«

Abwesend spielte Joan mit dem Webschiffchen, ihr gefiel die Idee nicht besonders. Zum einen kannte sie Mìcheal zu wenig, zum anderen war sie von seiner Verschwiegenheit nicht so überzeugt wie ihre Schwägerin.

Jeder, der um die wahre Herkunft Joans und der anderen wusste, konnte zur tödlichen Gefahr werden, denn trotz ihrer katholischen Kirchenangehörigkeit glaubten die meisten schottischen Hochlandbewohner an Feen, Wechselbälger und Hexen. Dafür war Dòmhnall das beste Beispiel.

Als Joan den Kopf hob, bemerkte sie, dass die beiden anderen sie fragend anschauten. Sie richtete sich auf und legte sorgfältig das Webschiffchen zur Seite. »Würde Mìcheal uns überhaupt glauben?«

»Das ist die Frage, die auch ich gerade stellen wollte«, erwiderte Robin ernst, dabei sah er zu Màiri, deren hektische Gesichtsflecken allmählich verblassten. »Ihr riskiert, dass er sich von Euch abwendet, weil er meint, Euer Geist sei verwirrt.«

»Wenn Ihr und Sèonag bestätigt, dass ich nicht gelogen habe, wird er es glauben. Als Sèonag mir damals anvertraute, dass sie aus einer anderen Zeit gekommen war, befürchtete ich im ersten Augenblick ebenfalls, dass bei ihr im Oberstübchen etwas nicht stimmen könnte. Doch sie hat mich schließlich überzeugt. Ewan war weniger leicht zu überzeugen. Er glaubte, Sèonag hätte mir einen Narren aufgebunden, damit ich ihr zur Flucht aus der Burg verhelfe.«

Sie hatte die Arbeit niedergelegt. Feierlich faltete sie die Hände und blickte zu den anderen beiden am Tisch. »Ich werde Vater noch heute um Erlaubnis bitten, mich nach Barwick Castle reiten zu lassen, weil ich Sehnsucht nach Mìcheal verspüre. Ihr beide sollt mich begleiten.«

Màiri erwartete Zustimmung, erntete jedoch nur fragende Blicke. »So hat Sèonag Gelegenheit, um Mitternacht Kontakt zu Ewan aufzunehmen, und … mit Gottes Hilfe wird sie erkennen können, wo er sich aufhält.«

»Wohl eher mit Ceanas Hilfe«, murmelte Joan, dann wandte sie sich an Robin. »Die Idee ist gut, aber wie geht es dann weiter?«

»Mìcheal wird sich wohl wundern, wenn wir bei ihm auftauchen, aber dazu wird mir schon etwas einfallen«, sagte Màiri zuversichtlich. »Dann müssen wir ihm die Wahrheit sagen, und es ist wichtig, dass ihr dabei seid, wenn ich mit ihm rede. Gleich danach muss Sèonag wegen Donny wieder nach Hause, ich werde ein paar Tage auf Barwick Castle bleiben. Mìcheal ist ein kluger Mensch, womöglich fällt ihm ein, wie wir Ewan helfen können.«

Seufzend fuhr sich Robin über das Gesicht. »Ich fürchte, es wird Tage dauern, bis Ihr ihm glaubhaft die Zusammenhänge erklärt habt. Bist du sicher, dass du Ceana richtig verstanden hast? Sie hat Ewan vor Milford retten wollen und ihn in eine andere Zeit geschickt?«

»Aber ja!«, tönte es zurück. »Meine gälischen Sprachkenntnisse sind zwar nicht die besten, aber Ceana hat sehr deutlich gesprochen.«

»Nun, was meint ihr zu meinem Vorschlag?«, fragte Màiri. »Wir müssen uns rasch entscheiden, es wird bald dunkel.«

Einige Sekunden blickten sich Joan und Robin unschlüssig an, dann sagte sie: »Wir sollten es riskieren, uns bleibt wohl keine andere Wahl, oder?«

»Ich schätze, ihr habt recht«, stimmte Robin zu.

Màiri schob ihren Webrahmen beiseite. An arbeiten war an diesem Nachmittag nicht mehr zu denken. Fieberhaft überlegte sie, wie sie ihren Vater davon überzeugen konnte, noch am selben Tag zu Mìcheal zu reiten. Dass Joan und Robin sie begleiteten, würde sie Dòmhnall wohl nicht näher erklären müssen: Robin war die vorgeschriebene männliche Begleitperson und ihre Schwägerin hatte Sehnsucht nach Ewan.

Alle drei hoben gleichzeitig die Köpfe, als sich Hufgetrappel näherte. Vom Fenster der Webkammer konnte man nur zum Wald blicken, daher eilten sie wortlos hinaus auf den Gang, dessen Fenster auf den Burghof wiesen.

Joans Hoffnung wurde enttäuscht, noch bevor sie das Fenster erreicht hatte. Ewan war alleine geritten, doch sie hörte die Hufe von mehreren Pferden. Drei englische Soldaten ritten durch das geöffnete Burgtor.

»Was hat das zu bedeuten?« Joan presste Donny enger an sich. »Ob man Ewan gefunden hat?«

Mit weißen Gesichtern starrten die beiden anderen sie an.

Marions helles Lachen erfüllte die Bibliothek, und Dòmhnall fand, dass es diesen Wänden guttat. Gerade hatte er ihr erzählt, wie er als junger Bursche einem *Sasannach* mit seinem *sgian dubh* auf einen Streich alle Knöpfe seiner Uniformhose abgetrennt hatte, sodass dem Soldaten das Kleidungsstück bis zu den Knien herunterrutschte. »Und das vor all seinen Kameraden!«

»Wie peinlich«, gluckste Marion. »Vermutlich war die Geschichte noch wochenlang Tagesgespräch in seiner Einheit.«

»Aye, das will ich stark hoffen. Damals gab es noch keine Union, keine gemeinsamen Gesetze; Schottland und England waren offiziell verfeindet.« Der Laird schmunzelte. »Ich habe diesen *Sasannach* übrigens nie wieder gesehen, *mo ban-charaid*[1].«

1 Meine Freundin

Ein energisches Klopfen an der Tür unterbrach abrupt die vergnügte Unterhaltung und Dòmhnall brummte ein unfreundliches ›Herein‹.

Einer der Bediensteten verkündete, dass ein Hauptmann Smith von Fort George den Laird zu sprechen wünschte.

»In Gottes Namen, er soll eintreten.« Dòmhnall machte eine unwirsche Handbewegung. Seine Haltung wurde allerdings milder, als Marion aufstehen und diskret den Raum verlassen wollte. »Bleib nur. Es ist der Hauptmann, der Ewan im Sommer hatte verhaften lassen, als ihm Milfords Verwundung zur Last gelegt worden war. Was diese Witzfigur zu sagen hat, ist sicherlich für jedermanns Ohr bestimmt.«

Ganz wohl war Marion nicht. Mit ihren Landsleuten hatte sie seit ihrer Ankunft auf Glenbharr Castle glücklicherweise nichts zu tun gehabt.

Hauptmann Smith war von kleiner Statur, stolz reckte er das Kinn, was ihn jedoch auch nicht größer erscheinen ließ. Er nickte knapp in Marions Richtung, dann streckte er sich und begrüßte den Laird. »Colonel Porter erbittet Euer sofortiges Erscheinen. Eine Gruppe Männer hat gestern Abend versucht, Fort George anzuzünden, indem sie brennende Lumpen über die Mauer warfen.«

Dòmhnalls buschige Augenbrauen fuhren hoch, er lehnte sich zurück, ohne dem Engländer jedoch Platz anzubieten. »Waren auch meine Männer darunter?«

»Das weiß ich nicht, Sir.« Smith warf einen unsicheren Blick zu Marion hinüber, dann fuhr er mit gesenkter Stimme fort: »Natürlich konnten wir die Männer fassen und ins Verlies werfen. Heute Morgen wollte man anhand der Tartans feststellen, zu welchen Clans die Männer gehören, doch …«

Ein weiterer Blick traf Marion. »… doch sie hatten ihre Plaids ausgezogen und in kleine Stücke gerissen, sodass kein Tartan mehr zu erkennen war.«

Fast hätte Dòmhnall aufgelacht. Auch wenn die meisten Krieger einfache Bauern waren – schlau waren sie allesamt. Solange keine Clanzugehörigkeit festgestellt werden konnte, konnte auch kein Clanoberhaupt für den Überfall verantwortlich gemacht werden.

»Und nun sitzen die armen Jungs mit nacktem Hintern auf dem feuchten Stroh?«, erkundigte sich der Laird leichthin, als spräche er über das Wetter. Insgeheim hoffte er, dass keiner seiner Männer dabei war. Er selbst hatte jeden Krieger einzeln aufgesucht und darum gebeten, sich ruhig zu verhalten, auch wenn Glenda MacLaughlins Schändung noch immer nicht gesühnt worden war. Die Männer hatten ihrem Laird den Treueschwur geleistet, doch sie waren allesamt Hitzköpfe, und immer wieder gab es einige, die nicht auf den Tag der Vergeltung warten wollten.

Smith räusperte sich, sein Gesicht war bis zu den Haarwurzeln puterrot. »Jawohl, Sir. Colonel Porter bittet Euch und alle Lairds der näheren Umgebung darum, die Männer zu identifizieren.«

Dòmhnall nickte und erhob sich.

»Ich warte mit meinen Männern im Hof, bis Ihr bereit seid.« Smith knallte die Hacken zusammen, deutete eine Verbeugung in Marions Richtung an und stolzierte zur Tür hinaus, zu deren beiden Seiten Clansmänner mit finsteren Mienen postierten.

Auch Marion war aufgestanden, doch der Laird schien es nicht eilig zu haben, Smiths Aufforderung zu folgen. Er trat zum Kamin und betrachtete das Wappen der MacLaughlins. Mit verschnörkelten goldenen Buchstaben war die Inschrift, die Parole des Clans, zu lesen: ›Ma vie pour la liberté‹.

»Mein Leben für die Freiheit«, murmelte Dòmhnall nachdenklich. »Manche Männer nehmen diesen Spruch leider zu wörtlich, diese Kindsköpfe.«

Marion war zu ihm getreten und beinahe hätte sie ihre Hand auf seinen muskulösen Arm gelegt. Doch davor scheute sie noch zurück. Bisher hatten sie sich erst einmal an den Händen berührt, eine flüchtige Berührung, die Marion jedoch durch Mark und Bein gegangen war.

»Sicher waren es nicht deine Männer, die das Fort in Brand setzen wollten«, sagte sie.

Er seufzte. »Aye, das hoffe ich. Zutrauen würde ich es allerdings schon einigen. Sie kochen vor Wut, können sich kaum zähmen, wenn sie einen der Rotjacken nur riechen. Zu dumm, dass ausgerechnet jetzt Ewan nicht hier ist.« Lässig schwang er das Ende seines *breacan feile* über die Schulter und verabschiedete sich von Marion. »Das Festessen müssen wir nun leider verschieben, auch wenn Darla darüber sehr traurig sein wird.«

Mit diesen Worten eilte er zur Tür und warf den Posten ein paar gälische Befehle zu. Alleine würde er nicht zum Fort reiten, und da Peader noch nicht wieder heimgekehrt war, würden ihn zwei andere Clansmänner begleiten müssen.

14. Kapitel

Je näher sie dem alten Keltenrundturm kamen, desto beklommener wurde es Joan zumute, und mit gemischten Gefühlen dachte sie an die Séancen, die sie mit ihrer Mutter im fernen einundzwanzigsten Jahrhundert gehalten hatte. Behilflich war Joan dabei das Amulett gewesen, das sie in der Grube bei Ceanas Gebeinen gefunden und an sich genommen hatte.

Robin hatte das Amulett sofort als Ceanas Schmuckstück

erkannt, das diese ständig getragen hatte, und seiner Meinung nach war es ein gutes Medium.

Bis zum *Broch* ritt man bei günstiger Witterung kaum zehn Minuten, und da der Himmel klar war und der Mond den Reitern den Weg leuchtete, hatten sie den Rundturm rasch erreicht. Dunkel und drohend stand er vor dem nachtdunklen Himmel.

Immer wieder hatte Robin sie beschwichtigt, doch für Joan blieb er ein unheimlicher Ort.

»Wir bleiben in der Nähe«, versprach Robin und half Joan beim Absteigen. »Wenn etwas Ungewöhnliches passiert, rufe laut, ich werde dann sofort bei dir sein. Ansonsten werden Màiri und ich uns am Waldrand aufhalten, bis du zurück bist.«

Zaghaft nickte Joan. Inzwischen wusste sie, dass die Anwesenheit anderer Menschen die Séance stören konnte und die Beklommenheit wuchs, als Màiri sie wie zum Abschied stumm umarmte.

Joan war schwanger gewesen, als sie wegen Marion den *Broch* aufgesucht hatte, und die nächtlichen Sitzungen hatten die werdende Mutter sehr geschwächt. Wie würde es diesmal werden? Würde es überhaupt klappen?

Ungeschickt fingerte Joan das Amulett aus ihrem Mieder, das schwer an ihre Brust gedrückt worden war. Langsam setzte sie einen Fuß vor den anderen, als sie zum Eingang des Turms schritt, Ceanas Schmuckstück in der Hand.

Der *Broch* war bei einem Feuer zerstört worden und bestand nur noch aus einer etwa vier Meter hohen Ruine. Der Mond erhellte das Innere des *Brochs*, was Joan ein wenig von ihrer Angst nahm. Sie versuchte, den Trümmerhaufen in einer der Ecken zu ignorieren, denn darunter lagen die winzigen Gräber jener toten Babys, die Ceana aus Barmherzigkeit an sich genommen und begraben hatte.

Joans Herz schlug heftig, als sie sich schließlich an derselben Stelle niederließ wie bei den früheren Séancen.

»Bitte hilf mir, meinen Mann zu finden, Ceana«, flehte Joan, dann tat sie, wie Robin ihr geheißen und wie sie letztendlich auch Kontakt zu ihrer Mutter gefunden hatte.

Den Kopf gegen die Steinmauer gelehnt, die Augen geschlossen, nahm Joan das Amulett in beide Hände und konzentrierte sich auf Ewan, in Gedanken rief sie verzweifelt seinen Namen.

Es blieb still, das Amulett war so tot, wie ein Schmuckstück nur sein konnte. Enttäuschung überfiel sie, wieder und wieder versuchte sie, alle Gedanken, außer die an ihren Mann, auszuschließen.

Und plötzlich tat sich etwas: Ceanas Amulett wurde erst warm, dann fast heiß, doch Joan ließ es nicht los. Sie spürte, dass sie sich auf dem richtigen Weg befand. Vor ihren geschlossenen Augen tauchten zunächst wirre, zuckende Fantasiebilder auf, die sich jedoch allmählich verflüchtigten und undeutlich raue feuchte Steinwände freigaben.

Das Bild wurde schärfer und Joan erkannte einen dunklen Raum mit einem winzigen vergitterten Fenster. Auf dem Boden saßen zerlumpte Gestalten mit langen ungepflegten Bärten und zerrissener Kleidung. Sie unterhielten sich auf Gälisch.

Die Stimme eines Mannes erkannte Joan – sie gehörte eindeutig Ewan. Er musste in Gefangenschaft geraten sein, aber wann und wo? Einige der Männer lachten rau, andere saßen verzweifelt oder apathisch da und schienen auf den Tod zu warten.

Der Mann, der sich schließlich erhob, war sehr groß und breitschultrig, die Gefangenschaft schien seiner Würde nichts angetan zu haben, wie er stolz dastand und auf die anderen Männer einredete. Es war eindeutig Ewan.

Sie konnte einige Satzfetzen verstehen – es ging um die verfluchten Rotjacken, um Durchhaltevermögen, um Zusammenhalt im Clan.

Die anderen Männer hörten mehr oder weniger zu, ihre Gesichter spiegelten Hoffnungslosigkeit wider, Hunger und die Sehnsucht nach zu Hause. Als Ewan merkte, dass kaum einer Interesse an seiner Rede hatte, ließ auch er sich wieder auf dem strohbedeckten Steinboden nieder und starrte wie die anderen ins Nichts.

Leise rief Joan seinen Namen, und es hatte den Anschein, dass Ewan sie hörte, denn er hob kurz den Kopf, lauschte und sank wieder in die Lethargie zurück. Noch einmal flüsterte Joan verzweifelt Ewans Namen, dabei umklammerten ihre Hände das Amulett noch fester. Doch Ewan regierte nicht mehr, das Bild verschwamm, um schließlich vollends zu erlöschen und das soeben noch heiße Amulett lag kühl in Joans Hand. Wie benommen erhob sie sich, denn ihr war klar, dass sie in dieser Nacht nichts mehr sehen würde. Ihre Füße wollten sie kaum tragen, als sie aus dem Turm wankte. Genau wie bei den früheren Séancen fühlte sie sich schwach und ausgebrannt.

Robin fing sie auf und trug sie zu Màiri, die ein Plaid auf den Waldboden gelegt hatte und nun Joan besorgt betrachtete. Als Robin sie vorsichtig auf das Plaid gleiten ließ, starrten beide sie neugierig an. »Ich konnte ihn sehen«, murmelte sie schließlich und zog sich ihren Umhang enger um die Schultern. »Ich konnte Ewan tatsächlich sehen.«

Vorsichtig kauerte sich Robin neben sie. »Er ist am Leben? Hast du erkennen können, wo er sich befindet?«

Auch Màiri kniete sich nun ebenfalls nieder, und ihre weiche Stimme war kaum zu hören: »Bitte sag uns die Wahrheit, Sèonag. Wir sind auf alles gefasst.«

Nacheinander musterte Joan die beiden anderen, als würde sie sie zum ersten Mal sehen, dann sagte sie mehr zu sich selbst: »Er ist in Gefahr, in großer Gefahr.«

»Erzähle, was du weißt, bevor wir hier noch erfrieren«, bat Robin mit eindringlicher Stimme, und erst jetzt spürte auch Joan die durchdringende nächtliche Kälte. »Wo hast du Ewan gesehen?«

Hilflos hob Joan den Kopf. »Ich weiß es nicht, es schien eine Art Kerker zu sein. Die Männer dort sahen aus wie zerlumpte Wegelagerer – und einer von ihnen war Ewan.«

Màiri stieß einen erstickten Laut aus.

»Weiter«, drängte Robin. »Jede Kleinigkeit könnte wichtig sein. Wie viele Männer waren in diesem Kerker?«

»Es war zu dunkel, viel erkennen konnte ich nicht. Es können zwanzig oder auch dreißig gewesen sein, und sie schienen alle Schotten zu sein, denn Ewan sprach Gälisch mit ihnen.«

»Was sagte er?«

»Leider sprach er nicht zu mir, Màiri, sondern zu seinen Mitgefangenen.« Joan versuchte, sich an die Worte zu erinnern, die sie verstanden hatte.

»Es war furchtbar. Ewan und die anderen sahen unterernährt und geschwächt aus.« Verzweifelt schlug Joan die Hände vors Gesicht.

Beruhigend legte Robin einen Arm um sie. »Sag, was trugen die Männer? Hatten sie ihre *breacan feile* bei sich?«

Joan runzelte die Stirn, auf die Kleidung hatte sie kaum geachtet. Aber Ewan war aufgestanden – und sie hatte ihn in voller Größe sehen können!

»Ewan trug ein schmutziges, zerrissenes Leinenhemd, das eine entfernte Ähnlichkeit mit jenem hatte, das er bei seinem Ritt zu Mìcheal trug und … nein, sein Plaid habe ich nicht gesehen, Ewan trug schmuddelige knielange Hosen.«

»Verdammt!«, schimpfte Robin so laut, dass die beiden

Frauen erschraken. »Ich fürchte, Ceana hat ihn versehentlich in die schlimmste Zeit geschickt, die es für ihn geben kann.«

Auf Joans fragenden Blick antwortete er nicht, sondern erhob sich und ermahnte die Frauen, sich zu beeilen, damit man so schnell wie möglich auf Barwick Castle eintraf.

Màiri war nicht entgangen, dass Robin vor ihr nicht sprechen wollte. Während des Rittes zur Burg von Crìsdean MacGannor belagerte sie ihn und stellte eine Frage nach der anderen, die Robin jedoch nur ausweichend beantwortete.

Joan hingegen begann zu ahnen, dass Ewan in einer Zeit nach dem letzten Jakobitenaufstand angekommen war – in einer Zeit, in der die Clans vernichtet und die Burgen der Oberhäupter niedergebrannt werden würden, die Lairds und ihre Familien von den siegreichen Engländern vertrieben oder getötet wurden.

Màiri spürte, dass etwas Ungeheuerliches in der Zukunft geschehen würde, und auch wenn sie nach einer Weile aufgab, Robin auszufragen, saß sie weiterhin mit nachdenklicher Miene auf ihrem Pferd.

Der Wachtposten auf Barwick Castle machte große Augen, als er die späten Besucher erkannte, ließ sie jedoch augenblicklich ein.

»Bitte lass Mìcheal wecken«, bat Màiri. »Wir müssen ihn dringend sprechen.«

Der Mann nickte, winkte einen weiteren Clansmann herbei, der sich der Pferde der Ankömmlinge annahm und bat die Besucher, ihm zu folgen.

Anders als Glenbharr Castle war die Burg von Crìsdean MacGannor ein trutziger, eckiger Klotz mit nur je einem Turm nach Osten und Westen, innen allerdings ähnelte sie dem Stammsitz der MacLaughlins.

Nur wenige Minuten später erschien Mìcheal in der Halle, allem Anschein nach hatte er noch nicht geschlafen, denn er war vollständig bekleidet. Seine freudige Miene verwandelte sich in Besorgnis, als er sie zu dritt entdeckte.

Er nahm Màiri sanft bei den Schultern, küsste sie sittsam auf die Stirn und fragte sie: »Gibt es einen besonderen Grund für euren nächtlichen Besuch?« Er nickte Joan und Robin zu und begrüßte sie herzlich.

»Das ist eine lange Geschichte«, antwortete Màiri. »Sie betrifft meinen Bruder und auch meine beiden Begleiter. Wir müssen mit dir darüber reden«, erwiderte Màiri, wobei ihre Stimme leicht schwankte. »Zuerst möchte ich mit dir alleine sprechen.«

»Natürlich.« Mìcheal blickte irritiert um sich, dann bat er Joan und Robin, in einem der Salons Platz zu nehmen, während er sich mit Màiri in seine persönlichen Gemächer zurückzog. Obwohl er noch nicht wusste, was sie ihm sagen wollte, so ahnte er doch, dass es etwas sehr Schwerwiegendes sein würde.

Robin und Joan lehnten ab, als Mìcheal anbot, eine der Mägde zu wecken, damit sie die Besucher verköstigte. Bevor er den Salon wieder verließ, hatte er anklingen lassen, dass sein Onkel Crìsdean seit einigen Tagen unterwegs sei, um Viehdieben nachzustellen, da immer wieder Rinder und Schafe von Weiden und aus den Ställen gestohlen würden.

Unruhig durchwanderte Joan den kleinen Salon, während Robin sich setzte und das Gesicht hinter den Händen verbarg. Keiner sagte etwas, doch beide dachten dasselbe.

Schließlich ließ sich auch Joan erschöpft nieder und fragte dann mit tonloser Stimme: »Denkst du auch, dass Ewan sich im Jahre 1746 befindet?«

»Allerdings, es gibt keinen Zweifel. Das wichtigste Indiz dafür sind die Kniehosen, die er trägt – wohl zu tragen gezwungen worden ist. Kein Highlander trägt sie freiwillig!«

Fast unmerklich nickte sie, den Blick fest auf Robin gerichtet. »Ceana hat ihn vermutlich unbeabsichtigt den Engländern zu einer Zeit in die Hände gespielt, in der es keine Clans und keine Tartans mehr geben wird.«

»Eine unmenschliche Zeit für jeden stolzen schottischen Krieger«, ergänzte Robin mit unglücklichem Gesicht. »Aus den Geschichtsbüchern weiß ich, dass sie noch nicht einmal mehr Gälisch, ihre Muttersprache, sprechen dürfen, damit soll ihre jahrhundertealte Kultur vernichtet werden.«

Fröstelnd kauerte sich Joan in den Ohrensessel, vor ihrem geistigen Auge sah sie ihren Mann, wie er und seine Leute verhungerten, an Seuchen zugrunde gingen oder hingerichtet wurden.

»Gütiger Himmel!« In plötzlichem Entsetzen sprang sie auf. »Die Engländer werden erfahren, dass Ewan der Sohn eines Lairds ist, dessen Männer vermutlich an der Schlacht bei Culloden teilgenommen haben. Ich weiß, was mit diesen Männern geschieht. Man wird ihn hinrichten oder verhungern lassen in diesem elenden Gefängnis, in das man ihn verschleppt hat.«

Robin stand auf. »Reiß dich zusammen, ich flehe dich an! Màiri darf deine Verzweiflung nicht bemerken, sonst wird sie Fragen stellen, die ich ihr nicht beantworten möchte – und du sicherlich auch nicht.«

»Sie hat doch schon gemerkt, dass wir ihr etwas verheimlichen«, beklagte Joan, während sich ihre Hände in Robins Jacke krallten. »Ich spüre, dass ich Ewan nie wieder sehen werde, nie wieder.«

Seufzend zuckte Robin mit den Schultern und ballte in ohnmächtiger Wut die Hände zu Fäusten. Wie gern hätte er Joan ein paar tröstende Worte gesagt, ihr Mut und Gottvertrauen zugesprochen. Doch was sollte er sagen?

Ewan war zwar ein gewandter Krieger, ein begnadeter Schwertkämpfer und konnte bei einem Kampf Mann gegen

Mann mit Leichtigkeit siegen. Doch einer Horde bis an die Zähne bewaffneter englischer Soldaten war er machtlos ausgeliefert. Joan hatte nicht ganz unrecht mit ihrer Befürchtung, denn immerhin wusste man im einundzwanzigsten Jahrhundert, dass mit dem letzten blutigen Jakobitenaufstand das Ende der Clans gekommen war.

»Wir müssen etwas unternehmen«, sagte Joan mit tränenerstickter Stimme, ihren Kopf hatte sie an Robins Schulter gebettet. »Wir müssen die Höhle aufsuchen und Ewan aus diesem furchtbaren Verlies holen.«

Er ließ sie ausreden, und als er nicht antwortete, hob sie mit fragender Miene den Kopf. »Was hältst du davon?«

»Nichts, absolut gar nichts, Joan. Bitte sei vernünftig, wir können Ewan nicht helfen. Eine Zeitreise wäre zu gefährlich, darüber haben wir doch ausführlich gesprochen. Und wir werden womöglich nicht bei ihm ankommen.« Als sie Einwände erheben wollte, hob er die Hand.

»Nein, ich werde mich auf keine Diskussionen einlassen, um keinen Preis. Ich würde weiß Gott alles tun, um deinen Mann zu retten, aber in diesem Falle gibt es keine Möglichkeit.«

Als könne er ihre Gedanken lesen, fügte er mit Nachdruck hinzu: »Das Erdloch, das dir für deine Reisen als Zeittunnel diente, hat keine Funktion mehr, wie du selber weißt. Also vergiss, dort hinzugehen und es zu versuchen.«

»Aber wir können doch nicht einfach abwarten, ohne etwas zu tun.« Mit hängenden Schultern stand sie da. »Ich könnte noch einmal im *Broch* Kontakt mit Ewan aufnehmen und ihn fragen, in welchem Gefängnis er sich befindet und …«

»Nein!« Robins Antwort war unerbittlich. »Du hast keine Vorstellung davon, wie schwer bewacht diese Gefängnisse sind, teilweise liegen die Festungen sogar auf schwer zugänglichen Inseln. Keinem Menschen gelingt es, hineinzugelangen oder daraus zu fliehen, ohne von den Wachen gesehen zu werden.« Er stockte. »Ich weiß, wie dir zumute ist, aber wir können wirklich nur darauf hoffen, dass Ewan selbst einen Weg aus der Gefangenschaft findet.«

Joan wollte protestieren, doch da wurde die Tür aufgestoßen; Máiri trat ein, gefolgt von Mìcheal, der die beiden Besucher ungläubig musterte.

»Ich habe es ihm gesagt. Noch konnte ich ihn allerdings nicht davon überzeugen, dass ihr die Wahrheit gesagt habt und tatsächlich aus der Zukunft kommt.«

»O mo chreach!«, stöhnte Mìcheal verzweifelt. »Sagt, dass es nicht wahr ist, dass ihr Màiri nur foppen wolltet.«

Robin warf Joan einen fragenden Seitenblick zu, dann wandte er sich an Mìcheal und nickte. »Es ist so.« Als er einen Schritt auf den jungen Mann zu trat, wich dieser entsetzt zurück. »Ihr müsst kein Misstrauen haben. Seht, Màiri hat längst begriffen, dass uns nichts Übersinnliches anhaftet, Joan ist genauso wenig eine Hexe wie ihre Vorfahrin Ceana Matheson eine war.«

Nur langsam fasste sich Mìcheal, und als er merkte, dass niemand unvermittelt in schallendes Gelächter ausbrach und ihm sagte, er wolle ihn zum Narren halten, setzte er sich zögernd.

»Was ist mit Ewan? Màiri erzählte mir gerade eine wirre Geschichte, die ich einfach nicht zu glauben vermag.« Er schüttelte fassungslos den Kopf. »Demnach befindet sich mein Freund in einer anderen Zeit. *Se droch naidheachd a th' ann*[1].«

»Fürwahr!« Màiri ließ sich mit mutloser Miene nieder. Ihre

1 Das ist eine schöne Nachricht

Haube, die ansonsten immer korrekt saß, klebte ihr schief am Kopf, einzelne Strähnen ihres Haares hatten sich gelöst und hingen ihr in die Stirn. »Ich hatte gehofft, dass du einen Vorschlag hast, wie wir ihn zurückholen können.«

Mìcheal machte große Augen und tippte sich gegen die Brust. »Ich? Du beliebst zu scherzen, *mo ghràidh!* Gerade beginne ich, mich mit dem Unfassbaren auseinanderzusetzen und ich denke, es wird Wochen dauern, bis ich damit fertig werde.«

Joan fing einen bezeichnenden Blick von ihm auf. Er hielt sie trotz Màiris Beteuerungen für eine Hexe – genauso hatte Ewan sie angeschaut, nachdem sein Vater behauptet hatte, dass sie die wiederauferstandene Ceana sei.

»Das ist verständlich.« Robin lächelte schief. »Wenn mir jemand in meinem früheren Leben gesagt hätte, er wäre ein Zeitreisender, hätte ich ihn ebenfalls für einen Spinner oder Scharlatan gehalten. Wichtig ist, dass Euer Onkel nichts davon erfährt, er wäre imstande und würde Dòmhnall einweihen, und das könnte in einer Katastrophe enden, in erster Linie für Joan und ihre Mutter.«

Màiri räusperte sich. »Er hat mir versprochen zu schweigen, Mr Lamont. Wenn Euch und Sèonag etwas zustieße, wäre es dasselbe, als würde man mich töten.« Ihre Stimme klang dabei so überzeugend, dass niemand im Raum an ihrer Aussage zweifelte. Joan trat zu ihrer Schwägerin und umarmte sie liebevoll, während Mìcheals Blick schweigend auf ihr ruhte. Joan hätte zu gerne gewusst, was er gerade dachte.

In dieser Nacht fanden sie keinen Schlaf, die Stunden vergingen damit, Laird Crìsdeans Neffen Fragen zu beantworten, und allmählich schenkte er Joans und Robins Aussagen immer mehr Glauben.

Erst als Mägde und Knechte mit ihrer täglichen Arbeit begannen, gönnten sich die beiden Frauen etwas Schlaf, während die Männer weiterhin darüber diskutierten, wie man Ewan helfen könnte.

Màiri würde, wie abgesprochen, einige Tage auf Barwick Castle verweilen, und als sich Joan am Vormittag von ihr verabschieden wollte, zog ihre Schwägerin sie in eine Nische, in der sie vor unliebsamen Zuhörern geschützt waren.

»Sag mir, was passieren wird.« Ihre Stimme bebte bei diesen Worten. »Ich hab es euren Gesichtern gestern angesehen, dass Ewan in einer Zeit gelandet ist, in der noch stärkere Gefahren für mein Volk lauern als bisher.«

Joan wich den flehenden Augen aus und wandte sich stattdessen, scheinbar suchend, nach Robin um, der sich gedämpft mit Mìcheal unterhielt.

»Sèonag!« Màiri klang ungewohnt heftig. »Bitte beantworte meine Frage; es nützt dir nichts, wenn du schweigst. Ich werde schon herausfinden, in welcher Gefahr mein Bruder schwebt.«

Joan zwang sich zu einem Lächeln, als sie Màiri sanft über die Wange strich. »Du hast recht, es werden schlimme Dinge in der Zukunft geschehen, aber nicht so schlimm, dass es keine Rettung für das schottische Volk gibt. Vielleicht …« Sie brach ab, »… vielleicht kann Ewan dir mehr darüber erzählen, wenn er zurück ist.«

»Aye, wenn er zurück ist«, wiederholte Màiri, auf ihrer glatten Stirn hatte sich eine steile Falte gebildet. »Wie kann ich mein Glück mit Mìcheal genießen, wenn ich meinen Bruder nie wiedersehe … wenn er in der Zukunft stirbt.«

»Er darf nicht sterben«, entgegnete Joan ruhig. »Wenn Robin nicht so starrköpfig wäre, würde er mich zu der Höhle führen und ich könnte mich auf die Suche nach ihm machen. Ich verfüge über genügend Wissen aus der Zukunft. Vielleicht könnte ich herausfinden, wo sich Ewan aufhält.«

Ängstlich umklammerte Màiri Joans Ärmel. »Bitte tu es nicht, ich flehe dich an. Ich könnte es nicht ertragen, auch dich noch zu verlieren.«

»Ich werde dafür Sorge tragen, dass sie keine Dummheiten macht«, schaltete sich Robin ein, der unbemerkt zu den beiden Frauen getreten war. »Immerhin hat sie Verantwortung für ihren kleinen Sohn. Donny braucht seine Mutter und sie kann Ewan nicht helfen, auch wenn sie das noch immer nicht eingesehen hat.«

Joan war nahe daran, eine hitzige Antwort zu geben, doch dann unterließ sie es. Sie konnte Donny nicht verlassen, er war Ewans Fleisch und Blut und das Kostbarste, was sie besaß. Der Kleine durfte nicht auch noch seine Mutter verlieren.

»Wir sollten uns auf den Weg machen, Joan«, ermahnte Robin sanft, während er einen Blick auf Màiri warf, mit dem er ihr zu verstehen geben wollte, dass sie sich keine Sorgen zu machen brauchte.

»Ich bin sehr glücklich darüber, dass Ihr noch eine Weile auf Glenbharr Castle bleiben wollt, Mr Lamont.« Màiri reichte ihm die Hand, dann umarmte sie Joan ein letztes Mal und beschwor sie, auf Robin zu hören.

»Dòmhnall möchte dich sprechen, und zwar sofort!« Mit diesen Worten wurde Joan von ihrer aufgelösten Mutter empfangen. »Er ist im Morgengrauen von Fort George zurückgekehrt, weil keiner seiner Männer zu den Brandstiftern gehört.«

Leise schimpfte Joan vor sich hin, ihr Blick flackerte dabei vor Unsicherheit. »Weiß er von unserer nächtlichen Exkursion?«

»Allerdings, der Wachtposten hatte nichts Besseres zu tun, als Dòmhnall sofort nach seiner Heimkehr davon zu unterrichten.«

Joan schickte einen hilflosen Blick zu Robin, der schulterzuckend dastand. Sein Gesicht spiegelte Besorgnis wider. Rasch ordnete Joan ihre Kleider, rückte ihre Haube zurecht und atmete tief ein. »Wo kann ich ihn finden?«

»In der Bibliothek, er bespricht gerade etwas mit dem Verwalter.«

Ob Brian Ferguson wohl jemals erfahren würde, dass seine Tochter von einem englischen Hauptmann ermordet worden war? Diese Frage schoss Joan durch den Kopf, als sie die Galerie entlang eilte, an deren Ende sich die Bibliothek befand.

Beide Männer blickten interessiert auf, als Joan nach einem zaghaften Anklopfen mit einem unsicheren Lächeln ins Zimmer trat. Brian Ferguson erhob sich augenblicklich, sammelte seine Papiere zusammen und nickte Joan beim Hinausgehen freundlich zu.

»Tritt näher, *mo nighean*[1]«, dröhnte ihr Dòmhnalls Stimme entgegen, es war nicht zu erkennen, ob er wütend oder nur neugierig war. Sein Gesicht jedoch war ein einziges Fragezeichen. »Was musste ich über dich und meine Tochter hören? Ihr habt gestern Abend ohne meine Erlaubnis die Burg verlassen, um nach Barwick zu reiten. Was, zum Teufel, sollte das?«

Joan befeuchtete ihre trocknen Lippen, bevor sie mit rauer Stimme die Antwort gab, die sie mit ihrer Schwägerin abgesprochen hatte: »Màiri hatte schreckliche Sehnsucht nach Mìcheal … und ich nach Ewan. Wir wollten dich gestern um Erlaubnis bitten, doch du warst bereits auf dem Weg zum Fort, als Màiri dich fragen wollte.«

Dòmhnall schnaubte, ähnlich einem Walross, fand Joan.

»Ihr Weibsbilder sollt euch um eure Kinder kümmern und nicht ständig den Männern am Rockzipfel hängen«, brumm-

1 Meine Tochter, mein Mädchen

te er, doch sein Gesicht hatte alle Strenge verloren. »Ich hätte euch den Ausflug übrigens strikt verboten.«

Demütig senkte Joan den Kopf. »Verzeih, wir werden es nicht wieder tun. Ohne Mr Lamont wären wir ohnehin nicht geritten.«

»Das möchte ich euch auch geraten haben.« Er musterte Joan scharf, seine hellblauen Augen schienen sie dabei fast zu durchbohren. »Hast du meinen Sohn mitgebracht?«

»Nein, er … kommt bald nach.«

»Ah, und Màiri wird man so schnell wohl auch nicht mehr auf Glenbharr Castle sehen, aye? Nun geh und nimm dich deines Kindes an, das nach dir verlangt.« Seine mächtige Gestalt erhob sich, dann fuhr er sich mit einer Handbewegung über die Augen.

Erleichtert stand auch Joan auf. Aus den Augenwinkeln bemerkte sie, dass Dòmhnall hinter der Maske des starken Clanführers bedrückt zu sein schien. Ob er etwas Unheilvolles ahnte?

Als Marion wenig später die Bibliothek betrat, schien sich der Laird wieder beruhigt zu haben.

Fest drückte Joan Donny an sich. Er hatte wie ein Verdurstender von der Milch seiner Mutter getrunken. Sie hätte den Kleinen nicht so lange alleine lassen dürfen, er brauchte noch die Muttermilch, die Marion ihm nicht geben konnte.

Weich schmiegte sich der Babykörper an Joans Schulter, und als Donny aufschaute, sah sie in die Augen seines Vaters. Joan biss sich auf die Lippen und war froh, als Darla unvermittelt in der Tür stand.

»Darf ich mich einen Moment zu dir setzen, Sèonag?«

»Aber ja.« Noch klang Joans Stimme etwas rau, deshalb deutete sie mit dem Kinn neben sich auf das Bett.

Vorsichtig nahm Darla Platz, strich Donny über das Köpfchen und sagte: »Ich fühle mich etwas einsam. Außer mit Mòrag kann ich mit niemandem reden.«

Hellhörig geworden, fragte Joan: »Was ist geschehen?« Darlas Stimme hatte niedergeschlagen geklungen, und das Erste, was Joan in den Sinn kam, war der Gedanke an eine Fehlgeburt. »Hast du das Kind verloren?«

Zu ihrer Erleichterung schüttelte Darla den Kopf. »Nein, mit dem Baby ist alles in Ordnung.« Flüchtig strich sie sich über den Bauch. »Als ich mit Ealasaid in der Hoffnung war, ging es mir ähnlich, an manchen Tagen hätte ich nur weinen können, obwohl ich so glücklich war.«

Schwangerschaftsdepressionen würde man diesen Zustand in ferner Zukunft nennen, doch Joan behielt ihre Weisheiten für sich. Darla würde schwerlich verstehen, dass ihre Gemütsverfassung mit der Hormonumstellung zu tun hatte.

»Das geht vorüber«, tröstete sie stattdessen und lächelte Darla aufmunternd zu. »Erzähl, wie hat sich Peader über die Neuigkeit geäußert?«

»Er ist außer sich vor Freude, am liebsten wäre er sofort nach Barwick Castle geritten und hätte Ewan davon erzählt. Du weißt ja, wie oft mein Bruder ihn gehänselt hat, weil er bisher keinen Sohn gezeugt hat. Du hast Ewan doch getroffen – hast du es ihm gesagt?«

»Nein, das kannst du ihm selbst erzählen, wenn er wieder daheim ist«, erwiderte Joan, legte Donny in seine Wiege und setzte sich wieder zu Darla.

»Alle sind fort, aye? Anna, meine Geschwister … nur du bist wieder hier und hörst mir zu.« Ein dankbarer Blick traf Joan. »Màiri glaubt immer noch, ich sei ein Kindskopf, aber das stimmt nicht. Vielleicht habe ich mich in der Vergangenheit häufig albern benommen, aber nun fühle ich, dass ich erwachsen werde.«

Zustimmend nickte Joan. Derartige Äußerungen hatte

Darla schon häufig von sich gegeben, um kurz darauf in ihre Jungmädchenphase zurückzufallen. Sie schien jedoch ernsthaft darunter zu leiden, dass sie niemand ernst nahm.

»Wann kommen meine Geschwister wieder, Sèonag?« Joan hatte die Frage befürchtet und sich dementsprechend vorbereitet. Während sie ihre Haube abnahm, zum Spiegel über der Waschkommode trat und ihr Haar bürstete, murmelte sie mehr zu sich selbst: »Bald, Darla. Sie werden bald wieder zu Hause sein.«

15. Kapitel

Das Schluchzen einer Frau ließ Ewan aus unruhigem Schlaf auffahren, doch als er sich im Dämmerlicht des Kerkers blinzelnd umsah, wurde ihm bewusst, dass er nur geträumt hatte. Neben ihm lagen andere stinkende zerlumpte Gestalten, die im Schlaf grunzende Töne von sich gaben oder leise weinten – wenn sie dafür nicht zu schwach waren.

Ewan hatte es aufgegeben, die Tage zu zählen, seit ihn die englische Patrouille bei den Ruinen von Barwick Castle gefangen genommen hatte und später mit einer Kolonne anderer Highlander zur Festung An Baghasdal gebracht hatten. Die Festung lag an der Westküste Schottlands, früher hatte sie einer schottischen Adelsfamilie als Stammsitz gedient, nun hatten die Engländer sie beschlagnahmt und ein gut bewachtes Gefängnis daraus gemacht.

Ewan stöhnte leise auf, als er versuchte, seine unbequeme Lage zu verändern, jeder Knochen im Körper schmerzte ihn von dem steinigen Boden, auf dem er lag, notdürftig gebettet auf einer Handvoll fauligem Stroh. Noch einmal versuchte er, sich an das Weinen zu erinnern, das ihn aus dem Schlaf geschreckt hatte … es war Joan gewesen, das wurde Ewan plötzlich klar.

Er hatte in seinem Leben nicht sehr oft geweint, doch nun liefen ihm die Tränen über das schmutzige bärtige Gesicht. Seine Frau lebte in einer anderen Zeit, weinte sich um seinetwillen wahrscheinlich die Augen aus dem Kopf – und er hatte keine Chance, zu ihr zu gelangen.

Mühsam richtete sich Ewan vollends auf und lehnte seinen Rücken gegen die feuchte Wand aus gehauenem Felsstein. Dabei versuchte er, keine unnötigen Geräusche zu verursachen, um keinen der Schlafenden zu wecken; denn die Nacht war die einzige Zeit, in der die Zelle nicht von rauen Flüchen, Hassparolen gegen die *Sasannach* und zotigen Witzen heimgesucht wurde.

Verzweifelt versuchte er, sich an jede Einzelheit zu erinnern, die er nach der Verhaftung durchlebt hatte. Ohne auf seinen Protest zu achten, hatten die Soldaten ihn gefesselt und vor sich hergestoßen, bis sie ein Feldlager einige Meilen weiter erreicht hatten. Entsetzt hatte Ewan auf dem Weg dorthin die Verwüstungen gesehen, die die Rotjacken angerichtet hatten – und auch wenn er noch nicht wusste, was geschehen war, so bekam er eine vage Ahnung, dass es einen weiteren Jakobitenaufstand gegeben hatte.

Unter den Gefangenen befand sich kein Mann seines Clans, wie er rasch festgestellt hatte, die Männer, die teils verwundet waren, hatte man in einen Verschlag gesperrt, der schwer bewacht wurde. In schöner Regelmäßigkeit erschienen immer wieder englische Soldaten mit triumphierenden Mienen und brachten weitere Gefangene.

Den Männern wurde befohlen, ihre *breacan feile*s abzunehmen, dafür wurden ihnen schmuddelige Kniehosen aus grobem Leinen hingeworfen. Als sich einige Männer weigerten, sie anzuziehen, wurden sie mit dem Gewehrkolben traktiert, bis sie tot waren oder taten, wie ihnen geheißen.

Ewan hatte eingesehen, dass es besser war zu tun, was die Soldaten verlangten, denn wenn man ihn verletzte, würde ihm die Flucht zur Höhle nicht mehr gelingen. Vorsichtig versuchte er, ohne Misstrauen zu wecken, herauszufinden, was geschehen war. Doch aus den entkräfteten Männern, die sich in den Wäldern vor den Engländern versteckt hatten, war nicht viel herauszubekommen; das Einzige, was Ewan erfuhr, war das aktuelle Datum: 24. Mai im Jahre des Herrn 1746.

Der Schock saß tief, obwohl Ewan etwas Ähnliches bereits vermutet hatte – er war durch die Höhle vierzehn Jahre nach seiner Zeit gelandet, und es musste sich etwas Entsetzliches zugetragen haben.

Manchmal hörte Ewan die anderen Männer von der großen Schlacht reden und davon, wie viele ihrer Freunde, Brüder und Väter auf dem Schlachtfeld getötet worden waren. Der Name Culloden fiel mehrmals, ein teilweise sumpfiges Heidegebiet in der Nähe von Inverness. Mehr wusste Ewan nicht darüber, er war nie dort gewesen.

Nur wenige Tage später wurden die Männer aus ihrem Verschlag geholt, aneinandergekettet und ihnen befohlen, keine Dummheiten zu machen, da ansonsten sofort von der Muskete Gebrauch gemacht werden würde.

Es begann ein mühsamer Marsch hinauf in die Berge; Männer, die vor Erschöpfung zusammenbrachen, wurden rücksichtslos erschossen oder mit dem Säbel getötet und dann achtlos am Wegrand liegen gelassen. Doch das Schlimmste waren die demütigen Bemerkungen der Soldaten, sie verhöhnten die Highlander als schwächliche Hampelmänner und König James als einen verweichlichten Spinner, der eine bessere Figur auf dem Nachttopf als auf dem britischen Thron machte.

Nach kurzer Zeit war Ewan so schwach, dass er fürs Erste den Gedanken an eine Flucht aufgab. Erst musste er wieder zu Kräften kommen.

Schon bald wurde dic Gegend karger und die Ansiedlungen weniger. In den Steinkaten wohnte niemand mehr, die Dächer waren fast alle abgebrannt und die Türen aus den Angeln gerissen.

Ewan fragte sich, wo all die Menschen geblieben sein mochten, die einst dort lebten. Hatten die Rotjacken sie getötet oder davongejagt?

Schon längst hatte der Gefangenentrupp ein Gebiet erreicht, in dem Ewan noch nie gewesen war. Der Boden wurde felsiger und die Luft dünner, die Sohlen seiner Schuhe waren inzwischen zerschlissen.

Vielen ging es ähnlich, sie begannen zu humpeln, wurden jedoch von den berittenen Soldaten angeherrscht, nicht im Tempo zurückzufallen.

Nachts wurde gerastet. Die Männer sanken erschöpft nieder und schliefen auf der Stelle ein – noch bevor man ihnen ein Stück hartes Brot zuwerfen konnte.

Auch wenn es scheußlich schmeckte, aß Ewan alles, was die Rotjacken ihm gaben, denn er musste bei Kräften bleiben. Der Gedanke an Joan und seinen Sohn beflügelte ihn, daran klammerte er sich, wenn ihn die Hoffnungslosigkeit überwältigte.

Immer wieder versuchte Ewan, unter den ausgemergelten Gestalten ein bekanntes Gesicht auszumachen; jemand seines Clans, der ihm sagen konnte, was aus seiner Familie geworden war.

Nach vielen Tagen erreichten sie schließlich die Festung, und bei ihrem Anblick sank Ewans Mut. Bisher hatte er immer noch die winzige Hoffnung gehabt, an einen Ort gebracht zu werden, an dem eine Flucht möglich wäre – doch angesichts der trutzigen Mauern von An Baghasdal erkannte er, dass er verloren war, sowie er die Festung betreten hatte.

Im Innenhof standen mehrere andere Gefangenentrupps – alles Highlander, die einst stolze Krieger und nun nur noch ein Häufchen Elend waren. Dieser Anblick schnitt Ewan ins Herz; was war aus seinem Volk geworden?

Die Fußketten wurden entfernt, dann wurde er von groben Händen vorwärts gestoßen. Auch von den anderen Gefangenen kannte er niemanden, was allerdings nicht verwunderlich war. Unter den zottigen bärtigen Gestalten hätte Ewan kaum einen seiner Clansleute erkennen können. Das einzige Merkmal, an dem man sie hätte ausmachen können – den Mustern ihrer Tartans – gab es nicht mehr.

Genau wie die anderen Männer wurde Ewan vom Kommandanten vernommen, bevor man ihn in die dunkle stinkende Zelle warf. Er hatte seinen vollen Namen verschwiegen, denn er erinnerte sich an die Bemerkung des Soldaten, als man ihn gefangen nahm. Der Clan der MacLaughlins hatte also offensichtlich an dieser Schlacht teilgenommen … und das wohl kaum auf Seiten der *Sasannach*.

Würden die Engländer herausfinden, dass er der Sohn eines Clanführers war, wäre sein Schicksal besiegelt.

Während der letzten Stunden war Ewan auf die Idee gekommen, wie er von seinen Mitgefangenen erfahren konnte, was genau geschehen war, ohne dass er sich verdächtig machte: Er hatte einen der Männer sagen hören, dass sein Bruder nach dem Gemetzel das Gedächtnis verloren hatte. Weshalb sollte ihn nicht dasselbe Schicksal ereilt haben?

Er hatte sich genau überlegt, welchen der Männer er ansprechen wollte, denn bisher hatten sie kaum untereinander geredet, der Schock der Gefangennahme, die lange mühevolle Wanderung zur Küste, Hunger und Durst hatten die Männer verstummen lassen.

Einer der Häftlinge schien nicht ganz so mitgenommen zu sein, seine Augen blickten wachsam umher.

Als er sich umschaute, bemerkte er, dass er beobachtet wurde – von eben jenem Mann, an den er gerade gedacht hatte.

»He, kannst du auch nicht schlafen?«, flüsterte Ewan.

Der andere schüttelte den Kopf und krabbelte über mehrere schlafende Körper, bis er sich neben Ewan befand. »Mir gehen zu viele Gedanken durch den Kopf, *caraid*[1]. Ich glaube, ich kann nie wieder schlafen. Wie ist es mit dir? Wer bist du und welchem Clan gehörst du an?«

Diesmal nannte Ewan seinen vollen Namen, worauf der andere die Augenbrauen hob. »Erzähle, wie du es geschafft hast, als Sohn eines Lairds noch am Leben zu sein. Mein Laird und seine Söhne wurden direkt nach der Schlacht hingerichtet.«

»Ich konnte mich in die Wälder schlagen«, log Ewan. »Was aus meiner Familie und den Clanmitgliedern geworden ist, weiß ich nicht.«

Der Mann kratzte sich am Kopf, wie alle anderen steckte er voller Läuse und Flöhe. »Mach dir keine Hoffnung, sie jemals wiederzusehen. Dein Vater lebt wohl längst nicht mehr, und deine Frau und Schwestern werden die *Sasannach* geschändet haben, bevor sie sie getötet haben.«

Gequält schloss Ewan die Augen, er betete darum, dass Joan, die den Verlauf der Geschichte kennen musste, mit Donny in ihre Zeit gereist war, um den Gefahren aus dem Weg zu gehen. Donny … er musste bereits ein großer Junge von vierzehn Jahren sein!

»Ich bin übrigens Sìn Blair vom Clan Duff«, stellte sich

---

1 Freund

der Mann schließlich vor. »Meine Frau konnte rechtzeitig mit den Kindern in die Lowlands fliehen, obwohl sie sich bis zuletzt sträubte. Doch ich ahnte bereits, dass Bonnie Prince Charles den Mund zu weit aufgerissen hatte, als er behauptete, es seien französische Söldner unterwegs, die uns Jakobiten unterstützen wollten; die Schiffe kamen ja bekanntlich nie an.«

Ewan räusperte sich, er rückte näher an Sìn heran und fragte: »Wer ist Bonnie Prince Charles?«

»Wie, das weißt du nicht? Willst du mich veralbern?«

»Nein, ich … bei der Schlacht muss ich eins über den Schädel bekommen haben, die letzten Jahre meines Lebens sind völlig ausgelöscht.«

»Daingead[1]!« Sìn seufzte und wischte sich dabei mit den schmutzigen Händen über das noch schmutzigere Gesicht. »Noch so ein armer Teufel, dessen Hirn sich weigert, an den Niedergang unseres stolzen Volkes erinnert zu werden. Du hast also keine Erinnerung mehr an die Geschehnisse der vergangenen Jahre, aye?«

In stummer Verzweiflung schüttelte Ewan den Kopf. »Noch nicht einmal einen Gedächtnisfetzen. Willst du mir erzählen, was du weißt?«

»Gewiss. Woran kannst du dich noch erinnern?«

Wahrheitsgemäß erwiderte Ewan: »An den Herbst anno 1732, ich war auf dem Weg zu meinem Freund Mìcheal MacGannor.«

»Die MacGannors haben auch große Verluste erlitten«, wusste Sìn zu berichten, dann schüttelte er fassungslos den Kopf. »1732, das ist lange her, aye? Ich werde deinem Gedächtnis nachhelfen.«

Und so erfuhr Ewan, dass es zu immer größeren Unru-

1 Verdammt

hen zwischen englischen Soldaten und Highlandern gekommen war, dass der Zorn der Schotten immer höhere Wellen geschlagen hatte. Die Dinge wandelten sich, nachdem sich Ludwig XV. von Frankreich 1744 entschied, das Potential der Jakobiten gegen England zu aktivieren. Im Juli 1745 schließlich war der Sohn *des old Pretenders*[1], Charles Edward Stuart, inkognito aus Frankreich gesegelt gekommen, um die einzelnen Lairds aufzusuchen und sie für eine neuerliche Rebellion zu mobilisieren.

Längst nicht alle Clanoberhäupter ließen sich dazu überreden, ihre Männer in die Schlacht zu schicken, einige verhielten sich neutral, andere liefen zu den Engländern über, die in Sìns Augen ein Haufen jammernder Feiglinge waren.

»Man sagt, Bonnie Prince Charles hat sich bei einigen Lairds Fransen an den Mund geredet, um sie zur Teilnahme zu überreden. Nur das Versprechen, dass wir Highlander Unterstützung aus Frankreich erhalten sollten und die Aussicht, dass bald wieder ein Stuart auf dem britischen Thron sitzt, konnte sie überzeugen.«

Ewan fragte sich, wie sein Vater auf den Besuch des Prinzen reagiert haben mochte, beantwortete sich diese Frage jedoch sogleich selbst. Sìn hatte angedeutet, dass die MacLaughlins an der Schlacht bei Culloden teilgenommen hatten; außerdem war Dòmhnall ein fanatischer Jakobit, dessen größter Wunsch ein freies Schottland war – ein Schottland mit einem schottischen König.

»Du siehst, dass es gar nicht so verkehrt war, das Gedächtnis zu verlieren.« Im Schummerlicht konnte Ewan sehen, wie Sìn grinste. »Dir bleibt somit die Grübelei erspart, weshalb wir so freudig in den Kampf gezogen sind – zumindest die meisten von uns. Viele Bauern protestierten, schließlich wa-

1 des alten Herausforderers

ren sie den ganzen Winter unterwegs; sie wollten nach Hause zu ihren Frauen und Kindern und die Felder mussten bestellt werden. Wir waren müde und geschwächt durch Kälte und Hunger«, berichtete Sìn weiter. »Jeden Tag desertierten unzählige Männer, jede Stadt, die wir passierten, versetzten wir in Angst und Schrecken. Der Prinz hatte das Versprechen, seine Truppen ausreichend zu ernähren und zu kleiden, gebrochen, sodass unsere Kleidung oft nur noch aus Fetzen bestand. Kein Wunder, dass Frauen und Kinder schreiend davonliefen, wenn sie die schottischen Lumpenarmee sahen … und, nun, aye … wir waren gezwungen zu plündern, um nicht zu verhungern.«

Fast andächtig lauschte Ewan. Im Geiste sah auch er sich unter den Soldaten, zwischen seinen Männern, dessen Kommandant zweifellos sein Vater gewesen war.

»Kurz vor London bekamen wir schließlich den Befehl, zurück nach Schottland zu kehren, die meisten von uns zu Fuß. Als wir Inverness erreichten, hieß es, dass bei Culloden Moor die entscheidende Schlacht stattfinden sollte … inzwischen war die schottische Armee auf weniger als dreitausend Mann geschrumpft. Viele von ihnen schlugen sich in Inverness erst einmal den Bauch voll und verpassten so die Schlacht.«

Ewan horchte auf. »Sie haben die Schlacht verpasst?«

»Aye, die meisten haben geschlafen, als der Aufruf zum Sammeln kam.« Sìn hob die Schultern. »Einige Leute behaupten, dass wir die Schlacht gewonnen hätten, wenn alle Krieger vollzählig gewesen wären, aber das bezweifle ich. Gegen das englische Heer von fast neuntausend wohlgenährten und gut ausgerüsteten Rotjacken hätten wir auch dann keine Chance zum Sieg gehabt, obwohl auch irische Söldner und französische Offiziere unserer Armee beigetreten waren.«

»Wieso hat niemand diesen Irrsinn gestoppt?« In ohnmächtiger Wut ballte Ewan die Hände zu Fäusten, für den

Augenblick hatte er alles um sich herum vergessen: seinen gegenwärtigen widerlichen Aufenthaltsort, den Hunger – und sogar die unerträgliche Sehnsucht nach Joan war in den Hintergrund getreten.

Sìn lachte leise. »Wer hätte das tun sollen, hä? Etwa unser oberster Befehlshaber Prinz Charles? Der war besessen von einem Sieg, verschloss die Augen vor dem Elend, das unsere Truppen boten. Und das, obwohl seine Berater versucht haben, ihn zur Besinnung zu bringen. Dem Duke von Cumberland schien der Starrsinn des Prinzen nur recht zu sein, ich war ihm nahe genug, um das ironische Grinsen in seinem feisten Gesicht erkennen zu können.«

Ewan hob die Hand, um Sìn zu unterbrechen. »Wer ist dieser Herzog?«

»Der Oberbefehlshaber der englischen Truppen, Sohn König Georges I., ein widerlicher, arroganter Fettsack mit hinterlistigen winzigen Schweineaugen. Auch ihm war sehr daran gelegen, den Aufstand rasch zu beenden.« Sìn stockte, sein Kopf sank nach vorne, sodass Ewan bereits glaubte, der Mann neben ihm wäre eingeschlafen.

Doch gerade, als er ihn an der Schulter schütteln wollte, hob Sìn das Haupt, starrte hinauf zur Decke und sagte mit brüchiger Stimme: »Die Schlacht dauerte keine Stunde, dann war die schottische Armee geschlagen. Cumberland ordnete an, keine Gefangenen zu machen, seine Soldaten töteten daraufhin jeden verwundeten Highlander, die Erde auf dem Schlachtfeld war rot vom Blut unserer Männer.« Er schluckte und sein Gesicht verzerrte sich. »Es war grausam, jeder Clan hatte schwere Verluste erlitten, und diejenigen, die nicht verletzt waren, flohen in die Wälder – so wie ich und du, *caraid*.«

Ganz still saß Ewan da, dann fragte er in ungläubigem Entsetzen in die eingetretene Stille hinein: »Die Rotjacken haben jeden verwundeten Krieger kaltblütig getötet?«

»Aye, wenn ich es dir doch sage! Ich habe es mit eigenen Augen gesehen, wie sie mit ihren Bajonetten auf die wehrlosen Männer eingestochen haben. Sie ließen die Toten einfach auf dem Schlachtfeld liegen, und erst als Cumberlands Truppen abgezogen waren, wagten sich einige Mutige, ihre Clanangehörigen zu holen und im Wald zu verscharren.«

Wie vielen Männern des MacLaughlin Clans mochte diese sinnlose Schlacht wohl das Leben gekostet haben? Diese Frage schoss Ewan durch den Kopf. All die tapferen Krieger seines Clans – er schloss für einen Moment die Lider, um nicht weiter darüber nachdenken zu müssen.

»Kurz darauf begannen die englischen Soldaten auf Befehl des Königs in den Highlands mit dem Brandschatzen, sie versetzten stolze Burgen in Schutt und Asche, vertrieben Pächter aus ihren Katen und nahmen jeden Mann fest, den sie fanden und der nicht nachweisen konnte, der Schlacht ferngeblieben zu sein. Einige Familien konnten fliehen, in die Lowlands oder mit dem Schiff nach Übersee … aber die meisten von ihnen sollen tot sein.«

Einer der anderen Männer bewegte sich und rief in rüdem Ton: »Ruhe da drüben! Zum Plaudern habt ihr genug Zeit im Jenseits!«

»*Fan sàmhach*«, fauchte Sìn zurück, machte eine abfällige Handbewegung in Richtung des Mannes und wandte sich wieder Ewan zu. »Bonnie Prinz Charles floh sofort nach der Schlacht, wahrscheinlich befindet er sich bereits auf dem Rückweg nach Frankreich. Was mit seinen Soldaten passierte, interessierte ihn nicht die Bohne.«

Durch das schmale Kerkerfenster stahlen sich die ersten Lichtstrahlen des Tages, sodass Ewan sein Gegenüber besser erkennen konnte. »Sag, woher hast du all die Informationen?«

»Jede Neuigkeit hat sich blitzschnell herumgesprochen,

und das meiste davon sind keine Gerüchte. Man sagt, die Strafe für diese Revolte soll härter ausfallen als alles Bisherige; daher nahm man uns unsere *breacan feile*s, wer nur einen winzigen Streifen seines Tartans bei sich trägt, wird ausgepeitscht oder hingerichtet. Wie du schon herausgefunden hast, ist es uns verboten, unsere Muttersprache zu sprechen, aber auch das Dudelsackspielen.«

»Allmählich begreife ich«, murmelte Ewan nachdenklich. »Die *Sasannach* wollen uns zwingen, ihre Sitten und Gebräuche anzunehmen und unsere Kultur zu verleugnen.«

»Den Teufel werden wir tun!« Verächtlich spuckte Sìn auf das Stroh neben sich. »Sollen sie nur glauben, dass wir uns unterordnen, aber irgendwann kommt der Tag der Abrechnung. Eines Tages wird Britannien wieder von einem Stuart regiert, so wahr ich in diesem gottverdammten Kerker sitze.«

Mit einem schiefen Lächeln erwiderte Ewan: »Sie wollen unseren Stolz brechen, aber das werden sie nicht schaffen, aye?«

»Niemals.« Sìn reckte sich gähnend. »Nun weißt du Bescheid, mehr kann ich dir auch nicht sagen. Was uns erwartet, weiß ich nicht. Wahrscheinlich werden wir hier sitzen, bis wir schwarz werden oder einer nach dem anderen am Galgen hängt.«

»Hast du Brüder? »

Sìn nickte zögernd. »Zumindest hatte ich zwei Brüder, eine hübsche Frau und drei entzückende Töchter. Weiß der Himmel, was aus ihnen geworden ist«. Seine Stimme klang schleppend bei diesen Worten.

Sìn kroch ohne ein weiteres Wort zu seinem Schlafplatz zurück und auch Ewan fühlte sich plötzlich von Müdigkeit übermannt.

Er erwachte verwirrt aus einem leichten Schlaf voller Albträume von rauchenden Trümmern, Schmerzensschreien verwunderter Soldaten und blutgetränkten Schlachtfeldern. Nur allmählich nahm er wahr, dass einige Soldaten den Kerker betreten hatten, zwei Eimer neben die Tür stellten und nach einigen verächtlichen Bemerkungen die Zelle wieder verließen.

Nur zögernd traten die Gefangenen näher, in einem der Eimer befand sich Wasser, in dem anderen eine dampfende dunkle Brühe.

»Seht her!«, rief einer der Männer, und seine Stimme klang trotz all dem Elend belustigt. »Die *Sasannach* verwöhnen uns mit den schönsten Delikatessen.«

Mit der beigefügten Holzkelle nahm er einen Schluck Wasser, trank davon und spie es gleich danach in hohem Bogen aus. »Zum Teufel, es ist faulig!«

»Trinkt es nicht.« Ewan schob sich an den anderen Männern vorbei und stellte sich vor sie.

»Wenn ihr das tut, verreckt ihr – ganz im Sinne der Rotjacken.«

Einige nickten zögernd, doch die meisten ignorierten die Warnung. Sie rissen sich um die Schöpfkelle, um wenigstens einen Schluck Wasser für ihre ausgedörrten Kehlen zu ergattern.

Machtlos stand Ewan daneben, bis er Sìns breite Hand auf seiner Schulter spürte. »Du musst sie verstehen, *caraid.* Sie sind simple Bauerntölpel, die die Gefahren nicht sehen wollen oder einfach zu schwach dazu sind.«

»Was ist in dem anderen Eimer?«, fragte Ewan, ohne sich jedoch von der Stelle zu bewegen. »Sehr appetitlich sieht es nicht aus.«

Sìn steckte einen Finger in die undefinierbare Flüssigkeit, leckte vorsichtig daran und verzog angewidert das Gesicht.

»Pfui, es scheint eine Art Suppe zu sein. Schmeckt eklig, aber sie wird unsere leeren Mägen füllen.«

Anfangs weigerte sich Ewan, aber dann siegte seine Vernunft. Wenn er jemals wieder zu Kräften kommen wollte, um die Chance zur Flucht ergreifen zu können, musste er essen. Also stellte er sich mit seinem Holznapf, der ihm wie allen Männern in die Hand gedrückt worden war, bevor sie in den Kerker gebracht wurden, gehorsam wie die anderen an und holte sich seinen Teil.

Das Zeug schmeckte scheußlich, aber sein Magen hörte nach einer Weile auf zu rebellieren.

Wieder lehnte er sich gegen die Wand, die Knie angezogen und die Arme darauf gestützt.

In Gedanken ging er noch einmal das Gespräch mit Sìn durch. Es gab so viel, worüber es sich den Kopf zu zerbrechen galt, Die ganzen Jahre der Unruhe, die schließlich zu einer neuerlichen Revolte geführt hatten, hatte Ewan übersprungen – doch sie existierten. Sein Volk war geschlagen und es war fraglich, ob es sich von diesem vernichtenden Schlag jemals erholen würde.

Nun wusste er zumindest, weshalb die Stammsitze der MacLaughlins und der MacGannors abgebrannt waren, und er erinnerte sich daran, wie ausweichend Joan immer reagiert hatte, wenn er sie nach der Zukunft Schottlands gefragt hatte. Sie wusste, was kommen würde, und nun konnte er auch ihre Ängste verstehen.

Leise, sodass ihn seine Mitgefangenen nicht hören konnten, flüsterte er den Namen seiner Frau. Er versuchte, die Bilder, die sich vor seinem inneren Auge bildeten, zu verscheuchen. Bilder, die Joan zeigten, wie sie sich gegen englische Soldaten wehrte, wie ihr die Kleider vom Leib gerissen wurden und sie später getötet wurde. Und er sah seinen Vater, tot auf dem Schlachtfeld von Culloden – *Dòmhnall mòr*, der stattliche Führer eines großen und stolzen Clans, dessen Blut nun ins Moor sickerte.

In stummer Verzweiflung stöhnte Ewan auf, er fühlte sich wie ein Verräter, weil er an dieser Schlacht nicht teilgenommen hatte – zumindest, wenn er nicht einen Weg in seine Zeit fand.

Ein Tag verging wie der andere, ohne dass etwas geschah.

Die Männer, die von dem brackigen Wasser getrunken hatten, hatten nächtelang, von Koliken geplagt, geschrieen, einige waren daran gestorben.

Oft saßen Ewan und Sìn beisammen und stellten Vermutungen darüber an, was man mit ihnen wohl vorhaben könnte. Beide ahnten, dass sie An Baghasdal nicht lebend verlassen würden, wenn kein Wunder geschah.

Fast gleichmütig nahm Sìn diese Tatsache hin, für ihn hatte das Leben sowieso keinen Sinn mehr, behauptete er. Seine Familie existierte wahrscheinlich nicht mehr, und wenn, würde ihn schwerlich jemand vermissen, weil man ihn für tot hielt.

Doch für Ewan sah die Sache anders aus, aber darüber sprach er natürlich nicht.

Sìn war der Einzige, der Ewans Namen wusste, die anderen kannten nur seinen Vornamen; drei weitere Gefangene hießen ebenso. Zu Sìn, der größer und kräftiger als die meisten Männer war, hatte Ewan Vertrauen gefasst, doch als er einmal anklingen ließ, dass er seine Flucht plane, lachte Sìn heiser auf.

»Wenn du zaubern könntest, hättest du vielleicht eine Chance, aye? Dann würde ich dich sogar bitten, mich mit aus diesem elenden Loch zu nehmen.« Er schüttelte sein mächtiges Haupt. »Aber da du das nicht kannst, bleibt dir wohl nichts anderes übrig, als deinem Schicksal entgegenzusiechen. Wenn wir Glück haben … ganz großes Glück, meine ich, dann werden uns die *Sasannach* irgendwann freilassen, weil sie vielleicht keine Lust mehr haben, in diesem gottverlassenen Winkel von Schottland zu sitzen.« Er hielt kurz inne, dann musterten seine grauen Augen Ewan. »Aber ob wir diesen Tag jemals erleben, steht in den Sternen geschrieben.«

Sìn war vor seiner Rekrutierung Schmied in einer kleinen Siedlung gewesen, hatte Achsen für Fuhrwerke, eiserne Türbeschläge und Hufeisen angefertigt – und natürlich Breitschwerter und Schilde. Die geheimen Verstecke der Clansmitglieder waren voller Waffen, als Bonnie Prince Charles seinen geheimen Einzug in Schottland hielt. Selbstverständlich besaß man auch eine ordentliche Menge Musketen, Schwarzpulver und Bleikugeln – doch wie sich schnell herausstellte, reichten sie bei Weitem nicht.

Insgeheim gab Ewan seinem neuen Freund recht: Es gab keine Möglichkeit zur Flucht, er würde noch nicht einmal die Tür öffnen können, die aus der Zelle führte.

Gerade als er zu einer Antwort ansetzen wollte, wurde die Tür aufgerissen, ein finster dreinblickender Soldat trat einen Schritt vor, blickte sich um und wies dann auf einen der am Boden kauernden Männer.

»Du da! Mitkommen!«

Der Angesprochene schrak zusammen, machte jedoch keine Anstalten, sich zu erheben. Kein fünf Sekunden später standen zwei weitere Rotjacken neben ihm, rissen ihn grob in die Höhe und zerrten ihn aus der Zelle.

»Was haben sie mit Hamish vor?«, fragte lakonisch einer der Männer.

Die anderen zuckten wortlos mit den Schultern; keiner wagte sich auszumalen, was mit ihm passieren würde und was ihnen selbst womöglich ebenfalls bevorstand.

»Ich halte es hier nicht mehr aus!«, schrie ein anderer auf, rannte zur Tür, die sich längst wieder geschlossen hatte, und hieb mit seinen Fäusten gegen das raue Holz. »Lasst mich hier raus, ihr verdammten *Sasannach*-Schweine, ihr Söhne stinkender Huren, ihr …«

Sìn und Ewan packten den Mann bei den Schultern und redeten beruhigend auf ihn ein, bis er in sich zusammensank und still vor sich hinweinte.

»Wir könnten die Wachen übertölpeln«, sagte plötzlich eine andere Stimme, die zu einem Mann mit wildem roten Haar und Bart gehörte; bisher hatte Ewan keine drei Worte mit ihm gewechselt, doch jetzt wandte er sich interessiert in dessen Richtung.

»Sei still, Iain«, befahl Sìn. »Du setzt den Männern nur Flöhe ins Ohr. Keine zwei Schritte würden wir kommen, selbst wenn wir die Wachen überrumpeln könnten. Wir befinden uns nicht in einem Weiberhaus, sondern in einem Gefängnis, Mann.«

Als man Hamish zurückbrachte, bestand er nur noch aus Wunden und gebrochenen Knochen. Man hatte den Namen seines Clanführers aus ihm herauspressen wollen, erklärte er mit letzter Kraft, bevor er in eine gnädige Ohnmacht versank. Sein Gesicht war völlig zerschlagen, ratlos blickte sich Ewan um, dann riss er ein Stück seines ohnehin schon zerschlissenen Hemdes ab, tauchte es in den Rest des Wassers und betupfte Hamish damit die Wunden.

»Du solltest unser kostbares Wasser nicht dafür verschwenden«, mokierte sich augenblicklich einer der Männer, den die anderen Adam nannten. »Hamish ist hinüber, dem kann kein Mensch mehr helfen.«

Wütend richtete sich Ewan auf. »Was ist bloß aus euch geworden? Habt ihr mit der Gefangenschaft alle euren Verstand verloren?«

In seiner Rage hatte Ewan nicht gemerkt, dass er in seine Muttersprache verfallen war, doch in diesem Moment war ihm alles egal.

»Culloden war schrecklich und unser Volk wird die Nachwehen noch lange Zeit nicht überwinden. Gerade deshalb ist es wichtig, dass wir zusammenhalten. In unseren Herzen werden uns die *Sasannach* niemals besiegen. Haltet durch, Männer!«

Betretenes Schweigen war die Antwort, und unvermittelt hörte Ewan eine Stimme; eine weibliche Stimme, die verzweifelt seinen Namen rief. Er wirbelte herum, doch um ihn waren nur seine zerlumpten Mitgefangenen.

Es war Joans Stimme gewesen, die er gehört hatte, da war er sich völlig sicher. Er hatte sie nicht wirklich gehört, nur in seinem Kopf, und nun erinnerte er sich an Marions Beschreibungen, wie ihre Tochter den ersten geistigen Kontakt hergestellt hatte.

Schwer atmend ließ sich Ewan in einer Ecke nieder und vergrub das Gesicht in den Händen, aus den Augenwinkeln konnte er erkennen, dass seine kurze hitzige Rede gefruchtet hatte, denn einige der Männer häuften Stroh aufeinander, legten Hamish vorsichtig darauf und betupften seine Wunden.

Ewans Gedanken konzentrierten sich auf Joans verzweifelten Ruf. Wenn es sich tatsächlich so verhielt, dass sie versuchte, mit ihm Kontakt aufzunehmen, musste sie inzwischen ahnen, dass ihr Mann durch die Zeit gereist war. Viel nützen würde ihr dieses Wissen allerdings nicht, da es keine Möglichkeit für ihn gab, zur Höhle zurückzugelangen.

Eine Bewegung neben ihm brachte Ewan in die Wirklichkeit zurück.

»Jetzt wissen wir wenigstens, was sie mit uns vorhaben«,

murmelte Sìn. »Ich schätze, sie holen einen nach dem anderen, um uns zu foltern, bis wir Waffenverstecke und Aufenthaltsorte unserer Oberhäupter preisgeben.«

Ewan lachte hart auf. »Von mir können sie nichts erfahren, denn ich kann mich gerade an meinen Namen erinnern.«

»Das würde ich aber dennoch für mich behalten, *caraid*. Du bist schließlich kein einfacher Krieger, womöglich warst du sogar bei der Schlacht der Anführer deines Clans.«

Der Gedanke daran ließ Ewan schmunzeln. »Das halte ich für ausgeschlossen, du kennst meinen Vater nicht, er war ganz verrückt danach, den *Sasannach* zu zeigen, wer in Schottland das Sagen hat. Das war bereits bei der Schlacht bei Sheriffmuir so und wird sich nicht geändert haben.«

Eine schwere Hand legte sich auf seine Schulter. »Aye, so hast du ihn in Erinnerung, aber das ist vierzehn Jahre her, vielleicht lebte er gar nicht mehr, als Bonnie Prince Charles nach Schottland kam.«

An diese Möglichkeit hatte Ewan keine Sekunde gedacht, er sah Dòmhnall auch im Jahre 1746 als einen angsteinflößenden Hünen vor sich, in dessen Adern ungezähmtes Wikingerblut floss. Doch Sìns Bemerkung nagte an ihm.

Er lehnte sich stöhnend zurück, dabei merkte er kaum, wie die unebene Steinmauer sich gegen seinen Rücken drückte. Es war alles so verworren, und er konnte mit niemandem darüber sprechen – noch nicht einmal mit Sìn, dem er inzwischen vertraute.

»Morgen werden sie den nächsten von uns holen.« Sìns Stimme klang rau. »Einen nach dem anderen werden sie holen, und wenn sie alle so zurichten wie Hamish, brauchen sie sich keine Gedanken mehr darüber machen, ob sie uns laufen oder hier verhungern lassen sollen.«

»Und wir auch nicht«, versetzte Ewan trocken. »Wenn Hamish wieder zu sich kommt, kann er uns erzählen, wohin man ihn gebracht hat; vielleicht bietet sich eine Möglichkeit, auf dem Weg zum Verhör zu fliehen.«

Sìn schüttelte den Kopf. »Du bist ein Kindskopf, ein Mann in deiner Position sollte weniger naiv sein. Hast du die dicken Mauern der Festung gesehen? Noch nicht einmal einer Ratte würde es gelingen zu entkommen.«

Darauf entgegnete Ewan nichts, und als er sah, dass sein Gesprächspartner die Augen schloss und gleich darauf leise zu schnarchen begann, ließ er wieder seine Gedanken schweifen.

Blanke Wut loderte erneut in Ewan auf, als er sich an den hinterlistigen Überfall des teuflischen Pärchens erinnerte, und ihm schauderte, als er an Annas Hand dachte, die ungeniert nach seinem Penis gegriffen hatte. Sofort tauchte Joan vor seinem geistigen Bild auf.

Würde er jemals die Sinnenfreuden mit ihr noch einmal erleben?

Wie mochte Joan reagieren, wenn er nie wieder heimkam? Ob sie sich schnell mit einem anderen Mann tröstete oder möglicherweise zurück in ihre Zeit kehrte?

Sìns Ellenbogen an seinen Rippen ließ Ewan aus seinen quälenden Tagträumen auffahren. »He, woran denkst du?«

»Ich dachte soeben an meine Frau«, gab Ewan heiser zurück. »Sie ist das schönste Weib, das ich jemals gesehen habe.«

»Da hast du meine Leonora aber noch nicht gesehen«, frotzelte Sìn. »Ein Rasseweib, stammt aus einer uralten schottischen Familie.«

Ewan lag die Bemerkung auf den Lippen, dass Joan gebürtige Engländerin ist, doch er hielt es für besser, diese Weisheit für sich zu behalten.

Sìn hatte sich nicht getäuscht, jeden Tag holten die Rotjacken einen der Gefangenen, um ihn zu verhören. Einige von ihnen überlebten die Tortur nicht, anderen wiederum wurde kein Härchen gekrümmt.

Von diesen Männern sonderten sich die anderen ab, denn sie vermuteten, dass sie mit den Engländern kooperierten und ihre Lairds sowie militärische Geheimnisse verrieten, um mit heiler Haut davonzukommen. Obwohl diese Männer schworen, keinen Ton davon erwähnt zu haben, glaubten die anderen ihnen nicht und behandelten die ›Verräter‹ wie Geächtete.

Auch Ewan war sich bewusst, dass man ihn holen würde, früher oder später. Doch er würde bei der Geschichte mit dem verlorenen Gedächtnis bleiben und einen falschen Namen nennen.

Innerlich wappnete er sich für den schweren Tag, den er vielleicht nicht überleben würde – obwohl er noch nicht einmal lügen würde, wenn er behauptete, dass er nicht wüsste, ob er an der Schlacht überhaupt teilgenommen hatte. Doch vermutlich würden die *Sasannach* ihm nicht glauben und ihn quälen oder direkt zum Galgen führen. Immerhin würde er so sterben, wie es sich für einen stolzen Krieger aus den Highlands gehörte.

Sie führten ihn schließlich aus dem Verlies, als er nicht damit gerechnet hatte – in einem Augenblick im Morgengrauen, als er von Joan träumte.

Er spürte einen Stiefeltritt gegen die Rippen und schlug entsetzt die Augen auf. Über ihm stand breitbeinig ein Soldat und bellte: »Aufstehen und mitkommen! Der Colonel hat nicht den ganzen Tag Zeit, um auf Leute zu warten, denen der liebe Herrgott den Tag stiehlt!«

Mühsam erhob sich Ewan, um ein Haar hätte er geantwortet, dass er wohl längst bei der täglichen Arbeit wäre, wenn man ihm nicht die Freiheit geraubt hätte.

Dunkel erinnerte er sich an die Tage im Kerker von Fort

George, als die Wächter ihn durch endlose Kellergewölbe stießen. Damals war man ebenso grob mit ihm umgegangen.

Von den Mitgefangenen hatte Ewan bereits erfahren, dass der Raum, in dem die Männer verhört wurden, im Gefängnistrakt untergebracht war, sodass die Aussicht für eine Flucht bei Null lag.

Trotzdem hielt Ewan die Augen offen, sah sich unauffällig um, aber zu seiner Enttäuschung gab es nur einige verzweigte Nebengänge, jedoch keine Tür, die möglicherweise nach außen führen konnte – und wenn es eine gegeben hätte, würde sie streng bewacht sein.

Der Raum, in den man ihn führte, war nicht besonders groß, jedoch sauber. Ein einfacher Holztisch stand in der Mitte, an dem ein Soldat mit ausdrucksloser Miene vor einem Bogen Papier saß, Tintenfass und Feder griffbereit neben sich.

Anders als der Rest des Gewölbes wurde der Raum von mehreren Fackeln erhellt, auf dem Tisch des Protokollführers flackerte außerdem eine Kerze.

Ewan musste einige Sekunden die Augen zukneifen, bis er sich an die ungewohnte Helligkeit gewöhnt hatte. Erst dann entdeckte er den hochgewachsenen Offizier neben dem Tisch, der Ewan aufmerksam musterte, die Hände lässig auf dem Rücken verschränkt.

Niemand sagte etwas, auch nicht die beiden Soldaten, die Ewan zum Verhör gebracht hatten, doch er konnte ihre Blicke in seinem Rücken förmlich spüren. Sie schienen die Tür zu bewachen.

Flüchtig blickte Ewan an sich herunter und erschrak aufs Tiefste. Seine nackten Beine und Füße starrten vor Schmutz und waren mit Flohstichen übersät, die einfache Leinenhose war zerrissen.

»Wer seid Ihr?«, drang die Stimme des Offiziers an Ewans Ohr. »Nennt mir Euren Namen und Clanzugehörigkeit.«

Vorsichtig blickte Ewan auf; im Gegensatz zu den anderen Rotjacken war die Miene des Kommandanten nicht hassverzerrt, sondern neutral mit einer Prise ehrlicher Neugierde.

»Nun?« Der Offizier klang eine Spur schärfer. »Wenn Ihr nicht reden wollt … es gibt eine überzeugende Methode, Euch dazu zu bringen. Wenn meine Männer mit Euch fertig sind, werdet Ihr singen wie ein Vöglein.«

Ewan streckte sich zu seiner vollen Größe und blickte dem Engländer gerade ins Gesicht. »Ich wüsste selbst gerne, wer ich bin, Sir. Bei der Schlacht muss ich mein Gedächtnis verloren haben, ich erwachte irgendwo in den Wäldern mit einer dicken Beule am Hinterkopf; ich kann mich an nichts mehr erinnern, was nach 1732 geschehen ist.«

»Soso, seit 1732.« Der Soldat lächelte spöttisch. »Eines muss man euch Schotten lassen, ihr habt viel Fantasie. Jeder zweite Gefangene hat das Gedächtnis verloren, aber – welch Wunder – sich sehr rasch wieder erinnert, nachdem meine Leute mit ihm fertig waren.«

»Das mag stimmen, aber bei mir verhält es sich tatsächlich so.« Ewans Stimme klang völlig ruhig, obwohl sein Innerstes aufgewühlt war. Jetzt durfte er nur keinen Fehler machen, nichts Falsches sagen, das verriet, dass er der Sohn von Laird Dòmhnall MacLaughlin of Glenbharr war. »Ich weiß nur noch, dass mein Name Ewan Innes vom Clan Arthur ist, ich hatte einst eine Frau und einen Sohn.« Zumindest entsprach wenigstens dies der Wahrheit.

»Die MacArthurs haben sich mit den MacDonalds of Nairn zusammengetan und an deren Seite gegen die königlichen Truppen gekämpft«, wusste der Offizier zu berichten. »Daran könnt Ihr Euch natürlich auch nicht erinnern.«

»Nein, Sir.«

Der Soldat hob seine Augenbrauen, die genauso weiß wie seine Perücke waren. »Ihr gebt es also zu, dass die Möglichkeit besteht, an der Schlacht bei Culloden teilgenommen zu haben.«

»Weshalb sollte ich es abstreiten, Sir? Ich erwähnte bereits, dass ich mich weder an die Schlacht noch an das Geschehen davor erinnern kann. Nur von den Schilderungen meiner Mitgefangenen weiß ich, wie es zu dieser Revolte kam.«

»Hm, und Ihr erinnert Euch natürlich auch nicht daran, ein überzeugter Jakobit zu sein, nehme ich an.« Zögernd trat der Offizier näher und fixierte seinen Gefangenen von oben bis unten. »Mir ist zu Ohren gekommen, dass den Soldaten des Königs ein Mann namens Ewan MacLaughlin ins Netz gegangen ist, der Sohn eines der mächtigsten Lairds und überzeugtestem Jakobiten der Highlands. Euer Vorname lautet genauso wie der des jungen MacLaughlin.«

Nur mit äußerster Überwindung gelang es Ewan, seine Haltung zu bewahren, als er fragte: »Hat er an der Schlacht teilgenommen?«

»Das tut nichts zur Sache«, kam es pfeilschnell zurück. »Mich interessiert im Augenblick nur, ob es eine Verbindung zu Euch gibt. Die Beschreibung der Männer, die MacLaughlin gefangen genommen haben, passt auf Euch.«

»Und sicherlich auf ein Dutzend anderer Männer, Sir«, entgegnete Ewan mit gespielter Ruhe. Nur am Zucken seiner Finger war zu erkennen, wie nervös er war – doch darauf achteten die Soldaten glücklicherweise nicht. »Und Ewan heißt jeder fünfte Highlander.«

Der Offizier winkte ab. »Ja ja, ich weiß – und Iain und Seumas und noch einige dieser unaussprechlichen Namen.« Er drehte Ewan den Rücken zu, um gleich darauf herumzufahren und zu fragen: »Sagt, seid auch Ihr ein Anhänger Stuarts?«

»Ich weiß es doch nicht, Sir.« Ewan verlagerte sein Gewicht

von einem Fuß auf den anderen, auf dem eiskalten Steinboden brannten seine ebenso kalten Füße wie Feuer. »Damals war ich kein Anhänger des schottischen Königs, ich erinnere mich daran, dass er im französischen und italienischen Exil lebte.«

»Das tut er noch immer und wird es tun, bis er in der Hölle schmort.« Die Stimme des Offiziers triefte vor Hohn. »Sein Sohn, der kaum trocken hinter den Ohren ist, hat versucht, George II. vom Thron zu stoßen – mit einer Armee wilder zottiger Naturburschen, deren Waffen Breitschwert und Schild waren. Wie naiv, sich diesem Weichling anzuvertrauen.«

Der Soldat hatte sich in Rage geredet, doch Ewan sollte dies recht sein. Solange der *Sasannach* die Stuarts verhöhnte, stellte er wenigstens keine Fragen.

Wieder trat der Engländer einen Schritt näher auf seinen Gefangenen zu. »Wie ist es mit Euch? Würdet Ihr auf die Bibel schwören, ein treuer Untertan von König George II. zu werden, wenn man Euch dafür das Leben schenkte?«

Fieberhaft überlegte Ewan. Wenn er bejahte, würde er sein Volk damit nicht verraten, sondern lediglich sein Leben retten. Auch sein Vater hatte nach dem Zusammenschluss der Union im Jahre 1707 dem verhassten Hannoveraner George I. seine Treue schwören müssen – doch er hatte aus einer Notlage heraus gehandelt, damit man seinen Clan in Ruhe ließ. Paradoxerweise wurden nun jene Lairds wegen Hochverrats hingerichtet.

Auch Ewan befand sich nun in solch einer Notlage, und so sagte er nach kurzem Zögern: »Ja Sir, das würde ich tun.«

»Schön, schön.« Der Offizier winkte die beiden Soldaten an der Tür zu sich und befahl ihnen, den Gefangenen zurück in den Kerker zu bringen.

Beinahe erstaunt ließ Ewan die Prozedur des Vorsichherstoßens gefallen. Sollte das alles gewesen sein, was die Rotjacken von ihm wissen wollten – oder würden sie noch einmal wiederkommen, weil der Offizier gemerkt hatte, dass Ewans Äußerungen nicht ganz der Wahrheit entsprachen?

16. Kapitel

Als Joan erwachte, war ihr Kissen feucht von den Tränen, die sie im Schlaf vergossen hatte. Sogar in ihrem Unterbewusstsein gab es keine Sekunde, in der sie nicht an Ewan dachte und um ihn trauerte. Sehnsüchtig wartete sie auf Màiris Rückkehr von Barwick Castle, denn ihre Schwägerin war die Einzige, die Joan zu trösten vermochte.

Freilich versuchte auch Robin sein Bestes, sooft sie unbeobachtet waren redete er begütigend auf Joan ein, ermahnte sie jedoch gleichzeitig, nicht auf eigene Faust nach Ewan zu forschen.

Dazu wäre sie ohne Weiteres imstande gewesen, wenn es Donny nicht gäbe. Ewans Sohn war das Einzige, was sie von ihrem Mann hatte und bevor sie abends einschlief, betete sie inständig zu Gott, obwohl sie eigentlich nicht übermäßig gläubig war.

Bei den Mahlzeiten fühlte sie sich argwöhnisch von Dòmhnall beobachtet, und einmal ließ er Marion gegenüber die Bemerkung fallen, dass auch Joan wohl wieder in der Hoffnung sei, da sie so elend aussah.

Marion hatte nur ratlos mit den Schultern gezuckt und fragte sich im Stillen, wann der Laird wohl nach seinem Sohn schicken würde. Von ihrer Tochter wusste sie, dass inzwischen auch Màiris Liebster von den Zeitreisen erfahren hatte und wagte sich überhaupt nicht auszumalen, wie er diese skandalöse Neuigkeit wohl verarbeitete.

Wie Dòmhnall handeln würde, war klar – Joans und ihre Zeit auf Glenbharr Castle war gezählt. Möglicherweise würde mit Robins Hilfe beiden Frauen die Flucht ins einundzwanzigste Jahrhundert gelingen, aber um welchen Preis?

Marion hegte keinen Zweifel, dass Joan ihr Söhnchen zurücklassen müsste, und sie selbst? Sie würde Dòmhnall, dem sie heimlich ihr Herz geschenkt hatte, nie wiedersehen. Bei diesen Gedanken verkrampfte sich ihr Herz. Nein, sie wollte nicht mehr in ihrer früheren Zeit leben, ihr Platz war hier – bei ihrer Tochter und dem Mann, den sie liebte!

Ganz behutsam wechselte sie das Thema, wenn sie merkte, wie schwer es ihm fiel, von seiner verstorbenen Frau zu sprechen, von den herrlichen Jahren, die sie miteinander verleben durften.

Über ihre Gefühle hatte Marion bisher mit keinem Menschen geredet, noch nicht einmal mit Joan. Zu neu und ungewohnt war dieses unruhige Herzflattern, wenn sie Dòmhnall sah oder auch nur an ihn dachte. Jede freundliche Geste seinerseits machte sie unsicher. Wollte er nur freundlich sein oder empfand auch er mehr für sie, das zuzugeben noch viel zu früh wäre?

Allzu gut konnte sie sich in Joans Lage versetzen. Sie liebte Ewan mit jeder Faser ihres Herzens, für ihn hatte sie das Leben einer modernen Karrierefrau gegen das einer Frau eingetauscht, die mit Freuden an der Seite eines wilden Kriegers im rauen Schottland des achtzehnten Jahrhunderts lebte.

Erleichtert atmete Joan auf, als Darla am nächsten Vormittag freudestrahlend verkündete, dass ihre Schwester soeben eingetroffen sei, Mìcheal MacGannor hatte sie begleitet.

Mit gerafften Röcken eilte Joan in die Halle, um ihre

Schwägerin zu empfangen. Màiris Wangen waren leicht gerötet, und es war unklar, ob dieser Zustand von der morgendlichen Kälte oder den vergangenen Liebesnächten herrührte.

Die beiden Frauen umarmten sich so herzlich, als hätten sie sich monatelang nicht gesehen; dabei waren es kaum zwei Tage gewesen.

»Und?« Màiris fragender Blick ruhte auf Joan, die auch ohne weitere Worte wusste, worauf ihre Schwägerin hinauswollte und stumm den Kopf schüttelte.

Leise seufzte Màiri, dann schaute sie sich vorsichtig um, bevor sie flüsterte: »Mìcheal ist bereit, unser Spiel mitzuspielen. Gleich wird er Vater die Aufwartung machen und ihm erzählen, dass Ewan mit ein paar anderen Männern in den Wäldern von Barwick einen kapitalen Hirsch jagt und er nicht eher heimkommen will, bis er ihn erlegt hat.«

»Meine Güte«, hauchte Joan. »Es wird ein heftiges Donnerwetter geben, wenn Vater Crìsdean trifft und über Ewans vermeintlichen Besuch plaudert.«

Sanft schüttelte Màiri den Kopf. »Och, Mìcheals Onkel ist seit zwei Wochen nicht auf Barwick Castle gewesen, er kann also kaum behaupten, dass Ewan während seiner Abwesenheit nicht dort gewesen ist.« Sie stockte. »Hattest du … noch einmal einen Traum, in dem Ceana dir etwas zu sagen versuchte?«

»Nein«, presste Joan hervor. »Ich träume nur von Ewan, wie er dort in diesem Kerker sitzt.«

Màiri zog ihre Schwägerin beiseite, da die dralle Wäscherin Zelda des Weges kam. Sie war bekannt für ihre Neugierde und versorgte mit Wonne die Burgbewohner mit dem neuesten Klatsch – ob sie den nun hören wollten oder nicht.

»Mein Bruder ist nicht dumm«, flüsterte sie, als Zelda im Wirtschaftstrakt verschwunden war. »Er hat immer einen

Ausweg gefunden, und so wird es auch diesmal sein. Daran musst du glauben – um Himmels willen, glaube daran, Sèonag. Gottvertrauen ist das Einzige, was uns bleibt. Ewan wird es schaffen, er *muss* es schaffen, für dich und den Kleinen.«

Dass Ewan genauso gut schon tot sein konnte, wagte Joan nicht zu denken, dennoch lag die Möglichkeit nahe. Wie Joan wusste, gingen die Engländer mit ihren schottischen Gefangenen nach der Schlacht bei Culloden nicht gerade zimperlich um, und wenn sie Ewan nicht hingerichtet hatten, konnte er durchaus an einer Seuche oder an Unterernährung gestorben sein.

Mit ernster Miene trat Mìcheal zu den beiden Frauen und deutete eine leichte Verbeugung in Joans Richtung an. »Ich werde nun Laird Dòmhnall begrüßen, bevor ich mich auf den Heimweg mache. Màiri hat sicher schon geschildert, was ich ihm sagen werde. Allerdings möchte ich betonen, dass wir alle in Teufels Küche landen, wenn der Schwindel ans Tageslicht kommt.«

»Noch ist alle Hoffnung nicht verloren«, warf Màiri ein, und nur allzu gern wollte Joan ihr glauben. »Solange es sich verheimlichen lässt, wird Vater kein Sterbenswörtchen erfahren.«

Seit Ewans Ritt nach Barwick waren insgesamt fünf Tage vergangen, die Joan wie mehrere Monate vorkamen und für Ewan mehrere Monate sein würden, da die Zeit, in der jeder Zeitreisende sich gerade nicht befand, aus unerfindlichen Gründen langsamer verging. Robin vertrat die Meinung, dass die Sternenkonstellation dafür verantwortlich sein könnte – Joans erster Ausflug ins Jahr 1731 hatte über zwei Monate gedauert, während sie im Jahr 2005 lediglich einen Nachmittag fort gewesen war.

Die Männer sprachen leise miteinander, während Màiri ihre Schwägerin ins Schlafgemach brachte, damit diese sich etwas ausruhen konnte. Erst danach begrüßte sie Darla und ihren Vater.

Später saßen sie zu dritt in der Webkammer, während Robin Mìcheal ein Stück begleitete; er hatte Joan das Versprechen abgenommen, in der Nähe der Höhle nachzusehen, ob es eventuell ein Zeichen von Ewan gab.

An diesen Strohhalm klammerte sich Joan, auch wenn ihre Mutter vorsichtig anmerkte, dass es fatal war, sich falschen Hoffnungen hinzugeben.

»Wenn Ewan der Sprung in seine Zeit gelungen wäre, würde er sich längst gemeldet haben«, mutmaßte Marion, nahm eines der fein gesponnenen Wollknäuel in die Hand und fuhr mit den Fingern der anderen Hand behutsam darüber. Früher hatte sie sich nie Gedanken darüber gemacht, woher der Stoff für ihre Kleidung kam, doch nun hatte sie mit eigenen Augen gesehen, wie Darla und ein paar andere Frauen Berge von frisch geschorener Rohwolle zu feinem Garn spannen, das danach in einem aufwendigen Verfahren gefärbt und schließlich auf dem Webrahmen zu Stoffen verarbeitet wurde.

Allen dreien war nicht nach arbeiten zumute, obwohl Dutzende von roten und grünen Wollsträngen darauf warteten, zu Knäulen gewickelt zu werden.

Irgendwann, als sich die Abenddämmerung wie ein grauer Schleier über die Berge legte, löste Joan schließlich den Blick zum Fenster und setzte sich zu den anderen an den Tisch.

»Dòmhnall ist davon überzeugt, dass du wieder ein Kind unter dem Herzen trägst«, bemerkte Marion übergangslos und wies dabei auf die dunklen Ringe unter Joans Augen. »Ich hielt es für das Beste, ihn erst einmal in dem Glauben zu lassen.«

Joans Blick glitt zur Nische, hinter der Donny schlief. Bisher war sie froh gewesen, nicht schon wieder schwanger geworden zu sein, doch nun bedauerte sie es.

»Das ist ausgeschlossen«, sagte sie seufzend. »Ewan und ich haben aufgepasst.«

Wie immer, wenn Marion und ihre Tochter zwanglos über Dinge sprachen, die im einundzwanzigsten Jahrhundert gang und gebe waren, horchte Màiri auf. Joan hatte ihr bereits von den modernen Empfängnisverhütungsmitteln der fernen Zukunft erzählt und sie war fasziniert davon, dass man – wenn man sich an die Kalendermethode hielt – wählen konnte, ob und wann man ein Kind empfangen wollte oder nicht.

Es klopfte leise dreimal; das Zeichen, dass Robin zurück war. Flink eilte Màiri zur Tür und öffnete, doch Joans hoffnungsvolle Miene verschwand, als sie Robins bekümmertes Gesicht sah.

»Es tut mir sehr Leid«, sagte er, nachdem er sich schwer auf eine der Wäschetruhen fallen gelassen hatte. »Keine Spur von ihm – allerdings war ich nicht in der Höhle, doch ich habe vor dem Eingang Ewans Namen gerufen, immer wieder. Annas Leiche liegt noch immer neben dem Höhleneingang, sie sieht scheußlich aus. Waldtiere haben begonnen, sie zu zerfressen.« Er schüttelte sich. »Kein schöner Anblick.«

»Was mit diesem Miststück geschehen ist, interessiert mich überhaupt nicht«, zischte Joan in plötzlicher Wut.

»Schließlich ist sie dafür verantwortlich, dass Ewan verschwunden ist. Sie hat noch einen viel schlimmeren Tod verdient und dieser … dieses Untier von einem Hauptmann ebenso!«

Niemand unterbrach Joan, alle konnten ihren unsäglichen Zorn verstehen und nickten zustimmend. Auch sie wünschten Milford den Tod, und Joans einziger Trost war, dass er vielleicht sein erbärmliches Leben bereits ausgehaucht hatte.

Màiri hatte inzwischen am Kaminfeuer einige Kerzen entzündet, die nun ein warmes, gemütliches Licht ausstrahlten. Als sie den schweren Samtvorhang vor das Fenster schieben wollte, stand Joan auf und sagte mit müder Stimme: »Lass es noch ein wenig auf, damit ich sehen kann, wenn Ewan aus dem Wald tritt.«

Sanft hielt Marion sie zurück. »Es ist inzwischen so dunkel, dass man nicht die Hand vor Augen sehen kann. Hörst du, dein Sohn verlangt nach dir.«

Tatsächlich machte sich Donny hinter dem Nischenvorhang bemerkbar, sodass Joan mit schlechtem Gewissen zu ihm ging, um ihm die Brust zu geben. Der Kleine durfte nicht unter der Trauer seiner Mutter leiden – im Gegenteil, Joan musste ihm auch den Vater ersetzen. Dazu brauchte sie all ihre Kraft, auch wenn es schier unmöglich schien, ihre Sorgen um des Kindes willen in den Hintergrund zu stellen.

17. Kapitel

Noch zweimal wurde Ewan zum Verhör geholt, doch der Offizier – es handelte sich immer um denselben – ließ Ewan kein Haar krümmen. Meistens stellte er ähnliche Fragen wie beim ersten Verhör, und manchmal musste Ewan überlegen, bevor er antwortete. Er ahnte, dass man ihm eine Falle stellen wollte, doch seine Antworten waren gut überlegt.

»Ihr wisst, was mit Verrätern geschieht?«, fragte der Offizier beim dritten Mal und setzte betont beiläufig hinzu: »Jeder, der gegen die königlichen Truppen gekämpft hat, ist ein gemeiner Hochverräter, der es nicht verdient, sein erbärmliches Leben weiterzuleben.«

»Gewiss, das ist mir bekannt, Sir.« Ewans Blick war geradeaus an die gegenüberliegende Wand gerichtet.

»Ihr zeigt keine Angst.« Der Soldat stellte sich direkt vor

seinen Gefangenen, sodass dieser gezwungen war, den Offizier anzublicken. »Das imponiert mir. Sicher kennt Ihr die Parole, die einen guten britischen Untertan ausmacht: Wer nicht für den König ist, ist gegen ihn.« Sein Blick ruhte abwartend auf Ewan, der hoffte, dass der Zorn in seinen Augen nicht seine innere Aufruhr verriet.

Knapp antwortete er: »Sie ist mir bekannt.« Als keine weitere Frage kam, fügte er hinzu: »Da ich nicht weiß, ob ich an der Revolte beteiligt war, kann ich es schwerlich abstreiten.«

Der Engländer nickte gedankenverloren und begann, um den Gefangenen herumzuwandern. Abrupt blieb er erneut vor ihm stehen und sagte: »Soll ich Euch etwas sagen? Ich glaube Euch, dass Ihr Euch an nichts erinnern könnt, daher will ich auf die Folter verzichten. Die meisten angeblich Gedächtnislosen schwören nämlich, nicht an der Schlacht teilgenommen zu haben – aber wie können sie das beschwören, wenn sie sich nicht erinnern können?«

»Sie werden gelogen haben, Sir.« Allmählich begann Ewan das Verhör zu langweilen. »Aber wenn Ihr mir auch nicht glaubt, so will ich das Urteil annehmen, sofern es vor einem ordentlichen Militärgericht ausgesprochen wird.«

Der Engländer lachte schallend, und sogar die ansonsten ausdrucklose Miene des Protokollführers verzog sich zu einem Grinsen.

»Ihr seid sehr spaßig, Innes.« Der Offizier wischte sich die Lachtränen aus den Augen. »Ich bin der Kommandant dieses Gefängnisses und somit auch das Gericht. Verstanden?«

Ewan nickte, obwohl er es besser wusste. Jeder Kriegsgefangene musste von einem Richter verurteilt werden – aber das war im Jahre 1732 gewesen. Möglicherweise hatten der König und das Parlament inzwischen längst ein anderes Gesetz erlassen.

»Gut, gut. Ich mag Männer ohne Widerworte.« Selbstgefällig lächelte der Kommandant. »Beinahe seid Ihr mir sympathisch und Ihr werdet mir fehlen.«

Mit keiner Wimper zuckte Ewan, sondern stand mit unbeweglichem Gesicht da und wartete auf sein Urteil. Nun war also endgültig die Stunde des Todes gekommen, nur um am Galgen zu landen, hatte er die entbehrungsreichen Wochen im Kerker überlebt, nur die Liebe zu Joan hatte ihn am Leben erhalten, während die anderen Männer um ihn herum wie die Fliegen gestorben waren. Längst hatte man andere Gefangene in der Zelle einquartiert; außer Sìn und ein paar anderen Männern war niemand mehr von Ewans ersten Mitgefangenen am Leben.

»In einer Woche geht ein Schiff an der Küste auf große Fahrt«, plauderte der Offizier, als spräche er über irgendeine Nebensächlichkeit. »Ihr habt großes Glück, mein Freund, denn ich bin in Gönnerlaune. Ihr werdet in die Kolonien deportiert und dort als Sklave der dortigen königlichen Truppen dienen.«

Fassungslos starrte Ewan den Mann an. In die Kolonien verschifft zu werden – von denen Marion behauptet hatte, man würde sie eines Tages Vereinigte Staaten von Amerika nennen – bedeutete, dass es keine Rückkehr nach Schottland gab und somit auch keine Chance, zur Höhle zurückzukehren.

»Etwas mehr Dankbarkeit habe ich allerdings von Euch erwartet.« Die Stimme des Kommandanten klang gespielt gekränkt. »Immerhin habe ich Euch das Leben geschenkt.«

Ewan war nahe daran, dem *Sasannach* seine Abscheu ins Gesicht zu schleudern, ihm zu sagen, was er von seinem ›großzügigen‹ Urteil hielt. Doch er bewahrte Haltung und bedankte sich mit hohler Stimme.

Erst nachdem man ihn zurück in den Kerker geschafft hatte,

begann Ewan die Tragweite des Urteils zu begreifen. Wenn man ihn verschiffen wollte, musste man ihn wohl oder übel aus der Festung bringen – und auf dem Weg zur Küste könnte sich die Möglichkeit zur Flucht ergeben.

»Du bist wahnsinnig«, bemerkte Sìn unbeeindruckt, als Ewan ihm von seinem Plan erzählte. »Die Rotjacken haben dich erschossen, bevor du dich einmal umgedreht hast. Mach es dir einfacher und lege freiwillig deinen Hals in die Schlinge des Galgenstrickes.«

Doch Ewan ließ sich nicht beirren. »Ich lasse mich lieber auf der Flucht töten als in der Sklaverei, *caraid.* Wenn auch du deportiert wirst, können wir es gemeinsam wagen.«

Das belustigte Blinzeln in Sìns Augen verschwand; endlich begriff er, wie ernst es Ewan mit seinem Plan war. »Ich mache mir nichts vor, mich wird man hängen. Immerhin habe ich nie abgestritten, gegen die Rotjacken gekämpft zu haben. Alleine schaffst du nie eine Flucht – sieh dir doch die ausgemergelten Jammergestalten an.« Sein Blick wanderte durch die Zelle. »Die meisten von ihnen beten, im Schlaf zu sterben, um den morgigen Tag nicht mehr erleben zu müssen.«

Damit hatte Sìn nicht ganz unrecht, der größte Teil der Gefangenen sah schon jetzt eher tot als lebendig aus. Fieberhaft versuchte sich Ewan zu erinnern, was ihm Joan über die Geschichte der sogenannten USA erzählt hatte: Bevor es in den siebziger Jahren des achtzehnten Jahrhunderts zu blutigen Freiheitskämpfen zwischen England und Frankreich kommen würde, wurden starke Männer gebraucht, die Kasernen, Forts und andere militärische Stützpunkte errichteten. Es stand außer Frage, dass diese Männer sich größtenteils aus Gefangenen zusammensetzen würden.

Sìn war ebenso wie Ewan groß und muskulös, somit bestand immerhin die Möglichkeit, dass man sie gemeinsam deportierte. Die meisten der anderen Gefangenen würden eine Fahrt nach Übersee wegen ihrer körperlichen Verfassung schwerlich überleben.

Doch darüber konnte er mit Sìn nicht reden, denn er würde wissen wollen, woher Ewan seine Weisheit hatte. Und so beließ er es dabei zu sagen: »Der Kommandant will, dass ich versklavt werde und dort den *Sasannach* dienen soll. Verstehst du? In den Kolonien können nur kräftige Männer gebraucht werden.«

»Aye.« Sìn spuckte ins Stroh, wie immer, wenn ihm etwas gegen den Strich ging. »Lieber sterbe ich am Galgen, als Leibeigener der *Sasannach* zu werden.«

»Mir geht es genauso, mein Freund. Aber wenn wir es geschickt anfangen, können wir auf dem Weg zur Küste fliehen.«

»Und wenn wir es ungeschickt anfangen, können wir beten, dass uns die erste Kugel tötet und wir nicht von Bajonetten aufgespießt werden.« Sìn rieb sich rasch über die Augen, wie um die quälenden Gedanken, die ihm durch den Kopf schossen, fortzuwischen.

Wie sich wenige Tage später herausstellte, sollte auch Sìn deportiert werden. Er selbst hatte am wenigsten damit gerechnet und schüttelte immer wieder ungläubig den Kopf, als er Ewan davon erzählte. »Ich weiß nicht, ob ich mich darüber freuen oder traurig sein soll; schließlich habe ich mit meinem Leben bereits abgeschlossen.«

»Du wirst bald zu deiner Familie zurückkehren«, versicherte Ewan. »Wenn uns die Flucht gelingt, sind wir frei.«

Unfroh lachte Sìn. »Vogelfrei meinst du. Ich bin mir nicht sicher, ob ich das wirklich sein will. Früher hab ich für die Gesetzlosen immer nur Abscheu empfunden, und mir wird bange bei der Vorstellung, einer der ihren zu werden und mich mein Lebtag in den Wäldern verstecken zu müssen. Das Hochland wimmelt von *Sasannach*s und man kann ihnen nur schwerlich entkommen – das wissen wir beide schließlich aus eigener Erfahrung, aye?«

Doch Ewan war anderer Meinung, sein Optimismus gewann wieder die Oberhand: »Es wird nicht immer so sein, eines Tages können wir wieder friedlich in unserem Land leben. Denkst du denn überhaupt nicht an deine Frau und deine Kinder?« Ewans Stimme klang beschwörend. »Deine Brüder halten sich wahrscheinlich in den Wäldern deines Clans versteckt und hoffen auf deine Rückkehr. Ich jedenfalls werde mich auf die Suche nach meiner Familie machen, wenn …«

»Du fantasiert«, unterbrach ihn Sìn brüsk. »Wie willst du eine Flucht anstellen? Glaubst du, man lässt uns ohne Ketten zum Schiff gehen? Erinnere dich an den Marsch bis zur Festung – keinem Mann wäre es geglückt, auch nur einen winzigen Schritt aus der Reihe zu machen.«

Diese Tatsache hatte Ewan sehr wohl bedacht. »Aye, ich werde diesen Marsch nie wieder vergessen, aber damals waren die Männer erschöpft und völlig ausgehungert.«

»Oh ja, das ist dieses Mal etwas völlig anderes. Das gute Essen, das man uns hier vorsetzt, hat uns unsere Kräfte zurückgebracht«, witzelte Sìn. »Wenn man bedenkt, dass wir in den letzten Wochen nur Abfall zu uns genommen haben, ist es schon beachtlich, dass wir noch nicht tot sind und uns sogar auf den Beinen halten können.«

Damit übertrieb er keineswegs, die Verpflegung war dürftig und bestand im Wesentlichen aus hartem verschimmeltem Brot, undefinierbaren, fleischlosen Suppen und mitunter einem Stückchen ranzigem Speck – immerhin war das Wasser frisch, nachdem die Gefangenen, nächtelang von Koliken gequält, um Hilfe geschrieen hatten.

Der Entzug von frischer Luft und Sonne tat sein Übriges, die Haut der Männer war grau und die Wangen hohl.

Sìn sagte zunächst nichts mehr, er lehnte sich mit geschlossenen Augen gegen die Wand und Ewan tat es ihm gleich. Das Gemurmel der anderen Männer drang gedämpft zu ihnen, wobei die meisten von ihren Frauen erzählten, die nach ihren Beschreibungen alles Vollweiber mit Feuer im Blut waren.

»In Ordnung, lass es uns versuchen«, sagte Sìn unvermittelt. »Lass uns in Teufels Namen eine Flucht versuchen, auch wenn es völlig verrückt ist. Praktischer wäre es, die Rotjacken schon vorher zu bitten, uns zu erschießen.«

Ewan wand den Kopf in Sìns Richtung: »He, die *Sasannach* sind zwar bis an die Zähne bewaffnet, aber besitzen sie die Raffinesse eines Highlanders? Nein, sie sind dumm und wissen nicht, was sie ohne Kommando tun sollen.«

Sìn lachte rau. »Aye, ohne Kommandant laufen sie verwirrt und kopflos herum wie Hühner nach dem Schlachten.«

Ohne besondere Ankündigung wurden Ewan, Sìn und eine Handvoll anderer Männer wenige Tage später aus ihrer Zelle geholt. Die Wärter sprachen kaum ein Wort mit den Gefangenen, doch das war auch gar nicht nötig; Ewan wusste auch so, dass er den übel riechenden Kerker zum letzten Mal gesehen hatte.

Die Männer wurden auf den Innenhof geführt; die Sonne blendete so stark, dass die meisten wie blind vorwärts stolperten.

Ewan und Sìn blieben dicht beieinander, denn wenn man den Gefangenen Ketten anlegte – und daran hegten sie keinen Zweifel – war es wichtig, dass sie zusammenblieben.

»Still gestanden!«, bellte einer der Soldaten. »Der Kommandant hat euch etwas zu sagen!«

Sofort herrschte absolutes Schweigen unter den zottigen, ausgemergelten Figuren, von denen keiner mehr die geringste Ähnlichkeit mit einem wilden rebellischen Hochländer hatte. Die Sträflinge atmeten tief die gesunde Luft ein und streckten ihre Gesichter der Sonne entgegen, die sie so arg vermisst hatten.

Als die große hagere Gestalt des Offiziers auftauchte, der die Verhöre geleitet hatte, richteten sich aller Augen auf ihn; in den Blicken der meisten Männer konnte man tiefe Verachtung erkennen.

»Ihr wisst inzwischen alle, dass ich euch – im Auftrag des Königs von Britannien – das Leben schenke, weil ihr lebend dem Land mehr Nutzen bringen könnt, als wenn ich euch hinrichten ließe.« Er machte eine bedeutungsvolle Pause, während der er jeden Einzelnen flüchtig musterte. »In den Kolonien werden Männer für den Bau von Straßen und Militärgebäuden dringend gebraucht … aber denkt nur nicht, dass ihr dadurch frei seid. Wer gegen den König gekämpft hat, ist ein Verräter und muss hart bestraft werden. Den Rest eures Lebens werdet ihr Leibeigene der britischen Krone sein; wer dagegen aufbegehrt, hat sein Leben verwirkt.«

Schon nahten Soldaten mit den rasselnden Ketten und fesselten immer zwei Gefangene aneinander, glücklicherweise wurde Sìn an Ewan gekettet. Die beiden wechselten daraufhin einen triumphierenden Blick.

»Die *Margarita Louise* wird in den ersten Stunden des morgigen Tages in See stechen und auf ihrem Weg nach Übersee mehrere Häfen anlaufen, um weitere Gefangene aufzunehmen. Die Überfahrt wird ungefähr vier bis sechs Monate dauern – genug Zeit für euch Gesindel, um euch an euer neues Leben zu gewöhnen.« Die Mundwinkel des Kommandanten verzogen sich zu einem ironischen Lächeln. »Von nun an werdet ihr lernen, gehorsame Untertanen von George II. zu sein.«

Ewan merkte im letzten Augenblick, dass Sìn den Mund öffnete und stupste ihn unauffällig an. Auch wenn das Blut der Männer vor Hass kochte, wäre es ein Fehler gewesen zu protestieren.

»Vergesst die Gedanken an Flucht oder Meuterei«, fuhr der Offizier fort, dessen Name Ewan noch immer nicht wusste. »Meine Dragoner werden nicht zögern, von ihren Waffen Gebrauch zu machen, falls es erforderlich sein sollte. Bis zur Küste ist es ein Fußmarsch von mehreren Stunden – wer versucht, sich den Kommandos der Soldaten zu widersetzen, wird sofort erschossen.«

Ohne ein weiteres Wort gab er den Dragonern, die bereits auf ihre Pferde gestiegen und auf weitere Anweisungen warteten, ein Zeichen, worauf sich das schwere Holztor langsam und quietschend öffnete.

Fast hätte Ewan gejubelt. Vor ihm lag die Freiheit, nach der er sich seit Wochen gesehnt hatte, zum Greifen nah. Er hatte keinen Zweifel mehr, dass ihm die Flucht gelingen würde.

Langsam setzte sich der Gefangenentrupp in Bewegung. Voran ritten zwei Soldaten, in der Mitte und am Ende zu beiden Seiten jeweils ein Dragoner. Ewan hatte die Gefangenen gezählt, es waren etwas mehr als ein Dutzend.

Das erste, was Ewan und die anderen Männer wahrnahmen, als sie das Tor der Festung passiert hatten, waren große Schwärme von kreischenden Möwen, die den Trupp neugierig begleiteten. Die salzige Luft ließ das nahe Meer erahnen.

»Verdammt«, zischte Sìn unvermittelt in Ewans Richtung. »Weit und breit gibt es keinen Strauch oder Baum. Wenn wir fliehen, werden wir zum lebenden Ziel.«

Obwohl Ewan dasselbe dachte, entgegnete er mit gesenkter Stimme: »Warte es ab, mein Freund. In wenigen Stunden geht die Sonne unter, und wenn wir Glück haben, können wir die Flucht im Schutz der Dunkelheit wagen.«

»Bis dahin sind wir längst auf dem Sklavenschiff«, schnaubte Sìn. Sie sprachen Gälisch – selbst auf die Gefahr hin, deswegen von den Bewachern gemaßregelt zu werden. »Und wenn wir erst den verfluchten Kahn bestiegen haben, ist es zu spät.«

Doch sie redeten so leise, dass weder die Soldaten noch die anderen Gefangenen sie verstanden. Während des Aufenthaltes im Kerker hatte Ewan den anderen Männern angedeutet zu fliehen, doch man hatte ihn nicht ernst genommen. Den meisten war ohnehin gleichgültig, was mit ihnen geschah, ihr Kampf- und Überlebenswille war am 16. April 1745 auf dem Schlachtfeld erloschen.

Die ersten Wolken bildeten sich am Himmel und bald verdunkelten sie die Sonne; fernes Grollen kündigte ein Gewitter an.

»Es scheint, als habe Gott uns doch nicht vergessen«, sagte Ewan leise, seine Stimme vibrierte vor innerer Erregung. »Es sind noch Meilen bis zum Meer, *caraid*, aber das Gewitter wird uns in weniger als einer halben Stunde erreicht haben.«

Auch den Dragonern war der rasche Wechsel der Wetterlage nicht entgangen, fluchend trieben sie die Gefangenen zur Eile an, doch die Männer dachten gar nicht daran, schneller zu gehen.

»Vorwärts, ihr Burschen!«, schrie einer der Soldaten. »Ich will keinen nassen Hintern kriegen!«

Sìn holte tief Luft. »Mit den Ketten an den Füßen können wir nicht schneller gehen, Sir.«

Die anderen murmelten Zustimmung und behielten ihr Tempo bei, ohne weiter auf die Kommandos der Rotjacken zu achten. Was konnten die Soldaten schon unternehmen? Als die ersten dicken Regentropfen fielen, gaben die Bewacher auf, ihre Gefangenen anzutreiben; sogar sie sahen ein, dass die schweren Eisenketten beim Laufen hinderlich waren, zudem war der Boden steinig und uneben und die Männer waren allesamt barfuß, was das Gehen zusätzlich erschwerte.

Obwohl erst früher Nachmittag war, wurde es fast dunkel. Der Himmel war schwarz und wurde lediglich von zuckenden Blitzen erhellt. Der Regen prasselte auf die Männer hernieder und ein kalter Sturm fuhr ihnen in die Glieder.

Die Pferde der Soldaten tänzelten nervös und zuckten bei jedem Blitz zusammen, und die Rotjacken hatten alle Hände voll damit zu tun, ihre Tiere ruhig zu halten.

»Die Gäule könnten unsere Rettung sein!«, schrie Ewan zu Sìn hinüber, der wie alle anderen bereits nass bis auf die Haut war. »Solange die *Sasannach* abgelenkt sind, wagen wir die Flucht!«

Sìn nickte, dann wies er mit dem Kinn zu einem grauen, riesigen Felsvorsprung etwa einhundert Meter vor ihnen. »Da hinten scheint eine ideale Stelle zu sein.« Blitzschnell bückte er sich, griff nach einigen Steinen und reichte Ewan unauffällig ein paar davon. »Kurz vorher werfen wir die Steine nach den Pferden der mittleren Wachen. Mal schauen, wie gut die Gäule der Rotjacken tanzen können.«

Nicht nur die Gefangenen hatten Mühe, bei dem starken Sturm vorwärts zu kommen; die Formation der Dragoner hatte sich aufgelöst, in erster Linie waren die Soldaten damit beschäftigt, ihre Pferde im Zaum zu halten.

»Jetzt!« Sìn zielte mit einem Stein auf die Kruppe eines der Tiere, er traf und das Pferd stieg grell wiehernd in die Höhe. Gleichzeitig holte auch Ewan aus.

Und dann geschah etwas völlig Überraschendes: Auch die anderen Männer griffen sich Steine und bewarfen ihre Peiniger – nicht nur deren Pferde, sondern sie selbst wurden Opfer dieser Wurfgeschosse.

Die Soldaten schrien Befehle, die wegen des Sturms niemand verstand.

Die Dragoner waren zu überrascht, um zu ihren Musketen zu greifen, vielmehr waren sie damit beschäftigt, den Steinhagel abzuwehren und gleichzeitig ihre Pferde zu zügeln.

»Los, haut ab, bevor die Rotjacken zu sich kommen! Lauft, als sei der Teufel hinter euch her!«, rief einer der Männer.

»Was ist mit euch?« Ewan hatte Mühe, gegen den Sturm anzuschreien.

Sìn und Ewan sahen sich kurz an, dann scherten sie nach rechts aus, nachdem sie sich vergewissert hatten, dass die Soldaten hinter ihnen weiterhin mit dem Abwehren der noch immer auf sie niederprasselnden Steine beschäftigt waren.

Schwer atmend blieben Ewan und sein Freund hinter dem Felsen liegen, nachdem sie mit einem kühnen Hechtsprung dort gelandet waren.

Der Regen rauschte so laut, dass er jedes andere Geräusch verschluckte; doch anscheinend war ihr Verschwinden noch nicht bemerkt worden

»Hier ist eine Felsspalte!«, rief Ewan, nachdem sich sein Atem beruhigt hatte. »Wenn wir uns dort verstecken, finden uns die *Sasannach* vielleicht nicht.«

Zu zweit quetschten sich die Männer in den schmalen Spalt, es war so eng, dass sie sich fast erdrückten. Bewegungslos verharrten sie unendlich lange Minuten. Der Regen war noch immer so dicht, dass man kaum etwas sehen konnte.

Ewan erwartete jeden Augenblick das Auftauchen der Häscher, doch nichts dergleichen geschah. Allmählich ließ der Regen nach und im Westen klarte sich der Himmel auf.

»Sie haben unser Verschwinden nicht bemerkt, die Tölpel.« Sìns Stimme klang ungläubig, und doch musste es so sein. »Sie haben tatsächlich …« Er hob den Kopf, so weit es ihm in seiner unbequemen Lage möglich war. »Hast du das gehört?«

»Aye, das habe ich.«

Dumpfes Knallen war in der Ferne zu hören, die Geräusche kamen aus der Richtung, in die die Gefangenen getrieben worden waren. Immer wieder ertönten Schüsse, die eindeutig aus Musketen stammten.

»Diese Dreckskerle!« Sìn spie verächtlich aus. »Diese verdammten Dreckskerle erschießen unsere Männer!«

Ewan schluckte hart. »Diese Strafe habe ich befürchtet, der Kommandant im Gefängnis hat sie bei Meuterei angedeutet.« Er bewegte sich vorsichtig, die Lumpen an seinem Körper waren mit Wasser vollgesogen und stanken erbärmlich. »So ist ihnen zumindest der erniedrigende Gang in die Sklaverei erspart geblieben.«

Eine Stunde mochte nach der Flucht vergangen sein, und noch immer war kein Engländer aufgetaucht.

»Ich hab ja immer gesagt, die können nicht bis drei zählen«, frohlockte er. »Sie werden bald zurückkommen, bis dahin sollten wir verschwunden sein.«

Sie krochen aus der Felsspalte, die ihnen die Haut an Armen und Beinen abgeschürft hatte, und spähten vorsichtig in die Richtung, aus der die Dragoner auf ihrem Rückzug kommen mussten.

Der steinige Weg war durchweicht und glänzte vor Nässe, doch weit und breit war kein *Sasannach* zu sehen. Der Regen hatte mittlerweile aufgehört und schon stahlen sich die ersten zaghaften Sonnenstrahlen durch die noch immer dunkleWolkendecke.

Sie warteten bis zum Einbruch der Dunkelheit, bevor sie endgültig ihr Versteck verließen. Nach gemeinsamer Beratschlagung hielten sie sich in der Nähe der Felsen auf und mieden den Pfad.

Schwach und erschöpft schliefen sie im Morgengrauen auf hartem Felsboden ein, doch in der Ferne waren bereits die ersten grünen Flächen zu sehen und die Luft roch weniger salzig.

Als Erstes mussten sie sich von den Eisenketten befreien. Doch selbst einem erfahrenen Schmied wie Sìn war es unbegreiflich, wie er dies ohne Hammer und Amboss bewerkstelligen sollte.

»Wir brauchen Werkzeug«, bemerkte Ewan.

»Falls wir es überhaupt schaffen, uns bis zur nächsten Menschenansiedlung durchzuschlagen«, ergänzte Sìn. Beide Männer hinkten mittlerweile, da die Eisenmanschetten tief ins Fleisch einschnitten und jeden Schritt zur Qual werden ließen.

Es war der Abend des zweiten Tages nach der Flucht, als sie die Nähe des Bergmassivs Ben Nevis erreichten. Wenn sie es umrundet hatten, würde die Vegetation üppiger werden, sodass sie im Schutz von Sträuchern und kleinen Baumansiedlungen auch tagsüber ihren Weg gen Süden fortsetzen konnten. Sie brauchten unbedingt Wasser.

Rotjacken waren ihnen auf ihrem bisherigen Weg nicht begegnet, doch das war nicht weiter verwunderlich. Die Soldaten des Königs suchten nicht in den Bergen nach schottischen Kriegern, und auch sonst verirrte sich niemand in diese gottverlassene Gegend, in der die Nächte trotz Frühling klirrend kalt waren und die Kraft der Sonne nicht ausreichte, die Luft zu erwärmen; der raue Wind ließ jeden mageren Strohhalm, jeden kargen Busch erzittern.

Auch Ewans Haut war an den Fesseln bis auf das Fleisch aufgerieben, er spürte kaum noch das Brennen. Sìn reichte Ewan eine Hälfte des letzten Stück Brotes, das er zuvor durchgebrochen hatte. Sobald für die beiden festgestanden hatte, die Flucht zu wagen, hatten sie von ihren täglichen Brotrationen ein Stück gehortet.

Ewan nahm dankbar das steinharte Brot an sich. »Dies ist ein Grund, diese Einöde zu verlassen, mein Freund. Weit und breit gibt es weder Wild noch Waldfrüchte, und mit leerem Magen kann man keine großen Taten vollbringen«, sagte er.

Fröstelnd rieb sich Sìn die Arme, der Wind pfiff und tobte um die Männer herum, die kleine Felsnische, die sie als Schlafplatz ausgewählt hatten, bot kaum ausreichenden Schutz.

»Was gäbe ich jetzt für ein warmes Bett, saubere Kleidung und eine Frau im Arm«, meinte Sìn mit trübem Blick. »Eines verspreche ich dir: Sollte ich jemals wieder ein menschenwürdiges Leben führen, werde ich jede Sekunde davon genießen. Und wenn es mir mal zu gut geht, brauche ich bloß an die letzten Monate zu denken … und schon bin ich wieder zufrieden.«

Leise lachte Ewan auf. »Du sagst es. Ich bin schon in viele gefährliche Situationen geraten, aber auch ich werde diese Zeit niemals aus meinem Gedächtnis löschen können.«

»Das wird keiner der Männer können, die an diesem Aufstand teilgenommen haben.« Sìn wandte sich Ewan halb zu. »Sag, hast du wirklich dein Gedächtnis verloren oder bist du ein begnadeter Schauspieler?«

Lange hatte Ewan darüber nachgedacht, seinem neuen Freund die Wahrheit zu sagen; aber er würde es nicht verstehen und sich wahrscheinlich enttäuscht von ihm abwenden, weil er glaubte, auf den Arm genommen zu werden.

»Ich schwöre es«, sagte er ernst. »Ich habe nicht die geringste Erinnerung, weder an die Schlacht noch an die Jahre davor.«

»Vielleicht wäre es das Beste, wenn deine Erinnerung für immer fortbliebe, zu grausam war dieses sinnlose Blutvergießen.«

Ewan stieß einen Fluch aus, als er sich durch eine ungeschickte Bewegung die Rippen am Felsen prellte. Er war todmüde, doch die Kälte hielt ihn vom Schlaf ab, den er so bitterlich nötig hatte.

In der Dunkelheit war Sìns Gesicht nicht mehr als eine verschwommene Silhouette. Ewan stupste ihn an, da er vermutete, sein Kompagnon wäre bereits eingeschlafen. »Warum seid ihre alle klaglos auf das Schlachtfeld von Culloden gezogen?«

»Hatten wir eine andere Wahl? Nein, wer sich verweigerte, musste damit rechnen, aus seinem Clan verstoßen zu werden. Das müsstest du eigentlich wissen.«

Vage nickte Ewan in die Dämmerung.

»Du wirst es nicht glauben; als die Nachricht verbreitet wurde, dass Charles Edward Stuart sich heimlich in Schottland aufhielt, um die Clanführer zu einem neuen Aufstand zu bewegen, waren alle Krieger Feuer und Flamme. Endlich konnten wir es den hochnäsigen *Sasannach* zeigen, endlich unsere in vielen Jahren zusammengetragenen Waffen benutzen. In den Dörfern wurden Feste gefeiert, die Männer tranken, die Frauen weinten. Du kannst dir die Euphorie nicht vorstellen, als es hieß, der Clan Duff wird dabei sein.« Ewan konnte Sìns Gesicht nicht erkennen, doch er wusste, dass er bei diesen Worten lächelte.

»Nach den ersten Siegen sahen wir König James bereits wieder auf dem Thron, aber …« Seine Stimme erstarb. »Sein Sohn wurde übermütig; sein Ziel, London einzunehmen, war schlichtweg größenwahnsinnig. Die ersten schottischen Colonels murrten, und auch Stuarts Berater warnten vor dem Übergriff. Wahrscheinlich warst auch du mit deinem Clan unter den Männern, die nach England marschiert sind, um dann kurz vor London den langen Rückweg nach Schottland anzutreten.«

Mit geschlossenen Augen lauschte Ewan, wie immer, wenn Sìn von der Revolte sprach – und das tat er oft. Vor Ewans innerem Auge sah er sich, an der Seite seines Vaters, die Männer des MacLaughlin Clans in den Tod führen.

»Ein paar Leute von den Campbells haben Bonnie Price Charles aus nächster Nähe gesehen«, plauderte Sìn unvermittelt weiter. »Der Bursche hatte zuvor noch nie einen Fuß auf schottischen Boden gesetzt und sein Englisch soll schauderhaft gewesen sein. Er sprach es mit starkem französischem Akzent und soll überhaupt sehr weichlich aussehen, jemand behauptete gar, der Prinz sähe aus wie eine Frau in Männerkleidung.«

Bei der Beschreibung musste Ewan grinsen. »Mich wundert, dass solch eine Witzfigur die loyalen Anhänger seines Vaters überzeugen konnte.«

»Du vergisst, dass er französische Verstärkung versprach. Die Elitetruppen Louis XVI., von denen Stuart prahlte. Wären sie tatsächlich eingetroffen, hätten wir es mit Cumberlands Armee spielend aufnehmen können. Aber so …« Sìn seufzte. »Dieser jämmerliche Rest der schottischen Armee, der in Culloden eintraf, besaß gerade zwei Kanonen, einige Musketen und Pistolen, die übrigen Männer waren mit nichts als Breitschwertern und Schilden ausgerüstet. Schon beim ersten Artilleriefeuer sanken unser Männer reihenweise zu Boden.«

Ewan legte eine Hand auf Sìns Schulter, die Schilderung der Schlacht hatte wie üblich sein Innerstes aufgewühlt.

»Ich sah sie fallen.« Sìns Stimme klang gebrochen. »Meine Söhne, meinen Bruder, Cousins und Freunde.«

»Rede nicht mehr davon«, bat Ewan. »Es bringt die Toten nicht zurück.«

»Nein, aber es hält den Hass auf die *Sasannach* frisch. Und Gott ist meine Zeuge – sollte ich jemals einem teigwangigen

Engländer begegnen, werde ich mich an den 16. April im Jahre des Herrn 1746 erinnern.«

Trotz der unbequemen Lage war Ewan in einen tiefen Schlaf gefallen, er träumte von Joan, sie küsste ihn zärtlich und schwor ihm ihre ewige Liebe; gleich darauf sah er sich selbst in der Armee *des young pretenders*[1] kämpfen – für die Freiheit seines Volkes und den Thron des rechtmäßigen Königs von Britannien.

Er schreckte auf, als er Sìns Fußketten rasseln hörte, gleich darauf erklang die wohlbekannte brummige Stimme: »Erheb dich, junger Freund. Mich drückt die Blase und ich möchte nur ungern im Sitzen pinkeln.«

Mit steifen Gliedern schob sich Ewan aus der Nische und blinzelte in die Sonne. Es musste noch sehr früh am Morgen sein.

An einem Gebirgsbach mit klirrend kaltem Wasser wuschen sie sich notdürftig, dann setzten sie mit leerem Magen ihren hindernisreichen Weg fort. Die ersten Ansammlungen von Disteln waren zu sehen, als die Sonne bereits wieder unterging; nun hatten sie die kärgsten Gebiete hinter sich gebracht.

Mit angehaltenem Atem standen die beiden zerlumpten Männer auf dem Hügel und starrten auf das kleine Tal zu ihren Füßen. Dort unten gab es noch Menschen, die rauchenden Schornsteine der Steinkaten zeugten davon.

»Das müsste das Gebiet des Menzie Clans sein«, mutmaßte Ewan, nachdem er sich ein genaueres Bild von der Umgebung gemacht hatte. »Ein kleiner Clan, der sich in früheren Schlachten den MacDonalds of Galbraithe angeschlossen hat.«

---

1 Das jungen Herausforderers

Sìn wiegte seinen mächtigen Schädel. »Aye, aber ich weiß nicht, auf welcher Seite die Leute bei der letzten Rebellion gestanden haben. Wollen wir es wagen, sie um Hilfe zu bitten?«

»Uns bleibt keine andere Wahl. Wir müssen die Ketten loswerden, brauchen saubere Kleidung und Nahrung. In diesem Aufzug nimmt uns jede Patrouille auf der Stelle fest.«

Langsam gingen sie schließlich den Abhang hinunter, die Augen fest auf die kleinen Häuschen gerichtet; immerhin konnte sich jederzeit eine der Türen öffnen und sich der Lauf einer Muskete auf die Ankömmlinge richten. Dass man sie durch die Fensterluken beobachtete, war dabei beiden Männern klar.

Sie hatten fast die erste Kate erreicht, als ein alter Mann hinter der Mauer hervorsprang und rief: »Halt, keinen Schritt weiter, wenn Euch Euer Leben lieb ist!«

»Habt keine Angst!«, rief Ewan zurück. »Seht, wir sind unbewaffnet, konnten den *Sasannach* in letzter Minute entkommen, bevor sie uns in die Kolonien verschifften!«

Nur zögernd trat der alte Mann aus dem Schatten, seine Miene war noch immer skeptisch, jedoch schien seine Neugierde größer zu sein als sein Misstrauen. »Woher kommt Ihr?«

»Von der Festung An Baghasdal.«

Der Blick des Mannes glitt zu den Fußketten, die die beiden Fremden aneinander fesselten. »Das ist oben an der Küste. Wie habt Ihr es bis hierher geschafft?«

»Es war ein langer harter Marsch«, erhob nun Sìn seine Stimme. »Wie Ihr seht, sind wir mehr tot als lebendig.« Zur Unterstreichung seiner Worte hob er sein schmutziges Hemd an, sodass man seine Rippen und den eingefallenen Bauch erkennen konnte. »Wir bitten Euch um etwas Essen und Werkzeug, damit wir diese elenden Ketten entfernen können.«

Noch zögerte der alte Mann. »Wir haben selbst kaum etwas zu essen, alle Männer bis auf ein paar Greise sind bei Culloden gefallen. Habt Ihr dort auch gekämpft?«

Die beiden bejahten, und erst danach zeigte sich der alte Mann bereit, sie in seine Kate einzulassen. Nachdem er einen Krug Schafsmilch und ein großes Stück Käse auf den wackeligen Tisch gestellt hatte, sagte er: »Ich werde sehen, ob ich saubere Kleidung und einen Hammer für Euch auftreiben kann. Ähm … falls Ihr versuchen solltet, etwas zu stehlen, werde ich von meinem *sgian dubh* Gebrauch machen.«

Er wies beiläufig auf seinen durchlöcherten Strumpf. Auch er hatte die traditionelle Highlanderkluft ablegen müssen, stattdessen steckten seine dünnen Beine nun in einer groben Leinenhose, die unterhalb der Knie mit einem Strick zusammengebunden war.

Sìn und Ewan waren noch nicht fertig mit ihrer kargen Mahlzeit, als der alte Mann, der sich Sèoras nannte, mit ein paar Frauen zurückkam, hinter deren Röcke sich eine Schar neugieriger Kinder verbarg.

Sie brachten nicht nur Kleidung, sondern auch Brot, Bier und die traditionellen Haferplätzchen mit.

»Ihr müsst völlig ausgehungert sein«, bemerkte eine der Frauen und schob verlegen lächelnd einige Kleidungsstücke über den Tisch. »Nehmt dies, ich habe die Sachen für meinen Mann genäht, falls er jemals zurückkommt.« Ihr Lächeln erstarb. »Jeden Abend bete ich, aber ich fürchte, er braucht sie nicht mehr.«

Sìn und Ewan wechselten einen betretenen Blick. Wie viele Frauen mochte es wohl in den Highlands geben, die vergeblich darauf warteten, dass ihre Männer eines Tages wieder auftauchten?

Nachdem sie sich satt gegessen hatten, bemerkte Sèoras,

dass er in der verlassenen Schmiede des Ortes alles gefunden hatte, was man zum Entfernen der Fußfesseln brauchte, was Sín einen freudigen Ausruf entlockte.

»Wohin führt Euch Euer Weg?« Der alte Mann war eindeutig der Wortführer der zusammengeschrumpften Gemeinde. »Benutzt nicht die Wege, hier in der Gegend wimmelt es von Rotjacken, die Ausschau nach entlaufenen Sträflingen und der Schlacht entkommenen Kriegern halten.«

Beide gaben bereitwillig Auskunft. Sìns Clan lebte etwa einen Tagesmarsch von dem Tal entfernt, während Ewan noch einen Marsch von vielen Meilen vor sich hatte.

Die Frauen trugen Eimer mit über Kesseln erwärmtem Wasser in die Hütte und zogen sich dann diskret zurück, nachdem sie die hölzerne Wanne in der Mitte des Raumes gefüllt hatten. Sogar an ein winziges Stück grober Seife und Leinenhandtücher hatten sie gedacht, was Ewan geradezu beglückte.

Obwohl viele Männer seiner Zeit Wasser nur als durstlöschendes Getränk benutzten, war es für ihn sein Lebtag selbstverständlich gewesen, sich jeden Tag gründlich zu waschen oder ein Bad zu nehmen.

Zuvor hatte Sìn mit mehreren gezielten Hammerschlägen erst die Ketten, dann die Eisenmanschetten zertrümmert. Danach umarmten sie sich freudig. Die Wunden würden heilen und die Schmerzen waren nur noch halb so schlimm.

Die Holzwanne war nicht groß genug, um beide Männer gleichzeitig aufzunehmen, Sìn ließ seinem Freund großzügig den Vortritt. Während Ewan sich mit geschlossenen Augen zurücklehnte und das warme Wasser auf seinem geschundenen Körper genoss, gesellte sich Sìn zu den anderen, die vor der Kate standen und darauf warteten, mehr über die Flucht zu erfahren.

Eine der Frauen warf einen Blick auf Sìns blutverkrustete Fesseln, eilte davon und kam kurz darauf mit einem Tiegel Salbe zurück.

»Nehmt dies für Eure Wunden«, sagte sie. »Sicher lassen sich auch noch Leinenstreifen auftreiben, um Euch zu verbinden.«

Stumm vor Rührung nickte Sìn, diese Hilfsbereitschaft hatte er nicht erwartet. Die verdammten *Sasannach* konnten Gesetze erlassen und Verbote aufstellen, soviel sie wollten – den Zusammenhalt der Highlander würden sie jedoch niemals untergraben können!

Als Ewan schließlich aus der Kate trat, ging ein Raunen durch die Reihen der Frauen, denn er hatte sich in kurzer Zeit vom zotteligen, vor Schmutz starrenden Sträfling in einen schönen Mann mit glatt rasiertem Kinn und welligem langen Haar verwandelt. Die Kleidung, die er nun trug, war zwar einfach, jedoch sauber und ohne Risse – nur die blutigen Male an seinen Fesseln wiesen darauf hin, dass er noch bis vor Kurzem ein Gefangener der britischen Krone gewesen war.

»Bist du es wirklich, *caraid*?«, rief Sìn in gespieltem Erstaunen. »Die Damenwelt scheint entzückt von dir zu sein.«

Einige der jüngeren Frauen kicherten, während die älteren den schönen Mann mit den edlen Gesichtszügen ungeniert musterten. Sicher, seine Wangen waren hohl und seinem athletischen Körper sah man die Strapazen der vergangenen Wochen und Monate an, aber wenn er in den nächsten Tagen genügend Nahrung zu sich nahm, würde er bald wieder in Hochform sein.

Später saßen alle Bewohner des Tales zusammengepfercht in Sèoras' Kate, ihre Blicke hingen an den Gästen, die ihnen den Aufenthalt in der Festung anschaulich wiedergaben. Ein um das andere Mal hörte man das unterdrückte Weinen einiger Frauen, in deren Vorstellung ihre verschollenen Männer ebenfalls in einem englischen Gefängnis saßen.

»Doch nun erzählt«, sagte Ewan, als alle Fragen beantwortet waren, die die Leute gestellt hatten. »Wie habt Ihr die Rebellion erlebt?«

Sèoras goss seinen Gästen Bier nach, dann setzte er sich wieder und blickte bekümmert auf seine gichtknotigen Hände. »Zuerst merkten wir nichts von diesem Aufstand, das Tal ist weit abgelegen und wir hatten auch in früheren Zeiten meistens das Glück, nicht von Patrouillen belästigt zu werden. Ein fahrender Händler erzählte uns schließlich, dass Bonnie Prince Charles aus Frankreich eingetroffen sei und eine Armee aufstellen wolle. Die Männer unseres Dorfes waren begeistert, sie meldeten sich unverzüglich bei unserem Laird, der Schmied arbeitete Tag und Nacht, um Schwerter und Schilde herzustellen.«

Er warf einen flüchtigen Blick auf die Frauen, in deren Augen Tränen glänzten.

»Keiner der Krieger aus unserem Dorf kam zurück«, fuhr Sèoras mit gebrochener Stimme fort. »Kein einziger. Die Frauen begannen, für ihre Männer diese albernen kurzen Hosen zu nähen und versteckten die Plaids ihrer Männer. Man sagt, dass die Rotjacken einen auf der Stelle töten, wenn sie nur ein winziges Stück Tartan finden.«

»Solange ich lebe, werde ich die *Sasannach* hassen«, sagte Sin schließlich mit ernster Miene. Auch er war nach Bad und Rasur kaum wiederzuerkennen.

Sèoras protestierte, als seine Gäste bei Anbruch der Dämmerung weiterziehen wollten; er bedrängte sie, wenigstens eine Nacht auf den Schaffellen vor dem Kamin zu verbringen.

Nach kurzer Beratschlagung willigten sie ein. Vor Ewan lag noch ein weiter Weg, der zu bewältigen war, und sie hatten lange keine bequeme Schlafstatt mehr. Sìn war der Meinung, dass es nun auf einen Tag mehr oder weniger nicht ankam, als er Ewans Zögern bemerkte.

Schließlich gaben sie nach und sie versorgten vor dem Schlafengehen noch einmal ihre Wunden mit der Salbe, bevor sie sie mit Leinenstreifen verbanden. Die Frau, von der die Salbe stammte, hatte nicht zu viel versprochen, als sie behauptete, dass sie nicht nur Heilung bringen, sondern auch den Schmerz lindern würde.

18. Kapitel

Mit gerunzelter Miene saß Màiri wie so oft vor Ceanas Rezeptbuch und versuchte, die verblasste und teilweise verwischte Schrift zu entziffern. Hin und wieder warf sie einen besorgten Blick zu Joan, die es sich zur Gewohnheit gemacht hatte, stundenlang aus dem Fenster zu starren, wenn sie sich in Màiris Webkammer befand.

Es war der sechste Tag nach Ewans Verschwinden und Dòmhnall verlangte immer öfter nach seinem Sohn – ja, er dachte sogar daran, einen seiner Männer nach Barwick Castle zu schicken, um Ewan zurückzuholen und ihn an seine Pflichten zu erinnern.

»Soll ich dir einen Becher warme Milch aus der Küche holen?«, bot Màiri an, die das Elend ihrer Schwägerin kaum noch ertragen konnte. Sie selbst war auch bekümmert, schließlich liebte sie ihren Bruder, doch sie konnte erahnen, was es hieß, den geliebten Mann zu vermissen.

»Nein danke, ich mag jetzt nichts trinken, mir würde nur übel davon werden.« Sie reckte ihren Hals. »Welches Rezept liest du da eigentlich?«

Màiri konnte nicht verhindern, dass sie rot bis zu den Haarwurzeln wurde. Sie hob die Schultern und erwiderte lässig: »Och, nichts Besonderes. Ceana hat mehrere Seiten über Frauenheilkunde geschrieben …«

»Trägst du dich schon wieder mit dem Gedanken, ein Kind von Mìcheal zu bekommen?« Joans Stimme klang leicht tadelnd, doch zumindest trat zu Màiris Erleichterung für einen kurzen Moment die Sorge um Ewan in den Hintergrund. »Du weißt, was Vater dazu sagen würde.«

Zerknirscht senkte Màiri das Haupt. »Aye, das ist mir klar. Aber der Wunsch nach einem Kind von Mìcheal wird immer größer und mächtiger. Er selbst hat erst kürzlich angedeutet, wie sehr er sich freuen würde, endlich Vater werden zu dürfen. Immerhin werde ich bald 34 Jahre alt.«

Im Gegensatz zu seiner Liebsten war der Neffe von Laird Crìsdean MacGannor niemals verheiratet gewesen, auch wenn den gut aussehenden kräftigen Mann die Frauen umschwärmten. Erst die sanfte, dunkelhaarige Màiri hatte sein Herz zum Schwingen gebracht und die Tatsache, dass sie einem anderen Mann gehörte, hatte ihn schier verzweifeln lassen.

Doch nun war Tèarlach fort. Er war in die Berge zu der Frau gegangen, die er liebte, und nur sporadisch machte er sich auf den Weg nach Glenbharr Castle, um seine Söhne Andra und Klein-Ewan zu besuchen.

»Sag, wie war es bei dir?« Màiri rückte näher, da sich Joan endlich an den Tisch gesetzt hatte, wo die beiden Frauen eigentlich an ihren Webrahmen arbeiten wollten. »Als du feststelltest, dass du meinen Bruder liebst – ist da nicht auch der Wunsch nach einem Kind von ihm erwacht?«

Mit schiefem Lächeln erwiderte Joan: »Während meines Aufenthaltes im Jahre 2005 war ich nur von dem Gedanken beseelt, ihn wiederzusehen … und die Zeit in der unwirtlichen Kate war auch nicht angetan, an die Gründung einer Familie zu denken.« Sie schluckte. »In der ersten Nacht, die ich in Ewans Armen in der Burg verbrachte, wurde ich schwanger, ich fühlte es ganz deutlich.«

»Wie romantisch.« Màiri blickte verträumt ins Kaminfeuer, dann seufzte sie tief, klappte das Buch vorsichtig zu und zog ihren Webrahmen zu sich heran. Als Joan Anstalten machte, sich zu erheben, erinnerte Màiri sie daran, es ihr gleichzutun. »Wenn Ewan heimkommt, werden wir es früh genug erfahren.«

Noch bevor sich Joan über ihren Webrahmen beugen konnte, wurde angeklopft, und wenige Sekunden später erschien Marion mit ihrem Enkel auf dem Arm. »Hier hat jemand Sehnsucht nach seiner Mutter.«

Sie drückte dem Knirps einen Kuss auf die Wange und reichte ihn an ihre Tochter weiter, bevor sie sich ebenfalls an den Tisch setzte.

»Wo ist Robin? Ich hab ihn seit dem Frühstück nicht gesehen.«

»Heute Vormittag hat er Dòmhnall auf die Weiden in den Bergen begleitet, um ihm beim Abtrieb des Viehs zu helfen«, berichtete Marion. »Und nun sitzen sie in der Bibliothek und spielen Schach, das beide meisterlich beherrschen.« Sie hielt inne, und Joan ahnte, dass ihre Mutter noch etwas zu sagen hatte.

»Vorhin schnappte ich einige Worte auf, die Dòmhnall mit einem seiner Männer wechselte. Wenn ich es richtig verstanden habe, steht in wenigen Tagen ein geheimes Treffen der Jakobiten bevor. Wo diese Versammlung stattfinden soll, wurde nicht erwähnt, aber ich hörte Dòmhnall sagen, dass Ewan bis dahin wieder zu Hause sein solle, ansonsten würde er ihn persönlich holen und in den Hintern treten – so sagte er es wortwörtlich.«

»Ihr schlagt Euch nicht schlecht, mein Freund.« Anerkennend nickte der Laird seinem Gegenüber zu, das ihn gerade zum zweiten Mal matt gesetzt hatte. »Wo habt Ihr so fantastisch spielen gelernt, Mr Lamont?«

Mit einem feinen Lächeln entgegnete Robin: »In meiner Jugend habe ich viel gespielt, mein Vater war ein recht guter Lehrmeister.«

Dass Dòmhnall seinen Gast zum Schachspielen aufgefordert hatte, war nicht ohne Grund geschehen, er wollte mit dem gebürtigen Lowlander unter vier Augen sprechen. Es gab nämlich etwas, das ihm auf dem Herzen lag – etwas, das ihn danach drängte, Klarheit zu schaffen.

Bereits mehrmals hatte er beobachten können, dass Robin und Marion vertraulich die Köpfe zusammensteckten und miteinander tuschelten, dabei war es offensichtlich, dass sie ein gemeinsames Geheimnis hatten.

Die Eifersucht nagte an Dòmhnall und er hatte sich lange überlegt, wie er Robin geschickt ausfragen konnte, ohne sich verdächtig zu machen. Nun schien der Zeitpunkt für ein klärendes Gespräch gekommen zu sein.

»Wie lange kennt Ihr Mòrag?«, fragte er unvermittelt, was sein Gegenüber erstaunt die Augenbrauen heben ließ. »Verzeiht meine Indiskretion, aber mir fiel auf, dass Ihr sehr vertraulich mit Sèonags Mutter umgeht.«

Einen Augenblick schwieg Robin und er fragte sich, worauf der Laird hinaus wollte. Ahnte er, dass Marion keineswegs die Person war, für die sie sich ausgab? Zumindest stammte sie nicht aus dem London des Jahres 1732.

Betont sorgfältig setzte Robin seine Figuren auf das

Schachbrett, während er sprach. »Ihr täuscht Euch nicht, Marion und ich kennen uns bereits seit vielen Jahren. Als sie mir schrieb, ich möge sie in die Highlands zu ihrer hochschwangeren Tochter bringen, bin ich als alter Freund der Familie ihrem Wunsch unverzüglich nachgekommen, wie Ihr sicherlich noch wisst.«

Bedächtig nickte Dòmhnall. Das war noch nicht die Antwort auf seine unausgesprochene Frage. Auch er stellte seine Schachfiguren aus Elfenbein erneut auf und ließ seinen Tonfall beiläufig klingen, als er sagte: »Aye, das ist mir bekannt. Mòrag ist eine sehr schöne Frau …« Den Rest des Satzes ließ er ungesagt im Raume hängen.

Erleichterung machte sich auf Robins Gesicht breit, als ihm klar wurde, worauf der Laird hinauswollte. »Das ist sie fürwahr, aber für mich ist sie nicht mehr als eine gute Freundin – ja, fast wie eine Schwester.«

Dòmhnalls Gesichtszüge entspannten sich, was Robin mit stillem Vergnügen registrierte. So war das also – der mächtige Dòmhnall hatte sich in Joans Mutter verguckt, oder zumindest interessierte er sich für die attraktive Frau, von der er nicht einmal ahnte, dass sie aus dem einundzwanzigsten Jahrhundert stammte.

Darla hatte sich zu den anderen Frauen gesellt. Ihr schien die Schwangerschaft gut zu bekommen, ihre Wangen waren rosig und ihr Gesicht strahlte wie nie zuvor.

»Peader meint, er weiß, dass es ein Sohn wird. Er sagt, ein kräftiger Mann wie er ist zu etwas Besserem fähig, als nur Töchter zu zeugen.«

Joan unterließ es, ihre Schwägerin aufzuklären, dass die Stärke eines Mannes nichts mit der Zeugungsfähigkeit zu tun habe. Darla würde nicht verstehen, dass es männliche und weibliche Spermien gab, die so winzig waren, dass man sie nur mit einem sehr guten Mikroskop erkennen konnte. Sogar Màiri hatte Joan ungläubig angestarrt, als diese ihr den Stand der Wissenschaft im einundzwanzigsten Jahrhundert zu erklären versucht hatte.

»Ich hätte gerne ein kleines Töchterchen.« Màiris sanfte Stimme war nicht mehr als ein Hauch, ihr Blick ruhte dabei verträumt auf das erst zur Hälfte fertige Plaid in ihrem Webrahmen. »Mìcheal sagte erst kürzlich, dass er sich von mir eine Tochter wünscht, die so aussieht wie ich. Tèarlach hat nie so etwas Schönes zu mir gesagt.«

Darla verzog ihr hübsches Gesicht. »Och, Tèarlach ist ein alter Mann, der keine Augen im Kopf hat … hatte, bis er dieser Thelma aus den Bergen begegnete. Wie sie wohl aussehen mag?« Spielerisch warf sie ihr Webschiffchen von einer Hand in die andere, bis sie einen tadelnden Blick ihrer Schwester auffing und mit ihrer Arbeit fortfuhr. »Glaubt ihr, dass sie hübscher als Màiri ist?«

»Wer weiß das schon?« Màiris Stimme klang wie üblich sanft. »Ich wünsche ihm alles Glück der Welt, und Vaters Segen hat er auch.«

»Würdest du auch so reagieren, wenn es Mìcheal nicht gäbe?«, hakte Darla nach, worauf Marion einwarf, dass Màiri auch ohne ihren Liebsten mit Tèarlach nicht glücklich gewesen wäre.

»Wie du weißt, war es keine Liebesheirat, sondern diente dem Zweck, Tèarlachs Clan mit den MacLaughlins zusammenzuführen.« Unbewusst übernahm Marion immer mehr die Mutterrolle für die jüngste Tochter des Laird. »Du kannst dich glücklich schätzen, dass du deinen Mann nach dem Herzen wählen konntest – dieses Glück hatte deine Schwester leider nicht.«

Darla zwinkerte Joan verschwörerisch zu. »Ewan hat ebenfalls nach seinem Herzen wählen dürfen, aye? Nie hätte ich es für möglich gehalten, dass Vater dieser Heirat zustimmt.«

Niemandem fiel Joans traurige Miene auf; die anderen plauderten über Ewan, als wäre das Schreckliche nicht passiert. Gleichzeitig wusste sie allerdings, dass Marion und Màiri nur so unbekümmert redeten, damit Darla nicht misstrauisch wurde.

Als diese zu allem Übel auch noch fragte, wann ihr Bruder denn nun endlich heimkäme, damit das Festessen zu Ehren ihrer Schwangerschaft stattfinden konnte, war es mit Joans Beherrschung vorbei. Sie sprang auf, murmelte eine Entschuldigung und verließ fluchtartig die Webkammer.

Erst auf dem Gang vor Màiris Gemächern blieb Joan stehen, schwer atmend lehnte sie sich gegen die Wand und schloss die Augen. Lange hielt sie es nicht mehr aus, zu tun, als erwarte sie jeden Augenblick Ewans Ankunft.

Minutenlang stand sie so bewegungslos da und war froh, dass ihr niemand gefolgt war.

Ein Geräusch auf dem Burghof ließ Joan schließlich aufhorchen. Jemand ritt in den Hof. Eilig stürzte sie zum Fenster – denn dieser Jemand war womöglich Ewan.

Der Mann machte den Eindruck eines Boten. Vom Fenster aus konnte Joan beobachten, wie der Besucher abstieg, sein Pferd einem der Stallburschen übergab und dann zum Hauptportal eilte.

Auf Zehenspitzen schlich sich Joan zur Treppe, die direkt in die Eingangshalle führte. Ja, es war tatsächlich ein Kurier aus Edinburgh, der eine dringende Mitteilung für den Laird of Glenbharr hatte.

Ängstlich fragte sich Joan, ob er eine Nachricht von Ewan überbringen würde, doch schnell verwarf sie diesen Gedanken, wandte sich ab, bevor man sie beim Lauschen ertappen konnte und begab sich wieder in die Webkammer, um die anderen Frauen von der Ankunft des Boten zu unterrichten.

Màiris Herz klopfte, als ihr Vater sie kurz darauf zu sich bestellte. Seiner verschlossenen Miene war weder zu entnehmen, was er dachte, noch welche Neuigkeiten er für seine Tochter hatte.

Vor sich auf dem mächtigen Schreibtisch hatte Dòmhnall eine Dokumentenrolle liegen, die er immer wieder betrachtete, bevor er den Kopf hob und seine Tochter aufmerksam musterte.

»Ich habe eine Nachricht für dich«, sagte er schließlich, und noch bevor Màiri eine Frage stellen konnte, fügte er mit Nachdruck hinzu: »Aus Rom, mo nighean.«

»Aus Rom«, echote sie tonlos, ihre kleine Hand fuhr dabei unwillkürlich an die Kehle. Sie starrte ihren Vater an, dessen Augen plötzlich lächelten.

»Aye, der Papst willigt in die Scheidung ein, du kannst deinen Mìcheal also heiraten.«

In Màiris Ohren rauschte es. Ihr wurde schwindlig. Sie konnte es kaum fassen. Erst allmählich legte sich der Schock: Sie war frei – frei für den Mann, den sie liebte!

»Es ist kein Scherz, aye?«, erkundigte sie sich vorsichtig, bevor sie ihre Freude und Erleichterung zeigte.

Kopfschüttelnd schob Dòmhnall seiner Tochter das zartgelbe Dokument, dessen Enden noch immer gerollt waren, über den Tisch.

Da stand es in klaren, geschwungenen Buchstaben: Die am 4. Juni im Jahre des Herrn 1722 geschlossene Ehe zwischen Màiri MacLaughlin und Tèarlach Simmons wurde aufgrund von Nichteinhaltung ehelicher Pflichten annulliert, unterschrieben und besiegelt von Papst Clemens XII.

19. Kapitel

Ihre Umarmung war innig, minutenlang standen sie sich danach gegenüber und blickten sich stumm an, denn sie wussten, dass sie sich nie wiedersehen würden. Hier an dieser Weggabelung trennten sich unwiderruflich ihre Wege.

Sie waren nach einer durchschlafenen Nacht in Sèoras' Kate gestärkt aufgebrochen, zwei weitere Tage hatten sie sich durch unwegsames Gelände geschlagen, hatten das letzte Brot von Sèoras geteilt und waren ihren Träumen nachgehangen.

Sìn wollte sein Glück in seinem ehemaligen Dorf versuchen, obwohl er sich nicht sicher war, ob dort noch ein Stein auf dem anderen stand. Aber vielleicht hatten seine Leute in diesem Fall eine Nachricht hinterlassen. Würde er nichts dergleichen finden, wollte er sich auf den Weg in die Lowlands machen, um nach seiner Frau und den Kindern zu suchen.

Mit Unbehagen erinnerte sich Ewan an die rauchenden Trümmer von Glenbharr Castle.

Noch ein letztes Schulterklopfen, dann wandte sich Sìn ab und verschwand nach wenigen Sekunden in der Dichte des Waldes. Lange sah Ewan ihm nach, bevor auch er den Weg einschlug, der ihn seines Wissens in die Wälder von Barwick führte, und ihn – so Gott wollte – Ceanas Höhle wiederfinden ließ.

Die Sonne stand schon hoch am Himmel, als Ewan in der Ferne die grünen Hügel von Barwick entdeckte. Sein Herz machte einen freudigen Hüpfer, und obwohl er noch mindestens einen ganzen Tag brauchte, erhöhte er das Tempo.

Er merkte nicht, wie seine verletzten Knöchel und Fesseln protestierten, indem sie höllisch zu schmerzen begannen, und er spürte auch nicht die spitzen Steine unter seinen Fußsohlen. Beseelt von dem Gedanken, dem Ziel ganz nahe zu sein, hätte er auch über rostige Nägel oder Glasscherben gehen können, ohne es zu spüren.

Als der Abend herandämmerte, suchte sich Ewan einen Platz zum Schlafen, hier musste er nicht mehr auf nackten Felsen mit leerem Magen nächtigen. Sein Kissen würde aus weichem Moos bestehen, und dank der Dolche und Feuersteine, die Sèoras den Männern überlassen hatte, konnte man Kaninchen jagen und über einem Lagerfeuer braten, was sie in den vergangenen Tagen bereits getan hatten.

Allmählich wichen die hohlen Wangen und Ewans Kräfte kehrten zurück. Sèoras hatte Ewan seinen eigenen *sgian dubh* mit dem Hinweis überlassen, dass er zu alt war, um sich auf einen Kampf mit den Rotjacken einzulassen. Wenn sie ihn gefangen nehmen würden, würde ihn auch der kleine, messerähnliche Dolch nicht retten. Sìn hatte seine Waffe von einer der Frauen bekommen, die nicht an die Rückkehr ihres Mannes glaubte.

Bald hatte Ewan eine passende Nachtstelle gefunden, das Gras war noch warm von der Sonne des Tages, wenige Meter entfernt floss ein klarer Bach und es roch direkt nach Kaninchen.

Bevor er sich auf die Jagd machte, wusch sich Ewan am Bach und band seine Haare im Nacken zusammen. Nachdem er seine wilde Mähne in Sèoras Kate stundenlang mit einem grobzinkigen Kamm bearbeitet hatte, lagen sie wieder lockig auf seinen Schultern, und nur wer genau hinsah, konnte angesichts der Leinenstreifen um seine Fesseln den ehemaligen Sträfling erkennen.

Herrgott, wie sehr hatte er sich nach der Natur seiner Heimat gesehnt, nach dem würzigen Geruch des Waldbodens, dem Plätschern der Bäche und dem munteren Vogelgezwitscher. Während der Gefangenschaft hatte Ewan oft mit Wehmut und Trauer daran gedacht, wie er einst die Wälder durchstreift hatte – das Freiheitsgefühl, das er nun spürte, hatte er zuvor nie bemerkt, es war immer alles so selbstverständlich gewesen.

Ein Rascheln im Laub auf dem Waldboden erregte schließlich Ewans Aufmerksamkeit. Ein Wildkaninchen saß aufrecht vor ihm, mit gespitzten Ohren und völlig bewegungslos. Bevor es noch begriff, dass sein Leben in tödlicher Gefahr war, hatte Ewan sich bereits auf das Tier geworfen und ihm mit einem gezielten Handgriff das Genick gebrochen.

Sein oberstes Gebot war, ein Tier nicht unnötig zu quälen. Wenn es schon als Nahrung gebraucht wurde, musste es nicht auch noch leiden, sondern hatte einen raschen Tod verdient.

Erleichtert, so schnell zu einer Mahlzeit zu kommen, schritt Ewan zu seinem Schlafplatz zurück, errichtete ein kleines Feuer und weidete das Kaninchen aus. Schon kurze Zeit später hing der Duft von Gebratenem in der Luft. Ewan nahm sich vor, das Fleisch, das er nicht sofort essen konnte, als Proviant mitzunehmen. Sèoras hatte ihm einen Leinenbeutel mit auf die Reise gegeben, der zwar einen *sporran* nicht ersetzen konnte, doch seinen Zweck durchaus erfüllte.

Im selben Augenblick, als Ewan herzhaft in die Keule beißen wollte, ließ ihn ein Geräusch hinter seinem Rücken herumfahren. Zwei zerlumpte Männer stürzten sich auf ihn. Geistesgegenwärtig warf Ewan dem vorderen Mann die Kaninchenkeule ins Gesicht, sodass dieser fürs Erste außer Gefecht gesetzt war.

Der andere Mann – es handelte sich eindeutig um Wegelagerer und keine Krieger, die sich in den Wäldern versteckt hielten – hatte plötzlich einen Dolch in der Hand, seine Augen glänzten irre, als er sich auf Ewan stürzte.

Dieser zog blitzschnell seinen *sgian dubh* aus dem Hosenbund, wich den Attacken des Angreifers behände aus und griff dann seinerseits an, nicht ohne den anderen Mann, der sich bereits wieder näherte, aus den Augen zu lassen. Mit einem gezielten Fußtritt in den Unterleib beförderte Ewan den zweiten Mann zu Boden, wo dieser sich schreiend vor Schmerzen krümmte.

Der Angreifer warf seinem Kumpan einen unsicheren Blick zu, und noch bevor er überlegen konnte, ob eine Flucht nicht klüger wäre, hatte Ewan ihm den Dolch entrissen und versetzte ihm einen Kinnhaken, sodass dieser zu Boden taumelte.

Breitbeinig und mit spöttischem Grinsen stellte sich Ewan vor ihn und fuchtelte mit beiden Dolchen vor ihm. »Habt ihr genug oder möchtet ihr eine weitere Runde kämpfen? Wenn dem nicht so ist, würde ich euch empfehlen, schleunigst das Weite zu suchen, wenn euch euer Leben lieb ist.«

»Du willst uns nicht töten?« Der Mann erhob sich mühselig, dabei rieb er sich mit schmerzverzogener Miene das Kinn, offensichtlich war sein Kiefer durch den Fußtritt gebrochen. Sein Gefährte wälzte sich noch immer auf dem bemoosten Waldboden und hielt sich krampfhaft den Unterleib.

»Ich verzichte darauf«, entgegnete Ewan mit einer übertrieben großzügigen Geste. »Doch ich rate euch, in Zukunft abzuwägen, wen ihr angreift, das nächste Opfer könnte weniger sanft mit euch umgehen. Und nun geht mir aus den Augen, bevor ich es mir anders überlege.«

Die zerlumpte Gestalt rappelte sich vollends auf, wankte zu seinem Freund und zog ihn in die Höhe, worauf dieser noch mehr schrie. Stöhnend ließ er sich mitziehen, seiner gebeugten Haltung nach hatte Ewan einen Volltreffer gelandet, an den sich der Wegelagerer noch lange erinnern würde.

Erst als alles – bis auf das Zwitschern der Vögel – wieder ruhig war, aß Ewan weiter, dabei blickte er sich allerdings regelmäßig nach allen Seiten um. Es war unwahrscheinlich, dass die beiden Halunken es noch einmal wagen würden, ihn zu überfallen, aber der Wald war groß, und sicher wimmelte es in ihm von Gesetzlosen, die ständig auf der Lauer nach Opfern lagen.

Der Rest der Mahlzeit verlief jedoch ohne Zwischenfälle, danach löschte Ewan sorgsam das Feuer, warf die Kaninchenknochen ins Dickicht und blinzelte nach oben, um sich am Stand der Sonne zu orientieren.

Wenn er sich nicht irrte, musste er sich in linker Richtung bewegen, um nach Barwick zu gelangen, er schätzte, nach einem weiteren Tag Barwick Castle zu erreichen. Von da aus würde er den traditionellen Weg nach Glenbharr benutzen und mit Gottes Hilfe die Stelle wiederfinden, an der er Annas Weinen vernommen und das Schicksal seinen Lauf genommen hatte.

Am Abend hatte Ewan bereits die ersten Hänge von Barwick erreicht, in der Ferne konnte man den viereckigen Wehrturm der Burg erkennen, der den Brand überstanden hatte. Ein unbändiges Glücksgefühl nahm von Ewan Besitz.

Bereits mehrmals hatte sich Ewan den Kopf darüber zerbrochen, was geschehen würde, wenn er – sollte die Zeitreise gelingen – just in dieselbe Minute geschleudert würde, aus der Ceana ihn gerissen hatte. In diesem Fall würde er wieder gefesselt in der Höhle liegen und seine Peiniger beratschlagten, wie sie ihn töten könnten. Somit wären alle Strapazen umsonst gewesen und es gab für ihn keine Chance, Joan und seinen Sohn jemals wiederzusehen.

Nach einer durchwachten Nacht machte sich Ewan auf den Weg. Wenn er sich beeilte, würde er noch vor Anbruch der Dämmerung die Höhle gefunden haben. Er vermied den Blick auf die niedergebrannten Pächterkaten zu beiden Seiten, nur die Natur schien sich nicht verändert zu haben.

Noch immer lag der Geruch nach Feuer und Tod in der Luft, daran konnten auch die grünen Hügel und die blühenden Disteln nichts ändern. Nichts war mehr, wie es einmal war, und bei diesem Gedanken wurde Ewans Herz schwer. Sollte die Schlacht bei Culloden wirklich das Ende seines stolzen, unabhängigen Volkes gewesen sein?

Wie üblich mied Ewan offene Wege. Im Schutz der Bäume konnte man ihn von den Pfaden aus nicht sehen. Bisher war er keiner englischen Patrouille begegnet, anscheinend hatten die Rotjacken die Lust verloren, nach desertierten Highlandern zu suchen. Die Krieger, die sie erwischt hatten, mussten die Strafe für alle anderen ausbaden und würden denen, die noch auf freiem Fuß standen, als Abschreckung dienen.

Auch in der näheren Umgebung von Barwick Castle begegnete Ewan keiner Menschenseele, die Highlands schienen völlig ausgestorben zu sein. Wo waren nur all die Bewohner der Ansiedlungen und der Burg geblieben? Hatte man sie alle getötet oder versteckten sie sich an geheimen Orten?

Die Trümmer von Barwick Castle rauchten nicht mehr, denn seit Ewans Gefangennahme waren mehr als vier Monate vergangen; Sèoras hatte verlauten lassen, dass man den August des Jahres 1746 schrieb. Bald wurden die Tage kürzer und die Natur bereitete sich auf den langen kalten Winter vor.

Ewan machte einen großen Bogen um die zerstörte Burg, man konnte nie wissen, ob sich nicht doch hinter den vom Feuer geschwärzten Mauern Soldaten verbargen. Ohne den Blick von Barwick Castle abzuwenden, schritt Ewan im Halbkreis durch das Dickicht, bis er auf den Waldpfad stieß, der als Verbindung zwischen den MacGannors und den MacLaughlins diente.

Auf den ersten Blick erkannte Ewan, dass der Weg schon längere Zeit nicht mehr benutzt worden war. Er war ausgetrocknet und rissig, und nichts deutete auf Hufspuren hin. Trotzdem hielt Ewan es für angebrachter, auch weiterhin die Bäume als Schutz zu benutzen, auf dem offenen Pfad konnte er als Zielscheibe für jeden dienen, der sich im Wald herumtrieb.

Angestrengt dachte Ewan nach; an welcher Stelle war er vom Pferd gesprungen und ins Unterholz geeilt, um der vermeintlich in Not geratenen Frau zu helfen? Ewan war in der Gegend aufgewachsen, dennoch kannte er sich nicht so gut aus wie in den Wäldern von Glenbharr. Sicher, er war oft zu den MacGannors geritten, um Liebesbriefe und Botschaften seiner Schwester an Mìcheal zu überbringen, aber er hatte nie genauer auf die Umgebung geachtet. Alle Bäume sahen gleich aus und der Pfad verlief fast gerade. Es gab keine Merkmale wie eine Wegbiegung oder eine krumm gewachsene Eiche.

Es dämmerte bereits, als Ewan unvermittelt wie angewurzelt stehen blieb. Vor ihm lag eine kleine Lichtung, die mit vertrocknetem Laub vom letzten Jahr übersät war – hier hatte die weinende Anna gekauert und hier hatte er von Hauptmann Milford eins über den Schädel bekommen.

Ewan atmete schwer, nachdem er den Schauplatz des Verbrechens erkannt hatte, und drehte sich ratlos im Kreise. In welche Richtung hatten sie ihn verschleppt – und wie weit war die Höhle von der Lichtung entfernt? Doch allmählich wurde Ewans Atem wieder ruhiger; weit entfernt konnte die Höhle nicht sein, denn Milford war nicht besonders muskulös und hatte sein Opfer sicherlich nicht meilenweit getragen.

Folglich schloss Ewan, dass sich die Höhle ganz in der Nähe befinden musste, möglicherweise sogar dicht vor seiner Nase. Er fluchte leise, als ihm die Dämmerung immer mehr die Sicht nahm – nun war er schon so weit gekommen, noch eine Nacht in dieser verteufelten Zeit wollte er nicht verbringen.

Es war schon fast dunkel, als er die Umgebung der Höhle wiedererkannte, und er stieß um ein Haar einen Freudenschrei aus. Er erkannte die immergrüne Hecke, deren Zweige und Blätter sich trutzig dem Eindringling entgegenreckten.

Noch einmal blickte sich Ewan um, dann griff er nach seinem *sgian dubh* und schnitt damit die störrischsten Zweige, um sich so den Weg zu bahnen. Es war bereits völlig dunkel, als Ewan schließlich in die Höhle kroch.

Der Geruch nach Moder verursachte Ewan Übelkeit, nie würde er diesen Gestank vergessen, den er tagelang einzuatmen gezwungen gewesen war, als er hilflos gefesselt war und über seinen Tod beratschlagt wurde.

Sehen konnte Ewan nichts, und so tapste er in völliger Dunkelheit bis zum Ende der Höhle, zur linken Seite musste sich der Nebengang befinden, in dem er gefangen gehalten worden war. Auf Anhieb fand er den Eingang nicht, sodass er sich an den feuchten Felswänden vorwärtstasten musste.

Endlich fand er den niedrigen Eingang, und schon beim Betreten hörte er das eigenartige Summen, das ihm schon so vertraut war. Bevor er niedersank, dachte er intensiv an Joan und bat Ceana im Stillen, ihn zurück zu seiner Frau zu bringen. Das Surren verstärkte sich, Ewan schloss die Augen. Und dann war da nichts mehr … absolut nichts.

20. Kapitel

Joan wälzte sich ruhelos im Bett herum, es wurde bereits hell draußen. In der Nacht hatte sie kaum Schlaf gefunden, wie so oft, seitdem Ewan verschwunden war.

Der siebte Tag war angebrochen, bei der Abendtafel am Vortag hatte Dòmhnall verlauten lassen, dass er seinen Sohn nach Hause beordern wolle. Nun war es also so weit: Der Laird würde erfahren, dass sich Ewan keineswegs bei seinem Freund aufhielt, sondern verschwunden war. Robin hatte sich bereits angeboten, Dòhmnall die Wahrheit so schonend wie möglich beizubringen.

Mit schweren Lidern erhob sich Joan und schlich hinüber zur Wiege. Donny schlief noch, welch ein Segen! So blieb seiner Mutter noch genügend Zeit, sich auf diesen schweren Tag vorzubereiten.

Schwer seufzte Joan, bevor sie sich abwand und sich ankleidete. Für die anderen Burgbewohner begann ein ganz normaler Tag.

Es klopfte leise an die Tür. Màiris kleines, herzförmiges Gesicht war bleich, auch sie wusste, dass Robin an diesem Tag mit dem Laird ein offenes Wort sprechen wollte. »Ich habe die ganze Nacht kein Auge zugetan«, klagte Màiri und beugte sich über die Wiege, in der sich Donny bemerkbar machte. »Wenn doch Ewan wieder auftauchte und dieser Albtraum ein Ende hätte!«

Abwesend bürstete Joan ihr Haar, im Spiegel starrte ihr ein blasses Gesicht entgegen, die rote Mähne ließ den Teint noch durchsichtiger erscheinen.

»Vater wird misstrauisch, wir können ihn nicht länger hinhalten«, gab sie zurück, flocht ihr Haar zu zwei dicken Zöpfen und steckte sie hoch, bevor sie sich ihre Haube aufsetzte. »Schlimmstenfalls reitet er selbst nach Barwick Castle – und dann muss auch Mìcheal Farbe bekennen.« Sie drehte sich zu ihrer Schwägerin um. »Vielleicht war es keine gute Idee, ihn einzuweihen.«

Màiri hielt ihr den Kleinen hin, nachdem sie ihn liebkost hatte. »Doch, das war es, Sèonag. Er nahm mir sehr übel, dass ich nach Ewan fragte und nicht mit der Sprache herausrücken wollte.«

»Aber jetzt steckt er auch mit in der Geschichte.« Mit unglücklicher Miene setzte sich Joan auf die Bettkante und gab Donny die Brust. »Dòmhnall kann sehr hitzig werden, und möglicherweise bricht er sogar mit den MacGannors, mit denen er schon so lange befreundet ist.«

Màiris Hand lag warm auf Joans Schulter. »Hab Gottvertrauen, ich habe die ganze Nacht für dich und meinen Bruder gebetet.«

Beim Frühstück bemerkte Joan die Blässe ihrer Mutter – auch sie schien kaum geschlafen zu haben. Wie üblich saß sie links neben dem Laird, der an diesem Morgen ganz besonders gut gelaunt zu sein schien, und lächelte ihm zu. Nur wer genau hinsah, konnte erkennen, dass Marions Lippen leicht bebten und sie den Tränen nahe war.

An Robins Miene war nicht zu erkennen, in welcher Verfassung er sich befand, aber er war ja auch nur unmittelbar betroffen.

Darla und Peader scherzten miteinander; seit Darlas Schwangerschaft schienen sich die beiden wieder recht gut zu verstehen.

Es erschien Joan wie eine Ewigkeit, bis der Laird die Tafel aufhob. Doch entgegen seiner sonstigen Gewohnheit, sich nach dem Frühstück in die Bibliothek zurückzuziehen, um mit Brian Ferguson seine Geschäfte zu erledigen, winkte er Robin zu sich.

Seine Miene war ernst, als er sagte: »Mr Lamont, ich habe ein Anliegen an Euch. Allmählich wundere ich mich über das lange Ausbleiben meines Sohnes – weiß ich doch, mit welch abgöttischer Liebe er an seinem Weib und dem Jungen hängt. Mögt Ihr mir den Gefallen tun und ihn zurückholen? Weiß der Teufel, was ihn so lange fernhält.«

Robin wurde es abwechselnd heiß und kalt, doch er nickte betont beiläufig. »Mit dem größten Vergnügen, Sir. So kann ich einen winzigen Teil Eurer Gastfreundschaft zurückzahlen; mit Eurer Erlaubnis werde ich mich unverzüglich auf den Weg machen.«

»Lasst Euch Zeit. Aber wenn mein Sohn Anstalten macht, Euch nicht zu folgen, so richtet ihm aus, dass ich diesen Kindskopf, der offenbar Frau und Kind vergessen hat, eigenhändig hole … das Donnerwetter möchte er sicherlich nicht erleben.«

»Er wird mir folgen wie ein kleines Hündchen.« Trotz seiner erbärmlichen Verfassung gelang Robin ein Lächeln. »Das Donnerwetter wird er sich ohnehin schon von seiner Frau anhören müssen.«

Der Laird lachte dröhnend, bevor er Marion einige Worte zuflüsterte und dann den Saal verließ. Auch die anderen hatten die Tafel verlassen, und die Bediensteten begannen, den langen Tisch abzuräumen.

Mit einer Kopfbewegung machte Robin den drei Frauen deutlich, dass er mit ihnen reden wollte. Mit ängstlichen Gesichtern folgten sie Robin die Treppe hinauf. Mitten auf der Galerie blieb er jedoch stehen, blickte sich um und gab dann mit gesenkter Stimme wieder, worum Dòhmnall ihn gebeten hatte.

Joan und Màiri stießen zur selben Zeit einen erstickten Schrei aus, während Marion sehr undamenhaft fluchte.

»Beruhigt euch«, sagte Robin und hob beschwichtigend die Hände. »Mich zu schicken ist immer noch besser, als wenn Dòhmnall selbst reitet.«

»Was macht das für einen Unterschied?« Verzweifelt rang Joan die Hände. »Du brauchst nicht nach Barwick Castle zu reiten, um festzustellen, dass Ewan niemals dort angekommen ist. So oder so erfährt Dòmhnall davon.«

Nachdenklich nickte Robin, dann straffte er sich. »Ich werde mich natürlich auf mein Pferd schwingen und in den Wald reiten. Bei der Gelegenheit schaue ich mir noch einmal die Umgebung der Höhle an, vielleicht finde ich doch eine Spur von Ewan.«

Sofort flackerte Hoffnung in Joan auf. »Ich flehe dich an, bitte tu alles, was in deiner Macht steht.«

Nur zögernd erlangte Ewan wieder das Bewusstsein. Mit geschlossenen Lidern lag er da, der Schädel dröhnte ihm noch mehr als nach Milfords Schlag. Er wagte kaum, sich zu bewegen, er fürchtete sich davor, dass er sich noch immer im August 1746 befand. Dafür sprach, dass seine Hände nicht an dem Eisenring in der Felswand gefesselt waren, es schien sich seit dem Betreten der Höhle nichts verändert zu haben. Doch da war dieses überirdische Surren gewesen, das er bereits kannte, und von dem auch Joan und Marion gesprochen hatten.

Seine Muskeln schmerzten, als er sich vorsichtig erhob, um sofort mit einem Stöhnen in seine vorherige Position zurückzusinken. Diese Symptome kannte Ewan bereits von seinen beiden bisherigen Zeitreisen, doch nie waren die Schmerzen so stark gewesen wie dieses Mal.

Mit zusammengebissenen Zähnen richtete sich Ewan schließlich noch einmal auf, er wollte diesen düsteren Ort auf dem schnellsten Weg verlassen. Er kroch mehr als er ging,

Zentimeter für Zentimeter bewegte er sich in der Dunkelheit vorwärts, bis er auf den Hauptgang stieß.

Nun konnte er zumindest wieder etwas sehen, wenn auch die Hecke vor dem Höhleneingang den größten Teil des Tageslichtes zurückhielt. Keuchend lehnte sich Ewan an die Felswand, dabei ließ er den Eingang nicht aus den Augen. Was würde ihn da draußen erwarten? Anna Ferguson und Robert Milford oder die Gewissheit, sich noch immer im Jahre 1746 zu befinden?

Langsam schob er sich zum Ausgang vor, dabei versuchte er, so flach wie möglich zu atmen. Von draußen klang kein Geräusch ins Innere der Höhle, doch das hatte nicht viel zu bedeuten. Ewans Feinde konnten sich in der Nähe aufhalten – ob es nun das teuflische Pärchen oder englische Patrouillen waren.

Sachte bog er die Zweige der Hecke etwas zur Seite, sie schienen nicht ganz so üppig bewachsen zu sein, wie er sie in Erinnerung hatte. Sein Herz setzte einen Schlag aus, als er erkannte, dass sich die Jahreszeit geändert hatte, das Laub der Bäume war gelb verfärbt und lag größtenteils auf dem Boden.

Etwas mutiger geworden, kroch Ewan nun endgültig heraus. Die Zeitreise schien funktioniert zu haben! Die Frage war nur, ob er in seiner Zeit gelandet war oder noch weiter zurück … oder gar in dem Jahrhundert, aus dem Joan stammte.

Diesen Gedanken wollte er lieber nicht weiterspinnen, er fühlte sich durch seine körperlichen Schmerzen schon elend genug.

Ein Gegenstand neben der Höhle erweckte schließlich Ewans Aufmerksamkeit, er bemerkte ein Stück grauen Stoffes, unter dem sich etwas wölbte. Vorsichtig trat Ewan näher, und ihm stockte der Atem, als er Annas Umhang erkannte. Hektisch blickte sich Ewan um, als erwarte er, dass Hauptmann Milford jederzeit hinter einem der Bäume hervortreten und frech grinsend eine Pistole auf ihn richten würde.

Noch bevor Ewan den Umhang hob, ahnte er, was er darunter finden würde. Die Hand, die nach dem Stoff griff, hielt inne – womöglich war er just in diesem Moment dabei, in die nächste Falle zu tappen.

Aber dann siegte seine Neugier, und ganz langsam hob er den Umhang an, um ihn gleich darauf mit angewidertem Blick fallen zu lassen. Annas einst schönes Gesicht war bereits der Verwesung verfallen, zudem hatten sich Waldtiere an ihr zu schaffen gemacht. Sie musste bereits seit mehreren Tagen tot sein. Ewans nackte Füße waren eiskalt, unter normalen Umständen wäre ihm nie in den Sinn gekommen, im Spätherbst ohne Schuhwerk in die Wälder zu gehen.

Noch einmal blickte sich Ewan um, dann orientierte er sich am Stand der Sonne nach der Tageszeit, es musste früher Morgen sein und in der Luft lag ein Hauch von Winter.

Diesmal verlief er sich nicht, sondern fand auf Anhieb den Pfad, der ihn nach Hause führte. Seine Schritte wurden schneller, und allmählich ließen Muskel- und Kopfschmerzen nach, sodass er das Tempo beschleunigen konnte. Da er nun den Weg nahm und sich nicht mehr im Unterholz herumdrücken musste, kam er schneller voran; er spürte kaum die spitzen Steine unter seinen Fußsohlen, denn nur ein einziger Gedanke beseelte ihn – bald würde er Joan in seine Arme nehmen und ihr sagen können, wie sehr er sie liebte.

Diese Szene hatte Ewan unzählige Male während seiner Gefangenschaft vor Augen gehabt, und nun war es endlich so weit.

Zu seiner Enttäuschung traf er keinen seiner Clansmänner, von denen er sich ein Pferd hätte leihen können. Also musste er notgedrungen die weite Strecke bis Glenbharr Castle zu Fuß gehen.

Endlich, endlich konnte man in der Ferne das Ende des Waldes erkennen, und das bedeutete, dass Ewan fast zu Hause war. Als er schließlich den Waldrand erreicht hatte und zögernd nach links blickte, stiegen Tränen der Erleichterung in ihm auf. Glenbharr Castle erhob sich stolz vor seinen Augen; gerade so, wie er es verlassen hatte.

Bevor Ewan seinen Weg fortsetzte, blickte er flüchtig an sich herunter und stockte. Die Hose hing ihm in Fetzen um die Beine, das einst helle Leinenhemd, das Joan für ihn genäht hatte, schlenkerte zerrissen am Körper. Die Füße starrten vor Dreck, und da Ewan in den vergangenen Tagen keine Möglichkeit zum Rasieren gefunden hatte, war ihm wieder ein ungepflegter Bart gewachsen. Dieser ungewöhnliche Aufzug hielt Ewan schließlich davon ab, die Burg seiner Väter zu betreten.

Schweren Herzens wand er sich ab und trat in den Wald zurück. Ihm blieb nichts anderes übrig, als darauf zu warten, dass jemand seines Clans des Weges kam und ihn mit frischer Kleidung versorgte.

21. Kapitel

Robin spürte Dòmhnalls durchdringenden Blick im Rücken, als er sich auf sein Pferd schwang; der Laird stand am Fenster im oberen Gang und betrachtete Robin stirnrunzelnd. Nicht nur Joan, Màiri und Marion benahmen sich seit Tagen eigenartig, sondern auch dieser Mr Lamont, der sich nun bereit erklärte, Ewan nach Hause zu holen.

Dòmhnall blieb am Fenster stehen, bis Robin das Burgtor passiert hatte und dieses wieder geschlossen worden war.

Mit nachdenklicher Miene wandte er sich ab, um sich seinen täglichen Geschäften zu widmen, doch er wurde das Gefühl nicht los, dass hinter seinem Rücken etwas geschah, von dem er nichts erfahren sollte.

Es war nicht Ewans Art, so lange seiner Frau fernzubleiben, dafür hing er viel zu sehr an Joan und an seinem kleinen Sohn.

Freilich, bevor Ewan Joan kennengelernt hatte, war er oft tagelang bei seinem Freund Mìcheal gewesen, sie hatten zusammen getrunken und gejagt, aber nun standen die Dinge anders. Nun hatte Ewan Verantwortung für Frau und Kind.

Ungläubig schüttelte der Laird den Kopf, während er den Weg zur Bibliothek einschlug, in der ihn sein Verwalter Ferguson bereits erwartete.

»Irgendetwas stimmt da nicht«, murmelte Dòmhnall, bevor er die Tür zur Bibliothek aufstieß. Er bereute, dass er Mr Lamont nach Barwick Castle geschickt hatte, anstatt selbst dort hinzureiten. Auf jeden Fall würde er seinem Sohn den Kopf waschen, wenn er wieder daheim war.

Gedankenverloren ritt Robin den Waldweg entlang, den er so gut kannte. Was sollte er dem Laird nur erzählen, wenn er ohne Ewan zurückkam? War es besser, sofort mit der Wahrheit herauszurücken oder sich eine weitere Ausrede einfallen zu lassen? In beiden Fällen war ihm Dòmhnalls Zorn gewiss.

Noch immer befand er sich in den Wäldern von Glenbharr, als sein Pferd plötzlich die Ohren spitzte und leise wieherte. Als eine zerlumpte Gestalt aus dem Unterholz sprang, wollte Robin seinem Pferd im ersten Impuls die Sporen geben, denn auf ein Duell mit einem Wegelagerer mochte er sich nicht einlassen.

»Robin!«, rief eine ihm wohlbekannte Stimme und verstellte ihm den Weg. »Mein Gott, Euch hat der Himmel geschickt.«

Ihm blieb nichts anderes übrig, als sein Pferd zu zügeln, wenn es den Mann nicht zu Boden trampeln sollte. Die Stimme kam ihm bekannt vor, und noch bevor er darüber nachdenken konnte, zu wem sie gehörte, fiel es ihm wie Schuppen von den Augen.

»Ewan! Meine Güte, seid Ihr es?« Er sprang ab und ging zögernd auf den Mann zu, der ihn nun angrinste.

»Aye, ich bin zurück. Wahrscheinlich wisst Ihr bereits, dass ich eine unfreiwillige Zeitreise hinter mir habe.«

Beide konnten nicht mehr an sich halten und fielen sich in die Arme.

Entsetzt blickte Robin an Ewan hinunter. »Ihr seid in einem englischen Gefängnis gewesen, nicht wahr?«

Ewan nickte ernst. »Aye, ich habe Dinge gesehen, die in der Zukunft passieren werden, und sie waren grauenvoll. Ich werde Euch später die ganze Geschichte erzählen, aber nun möchte ich nach Hause.«

»Warum lungert Ihr dann im Wald herum wie ein Geächteter?«

Ewan zupfte an seinem zerlöcherten Hemd. »In diesem Aufzug? Was würden wohl die Wachen von mir denken … und erst mein Vater. Ich hoffte, dass jemand aus der Burg des Weges käme, der mir saubere Kleidung bringen kann.«

»Ich reite sofort zurück.« Robin schwang sich bereits wieder auf sein Pferd. »Joan ist völlig verzweifelt, ich konnte sie nur mit Mühe davon abhalten, nach der Höhle zu suchen, um Euch nachzureisen.«

Ewan trat von einem Fuß auf den anderen. »Sagt, wie lange war ich fort?«

»Heute ist es der siebte Tag. Eurem Vater konnten wir bisher weismachen, dass Ihr Euch noch immer auf Barwick

Castle aufhaltet. Er schickte mich heute Morgen los, um Euch von dort abzuholen.«

Unter seinem Bart wurde Ewan blass. »Eine Woche also, dabei waren es mehrere Monate, die ich im Jahr 1746 verbracht habe.«

Robin räusperte sich, um seine Gefühle zu überspielen und riet Ewan, sich im Unterholz zu verstecken, bis er zurückkam. »Ich denke, Joan wird sich nicht davon abbringen lassen, mit mir zu kommen. Also könnte es eine Weile dauern, bis wir erscheinen – immerhin müssen wir einen guten Grund angeben, damit Euer Vater sie mit mir gehen lässt.«

»Aye, ich habe Zeit.« Ewan grinste schief, hob einen Fuß und rieb ihn am Unterschenkel des anderen Beines. »Es ist verteufelt kalt geworden, sagt meiner Frau, sie möge sich beeilen.«

Mit dem Versprechen, alles zu besorgen, um Ewan wieder in den Mann zu verwandeln, der er einst gewesen war, ritt Robin davon … diesmal nicht gemächlich, sondern im Galopp. Er konnte es kaum erwarten, Joan die freudige Mitteilung zu überbringen.

»Gütiger Himmel«, hauchte Màiri, als sie Robin durch das Burgtor reiten sah. Dabei verkrampften sich ihre Hände am Henkel des Wassereimers, den sie gerade in die Färbekammer bringen wollte, wo Joan und Darla bereits mit dem Einfärben der Wollstränge begonnen hatten.

Màiri stellte den Eimer ab, eilte auf Robin zu, der inzwischen abgestiegen war, und blickte ihn fragend an.

»Wo ist Joan?« Robins Stimme vibrierte und auf seinem wettergegerbten Gesicht bildeten sich rote Flecken. »Ich muss sie unverzüglich sprechen.«

Mit dem Daumen deutete Màiri hinter sich, der ansonsten ausgeglichene Mr Lamont machte ihr Angst. »Ihr seid so früh zurück. Wollt Ihr mir nicht den Grund dafür nennen?«

»Er ist wieder da«, erwiderte Robin mit gesenkter Stimme. »Ich habe ihn im Wald aufgelesen. Schnell, holt Joan, aber sagt ihr noch nichts.«

Màiris dunkle Augen weiteten sich und sie presste eine Hand vor den Mund. Robin hatte keinen Namen nennen müssen, sie wusste auch so, dass er von ihrem verlorenen Bruder sprach.

»Ich hole sie sofort.« Màiri raffte ihre Röcke und eilte davon, während Robin neben dem Brunnen stehen blieb und sich erschöpft an den Rand lehnte. Den Wachen hatte er erzählt, dass er etwas vergessen hatte und aus diesem Grund noch einmal zurückgekommen sei. Doch wie bekam er Joan aus der Burg, ohne dass es zu auffällig wirkte?

Anscheinend hatte Màiri ihr Versprechen gehalten, denn Joan erschien mit gerunzelter Stirn und bekümmerter Miene auf dem Burghof. Vor ihren Rock hatte sie eine grobe Schürze gebunden, die ihre Kleidung vor Verschmutzungen schützen sollte, sie sah fast aus wie eine der Mägde.

»Warum bist du schon zurück?«, fragte sie leise, während sie sich ihre Hände an der Schürze abtrocknete. »Hast du ein Zeichen von Ewan gefunden?«

Robin hatte ein ernstes Gesicht gemacht, als Joan zu ihm trat.

»Bitte, lass dir nichts anmerken. Behalte die Fassung, sonst verrätst du noch alles. Ich habe ihn gefunden.«

Einen kurzen Moment schien es, als würde Joan ihm nicht glauben, doch dann begannen ihre Augen zu glänzen. Trotzdem sagte sie zögernd: »Du scherzt nicht mit mir?«

»Ewans Verschwinden ist viel zu ernst gewesen, um damit Scherze zu treiben«, entgegnete er lachend und erklärte in Stichworten, wo sich Ewan befand und was er benötigte, um sich vom zerlumpten Gesellen in ihren Mann zurückzuverwandeln.

»Und nun verhalte dich gelassen.«

»Ich komme mit dir.« Mit einer fahrigen Handbewegung strich sich Joan eine Locke aus der Stirn, in ihrem Kopf überschlugen sich die Gedanken. »Dòmhnall werde ich später erzählen, dass mich die Sehnsucht nach Ewan dazu getrieben hat, dich zu begleiten.«

An diese Ausrede hatte Robin bereits selbst gedacht, und so riet er Joan, auf dem schnellsten Wege alles zusammenzupacken, worum Ewan gebeten hatte.

Noch nie in ihrem Leben war Joan so schnell eine Treppe emporgelaufen wie an diesem Tag. Sie fühlte sich leicht, ihr Herz schlug heftig und am liebsten hätte sie es laut herausgeschrien. Auf dem ersten Treppenabsatz wurde jedoch ihr Sprint durch den Laird abrupt beendet.

»Wohin so eilig, *nighean?*«

Sie schluckte. »Ich … äh, Mr Lamont ist noch einmal zurückgekehrt, weil er etwas vergessen hat. Und ich möchte ihn so gerne nach Barwick Castle begleiten.«

Ein skeptischer Blick traf Joan.

»Ich hatte eigentlich vorhin schon mit Mr Lamont reiten wollen, aber Màiri und Darla benötigten meine Hilfe in der Färbekammer.«

»Soso«, grunzte der Laird. »Dann reite in Gottes Namen mit. Richte Ewan aus, dass ich ihn sprechen will, sowie er einen Fuß in die Burg gesetzt hat. Um eine Standpauke wird mein Sohn diesmal nicht herumkommen.«

Befreit lachte Joan auf, um ein Haar wäre sie Dòmhnall um den Hals gefallen, weil er sie ohne weitere Fragen ziehen ließ. In der Schlafkammer stand Joan einige Minuten unschlüssig da und wartete, bis sich ihr Pulsschlag beruhigt hatte.

Donny befand sich in der Obhut seiner Großmutter, sodass Joan ganz alleine war. Plötzlich sank sie weinend auf das Bett. Doch es waren keine bitteren Tränen, wie in den vergangenen Tagen, sondern Tränen der Erleichterung und des Glücks.

Ewan hatte es tatsächlich aus eigener Kraft geschafft, sich zu befreien und in seine Zeit zurückzukehren! Obwohl Joan darauf gehofft hatte – richtig daran geglaubt hatte sie nicht.

Nachdem sie ihre Tränen getrocknet hatte, suchte sie in Windeseile alles zusammen, was Ewan brauchte: *breacan feile*, Leinenhemd, Strümpfe und Lederschuhe, Rasiermesser, Seife und ein Handtuch. Sie vergaß auch nicht Ewans *sporran*, den Robin in der Höhle gefunden hatte.

Joans Hände zitterten, als sie das Bündel zuschnürte, und ihr Herz jubilierte. Bald, bald würde sie ihren geliebten Mann wiedersehen, würde seine starken Arme spüren und seine heißen Küsse schmecken dürfen.

Màiri stand wieder bei Robin, der bereits Joans Pferd hatte satteln lassen. Ihre Augen glänzten vor Freude und Erleichterung, als Joan zu ihnen trat.

»Ich würde gerne mit euch reiten«, erklärte sie. »Doch das würde zu sehr auffallen und ich möchte Darla nicht ganz alleine mit der Arbeit lassen – immerhin hat sie sich trotz ihres Zustandes freiwillig dafür gemeldet.«

Joan hätte ihre sanfte Schwägerin gerne umarmt, doch das wagte sie nicht; immerhin konnte man sie von allen Fenstern, die in den Innenhof führten, beobachten.

Mit einem Seufzer der Erleichterung, weil ihr Vater Joans Wunsch akzeptiert hatte, ging Màiri zurück an ihre Arbeit, während die beiden Reiter Glenbharr Castle verließen.

Erst als die Burg weit hinter ihnen lag, fragte Joan: »Ist … hat sich Ewan verändert?« Diese Frage hatte ihr seit dem Zeitpunkt auf den Lippen gebrannt, seit sie von Ewans Rückkehr wusste. »Er muss Schlimmes erlebt haben.«

Robin hob die Schultern, aus Rücksicht auf Joan zügelte er sein Pferd, denn er wusste, dass sie keine erfahrene Reiterin war. »Ich weiß es nicht, er machte jedenfalls nicht den Eindruck. Aber das kann täuschen; wenn er zur Ruhe gekommen ist, werden die Erinnerungen zurückkehren und ihm mächtig Kopfschmerzen bereiten.«

»Wie weit ist es denn noch?« Nun hatte Joan so lange auf Ewan gewartet, dass ihr die letzten Minuten bis zum Wiedersehen unerträglich wurden. Robins Versicherung, dass sie bald die Stelle im Wald erreicht hatte, wo sich Ewan versteckt hielt, beruhigte sie keineswegs.

Und plötzlich stand er vor ihr, war aus dem Unterholz gesprungen, als er das Herannahen der beiden Reiter hörte. Für den Bruchteil einer Sekunde war Joan zu geschockt, um etwas sagen zu können, dann glitt sie vom Pferd, eilte auf Ewan zu und sank ihm lachend und gleichzeitig weinend in die Arme.

Fest umfing er sie, bedeckte ihr geliebtes Gesicht mit weichen Küssen und murmelte unentwegt gälische Liebesworte in ihr Ohr. Sein rauer Bart kratzte, doch das störte Joan nicht – nie hatte sie seine Liebkosungen mehr genossen als jetzt.

Diskret hatte sich Robin abgewandt, bis sich das Paar voneinander löste. Er reichte Ewan das Bündel und sagte: »Mir ist, als gäbe es ganz in der Nähe einen Bachlauf, an dem Ihr Euch waschen könnt.«

Lachend nahm Ewan das Bündel, seine Frau ließ er dabei nicht aus den Augen. »Hast du dich bei meinem Anblick sehr erschrocken, *mo ghràidh?*«

»Nein … doch, ein wenig schon.« Sie betrachtete ihn liebevoll. »Ich habe dich in einer Vision gesehen, mein Liebster, und ich erkannte dich lediglich an deiner Stimme.«

Das war für Ewan das Stichwort. Er schwang sich das Bündel über die Schultern und erklärte, zum Bach gehen zu wollen, um sich zu säubern, und warf Joan einen Luftkuss zu.

Erst jetzt merkte sie, wie sehr die letzten Minuten sie mitgenommen hatten, und sie sank erschöpft auf das Moos am Wegrand, während Ewan im Dunkel des Waldes verschwand.

»Zum Glück ist er nicht völlig abgemagert«, sagte Robin und ließ sich neben Joan nieder. »Das würde seinem Vater sicherlich sofort ins Auge fallen.«

Joan nickte zustimmend.

Der Mann, der etwa eine halbe Stunde später aus dem Dickicht trat, hatte keine Ähnlichkeit mehr mit einem Sträfling der britischen Krone ... vor Joan und Robin stand der stolze Sohn des Laird of Glenbharr. Genau so, wie Joan ihn kennengelernt hatte.

Lachend trat er näher und wies mit dem Kinn in Richtung des Waldes. »Schaut her, was ich gefunden habe!«

Der schmale edle Kopf von Ewans Wallach wurde sichtbar, auf Ewans Schnalzen hin bahnte er sich seinen Weg durch das Unterholz, dabei wieherte er leise.

»Er stand plötzlich neben mir, als ich am Bach vor mich hin sang«, sagte Ewan und klopfte dem Tier den Hals. »Er hat schon immer auf meine Stimme gehört.«

Robin und Joan wechselten einen überraschten Blick.

»Vermutlich hat Milford ihn zurückgelassen oder er ist ihm entwischt.« Fachmännisch kontrollierte Ewan Sattelzeug und den Inhalt der Satteltaschen. Der Tabak, den Ewan seinem Freund hatte mitbringen wollen und Màiris Haferplätzchen waren verschwunden, aber ansonsten schien nichts zu fehlen.

Ewan stellte sein Pferd zu den anderen, dann küsste er seine Frau. Gott im Himmel allein wusste, wie sehr er Joan begehrte, wie sehr er sich danach sehnte, mit ihr alleine sein zu dürfen. Doch vorher galt es, einige Dinge zu klären.

»Mit der Rückkehr können wir uns Zeit lassen«, bemerkte

Robin. »Offiziell sind wir gerade eben erst auf Barwick Castle angekommen.«

»Aye, Vater darf nicht erfahren, wo ich in den letzten Tagen gewesen bin. Erzählt mir, was sich in der Zwischenzeit auf der Burg ereignet hat.«

Er zeigte sich erfreut über Darlas Schwangerschaft und der Annullierung von Màiris Ehe; als Joan ihm allerdings mitteilte, dass auch Mìcheal MacGannor wusste, wo sich sein Freund aufgehalten hatte, runzelte Ewan die Stirn.

»Màiri hat versichert, dass er niemandem gegenüber ein Wort verlauten lassen wird«, beruhigte Joan ihn. »Es gab keine andere Wahl, als ihn in unsere Geschichte einzuweihen.«

»Falls er und Euer Vater das nächste Mal aufeinandertreffen, weiß er, was er zu sagen hat: Ihr habt zusammen eine Woche lang gezecht und gejagt«, ergänzte Robin.

Verblüfft hob Ewan die Augenbrauen. »Und das soll mein Vater glauben?«

»Er tut es bereits.« Schmunzelnd berichtete Robin von seinem Auftrag, Ewan nach Hause zu holen. »Den ganzen Weg über sann ich darüber nach, was ich Eurem Vater sagen sollte, wenn ich ohne Euch nach Hause käme.«

Ruhig hörte sich Ewan die Schilderungen der beiden an.

»Wir sollten uns allmählich auf den Heimweg machen.« Robin machte Anstalten, sich zu erheben. Die Kälte kroch allmählich in seine Glieder und er sehnte sich nach einem ordentlichen Abendessen und einem knisternden Kamin. »Dabei könnt Ihr uns erzählen, wie es zu Eurer Zeitreise kam.«

Nur mit Mühe konnte Màiri ihre Freude unterdrücken, als sie ihren Bruder unversehrt an der Seite von Mr Lamont und ihrer Schwägerin in den Burghof einreiten sah. Auch den Heimkehrern fiel es sichtlich schwer, so zu tun, als habe es Ewans Verschwinden in der Zeit nicht gegeben.

Darla flog ihrem Bruder entgegen und bombardierte ihn sogleich mit Fragen, ohne auf seine Antworten zu warten. »Nun staunst du, dass ich in der Hoffnung bin, aye? Peader hat einen Sohn gezeugt, jetzt brauchst du nicht mehr über ihn zu spotten. Wieso warst du so lange bei Mìcheal? Vater will ein Festessen geben, wir haben nur auf dich gewartet.«

Zärtlich strich Ewan seiner jüngsten Schwester über die Wange. Es tat so gut, wieder bei seiner Familie zu sein, dem sorglosen Plappern Darlas zu lauschen und Màiris weiches Lachen zu hören.

»Nun bin ich ja wieder hier, *piuthar*[1].« Ewans Stimme klang sanft bei diesen Worten. »Und ich verspreche dir, dass ich euch so schnell nicht wieder verlasse.«

Darlas Blick folgte ihm, als er hinauf in die Bibliothek schritt, wo ihn sein gestrenger Herr Vater bereits erwartete. Innerlich hatte sich Ewan für die Standpauke, die ihn zweifellos erwartete, gewappnet, aber er musste vorsichtig sein, damit er sich nicht verplapperte. Dòmhnall war ein gerissener Fuchs, ihm konnte man so leicht nichts vormachen.

Er stand mit finsterer Miene am Fenster, als sein Sohn eintrat, machte jedoch keinerlei Anstalten, seinen Platz zu verlassen, sondern brummte nur etwas Unverständliches, als Ewan ihn lässig begrüßte.

Abrupt drehte er sich um. »Ich möchte wissen, was hinter meinem Rücken gespielt wird, Ewan *mac*[2]. Glaub nicht, dass ich blind und taub bin, ich halte meine Augen immer offen. Grade musste ich sehen, dass man dich begrüßt hat, als wärst du jahrelang fort gewesen.« Er stockte, erst jetzt fiel ihm auf, dass sich sein Sohn verändert hatte. »Du hast abgenommen. Wo hast du dich in Teufels Namen herumgetrieben?«

---

1 Schwester
2 Sohn

»Das weißt du doch, *athair*. Mìcheal und ich waren einem Hirsch auf der Spur, wir hielten uns tagelang in den Wäldern auf und ernährten uns von Wild und Vögeln.«

Diese Aussage schien Dòmhnall keinesfalls zu beruhigen – im Gegenteil, er musterte seinen Sohn kritisch. »Etwas muss vorgefallen sein, das du mir zu verheimlichen versuchst.« Er konnte nicht genau definieren, in welcher Hinsicht sich Ewan verändert hatte, aber er spürte, dass er belogen wurde – und wenn den Laird of Glenbharr etwas in Wut versetzte, dann war es ein Ränkespiel hinter seinem Rücken.

Betont gleichgültig ließ sich Ewan in einem der hohen Ohrensessel vor dem Kamin nieder. Es war schwierig, wenn nicht sogar unmöglich, seinem Vater vorzugaukeln, dass er lediglich eine Woche mit seinem Freund unterwegs gewesen war. Dennoch durfte Dòmhnall die Wahrheit nicht erfahren, Joans Leben stand dabei auf dem Spiel, und das konnte Ewan nicht riskieren.

»Du irrst dich, Vater«, sagte er schließlich. »Ich ärgere mich, dass wir den Hirsch trotz der tagelangen Pirsch nicht erlegen konnten, aber ansonsten bin ich lediglich ein wenig erschöpft.«

Langsam trat sein Vater näher, doch er setzte sich nicht, sondern betrachtete Ewan kritisch. Er wollte verdammt sein, wenn sein Sohn die Wahrheit sprach – allerdings konnte er ihm auch nicht das Gegenteil beweisen.

»Nun gut, dann hoffe ich, dass du deine ehelichen sowie häuslichen Pflichten nicht völlig vergessen hast. Heute Abend kann endlich das lange geplante Festessen stattfinden.«

Dòmhnalls Blick ruhte auf seinem Sohn, der eine betont unschuldige Miene machte. »Sèonag sieht aus, als wäre sie ebenfalls wieder in der Hoffnung.«

Überrascht blickte Ewan auf. »Tatsächlich? Davon hat sie mir nichts gesagt.«

»Wann hätte sie das auch tun sollen, wenn dir die Gesellschaft eines Freundes wichtiger als dein Weib ist«, schnaubte der Laird, doch an dem Tonfall konnte man erkennen, dass er Ewan das lange Ausbleiben mittlerweile verziehen hatte.

»Übermorgen werden wir uns mit den anderen Clanführern treffen«, wechselte er das Thema. »Der Zeitpunkt ist günstig, um diese Jahreszeit sind wir vor den Patrouillen der Rotjacken ziemlich sicher.«

»Aye, Sèonag hat mich bereits davon unterrichtet.« Ewan nickte ernst, vor seiner Reise in die Zukunft war er ein ebenso leidenschaftlicher Anhänger Stuarts gewesen … aber nun, da er wusste, was geschehen würde, war sein Enthusiasmus eher gedämpft. Außer ihm ahnte niemand, dass der Aufstand, der bereits seit Jahren geplant und immer wieder besprochen wurde, ein blutiges Ende nehmen würde.

Ein Blick aus fragenden Augen traf Ewan. »Wo ist deine Leidenschaft geblieben, Junge? Bisher konntest du unsere Jakobitentreffen kaum abwarten.«

»Entschuldige, Vater. Ich bin wirklich sehr erschöpft, natürlich sehe ich mit Freuden unserem Treffen entgegen.«

»Gut, dann gehe jetzt zu deinem Weib und lass dich verwöhnen.« Zu Ewans Überraschung zwinkerte ihm sein Vater verschwörerisch zu, als habe er Verständnis für die Belange eines jungen Mannes, der dem ehelichen Schlafgemach eine lange Woche ferngeblieben war. »Übrigens ist mir Mòrag zu einer lieben Freundin geworden«, fügte er übergangslos hinzu.

Ewan grinste, schließlich hatte Joan ihm schon mehrfach angedeutet, dass Dòmhnall auffällig viel Zeit mit ihrer Mutter verbrachte und der Laird in ihrer Gegenwart wieder herzhaft lachen konnte.

»Grins nicht so frech«, murrte er, doch seine Augen glänzten dabei verräterisch. »Und nun stehle mir nicht meine Zeit, ich hab zu arbeiten.«

Das Kaminfeuer im Schlafgemach knisterte behaglich, als Joan und Ewan an diesem Abend endlich Gelegenheit hatten, alleine zu sein. Der Tag war aufreibend gewesen, Ewan hatte kaum Zeit für seine Frau gehabt, nach der er sich mit jeder Faser seines ausgehungerten Körpers sehnte. Lange hatte er sich mit seinem Sohn befasst. Immer wieder musste er ihn fest an sich drücken und küssen, bis der Kleine es nicht mehr aushielt und zu weinen begann.

Joan nahm ihre Haube ab und das rote lockige Haar fiel in Kaskaden über ihre Schultern. Langsam trat Ewan näher, umfing ihre schmale Taille und hauchte ihr kleine zärtliche Küsse auf den Hals.

»Endlich sind wir alleine«, murmelte sie und genoss mit geschlossenen Augen seine Zärtlichkeiten. »Mein Gott, wie sehr habe ich dich vermisst.«

Er war zu erregt, um zu antworten, sein Atem ging heftiger und sein Mund suchte ihre vollen, leicht geöffneten Lippen.

Sein Körper drängte sich gegen den ihren und sie spürte seine harte Männlichkeit. Seine linke Hand vergrub sich in ihrem Haar, während die andere an ihrem Mieder nestelte.

Noch nie zuvor hatte Joan ihren Mann wie in diesem Moment begehrt, noch nie war sie so erregt gewesen, dass sie sich selbst aus ihrer Kleidung schälte, weil Ewan es nicht schnell genug tat.

Nackt stand sie vor ihm, sie spürte weder den kalten Steinfußboden unter ihren Füßen noch den kühlen Windhauch, der durch die Fensterritzen fuhr und den noch nicht einmal die schweren Samtvorhänge abhalten konnten.

Ewans *breacan feile* fiel ebenso schnell wie Joans Kleidung und in Windeseile hatte er seine restlichen Kleidungsstücke abgelegt. Seine Erregung war unbeschreibbar, doch bevor er Joan auf das Bett trug, kniete er sich nieder und küsste lange und ausgiebig das rote weiche Vlies zwischen ihren Beinen.

Wollüstig warf Joan ihren Kopf in den Nacken und drängte sich näher an ihren Mann, der mit seinen Händen ihren Po streichelte. Als er aufblickte, sah Joan grenzenlose Liebe in seinen Augen, gepaart mit fast animalischer Leidenschaft.

»Ich will dich … sofort«, wisperte sie mit vor Erregung zittriger Stimme. »Bitte nimm mich auf der Stelle, mein Liebster.«

Langsam erhob er sich, nahm Joan hoch und trug sie zum Bett, wo er sie sanft niederließ, bevor er sich ebenfalls hinlegte und ihre harten Brustwarzen küsste, was wohlige Schauer in Joan auslöste.

Ihre Hände wanderten über seinen muskulösen Rücken, verharrten kurz bei den noch immer spürbaren Narben und glitten dann hinunter zu seinem festen Hinterteil.

Ewans Atem wurde heftiger, er griff nach Joans Hand und führte sie zu seinem steinharten, steil aufgerichteten Penis, der auf Erlösung wartete. Er erschauerte, als sie ihn sanft massierte und gleichzeitig ihren Unterleib gegen seine Lenden presste.

Das war zu viel für Ewan, er rollte sich über sie und drang in sie ein. Schnell fanden sie einen gemeinsamen Rhythmus, ihre Körper prallten in immer kürzeren Abständen aufeinander, bis sie schließlich gemeinsam von der Woge des Höhepunktes emporgehoben wurden.

Doch sie hatten noch nicht genug, ihre Leiber waren heiß und keineswegs abgekühlt; Ewan löste sich nicht von seiner Frau, sondern begann, sich nach wenigen Minuten erneut in ihr zu bewegen.

Noch zwei weitere Mal liebten sie sich in dieser Nacht, und dank Donnys festem Schlaf wurden sie nicht dabei gestört. Schließlich lagen sie still da, Joans Kopf ruhte an Ewans Brust, und entspannt registrierte sie, dass sich sein Herzschlag allmählich wieder normalisierte.

Sie streichelte seine behaarte Brust, warm ruhte seine Hand auf ihrer Schulter. Er hielt die Augen geschlossen und wünschte sich, dass dieser Augenblick nie vergehe.

Joan hob leicht den Kopf an, sodass sie Ewan in die Augen sehen konnte, im verglimmenden Kaminfeuer wirkten sie wie zwei Bergseen im Mondenschein.

Er wurde auf einmal ernst. »Du hast gewusst, dass Glenbharr Castle von den Rotjacken zerstört wird und dass es in wenigen Jahren zu der Schlacht bei Culloden kommen wird.«

Ihr Zögern war nur kurz. Nun, da er selbst den Verlauf der Geschichte erlebt hatte, musste sie nicht mehr leugnen. »Ja, ich wusste es, aber weshalb hätte ich dich beunruhigen sollen?«

»Wird es danach noch einen Aufstand geben?« Seine Stimme war nicht mehr als ein raues Flüstern. »Sag, gibt es für Schottland eine Chance, wieder einen eigenen König zu haben und uns aus der Union mit England zu befreien?«

»Nein, es wird nie wieder ein freies Schottland geben.« Gequält schloss Joan die Augen. Es schmerzte sie, Ewan schonungslos die brutale Wahrheit zu sagen. Dennoch war es richtig, dass er sie erfuhr.

»Dieser Prinz Charles Edward … ich habe bisher noch nie von ihm gehört.«

»Er ist dieser Tage nichts mehr als ein naiver Jüngling, von dem niemand ahnt, dass er in ungefähr dreizehn Jahren den größten und blutigsten Jakobitenaufstand anführen wird.«

Vorsichtig löste sich Ewan von seiner Frau, drehte sich auf die Seite, stützte seinen Kopf mit der Hand ab und sagte nachdenklich: »Wie kann ich in Zukunft unsere Männer guten Gewissens dazu ermuntern, sich für einen neuerlichen Aufstand zu wappnen, wenn ich bereits weiß, dass ich sie damit ins Verderben schicke?«

»Ich weiß, Liebster.« Zärtlich zerwühlte Joan sein langes volles Haar. »Es gibt nur eine Möglichkeit, sie nicht in den Kampf zu schicken.«

»Und die wäre?«

Joan zögerte, bevor sie hauchte: »Ihr müsst euch mit den Engländern verbünden und auf ihrer Seite kämpfen.«

Ewan schnellte hoch, seine Gesichtszüge verhärteten sich zusehends. »Niemals werde ich mich für die *Sasannach* verwenden, und Vater wird es ebenso wenig tun!«

»Natürlich.« Joan hatte keine andere Antwort erwartet; zudem hatte Ewan berichtet, dass auch der MacLaughlin Clan an dem Aufstand teilnehmen würde.

»Man könnte höchstens Màiri einweihen, damit sie und ihre Söhne, die dann bereits junge Männer sein werden, in die Lowlands gehen. Auch du müsstest mit unserem Sohn fort.«

Mit einem lauten Seufzer ließ Ewan sich wieder in die Kissen fallen. Vor seiner Reise ins Jahr 1746 hatte er Joan immer wieder versucht zu entlocken, wie es um die Zukunft der schottischen Highlands stand – doch nun, da er es wusste, war er todunglücklich darüber.

Noch führte Dòmhnall den Clan, doch wie sollte sich Ewan verhalten, wenn er selbst das Oberhaupt war, wenn Bonnie Prince Charles auf Glenbharr Castle auftauchte und mit verlockenden Versprechungen um jeden verfügbaren Krieger des Clans bat?

22. Kapitel

»Bist du von Sinnen?«, polterte Laird Dòmhnall. »Was redest du heute nur für ein dummes Zeug, Ewan *mac*?«

Die anderen Lairds, die die Ruine einer alten Abtei in den Bergen für ihren Treffpunkt ausgewählt hatten, murmelten aufgebracht durcheinander. Sie waren schockiert über den Sohn und künftigen Führer des MacLaughlin Clans, der gerade vorsichtig angedeutet hatte, man solle die *Sasannach* nicht unterschätzen.

Dòmhnall war es sichtlich peinlich, dass sein Sohn, der ihm bisher bei den Treffen stets den Rücken gestärkt hatte, nun offensichtlich seinen Kampfgeist verloren hatte.

»Mir scheint, du hast deinen Verstand in den Wäldern von Barwick gelassen oder ihn in Crìsdeans Whisky ersoffen.« Dòmhnall schnaubte. Es war nicht das erste Mal, dass Ewan seit seiner Rückkehr eigenartige Bemerkungen machte; er hatte sich binnen einer Woche verändert, schien ernster und gereifter zu sein.

Ewan hob die Hände, bevor er das Wort ergriff. »Ihr habt mich falsch verstanden, ich wollte nicht damit sagen, dass uns die Rotjacken überlegen sind – bei Gott nicht. Mein Hass auf sie ist nicht geringer als eurer, und nichts wäre mir lieber, wenn wir sie vernichten könnten.«

Die Blicke aller anderen Lairds und deren Söhne oder zukünftigen Nachfolger hingen an Ewans Lippen. »Eigentlich wollte ich nur betonen, dass wir nicht wissen, ob unsere Waffen für einen Aufstand ausreichen … die Waffenkammern unserer Feinde sind gut gefüllt, unsere Männer hingegen besitzen größtenteils Breitschwert und Schild; gegen Kanonen und Musketen sind sie machtlos.«

»Was schlägst du vor?« Lord William of Dunbar, einer der wenigen adligen Großgrundbesitzer, die sich regelmäßig zu den geheimen Jakobitentreffen einfanden, musterte Ewan mit stechendem Blick. Er war für seine nüchterne Denkweise und seinen scharfen Verstand bekannt, sein Vater war einst von George I. geadelt worden, wegen Verdiensten für die englische Krone.

William jedoch dachte gar nicht daran, sich deswegen auf die Seite der Engländer zu schlagen. Er war ein glühender Anhänger von James Stuart und würde ihn gerne wieder auf dem Thron sehen.

Ewan wartete, bis sich die anderen Männer beruhigt hatten, dann erwiderte er mit fester Stimme: »Wir sollten einen weiteren Aufstand nicht übereilen, sondern erst nach Verbündeten suchen und noch mehr Waffen anschaffen – vor allem Kanonen werden wir benötigen.«

Der Lord spitzte nachdenklich die Lippen, dann wandte er sich an Dòmhnall. »Dein Junge hat nicht ganz unrecht. Denk, wie es uns bei Sheriffmuir ergangen ist …«

»Du und dein Vater habt euch damals ja fein herausgehalten«, witzelte Dòmhnall. »Ihr habt auf der Seite des Hannoveraners gekämpft und dafür einen Titel und Ländereien eingeheimst.«

William verzog das Gesicht, in den Augen der anderen Lairds war seine Familie ein Haufen Verräter. Doch er selbst war ein Jüngling gewesen und hatte somit keinen Einfluss auf die Entscheidung seines Vaters gehabt.

»Wie dem auch sei«, fuhr er fort, Dòmhnalls Frotzelei bewusst außer Acht lassend. »Es ist etwas an Ewans Worten dran, das kann niemand von uns leugnen. Durch einen Mittelsmann weiß ich, dass die Waffenkammern in Fort George bis an die Decken gefüllt sind mit den neuesten Waffen, gegen die wir mit unseren wenigen geschmuggelten Musketen nicht die geringste Chance hätten. Sosehr uns auch der Hass auf die *Sasannach* treibt … wir müssen mit Bedacht handeln. Zurzeit sind wir Highlander nicht in der Lage, die Rotjacken zu besiegen.«

»Wie sollen wir Kanonen in die Highlands schmuggeln?«, raunte Dòmhnall. »Unsere Männer kämen keine Meile weit, bis sie einer Patrouille in die Arme laufen würden.«

Wieder spitzte der Lord die Lippen. Das tat er immer, wenn er nachdachte. »Fürwahr, das wäre ein unmögliches Unterfangen. Aber unsere Schmiede könnten heimlich Kanonen herstellen.«

Allgemeines Gelächter war die Antwort. Gerade die Schmiede wurden besonders argwöhnisch von den Soldaten der Krone unter die Lupe genommen, und so manchem armen Wicht war es zum Verhängnis geworden, an einem Breitschwert zu arbeiten, während eine Patrouille in die Schmiede gestürmt kam.

»Die *Sasannach* kochen auch nur mit Wasser«, bemerkte Dòmhnall verbittert. »Wenn man sie aus dem Hinterhalt angreift, laufen sie orientierungslos herum und wissen nicht, was sie tun sollen. So ist es erst kürzlich geschehen, als mein Sohn und ein paar unserer Männer ein Zeltlager der Rotjacken bei Nacht überfielen.«

Nur allzu gut konnte sich Ewan an die Begebenheit im Sommer des vergangenen Jahres erinnern. Eine Patrouille hatte einen Clansmann im Glen Dillon getötet, als dieser seine Frau verteidigte, die im Kindbett lag. Die Rache folgte auf dem Fuß, Ewan und seine Männer überfielen das englische Zeltlager, das auf einem Streifen zwischen Glenbharr und Barwick errichtet worden war. Die Engländer waren zu überrascht gewesen, um sich erfolgreich zu wehren, obwohl sie sich in der Überzahl befunden hatten. Der Kommandant fiel Ewan in die Hände, doch anstatt ihn zu töten, ließ er ihn ein Dokument unterschreiben, in dem geschrieben stand, dass seine Soldaten unberechtigt den Clansmann Thòmas Innes mit dem Bajonett getötet hatten. Für diesen Vorfall war der Kommandant verantwortlich und man würde ihn degradieren, sollte diese Schandtat ans Tageslicht kommen. Nur widerstrebend hatte der Kommandant des Zeltlagers unterschrieben, das Dokument blieb in Ewans Besitz. Allerdings versicherte er dem Soldat, es ohne zu zögern Colonel Porter in Fort George vorzulegen, falls die Patrouillen noch einmal eigenhändig handelten und Frauen und Kinder in Angst und Schrecken versetzten.

Seitdem war es zu keinem weiteren Vorfall ähnlicher Art gekommen – welche Geschichte der Kommandant dem Colonel über den nächtlichen Überfall aufgetischt hatte, war nicht bekannt.

»In der Tat«, sagte Ewan jetzt. »In Unterwäsche und ohne Säbel an der Seite macht ein *Sasannach* keine besonders gute Figur, aber ich möchte betonen, dass bei diesem Gemetzel auch etliche treue Clansmänner starben, die einen Haufen hungriger Mäuler hinterließen.« Er blickte in die Runde. »Bevor wir uns heute trennen, bitte ich euch, nicht übereilt zu handeln. Es wird einen Aufstand geben und …« Er stockte. Was sollte er den Männern sagen? »… und so Gott will, werden wir unseren König auf den Thron setzen, aber die Zeit ist noch nicht reif für unser Vorhaben.«

»Die Zeit wird nie reif dafür sein«, brummte Dòmhnall, doch er widersprach nicht. Oberste Pflicht eines Clanführers war, seine hitzigen Männer im Zaum zu halten und natürlich dafür zu sorgen, dass sie nicht ins offene Messer rannten.

Lord William erhob sich von seiner unbequemen Sitzgelegenheit, trat zu Dòmhnall und legte ihm eine Hand auf die Schulter. »Dein Sohn hat recht, wir sollten erst einen Aufstand planen, wenn wir sicher sein können, dass wir uns mit den Rotjacken messen können; alles andere wäre Irrsinn.«

Unauffällig atmete Ewan auf. Es war ihm tatsächlich gelungen, die Männer, die sehnsüchtig darauf warteten, mit ihren Kriegern in die Schlacht zu ziehen, mit handfesten Argumenten zu beschwichtigen.

Er hatte es versäumt, Sìn zu fragen, ob es auch vor Culloden zu Übergriffen der Highlander auf die englischen Soldaten kommen würde; darüber ärgerte er sich nun. Joan würde ihm auch nicht helfen können, sie wusste nur von den großen Aufständen aus den Geschichtsbüchern.

Als Joan sich abends mit Ewan zur Ruhe gelegt hatte, erinnerte sie sich an den Vorschlag ihrer Mutter. Um die MacLaughlins vor den Gefahren der Zukunft zu retten, sollte die gesamte Familie in die Zukunft reisen. Abgesehen davon, dass nicht alle fähig waren, Zeitreisen zu unternehmen, würden Dòmhnall und Ewan dort zugrunde gehen.

Ewan war still geworden, seine Hand ruhte nun auf Joans Schulter. Als sie meinte, er wäre eingeschlafen, erhob sich erneut seine Stimme.

»Ich kann nicht vergessen, was Sìn mir erzählt hat, ich werde es niemals vergessen können, weil ich es selbst erleben werde. Heute Abend konnte ich die anderen Lairds beschwichtigen, aber Vater wurde hellhörig. Sèonag, was soll ich tun? Unsere Krieger in die Schlacht schicken, obwohl ich weiß, wie sie ausgehen wird? Oder Prinz Charles zum Teufel schicken, wenn er in ein paar Jahren an unsere Tür klopft?«

Joan bedeckte seine Brust mit zärtlichen Küssen. Sie ahnte, wie sehr Ewan diese Fragen quälten – und konnte ihm doch nicht helfen.

»Es sind noch 14 lange Jahre bis Culloden«, sagte sie

schließlich, schob sich hoch und küsste Ewan auf den Mund. »In dieser Zeit kann noch so viel passieren.«

»Aber ich trag dann vermutlich die Verantwortung für unseren Clan.«

»Still, Liebster, still.« Sie legte ihren Zeigefinger auf seinen Mund. »Schlaf jetzt und denk nicht mehr daran.«

Er murmelte etwas auf Gälisch, das Joan nicht verstand. Dann zog er sie an sich, bis ihr Kopf an seiner Schulter ruhte, und starrte mit brennenden Augen an die Zimmerdecke, an der die Schatten des verglimmenden Kaminfeuers flackerten. Er wollte Joan nicht mit seinen Sorgen bekümmern – vor allem nicht mit der Tatsache, dass er mit Robert Milford abrechnen wollte.

Früher oder später würde ihm der Hauptmann wieder über den Weg laufen, und Ewan würde erst zufrieden sein, wenn er seinen größten Feind getötet hatte.

Herzlich umarmte Joan Robin Lamont, der sich nun endgültig verabschiedete; seine Mission war erfüllt und er sehnte sich nach der Abgeschiedenheit seiner kleinen Kate in den Bergen. Der erste Schneefall brachte ihn nicht von seinem Vorhaben ab, sosehr Joan und Màiri ihm zuredeten. Für beide Frauen war er nicht nur zu einem väterlichen Freund geworden, sondern auch zu einem Verbündeten, dem man zu verdanken hatte, dass Marion nun auf Glenbharr Castle lebte, und der Ceana Matheson gekannt und geschätzt hatte.

»Sehen wir Euch im Frühjahr wieder, Mr Lamont?« Màiris Stimme klang bittend. »Nicht nur Sèonag und ich würden uns darüber freuen.«

Schmunzelnd nickte Robin, er erinnerte sich nur zu gut an die erste Begegnung mit Ewan, der ihn damals argwöhnisch beäugt hatte. Mittlerweile waren auch sie gute Freunde geworden.

»Gewiss werde ich das tun«, sagte er, dabei musterte er Màiri aufmerksam. Wie kurz zuvor Darla, strahlte auch sie eine Aura aus, wie es nur Frauen taten, die ein süßes Geheimnis mit sich trugen. »Spätestens, wenn Mìcheal MacGannor Euch zum Traualtar führt, werde ich hier sein.« Sein Blick streifte Màiris schmale Taille. Er war sich sicher: Ewans ältere Schwester trug wieder ein Kind unter dem Herzen, und es war nicht schwer, sich auszumalen, wer sein Vater war.

Die Frauen, zu denen sich letztlich auch Marion eingefunden hatte, winkten Robin nach, als er gemächlich durch das Burgtor ritt und sich dann noch einmal umdrehte, bevor das schwere Eichentor wieder geschlossen wurde.

»Er wird mir fehlen«, sagte Màiri gedankenvoll.

Marion nickte zustimmend. »Er wird uns allen fehlen. Ohne ihn wäre ich nicht hier.« Im Gegensatz zu den ersten Wochen in der Vergangenheit empfand sie mittlerweile jeden Tag als einen Glückstag, den sie in Dòmhnalls Nähe verbringen durfte. Und sie konnte endlich wieder die Stunden mit ihm genießen.

Kurz nach Ewans Heimkehr hatte der Laird ihr anvertraut, dass er seinen Sohn nicht wiedererkennen würde. Nicht nur, dass er abgenommen hatte, sondern seine ganze Art irritierte ihn. Wie üblich war es Marion jedoch gelungen, Dòmhnall zu beschwichtigen und vom Thema abzulenken.

Zwei Wochen waren seit Ewans Rückkehr vergangen, er sah wieder wohlgenährt aus und schien die Strapazen der Zeitreise überwunden zu haben – zumindest äußerlich. Marion hatte ihn häufig dabei ertappt, wie er nachdenklich durch die hohen Räume der Burg wanderte oder mit gerunzelter Stirn lauschte, wenn jemand bei Tisch Kriegsgejohle ausstieß und laut kundtat, dass es Zeit sei, die Engländer aus dem Land zu vertreiben.

Marion zog ihr Schultertuch fröstelnd enger um sich; obwohl der Schnee nicht mehr als ein dünner weißer Teppich auf Gebäuden und Bäumen lag, war es bitterkalt, und sie ermahnte die anderen, ihr in die Burg zu folgen, bevor sie sich erkälteten.

»Das ist ja fabelhaft!«, rief Joan begeistert. Gerade hatte Màiri ihr anvertraut, dass sie ein Kind erwartete und Mìcheal, der sie am Vortag besucht hatte, völlig aus dem Häuschen sei. »Wann werdet ihr heiraten?«

Màiris gerade noch strahlende Miene wirkte plötzlich bekümmert, und während sie sich zärtlich über den Bauch strich, sagte sie: »Nicht, bevor das Trauerjahr vorüber ist. Mutter hätte sicherlich nichts dagegen, wenn wir früher heiraten würden, aber Vater würde seine Zustimmung wohl kaum geben.«

Das bedeutete, dass bei der Hochzeit jedermann Màiris Zustand sehen konnte.

Seufzend nahm Joan ihre Schwägerin in die Arme. »Habe ich dir nicht gesagt, dass ihr euch vorsehen sollt? Du weißt doch inzwischen, wann es gefährlich sein kann.«

Doch zu ihrer Überraschung lachte Màiri hell auf. »Aye, ich habe sehr genau zugehört, als du mir von diesen sogenannten fruchtbaren und unfruchtbaren Tagen erzählt hast … Sèonag, ich wollte schwanger werden. Ein Kind von dem Mann zu empfangen, den man mit jeder Faser seines Herzens liebt, ist das Wundervollste im Leben einer Frau.«

»Aber wird man nicht hinter deinem Rücken tuscheln?«, warf Marion ein, die sich ebenfalls in Màiris Webkammer befand. »In der Zukunft wird kein Hahn mehr danach krähen, aber …«

Kichernd winkte Màiri ab und erwiderte unbefangen:

»Was kümmert mich das Geschwätz der Leute? Die Spatzen pfeifen es sowieso schon von den Dächern, dass Mìcheal und ich ein Liebespaar sind.«

Wieder einmal war Joan erstaunt über die Reaktion ihrer Schwägerin. Einerseits errötete Màiri verlegen, wenn jemand eine Zote riss, andererseits schien es ihr nicht viel auszumachen, dass man hinter ihrem Rücken redete. Eine verheiratete Frau und Mutter – noch dazu die Tochter des Laird – trieb es mit einem anderen Mann; auch wenn die Ehe mit Tèarlach nicht mehr existierte, so war sie doch in den Augen der erzkatholischen Leute verheiratet.

Aber gerade diese Widersprüchlichkeiten machten sie in Joans Augen so liebenswert. Die sanfte Màiri, die ein gutes Herz hatte und kein Leid ertragen konnte, war im Grunde genommen eine leidenschaftliche Frau, die zu ihren Gefühlen stand und immer wieder Mut bewies.

Erhitzt und mit geröteten Wangen erschienen Joan und Ewan bei der Abendtafel. Das Paar hatte die Zeit genutzt, in der sich Marion um den kleinen Donny kümmerte, und sich ihrer ungebrochenen Leidenschaft hingegeben.

Die Umarmungen waren seit Ewans Rückkehr noch inniger geworden, noch zärtlicher als zuvor. Beiden war gerade in diesen Momenten bewusst, welchen Gefahren ihre Liebe ausgesetzt gewesen war und dass sie um ein Haar nie wieder in den Genuss der körperlichen Vereinigung gekommen wären.

Übermütig zwickte Ewan seine Frau in den Po, bevor sie sich auf die Holzbank vor der Tafel setzen konnte; in gespielter Empörung quiekte sie, zur Belustigung der anderen.

Nur ein Mann am Tisch blieb ernst; mit düsterer Miene saß Brian Ferguson an seinem Platz und starrte abwesend auf seinen noch leeren Teller. Dòmhnall neigte sich zu ihm hinüber und flüsterte ihm etwas auf Gälisch zu, an seinem Tonfall war erkenntlich, dass es etwas Beruhigendes sein musste, denn Brian brachte ein winziges müdes Lächeln zustande.

»Was ist denn in den gefahren?«, wandte sich Joan an ihren Mann, der in ein Gespräch mit Peader, der ihm gegenüber saß, verwickelt war. Am Vormittag hatten sich die beiden im Burghof einen Schwertkampf geliefert und nun prahlten sie damit, wer besser abgeschnitten hatte.

Sofort widmete sich Ewan seiner Frau, sah sie fragend an, doch als sie mit dem Kinn auf den Verwalter zeigte, wurde Ewans Miene aufmerksam.

»Welche Laus ist dir über die Leber gelaufen, *mo charaid?*«, erkundigte er sich betont lässig. »Stehen die Pachtverträge so schlecht?«

Doch anstatt zu lachen, schüttelte Brian Ferguson stumm den Kopf, während Dòmhnall sich verpflichtet fühlte, das Wort zu ergreifen.

»Brians Schwägerin hat eine Nachricht geschickt«, sagte er mit bekümmerter Miene. »Myra schrieb, dass Anna vor einigen Tagen mitten in der Nacht das Haus verlassen hat. Sie hat nichts als ihre persönlichen Sachen mitgenommen und ist bis heute nicht wieder aufgetaucht. Brian hat seine Schwägerin daraufhin aufgesucht, aber nicht mehr erfahren, als in dem Brief stand.«

Ewan und Joan wechselten einen wissenden Blick, dann richteten sie ihr Augenmerk auf den Verwalter, der nun mit schleppender Stimme sagte: »Myra vermutete, dass Anna nach Glenbharr Castle zurückgekommen sei. Hat jemand von euch sie gesehen?«

Die angeregten Gespräche verstummten und Brian trafen mitleidige bis schadenfrohe Blicke. Er war nicht bei allen Bewohnern beliebt, und vor allem seine Tochter war vielen ein Dorn im Auge gewesen.

»Du weißt, wie Anna ist, aye?«, ergriff einer der Männer

das Wort. »Wahrscheinlich hatte sie einen heimlichen Liebhaber und ist mit ihm getürmt.«

»Was redest du da?«, fuhr Brian ihn verärgert an. »Du hättest sie sehen sollen, wie entstellt ihr Gesicht nach diesem Unfall war. Kein Mann, der Augen im Kopf hat, würde sich mit ihr abgeben.«

»Dann war es vielleicht ein Blinder!«

Einige kicherten verhalten, doch vier Menschen am Tisch beteiligten sich nicht daran. Marion und Màiri, Joan und Ewan – sie waren die Einzigen, die wussten, dass Annas Leiche verborgen in den Wäldern von Barwick lag und allmählich verweste. Dennoch würden sie um keinen Preis ihr Wissen zum Besten geben, auch wenn ihnen Brian leidtat. Vermutlich würde er bis ans Ende seiner Tage auf Annas Heimkehr warten und sich Vorwürfe machen, dass er sie einst fortgeschickt hatte.

23. Kapitel

Stöhnend sackte James Allison zusammen, doch sein Gegner dachte nicht daran, von seinem Opfer abzulassen und drosch wie von Sinnen weiterhin auf den wehrlosen Mann ein.

»Du Dreckskerl!«, schrie Milford mit vor Hass verzerrtem Gesicht. »Hättest du dein elendes Plappermaul gehalten, wäre ich nicht wie ein Verbrecher nach Hause geschickt worden!«

Schützend hielt Adjutant Allison beide Hände vor das Gesicht. »Halt ein, ich bitte dich! Ich konnte nicht anders, Major Clayton von Ruthven hat ausgesagt, dass wir beide ständig zusammensteckten. Sie haben mich unter Druck gesetzt, ich musste ihnen sagen, dass du MacLaughlins Frau überfallen hast.«

Milford versetzte Allison einen derben Fußtritt, sodass dieser aufjaulte. »Schweig, du jämmerlicher Verräter! Wenn du dich sehen könntest, wie du da liegst und wimmerst wie ein Kleinkind.« Er spuckte dem Mann ins Gesicht, dann trat er einen Schritt zurück und betrachtete seinen ehemaligen Freund und Verschwörer eingehend.

Es war der reinste Zufall gewesen, dass ihm James mitten in London über den Weg gelaufen war. Milford befand sich noch immer im Genesungsurlaub, obwohl die Bauchwunde inzwischen verheilt war und keine Beschwerden mehr verursachte. Trotzdem hatte der Militärarzt ihm geraten, noch einige Wochen zu pausieren, bevor er sich wieder zum Dienst meldete. Aber Milford wusste, dass der Arzt auf Anweisung Colonel Porters gehandelt hatte.

James Allison befand sich auf Heimaturlaub, auch ihn hatte man versetzt, in ein kleines englisches Kaff nahe der schottischen Grenze. Bei einem Spaziergang an der Themse, auf dem er darüber nachsann, wie er das Herz der schönen Miss Sarah Bolton erobern konnte, fühlte er sich plötzlich am Kragen erfasst und herumgeschleudert.

Seit sich James in London befand, hatte er befürchtet, dem Hauptmann zu begegnen; er hatte nie das Haus verlassen, ohne sich zu vergewissern, dass Milford nicht vor dem Eingang lungerte. Bei jedem Gang durch die City hatte er sich regelmäßig nach allen Seiten umgesehen und jedes Gesicht misstrauisch betrachtet. Und nun – während eines einzigen Augenblicks der Unachtsamkeit – hatte er ihn erwischt!

Milford hatte den vor Überraschung wie gelähmten Adjutanten zu einem Schuppen in der Nähe gezerrt und ihn verdroschen, nun schien Milfords Ärger allmählich zu verrauchen, denn er machte keine Anstalten, ihn weiter zu verprügeln.

Mühsam richtete sich Allison auf, lehnte sich gegen die Schuppenwand und fuhr sich über die blutige Nase. Jeder Knochen im Körper schmerzte ihn und sein feiner Anzug, in dem er Miss Bolton die Aufwartung machen wollte, war ruiniert. Doch er war klug genug, nicht zu protestieren; dazu war ihm sein Leben zu wertvoll und er wusste, dass Milford keine Gnade kannte. Das hatte Allison oft genug bei den Patrouillen in den schottischen Highlands erleben müssen; die Vergewaltigung von Ewan MacLaughlins Nichte beispielsweise hatte bewiesen, dass der Hauptmann ein eiskalter Verbrecher war und über Leichen ging, wenn es erforderlich war.

»Wie lange hast du Urlaub?«, fragte er plötzlich in versöhnlicherem Ton. »Du musst mir helfen, dieses Schwein ausfindig zu machen.«

Trotz des zerschlagenen Gesichtes vertrat James seine Meinung: »Hast du immer noch nicht genug? Du kannst Ewan MacLaughlin nicht besiegen, er ist zu stark für dich.«

»Unsinn.« Mit Gönnermiene warf Milford dem anderen einen Lappen hin. »Säubere dich und folge mir in meine derzeitige Wohnung.«

Allison hätte alles andere lieber getan, dennoch stemmte er seinen lädierten Körper in die Höhe. »Seit wann hast du eine Wohnung und lebst nicht mehr in der Kaserne?«

»Seitdem du mich verraten hast, Schwachkopf«, zischte Milford. »Man will mich aus der Armee entfernen, das spüre ich genau. Aber Gnade dir Gott, wenn sie es schaffen, dann hast auch du dein Leben verwirkt.«

Ängstlich nickte Allison, wie immer in Roberts Gegenwart fühlte er sich schwach und unterlegen. Auf dem Weg zur Droschke erwähnte Robert kurz, dass er sich ein Zimmer bei einer Witwe genommen hatte. Anstatt Miete zu zahlen beglückte er dreimal wöchentlich die Frau, die gut und gerne vom Alter her seine Mutter sein könnte.

»Sie ist hässlich wie die Nacht«, sagte er mit hämischem Grinsen, »aber ich habe den Himmel auf Erden bei ihr. Schau her, meine Garderobe habe ich von ihr bekommen, sie ist vom feinsten Schneider weit und breit.«

Staunend betrachtete James den edlen Rock seines ehemaligen Freundes. Eines musste man Milford lassen: Er verstand es, Frauen um den kleinen Finger zu wickeln. Dabei dienten sie nur als Mittel zum Zweck, ohne Gegenleistung verschenkte Hauptmann Robert W. Milford niemals seine Gunst!

Die Witwe, eine Lady of Baldrum, bewohnte eine ganze Etage eines stattlichen Hauses in einem vornehmen Stadtteil Londons, den James Allison bisher nur aus Erzählungen kannte.

»Eloise behauptet, in jungen Jahren eine Mätresse George I. gewesen zu sein«, sagte Milford, als sie das Haus betraten. »Aber wenn du sie siehst, wirst du erkennen, dass sie schon immer so unansehnlich gewesen sein muss … und George war bekannt für die Vorliebe zu schönen Frauen.«

Tatsächlich trat die Lady ihnen entgegen, als sie das Öffnen der Wohnungstür vernahm. Sie zeigte sich überrascht über den Besuch, den Robert mitgebracht hatte, dabei hätte dieser schwören können, dass die alte neugierige Natter bereits vom Fenster aus gesehen hatte, dass er nicht alleine gekommen war.

In der Tat war Eloise of Baldrum alles andere als ansehnlich. Ihre Hässlichkeit versuchte sie unter ihrer auffälligen jugendlichen Kleidung zu verstecken, in die sie ihren dürren Körper gezwängt hatte. Alles an ihr war übertrieben: Der Stoff des Manteau, der für ein Tageskleid viel zu edel war, die üppigen Spitzen am Saum der ellenbogenlangen Ärmel, das ausladende Panier, das dem Betrachter üppige Hüften vorgaukelte und die weißhaarige Perücke, die aufgebauscht auf ihrem schmalen Habichtskopf saß.

Das Gesicht sowie der dünne Hals, erinnerten Allison an einen Truthahn. Sie war kalkweiß geschminkt und über dem faltigen Mund trug Eloise ein viel zu großes Schönheitspflästerchen.

»Mein Liebster, ich bin entzückt«, gurrte sie, wedelte kokett mit ihrem Fächer und scheuchte verärgert das Dienstmädchen davon, das sich genähert hatte. »Willst du mir nicht deinen Besuch vorstellen?«

Milford trat zu ihr, verneigte sich galant und nahm ihre Hand, um einen Kuss darauf zu hauchen. »Adjutant James Allison und ich dienten gemeinsam in Schottland, Liebste. Zufällig traf ich ihn vorhin und befreite ihn aus der Hand einiger Schläger«, fügte er rasch hinzu, als er Eloises erstaunten Blick über Allisons ramponiertes Gesicht gleiten sah. »Würdest du uns Tee machen lassen? James und ich möchten gerne in alten Erinnerungen schwelgen.«

Sie lächelte, dabei konnte Allison erkennen, dass ihr bereits einige Zähne fehlten. »Aber gerne werde ich deinem Wunsch entsprechen.« Dann wandte sie sich an Allison, der unschlüssig dastand und sich verlegen umschaute.

»Ihr habt großes Glück, dass Robert im richtigen Augenblick erschienen ist«, sagte sie. »Er ist ein wundervoller Mann, findet Ihr nicht?«

»Gewiss, my Lady«, beeilte sich Allison zu sagen, dabei wurde ihm fast übel. »Ich bin wirklich sehr glücklich, Robert zu kennen.«

»Wart Ihr dabei, als er von dieser furchtbaren Horde von Wilden in den Highlands überfallen und verwundet wurde?«

James war nahe daran, sie zu korrigieren, denn es war nur

ein ›Wilder‹ gewesen, nämlich Ewan MacLaughlin. Und er hatte den Hauptmann keineswegs überfallen, sondern nur das Leben seiner Frau verteidigt.

»Nein, my Lady. Bedauerlicherweise war ich einer anderen Kompanie zugeteilt, als sich … der Vorfall abspielte.«

Eloise trat näher an den Adjutanten heran und fuhr in vertraulichem Ton fort: »Könnt Ihr begreifen, dass Robert von nichts anderem redet als wieder in dieses grässliche Schottland versetzt zu werden?«

»Nun …«, begann James, wurde jedoch zu seiner Erleichterung von Milford unterbrochen, der es hasste, wenn von ihm gesprochen wurde, als wäre er nicht anwesend.

»Du gestattest, dass ich Adjutant Allison in den Salon führe?« Wieder deutete er eine leichte Verbeugung an, seine Bitte hatte er jedoch mit einer gewissen Schärfe ausgesprochen, die keinen Widerspruch duldete.

Eloise klatschte in die Hände, aus einer Nische huschte das Dienstmädchen. Die Lady befahl, den Kamin im Salon zu entzünden, Tee und Gebäck bereitzustellen, dann zog sie sich zurück. An Roberts Tonfall hatte sie erkannt, dass ihre Anwesenheit für den weiteren Verlauf des Nachmittags unerwünscht war.

»Die hast du aber im Griff«, bemerkte James anerkennend, nachdem sie alleine waren, und blickte sich scheu in dem mit kostbarem Mobiliar ausgestatteten Salon um.

Milford lächelte überheblich, lehnte sich in dem zierlichen Sesselchen lässig zurück und erwiderte: »Ich weiß eben, wie man mit Frauen umgeht.« Gleich darauf erlosch sein Lächeln und ein teuflischer Zug trat auf sein scharfkantiges Gesicht. »Ich habe dich nicht hergebracht, um über schwachsinnige Weiber zu reden, sondern habe ein Anliegen. Dazu muss ich dir eine Geschichte erzählen, die mir zu denken gibt, weil ich sie nicht recht einzuordnen weiß.«

Vorsichtig nippte Allison an dem noch heißen Tee.

Robert erzählte ihm von dem Überall auf Ewan MacLaughlin und wie er in letzter Sekunde entwischt war.

»Das Merkwürdige an der Sache ist«, schloss der Hauptmann, »dass weder Anna noch ich gesehen haben, wie er die Höhle verlassen hat. Anfangs hatte ich diese schottische Hure im Verdacht, MacLaughlin heimlich befreit zu haben. Aber …«, er entnahm seiner Rocktasche eine Pfeife, stopfte sie mit Tabak und steckte sie in Brand. »Aber ich habe alle Nebengänge der Höhle abgesucht, während Anna am Eingang Wache gehalten hat. Er kann nicht entkommen sein – es sei denn, er hat sich unsichtbar gemacht.«

Der letzte Satz entlockte Allison ein Schmunzeln.

»Das Eigenartigste an der Geschichte ist, dass ich nichts darüber gehört habe, ob MacLaughlin wieder bei seinen Leuten aufgetaucht ist. Ich habe mich natürlich sofort aus dem Staub gemacht, nachdem ich sein mysteriöses Entkommen entdeckt hatte, und konnte ungestört die Grenze überqueren.« Er stockte, paffte an seiner Pfeife und fuhr nachdenklich fort: »Angenommen, er hat sich bis nach Glenbharr Castle durchgeschlagen. Glaubst du, er wäre nicht sofort nach Fort George geritten und hätte dem Colonel Meldung gemacht?«

James hob vage die Schultern. »Vielleicht hat er das ja getan.«

»Du Narr!« Milford warf seinem Gegenüber einen verächtlichen Blick zu. »In diesem Fall hätte man mich sofort vors Militärgericht gezerrt. Aber nichts dergleichen geschah, obwohl ich meine vorübergehende Adresse in London angegeben habe.«

Allison sah ihn ungläubig an. Noch immer wusste er nicht, worauf der Hauptmann hinauswollte.

»Nehmen wir mal an, MacLaughlin ist – aus welchen Gründen auch immer – nicht wieder zu Hause aufgetaucht.

Sein Vater hätte längst Alarm geschlagen und nach ihm suchen lassen. Ich bin sicher, dass er mich im Verdacht hätte und ich mich vor Colonel Porter verantworten müsste.« Er hob die Schultern. »Aber auch in diesem Fall hätte man sich an mich gewandt. Was also ist deine Schlussfolgerung?«

Fieberhaft überlegte Allison. Er wollte nicht riskieren, wegen einer unbedachten Antwort verhöhnt zu werden, wie es in der Vergangenheit allzu oft vorgekommen war.

Seine Sorge war jedoch unbegründet, Milford gab sich selbst die Antwort. »MacLaughlin schweigt, weil er sich persönlich an mir rächen will. Ich muss also damit rechnen, dass er mir irgendwo auflauert, wenn ich meinen Dienst wieder antrete.«

»Dann bitte doch darum, in England bleiben zu dürfen.«

Wenn Blicke töten könnten, wäre Allison leblos aus seinem Sessel gekippt.

»Schwachkopf!«, bellte Milford. »Was soll ich in England? Ich ertrage keine Niederlage. Erst wenn ich weiß, dass MacLaughlin tot ist, werde ich Ruhe finden.«

Allison wusste um die ganz persönliche Feindschaft der beiden Männer, dennoch fand er, dass Robert mit seinen Rachegelüsten übertrieb; allerdings hütete er sich davor, ein Sterbenswörtchen darüber verlauten zu lassen. Stattdessen fragte er schüchtern: »Und welche Rolle soll ich dabei spielen?«

Ein spitzer Zeigefinger wies auf ihn, sodass er unwillkürlich zusammenzuckte. »Du wirst mich mit Informationen versorgen. Ich will wissen, wann und wo MacLaughlin auftaucht und was er treibt … falls er wieder aufgetaucht ist.«

»Aber wie soll das vonstatten gehen? Ich bin an der Grenze zu Schottland stationiert, wie dir wohl nicht entgangen sein dürfte.«

Milford winkte ungeduldig ab. »In deiner Garnison wird es genug Männer geben, die in den Highlands gedient haben. Zufällig weiß ich, dass einige Soldaten von Ruthven in derselben Einheit wie du stationiert sind.« Er achtete nicht auf Allisons unglückliche Miene, sondern fuhr unbeirrt fort: »Ich erwarte einmal wöchentlich einen Brief von dir, in dem du alles berichtest, was du herausgefunden hast … und falls ich nicht mehr nach Schottland versetzt werden sollte, werde ich mich wieder als Zivilist in die Highlands schmuggeln. Ich will MacLaughlin töten, selbst wenn es das Letzte ist, was ich in meinem Leben tun werde. Hast du mich verstanden?«

Mechanisch nickte James, er wagte nichts mehr einzuwenden, obwohl er wusste, dass er sich verdächtig machen würde, wenn er seine Kameraden allzu häufig nach dem Sohn des großen Dòmhnall fragte.

»Nächsten Monat melde ich mich bei meiner Einheit. Bis dahin muss ich wissen, ob MacLaughlin wieder aufgetaucht ist.«

Wieder nickte Allison, doch diesmal weniger verzagt. Er würde Robert jede Woche schreiben, dass niemand seinen Rivalen gesehen hatte – der Hauptmann konnte ihm schwerlich das Gegenteil beweisen.

Sechs Wochen waren seit Ewans Rückkehr vergangen, Darlas Bäuchlein begann sich zu runden und auch Màiri sah man allmählich an, dass sie in der Hoffnung war.

Darla klagte oft über Übelkeit, sodass ihre Schwester sie oft ihrer Pflichten enthob. So auch an diesem grauen Wintertag, an dem sie sich wie gewöhnlich mit Joan und Marion in ihrer gemütlich warmen Kammer aufhielt.

Joan und Màiri waren eifrig damit beschäftigt, gebleichten Leinenstoff für Männerhemden und Unterröcke zu weben, während Marion am Fenster saß und versuchte, eine akkurate Stickerei am Ausschnitt eines Nachthemdes anzubringen.

»Ich bin mir nicht sicher, ob es Darla wirklich so schlecht

geht«, sagte Màiri schmunzelnd, nachdem sich ihre Schwester zurückgezogen hatte. »Bei ihrer ersten Schwangerschaft konnte ich beobachten, dass sie – nachdem ich sie entlassen hatte – mit meinen Söhnen ausgelassen durch die Säle tobte.«

Sofort nahm Marion sie in Schutz. »Sie ist doch noch so jung, selbst fast noch ein Kind.«

»Aye, aber bald hat sie wieder ein Baby und sollte endlich erwachsen werden; versprochen hat sie dies ja schon oft genug.« Dann erzählte Màiri von ihrer eigenen Kindheit, als ihr Vater sie mit zur Jagd genommen und ihr das Reiten beigebracht hatte – das war noch vor Ewans Geburt gewesen. »Darla hingegen war ein richtiges Püppchen, sie liebte es, fein angezogen und mit Schleifchen im Haar stundenlang auf Mutters Schoß zu sitzen und ihren Geschichten zu lauschen.«

Joan konnte sich die zarte und sanfte Màiri schwerlich als reitende Amazone mit einer Jagdwaffe vorstellen. Bevor sie dies jedoch laut aussprach, spürte sie plötzlich eine Welle von Übelkeit in sich aufsteigen, die allerdings genauso schnell wieder vorüberging, wie sie gekommen war.

Ein leichter Schwindel folgte und ließ Joan leicht aufstöhnen. Màiri sprang sofort auf, eilte um den Tisch herum und nahm Joan in die Arme.

»Was ist dir? Um Himmels willen, du bist bleich wie ein Totenhemd!«, rief sie erschrocken und warf Marion einen besorgten Blick zu.

Mit geschlossenen Augen lehnte sich Joan an ihre Schwägerin, atmete tief und gleichmäßig, bis sich der Schwindel gelegt hatte, und sagte dann mit belegter Stimme: »Puh, das kam aber überraschend.« Sie sah ihre Mutter an und meinte zu wissen, was sie dachte. »Ich weiß, was du denkst, aber du liegst falsch. Ich bin nicht schwanger, kann es gar nicht sein.«

»Was macht dich so sicher?« Marion neigte sich mit gerunzelter Stirn vor und legte ihre Hand auf Joans Stirn. »Fieber hast du jedenfalls nicht.«

Mittlerweile hatte Joan sich wieder in der Gewalt, sie rückte ihre verrutschte Haube gerade, richtete ihren Oberkörper auf und griff nach ihrem Webschiffchen, als wäre nichts geschehen.

»Du weißt, dass Ewan und ich aufpassen, Mom«, sagte sie schließlich, als Marion sich wieder gesetzt und ihre Stickarbeit aufgenommen hatte. »So schnell nach Donny möchte ich kein zweites Kind, er ist noch nicht einmal fünf Monate alt.« Flüchtig schoss ihr in den Kopf, dass sie in den ersten Tagen nach Ewans Rückkehr an Verhütung überhaupt nicht gedacht hatte.

»Aber grundlos wird keinem Menschen schwindlig«, warf Màiri tadelnd ein. Sie musterte Joan, als stünde ihr auf der Stirn geschrieben, was ihr fehlte. »Du darfst nicht krank werden, aye?«

Joan nickte beklommen, denn sie wusste, dass viele Krankheiten, die im einundzwanzigsten Jahrhundert kein Problem waren, weil sie schnell und sicher mit Antibiotika geheilt werden konnten, eine tödliche Gefahr darstellten. Inzwischen lebte Joan lange genug in der Vergangenheit, um selbst erlebt zu haben, dass Clansmitglieder an Influenza, offenen Beinen oder harmlosen Infektionen gestorben waren. Das beste Beispiel war Màiris Mutter Ealasaid, die einer Lungenentzündung erlegen war.

»Ich denke, mein Körper muss sich von den Strapazen der letzten Zeit erholen«, sagte Joan nachdenklich.

Eine Weile arbeiteten die Frauen stillschweigend vor sich hin. Das Klappern der Webschiffchen, wenn sie an den hölzernen Rand der Webrahmen stießen und das Knistern des Kaminfeuers waren die einzigen Geräusche, unterbrochen von Donnys Schmatzen, der hingebungsvoll am Daumen lutschte. Wie üblich hatte Joan den Kleinen mitgebracht, er lag in der Nische hinter dem Vorhang.

Unvermittelt hob Màiri den Kopf und legte ihr Webschiffchen zur Seite. Noch bevor sie den Mund auftat, ahnte Joan, was ihr auf dem Herzen lag.

»Ewan hat sich sehr verändert. Wenn ich ihn frage, was er während seiner Reise durch die Zeit erlebt hat, schweigt er. Dabei weiß ich doch, dass er in einem englischen Gefängnis gewesen ist und ihm Grausames widerfahren sein muss.« Ihr Blick war durchdringend auf Joan gerichtet, die bisher immer ausweichen konnte, wenn Màiri Genaueres über Ewans Erlebnisse in der Zukunft erfahren wollte. »Du verschweigst mir etwas, aye? Bitte sag mir, was passieren wird.«

Joan zögerte. Wie würde es die feinfühlige Màiri verkraften, wenn man ihr unverblümt mitteilte, dass es in wenigen Jahren zu einem dritten und letzten Jakobitenaufstand kommen würde, der das Ende der Clans bedeutete?

»Ich flehe dich an, sag mir, was auf uns zukommt. Die Engländer werden uns wieder einmal besiegen, aye? Es muss so sein, sonst wäre Ewan nicht im Kerker gelandet.«

Joan schickte einen ratlosen Blick zu ihrer Mutter, die diesen mit einem unbestimmten Achselzucken quittierte, dann wandte sie sich an Màiri.

»Du wirst nicht glücklicher sein, wenn du es weißt.«

Trotzig reckte ihre Schwägerin das Kinn in die Höhe. »Ich werde es schon verkraften, wie ich bisher alles in meinem Leben verkraftet habe. Und nun sprich bitte, immerhin bin ich kein kleines Kind, das geschont werden muss.«

In die Enge getrieben, seufzte Joan. Sie versuchte so schonend wie möglich, Màiri beizubringen, was auf Schottland zukam, erzählte vom Krieg, der Brandschatzung und der Vertreibung aus den Highlands.

Ganz bleich war Màiri geworden, und als Joan geendet hatte, fragte sie mit dünner Stimme: »Wir werden also alle sterben oder fliehen müssen? Fort von Glenbharr Castle, von den Wäldern unserer Väter und von den Bergen?«

»Genau so wird es kommen. Es tut mir leid, aber du wolltest es ja unbedingt wissen.«

Màiri schluckte, ihre Arbeit, die sie so liebte, schien sie völlig vergessen zu haben. »Und genau in diese Zeit der Verwüstungen ist Ewan versehentlich geraten?«

»Ja, er stand vor den rauchenden Trümmern von Glenbharr Castle … und Barwick Castle«, gab Joan unumwunden zurück, dabei missachtete sie den erschrockenen Aufschrei, den ihre Schwägerin ausstieß. »Sein Schock war groß, aber vielleicht wird er dir eines Tages selbst seine Eindrücke schildern.« Mit Bedauern dachte Joan daran, wie sehr Ewan der Gedanke quälte, was aus seinem Volk werden würde und er tatenlos zusehen musste. Dann setzte sie ein ermutigendes Lächeln auf: »Es dauert noch 13 Jahre, bis Charles Stuart aus Frankreich gesegelt kommt, um diesen Aufstand anzuzetteln.«

»Dreizehn Jahre vergehen schnell«, meldete sich Marion mit ernster Miene. »Bis dahin sind eure Söhne junge Männer … und Ewan und Mìcheal im besten Mannesalter …«

Bedrückt schwiegen die beiden anderen Frauen, denn sie wussten sehr wohl, was Marion mit ihren Worten andeuten wollte.

Zögernd nahm Joan ihre Webarbeit wieder auf und Màiri tat es ihr gleich. Beide versuchten, die Gedanken zu verdrängen, dass in nicht allzu naher Zukunft ihre Männer und Söhne in den Kampf ziehen würden – in einen Kampf, dessen Ausgang ihnen bereits bekannt war.

Unvermittelt erhob Màiri erneut das Wort. »Sèonag, woher willst du wissen, ob sich unser Clan an diesem Aufstand beteiligen wird?« In ihren Augen flackerte Hoffnung auf. »Du erwähntest, dass viele Clans die Teilnahme verweigern werden – warum also nicht auch die MacLaughlins?«

»Weil Vater sich niemals auf die Seite der Engländer schlagen würde, damit man uns schont. Du kennst ihn, es zuckt ihn in den Fingern, endlich zum Breitschwert greifen zu können, um seinen Feinden den Garaus zu machen. Außerdem wurde Ewan gefangen genommen, weil er den englischen Soldaten seinen wahren Namen nannte und diese ihm erklärten, dass die MacLaughlins an der Schlacht von Culloden teilgenommen hatten und deshalb wegen Hochverrats festgenommen wurde. Ein Zeichen dafür ist auch … dass Glenbharr Castle vernichtet wird. Clanführer und deren Familien, die sich aus dem Kriegsgeschehen halten, werden nichts von den Engländern befürchten müssen.«

Das leuchtete Màiri ein, noch tausend Fragen schwirrten ihr durch den Kopf. Es musste doch eine Möglichkeit geben, den Clan und den Stammsitz ihrer Vorväter vor den *Sasannach* zu retten!

Ähnliche Gedanken machte sich Ewan; er sah die Welt – seine Welt und die des Clans – mit anderen Augen als vor der Zeitreise. Glück war vergänglich, und dass das ausgeklügelte System der schottischen Clans auf tönernen Füßen stand, war eine Tatsache, vor der er als Sohn eines Laird nicht die Augen verschließen konnte.

Sicher, bis zum Aufstand würden noch viele Jahre vergehen, aber der Tag würde unweigerlich kommen. Und Ewan wusste, dass sein Vater – sollte dieser noch am Leben sein – Bonnie Prince Charles, wie man den Sohn James Stuart nennen würde, mit offenen Armen und voller Begeisterung empfangen würde.

Doch was würde er selbst tun, falls er dann das Oberhaupt des MacLaughlin Clans wäre? Zweifellos waren bis dahin seine Männer von Hass gegen die Engländer zerfressen und würden keinerlei Verständnis zeigen, wenn ihr Laird die Teilnahme am Kampf verweigerte. Er konnte ja schlecht mit der Wahrheit herausrücken, und selbst wenn er verriet, was er wusste, würde man ihm nicht glauben und ihn als einen Angsthasen abstempeln.

Und er kannte die Zukunft, er wusste, wie alles verlaufen würde. Sein ganzes Sinnen war darauf gerichtet, die Frauen und Kinder in Sicherheit zu bringen

Ewan stand mit seinem Pferd auf dem Hügel, der ins Glen Dillon führte, die beiden Clansmänner, die ihn begleiteten, erkundeten die nähere Umgebung nach englischen Patrouillen.

Der Schnee war geschmolzen, dafür regnete es seit Tagen ununterbrochen, die kleine Ansiedlung war durch den Regenschleier kaum auszumachen. Nur das inzwischen fertiggestellte Schulhaus hob sich etwas heraus; die Männer hatten ganze Arbeit geleistet. Im Frühjahr würden die Frauen Unterricht geben können, wenn sie gesundheitlich dazu in der Lage waren.

Bei dem Gedanken schob sich ein glückliches Lächeln über seine zuvor fest aufeinandergepressten Lippen. In der Nacht zuvor, nachdem sie sich leidenschaftlich geliebt hatten, hatte Joan angedeutet, dass sie vermutlich wieder ein Kind unter dem Herzen trug – nach Darla und Màiri nun auch seine Frau!

Beschwingt trieb Ewan sein Pferd an, der Gedanke an Joan hatte die düsteren Zukunftsvisionen vertrieben … auch wenn es nur vorübergehend war.

Malcolm Grant hatte die Reiter auf dem Hügel nahen sehen und den Sohn seines Laird erkannt, grinsend trat er vor seine Kate und begrüßte Ewan.

»Ewan! *Latha math!*« Er hielt die Zügel, während Ewan abstieg. »Wir haben dich lange nicht gesehen. Was gibt es Neues auf Glenbharr Castle?«

»Nur gute Nachrichten.« Ewan klopfte dem anderen auf die Schulter. »Im kommenden Jahr wird es Nachwuchs in meiner Familie geben und auch ein *co-chruinneachadh*[1] in der Nähe der Ruine Duffus Castle bei Elgin.«

Malcolms Grinsen wurde immer breiter. Die alljährlichen Treffen, bei denen sich die Mitglieder fast aller Clans versammelten, gehörten zu den Höhepunkten der Hochlandbewohner. Es wurde ein Zeltlager errichtet, Erfahrungen und Neuigkeiten ausgetauscht, musiziert und getanzt sowie Wettkämpfe wie Baumstamm-Weitwurf ausgeführt.

Als Versammlungsort wurde meistens ein waldarmes Gebiet ausgesucht, wie es bei der auf einem Hügel gelegenen Ruine Duffus Castle der Fall war, zu deren Füßen sich ein weitläufiges flaches Grüngebiet befand.

»Aye, das sind gute Neuigkeiten, *Ewan mac Dhòmhnall*[2]. Aber nun komm ins Haus und stärke dich, bevor du dir hier draußen den Tod holst.«

Wie üblich, wenn Ewan Malcolm Grants beengte Kate betrat, knickste Sinan Grant respektvoll vor ihm, bevor sie die Kinder in den kleinen Anbau scheuchte und, nachdem sie ein wenig Ordnung geschaffen hatte, selbst darin verschwand.

»Deine Frau sieht aus wie das blühende Leben«, bemerkte Ewan und nahm dankbar den Becher heißen Kaffee entgegen. »Sag, ist sie nicht wieder in der Hoffnung?«

Malcolm schüttelte stirnrunzelnd den Kopf. »Nein, und das wundert mich sehr. Sinan hatte neulich Besuch von deiner Gemahlin und deiner Schwester, sie redeten eine ge-

---

1 Versammlung – hier Clantreffen
2 Ewan, Sohn des Donalds

schlagene Stunde mit meinem Weib – während ich wie ein räudiger Hund hinausgeschickt wurde. Danach tat Sinan ziemlich geheimnisvoll. Weiß der Teufel, was sie miteinander beredet haben.«

»Frauenkram.« Ewan hob betont gleichgültig die Schultern, dabei ahnte er, dass Joan ihre Weisheiten über Empfängnisverhütung zum Besten gegeben haben musste.

Sicher, Kinder waren für jeden Highlander ein Segen, auch wenn es vielen Familien schwerfiel, so viele Mäuler zu stopfen. Dennoch war die zarte Sinan durch die vielen Geburten körperlich am Ende, eine weitere Schwangerschaft würde sie noch mehr schwächen. Zudem war Ewan der Meinung, dass sieben Kinder ohnehin genug waren.

»Die Leute im Dorf sind schon sehr erfreut, dass sie bald Lesen und Schreiben lernen dürfen«, fuhr Malcolm fort. »Du wirst sehen, eines Tages ist der Clan MacLaughlin der klügste unter der Sonne.«

Ewans Freude fiel etwas dürftig aus, musste er doch sogleich wieder an das Ende des Clans denken. Doch das merkte Malcolm in seiner Begeisterung über das Schulhaus nicht; er platzte fast vor Stolz, weil die Idee dazu in seiner Kate aus der Taufe gehoben worden war.

Dann wechselte er das Thema, denn das Clantreffen, das immer in der letzten Aprilwoche stattfand – nachdem sich der Winter zurückgezogen und bevor es Zeit für die Feldarbeit war – bedeutete ein überaus wichtiges Ereignis.

Von dem Spektakel sprach man noch monatelang in den Dörfern, Ansiedlungen und Burgen der gesamten Highlands. Im Jahr zuvor hatte Ewan auf die Teilnahme zugunsten seiner Frau verzichtet, sie war durch die ständige Übelkeit in der Schwangerschaft zu sehr geschwächt gewesen.

Aber diesmal wollte sie dabei sein, hatte sie betont, auch wenn sie vermutlich wieder in der Hoffnung war. Dieses Ereignis, von dem ihr schon so viel erzählt worden war, wollte sie unter allen Umständen erleben.

Die beiden Männer prosteten sich zu, denn nach dem wärmenden Kaffee gab es Whisky. Malcolms Whisky war nicht so fein und ausgereift wie der seines Lairds, konnte sich jedoch sehen lassen und verhieß vergnügliche Stunden, wenn man ihn sparsam genoss – ansonsten konnte es vorkommen, dass man wie benommen durch die Gegend torkelte und sich später an nichts mehr erinnerte.

Aus bekannten Gründen nahm Ewan nur einen winzigen Schluck, der ihm rauchig die Kehle hinunterglitt. »Mit viel Glück lassen uns die *Sasannach* während des Treffens in Ruhe.«

»Das werden sie«, versicherte ihm Malcolm. Er hatte seinen Becher bereits geleert und goss sich großzügig nach. »Den Rotjacken liegt noch unser Angriff auf ihr Lager im Magen, das hab ich neulich von jemandem gehört, der ein paar Soldaten belauscht hat. Hach, diese Weichlinge können sich weitere Verluste nicht erlauben, obwohl …« Er grinste breit. »Unser kleiner überraschender Überfall hat mir viel Freude bereitet, und nicht nur mir. Die Männer wollen Blut sehen, *mo charaid*, sie wollen endlich kämpfen und die verfluchten Höllensöhne aus ihrem Land vertreiben!«

Bedächtig nickte Ewan, er verstand Malcolm und all die anderen Krieger seines Clans nur zu gut; dennoch würde er sich in Zukunft noch mehr als bislang mit seinen Äußerungen zurückhalten, um das Feuer des Zorns nicht unnötig zu schüren.

Ewan lenkte das Gespräch auf die Lage der Ansiedlung, wie üblich notierte er sich die wichtigsten Dinge, die in den armen Pächterkaten fehlten: Torf zur Feuerung, Nahrungsmittel und für die Frauen Nähzeug.

Wie es sich für einen ehrlichen Clanführer ziemte, sorgte

auch Laird Dòmhnall für seine Pächter, wenn sie Not litten – und das war eigentlich jeden Winter so. Màiri, Ewan und nun auch Joan hatten die Pflicht übernommen, von Dorf zu Dorf zu reiten und nach den Bedürfnissen der treuen Clanmitglieder und deren Familien zu forschen. Niemand sollte hungern oder frieren während der lagen rauen Wintermonate. Dies war einer der Gründe, weshalb Dòmhnall so beliebt bei seinen Leuten war, denn nicht alle Clanoberhäupter kümmerten sich gewissenhaft um ihre Pächter.

Die beiden Männer, die Ewan begleitet hatten, gesellten sich später zu Ewan und Malcolm, sie hatten sich das Schulhaus angesehen und waren voller Lobeshymnen. Es wurde ein feuchtfröhlicher Nachmittag, und als sich die Besucher erhoben, schwankten Ewans Begleiter gefährlich.

Er verdrehte die Augen und schalt seine Männer Kindsköpfe, weil sie Malcolms Whisky wie Wasser hinuntergeschüttet hatten. »Wenn wir auf dem Heimweg von Wegelagerern überfallen werden sollten, werdet ihr mir keine große Hilfe sein. Passt auf, dass ihr nicht vom Pferd fallt.«

Die beiden kicherten albern und folgten Ewan aus der Kate, der kalte Regen, der ihnen ins Gesicht schlug, ließ sie schnell wieder zur Besinnung kommen, und als sie in der Burg eintrafen, waren sie bereits halbwegs nüchtern.

Sanft strichen Joans Hände über den Rücken ihres Mannes. Er lag auf dem Bauch und genoss es, dass Joan, die rittlings auf ihm saß, ihn wohltuend massierte. Er war nass und durchgefroren aus dem Glen gekommen; nun, nachdem Joan veranlasst hatte, die große Zinkwanne in der Ecke mit warmem Wasser zu füllen und einem herzhaften Abendessen, kehrten allmählich seine Lebensgeister zurück.

Verzückt betrachtete Joan die kräftigen Muskelstränge seines Rückens, die sich unter der Haut wölbten. Allerdings blieb ihr nicht erspart, immer wieder die Narben zu sehen. Es tat ihr jedes Mal physisch weh. Sie waren zwar verblasst, würden aber nie ganz verschwinden. Am Anfang hatte sie oft darüber mit den Tränen kämpfen müssen.

Ewans Kopf ruhte auf seinen verschränkten Armen, und nur an seinem gelegentlichen zufriedenen Grunzen erkannte Joan, dass er noch nicht eingeschlafen war.

»Ich bin jetzt ganz sicher, dass ich wieder ein Kind erwarte«, sagte sie schließlich, beugte sich vor, schob Ewans lange Haare zur Seite und küsste seinen Nacken. »Màiri meint, die Liebe würde die Fruchtbarkeit steigern. Irgendwie hat sie ja auch recht, denn du siehst, habe ich meinen Vorsatz, kein Kind mehr zu bekommen, ganz vergessen.«

Als er Anstalten machte, sich umzudrehen, verließ Joan mit einem unwirschen Murren ihre Sitzposition; Ewan zog sie jedoch wieder auf sich, nachdem er sich auf den Rücken gelegt hatte.

Er schmunzelte, als er sagte: »Aha, ist das wirklich so?« Er umfasste mit beiden Händen ihre Taille. »Nun, dann werden wir in einigen Jahren eine ganze Horde von Söhnen haben.«

»He, du Angeber!« Sie schlug spielerisch auf seine Brust. »Ist dir noch nie in den Sinn gekommen, dass es lauter Töchter werden könnten?«

Sein Grinsen wurde breiter. »Nie, *mo ghràidh*, niemals.« Er zog Joan zu sich auf seine Brust und begann sie zu küssen, während seine Hände ihr Nachthemd hochschoben und dann auf ihrem Po liegen blieben.

Sie gab sich ganz seinen Zärtlichkeiten hin. In diesem Moment gab es nur sie beide; die grausame Welt, die Sorgen um ihre Zukunft und die Angst, einander zu verlieren, waren für diese kostbaren Minuten aus ihren Gedanken verbannt. Es ging ihr nur noch darum, ihr unbändiges Verlangen zueinander zu stillen.

24. Kapitel

Darla, die im Frühsommer niederkommen sollte, wurde von Tag zu Tag wehleidiger und launischer, sodass die anderen Frauen ihr tunlichst aus dem Wege gingen. Joan und ihre Schwägerin hingegen genossen ihre Schwangerschaft, und sobald sie sich ungestört fühlten, sprachen sie von nichts anderem als von ihrem zu erwartenden Nachwuchs.

Einige Tage nach Joans neunundzwanzigstem Geburtstag ritten sie hinaus ins Glen, um sich das neue Schulhaus anzusehen. Natürlich wurden sie von Ewan und einem Burgwächter begleitet, denn seit Milfords Überfall waren sie noch vorsichtiger geworden.

Während der langen dunklen Wintermonate hatten sie oft über ihr zukünftiges Schicksal gesprochen, aberwitzige Gedanken und Möglichkeiten wurden diskutiert. Dabei war allen klar, dass es keine Möglichkeit gab, in die Geschichte einzugreifen. Es war ein irrwitziger Zustand. Sie wussten um den Wahnsinn des Krieges und mussten hilflos auf ihn warten.

Dòmhnalls Argwohn seinem Sohn gegenüber hatte sich gelegt, denn Ewan sah sich seit dem Vorfall bei dem letzten Jakobitentreffen vor, um sich nicht noch verdächtiger zu machen. Die Albträume, die ihn mitunter plagten, verschwieg er Joan tunlichst, um das Leben nicht noch schwerer zu machen, als es ohnehin schon war. Doch das half nicht viel, denn oft genug wurde Joan von Ewans unruhigem Schlaf geweckt, und dann wusste sie, dass er sich im Traum wieder in dieser Festung an der Küste befand, den Tod vor Augen und keine Rettung in Sicht.

Joan litt dann mit ihm, sie wollte ihm helfen und konnte

es nicht. Tagsüber und abends vermochte sie Ewan abzulenken, doch in seinen Träumen war er ganz allein – allein mit sich und der ohnmächtigen Wut auf die *Sasannach*.

Dieser Kummer überschattete ein wenig die Freude darüber, dass sich ihre Mutter und der Laird immer näherkamen; Joan hatte sie sogar dabei ertappt, wie sie scheue Zärtlichkeiten ausgetauscht hatten.

Nun, Joan war es recht, wenn aus den beiden ein Paar wurde, und auch Dòmhnalls Kinder hatten Marion ins Herz geschlossen und betrachteten sie als einen Teil ihrer Familie. Marions Sorge, sie könnten ihr anlasten, dass sie sich auf den Platz ihrer verstorbenen Mutter drängen wolle, hatte sich nicht bestätigt.

Die Welt schien in diesem Frühjahr in Ordnung zu sein, Màiri strahlte sogar aus doppeltem Grund. Nicht nur, weil ihr die kräftigen Tritte gegen die Bauchdecke bestätigten, dass ihr Kind gesund war, machte sie glücklich, sondern auch die Tatsache, dass Dòmhnall das Datum der Hochzeit mit Mìcheal festgesetzt hatte: Am 28. Mai im Jahre des Herrn 1733, etwas über drei Wochen nach Ealasaids erstem Todestag.

Der Ritt über die nach dem langen Winter wieder grünen Hügel zum Glen verlief ohne Zwischenfälle; niemand kreuzte den Weg der Reiter, obwohl die englischen Patrouillen wieder ihre Arbeit aufgenommen hatten.

Insbesondere Màiri und Joan wurden freudig empfangen, denn sie waren seit dem Herbst des Vorjahres nicht mehr dort gewesen und wurden unverzüglich zum Schulhaus gebracht, das die beiden Frauen mit beachtlichem Respekt bestaunten, denn es war teilweise komfortabler als die Pächterkaten mit seinen großen hellen Fenstern und dem Fußboden aus flachen Flusssteinen. Die Schulbänke und –tische waren aus schwerer Eiche gefertigt und rochen nach frisch verarbeitetem Holz.

Während Ewan sich zu den anderen Männern gesellte, um

mit ihnen den Ablauf des Clantreffens zu besprechen, lauschten Joan und ihre Schwägerin den kleinen und großen Sorgen der Frauen.

So musste eine der Frauen über den Verlust ihres letzten, zu früh geborenen und gleich darauf gestorbenen Kindes hinweggetröstet werden, eine andere besänftigt werden, weil ihr Mann dem Whisky zu sehr zusprach und wieder eine andere, weil ihr ältester Sohn ein Taugenichts war, der sich vor jeder Arbeit drückte.

Weiterhin besuchten Màiri und Joan einige Alte, die wegen ihrer Gebrechlichkeit die Katen nicht mehr verlassen konnten, verbanden hier eine schwärende Wunde und verabreichten dort eine kräftigende Tinktur, die Màiri selbst zusammengebraut hatte.

In Malcolms Kate ging es lustiger zu; nicht nur Ewan, auch einige andere Männer hatten sich eingefunden und drängten sich nun um den groben Holztisch, der fast die Hälfte des Raumes einnahm.

»Außer den Alten sollte jeder teilnehmen«, sagte Ewan und hob seinen Bierkrug. »Selbst meine Frau und meine Schwestern werden dabei sein, obwohl alle in der Hoffnung sind. Wir werden den anderen zeigen, wie stark der MacLaughlin Clan ist.«

Vielstimmiges Gemurmel war die Antwort, in Gedanken kramten die Männer bereits ihre Gewänder, die sie nur zu großen Feierlichkeiten trugen, aus den Wäschetruhen. Dazu gehörten ein *Bonnet*[1], ein feines weißes Leinenhemd, ein breiter Schultergürtel, an dem der *sporran* befestigt wurde und natürlich die Clanbrosche, mit der das Plaid auf der Schulter gehalten wurde.

---

1 Flache Mütze, ähnlich einer Baskenmütze, aus hellblauem oder dunkelgrünem Filz

Jeder Highlander besaß eine solche Festtracht, auch wenn er ansonsten bettelarm war, und obwohl es verboten war, ein Breitschwert zu tragen, holte jeder seines aus dem Versteck, um es in den Gürtel zu stecken. Bisher hatten die Rotjacken die jährlichen Clantreffen gemieden – und sollte sich dies einmal ändern, würde man sich nicht scheuen, sie in ihre Schranken zu weisen, denn kein Soldat der Krone hatte sich dort blicken zu lassen. Bisher wurde dieses ungeschriebene Gesetz beachtet, und Ewan wusste auch, warum.

»So viele Krieger auf einem Haufen machen den *Sasannach* Angst«, sagte er grinsend und wischte sich mit dem Handrücken Bierschaum vom Mund. »Diese Feiglinge nehmen es doch nur mit uns auf, wenn wir in kleinen Grüppchen aufkreuzen.«

Die anderen Männer grölten und stießen heftig mit ihren Bierkrügen an, sodass der Inhalt überschwappte. Schon jetzt waren sie in Gedanken bei ihrem Fest, das wie immer das Ereignis des Jahres darstellte.

»Diesmal werde ich dich im Stammwerfen schlagen«, sagte Malcolm mit verschmitztem Lächeln zu Ewan. »Auch wenn ich um einiges älter bin, hab ich nichts von meiner Kraft verloren.«

Ewans Antwort war ein spöttisches Lachen. »Das erzählst du jedes Jahr, *mo charaid*. Und wer ist am Ende stets der Sieger?«

Malcolm ließ sich durch das schadenfrohe Kichern der anderen Männer jedoch nicht verunsichern, sondern winkte lässig ab und erklärte mit gespielt ernster Miene, dass er Ewan bisher absichtlich hatte gewinnen lassen, weil dieser ein junger Spund sei, dem jeder Sieg eine kindliche Freude bereite.

Das Gejohle aus der Kate drang bis hinaus zu Joan und Màiri, die gerade die Hütte eines alten Mannes verlassen hatten, dessen Tage gezählt waren.

»Da geht es aber recht munter zu«, bemerkte Joan. »Ich hoffe, Ewan ist nüchtern genug, um uns sicher nach Hause zu geleiten.«

Fröhlich lachte Màiri auf. »Du kennst meinen Bruder doch. Er weiß, wann er aufhören muss, damit er einen klaren Kopf behält.« Unvermittelt wurde sie ernst und ihre Augen verdunkelten sich. »Wenn die Männer ahnen würden, was ihnen in einigen Jahren bevorsteht.«

»Es ist gut, dass sie es nicht wissen, denn sonst würde es ihnen wie Ewan ergehen. Ständig grübelt er darüber nach, wie er den Clan vor den Engländern retten kann, ohne das Gesicht zu verlieren.« Joan nestelte nervös an ihrem Schultertuch. »Er fühlt sich verantwortlich für den Clan, auch wenn er selbst nicht das Oberhaupt ist.«

Unvermittelt setzte Màiri ein munteres Lächeln auf. »Lass uns nicht mehr darüber reden, aye? Wir sollten uns auf das Treffen freuen, denn es wird sicher wieder sehr vergnüglich. Es wird ja das erste Mal sein, dass du dabei bist.«

Gedankenverloren drehte Robert Milford den kurzen Brief von James Allison in den Händen; wohl an die zehn Mal hatte er die wenigen, flüchtig auf das Papier geworfenen Zeilen gelesen.

Allison hatte ihm mitgeteilt, was er in Erfahrung gebracht hatte; demnach hatten mehrere Kameraden Ewan MacLaughlin in letzter Zeit gesehen – quietschvergnügt und bester Gesundheit.

Heftig schüttelte Milford den Kopf, hatte er sich den Überfall auf MacLaughlin etwa nur eingebildet? Wie kam es, dass sein Erzrivale vergnügt durch die Highlands ritt, ohne dass er – Robert – eine Aufforderung des Militärs bekommen hatte, in der er sich rechtfertigen musste, weil er diesen Schotten gefangen genommen hatte?

»Dem muss ich auf den Grund gehen«, murmelte er nachdenklich und warf den Brief ins Kaminfeuer, wo er in wenigen Sekunden von den Flammen verzehrt wurde. »Der Teufel soll mich holen, wenn MacLaughlin nicht etwas gegen mich im Schilde führt.«

Diese Vermutung beruhigte den Hauptmann ein wenig. Ja, so musste es sein: Sein Feind hatte absichtlich geschwiegen, um sich an ihm persönlich zu rächen, vermutlich erwartete der junge MacLaughlin, dass Milford wieder in seiner Gegend eingesetzt würde und er es ihm dann heimzahlen könne.

»Nur zu.« Auf Roberts Gesicht erschien jener dämonische Ausdruck, der bei seinen Untergebenen gefürchtet war. Er konnte sich sogar vorstellen, wo der schottische Krieger ihn erwarten würde … an keinem anderen Ort als in der näheren Umgebung der Höhle, in der er Annas und sein Gefangener gewesen war.

Die Mordlust loderte ungebremst in ihm auf; wenn es nach ihm ginge, würde er sofort nach Schottland aufbrechen. Aber zuvor galt es, seinem in der Londoner Kaserne zuständigen Kommandanten klarzumachen, dass er in Schottland gebraucht wurde. Kaum einer kannte Schottland und seine Clans so gut wie er, der die Bevölkerung der rauen Highlands außerdem zu nehmen wusste. Er hoffte, dass seine Chancen gut standen. Ruhige Tage in der Kaserne bedeuteten für ihn tödliche Langeweile.

Der Gedanke, Ewan MacLaughlin endgültig aus dem Weg zu schaffen, beflügelte ihn so sehr, dass er Lady Eloise übermütig eine Kusshand zuwarf, als sie nach zaghaftem Anklopfen den Salon betrat.

Wenn man Robert fragen würde, weshalb er den Highlander so abgrundtief hasste, so hätte er keine genaue Antwort darauf gewusst. Ewan MacLaughlin war für ihn der Inbegriff des schottischen Kriegers, er strahlte eine unsichtbare Kraft aus und eine unbeirrbare Selbstsicherheit, woran es ihm fehlte. Er brauchte die Herausforderung, ihn zu besiegen. Erst wenn ihm das gelungen war, konnte er vor sich selbst bestehen.

Kurzum, MacLaughlin hatte alles, was er selbst zu gern besessen hätte: In wenigen Jahren die Herrschaft über einen großen mächtigen Clan, Großgrundbesitzer eines riesigen Gebietes zu Füßen der Berge, das gewisse Etwas, mit dem man Frauen schwach machte. Keine Frauen wie die verschrumpelte Lady of Baldrum oder ein naives schottisches Mädchen wie Anna Ferguson – sondern Frauen von Format wie seine Landsmännin Joan.

Auch wenn Robert es nicht zugab … er war neidisch auf Ewan und auf das, was er darstellte. Lieber redete er sich ein, dass er den Highlander wegen dessen Arroganz verabscheute, bei dieser Begründung fühlte er sich wesentlich wohler.

Bevor sich Robert ins Schlafgemach begab, wo ihn die Witwe mit ihrer unersättlichen Sexgier erwartete, erinnerte er sich flüchtig an seine Komplizin Anna. Sie war eindeutig tot gewesen, als er den Wald verlassen hatte, aber es würde ihn nicht wundern, wenn auch sie noch am Leben war. Nachdem Ewan wie durch Zauberhand aus der Höhle verschwunden war, wunderte er sich über absolut gar nichts mehr.

25. Kapitel

Morgennebel lag über den Hügeln, als sich das Burgtor von Glenbharr Castle öffnete. Alle Bewohner der Burg, bis auf einige Hausbedienstete und die Wachen, waren bereit für das große Clantreffen. Die Männer ritten voran, dicht gefolgt von mehreren Fuhrwerken, die zumeist von Frauen gelenkt wurden.

Ein langer Tag lag vor ihnen, erst bei Anbruch der Dunkelheit würden sie die Ruine von Duffus Castle erreichen. Einige Clansmänner waren bereits vorausgeritten, um das Zeltlager zu errichten.

Tagsüber wurde es teilweise schon richtig warm, doch in den frühen Morgenstunden war es noch ungemütlich kalt, sodass Joan fast in ihren Umhang hineinkroch. Sie hatte es sich nicht nehmen lassen, sich zu Màiri auf den Kutschbock zu setzen, während Darla, Marion und die Wäscherin Zelda es sich mit den Kindern auf den Schaffellen im Wagen bequem gemacht hatten.

Auch Màiri hatte ein vor Kälte gerötetes Gesicht, dennoch konnte sie besser mit der rauen schottischen Witterung umgehen als Joan, die verweichlichte Engländerin.

Immer wieder hielt Ewan sein Pferd an, bis der Wagen mit den Frauen ihn erreicht hatte, und erkundigte sich besorgt, ob Joan sich wohlfühle.

»Er würde dich am liebsten in Watte packen«, scherzte Màiri, nachdem sich ihr Bruder zum wiederholten Male nach dem Befinden seiner Frau erkundigt hatte. »Es wundert mich direkt, dass er dir wegen deines Zustandes nicht verboten hat mitzukommen.«

Joan schnitt eine Grimasse. »Pah, mein goldiger Ehemann weiß inzwischen, dass ich mir nichts verbieten lasse.« Im Vorjahr hatte sie immerhin aus eigenen Stücken auf die Teilnahme verzichtet, aber sie hatte gemerkt, dass Ewan die Entscheidung sehr recht war.

Es hatte vieler heftiger Diskussionen bedurft, bis Ewan eingesehen hatte, dass er Joan nicht wie eine Frau seines Jahrhunderts beherrschen konnte. In stundenlangen Gesprächen hatte sie ihm versucht klarzumachen, dass sie sich in diesem Punkt niemals ändern würde – irgendwann hatten sie einen Kompromiss gefunden. Ewan würde Joans Entscheidung akzeptieren und ihr so viel Freiraum lassen, wie sie brauchte, selbst wenn er dadurch das Gesicht vor den anderen Männern verlieren könnte. Allerdings – und darüber hatte er nicht mit sich reden lassen – würde er ihren unbedingten Gehorsam verlangen, wenn ihr Leben in Gefahr war oder sie selbst sich gefährlichen Abenteuern aussetzte. So drohte er ihr zum Beispiel, den Hintern zu versohlen, wenn sie es wagen würde, alleine mit Màiri die Burg zu verlassen.

Joan fand dies zwar kleinlich, dennoch fügte sie sich, da sie mittlerweile um die Gefahren wusste, die außerhalb von Glenbharr Castle lauerten. Zudem war ihr bewusst, dass sie es obendrein mit Dòmhnall zu tun bekommen würde, und das war ein maßgebliches Argument, nicht aufzubegehren, denn seinen Zorn hatte sie schon einmal zu spüren bekommen.

Schon nach kurzer Zeit schlossen sich weitere Reiter und Fuhrwerke an, auch von anderen Clans waren einige darunter, was Joan an den verschiedenen Tartans erkennen konnte. Jeder Neuzugang wurde mit fröhlichem Gejohle der Männer und vergnügtem Kreischen der Frauen begrüßt.

»Je näher wir Elgin kommen, desto länger wird der Treck«, erklärte Màiri, die es sich trotz ihres üppigen Bauchumfangs nicht hatte nehmen lassen, den Pferdewagen bis zum Ziel selbst zu lenken. »Du wirst staunen, wie viele Clans es in den Highlands gibt.«

Joan drehte sich fasziniert um, hinter ihr hatte sich eine Schlange gebildet, die weiter als ihr Auge reichte. Inzwischen hatte sich die Sonne durch die Nebelschleier gekämpft und wärmte mit ihren Strahlen die Reisenden, sodass Joan ihren Umhang abnahm und hinter sich in den Wagen legte. Auch das Schultertuch, das sie trug, würde bald zu warm werden;

mit geschlossenen Augen reckte sie ihr Gesicht der Sonne entgegen, selbst auf die Gefahr hin, dass sich dann ihre verhassten Sommersprossen explosionsartig vermehrten.

Ewan fand die Sommersprossen auf ihrer Nase bezaubernd, das betonte er immer wieder.

»Wieso lächelst du?«, erkundigte sich Màiri, die sich ebenfalls von ihrem wollenen Umhang befreit hatte. »Denkst du an dein Baby?«

Lachend schüttelte Joan den Kopf. »Hab ich dir eigentlich schon erzählt, dass ich früher nie aus dem Haus gegangen bin, ohne meine Sommersprossen mit Puder abzudecken?«

»Wie die feinen Damen in Paris und London?«

»Nun ja, im einundzwanzigsten Jahrhundert wird es etwas Besseres als dieses weiße Reispulver geben, aber … ja, so ähnlich. Ich bin froh, dass Donny den dunklen Teint seines Vaters geerbt hat.« Automatisch blickte sie sich um, ihr Söhnchen lag schlafend in Marions Armen, während Darlas Tochter Ealasaid sich mit der Strohunterlage befasste, die sich unter den Fellen befand.

»Möchtest du wieder einen Sohn haben?« Màiris Frage klang zögernd; seit sie um die Zukunft des Clans wusste, bangte sie um das Leben ihrer Söhne Andra und Klein-Ewan, die am hinteren Wagenrand kauerten und den Fuhrwerken hinter ihnen vergnügt zuwinkten.

Nachdenklich kaute Joan an ihrer Unterlippe, diese Frage hatte sie sich oft genug selbst gestellt und auch mit Ewan darüber gesprochen.

»Ich wünsche mir ein Mädchen«, erwiderte sie schließlich. »So viele Kinder ich auch noch zur Welt bringen werde, aber ich möchte keine Söhne mehr.«

Zustimmend nickte Màiri. »Aye. Ich bin sehr stolz auf meine Söhne, aber ich mag nicht daran denken …«

»Dann denk nicht daran.« Joan legte die Hand auf Màiris Arm. »Ich tue es auch nicht … zumindest versuche ich es. Immerhin weiß ich schon länger, was passieren wird. Aber …«, sie holte tief Luft und hielt nach Ewan Ausschau, der den Treck an der Seite seines Vaters anführte, » …aber mich konnte nichts von dieser Entscheidung abhalten. Wenigstens ein paar Jahre wollte ich die vollkommene Liebe genießen.«

»Gott wird wissen, weshalb er unserem Volk dieses grausame Schicksal auferlegt.« Màiri verstummte und trieb verbissen die Pferde an.

Joan war nie besonders gottesfürchtig gewesen; doch als Ewan im Zeittunnel verschwunden war, hatte sie Nacht für Nacht gebetet und nun hatte sich ihre Einstellung gewandelt. Sie blinzelte in den mittlerweile blauen Himmel und fragte sich, ob Gott dies alles wirklich zulassen würde, wenn es tatsächlich einen gab. Aber diese Frage hatten sich schon Generationen vor ihr gestellt und viele nach ihr würden sie stellen.

Es war längst dunkel, als sie die Hügel am Fuße der Ruine erreichten. Nur am flackernden Schein der Fackeln konnte man aus der Ferne erkennen, dass sich dort irgendwo in der Finsternis eine Ansammlung von Menschen befand.

Beim Näherkommen erkannte Joan unzählige Zelte und dass aus anderen Richtungen ebenfalls Trecks herbeiströmten. Joan wusste nicht, wohin sie zuerst schauen sollte, so sehr fesselte sie der Anblick der vielen wild durcheinander redenden Menschen, die sich begrüßten, in die Arme fielen und ausgelassen lachten.

Noch bevor Joan vom Kutschbock klettern konnte, spürte sie Ewans kräftige Arme um ihre Taille.

»Bist du sehr müde, *mo ghràidh?*«, fragte er mit besorgtem Unterton, als sie wieder festen Boden unter den Füßen spürte.

Sie schmiegte sich an ihn, sog tief seinen vertrauten männlichen Geruch von Wald, Tabak und Moschus ein und murmelte in sein Plaid: »Mir geht es großartig, ich möchte noch nicht schlafen.«

»Aber du siehst erschöpft aus.«

Lachend löste sie sich von ihm und nahm Donny entgegen, der gerade erwacht war und sich neugierig umschaute. Ealasaid quengelte auf dem Arm ihrer Mutter und beruhigte sich erst, als Peader nahte und sich mit seinem Töchterchen beschäftigte.

Màiris Söhne hingegen waren aus dem Wagen geklettert, kaum dass er zum Stehen gekommen war, und machten bereits die Gegend unsicher. Überall konnte man Kinderstimmen hören, die Kleinen, die normalerweise um diese Zeit längst im Bett lagen, tollten ausgelassen zwischen den Zelten umher.

Allmählich konnte Joan verstehen, weshalb sich alle auf dieses Treffen freuten, und wurde von dieser Freude nun ebenfalls ergriffen.

Aus den Augenwinkeln erkannte sie, dass Dòmhnall zu ihrer Mutter getreten war und ihr etwas ins Ohr flüsterte, worauf sie sich verlegen abwandte und dabei feststellte, dass sie von ihrer Tochter beobachtet wurde.

Ewan nahm ihr Donny ab. »Komm, ich zeige dir, wo die Kinder schlafen. Wenn wir uns später zur Ruhe begeben, holen wir ihn in unser Zelt.«

Das Kinderzelt lag etwas abseits und war größer als die anderen. Einige Babys und Kleinkinder schliefen bereits darin, eingehüllt in warme Lammfelle. Ein paar junge Mädchen aus verschiedenen Clans hielten Wache und knicksten artig, als Ewan ihnen auftrug, gut auf Donny achtzugeben, den Joan in einer dunklen Ecke des Zeltes stillte, nachdem sie ihn von seiner schmutzigen Windel befreit hatte.

Dem Baby in Joans Bauch schien das kontinuierliche Schaukeln des Wagens zu fehlen. Es machte sich bemerkbar. Noch waren seine Tritte zaghaft, fast wie ein Hauch, doch Joan war jedes Mal überglücklich, wenn sie ihr Kind spürte. So wusste sie wenigstens auch ohne Stethoskop und Ultraschall, dass es am Leben war und es ihm gut ging.

Sorgfältig deckte Joan ihr Söhnchen zu, dem bereits die Augen wieder zugefallen waren, dann gab sie ihm einen Kuss auf die weiche, runde Wange und lächelte den Mädchen beim Verlassen des Zeltes freundlich zu.

Ewan stand wartend neben dem Eingang, worüber Joan dankbar war. Trotz der zahlreichen Fackeln erkannte sie kaum einen der anwesenden Menschen um sich herum. Ohne ihren Mann an der Seite hätte sie sich sehr verlassen gefühlt.

»Komm, ich zeig dir den Festplatz.« Er reichte ihr die Hand, und während er Joan durch die schwatzende und lachende Menschenmenge führte, erklärte er ihr noch einmal den Ablauf des einwöchigen Treffens.

Am Nachmittag des nächsten Tages würden sich alle rund um den Festplatz versammeln. Ein Mann aus jedem Clan würde lautstark verkünden, dass sein Clan anwesend sei.

Danach würde man sich offiziell begrüßen, während die Ochsen bereits auf ihren Spießen über den Lagerfeuern brutzelten. Später würde es zu Wettkämpfen kommen und es würde getanzt werden.

Joan hoffte, dass Ewan wieder seinen Schwerttanz vorführen würde, den sie einst heimlich vom Fenster aus bei der *cèilidh* anlässlich Dòmhnalls Geburtstag im Burghof von Glenbharr Castle gesehen hatte, doch sie wagte nicht, ihn danach zu fragen. Bisher hatte sie ihm noch immer nicht gestanden, dass sie ihn damals beobachtet hatte und widerstrebend von ihm fasziniert gewesen war.

Trotz der vielen Menschen fanden sie schließlich den Rest

der Familie, und nachdem man gespeist hatte, lösten sich allmählich die Gruppen auf und zogen sich in ihre Zelte zurück.

Ewan und Joan hatten ein kleines Zelt für sich und Donny alleine, darauf hatte Ewan bestanden. Màiri, Marion und Darla bewohnten ein etwas größeres Zelt mit den Kindern, während Dòmhnall sich ein Zelt mit Peader und Brian Ferguson teilte, der nicht in rechter Stimmung war. Er machte sich noch immer Vorwürfe wegen Anna, seine Erkundigungen waren bisher ohne Erfolg geblieben.

Eigentlich hatte Brian auf der Burg bleiben wollen, doch Dòmhnall hatte ihn zum Mitkommen überredet. Etwas Zerstreuung würde ihm guttun, und immerhin war es möglich, dass Angehörige anderer Clans Anna gesehen hatten.

Allmählich wurde es ruhiger im Zeltlager, nur einige ganz Hartnäckige saßen noch immer um das Lagerfeuer herum, grölten und labten sich an Whisky und dunklem Bier.

Das provisorische Bett, das aus mehreren Lagen Fellen bestand, war erstaunlich weich, und mit einem zufriedenen Seufzer sank Joan an die Brust ihres Mannes. Sie hätte gerne seinen schönen warmen Körper gestreichelt, doch die dünnen Stoffwände des Zeltes hielten sie davon ab.

Ewans Nähe beruhigte sie, und kurz darauf konnte sie an seinen regelmäßigen Atemzügen erkennen, dass er eingeschlafen war. Auch sie glitt in einen leichten Schlaf hinüber, aus dem sie jedoch rasch aufschreckte. Ungewohnte Geräusche waren zu hören, sodass sich Joan irritiert aufrichtete und angestrengt lauschte.

Doch es war nicht Ceanas Geist für das Schnaufen, unterdrückte Stöhnen und Wispern verantwortlich. Es kam von einigen Paare in den angrenzenden Zelten.

Erleichtert grinsend legte sich Joan wieder an Ewans Brust, der im Schlaf sogleich einen Arm um seine Frau legte. Einmal mehr wunderte sich Joan über die Widersprüchlichkeiten des achtzehnten Jahrhunderts. Einerseits war es unschicklich für eine Frau, ihre Beine zu zeigen, andererseits vergnügten sich die Paare ungeniert, obwohl ihnen klar sein musste, dass sie gehört wurden.

Der neue Tag begann, wie der voran gegangene geendet hatte. Die Leute trafen sich vor den Zelten und schwatzten, die Frauen trieben ihre Kinder zusammen und die Männer schlugen sich freundschaftlich die Hände gegenseitig auf die Schultern. Erst jetzt, im hellen Tageslicht, sah Joan, wie groß das Zeltlager tatsächlich war, es zog sich über die hügelige Landschaft wie ein breites Band.

Während Joan ihren Sohn stillte, organisierte Ewan das Frühstück, das aus starkem Kaffee, Brot und dicker, gelber Butter bestand. Da es noch ziemlich kühl war, beschloss Ewan, im Zelt zu frühstücken, danach würde er den anderen Männern helfen, Holz für das große Lagerfeuer aufzuschichten, das am Abend entzündet werden sollte.

Der festliche Akt würde bereits am Nachmittag damit beginnen, dass alle männlichen Mitglieder eines Clans sich sammelten und jeder Clan sein Erscheinen kundtat. Dazu trug jeder Krieger seine Festtagstracht, und Joan freute sich schon auf das Spektakel.

Später, nachdem Ewan gegangen war, wanderte Joan mit Donny auf dem Arm zwischen den Zelten umher, um nach ihrer Mutter und Màiri zu suchen. Marion fand sie mit Darlas und Màiris Kindern vor ihrem Zelt; sie winkte erfreut, als sie ihre Tochter erkannte.

»Endlich ein vertrautes Gesicht!«, rief sie lachend und streckte die Arme nach Donny aus, der aufgeregt zappelte und gluckste, als er seine Großmutter entdeckt hatte. Sie herzte den Kleinen, dann wandte sie sich wieder Joan zu.

»Wie hast du heute Nacht geschlafen – falls du überhaupt schlafen konntest bei den eindeutigen Geräuschen ringsum.«

»Und da soll noch mal einer sagen, die Menschen seien früher prüde gewesen. Ich habe gut geschlafen, auch wenn das Felllager recht gewöhnungsbedürftig war.« Joan blickte sich um. »Wo sind Màiri und Darla?«

»Darla hat ein paar Freundinnen aus anderen Clans getroffen und Màiri ist … na, du kannst dir wohl denken, dass sie sich bei den Leuten des MacGannor Clans aufhält.« Marion schaukelte ihren Enkel sanft in den Armen, doch der Knirps war total aufgeregt. Er strampelte mit den Beinen und fuchtelte mit den Ärmchen herum. Zu interessant war das Treiben um ihn herum. Seine Augen waren überall, wo sich etwas bewegte, seine Ohren lauschten auf jedes Geräusch.

»Geh nur zu Ewan, ich habe Donny gerne bei mir«, versicherte Marion, die spürte, dass Joan am liebsten beim Holzaufschichten zugeschaut hätte. »Dòmhnall und Peader sind auch dort, unsere Männer hat man dieses Jahr dazu verdonnert, das Lagerfeuer zu organisieren.«

Marion hatte ›unsere‹ Männer gesagt, wahrscheinlich unbewusst; dennoch schien sie sich stark zu dem Laird hingezogen zu fühlen, wie Joan amüsiert vermutete.

»So eine große Menschenansammlung hab ich lange nicht gesehen«, sagte sie laut. »Wie viele Menschen es wohl sein mögen?«

»Ein paar Tausend werden es mit Frauen und Kindern sein.« Marion verlagerte das Gewicht ihres Enkels auf den anderen Arm. »Und nun geh zu deinem Mann, dein Sohn und ich kommen schon alleine zurecht.« Marion zwinkerte ihrer Tochter zu, hatte sie doch längst bemerkt, dass Joan endlich einmal alle Grübeleien von sich geschoben hatte.

In der Mitte des Festplatzes türmte sich bereits ein riesiger

Scheiterhaufen, und der würzige Geruch der bratenden Ochsen lag in der Luft. Der Tag war grau verhangen, doch niemanden schien das zu stören, auch Joan nicht, angesichts des munteren Treibens. Es regnete nicht, und wenn Petrus gnädig war, würde er während dieser einen Woche dafür sorgen, dass es so blieb.

Joan konnte Ewan zwischen den anderen Männern erkennen, er hatte sein Hemd ausgezogen und sein Oberkörper glänzte vor Schweiß. Vor Glück schlug Joans Herz schneller, wie üblich, wenn sie Ewan sah. Auch er schien alle Sorgen vergessen zu haben. Ihr Glück hatte so oft schon an einem seidenen Faden gehangen.

Auch Dòmhnall hatte sich seines Hemdes entledigt, und zum ersten Mal konnte Joan seinen gewaltigen nackten Oberkörper bewundern. Sie fragte sich, ob es im einundzwanzigsten Jahrhundert solche Prachtexemplare von Männern überhaupt noch gab – ihr war jedenfalls nie eines davon über den Weg gelaufen. Und wenn, dann waren die Muskeln durch Fitness-Center und Anabolika entstanden und nicht durch harte, körperliche Arbeit.

Als die Vorbereitungen getroffen waren, begaben sich nun auch die Frauen in ihre Zelte, um sich fein zu machen.

Joan hatte ihre Tracht mitgenommen, die sie nach Màiris Anleitung selbst genäht hatte und mächtig stolz darauf war.

»Nun kannst du sehen, wie groß der MacLaughlin Clan ist, *mo ghràidh*«, sagte Ewan nicht ohne Stolz, als er sich Hand in Hand mit Joan den anderen Männern in dem typischen rotgrünen Tartan näherte. »Ein jeder ist ein guter Krieger und Kämpfer.«

Sogar die Männer, die ansonsten wenig Wert auf ein gepflegtes Äußeres legten, waren prächtig gekleidet. Ihre langen Haare waren gekämmt, die Plaids sauber und die Clanbroschen auf Hochglanz gebracht.

Einen Augenblick schwiegen Ewan und Joan, denn beide dachten dasselbe. Was würde in wenigen Jahren mit diesen Männern geschehen?

Doch dann löste sich Ewan von seiner Frau und gesellte sich zu seinen Männern. Dòmhnall sah am festlichsten aus, er trug eine uniformähnliche dunkelgrüne Jacke mit goldenen Knöpfen und ein spitzenbesetztes Jabot. An seinem Bonnet war eine lange Fasanenfeder befestigt.

Joan stellte fest, dass alle Lairds ähnlich gekleidet waren, und als sie später im Kreis der anderen Frauen auf das Eintreffen der Männer wartete, wurde Joan von einem nie gekannten Stolz erfasst.

Sie, die Engländerin, war eine von ihnen geworden, die eine jahrtausendealte Kultur vorweisen konnten und keineswegs Wilde waren. Sie war mit der Hochzeit eine MacLaughlin geworden und erst jetzt wurde ihr richtig bewusst, was dies bedeutete und wie glücklich sie darüber sein konnte.

Ein Trommelwirbel ließ Joan schließlich aufhorchen, der erste Clan erschien auf einem der Hügel und sein Anführer rief mit kräftiger Stimme: »Der Campbell Clan ist hier!«

Zahllose Männer im grünen Tartan erschienen hinter ihm und marschierten mit feierlichen Gesichtern und unter dem Beifall der Zuschauer hinunter zum Festplatz.

Es folgten Clans mit den klangvollen Namen Farquarson, Barclat, Murrat of Tullibardine, Sinclair, Cameron, Fraser und den verschiedenen MacDonalds; einige Clans waren sogar von den Inseln angereist. Jeder Clan besaß einen anderen Tartan, sodass es bald auf dem Festplatz von bunt karierten Stoffen wimmelte.

Erst ziemlich zum Schluss erschien der MacLaughlin Clan, angeführt von Ewan, dem sein Vater großzügig den Vortritt gelassen hatte; gefolgt vom MacGannor Clan, dessen Anführer Mìcheal war.

So wie Joans Augen vor Stolz bei dem Eintreffen der MacLaughlins geglänzt hatten, so glänzten Màiris Augen bei Mìcheals Anblick. Voller Liebe schaute sie ihn an, dabei strichen ihre Hände unbewusst über ihren schweren Leib.

Das Schlusslicht bildeten einige kleine Clans, die nur aus wenigen Männern bestanden. Als der Name Clan Duff fiel, zuckte Ewan unwillkürlich zusammen, das konnte Joan selbst von ihrem Platz aus erkennen. Sie wollte ihn später fragen, was seine Reaktion auf sich hatte.

Doch nun sollte erst einmal gefeiert werden. Dudelsack-Musik erklang, unterstrichen von rhythmischen Trommelschlägen. Joan schob sich zwischen den Menschen hindurch, bis sie Ewan erreicht hatte, der sie augenblicklich in seine Arme schloss.

»Nun, wie gefällt es dir?«

»Der reinste Wahnsinn!«, gab sie unumwunden zu und blickte sich kopfschüttelnd um. »Ich weiß gar nicht, wohin ich zuerst schauen soll.«

Er hob mit dem Zeigefinger leicht ihr Kinn an und erwiderte augenzwinkernd: »Wage es nicht, andere Männer als deinen eigenen anzuschauen.«

»Kindskopf.« Sie stellte sich auf die Zehenspitzen und küsste Ewan. »Ich bin so schrecklich stolz auf dich.«

Ewan öffnete den Mund zu einer Antwort, doch dann schien ihn etwas gefangen zu nehmen, das ihn veranlasste, sich von seiner Frau zu lösen. Sein Blick war ungläubig auf jemanden gerichtet, der dort irgendwo in der Menge stand.

Ohne auf Joans Frage zu achten, setzte Ewan einen Fuß vor den anderen, bis er den Mann erreicht hatte, der seine Aufmerksamkeit erweckt hatte.

Er berührte ihn am Arm und fragte fassungslos: »Sìn? Sìn Blair?«

Der Mann, der ungefähr in Ewans Alter sein musste, drehte sich erstaunt um. »Aye, das ist mein Name. Und mit wem habe ich das Vergnügen?« Der Mann musterte Ewan misstrauisch, sein Gesicht war glatt und die Haare voll und dunkel – doch es war eindeutig jener Sìn, mit dem Ewan in der Festung An Baghasdal Freundschaft geschlossen hatte. Doch durfte er das zu erkennen geben?

»Tut mir leid, ich habe dich verwechselt … der Sìn, den ich meine, hat nur eine gewisse Ähnlichkeit mit dir«, stammelte Ewan schließlich und wandte sich abrupt ab.

Joan war ihm gefolgt. »Wer ist dieser Mann und warum bist du plötzlich so verstört?«

Er zog Joan mit sich, bis sie den Rand des Festplatzes erreicht hatten. Dann sank er nieder und bedeckte sein Gesicht mit den Händen. Joan hockte sich neben ihn, redete beruhigend auf ihn ein und wartete, bis er sich wieder gefasst hatte.

Stockend erzählte er, woher er diesen Mann kannte. »Begreifst du nun meinen Schock? Ich habe ihn als Gefangener kennengelernt – in einer Zeit, die erst noch kommen wird.« Erst in diesem Augenblick schien ihm das volle Ausmaß seiner Zeitreise bewusst zu werden. »Er hat mich nicht erkannt, natürlich nicht. Aber …« Seine blauen Augen schienen Joan zu durchbohren. »Aber im Jahr 1746 werden wir beide noch einmal das Gleiche durchleben. Ich weiß nicht, ob ich über meinem Wissen nicht doch noch wahnsinnig werde.«

Langsam richtete sich Ewan wieder auf, umarmte Joan und sagte mit belegter Stimme: »Lass uns wieder zu den anderen gehen, *mo luaidh*[1].«

Den anderen war das Fehlen des Paares nicht aufgefallen, und Sìn Blair war in der Menge verschwunden. Joan schickte

---

1 Mein Schatz

unwillkürlich ein Stoßgebet zum Himmel, der Mann möge Ewan nicht wieder über den Weg laufen, denn eine weitere unverhoffte Begegnung hätte ihn sehr aufgewühlt.

Die Flammen des Lagerfeuers loderten hoch in den nachtschwarzen Himmel. Die Leute saßen in Grüppchen, aßen und lachten, Whisky und Bier flossen in Strömen. Jeder hatte das mitgebracht, was er entbehren konnte, die Ochsen, Schafe und Ziegen hatten die Clanführer gestiftet.

Später wurde zu den Klängen von Dudelsack, Geige und Trommel getanzt; ein Tanz, der ähnlich der irischen Folklore war, die Joan in ihrer früheren Zeit öfters im Fernsehen bewundert hatte.

Glücklicherweise hatte Màiri ihr und Marion an langen Winterabenden die Schrittfolge beigebracht, sodass sich ihr Hopsen und Beineschwingen kaum von dem der anderen Frauen unterschied.

Während Ewan, Mìcheal und Peader ihre Herzdamen über den Grasboden wirbelten, ließ sich Dòmhnall nicht zum Tanzen überreden, sodass sich Marion schließlich Brian Ferguson schnappte, der gute Miene machte, weil er kein Spielverderber sein wollte.

Die Suche nach seiner Tochter war nach wie vor ergebnislos verlaufen, niemand schien sie gesehen zu haben. Einige Befragte mutmaßten, dass sie mit einem heimlichen Geliebten die Highlands verlassen hatte, um der strengen Tante Myra zu entkommen, und Brian glaubte schließlich fast selbst an diese Geschichte. Nun blieb ihm nichts als die Hoffnung, dass Anna eines Tages Sehnsucht nach den Highlands hätte und zurückkehren würde.

Atemlos ließ sich Marion schließlich neben dem Laird nieder; sie hatte sehr wohl bemerkt, dass er sie während des Tanzes beobachtet hatte.

Die anderen Lairds, mit denen er beisammensaß, musterten ebenfalls die aparte dunkelhaarige Frau an Dòmhnalls Seite. Ihr Misstrauen gegen englische Frauen hatte sich gelegt, seit Ewan seine Joan geheiratet hatte – schließlich konnten sie und ihre Mutter nichts für die Machenschaften der königlichen Soldaten.

»Wie gefällt dir unser kleines Fest, Mòrag?« Dòmhnall hob seinen Whiskybecher und prostete ihr zu. »In den letzten Jahren habe ich nicht sehr oft teilgenommen, Ealasaids Gesundheit ließ es nicht zu, und alleine mochte ich nicht daran teilnehmen.«

Entspannt fuhr Marion durch ihr langes Haar, das sie wie die meisten Frauen an diesem Abend offen trug. »Es ist herrlich, einmalig. Mir war nie bewusst, dass es so viele Clans gibt.«

Rau lachte er. »Und das sind noch nicht einmal alle, meine Liebe.« Er wurde wieder ernst und fügte mit gesenkter Stimme hinzu: »Ich würde gerne ein paar Worte mit dir sprechen, aber nicht hier.«

Der Ernst seiner Stimme ließ Marion aufhorchen. Was würde nun kommen? Das Verlangen, endlich aufzuklären, woher sie und ihre Tochter in Wahrheit kamen? Am Nachmittag hatte sie Dòmhnall mit Mìcheal reden hören. Hatte sich Màiris Liebster verplappert, als es um die sieben Tage ging, an denen Ewan offiziell bei ihm gewesen war?

Beklommen nickte Marion und erhob sich, als Dòmhnall vorschlug, ein Stück spazieren zu gehen. Sie ließen den Festplatz und das Lager hinter sich, dabei sprachen sie kein Wort. Dòmhnalls Weg führte zu der Ruine von Duffus Castle, eine Wallgrabenburg, von der nicht mehr als ein paar Mauern übrig geblieben waren.

Höflich reichte der Laird Marion die Hand, um den Hügel zu erklimmen, auf dem die Ruine lag. Sein Handgriff war fest, jedoch nicht grob, sondern sanft, als wäre Marions Hand ein zerbrechliches Spielzeug.

Marions Beklommenheit wuchs, denn Dòmhnall redete noch immer nicht, sondern starrte hinunter zum Lagerfeuer, Musik und Gelächter drangen gedämpft hinauf.

»Kannst du verstehen, weshalb ich dieses Land liebe?«, fragte er so unvermittelt, dass Marion zusammenzuckte. »Kannst du begreifen, dass ich meinen Clan vor allen Feinden schützen will, insbesondere vor den *Sasannach*?«

»Sicher verstehe ich das. Gott ist mein Zeuge, dass ich dich verstehe.«

Ein unsicherer Blick traf Marion, den sie in der Dunkelheit mehr erahnte als sah. »Dir ist hoffentlich klar, dass ich weder dich noch Sèonag meine, wenn ich über die Rotjacken schimpfe. Ich habe gemerkt, dass dir das Leben in den Highlands gefällt. Sag, hast du jemals vor, wieder nach London zurückzugehen?«

Marion zögerte und zog sich ihr Schultertuch enger um den Körper. Welche Antwort erwartete Dòmhnall von ihr?

Doch noch bevor sie weiter darüber nachgrübeln konnte, fuhr er fort, er sprach leise, fast zu sich selbst. »Als Ealasaid von mir gegangen ist, wollte ich ebenfalls sterben, nichts mehr bereitete mir Freude – noch nicht einmal die Tatsache, dass Ewan bald Vater sein würde, konnte mich erheitern. Ealasaid hat mich den größten Teil meines Lebens begleitet, sie hat sich mit mir gefreut und um mich gebangt, wenn ich in die Schlacht zog – sie hinterließ eine Leere, die ich kaum zu beschreiben vermag.«

Stumm lauschte Marion. Dòmhnall hatte schon oft von seiner verstorbenen Frau gesprochen, doch niemals hatten seine Worte so eindringlich wie in dieser Nacht geklungen.

»Nun ist fast ein ganzes Jahr seit ihrem Tod vergangen und ich habe endgültig Abschied von ihr genommen. Dass ich über diesen Verlust gekommen bin, habe ich dir zu verdanken, Mòrag. Du hast mich wieder das Lachen gelehrt, hast mir beigebracht, dass ich Kinder habe, die mich brauchen … und einen Clan mit großartigen Menschen, die es verdienen, dass ich mich ihrer annehme.«

Unsicher lächelte Marion, als Dòmhnall näher trat, doch sie schwieg weiterhin, da sie spürte, dass er noch nicht mit seiner Rede zum Ende gekommen war.

»Anfangs war es Sympathie, die ich für dich empfunden habe; doch inzwischen weiß ich, dass es mehr ist als Freundschaft.«

Marion schrak zusammen, als sie spürte, dass er nach ihren Händen griff, ihre Kehle war ausgetrocknet und das Herz schlug ihr fast bis zum Hals.

»Mòrag.« Seine tiefe Stimme vibrierte ganz sacht. »Ich liebe dich und möchte, dass du meine Gemahlin wirst. Mein Antrag mag überraschend kommen, aber ich habe in den vergangenen Wochen und Monaten gemerkt … nun, aye, dass ich dir auch nicht gleichgültig zu sein scheine. Nun, was sagst du?«

Zunächst sagte Marion gar nichts. Zu überraschend kam diese Liebeserklärung. Plötzlich stand dieser Hüne wie ein verlegener Junge vor ihr. Nachdem sie ihre Sprachlosigkeit überwunden hatte, trat sie ganz dicht an ihn heran und legte die Arme um seinen muskulösen Hals. »Ich glaube, wenn du nicht bemerkt hättest, dass deine Liebe erwidert wird, hättest du mir keine Heiratsantrag gemacht. Du bist nicht der Mann, der sich sehenden Auges einer zu erwartenden Niederlage aussetzt. Ja. Mit Freuden will ich deine Gemahlin werden, ich liebe dich auch.«

Ein Seufzer der Erleichterung entfuhr ihm, als er Marion vorsichtig in die Arme nahm. Sein Lippen legten sich behutsam auf ihre.

Ewan hatte gerade mit Peader seinen berühmten Schwerttanz vollführt, bei dem zwei Schwerter über Kreuz auf den Boden gelegt wurden und die Männer in bestimmten Schrittfolgen darüber springen mussten. Je schneller die Musik wurde, umso schneller mussten die Männer springen – ohne die Schwerter zu berühren.

Nun stand er atemlos abseits, Joan fest in seinem Arm haltend. Ja, er war glücklich an diesem Abend – glücklich, weil sein geliebtes Weib bei ihm war, weil sie einen gesunden Sohn hatten, und weil Joan sein zweites Kind unter dem Herzen trug.

Er versuchte, die quälenden Gedanken aus seinem Kopf zu verbannen, zu vergessen, was mit all den fröhlich feiernden Menschen in weniger als dreizehn Jahren geschehen würde.

»Sieh mal, wer da Händchen haltend geschlendert kommt«, sagte Joan lachend, und dann sah auch er seinen großen starken Vater, wie er mit Marion an der Hand verlegen lächelnd näher trat.

»Aye, sie scheinen sich endlich gefunden zu haben«, erwiderte Ewan schmunzelnd. »Was meinst du? Wollen wir den beiden eine Doppelhochzeit mit Màiri und Mìcheal vorschlagen?«

Sie klatschte vor Freude in die Hände. »Eine großartige Idee!«

Joan drängte sich näher an ihren Mann und dankte dem Himmel für dieses Geschenk.

Ende